跨文化视野下的中国古典文学研究

程国赋 何志军 主编

商务印书馆

2017年·北京

图书在版编目(CIP)数据

**跨文化视野下的中国古典文学研究** / 程国赋,何志军主编. —— 北京:商务印书馆,2017
ISBN 978-7-100-15028-6

Ⅰ. ①跨… Ⅱ. ①程… ②何… Ⅲ. ①中国文学－古典文学研究－文集 Ⅳ. ① I206.2-53

中国版本图书馆 CIP 数据核字 (2017) 第 196863 号

权利保留,侵权必究。

**跨文化视野下的中国古典文学研究**
程国赋 何志军 主编

商 务 印 书 馆 出 版
(北京王府井大街36号 邮政编码100710)
商 务 印 书 馆 发 行
北 京 冠 中 印 刷 厂 印 刷
ISBN 978-7-100-15028-6

| | |
|---|---|
| 2017年9月第1版 | 开本 787×960 1/16 |
| 2017年9月北京第1次印刷 | 印张 23½ |

定价:48.00元

# 前　言

自 2015 年 6 月开始，广东省正式启动高水平大学建设，力争用 5 至 10 年时间，建成若干所具有较高水平和影响力的大学，培育一批在全国乃至全世界占有一席之地的特色重点学科。经过严格择优遴选，共有 7 所高校和 18 个学科项目分别入选广东高水平大学重点建设高校和重点学科建设项目。暨南大学有幸进入高水平大学重点建设高校行列，而我校中国语言文学学科与外国语言文学学科一起组建的"中外语言文学学科群"，成为学校 13 个学科组团之一，担负着人才培养和学科建设的重任。

暨南大学中国古代文学学科是中国语言文学学科整体中重要的组成部分，具有悠久的历史积淀，前辈学者汤擎民教授、陈芦荻教授、艾治平教授、郑孟彤教授、李文初教授、洪柏昭教授、王景霓教授等人对本学科的发展做出了重要贡献，本学科于 1983 年获得硕士学位授予权。进入 21 世纪以后，著名词学研究专家邓乔彬教授从华东师范大学调到暨南大学中文系任教，经过几代人的共同努力，2003 年，邓乔彬教授领衔的暨南大学中国古代文学学科获得博士学位授予权。目前暨南大学中国古代文学学科具有较为明显的学术特色和发展潜力，包括四个方面的研究，即中国古代小说研究、诗词学研究、儒释道与古代文学研究、古代文学学术史。研究领域主要包括：中国古代小说，诗词学，先秦诸子研究，佛教与中国文学，道教与中国文学，玄学与中国文学，理学与中国文学，古代文学的接受与传播，文学文献的刊刻与读者之关系，古代文学的接受史与学术史，域外汉学与古代文学的海外流衍，制度文化、家族文化、地域文化、族群文化等对古代文学的影响等。

暨南大学中国古代文学学科注重跨学科的研究方法，尤其重视文献学与文艺学相结合，有意识地在文化学的视野中探讨古代文学，研究重点主要着眼于中国古代小说与文化的关系、儒释道与古典诗词学的关系、中国古代文学学术研究史等方面。

暨南大学中国古代文学学科梯队结构合理，成员主要是30至50多岁的中青年博士，年富力强，呈现出年轻化、高学历、高职称的特点。教师队伍中拥有教育部"长江学者特聘教授"、国家"万人计划"哲学社会科学领军人才、国务院特殊津贴专家、中宣部文化名家暨"四个一批"人才、国家"百千万人才工程"国家级人选、教育部新世纪优秀人才支持计划入选者、广东省高校"珠江学者"特聘教授等多种荣誉称号，师资力量雄厚，梯队结构合理。近年来承担2项国家社科基金重大项目、1项国家社科基金重点项目以及国家社科基金一般项目、青年项目、教育部社科规划项目、广东省社科规划项目等30余项，研究成果入选《国家社会科学成果文库》，多次获得教育部高等学校人文社科研究优秀成果奖、广东省哲学社会科学优秀成果奖。

为顺应广东省高水平大学建设的要求，加快暨南大学中国古代文学学科的发展步伐，我们编撰了这本《跨文化视野下的中国古典文学研究》，在商务印书馆的大力支持下，于2017年出版。该书共分四辑，即第一辑"文化学与古代文学研究"、第二辑"文艺学与古代文学研究"、第三辑"古代小说及传播研究"、第四辑"文献学与古代文学研究"，共收入21篇论文。论文作者绝大多数是暨南大学中国古代文学学科的中青年教师，其中有些文章已发表在《文学评论》《文艺研究》《文艺理论研究》《文献》《世界宗教研究》《红楼梦学刊》《学术研究》《暨南学报》《历史文献与传统文化》《昆明学院学报》《广东技术师范学院学报》诸杂志上，也有一些文章是首次发表。

暨南大学中国古代文学学科的发展得到国内外学术界前辈、同行专家的大力支持，对此，我们深表感谢！我们希望通过这本论文集的编撰，求教于各位前辈与同仁，希望大家批评指正。

本书得到广东省高水平大学建设经费资助，特此致谢。

# 目　录

第一辑　文化学与古代文学研究 …………………………………… 1

《离骚》神游古国及意旨新探 ……………………………………… 3
刘熙《释名》与汉代文体形态研究 ……………………………… 18
佛陀"相好"与六朝男性审美形象女性化 ……………………… 31
北宋文人士大夫穿道服现象论析 ………………………………… 46
欧阳修的《易》学研究与古文文风转变 ………………………… 66
效体·辨体·破体
　　——论元好问的词体革新 …………………………………… 82
张溍《读书堂杜工部诗文集注解》的特点与贡献 ……………… 96
早期《申报》文人群体与唱酬之风的形成 …………………… 110
从章太炎到陈寅恪：魏晋六朝之学在20世纪上半叶学术研究中的意义 … 122
20世纪以来《中国文学史》中的明代七子派研究述评 ……… 153

第二辑　文艺学与古代文学研究 ………………………………… 183

进士文化与唐诗的兴寄 ………………………………………… 185
从实时评价到历时接受
　　——论贾似道在诗歌中的形象嬗变 ……………………… 207
论竟陵派对诗歌情理的辨识与批评 …………………………… 221

## 第三辑　古代小说及传播研究 ············231

先秦的"小说家"与楚国的"小说" ············233
明清通俗小说识语研究 ············253
"郑和下西洋"与明代小说《三宝太监西洋记通俗演义》
　　——文学与史学的相关研究成果综述 ············269
红学索隐体系化的理路
　　——从《妙复轩评石头记》到《石头记微言》的承转 ············282

## 第四辑　文献学与古代文学研究 ············299

周邦彦晚年事迹二考 ············301
晚明作家五考 ············312
从文献典籍看岭南黄大仙演进过程 ············325
日本明治以降《史记》研究著述概要 ············333

# 第一辑

## 文化学与古代文学研究

# 《离骚》神游古国及意旨新探

宋小克

《离骚》难读，又以求女、神游部分为最。难题之一，《离骚》神游经历地点、路径混乱；难题之二，周游地点、路径与诗歌意旨关系不明。对于第一点，要立足楚地、用楚人当时的地理知识来解决《离骚》中的地名问题，而不能用北方诸侯古史，乃至汉代以后的地理知识，去割裂、重整《离骚》的地理系统。《山海经》出自楚地，是楚人的神话、地理知识，也是解读《离骚》的最可靠典籍。对于第二点，则需要考索与地点相关的神话、古史，方能得到准确答案。本文采用资料，以《山海经》为主，辅以《华阳国志》《淮南子》等，意在以"楚"解"骚"，阐明《离骚》周游之意旨。

## 一、南楚之游

屈原创作《离骚》，在被楚怀王疏远之时，但尚未离开郢都，处于"去"与"留"的矛盾之中。[①]《离骚》设计出周游天地，求女、访古国，皆以郢都为中心。《离骚》主人公的南楚之游，属于倾诉之旅。诗人兼具"内美"与"修能"，急切希望辅助怀王复兴楚国。但是，群小贪婪嫉妒，楚王昏聩多疑，致使诗人进退失据，动辄得咎。诗人不忍为"周容"之态，决意自疏、周游四荒。临行前，女媭告诫："众不可户说兮，孰云察余之中情"，意谓天下人皆是非颠倒，无处寻觅知己。在现实世界，既找不到知己，诗人遂溯湘水而上，向古帝舜倾诉。

---

① 汤炳正：《屈赋新探》，济南：齐鲁书社，1984年版，第1页。

古帝之中，舜葬苍梧之野，在楚国境内，于屈原更为亲近。故《九章·涉江》云："驾青虬兮骖白螭，吾与重华游兮瑶之圃。"地缘之外，舜的个人经历和品质，也是屈原前往倾诉的重要原因。首先，舜遭遇坎坷，与屈原同病相怜。据《虞书·尧典》记载："瞽子，父顽，母嚚，象傲；克谐以孝，烝烝乂，不格奸"。①舜之父、后母、后弟皆视舜如仇，非但不为娶妻，甚至多次试图谋杀舜。然而，舜虽遭父母、后弟陷害，终不改孝悌之心。屈原不解，舜品行如此，何以未得父母之心。故《天问》云："舜闵在家，父何以鱞？"闵，忧也，言舜忧愁不知所出也。屈原与舜的遭遇类似：自己对怀王一片赤诚，怀王却轻信谗言，迁怒于己。其二，舜为人耿介，不受世俗流言迷惑。《九章·哀郢》："尧舜之抗行兮，瞭杳杳而薄天。众谗人之嫉妒兮，被以不慈之伪名。"抗行，即高行，以为超越世俗非议。尧舜遭非议之处有二：其一，舜不告而娶，是为不孝；其二，尧不传子而传贤，是为不慈。尧舜超越流俗的"耿介"与"抗行"，正是屈原所崇尚的品格。故而，当屈原遭受小人诽谤，愤懑无法排解时，遂溯湘水向舜倾诉。

倾诉之后，诗人认为汤禹已去，自己生不逢时，决意远离政治，转而为己求女。古人政治失意后，常以求妇女、饮酒自解。如《史记·魏公子列传》记载，信陵君遭魏王猜忌后，"乃谢病不朝，与宾客为长夜饮，饮醇酒，多近妇女"②。信陵君"近妇女"，意在避祸，而屈原求女则意在求知己。当屈原被疏之时，旁人姑且不乱，亲近之"女嬃"亦不知诗人之心。当此之际，屈原陷入空前的孤独，迫切需要一个懂自己内心的人。舜虽不得父母认同，却得到帝尧的认可，尤其是尧二女的倾慕。故《天问》云："尧不姚告，二女何亲？"言尧二女非礼而嫁，为何不失"亲爱"之意？尧之二女，跟沅湘流域渊源颇深。《史记·秦始皇本纪》、刘向《列女传》和王逸《章句》记载，舜二妃曰娥皇、女英，随舜南巡，亦葬湘水，为湘水神。娥皇、女英的传说，在沅湘流域颇广，也成为诗人求女的一个触发点。

南楚倾诉之游后，是飞升昆仑的求女之游。两段神游之旅，驾驭的动物不同：南楚之游是驾驷马，昆仑求女之游是驾飞龙。《离骚》云："驷玉虬以乘鹥兮，溘埃风余上征。"那么，诗人为何换"马"为"龙"，龙又从

---

① 阮元校刻：《十三经注疏》（清嘉庆刊本），北京：中华书局，2009年，第258页。
② 司马迁：《史记》（全十册），北京：中华书局，1959年，第2383页。

何来呢？按《离骚》大量采用神话物象，其神游亦出入神话世界。据《山海经》记载，四方之神祝融、蓐收、禺强、句芒皆"乘两龙"，渡深渊之冰夷，上天之子夏启亦"乘两龙"。又昆仑高万仞，下有弱水之渊环之，诗人欲上昆仑求女，必驾飞龙方能到达。在神话传说中，帝舜则有畜龙之官，并有赐龙先例。据《左传·昭公二十九年》记载："昔有飂叔安，有裔子曰董父，实甚好龙，能求其耆欲以饮食之，龙多归之，乃扰畜龙，以服事帝舜。帝赐之姓曰董，氏曰豢龙。封诸鬷川，鬷夷氏其后也。故帝舜氏世有畜龙。及有夏孔甲，扰于有帝，帝赐之乘龙，河、汉各二"。①扰，训为"顺"，意谓驯服之。董父善驯养龙，故帝舜拥有大量可乘之龙。夏孔甲顺服帝舜，故帝舜赐之四龙。诗人就舜陈词倾诉，亦可谓顺服，故得赐"驷玉虬"。可见，《离骚》描写周游，忽龙、忽马，看似恍惚莫测，实则文理宛然，天衣无缝。

## 二、昆仑求女

昆仑之游，是求女之旅的第一站。《离骚》云："朝发轫于苍梧兮，夕余至乎县圃。欲少留此灵琐兮，日忽忽其将暮。"县圃，即《山海经》之"帝之平圃"，在昆仑山上。琐，指门镂。灵琐，指天帝苑囿之门。在天帝苑囿之中，出现三个重要物象：咸池、扶桑、若木。旧注多采信《淮南子》，以为咸池、扶桑在东方，遂谓《离骚》曾往返东方、西方，或以为诗人次日又来昆仑。按《淮南子》后出，多据《离骚》构建天文系统，不可盲从。其实，三个物象，皆位于西方昆仑之山，属诗人构造县圃、帝宫物象。

《离骚》："饮余马于咸池兮，总余辔乎扶桑。"咸池，王逸注引《淮南子》，以为咸池为日浴之处，在东方。咸池在东方，与诗人所在之昆仑方位，正相反，诗人述行不能如此荒诞。据徐文靖《管城硕记》："按《石氏星经》曰：'咸池三星，在天潢西北。'《天官书》曰：'西宫咸池，曰天五潢。'《淮南子》曰：'咸池者，水鱼之囿也。'饮马咸池者，谓此。以咸池为日浴处，《淮南》之妄也。"②《淮南子》后出，所构建昆仑神话系统，多

---

① 杨伯峻：《春秋左传注》，北京：中华书局，1981年，第1501页。
② 徐文靖：《管城硕记》，北京：中华书局，1998年，第255页。

本之《离骚》《天问》，其说不可盲从。徐氏考证可信，咸池当在西方。又据《史记·天官书》记载："西宫咸池，曰天五潢。五潢，五帝车舍。"①车舍，即天帝停车之处。"饮余马咸池，总余辔乎扶桑"，意谓在咸池畔、扶桑下休息。

咸池在西方，系马之扶桑，亦当在西方。扶桑，又称扶木，分别见于《海外东经》和《大荒东经》。《海外东经》云："汤谷上有扶桑，十日所浴，在黑齿北。"②又《大荒东经》云："汤谷上有扶木，一日方至，一日方出，皆载于乌。"③扶，本义为搀扶，引申有高意。如《山海经·中山经》有"扶竹"。《庄子·在宥》有："扶摇之枝。"④又《吕氏春秋·士容论》："树肥无使扶疏。"⑤可见，"扶桑"之名，"扶"言其高大，"桑"言其种属。扶桑，意谓高大的桑树。《淮南子》盖以"扶桑"在东方，《离骚》又"扶桑""咸池"并称，故遂置"咸池"于东方。

其实，若木，也是桑树，据《大荒北经》云："大荒之中，有衡石山、九阴山、泂野之山，上有赤树，青叶，赤华，名曰若木。"三山之上，皆生若木，可见"若木"指某一种树。郝懿行云："若，《说文》作'叒'，云：'日出东方，汤谷所登榑桑，叒，木也，象形。'今案《说文》所言是东极若木，此经及《海内经》所说乃西极若木，不得同也。"⑥"若"既作"叒"，那么，"若木"显然指"桑木"。可见，若木、扶桑，本质上都是桑树。《离骚》主人公所休憩的"县圃"，实际上是一片桑林。

明白了"县圃"即桑林，诗人求帝女的意图就豁然明朗。先秦时期，女子养蚕需外出采桑，常集中出现在桑林，因此桑林也成为男女相遇、约会的场所。在神话中，天帝之女也从事采桑劳动。据《山海经·中山十一经》记载宣山，云："其上有桑焉，大五十尺，其枝四衢，其叶大尺余，赤理黄华青柎，名曰帝女之桑。"帝女之桑，或因天帝之女曾采桑于此而得名。诗人神游县圃，逍遥桑林之间，其意正在求帝女。但《离骚》主人公飞达时已是黄昏，帝女已采桑完毕回宫，二人因"时之不当"而错失良缘。

---

① 司马迁：《史记》（全十册），北京：中华书局，1959年，第1304页。
② 袁珂：《山海经校注》，上海：上海古籍出版社，1980年，第260页。
③ 同上书，第354页。
④ 郭庆藩：《庄子集释》，北京：中华书局，1961年，第385页。
⑤ 陈奇猷：《吕氏春秋新校释》，上海：上海古籍出版社，2002年，第1765页。
⑥ 袁珂：《山海经校注》，上海：上海古籍出版社，1980年，第437页。

诗人不甘失败，故有令帝阍开关之文。帝阍，掌管天帝宫门。据《周礼·天官冢宰》记载："阍人掌守王宫之中门之禁。奇服、怪民不入宫。以时启闭。"[①] 帝阍禁止"奇服、怪民"入内，而《离骚》主人公，正是奇装异服之怪民。《离骚》记述临行前，云："制芰荷以为衣兮，集芙蓉以为裳。"又《涉江》云："余幼好此奇服兮，年既老而不衰。"芳洁而独特的服饰，是诗人高洁、耿介品格的象征。世俗混浊，小人嫉贤，故而诗人被挡在宫门之外。既想求见帝女，又不愿变服从俗，诗人无奈之下，只能"结幽兰"，长久伫立遥望。

## 三、阆风巴人

通过考察咸池、若木、扶桑三个物象，可知它们都在西方昆仑山。在楚人的观念中，昆仑山位于楚国的西北，原型是蜀地的岷山。当时楚国疆域，最西到达黔中和巫郡，接近毗邻巴蜀之地。诗人神游苍梧，尚在楚国境内，而此次神游昆仑则已越过边境，到达蜀国。蜀国境内有"县圃"，临近的巴国有"阆风"。

诗人在昆仑求女不得，无奈只能离去。《离骚》：

> 朝吾将济于白水兮，登阆风而绁马。忽反顾以流涕兮，哀高丘之无女。溘吾游此春宫兮，折琼枝以继佩。及荣华之未落兮，相下女之可诒。

春宫，王逸注："东方青帝舍也"。按"白水"出昆仑山，属西方，若"春宫"在东方，诗人忽焉东西，与情理不合。王逸以"春宫"为"青帝舍"，盖受五行、五色与四季相配观念影响。"青"与"春"相配，最早见于《吕氏春秋·孟春纪》。白帝、青帝之说起于秦，保存在《吕氏春秋》中，后为《淮南子》继承。王逸以后起之说，注释先秦之《离骚》，不可盲从。从"将"字看，诗人此时尚未离开帝宫，属前瞻之辞。高丘、春宫，皆指刚游览过的县圃、帝宫。周拱辰云："春宫，非东方青帝宫，即高丘神女与下女栖息之宫。"[②] 高丘神女，当指诗人想象中的帝女。诗人称帝女所居之宫为"春宫"，盖取义于《七月》春日采桑情景。

---

① 阮元校刻：《十三经注疏》（清嘉庆刊本），北京：中华书局，2009年，第1478页。
② 游国恩：《离骚纂义》，北京：中华书局，1980年，第296页。

那么，诗人求"下女"，何以取道"阆风"呢？王逸注引《淮南子》云："白水出昆仑之山，饮之不死。阆风，在昆仑之上。"又《山海经·海内东经》云："白水出蜀，而东南注江，入江州城下。"白水，即今之白龙江，古亦称桓水。袁珂注："今在梓潼白水县，源从临洮之西西倾山来，经沓中，东流通阴平，至汉寿县入潜。"潜，指潜水，即今嘉陵江。沿嘉陵江下行，不远有阆中县。阆中县，即巴国故都。据《华阳国志·巴志》记载："巴子时虽都江州，或治垫江，或治平都，后治阆中。"任乃强注："《通志》云：'阆中城名曰高城，前临阆水，却据连岗。'是也。阆水，即嘉陵江一段。巴子时，江水盘绕蟠龙山尾，故曰'阆中'。"① 可见，阆风，当指巴国故都"阆中"。

那么，"阆中"，何以称为"阆风"呢？《说文》云："阆，高门也。"门高，则门洞空气流动强，形成风道，故称"阆风"。"阆风"，《淮南子·地形训》作"凉风"，山高则风凉，故称"凉风"，其意一也。此外，《离骚》称"阆中"为"阆风"，亦与巴人的族属有关。先秦时期，巴人族群构成复杂，再加流动迁徙，其来源、世系已不能确知。但在神话系统中，巴人的来源却非常明确。据《海内经》记载："西南有巴国。大皞生咸鸟，咸鸟生乘釐，乘釐生后照，后照是始为巴人。"自太皞至巴人，世系虽已不可考，但二者之渊源必有所本。太皞氏兴起于东方，故地在今河南省淮阳市，春秋时属陈国。春秋时期，太皞氏后裔亦受封东方。据《左传·僖公二十一年》："任、宿、须句、颛臾，风姓也。实司大皞与有济之祀，以服事诸夏。"② 四小国为太皞氏后裔，封地在鲁国境内，奉太皞之祀，风姓。太皞氏风姓，其后裔巴人亦当以"风"为姓。阆中为巴人故都，巴人风姓，故《离骚》称"阆中"为"阆风"。

《离骚》云："登阆风而绁马"，而阆中确有名山可登。据《华阳国志》记载，阆中县东北十里，有"灵台山"。灵台山，位于今阆中县与苍溪县界上。《寰宇记》引《周地图》云："灵山峰多杂树，昔蜀王鳖灵帝登此，因名灵山"。其"苍溪县"又云："灵台山，一名天柱山，在县东南三十五里，高四百丈。上方百里，有鱼池，宜五谷。"③ 可见，灵台山上地势平坦，草木繁茂，又有池水，是"绁马"休息绝佳处所。又据扬雄《蜀王本纪》

---

① 任乃强：《华阳国志校补图注》，上海：上海古籍出版社，1987年，第46页。
② 杨伯峻：《春秋左传注》，北京：中华书局，1981年，第391页。
③ 任乃强：《华阳国志校补图注》，上海：上海古籍出版社，1987年，第47页。

记载，鳖灵为荆人，溯江而上，代杜宇为帝。① 可见，灵台山与楚人颇有渊源，而屈原登临似有凭吊古人之义。自春秋时期，巴楚交往不断，既有战争，也有结盟联姻。当楚怀王十三年（公元前316年）时，张仪率秦兵灭巴，那么，"阆风"之游，又多了一层凭吊亡国的意味。

## 四、宓妃穷石

《离骚》主人公求帝女失败后，暂栖息于阆风，随即开始三次求"下女"。《离骚》求女描写，融合神话与古史，看似漫无边际，实则井然有序。《离骚》明确记述了三次求女，分别是：宓妃、有娀之佚女、有虞之二姚。

诗人所求第一个女子是宓妃。《离骚》云："吾令丰隆乘云兮，求宓妃之所在。解佩纕以结言兮，吾令蹇修以为理"。宓妃，一作"虙妃"。李善注《文选·洛神赋》云："宓妃，宓羲氏女，溺洛水而死，遂为河神。"② 按宓妃为伏羲之女，未见于先秦两汉文献，可存疑不论。然而，宓妃的地望，在西汉文献则多有记载。刘向《九叹·愍命》："逐下袟於後堂兮，迎宓妃於伊雒。"③ 扬雄《羽猎赋》："鞭洛水之宓妃，饷屈原与彭胥。"④ 张衡《思玄赋》："载太华之玉女兮，召洛浦之宓妃。"⑤ 洛，或作"雒"，指河南省洛水。可见，西汉人多认为宓妃是伊水、洛水间女神。故而，王逸注《天问》："雒嫔，水神，谓宓妃也。"

宓妃为伊洛之神，可在诗歌本身找到内证。《离骚》云："夕归次于穷石兮，朝濯发乎洧盤。"穷石，为后羿国故地。据《左传·襄公四年》："后羿自鉏迁于穷石，因夏民以代夏政。"又《左传·哀公二十六年》："卫出公自城鉏使以弓问子赣。"《括地志》："故鉏城在滑州卫城县东十里。"据此，穷石当在今河南境内，伊洛流域。又《淮南子·地形训》："赤水之东，弱水出自穷石，至于合黎，余波入于流沙。"据《括地志》《史记正义》记载，此"穷石"当在今张掖市。按古代同名之地甚多，穷石、弱水皆非一处，当选地理、文化近情理者。故而，徐文靖认为："羿自鉏迁穷，地应相近，

---

① 张震泽：《扬雄集校注》，上海：上海古籍出版社，1993年，第245页。
② 洪兴祖：《楚辞补注》，北京：中华书局，1983年，第31页。
③ 同上书，第302页。
④ 张震泽：《扬雄集校注》，上海：上海古籍出版社，1993年，第106页。
⑤ 萧统编、李善注：《文选》，上海：上海古籍出版社，1986年，第669页。

何由远引张掖之穷石以为即羿国乎？"①徐氏之说颇近情理，可从。后羿所居之"穷石"，正在伊洛流域，既与宓妃传说地域相合，又毗邻楚国边境，较张掖之"穷石"更近情理。

穷石，既在伊洛流域，那么，"洧盤"亦当距此不远。王逸注引《禹大传》云："洧盤之水，出崦嵫之山。"据《山海经》，唯苕水出崦嵫山，无洧盤之水。《禹大传》不知所处，不可信。夏大霖："洛水在河南，洧水亦在河南，春秋时郑地，齐国时属魏。"②按"洧盤"疑即"洧渊"。据《左传·昭公十九年》："郑大水，龙斗于时门之外洧渊。国人请为禜焉，子产弗许。"洧水，位于伊水之东，经郑国城南，东南流入颍水。"洧渊"，称"洧盤"，与"阆中"成"阆风"通，皆屈原变幻其辞而已。盤与渊字义通。《淮南子·泛论训》云："盤旋揖让以修礼。"③盘旋，即回旋往复。又《说文段注》："渊，回水也。颜回，字子渊。"可见"洧渊"称"洧盤"，在语意上是可行的。另外，古沐浴之器称"盤"，如《礼记·丧大记》云："沐以瓦盤"。④而在《山海经》，神灵沐浴处，亦称"渊"。如《大荒南经》："北旁名曰少和之渊，南旁名曰从渊，舜之所浴也。"《大荒北经》："丘西有沈渊，颛顼所浴。"由此可知，"洧渊"称"洧盤"，无论从字义，还是文化上，都符合情理。

最后，宓妃的行为，亦与洧水流域风俗相合。洧水流域，春秋时属郑地，盛行"淫风"。《诗经》"淫诗"多出郑卫，而《郑风》更多"女惑男"之诗。例如《郑风·溱洧》即描述了发生在洧水畔，女子主动约会、诱导男子的情景。故《白虎通义》云："郑国土地民人，山居谷浴，男女错杂，为郑声以相诱悦怿，故邪僻，声皆淫色之声也。"⑤美丽而多情是战国时期对郑地女子的总体印象。《楚辞·招魂》："郑卫妖玩，来杂陈些。"《列子·周穆王》："简郑卫之处子娥媌靡曼者，施芳泽，正蛾眉。"⑥《战国策·楚策三》："彼郑、周之女，粉白墨黑，立于衢间，非知而见之者以为神。"⑦周地，即伊洛流域，该地女子与溱洧流域女子同样，被认为具有

---

① 徐文靖：《管城硕记》，北京：中华书局，1998年，第256页。
② 游国恩：《离骚纂义》，北京：中华书局，1980年，第314页。
③ 何宁：《淮南子集释》，北京：中华书局，1998年，第939页。
④ 阮元校刻：《十三经注疏》（清嘉庆刊本），北京：中华书局，2009年，第3418页。
⑤ 陈立：《白虎通疏证》，北京：中华书局，1994年，第97页。
⑥ 杨伯峻：《列子集释》，北京：中华书局，1979年，第91页。
⑦ 何建章：《战国策注释》，北京：中华书局，1990年，第555页。

"美丽而多情"的特点。由此可见，宓妃好淫游，"信美而无礼"的形象，与战国时期对周、郑两地女子印象是一致的。

且当楚怀王时，楚国边境已逼近洧水流域。据《史记·苏秦列传》苏秦说韩宣王，云："东有宛、穰、洧水，南有陉山。"又据《史记·楚世家》记载："十一年，威王卒，子怀王熊槐立。魏闻楚丧，伐楚，取我陉山。"可见，陉山是韩、魏、楚三国相争之地，属楚国北方边境重镇。《史记正义》引《括地志》："陉山，在郑州新郑县西南三十里。"①新郑，即今之新郑市，位于洧水之畔。据《史记·韩世家》记载，"韩哀侯二年（前375年），灭郑，因迁都郑。"战国时期，韩占有伊洛流域，并建都于郑，是楚国北方大国。可见，宓妃所居和所游之地，皆位于楚国北方边境附近。

有虞氏与夏少康复国有关，其故地较易确定。据《左传·哀公元年》记载少康避难，"逃奔有虞，为之庖正，以除其害。虞思于是妻之以二姚，而邑诸纶"。杜预注："梁国有虞县。"杨伯峻注："相传在今河南商丘地区虞城县西南三里。"②商丘，为宋国都城，时偃为宋君。据《史记·宋微子世家》记载，楚怀王十六年（前313年），宋君偃称王，连败齐、楚、魏，取楚地三百里。宋国复盛，一直延续到楚顷襄王十三年（前286年），齐、魏、楚三国灭宋。可见，在屈原生活的时代，宋为楚国东北方向强敌。

有娀氏与殷商始祖契传说有关。据《史记·殷本纪》记载："桀败于有娀之虚，桀奔于鸣条，夏师败绩。"《括地志》云："高涯原在蒲州安邑县被三十里南阪口，即古鸣条陌也。鸣条战地，在安邑西。"③据此，《史记正义》认为，有娀氏之墟，故地在蒲州，即今山西省永济县蒲州镇。永济县，战国时属于魏国，距魏都城安邑约八十公里。据《史记·楚世家》记载，当楚怀王十七年（前312年），秦军败于蓝田时，"韩、魏闻楚之困，乃南袭楚，至于邓"。可见，有娀氏所在之魏国，也是楚国的强敌。

综上，《离骚》游历多用神话地名，看似荒诞不经，看似漫无边际，实则有章可循。《离骚》周游天地以郢都为中心：苍梧在正南，昆仑、阆中在西北，宓妃、有娀氏在正北，有虞氏在东北，六个古国呈伞状罗列于楚国边境附近。

---

① 司马迁：《史记》（全十册），北京：中华书局，1959年，第1721页。
② 杨伯峻：《春秋左传注》，北京：中华书局，1981年，第875页。
③ 司马迁：《史记》（全十册），北京：中华书局，1959年，第96页。

## 五、天津西极

求女失败后,《离骚》云:"闺中既以邃远兮,哲王又不寤"。"闺中",指所求女子闺房;"哲王",指楚怀王。求贤女不得,返回朝廷又不能,诗人进退维谷,遂又向灵氛、巫咸两次问卜之辞。但是,两次占卜又出现矛盾:灵氛劝诗人远逝求女;巫咸则劝其留而求合。鉴于楚国小人当道,复兴无望,诗人遵从灵氛之占,决意远逝,自我流放。

流放之游途经以下七个地点:天津、西极、流沙、赤水、西皇、不周、西海。天津之外,其余都见于《山海经》,每个地名背后都有神话故事。确定神话地名的方位,解读神话故事,可更准确了解诗人神游的意旨。

首先,看诗人此行的出发点——天津。《离骚》云:"朝发轫于天津兮,夕余至乎西极。"王逸注:"天津,东极箕斗之间,汉津也。"按古天文学,天上星宿与地上九州相应。据《汉书·地理志》:"燕地,尾、箕分野也;吴地,斗分野也。"① 燕地,包括今朝鲜、辽宁、河北环渤海地区。吴地,涵盖今浙江、江苏地区。箕斗之间,位于今山东南部和江苏北部地区。这一区域,汉代称为"东海郡",战国时属于"东楚"。据《史记·货殖列传》记载:"彭城以东,东海、吴、广陵,此东楚也。"② 彭城,即今徐州市。楚怀王时,楚国已占有今徐州以东的沿海区域。

东海郡,郡治郯县,今山东郯城。郯城,有羽山,传说鲧被杀于此。据《虞书·舜典》记载,舜辅尧之时:"流共工于幽州,放驩兜于崇山,窜三苗于三危,殛鲧于羽山,四罪而天下咸服。"③ 舜放"四罪"之说,又见于《韩非子》《史记》等典籍,当为先秦时期广为流传的古史。羽山,《汉书·地理志》:记载东海郡,云:"祝其,《禹贡》羽山在南,鲧所殛。"又《括地志》云:"羽山在沂州临沂县界。"据此,钱穆认为:"羽山,今山东郯城县东北七十里,接江苏赣榆县西北境。"④ 诸多考证,具体位置可稍微偏差,然羽山位于东海,属于东楚则无疑。

《尚书》《左传》言:"殛鲧于羽山"。《史记·五帝本纪》曰:"殛鲧於羽山,以变东夷。"按鲧既被杀,何以"变东夷"?又《楚辞·天问》云:

---

① 班固:《汉书》,北京:中华书局,1962年,第1657页。
② 司马迁:《史记》(全十册),北京:中华书局,1959年,第3267页。
③ 阮元校刻:《十三经注疏》(清嘉庆刊本),北京:中华书局,2009年,第270页。
④ 钱穆:《史记地名考》,北京:商务印书馆,2001年,第68页。

"永遏在羽山，夫何三年不施？"遏，指囚禁。施，即释放。由此推断，鲧当先被长期囚禁，最终死于羽山。当然，古史渺茫，传说异词，亦不足怪。在中原古史中，鲧为罪臣，而在楚人眼中，鲧为"婞直"之臣。如《离骚》："行婞直而不豫兮，鲧功用而不就"；又："鲧婞直以亡身兮，终然殀乎羽之野"。鲧的"婞直"品质，可在其他典籍得到印证。据《山海经·海内经》记载："鲧窃帝之息壤以堙洪水，不待帝命。帝令祝融杀鲧于羽郊。"鲧受命治水，但擅权行为冒犯了天帝尊严，从而获罪被杀。又据《韩非子·外储说右上》记载："尧欲传天下于舜。鲧谏曰：'不祥哉！孰以天下而传之于匹夫乎？'尧不听，举兵而诛，杀鲧于羽山之郊。"① 尧舜禅让，天下以为美谈。鲧不从流俗之议，犯言直谏，亦成为天下公敌。可见，在古史传说中，鲧是罪臣，也是"婞直"之臣，而屈原更看重鲧的"婞直"品格。鲧"盗息壤"与屈原"造为宪令"类似，皆因贪功，冒犯君主权威获罪。鲧倔强而刚直的性格，也正是屈原的性格。性情相投，遭遇类似，故而《离骚》主人公的流放之游，以鲧被囚之羽山为起点。

西极，当在日月所入之地。据《大荒西经》记载，日月所入之地有七，分别是：方山、丰沮玉门、龙山、日月山、鏖鏊钜、常阳之山、大荒之山。按四季不同，日落的方位也不同，故《山海经》列七座日落之山。七座名山，自西北至西南依次排列，日月山居中，在正西方，号位"天枢"。《大荒西经》记载：

> 大荒之中，有山名日月山，天枢也。吴姖天门，日月所入。有神，人面无臂，两足反属于头上，名曰噓。颛顼生老童，老童生重及黎，帝令重献上天，令黎邛下地，下地是生噎，处于西极，以行日月星辰之行次。②

吴姖天门，当在日月山上，为日月出入之门。噎鸣所居之"西极"，当即日月山，位于正西方。噎处西极，是掌握日月星辰运行的神灵。据袁珂考证，"噎"即"嘘"。"无臂"，是残缺之象。"两足反属于头上"，类似"驷马捆绑"，也是受刑之象。噎鸣既被桎梏，又处西方绝远之地，应属获罪流放之神。可见《离骚》主人公所经"西极"，亦是流放者所居之地。

---

① 陈奇猷：《韩非子集释》，上海：上海人民出版社，1974年，第741页。
② 袁珂：《山海经校注》，上海：上海古籍出版社，1980年，第404页。

## 六、赤水不周

《离骚》主人公自东极"天津"出发，直达西极"日月山"之后，开始折回，又经历流沙、赤水、西皇三地。在楚人观念中，西方有大片流沙。《楚辞·招魂》云："西方之害，流沙千里些。"但这里的"流沙"并非专指某一地，而是泛指沙漠、荒漠地域。在《山海经》中，四方皆有"流沙"的记载，故而难以靠"流沙"判断方位。相比而言，赤水的方位比较确定。《山海经》有两条赤水：一条位于西北海之外，可称"北赤水"；一条发源于昆仑，东南流入南海，可称"南赤水"。经李炳海师考证，"南赤水"，原型为今之岷江。① 南赤水毗邻楚境，与楚族历史文化渊源颇深。故而，《离骚》所经之"赤水"，当为南赤水。

《离骚》主人公在渡赤水时，遭遇挫折，徘徊不前。《离骚》如此描写：

> 忽吾行此流沙兮，遵赤水而容与。麾蛟龙使梁津兮，诏西皇使涉予。路修远以多艰兮，腾众车使径待。路不周以左转兮，指西海以为期。

容与，王逸注："游戏貌也。"容与，指徘徊不进之貌。如《九章·涉江》云："船容与而不进兮，淹回水而凝滞。"那么，《离骚》主人公为何在赤水徘徊呢？当然，首先是赤水难渡，故等候"西皇"的协助。西皇，王逸认为是"少皞"，或以为是"西王母"，皆不可信。按"西皇"是地名，而非人名。如《楚辞·远游》云："风伯为余先驱兮，氛埃辟而清凉。凤凰翼其承旗兮，遇蓐收乎西皇。"闻一多认为，"西皇"当指西皇之山。② 《西次二经》记载有三座相连之山：皇人之山、中皇之山、西皇之山。其记"皇人之山"云："皇水出焉，西流注于赤水，其中多丹粟。"可见，西皇之山在赤水流域，《离骚》所谓"西皇"当指西皇山之神。

那么，诗人为何召唤西皇山之神呢？据《西次二经》介绍本经十七位山神，云："其十神者，皆人面而马身。其七神皆人面而牛身，四足而一臂，操杖以行：是为飞兽之神。"马身，意味着善于奔跑。牛身者似稍逊，然操杖以行，也加快了速度。西皇山之神善跑，故称"飞兽之神"。《离骚》主人公渡赤水受阻，故而召来"飞兽之神"协助。

---

① 李炳海：《〈山海经〉南北赤水的差异及其名称的形成》，《中国文化研究》，2014年夏之卷。
② 闻一多：《东皇太一考》，《文学遗产》，1980年第1期。

径待，王逸注训"径"为"邪径"，不可通。按"径"字，有快捷之义。如《荀子·性恶篇》："少言则径而省"，①指语言简明扼要；《文子·上仁》："石称丈量，径而寡失"，②言称量快捷；《史记·大宛列传》："从蜀宜径，又无寇"，③言从蜀通大夏，路途便捷。径待，一作"经侍"。如《远游》云："路曼曼其修远兮，徐弭节而高厉。左雨师使径待兮，右雷公以为卫"。"径待"与"为卫"对举，可见"径待"意谓紧紧跟随。如曹植《洛神赋》云"鲸鲵踊而夹毂，水禽翔而为卫"。④所谓"夹毂"，即"径待"的具体情景。

那么，诗人缘何途经"赤水"，且犹豫徘徊呢？在神话世界中，赤水流域有两个古国：讙头国与三苗国。据《海外南经》记载："讙头国在其南，其为人人面有翼，鸟喙，方捕鱼。厌火国在其国南，兽身黑色。三株树在厌火北，生赤水上，其为树如柏，叶皆为珠。三苗国在赤水东，其为人相随。"讙头国在厌火国北，赤水（三株树）亦在厌火国北，讙头国当与赤水距离不远。讙头，又作"驩头"。据《大荒北经》："颛顼生驩头，驩头生苗民，苗民釐姓，食肉"。可见，讙头和苗民两个部族，皆出于帝颛顼。

驩兜、三苗遭流放的传说，还见于《庄子》《淮南子》《说苑》等典籍，可见流传颇广。"崇山"，地望不可考，盖处南方荒蛮之地。"三危"，见于《西次三经》云："三危之山，三青鸟居之。"三危山在昆仑山西北，而三苗国在昆仑东南，属于超远距离流放。

《离骚》凭吊驩兜、苗民故地后，下一个目的地是"不周"。按《山海经》有两"不周"：一曰"不周负子"，在西北海之外，大荒之隅，见《大荒西经》；一曰"不周之山"，在昆仑东南，见《西次三经》。王逸注："不周，山名，在昆仑西北"。王逸注或出自《淮南子》，盖以"不周负子"为"不周"。

王逸注被历代注家广泛接受，却与《离骚》神游路径，文意不合。《离骚》既云："路不周以左转兮，指西海以为期"，说明"西海"较"不周"更为荒远。若"不周"指"不周负子"，位置显然比"西海"更荒远。《离骚》此次神游，意在自疏远逝，不当先"远"而后"近"。因此，《离骚》之"不

---

① 王先谦：《荀子集解》，北京：中华书局，1988年，第445页。
② 王利器：《文子疏义》，北京：中华书局，2000年版，第437页。
③ 司马迁：《史记》（全十册），北京：中华书局，1959年，第3166页。
④ 萧统编、李善注：《文选》，上海：上海古籍出版社，1986年，第900页。

周"，非《大荒西经》之"不周负子"，当是《西山经》之"不周之山"。按《西次三经》山脉走势：从不周山出发，西北行420里至崟山，又西北行420里至钟山，又西行180里至泰器之山，又西行320里至槐江之山，又平圃，再西南行400里至昆仑之丘。由此可见，《西次三经》之"不周"，位于昆仑之东南。自不周山左转，正面向西海，而昆仑山在其左侧。

据郑贞富考证，不周山即今山西省永济县之蒲山。① 不周山，曾是共工战场。据《淮南子·天文训》记载："昔者共工与颛顼争为帝，怒而触不周之山。"又《楚辞·天问》："康回冯怒，坠何故以东南倾？"康回，即共工。冯怒，即大怒。共工之怒，源于壮志未酬，不甘于失败。据《史记·楚世家》记载："共工氏作乱，帝喾使重黎诛之而不尽。帝乃以庚寅日诛重黎，而以其弟吴回为重黎后，复居火正，为祝融。"可见，共工之乱影响深远，乃至改变楚族的历史。共工力量强大，且高自标持。据《逸周书·卷七》记载："昔有共工，自贤，自以无臣。"孙晁注："言无任己臣者，故空官也。"② 共工"自贤"与屈原"自伐"通，皆因高自标持，因而冒犯君主权威，获罪遭流放。

《离骚》此次神游，所经之地皆属流放者故地。流放者，如噎鸣、驩兜、苗民、共工皆处于帝颛顼，与楚族古史密切相关。第三次神游属于凭吊流放者之游，此后便打算远离楚国，自我流放。

## 七、大夫去国

考察《离骚》神游路径可知，多数地点在楚国境内，或边境附近。诗人决意自我流放之前，先去楚国南部的苍梧，此后在楚国北部边境求女，再从羽山出发横贯楚境，三次都在楚国疆域往复徘徊。在四次求女失败后，《离骚》云："闺中既以邃远兮，哲王又不寤。""哲王又不寤"，可谓痛心疾首，足见诗人自我流放实属万般无奈。

《离骚》主人公徘徊不去的行为，与周代大夫去国礼有关。据《礼记·曲礼下》："大夫、士去国，踰竟，为坛位，乡国而哭，素衣素裳素冠。"③《正义》："此大夫士三谏而不从，出在竟上。大夫则待放，三年听於

---

① 郑贞富：《不周山即蒲山考》，《河南大学学报（社会科学版）》，1993年第4期。
② 黄怀信：《逸周书汇校集注》，上海：上海古籍出版社，2007年，第959页。
③ 阮元校刻：《十三经注疏》（清嘉庆刊本），北京：中华书局，2009年，第2724页。

君命。若与环则还，与玦便去。"在周礼中，君臣以义属，三谏不听，为臣者可离开朝廷。离开朝廷，意谓着疏离，君臣关系尚在。若君主回心转意，可召回大臣，恢复君臣关系。若臣下谏诤不听，立刻出奔他国，则属忿戾之臣，不合于礼。

《礼记》的记载，可在《左传》中得到印证。《左传·成公十五年》记载，宋国动乱，华元出舍于睢水上。鱼府自知有罪，召回华元，自率鱼氏舍于睢上。

> 冬十月，华元自止之，不可。乃反。鱼府曰："今不从，不得入矣。右师视速而言疾，有异志焉。若不我纳，今将驰矣。"登丘而望之，则驰。①

华元早已决定驱逐鱼府等人，但碍于大夫去国之礼，不得不行"止之"之礼。鱼府不想出奔，但碍于大夫去国礼，不得不做出待罪睢上的样子。有如《左传·定公十年》记载，宋公子地得罪于君主，欲出奔。公子辰曰："子为君礼，不过出竟，君必止子。"②臣子获罪，当退避君主，最甚不过出奔。若非重罪，君主亦当"止之"，不使越境。"越境"，意谓君臣关系彻底断绝。故而，《左传·宣公二年》记载，赵穿弑君，赵盾蒙弑君之名。孔子曰："惜也，越竟乃免。"③言外之意，赵盾越境则断绝君臣关系，无义务讨伐弑君之人。

此外，臣按身份又分：异姓之臣和同姓之臣。异姓之臣，三谏不听则可去，可逾越境。同姓之臣越境，属于去父母之邦，更不可轻易选择。据《孟子·万章下》："孔子之去齐，接淅而行。去鲁，曰：'迟迟吾行也，去父母国之道也。'"赵岐注："淅，渍米也。不及炊，避恶呕也。"④对孔子而言，齐国是外邦，与君合则仕，不合则去，无可留恋。而鲁国是父母之邦，孔子生于斯，长于斯，有族人亲戚，难免流连。

屈原与楚王同姓，又曾获怀王信任、重用，对楚人、楚地怀有深厚感情。故而，屈原遭遇猜忌之后，不肯决然离去，期盼怀王能醒悟，重新召回自己。然而，经多次在楚国周游，徘徊楚国边境附近，最终也没盼来楚王召唤，不得已远逝西海，自我放逐。

---

① 杨伯峻：《春秋左传注》，北京：中华书局，1981年，第875页。
② 同上书，第1582页。
③ 同上书，第663页。
④ 阮元校刻：《十三经注疏》（清嘉庆刊本），北京：中华书局，2009年，第5962页。

# 刘熙《释名》与汉代文体形态研究*

何志军

《释名》是东汉末刘熙所著的一部训诂词典，①主要以声训法解释社会生活中各种有形事物与无形观念命名的由来。与最早的训诂词典《尔雅》相比，《释名》内容更广泛，其中《释言语》《释书契》《释典艺》《释乐器》四类涉及各种文体，以及与文字书写相关的各种事物和概念，这是社会发展和文体繁盛的重要表现。正因《释名》不是专门性的文体著作，在某种意义上更客观地反映了东汉人的文体观念，在古代文体发展史上尤值得注意。对《释名》的研究历来多从语言学角度展开。在文体史领域，多以之为古代公文书的语源佐证，实则其价值尚不止此。吴承学、何诗海从文学史料的角度指出，《说文解字》《释名》等古代字书"可以作为研究文学观念尤其早期文学观念的材料"、"对于我们理解先秦至两汉的文体观念是相当有价值的"。

《释名》著录训释的文体种类颇多，胪列如下。卷四《释言语》：语、说、序、颂、赞、铭、纪、祝、诅、盟、誓；卷六《释书契》：奏、簿、籍、檄、谒、符、传、券、莂、契、策、示、启、书、题、告、表、约、敕；卷六《释典艺》：经、纬、图、谶、传、记、诗、法、律、令、科、诏书、论、赞、叙、铭、诔、谥、谱、碑、词；卷七《释乐器》：歌、吟。其中，颂、赞、铭几种文体在《释言语》和《释书契》中重见（颂还见于《释典艺》诗之六义）而解释重点不同，省并而言，所涉及的文体也多达40余种。目前尚未见研究《释名》与古代文体关系的单篇专门论文，本文

---

\* 本文是暨南大学人文社科项目"东汉文体形态研究"（51104630）的阶段性成果。
① 关于《释名》作者及成书年代的争议，可参看宦荣卿《〈释名〉的作者及成书年代考》，《复旦学报·社会科学版》1985年第5期。

稍加梳理论析，抛砖引玉，以待贤者。

## 一、日常应用文体的繁盛与著录外延的拓展

在《释名》之前，东汉蔡邕《独断》论及策书、制书、诏书、戒书、章、奏、表、驳议等朝廷应用文体[①]，故罗根泽《中国文学批评史》说："东汉的文体论只论及诏令文和奏议文。"而刘熙《释名》则大大拓展了汉代文体的著录和训释范围，不单有朝廷应用文体，而且广泛、集中地反映了汉代日常应用文体的繁盛。

语、说、论都是古老的散文文体，从文体史角度看，《释言语》记录的语、说是原始口头形态。《释名》："语，叙也，叙己所欲说也。"语就是叙说自己想要说的话，突出了对思想与语言心口相应、表里如一的要求，合观《释书契》释表"思之于内，表施于外"与《法言·问神》"言，心声也；书，心画也"、《毛诗序》"情动于中而形于言"，可见汉人的普遍观念。说的外延比语广，《释名》："说，述也，宣述人意也。"重点也是在语言能真实表达意义。对东汉人来说，所有的口头言说都属于"说"，笔录的臣子谏说、策士游说等则是安排精密的书面"说"体。《文赋》称"说炜晔而谲诳"，其关注重心已在说体的文学语言特征，不同于汉人强调思想与表达的内外如一。《释名》："论，伦也，有伦理也。"此处伦理当解为条理、层次，参《释水》"沦，伦也，水文相次有伦理也"可知。《释名》突出了论体的基本特征：条理分明、层次清晰。《文章缘起》以王褒《四子讲德论》为单篇论体之始，叶德炯亦举汉代论著为例："论如桓宽《盐铁论》、王充《潜夫论》、桓谭《新论》之论，古人著书，皆有体例，故曰有伦理。"（笔者按，王充当作王符）

颂、赞多为四言韵文体。《毛诗序》："颂者，美盛德之形容，以其成功告于神明者也。"《释言语》："颂，容也，叙说其成功之形容也。"《释典艺》："称颂成功谓之颂。"《释名》的训释当本于《毛诗序》，但去除了"告于神明"的限制，这和汉代颂体对象由祖先神明转向君臣人事有关，反映了颂体外延的变化。《文章缘起》以王褒《圣主得贤臣颂》为单篇颂之始，

---

[①] 蔡邕之前有《汉制度》论及相关文体，今存片段，或曰蔡邕之师胡广所作。参看跃进《〈独断〉与秦汉文体研究》，《文学遗产》2002年第5期。

其文体结构和语言形式也有变化。赞的本义原为"明也，助也"。《释名》所云则是汉代赞体的新义，《释言语》："赞，录也，省录之也。"《释典艺》："称人之美曰赞，赞，纂也，纂集其美而叙之也。"赞是用简练的语言称颂他人德行之美的文体，有别于褒贬并举的史赞。《文心雕龙·颂赞》云"至相如属笔，始赞荆轲"，《文章缘起》亦以司马相如《荆轲赞》为单篇赞文之始，文已佚。汉代赞与颂关系密切，而施用范围则广及普通人，篇幅相对短于颂。桓范认为赞像"盖《诗·颂》之末流"，刘勰也认为赞是"颂家之细条"。

东汉以来碑、铭、诔繁盛，多与丧葬有关。《释名》："碑，被也，此本葬时所设也。施鹿卢，以绳被其上，引以下棺也。臣子追述君父之功美，以书其上，后人因焉，无故建于道陌之头，显见之处，名其文，就谓之碑也。"（笔者按，点校本标点为"名其文就，谓之碑也"。此处标点从汇校本）本来用于下葬时置绳其上以牵引棺木的无字碑，当"臣子追述君父之功美，以书其上"，于人去世后（据毕沅，"无故"即"物故"），置于墓地显见之处，就形成了墓碑文。墓碑文是碑文的一种，《文心雕龙·诔碑》有"自后汉以来，碑碣云起"之说。刘熙对碑的训释相当详细，不单释名，兼溯源流，在全书中堪称特例。《文章缘起》以汉惠帝《四皓碑》为碑体之始，文已佚，当为墓碑。《礼记·祭统》论铭："夫鼎有铭，铭者，自名也。自名以称扬其先祖之美，而明著之后世者也。"蔡邕《铭论》曾专门论述。《释言语》："铭，名也，记名其功也。"《释典艺》："铭，名也，述其功美，使可称名也。"记其名、述其功，传于后世，既是铭文的原始功能，也是主要功能。诔是对已逝者生平事迹、德行的集中称述，本是定谥的依据。《礼记·曾子问》郑玄注："诔，累也。累列生时行迹，读之以作谥。"《释名》上承郑注，着重在诔的叙事功能，故云："诔，累也；累列其事而称之也。"刘勰曾辨析碑、铭、诔的区别："夫碑实铭器，铭实碑文，因器立名，事先于诔，是以勒石赞勋者，入铭之域，树碑述亡者，同诔之区焉。"因碑文受多种文体影响形成复合文体，仅就墓碑文的四言韵文体而言，其述功赞德者类似铭文，述亡表哀者类似诔文。东汉诔文、碑文中的序文逐渐承担了叙事功能，诔文功能则转向抒情表哀，《文赋》"诔缠绵而凄怆"、《文心雕龙·诔碑》"荣始而哀终"就揭示了诔文转型后的文体特征。

祝、诅、盟、誓与古人的敬畏神灵观念及语言禁忌有关。祝就是向上天神明祷告，其内容有善有恶，善者祈福，恶者降祸，即《释名》所云

"祝,属也,以善恶之词相属著也"。《文章缘起》以董仲舒《祝日蚀文》为单篇祝文之始,后之祝文以祈福为主。诅即诅咒,请上天神明降祸于诅咒对象,即《释名》所云"诅,阻也,使人行事阻限于言也"。《诗经·小雅·何人斯》孔颖达疏曰:"盟大而诅小。"诅是盟的约束条件,背盟将受上天的惩罚。《释名》:"盟,明也,告其事于神明也。"告于神明之事则与约束结盟各方有关,《释名》"誓,制也,以拘制之也",就着重在誓的约束功能,誓多为口头约定,盟更具正式书面意义。①

汉代日常应用文体繁盛,首先表现在书面文字记录的普及。《说文解字》:"书,箸也。"其叙曰:"箸于竹帛谓之书,书者,如也。"《释名》:"书,庶也,纪庶物也。亦言著也,著之简纸,永不灭也。""书称'刺书',以笔刺纸简之上也。"这些解释都突出了文字书写的功能——记录众物的广泛性和书面记录的永久性。《释书契》还有"纸"的训释条目,可看出东汉书写载体竹木简和纸张并存的情况。此外,《释书契》还训释了日常生活中的大量应用文书,如刺、署、籍、传、券、契、示、启、约等,也就是社会生活中常用的人口名簿、契约、过关文书等,这些文书起源既早,应用亦广,此不赘述。

值得注意的是,古人在文体的运用上往往别出心裁,甚至化实为虚,使应用文体融入文学文体。比如券、约,是约束交易各方的契约类应用文体,《释名》云:"券,绻也,相约束缱绻以为限也"、"约,约束之也"。《文心雕龙·书记》称:"王褒《髯奴》,则券之谐也。"②券与约相似,《文章缘起》以王褒《僮约》为约之文体渊源,着眼点已在于有意为文,可见训诂学家和文体学家关注的重心不同。《僮约》的主体是王褒向寡妇杨惠买髯奴便了的券文,保留了券文的基本格式如交易时间、买卖方姓名、性别、籍贯及交易内容、金额等。文章核心是髯奴职责及惩罚条例的夸张(不实),而夸张(不实)使此文从应用文体走向富有文学意味的文体;以夸张和对照的手法,铺写髯奴面对严苛契约所表现出的前倨后卑的姿态,也具有一种戏剧性的叙事效果。从文体史角度看,《僮约》借用券文这种日常应用文体进行虚构写作,化应用文体为文学文体,应该受到了当时流行俗赋夸张铺叙语言特征的影响,在文体融合的形式上也有特殊的试验性质。

---

① 参看吴承学《先秦盟誓及其文化意蕴》,《文学评论》2001年第1期。
② 王褒《髯奴》即《僮约》,因文中有"髯奴便了",刘勰以《髯奴》指称此文。另有《责须髯奴辞》一篇,或系之王褒,或系之黄香,其文并无券之文体形式。

《释名》对与写作相关之物的训释也值得注意，如《释书契》中的笔、砚、墨、纸、简、笏、札、板、椠、牍等书写工具及载体，以及玺、印等封盖信物，这对全面了解汉代应用文文体的原始形态有一定帮助。有的后来被作为文体名称，比如札、简、牍等。古代文体得名于载体很常见，如前述刘勰论碑"因器立名"，宋代孙何《碑解》则力辨"碑非文章之名"。对此，《四库全书总目·金石要例》提要认为，相沿既久，"不必定以古义拘矣"。章学诚《驳孙何〈碑解〉》也指出："古人文字，初无定体，假借为名，亦有其伦。"围绕着载体和所载文体区别的争议，说明古代文体得名往往约定俗成，不一定具有清晰的内涵和和固定的外延。"因器立名"的碑所载的文体，可能是四言韵文为主的颂、赞、箴、铭、诔，也可能是散文体为主的序、传、记，或者是多种文体的综合形态，这是研究古代文体形态要充分注意的。

## 二、官方意识形态的体现：
## 朝廷应用文体与经纬文体

《释名》所涉及的朝廷应用文体可分为下行文书与上行文书两类。第一类下行文书包括了诏书、策、敕、告、符以及法、律、令、科等文体。

诏书、策、敕都是皇帝向群臣发布命令的御用文体，即蔡邕《独断》中的诏书、策书、戒敕（戒书）。诏书的应用范围最广，数量最多，是皇帝对各类重大事务的指示。《释名》："诏书。诏，照也。人暗不见事宜，则有所犯，以此照示之，使昭然知所由也。"臣民如同在黑暗中行走，皇帝的诏书则可以照而示路，指引方向。吕向注《文选》汉武帝诏："诏，照也，天子出言如日之照于天下也。"可说是刘熙释诏的进一步发挥。策和敕的使用范围相对较小，策常用于封拜（及罢免）诸侯王、三公等。《释名》："策，书教令于上，所以驱策诸下也。汉制，约敕封侯曰册，册，赜也，敕使整赜不犯之也。"（笔者按，点校本标点为"策书"，此处标点从汇校本）刘熙特别补充说明"汉制，约敕封侯曰册"，即为策（册）这一文体在汉代的新功能。敕常用于警示刺史、太守及三边营官等地方重臣，使之戒骄戒怠，谨守臣节，《释名》："敕，饬也，使自警饰不敢废慢也。"

法、律、令、科等法律文体，都是对臣民行为的强制约束和限制，使臣民的个人意志服从于国家意志，《释名》："法，逼也，人莫不欲从其志，逼正使有所限也"，"律，累也。累人心使不得放肆也"，"令，领也，理领之使不得相犯也"，"科，课也，课其不如法者，罪责之也"，可见《释名》重在官方法律文体的强制性、约束性，而并不具体区分其差异。之所以如此，和这些文体在当时的实际运用情况有关。法、律、令见于先秦，历代最高统治者拥有最高立法权，往往以诏书的形式加以增减，"定著令"、"著令"、"定令"等语即在诏书中颁布法令，如《汉书·宣帝纪》文颖注："萧何承秦法所作为律令，律经是也。天子诏所增损，不在律上者为令。"但在汉代往往混称，《史记·酷吏列传》载杜周对客人责难的回应："三尺安出哉？前主所是著为律，后主所是疏为令，当时为是，何古之法乎！"法、律、令之界限已然混同。于振波根据出土居延汉简推测，汉代的科"很可能是根据律、令的某些条款或某一具体制度规定的细则"，通常因时制宜，具有相对灵活的特点。

第二类上行文书包括奏、表、谒、檄等。

奏是群臣向皇帝进言的总称，奏的预设读者范围非常明确，堪称狭小，因此《释名》云"奏，邹也；邹，狭小之言也"。表也是给皇帝看的文体，《释名》："下言于上曰表，思之于内，表施于外也。又曰上，示之于上也。又曰言，言其意也。"着重在表达内心思想和情意。蔡邕《独断》区分了章、表、奏、议在书写格式、进言途径等方面的区别。《文心雕龙·章表》云："奏以按劾，表以陈请。"则奏、表在功能上原本也有所区分。

《释名》："谒，诣也。诣，告也，书其姓名于上，以告所至诣者也。"谒相当于刺，刺可用于平辈而谒只用于尊者，一般仅具名、字、职位、爵里等简单信息。《全后汉文》卷二十二今存东汉郑众《婚礼》、《婚礼谒文》和《婚礼谒文赞》片段，是男方向女方父母（尊者）求亲送礼仪式的规范，《婚礼》云："其礼物凡三十种，各有谒文，外有赞文各一首。"似已有粗浅的文章雏形。东汉还存在祭文形态的谒文，《后汉书·张超传》载，张超"著赋、颂、碑文、荐、檄、笺、书、谒文、嘲，凡十九篇"。《文章缘起》以谒文始于张超《谒孔子文》[①]，近人姚华《论文后编》云："祭文之不韵者，别流为笔，其类于祭文而以笔行之，如祝文、祈文、谒文之属，皆起流俗，以其来已旧，或经名手，遂亦流传。祝文今尚盛行，祈谒则不多见。"谒及

---

① 张超《谒孔子文》已佚，今存《尼父颂》片段为四言颂体。

婚礼谒文的对象是生者，仅具通传姓名职位的实用功能；谒文的对象则是逝者，还包括祈福禳灾和表达情感的特殊功能。谒文当从谒中分化而出，和前述"约"一样，是文体发展中化实为虚的表现。

《释名》对檄的解释尤少为人知。古代文体往往兼具各种功能，而且在历史发展中呈现出功能新增或消失等复杂情况，檄即一例。檄文最为人熟知的是作为下行文或平行文，下行文主要用于征召军队、晓谕地方；平行文主要声讨敌人。《释名》所云则属于上行文："檄，激也，下官所以激迎其上之书文也。"此种用途在东汉多见，史书记载颇多，如《后汉书·周燮传》附载冯良事迹：

> 良字君郎。出于孤微，少作县吏。年三十，为尉从佐。奉檄迎督邮，即路慨然，耻在厮役，因坏车杀马，毁裂衣冠，乃遁至犍为，从杜抚学。

此类"奉檄迎督邮"之记载，还可见《后汉书·儒林传》赵晔、《独行传》范冉。又如《朱晖传》附载其孙朱穆事迹：永兴元年，朱穆任冀州刺史，整顿吏治，"州人有宦者三人为中常侍，并以檄谒穆。穆疾之，辞不相见"。其中的檄均为上行文，可印证《释名》"下官所以激迎其上之书文"的解释是客观之说，有助于全面了解檄这一文体的历史用途和变化。后来檄的上行文功能逐渐消失，因而文体学著作鲜论及此，《文心雕龙·檄移》就只论述了檄的军事征伐和州郡征吏两种下行文功能。清代学者毕沅对此也颇为疑惑，说："战国以来，始有'檄'名，或以谕下，或以辟吏，或以征召，或以威敌，未有如此所云者。"王启原引《后汉书·陈实传》、《范丹传》（笔者按，通行本《后汉书》作《陈寔传》、《范冉传》）、《吴祐传》注及《三国志·吕蒙传》证明："此皆下官迎上书文之明证。激迎之说，未可非也。"

《释名》中部分文体和汉代经学有密切关系，如经、传、记、诗等。汉代自武帝独尊儒术以来，经书被视为一切学问的根本，故《释名》云："经，径也，常典也，如径路无所不通，可常用也。"以径训经，经就像无所不通的道路，极为形象；同时，经又是可常用的典范，具有极高的实用性。传是对经的解释，故《释名》云："传，传也，以传示后人也。"此外，《释典艺》还著录了大量儒家典籍名目，传说时代的典籍如三坟、五典、八索、九丘，汉代的五经《易》、《礼》、《诗》、《尚书》、《春秋》，以及《国语》、《论语》、《尔雅》等。汉代儒家经典的确立以及对其典范性的强调，也催生了古代文体源于经典的思维模式，对古代文体学影响极为深远。①

《释名》释诗显然参考了《毛诗序》及汉儒解经的观点，如《毛诗序》曰"诗者，志之所之也"；郑玄注"六诗"："赋之言铺，直铺陈今之政教善恶。比见今之失，不敢斥言，取比类以言之。兴见今之美，嫌于媚谀，取善事以喻劝之。雅，正也，言今之正者以为后世法。颂之言诵也，容也，诵今之德广以美之。"《释名》："诗，之也，志之所之也。兴物而作谓之兴，敷布其义谓之赋，事类相似谓之比，言王政事谓之雅，称颂成功谓之颂，随作者之志而别名之也。"刘熙以聊聊数语即把"诗"以及相关的六义（未释"风"②）作了颇为精要的概括，并未采用郑玄关于政治、教化、善恶等倾向性语词，更为平正。与诗相关，《释名·释乐器》云："人声曰歌。歌，柯也。所歌之言是其质也，以声吟咏有上下，如草木之有柯叶也。故兖冀言歌声如柯也。"指出歌即人声徒歌，以高低变化的声调吟咏歌词（所歌之言），当承《礼记·乐记》"歌者，上如抗，下如队"，且以兖州冀州方言训歌为柯，也包含了歌谣的地域特点。《释名》还特别强调吟的情感特征（忧愁）及打动人心的审美效果，和东汉诗歌感伤思潮是一致的："吟，严也，其声本出于忧愁，故其声严肃，使人听之悽叹也。"

谶纬之学起自西汉而盛行于东汉光武帝以后，《释名》中的纬、谶等文体就与此相关。纬书往往依傍于经学著作，杂以阴阳五行及预言之类来解释经义，借以提高自身地位。《释名》："纬，围也，反覆围绕以成经也"，着重纬书对经书的辅助作用。《文心雕龙·正纬》认为纬书具有文章学价值："事丰奇伟，辞富膏腴，无益经典，而有助文章。"于此亦可窥见训诂学家和文体学家关注重心的不同。在古人看来，谶是一种往往会得到事实应验的隐喻式预言，即"立言于前，有征于后"。谶之名至迟在汉初已出现，《鹏鸟赋》"发书占之兮，谶言其度"可证。《说文解字》云："谶，验也。"《释名》："谶，纤也，其义纤微而有效验也。"说明谶即隐喻式预言，其字面义只有经过阴阳五行学说的转换才能得到深层隐微的隐喻义，具有其称小而其指大的特点。以歌谣形态出现的汉代谣谶，如《汉书·五行志》所载汉成帝时"燕燕尾涎涎"、"邪径败良田"的谶言等，是文体史上值得注意的谶言形态之一。③

---

① 参看吴承学、陈赟《对"文本于经"说的文体学考察》，《学术研究》2006年第1期。
② 毕沅曰："此不言风，六义阙其一，盖有脱逸矣。"
③ 参看吴承学《谣谶与诗谶》，《文学评论》1996年第2期。

### 三、《释名》的文体史和文体论价值

《释名》并非专论文体的著作，而是关于社会生活中各种有形事物和无形观念的词典。刘熙《释名序》云：

> 夫名之于实，各有义类，百姓日称而不知其所以之意，故撰天地、阴阳、四时、邦国、都鄙、车服、丧纪，下及民庶应用之器，论叙指归，谓之《释名》。

也可以说，对这些重要词语的分类解释，大致上构成一个与东汉人生活息息相关的事物与观念的知识谱系。

某些训释透露出刘熙的文学观念，如对文章的"丽"以及文与质关系的认识。刘熙经常采用形象的事物来解释无形的观念，对"文"的解释就是一例。《释名》："文者，会集众采以成锦绣，会集众字以成辞义，如文绣然也。"文章是把文字的最小单位——字有规律地组织在一起，就像是用各种颜色编织锦绣一样，其中已经有"丽"的观念在内了，而"丽"的程度则视乎文字组织排列的技巧高下，包含有文本学虽粗浅却基本的观念。合观《释名》对绣、罗、绵的训释，都以"文"的有无、疏密等为衡量标准，如：绣"文修修然也"、罗"文罗疏也"、绵"柔而无文也"。又如对"饰"的解释，涉及"文"与"质"的关系："饰，拭也，物秽者拭其上使明，由他物而后明，犹加文于质上也。"说明"文"不仅是对"质"的一种外在装饰，更重要的是，只有通过"文"才能更清晰地呈现"质"的内在本色，这在某种程度上意味着"文"就是"质"的一部分。还可参考《释采帛》对"素"的解释："素，朴素也。已织则供用，不复加功饰也。又，物不加饰，皆目谓之素，此色然也。"

刘熙对"文"的看法可说是汉代人的共识，甚至在"锦绣"喻体上都非常相似，如司马相如语："合綦组以成文，列锦绣而为质，一经一纬，一宫一商，此赋之迹也"；汉宣帝用"女工有绮縠"来比喻赋之小者"辩丽可喜"；王充《论衡·量知》云："儒生佼有经传之学，犹女工织锦刺绣之奇也"，"学士有文章，犹丝帛之有五色之巧也"；《论衡·定贤》对"文如锦绣"的司马相如、扬雄的批评等。结合这些观念和刘熙对"文"、"饰"等的解释，可知汉代人对文章形式美的普遍欣赏和讲究。[1]

---

[1] 参看古风《"以锦喻文"现象与中国文学审美批评》，《中国社会科学》2009年第1期。

《释名》作为一部常识性的训诂词典，流布甚广，颇受关注，如三国韦曜（昭）狱中上书说："见刘熙所作《释名》，信多佳者。"《释名》对东汉以后的文体学家也产生了一定的影响。以刘勰《文心雕龙》为例，影响至少有三方面：一、泛文体尤其日常应用文体的著录外延；二、沿用《释名》中某些具体的文体训释；三、文体论"释名以章义"的声训方法。《文心雕龙·书记》所收录的大量书记类应用文体，许多是和《释名》相同的，如谱、籍、簿、录、符、契、券、疏、律、令、法、制等，并增收了其他应用文体如方、术、占、式、关、解、牒、状、列、辞、谚等。

作为"艺文末品"、"政事先务"的这些文体，是完整观察汉代到魏晋六朝文体发展不可或缺的一环。自《独断》记录和解释朝廷应用文体以来，《释名》将文体范围扩展到更广泛的日常应用文体，而词典的广泛使用可在相当程度推动其成为一般常识。东汉以后的史书著录、文章总集、文体论著大多体现了这种泛文体的观念，这是值得注意的细节。三国曹丕《典论·论文》，晋代挚虞《文章流别论》、李充《翰林论》，南朝梁代萧统《昭明文选》、刘勰《文心雕龙》、任昉《文章缘起》等，都大量收录此类文体。影响颇大的《典论·论文》所云"盖文章，经国之大业，不朽之盛事"，"经国之大业"就在于与"政事先务"有关的各类应用文体。《文心雕龙·章表》所云"章表奏议，经国之枢机"，亦是此意。《昭明文选》、《文章缘起》等总集中收录的文体，也是以朝廷应用文体及日常应用文体类别最多。

刘勰《文心雕龙》常采用声训的方法对文体进行"释名以章义"，其中部分训释与《释名》相同或者相近，也隐约有《释名》的影子。如：

《释名》："颂，容也。"《文心雕龙·颂赞》："颂者，容也。"

《释名》："盟，明也。"《文心雕龙·祝盟》："盟者，明也。"

《释名》："铭，名也。"《文心雕龙·铭诔》："铭者，名也。"

《释名》："诔，累也。累列其事而称之也。"《文心雕龙·铭诔》："诔者，累也；累其德行，旌之不朽也。"

《释名》："传，传也，以传示后人也。"《文心雕龙·史传》："传者，转也；转受经旨，以授于后。"

《释名》："论，伦也，有伦理也。"《文心雕龙·论说》："论者，伦也；伦理无爽，则圣意不坠。"

除以上较明显受到《释名》影响的训释外，《文心雕龙》文体论的义例之一"释名以章义"也来自《释名》,并且把声训法更广泛地应用于文体的解释。例如"诗者,持也"、"赋者,铺也"、"移者,易也"、"书者,舒也"、"谱者,普也"、"箴者,针也"等等,根据黄益元的统计,刘勰对35种文体的训释"百分之九十以上,都是用的声训"。① 《释名》和《文心雕龙》不仅普遍采用了声训法,还以义训作为辅助,不应忽略。刘勰以"原始以表末,释名以章义,选文以定篇,敷理以举统"的系统方法,构建了一个严密的文体批评体系。当然,《释名》作为一部训诂学词典,使得泛文体的著录和声训训释成为常识,其影响当属事实,但另一方面,《文心雕龙》批判继承前人论述之处甚广,"释名以章义"只是刘勰文体论方法中的一环,不应过高估计《释名》的影响。把《释名》中的文体训释和《文心雕龙》相比,可以清楚地看到二者关注重心的不同:前者在于语源,后者则兼顾文体源流正变及其典范。

正因《释名》非专论文体的著作,其中的文体著录和训释更能客观地反映出东汉人的普遍观念,即重视应用文体甚于文学文体。在古代文体史研究领域,《三国志》、《后汉书》各传末往往集中列举传主所作各类文体,常为人称引以印证东汉文体之繁盛。不过,陈寿《三国志》著于西晋,范晔《后汉书》著于南朝刘宋时代,距东汉灭亡分别有60年、200年左右的时间,已经是文体辨析著作涌现的时代,如何看待其中的文体分类和东汉文体实存的关系,学界尚有不同意见。② 因此,像《东观汉记》(现存辑佚本)、《独断》以及《释名》等东汉人著作中所涉及的文体和文体观念,在研究古代文体史尤其是早期应用文体和文学文体的演进关系时,就更值得注意。

汉代文体日渐繁盛,应用范围日渐广泛,随着社会发展变化和文体内部演进,文体内涵和外延往往在使用中发生细微的变化。在实际写作过程中,一些文体之间原来的界限往往容易混淆或交叉,这种情况在东汉已经比较明显。蔡邕《独断》就已经指出,朝廷应用文文体中的戒书"世皆名此为策书,失之远矣"。《释名》释檄的上行文功能在东汉客观存在,后来逐渐消失。由于某些社会礼制的解体,也造成了文体的变化。桓范《世要

---

① 黄益元《刘勰的声训意识》,《九江师专学报》1983年第1期。
② 参看傅刚《论汉魏六朝文体辨析观念的产生与发展》,《文学遗产》1996年第6期;刘跃进《〈独断〉与秦汉文体研究》,《文学遗产》2002年第2期;吴承学、何诗海《简谈文学史史料的发掘和处理》,《北京大学学报·哲学社会科学版》,2005年第4期。

论》对东汉末赞像、铭诔、书论等文体淆乱的情形进行了批评。挚虞《文章流别论》指出汉代颂体受到汉赋的影响,称或"颂而似雅",或"纯为今赋之体","谓之颂,失之远矣"。刘勰《文心雕龙》所辨析的文体之多更是不胜枚举。刘师培指出:"文章各体,至东汉而大备。汉魏之际,文家承其体式,故辨别文体,其说不淆。"是否"其说不淆"姑且不论,魏晋以来文体辨析的专门化,正是在东汉文体的繁盛以及蔡邕、刘熙等人对各类文体的著录及简单辨析基础上发展而来。

毋庸讳言,东汉末刘熙《释名》并非一部专门的文体著作,对于极为复杂的文体形态及其演变来说,简单的释名方法也远不足以勾勒文体的源流全貌。因此,一方面,我们不必也不应拔高它在文体史上的地位;另一方面,平心而论,在汉魏六朝文体史、文体论的整体考察上,刘熙的《释名》依然可以作为一个值得留意的环节,这对我们深入了解中国古代文体观念或许无不裨益。

# 参考文献

［1］吴承学、何诗海:《简谈文学史史料的发掘和处理》,《北京大学学报(哲学社会科学版)》,2005年第4期。

［2］罗根泽:《中国文学批评史》,上海:上海古籍出版社,1984年。

［3］刘熙著,毕沅疏证,王先谦补,祝敏彻、孙玉文点校:《释名疏证补》,北京:中华书局,2008年。

［4］郭绍虞主编:《中国历代文论选》,上海:上海古籍出版社,2001(新1版)年。

［5］刘勰著,詹锳义证:《文心雕龙义证》,上海:上海古籍出版社,1989年。

［6］严可均编:《全上古三代秦汉三国六朝文》,北京:中华书局,1995年。

［7］刘熙著,任继昉纂:《释名汇校》,济南:齐鲁书社,2006年。

［8］阮元:《十三经注疏》,上海:上海古籍出版社,1997年。

［9］许慎著,段玉裁注:《说文解字注》,上海:上海古籍出版社,1997年。

［10］永瑢等:《四库全书总目》,北京:中华书局,1995年。

[11]章学诚著,仓修良新编:《文史通义新编》,上海:上海古籍出版社,1997年。

[12]李善等:《六臣注文选》,杭州:浙江古籍出版社,1999年。

[13]班固:《汉书》,北京:中华书局,1962年。

[14]司马迁:《史记》,北京:中华书局,1959年。

[15]于振波:《秦汉法律与社会》,长沙:湖南人民出版社,2000年。

[16]范晔:《后汉书》,北京:中华书局,1965年。

[17]郭绍虞、罗根泽主编:《中国近代文论选》,北京:人民文学出版社,1959年。

[18]王充著,黄晖校释:《论衡校释》,北京:中华书局,1990年。

[19]陈寿:《三国志》,北京:中华书局,1959年。

[20]蔡邕:《独断》,台北:台湾商务印书馆影印文渊阁四库全书,1986年。

[21]刘师培:《中国中古文学史讲义》,上海:上海古籍出版社,2000年。

# 佛陀"相好"与六朝男性审美形象女性化

张海沙 徐世民

自佛教传入以来,"对中国文化的各个方面,如哲学、文学、艺术、建筑以至民间风俗习惯都有深刻的影响"①。佛教开始广泛而又深入传播的南北朝时期,佛教对六朝的人物形象审美也产生了一定影响,尤其是男性形象审美。六朝以前,男性形象以高大魁伟、阳刚勇武为美,反之,则不被认同或遭贬损。然在六朝,男性形象中性化甚至女性化的风尚成为时代特色之一,这是一个新奇的现象。

## 一、六朝男性审美形象女性化之表现

我国古代尤其是六朝以前,男性形象多以高大魁伟、阳刚勇武为美。如《诗经·伯兮》中的"伯兮朅兮,邦之桀兮"②,《楚辞·山鬼》中的"诚既勇兮又以武,终刚强兮不可凌"③,乃至史传中的男性亦是如此。武将自不待言,像卢植、诸葛亮这样的文士也是"身长八尺二寸,音声如钟"④、"少有逸群之才,英霸之器,身长八尺,容貌甚伟"⑤。反之则不美。如《左传·襄公四年》记载:"臧之狐裘,败我于狐骀,我君小子,朱儒是使,朱

---

① 汤一介:《佛教与中国文化》,北京:宗教文化出版社2001年版,第2页。
② 王先谦:《诗三家义集疏》,北京:中华书局2009年版,第306页。
③ 王泗原:《楚辞校释》,北京:中华书局2014年版,第253页。
④ 《后汉书》,北京:中华书局2007年版,第614页。
⑤ 赵幼文:《三国志校笺》,成都:巴蜀书社2001年版,第1253页。

儒朱儒，使我败于邾。"①臧纥吃了败仗，众人便归因于其身材矮小而加以戏谑。又如《东观汉纪》载："冯勤，字伟伯，魏郡人。曾祖父扬，宣帝时为弘农太守，有八子，皆为二千石，赵魏间荣之，号曰'万石君'焉。兄弟形貌皆伟壮，唯有勤祖偃知，长不满七尺，常自谓短陋，恐子孙似之，乃为子泛娶长妻，生勤长八尺三寸。"②可见时人对高大勇武美的推崇之甚。但至魏晋南北朝，男子审美形象出现变化，人们认可并欣赏那些具有女性化特征的男性，我们将这一趋势称之为男性审美形象女性化。概而言之，有两方面表现：

一是身体柔弱。如王恭"濯濯如春月柳"③。"柳"这个意象给人以柔弱之感，所谓"弱柳带风垂"④。在我国古代文化中，以"柳"形容男性非常罕见，而用以形容女性则非常普遍。如陈后主《折杨柳二首·其一》云："杨柳动春情，倡园妾屡惊。入楼含粉色，依风杂管声。"⑤就把杨柳与春情及女子联系起来。简文帝《春闺情》云："杨柳叶纤纤，佳人懒织缣。正衣还向镜，迎春试卷帘。"⑥亦属此类。还有以"柳叶"比喻女子之眉的。如梁元帝《树名诗》中的"柳叶生眉上"⑦、庾信《春赋》中的"眉将柳而争绿"⑧等。可以说，"柳"这个意象天然与女子结合在一起。

又如陆云"文弱可爱"⑨，这更加强调了一个"弱"字。柔弱之形象是女子的特征。如班昭所云："男以强为贵，女以弱为美。"⑩男性强即有力，则美；女性弱即无力，亦美。反之，均不美。所以司马迁对张良"如妇人好女"⑪的形象也感到惊讶。显然，"文弱"是一种女性化特征的表述。不仅如此，这种男性之"柔弱"美甚至到了以"羸弱"为美的地步。如美男卫玠，"从豫章至下都，人久闻其名，观者如堵墙。玠先有羸疾，体不堪

---

① 杨伯峻：《春秋左传注》，北京：中华书局2006年版，第940页。
② 李昉等编《太平御览》，北京：中华书局1963年版，第1740页。
③ 龚斌：《世说新语校释》，上海：上海古籍出版社2011年版，第1229页。
④ 逯钦立辑《先秦汉魏晋南北朝诗》，北京：中华书局1983年版，第2015页。
⑤ 同上书，第2505页。
⑥ 同上书，第1952页。
⑦ 同上书，第2044页。
⑧ 严可均编《全后周文》，北京：商务印书馆1999年版，第182页。
⑨ 龚斌：《世说新语校释》，上海：上海古籍出版社2011年版，第860页。
⑩ 北京大学儒藏编撰与研究中心编《儒藏》第197册，北京：北京大学出版社2014年版，第3页。
⑪ 《史记》，北京：中华书局2006年版，第364页。

劳,遂成病而死,时人谓看杀卫玠"①。仅被围观就疲劳丧命,可见其羸弱之甚。又《世说新语·德行》云:"王右军见杜弘治,叹曰:'面如凝脂,眼如点漆,此神仙中人。'"刘孝标注曰:"又面如凝脂,眼如点漆,粗可得方诸卫玠。"②即杜弘治类卫玠,像卫玠一样美丽而羸弱。甚至因为他的羸弱,人们放弃对于他礼制上的要求:"杜弘治墓崩,哀容不称。庚公顾谓诸客曰:'弘治至羸,不可以致哀。'"③杜弘治家祖坟崩坏,他并没有表现得非常伤心,不但没有因为不合古礼而为人所诟病,反因其羸弱得到别人的宽容。这自然也有礼制要求向审美标准让步的意思。

至梁代,以柔弱为美的风尚达到顶峰。如《颜氏家训·涉物》:"及侯景之乱,肤脆骨柔,不堪步行,体羸气弱,不耐寒暑,坐死仓猝者,往往而然。建康令王复,性既儒雅,未尝乘骑,见马嘶喷陆梁,莫不震慑,乃谓人曰:'正是虎,何故名为马乎?'"④可见其时士人"柔弱"之甚。

二是傅粉剃面。关于中国古代男性傅粉,余嘉锡有过论述:"古之男子,固有傅粉者。《汉书·佞幸传》云:'孝惠时,郎侍中皆傅脂粉。'《后汉书·李固传》曰:'梁冀猜专……遂共作飞章,虚诬固罪曰:大行在殡,路人掩涕。固独胡粉饰貌,搔头弄姿'云云。此虽诬善之词,然必当时有此风俗矣。"⑤然从"李固傅粉"是"诬善之词",且能以"傅粉"定李固之罪可知,男性傅粉不是正道人士所为。其实早在《史记》中就有"侍郎傅粉"的记载,然亦说的是宦官色媚,"以色幸者"⑥,同样为正道人士所不齿。正如王瑶所说:"'粉朱'本为女人饰物,男子唯皇帝左右之俳优、弄臣施之……到魏晋,则此风已普遍于上层士族之间了。"⑦六朝时期,被公认为美男的何晏是"粉白不去手"⑧,儒家忠臣典型荀彧也是"偏能傅粉复熏香"⑨,即使身为王子并被后世大加赞美的曹植也是"傅粉墨堆鬓"⑩,可见这

---

① 龚斌:《世说新语校释》,上海:上海古籍出版社2011年版,第1204页。
② 同上书,第1216页。
③ 同上书,第895页。
④ 颜之推著、赵曦明注《颜氏家训》,北京:中华书局1985年版,第105页。
⑤ 余嘉锡:《世说新语笺疏》,北京:中华书局2007年版,第715页。
⑥ 《史记》,北京:中华书局2006年版,第725页。
⑦ 王瑶:《中古文学史论》,北京:北京大学出版社1998年版,第150—151页。
⑧ 龚斌:《世说新语校释》,上海:上海古籍出版社2011年版,第1191页。
⑨ 逯钦立辑《先秦汉魏晋南北朝诗》,北京:中华书局1983年版,第2527页。
⑩ 胡应麟:《少室山房笔丛》,北京:中华书局1958年版,第555页。

种现象并不被时人反对。明屠隆《鸿苞节录》："晋重门第，好容止……士大夫手持粉白，口习清言，绰约嫣然，动相夸饰。"①更直接说明了晋代士大夫重外在、好涂粉的习惯。至梁、陈时期，这种风气已蔓延到普通百姓阶层，以至于"梁、陈人士春游，画衣粉面，弦歌相逐"②。连一般"人士"都学着涂粉，足见风气之盛。

不仅如此，更有为美而剃面者。如《颜氏家训·勉学》载："梁朝全盛之时，贵游子弟……无不熏衣剃面，傅粉施朱。"③可谓破天荒般的变化。剃面，与我国"身体发肤，受之父母，不敢毁伤"④的传统相悖，这在佛教传入以前是绝对不允许的。即使佛教传入以后，也总是被作为反对佛教的主要理由之一。而且，古代男子有以"须"为美的嗜好，"须"是男子特有的雄性特征，以至于佛教传入之后还有僧人落发却不剃须。如宋曾慥《类说》云："衡州石室山有僧不剃须，须垂拂履，盖慕留须表丈夫也。"⑤该僧人为了表明自己是男子，特意留须不剃。《太平广记》亦有此类记载："（长须僧拜谒宋光嗣）宋光嗣因问曰：'师何不剃须？'答曰：'落发除烦恼，留须表丈夫。'宋大恚曰：'吾无髭岂是老婆耶？'遂挥出俟剃却髭，即引朝见。"⑥可见，男性"剃面"并"傅粉施朱"，便看起来女性化味道十足。

总之，男性以柔弱为美，这与传统审美观迥异，然却被六朝士人认可和欣赏，此是第一大变化。男性傅粉，在六朝以前是被鄙视的，但在六朝却受到欣赏；男性剃面，在六朝以前除了太监、和尚外，未有所闻，六朝却成为风尚，这是第二大变化。此两大变化与佛陀"相好"中的若干女性化特征极为相似。六朝佛教的大兴和具有女性化特征的佛陀"三十二相，八十种好"的广泛流行，是男性形象审美变化的重要原因。

---

① 屠隆：《鸿苞节录》卷一，清咸丰七年保砚斋刻本。
② 陶宗仪编《说郛》卷七七，《文津阁四库全书》第291册，北京：商务印书馆2004年版，第573页。
③ 颜之推著、赵曦明注《颜氏家训》，北京：中华书局1985年版，第50页。
④ 简朝亮著、周春健校注《孝经集注述疏》，上海：华东师范大学出版社2011年版，第4页。
⑤ 曾慥：《类说》卷四二，《文津阁四库全书》第289册，第392页。
⑥ 李昉等编《太平广记》，北京：中华书局1981年版，第2049页。

## 二、佛陀"相好"的女性化特征及其流行

### （一）"相好"的女性化特征

所谓佛陀"相好"，即佛陀的庄严身相，有"三十二大丈夫相"和"八十种随形好"，在佛经中常以"相好"简称，它是对佛陀外貌的具体描述，非常细致完美。佛陀本是个男子，然这些"相"和"好"中却有很多都表现出了很强的女性化特征。由于佛陀"相好"的内容非常繁富，为使读者对其有完整、直观的印象，笔者以《大智度论》为依据，大致总结如下表①：

**表1**

| | |
|---|---|
| 面、头 | 面广殊，面不大长，面具足满，面净如满月；头如摩陀罗果，顶髻肉成，无见顶 |
| 眉、目 | 眉间白毫，眉如初生月；眼色如金精，广长眼 |
| 唇、齿 | 唇赤色；齿白齐密而根深，四十齿，四牙最白而大 |
| 口、舌 | 口出无上香；舌大软薄能覆面发际，舌色赤 |
| 鼻、耳 | 鼻直高好孔不现；耳轮埵成 |
| 毛、发 | 毛洁净，一孔一毛生，毛孔出香气；发长好，发不乱，发旋好，发色好如青珠 |
| 手、足 | 手足指长、网缦、手足圆满、洁净柔软、赤白如莲花；指长纤圆，爪如赤铜色、薄而润泽，手文长、直、明、不断；足下安平千辐轮，足跟圆好，足趺高平，踝不现 |
| 体、肤 | 身柔软、身满足、身洁净、身润泽、身坚实，身长不曲，身广端直，身纵广等，上身如狮子，脐深圆好，细腹、腹不现；皮薄细滑不受尘垢，躯体金色、皮毛细软 |
| 四肢 | 平住两手摩膝，指长纤圆，肩圆好，两腋下满；腨纤好如鹿王，膝骨坚著圆好 |
| 声音 | 梵音深远，随众生意和悦与语，随众生音声不过不减，一切声分具足 |

从表1我们可以看出两个特点：首先是对全面的外在美的欣赏。在本土文化中，圣人多为"怪相"，且都具有抽象化的特征。凡人也是首重内在美，对外在美比较轻视。佛教却不然，佛陀的"好"就多达八十种，从

---

① 高楠顺次郎等编《大正新修大藏经》第25册，台北财团法人佛陀教育基金会出版部1990年版，第681、684页。

头至足，无一不具，美到极致。这在中国本土文化典籍中是没有的。虽然后来大乘佛教常说一切皆空，但从佛教经典来看，佛陀"相好"却频繁出现，并且学佛者还修"三十二相业"[1]。不仅如此，在佛经中也有很多修行者对佛陀"相好"表现出羡慕的例子，如《贤愚经》中波斯匿王丑女儿的故事就非常典型[2]。可见，佛教对外在美是非常重视的。而建立在这种对外在美极致追求基础之上的便是佛陀"相好"的第二个突出特征：女性化。

佛陀"相好"的很多部位特征都极具女性化特色，如表1所列举的面净如满月、眼如青莲花、眉如初生月、口出无上香、唇赤色、齿白齐密、身洁净、身柔软、身润泽、腹不现、细腹、皮薄细滑不受尘垢、皮毛细软、毛孔出香气、指长纤圆、爪薄而润泽、手足洁净柔软、手足赤白如莲花、腨纤好如鹿王等等。这些特征在《大智度论》之前的很多译经中已有表现，曹魏及之前的译经就有不少。如后汉支曜所译《佛说成具光明定意经》中的"金体极软细"、"唇像朱火明"、"语则香气发"[3]，吴支谦所译《修行本起经》中的"纤长手臂指"、"皮毛柔软细"[4]和《太子瑞应本起经》中的"修臂"[5]，《菩萨本缘经》中的"身体柔软"、"面色如莲花"[6]，吴康僧会所译《六度集经》中的"手足柔软"[7]等描写。而在曹魏之后的译经中关于佛陀"相好"女性化的描写就更为普遍，尤其是在西晋竺法护的译经中。如《佛说离垢施女经》中的"唇像若赤朱，眉睫甚细妙"、"手指纤长好"[8]和《佛说德光太子经》中的"其音为如梵，柔软甚和悦"、"头发软妙好"[9]等等，不胜枚举。因此，佛陀"相好"女性化特征的影响可能在汉末就已经产生。

之所以说这些特征是"女性化"的，因为它们在我国古代文学作品中几乎都用以形容女性。为使读者对这些女性化特征有更为直观的印象，兹

---

[1] 高楠顺次郎等编《大正新修大藏经》第 24 册，第 274 页。
[2] 同上书，第 51 册，第 17 页。
[3] 同上书，第 15 册，第 455 页。
[4] 同上书，第 3 册，第 464 页。
[5] 同上书，第 3 册，第 474 页。
[6] 同上书，第 3 册，第 59、60 页。
[7] 同上书，第 3 册，第 7 页。
[8] 同上书，第 12 册，第 90、91 页。
[9] 同上书，第 12 册，第 416 页。

将其按照全身从上到下的顺序，分别总结为眉细声柔、面如花月、唇红齿白、口体生香、指纤腰细、肤滑体柔六个方面，考察它们在文学作品中的表现，并列表如下：

**表2**

| | |
|---|---|
| 眉细声柔 | "修眉联娟"（曹植《洛神赋》）①；"愁眉初月生"（陈后主《昭君怨》）②；"眉如细柳"（徐陵《谏仁山深法师罢道书》）③；"颊肌柔液，音性闲良"（班婕妤《捣素赋》）④；"柔情绰态，媚于语言"（曹植《洛神赋》）⑤；"声媚起朱唇"（鲍照《学古诗》）⑥ |
| 面如花月 | "有女同车，颜如舜华"（《诗经·有女同车》）⑦；"朱颜熙曜，晔若春华"（王粲《神女赋》）⑧；"莲花乱脸色"（萧绎《采莲赋》）⑨；"皎若明月舒其光"（宋玉《神女赋》）⑩ |
| 唇红齿白 | "朱唇皓齿"（《楚辞·大招》）⑪；"朱唇的其若丹"（宋玉《神女赋》）⑫；"口如含珠丹"（《古诗为焦仲卿妻作》）⑬；"皓齿朱唇"（张衡《七辩》）⑭；"丹唇外朗，皓齿内鲜"（曹植《洛神赋》）⑮ |
| 口体生香 | "吐芬芳其若兰"（宋玉《神女赋》）⑯；"含辞未吐，气若幽兰"（曹植《洛神赋》）⑰；"红华曼理，遗芳酷烈"（张衡《七辩》）⑱；"附身芳洁"（梁武帝《净业赋》）⑲ |

---

① 严可均编《全三国文》，北京：商务印书馆1999年版，第127页。
② 逯钦立辑《先秦汉魏晋南北朝诗》，北京：中华书局1983年版，第2503页。
③ 严可均编《全陈文》，北京：商务印书馆1999年版，第375页。
④ 严可均编《全汉文》，北京：商务印书馆1999年版，第107页。
⑤ 严可均编《全三国文》，北京：商务印书馆1999年版，第127页。
⑥ 逯钦立辑《先秦汉魏晋南北朝诗》，北京：中华书局1983年版，第1298页。
⑦ 王先谦：《诗三家义集疏》，北京：中华书局2009年版，第353页。
⑧ 严可均编《全后汉文》，北京：商务印书馆1999年版，第911页。
⑨ 严可均编《全梁文》，北京：商务印书馆1999年版，第167页。
⑩ 吴广平编《宋玉集》，长沙：岳麓书社2001年版，第68页。
⑪ 王泗原：《楚辞校释》，北京：中华书局2014年版，第294页。
⑫ 吴广平编《宋玉集》，长沙：岳麓书社2001年版，第72页。
⑬ 逯钦立辑《先秦汉魏晋南北朝诗》，北京：中华书局1983年版，第284页。
⑭ 严可均编《全后汉文》，北京：商务印书馆1999年版，第562页。
⑮ 严可均编《全三国文》，北京：商务印书馆1999年版，第127页。
⑯ 吴广平编《宋玉集》，长沙：岳麓书社2001年版，第72页。
⑰ 严可均编《全三国文》，北京：商务印书馆1999年版，第127页。
⑱ 严可均编《全后汉文》，北京：商务印书馆1999年版，第562页。
⑲ 严可均编《全梁文》，北京：商务印书馆1999年版，第6页。

续表

| 指纤腰细 | "手如柔荑"（《诗经·硕人》）①；"纤纤擢素手"（《古诗十九首·迢迢牵牛星》）②；"小腰秀颈"（《楚辞·大招》）③；"腰如束素"（宋玉《登徒子好色赋》）④；"腰若流纨素……指如削葱根"（《古诗为焦仲卿妻作》）⑤；"细腰纤手"（梁武帝《净业赋》）⑥ |
|---|---|
| 肤滑体柔 | "肤若凝脂"（《诗经·硕人》）⑦；"柔滑如脂"（司马相如《美人赋》）⑧；"鲜肤一何润"（陆机《日出东南隅行》）⑨；"体纤约而方足，肤柔曼以丰盈"（王粲《神女赋》）⑩；"流风之回雪……华容婀娜"（曹植《洛神赋》）⑪；"腰肢既软弱"（沈约《少年新婚为之咏》）⑫ |

类似例子在六朝及之前的文学作品中还有很多。仅从表2所举即可看出佛陀"相好"的女性化特征之明显，这与六朝男性女性化的特征非常相似。尤其是"相好"中的"体柔"、"腰细"、"面如花月"及"口体生香"，与六朝男性的"身材柔弱"、"傅粉剃面"如出一辙。傅粉，是为了洁白。剃面，是为了面部洁净。这与佛陀"相好"之"面净如满月"和"面色如莲花"的意思相似。在"三十二大丈夫相"、"八十种随形好"中，只见有提及眉毛、头发以及身上的毛发而不见提及胡须，说明佛陀"相好"中确实没有胡须。倘若满脸胡须，绝不能称作"面净如满月"。又六朝时期的"夷夏之争"，其中争论点之一即为佛教的"削发"。胡须亦属于"身体发肤"的范围，自然亦不可剃。在佛教影响下，六朝尤其是后期的梁、陈时期，人们已能视"剃面"为美了。在某种意义上说，"傅粉剃面"即是对"面净如满月"的效仿。同时，"傅粉"也不仅仅是为了白，还为了香。此种对"香"的嗜好，固然有传统因素，然与佛陀"相好"中的"毛孔出香气"、"口出无上香"又无分别。而且在佛经中，信众散香花于佛、焚香供

---

① 王先谦：《诗三家义集疏》，北京：中华书局2009年版，第280页。
② 逯钦立辑《先秦汉魏晋南北朝诗》，北京：中华书局1983年版，第331页。
③ 王泗原：《楚辞校释》，北京：中华书局2014年版，第295页。
④ 吴广平编《宋玉集》，长沙：岳麓书社2001年版，第80页。
⑤ 逯钦立辑《先秦汉魏晋南北朝诗》，北京：中华书局1983年版，第284页。
⑥ 严可均编《全梁文》，北京：商务印书馆1999年版，第6页。
⑦ 王先谦：《诗三家义集疏》，北京：中华书局2009年版，第281页。
⑧ 严可均编《全汉文》，北京：商务印书馆1999年版，第219页。
⑨ 逯钦立辑《先秦汉魏晋南北朝诗》，北京：中华书局1983年版，第652页。
⑩ 严可均编《全后汉文》，北京：商务印书馆1999年版，第911页。
⑪ 严可均编《全三国文》，北京：商务印书馆1999年版，第127页。
⑫ 逯钦立辑《先秦汉魏晋南北朝诗》，北京：中华书局1983年版，第1639页。

佛等事例不可胜计。可见，六朝人的"傅粉"与佛陀"相好"中的"口体生香"具有一定相同性。

### （二）"相好"的流行

由上文所论可知，六朝男性审美形象的女性化特征与佛陀"相好"的女性化特征非常相似，而从相关材料看，佛陀"相好"的流行时间早于六朝且流行范围更广。

关于汉译佛经中佛陀"相好"的记载及其影响，季羡林曾撰文论述以《三国志》为代表的史书中关于"臂长过膝"等异相与佛陀"三十二相"的关系[①]，说明了"三十二相"的流行及影响之早。就目前存世不多的早期译经而言，很多也都提到过这个概念，并已出现"相好"的具体内容。如在后汉安世高所译《佛说处处经》中就提到了佛陀"三十二相，八十种好"的概念，后汉竺大力所译《修行本起经》中则已对"三十二相"做了一一罗列。而在后汉支曜所译《佛说成具光明定意经》，吴支谦所译《修行本起经》《太子瑞应本起经》《菩萨本缘经》，吴康僧会所译《六度集经》中也已有不少关于佛陀"随形好"的描写。这说明当时人们对佛陀"相好"已非常注意。此外涉及"相好"描写的早期译经还有西晋竺法护所译《普曜经》《佛说离垢施女经》《佛说德光太子经》等。而在此后六朝时期的译经中更是非常普遍。关于佛陀"相好"描述最早、最详备者，当为鸠摩罗什所译《大智度论》，同时影响也最大。汤用彤在《汉魏两晋南北朝佛教史》中说："及至罗什入长安，译《大品》《小品》，盛弘性空经典，而《般若》之义更畅。同时四论始出，其研究继起，遂为《般若》宗之要典。自是谈者并证之于诸论，而法性宗义如日中天矣。"[26]其中的"四论"即《百论》《中论》《十二门论》和《大智度论》，可见其影响之大。

除了这些现存的经典，还有很多散佚以及"虽未译出，而此故事仅凭口述，亦得辗转流传至于中土"[②]的译经。比如方广锠就认为在伊存口授《浮屠经》中就已有"相好"内容，并且对《世说新语》产生了影响[③]。佛

---

① 季羡林：《三国两晋南北朝正史与印度传说》，《比较文学与民间文学》，北京：北京大学出版社1991年版，第90页。
② 陈寅恪：《三国志曹冲华佗传与佛教故事》，《寒柳堂集》，上海：上海古籍出版社1980年版，第157页。
③ 方广锠：《"浮屠经"考》，载《法音》1998年第6期。

陀"相好"的流行在时间上早于六朝。而六朝佛教空前兴盛,造像盛行,并出现了不少内容含有"相好"的佛赞。因此可以断定,佛陀"相好"的影响从汉代就已经开始,至《大智度论》流行时已经非常广泛。

六朝文人与佛教的关系极为密切,以至六朝文化受到佛教很大影响。此点已有很多学者讨论。如汤用彤说:"汉魏之际,清谈之风大盛,佛经之译出较多,于是佛教乃脱离方士而独立,进而高谈清静、无为之玄致。"① 孙昌武亦说:"佛教自东汉在中国流传,到两晋时期,已被中国文人知识阶层较广泛地接受。"② 甚至"释迦之教颇流行于曹魏宫掖妇女间"③,"魏武书中称述佛教,亦或有其事"④。在此背景下,广泛流行的佛陀"相好"对六朝人士的审美观产生影响非常自然。尤其是在像教发达和观像念佛兴起的六朝,《大智度论》及其之前译经中的"相好"势必会引起人们的兴趣。

## 三、六朝佛教造像之女性化

佛、菩萨在佛经中本为男性,在佛教传入我国的早期,人们依然如此观待。如称安世高为"菩萨"⑤、竺法护为"敦煌菩萨"⑥、道安为"印手菩萨"⑦等,却不见有称女性为菩萨者,称女性为佛者更未曾有。在佛教造像上同样如此,如东汉、三国乃至西晋时期的早期造像主要为墓葬石刻等的依附品⑧,造型古拙,工艺粗糙,不具有女性化特征。即使东晋之前的菩萨造像也"几乎皆以'善男子'的形象出现"⑨,北魏之前的菩萨造像亦是"无纤细柔美之气",而是"昂然挺立的男子"⑩。然而,到了南北朝时期,出现了很大变化,佛教造像的女性化特征非常明显。说到这一点,就不能

---

① 汤用彤:《汉魏两晋南北朝佛教史》,北京:北京大学出版社1998年版,第87页。
② 孙昌武:《佛教与中国文学》,上海:上海人民出版社1996年版,第60页。
③ 陈寅恪:《金明馆丛稿二编》,北京:生活·读书·新知三联书店2009年版,第90页。
④ 汤用彤:《汉魏两晋南北朝佛教史》,北京:北京大学出版社1998年版,第88页。
⑤ 僧祐:《出三藏记集》,顾廷龙主编《续修四库全书》第1288册,上海:上海古籍出版社2002年版,第149页。
⑥ 慧皎:《高僧传》,北京:中华书局1992年版,第24页。
⑦ 同上书,第185页。
⑧ 徐振杰:《中国早期佛教造像民族化与世俗化研究》,山东大学2006年博士论文,第14—42页。
⑨ 王敏:《从"善男子"到中性化菩萨的转变》,载《中国宗教》2013年第5期。
⑩ 刘波:《佛教造像研究》,《佛教学术论典》,台湾:佛光山文教基金会2003年版,第232页。

不提到南朝佛教造像中的"秀骨清像"。

在学术界谈到"秀骨清像"时，几乎都认为是本土化所致，其实不然。"秀骨"不是瘦骨嶙峋，而是"丰肉微骨"的"微骨"，所谓"肥不剩肉，如世间美女，丰肥而神气清秀者"①。"丰肥"和"清秀"并不矛盾，这在南朝佛教造像上体现得很清楚。无论如何的"秀骨清像"，仅仅是在整体上不至于臃肿，而其他部位无不体现出"圆润"特征。这种"清秀"加"圆润"的南朝佛教造像便显现出一副美女之相。如梁普通四年的"康胜造释迦像"②，面呈女相，脸型略长而丰润，身形纤秀而柔和，虽因残缺及衣服遮挡而不见手臂，然就整体而言，都不失圆润之特色，丝毫不觉得"骨感"。又如梁中大通元年的"景光造释迦立像"③，修眉细目，面净如月，全身流线造型，衣服紧贴人身，整体上给人以丝柔之感，女性化特征十分明显。把佛陀"相好"之女性化特征发挥到极致的是梁代的"二菩萨造像"④。两尊造像头部已经缺失，且其中一尊连形体也残破不堪。所幸另一尊形体还算完整，该像肩部丰滑柔和，臂指纤长圆润，腰肢细软婀娜，小腿修长圆润，附以丝带轻抚，无不让人感觉其是一个天真无邪的美少女。而其左侧的一副小型造像正好弥补了其头部残缺的遗憾。该像因是陪衬，故身形表现得不很明显，然其面部特征却异常清晰：发丝轻拂，眉如初月，眼若青莲，脸型丰润，面带微笑，头部微斜，略带含羞之态，宛然一副美少女之相。其他造像如梁大通五年上官法光造"释迦像"⑤、梁大中三年受奉造"观音立像"⑥等，女性化特征虽不如上面几尊明显，也都不同程度地体现着"细腹"、"身长"、"指长纤圆"、"修臂"及面部呈女相的特征。这些特征在《大智度论》等经典中都分明可见，且佛经中也视"大腹腰宽"为"形甚丑"⑦。可见，南朝佛教造像的女性化特征显然来自于佛陀"相好"，而这种造像特征自然也代表着时人的审美观。

---

① 胡仔：《苕溪渔隐丛话·后集》，北京：人民文学出版社1962年版，第239页。
② 中国寺观雕塑全集编辑委员会编《中国寺观雕塑全集》第1册图版，哈尔滨：黑龙江美术出版社2002年版，第7页。
③ 同上书，第21页。
④ 同上书，第44页。
⑤ 同上书，第24页。
⑥ 同上书，第30页。
⑦ 高楠顺次郎等编《大正新修大藏经》第3册，第725页。

北朝造像的总体特征是"雄伟壮美"，然有不少菩萨甚至佛的造像，可以说完全是一副女相。这在四大石窟均有表现。

首先看敦煌石窟。如第 432 窟中心柱东向龛南侧和北侧西魏时期的两尊"胁侍菩萨像"①，面带微笑，脸部丰润柔和，净洁如月，发丝细软，修眉莲目，唇红嘴巧，臂指纤圆，肌肤白皙柔滑，腰肢细软。除了胸部特征不明显之外，其余各部分外貌特征无不显示出其是一位妙龄女子。又如第 438 窟西壁南侧北周时期的"胁侍菩萨像"②亦同样是这种特征。类似的还有第 259 窟西壁塔柱北向面的"菩萨像"③及第 257 窟中心柱南向面上侧的"半跏菩萨像"④。

其次看云冈石窟。如"昙曜五窟"之第 18 窟明窗东壁北魏时期的"胁侍菩萨像""交脚弥勒像"⑤，在整体上给人一种纤修之感，且面部都是典型的女子相。该窟第 19 窟东耳洞窟门右壁的"思惟菩萨像"⑥则更是一位妙龄女子。该尊菩萨面带微笑，修眉细目，脸型略长而丰润，臂指纤长圆润，加上头部略微右倾，一手托着下巴，一副女子含羞的姿态显露无遗。与此神似、形似的是该窟第 17 窟明窗东壁的"思惟菩萨像"⑦，除了在整体上较上述第 19 窟像略显丰润外，其余外貌特征如出一辙。与此形成鲜明对比的是，云冈石窟中一些外道人物及其他神祇却雕得肌肉分明，丝毫没有纤圆柔滑之感。这也正说明"相好"的女性化特征为佛、菩萨所特有。

再看麦积山石窟。如第 133 窟北魏时期第 3 号龛的"一佛二菩萨"像、第 1 号龛内右壁的"菩萨像"、第 6 号龛内右壁的"菩萨像"⑧，以及第 142 窟右壁北魏时期的"菩萨像"⑨和第 123 窟右壁西魏时期的"文殊像"⑩等，都具有纤指、修臂、细腹、身修长且面部呈女相的特点，女性特征十分突出。即

---

① 敦煌文物研究所编《中国石窟：敦煌莫高窟》第 1 册，北京：文物出版社 2011 年版，第 151 尊。
② 同上书，第 157 尊。
③ 同上书，第 22 尊。
④ 同上书，第 39 尊。
⑤ 冯骥才主编《中国大同雕塑全集：云冈石窟雕刻卷》上，北京：中华书局 2010 年版，第 54—58 页。
⑥ 同上书，第 47 页。
⑦ 同上书，第 93 页。
⑧ 天水麦积山石窟艺术研究所编《中国石窟：天水麦积山》，北京：文物出版社 1998 年版，第 88、89、91 尊。
⑨ 同上书，第 110 尊。
⑩ 同上书，第 138 尊。

使第 123 窟左壁西魏时期的病"维摩像"①也是如此：面带微笑，修眉细目，脸部略长然圆润光泽，身材纤修却细腻柔滑，丝毫没有瘦骨嶙峋的病态感。

龙门石窟造像亦有女性化表现。如属于北魏时期普泰洞正壁左侧的"菩萨像"②，面带微笑，面部柔和圆润，细眉修目，嘴巴小巧，臂指纤圆柔软，很明显是一位女子相。此外，还有一些六朝时期其他石窟中的造像也都具有不同程度的女性化特征。如巩县石窟寺第 1 窟北壁第 1 龛西侧北魏时期的"胁侍菩萨像"③、青州龙兴寺亦为北魏时期的"胁侍菩萨像"④等。宗教造像一般要按经典来塑造，如道教经典《三洞奉道科戒》中云："凡造像皆依经，具其仪像。"⑤这虽是道教的造像要求，但同样适用于佛教，因为道教造像在很大程度上是受佛教造像影响所致。因此，北朝造像的女性化特征显然也来自佛经中的"三十二相，八十种好"。

六朝佛教造像普遍存在着女性化特征，绝非仅仅是学界所谓"本土化"，更多的应是一种"相好化"。这些女性化特征与佛陀"相好"中的女性化特征相同，它与六朝男性审美形象女性化一样，是六朝人审美观念最直接的反映。慧远在《万佛影铭》中云："今之闻道者，咸摹圣体于旷代之外，不悟灵应之在兹。徒知圆化之非形，而动止方其迹，岂不诬哉？"⑥学佛者们不仅模仿佛陀的外貌，连其举止都模仿，可见时人对佛陀"相好"崇拜之极，这其中自然就包括"相好"的女性化特征。因此，六朝男性审美形象女性化与佛陀"相好"之影响是分不开的。那么，在中国传统浓厚的重男轻女、男强女弱的思想氛围下，佛陀"相好"之女性化为何能对男性审美形象产生影响呢？这就要说到佛教的"非女非男"思想及对智慧的崇尚。

## 四、佛教思想对六朝男性审美形象女性化之影响

我国古代明男女之大防，男女界限分明，若没有外来思想冲击，这个

---

① 天水麦积山石窟艺术研究所编《中国石窟：天水麦积山》，北京：文物出版社 1998 年版，第 139 尊。
② 龙门文物保管所编《中国石窟：龙门石窟》第 1 册，北京：文物出版社 2002 年版，第 76 尊。
③ 河南省文物研究所编《中国石窟：巩县石窟寺》，北京：文物出版社 1989 年版，第 69 尊。
④ 青州市博物馆编《青州龙兴寺佛教造像艺术》图版，济南：山东美术出版社 2003 年版，第 25 页。
⑤ 施舟人编《道藏》第 24 册，上海：上海书店出版社 2005 年版，第 748 页。
⑥ 道宣：《广弘明集》，海口：海南国际新闻出版中心 2010 年版，第 603 页。

传统很难打破。佛教作为外来文化，在佛教经典中有"非女非男"之思想。这一思想早在三国时期的译经中就已传播开来。如吴支谦所译《佛说维摩诘经》卷下云：

> 舍利弗问天："汝何以不转女人身？"天曰："满十二岁，始以女人形求而得之，夫女人相犹幻事也。故女人为幻观世如类，而云何以转女人身？"舍利弗言："观诸有身皆无所成。""如是，贤者！一切诸法亦无所成，奚为复问何转女身？"于是，其天即以神足，立舍利弗令如天像，天自化身如舍利弗。既现化，而问曰："云何贤者转为此女像？"舍利弗以天女像而答曰："不识吾何以转成此女像也。"天曰："贤者！若能转此女像，则众女人身可转，若其不女于女身亦不见者，则众女人虽女身，为非女非见也。又如佛言：'一切诸法非女非男。'"即时，舍利弗身复如故。①

虽然小乘经典中有重男轻女的倾向，如《弥沙塞部和酰五分律》中的"女人有五痴"②、《优婆塞戒经》中修"三十二相业"须是"男子之身，非女身也"③等。然在大乘经典中则主要崇尚"无分别"思想，即"一切诸法，非女非男"。这与大乘经典倡导的众生平等、人人皆可成佛甚至"一阐提"都可成佛的思想是一致的，亦即无分别心。这种思想在后来以慧能为代表的禅宗中发展到极点，在法眼宗代表人物延寿的《宗镜录》中亦有突出表现④。这种"无分别"的大乘思想与老庄思想有诸多相合，深合士人口味，因此非常受到欢迎。如作为"无分别"思想代表的《维摩诘经》，从东汉以来就有流行⑤，"自译为中文后，遂盛行于震旦"⑥。鲁迅说其是"晋以来名流"们的"三种小玩意"⑦之一，可见影响之广。在佛教"无分别"、"非女非男"思想受到普遍认同的背景下，男性审美形象的女性化转变也就顺理成章了。

---

① 高楠顺次郎等编《大正新修大藏经》第14册，第529页。
② 同上书，第22册，第186页。
③ 同上书，第24册，第1038页。
④ 同上书，第48册，第540页。
⑤ 智升：《开元释教录》，《文津阁四库全书》第350册，第136页。卷一汉魏部分录有《古维摩诘经二卷》；卷二有《维摩诘经二卷》，并注云：与汉佛调（严佛调）等译辞少异。可见汉以来此经就有流传，且版本不止一种。
⑥ 陈寅恪：《维摩诘经文殊师利问疾品演义跋》，《读书札记二集》，生活·读书·新知三联书店2009年版，第301页。
⑦ 《鲁迅全集》第5卷，人民文学出版社1973年版，第355页。

在六朝男性审美形象女性化的过程中，佛教尚智慧而轻武力的倾向又在一定程度上强化了这个趋势。佛教以慈悲为怀，崇尚智慧，反对武力和战争，强调的是内心的勇猛强大，而非外形的刚强。六朝人喜欢谈玄，而谈玄需要智慧。于是人们在接受和学习智慧的过程中，从早期单纯的老庄玄学到后来的玄佛合流，最后更有不少人专门学佛、参禅。在学佛、参禅过程中，人们便慢慢获得了好静的内在气质，这使得男性在内在上又多了一种女性化气质。强化这个趋势的还有"病维摩"形象。《维摩诘经》在六朝十分盛行。该经的主要内容是"维摩问疾"，经中维摩虽病而智慧无边，外表柔弱而内心强大，可以说是智慧的代表。然"病维摩"非是"丑维摩"，病，也可以美。这一点从上文所举麦积山石窟中的"维摩造像"亦可看出，"病维摩"之"病弱"的神态，与女性美之弱态有着某种一致性。正如王瑶所说，魏晋时期"一个名士是要他长得像个美貌的女子才会被人称赞的……病态的女性美是最美的仪容"①。因此，六朝人在阅读和学习该经的过程中，病维摩的这种"弱态"形象自然也会对六朝人士的审美产生一定影响。

总之，六朝人非常注重以智慧为基础的外表美，这与佛陀"相好"之女性化一致；六朝人在追求智慧的过程中，受参禅及《维摩诘经》的影响，又于女性化之美中增添了一种"好静"的气质和"病弱"之态。二者相结合，便非常自然地形成了"美"加"静"及"病弱"的"柔弱美"。这给六朝文人雅士抹上了一层异彩。

---

① 王瑶：《中古文学史论》，北京：北京大学出版社1998年版，第150页。

# 北宋文人士大夫穿道服现象论析

张振谦

服饰，既是人的一种文化表征，也是社会文化的体现方式之一。它具有鲜明的社会性，人们的服饰因身份及文化倾向的差异有着不同的规定。一般而言，人们的服饰会比较直接地反映其社会地位及身份，道服①自然是道士身份的重要标志。隋唐时期，道教内部对道士服饰要求颇为严格，道服体现了严格的宗教禁忌与制度规定。②道服作为道徒身份外在特征之一，世俗人士极少穿着。五代北宋，世俗人士，尤其是文人士大夫穿着道服成为较为常见的社会文化现象。本文旨在梳理这一现象，并探讨这一现象背后蕴含的文化意义，试图从这个角度考察道教在北宋社会存在的具体形态及其对文人士大夫生活、心态的影响。

## 一、文人士大夫穿道服社会风气的形成

隋唐时，穿道服的文人士大夫大多是道教信徒。例如，晚年为道的贺知章曾衣道服。③《北梦琐言》卷七记载曾在茅山学道的"顾况著作披道服在茅

---

① 道教服饰的称谓有"道服""道衣""道装""道士服""道士装"等，其中前三种称谓既可指道士服饰，又可指道教神祇服饰。本文所言道服即道士服饰。关于道服的记载，从汉至唐道教典籍中时有出现。如《太平经》《陆先生道门科略》《三洞法服科戒文》等均有记载。
② （唐）张万福《三洞法服科戒文》云："道士常须备其法服，整饬形容，沐浴冠带，朝奉天真，教化一切，勿得暂舍法服，不住威仪，勿使非人犯法服也。"并规定："法服不得假借他人，不得随意抛掷。""法服破坏及余物不得充非用并凡人用。"见《道藏》，文物出版社、天津古籍出版社、上海书店出版社，1988年版，第18册，第230—231页。以下版本同。
③ 《宋史》卷二六五《张齐贤传》云："昔贺秘监以道士服东归会稽，明皇赐以鉴湖，以为休老之地。"北京：中华书局，1977年版，第9159页。以下版本同。

山"。玄宗之子恒王李瑱"好方士，常服道士服"①。唐代公主入道者颇多，她们也穿道服，如唐玄宗时亲受道箓的和政公主吩咐仆人死后给自己穿道服。②唐代宗时寿安公主"常令衣道服，主香火"③。曾短暂入道的杨玉环觐见玄宗时"衣道士服，号曰'太真'"④。薛涛"暮年屏居浣花溪，着女冠服"⑤。开元二十五年（737），身为"谏议大夫"的道士尹愔甚至"衣道士服视事"。⑥

然而，隋唐时期穿道服的文人士大夫也有一些未曾入道，他们所穿道服主要是为掩饰身份所用。现存文献中最早记载世俗人士穿道服的案例出现在《隋书·萧瓛传》："瓛遣王哀守吴州，自将拒述。述遣兵别道袭吴州，哀惧，衣道士服弃城而遁。"⑦《旧唐书·房玄龄传》云："隐太子将有变也，太宗令长孙无忌召玄龄及如晦，令衣道士服，潜引入阁计事。"⑧晚唐人卢程"唐朝右族，祖懿、父蕴，历仕通显。程，天复末登进士第。崔魏公领盐铁，署为巡官。昭宗迁洛阳，柳璨陷右族，程避地河朔，客游燕、赵，或衣道士服，干谒藩伯，人未知之。"⑨可见，隋唐时代，普通世人穿道服的现象较为罕见。

至五代，自古道风盛炽的蜀地出现了世俗人士常穿道服的现象。《旧五代史》卷一百三十六载："咸康秋九月，（王）衍奉其母徐妃同游于青城山，驻于上清宫。时宫人皆衣道服，顶金莲花冠，衣画云霞，望之若神仙。"⑩这反映了当时的一个时尚动向：唐末五代，原为道士专用的莲花冠⑪，在俗家女性当中也风行起来。和凝《宫词》就展示了一位得宠宫妃的

---

① （宋）欧阳修、宋祁撰《新唐书》卷二八，北京：中华书局，1975年版，第12册，第3614页。
② （宋）王谠撰，周勋初校正《唐语林》卷五，北京：中华书局，1987年版，第511页。
③ （唐）段成式撰，方南生点校《酉阳杂俎》卷一，北京：中华书局，1981年版，第2页。
④ 《旧唐书》卷五一，北京：中华书局，1975年版，第2178页。关于杨玉环入道一事，《资治通鉴》卷二一五天宝三载十二月条：唐玄宗"乃令（杨）妃自以其意乞为女官（冠），号'太真'。"《唐大诏令集》卷四十载玄宗《度寿王妃为女道士敕》云："寿王瑁妃杨氏，素以端懿。……特遂由衷之情，宜度为女道士。"
⑤ （明）徐伯龄《蟫精隽》卷十一《薛涛始末》，《文渊阁四库全书》第867册，台湾商务印书馆，1986年影印，第146页。
⑥ 《新唐书》卷三四，北京：中华书局，1975年版，第3册，第879页。
⑦ 《隋书》卷七九，第6册，北京：中华书局，1973年版，第1795页。
⑧ 《旧唐书》卷六六，第7册，北京：中华书局，1975年版，第2461页。
⑨ 《旧五代史》卷六七，北京：中华书局，1976年版，第3册，第886—887页。
⑩ 《旧五代史》卷一三六，北京：中华书局，1976年版，第6册，第1819页。
⑪ （唐）张万福《三洞法服科戒文》载道士服饰有"冠象莲花""莲花宝冠"。《道藏》第18册，第229页。

仪态:"芙蓉冠子水晶簪,闲对君王理玉琴。"《新五代史》卷六十三《前蜀世家·王衍》载:"后宫皆戴金莲花冠,衣道士服,酒酣免冠,其髻鬟然,更施朱粉,号'醉妆',国中之人皆效之。"① 宋郑文宝《南唐近事》卷一记载李璟"道服见诸学士"。后主李煜也曾穿道服。② 宋范坰、林禹《吴越备史》卷四载:吴越国顺德夫人"颇尚黄老学,居常被道士服,余皆布绢而已"。从上述材料可知,世俗人士穿道服风尚的形成,与蜀地、江南的崇道氛围和帝王的推动有很大关系。至此,可以这样说:世俗人士穿道服的现象在隋唐只是零星出现,且为掩饰身份所用,形成社会习气则始于五代。

"北宋道教发达,实起于朝廷的崇奉。远的渊源,当溯之于唐代崇重道教;近之要受到五代十国中前蜀与南唐崇道的影响。"③ 北宋时期,世俗人士穿道服的社会习气在前蜀、南唐的基础上更加盛行,这自然也离不开帝王的崇尚。御赐道服成了皇帝重视道教的一个重要举措。《宋史》卷四六一:"赵自然,太平繁昌人,家荻港旁,以鬻茗为业,本名王久,始十三,疾甚,父抱诣青华观,许为道士。……太宗召赴阙,亲问之,赐道士服,改名自然,赉钱三十万。"④ 华镇《题赵先生传后》:"(赵万宗)自托于道家者流,朝廷(真宗)不夺其志,赐以道士服,终于家。"⑤《建炎以来系年要录》卷八:"诏真州守臣以礼敦遣长芦隐士张自牧赴行在,宣和末,或有言自牧沉毅知兵,召至东都,赐道士服,下梁师成。不果用,以不肯屈。"御赐道服,在一定程度上促进了道服在北宋社会的流行。

在这些因素的作用下,北宋文人士大夫穿道服的社会风尚颇为盛行。那么,北宋社会中哪些文人士大夫在哪些情况下穿道服呢?

帝王退位、官员致仕或退隐后常穿道服。王铚《默记》卷上、米芾《画史》均有后主李煜降宋后穿道服的记载。《三朝北盟会编》卷八十七载

---

① 《新五代史》卷六三,北京:中华书局,1974年版,第2册,第792页。
② (宋)米芾《画史》:"江州张氏收李重光(按:李煜,字重光)道装像,神骨俱全。"(陶宗仪《说郛》卷九二引)王铚《默记》:"(宋)太宗一日问:曾见李煜否?(徐)铉对以臣安敢私见之。……倾间,李主纱帽道服而出。"《默记》,北京:中华书局,1981年版,第4页。
③ 孙克宽《宋元道教之发展》,台湾私立东海大学出版社,1965年版,第43页。
④ 《宋史》卷四六一,第39册,北京:中华书局,1977年版,第13512页。
⑤ (宋)华镇《云溪居士集》卷二九,《文渊阁四库全书》第1119册,第609页。

有宋徽宗被俘后身穿道服。①钱惟演晚年以使相留守西京时，曾会见洛阳隐士郭延卿时"欣然相接，道服对谈"②。彭乘《墨客挥犀》卷七载欧阳修"既致政，凡有宾客上谒，率以道服华阳巾便坐延见"③。苏轼也曾见欧阳修晚年穿道服的模样："我怀汝阴六一老，眉宇秀发如春峦。羽衣鹤氅古仙伯，岌岌两柱扶霜纨。"（苏轼《欧阳晦夫遗接䴉琴枕戏作此诗谢之》）又据王巩《闻见近录》载："张文懿既致政，而安健如少年。一日西京看花回，道帽道服，乘马张盖，以女乐从入郑门。"

在职官员在家中或非因公务会见宾客时常穿道服。例如，《邵氏闻见录》卷十载："韩魏公（琦）留守北京，李稷以国子博士为漕，颇慢公，公不为较，待之甚礼，俄潞公（文彦博）代魏公为留守。未至，扬言云：李稷之父绚，我门下士也。……（韩魏）公至北京，李稷谒见，……公着道士服出，语之曰：'尔父吾客也，只八拜'，稷不获已，如数拜之。"④这是在职官员接见官位、辈分比自己低的宾客时穿道服的情况。有些性格放浪不羁的低级官员因某种原因见高级官员时也穿道服，但这种情况比较少见。据《宋史·张商英传》载：

> 张商英，字天觉，蜀州新津人。长身伟然，姿采如峙玉。负气傲倪，豪视一世。调通川主簿。渝州蛮叛，说降其酋。辟知南川县。章惇经制夔夷，狎侮郡县吏，无敢与共语。部使者念独商英足抗之，檄至夔。惇询人才，使者以商英告，即呼入同食。商英着道士服，长揖就坐。惇肆意大言，商英随机折之，落落出其上。惇大喜，延为上客。归，荐诸王安石，因召对，以检正中书礼房擢监察御史。⑤

性情放浪不羁、傲然凛风的张商英针对"无敢与共语"的章惇，用穿道服这一方式作为抗拒的手段之一，收到了良好的效果。当然，这也与章惇本人喜欢穿道服的习惯有关（后详）。

在职官员参加道教斋醮活动时穿道服。宋代斋醮活动颇盛，"自祥符天书一出，斋醮糜费甚众，京城之内一夕数处"⑥。每遇道场，宫观官、知州、

---

① （宋）徐梦莘编《三朝北盟会编》卷八七，上海：上海古籍出版社，2008年版，第647页。
② （宋）魏泰撰《东轩笔录》卷四，北京：中华书局，1983年版，第29页。
③ （宋）彭乘撰、孔凡礼点校《侯鲭录·墨客挥犀·续墨客挥犀》，北京：中华书局，2002年版，第361—362页。
④ （宋）邵伯温撰《邵氏闻见录》卷十，北京：中华书局，1983年版，第101页。
⑤ 《宋史》，第32册，北京：中华书局，1977年版，第11095页。
⑥ 《宋史》卷一七九《食货下》，第13册，第4350页。

知县要去祷告行礼。① 此时的他们往往穿道服，以示恭敬庄重。据《历世真仙体道通鉴》卷五十载：赵灵运"宋太宗雍熙中，为莫州莫县令。岁大旱，祈祷不应，慨然叹曰：'吾为令而旱如是，如将不得粒食，吾何以生为耶？'积薪于庭，着道士服，执简焚香，请于上帝曰：'三日不雨，以此自焚。'"②

文人生日寿辰穿道服。据陶宗仪《说郛》卷七十一载："寇忠愍（寇准）知永兴军，于其诞日排设如圣节仪，晚衣黄道服，簪花走马。"③ 韦骧《廷评庆寿口号》中记载北宋文人李廷评生日时身穿道服（后引此诗）。

文人在学堂、书斋等场合穿道服。石介《宗儒名孟生》云："予向以《春秋》授诸生，学中孟生，衣道士服，升吾堂上，预诸生列，受吾说焉。"④ 王禹偁《书斋》诗："年年赁宅住闲坊，也作幽斋着道装。"其《送礼部苏侍郎赴南阳》诗中也云"书斋着道装"。除书斋外，在其它地方也穿道服，如王禹偁《赢得褰帷恣吟兴落花飞絮满车茵》诗："道服日斜披鹤氅，药畦春暖步龙鳞。"孔平仲《投柴殿院》诗："笋蕨供家馔，园林着道装。"

绝仕的归隐文士也着道服。《涧泉日记》卷上载钱若水"即日毁裂冠带，被道士服，佯狂归嵩山。上大骇，累召之，不起，以终其身"⑤。庞昌《赠养素先生》诗中云："圣泽浓云隐逸身，道装宜用葛为巾。"养素先生即北宋道士诗人蓝方。今人周锡保《中国古代服饰史》"宋代服饰"中也指出："褐衣是宽博之衣，又为道家所服用，当时的文人隐士亦着此以为隐者之服。"⑥

通过以上分析得知，北宋文人士大夫穿道服主要发生在两种生活时空：一是在职官员非公务的私人生活，一般指官员娱乐休闲活动或居家生活；一是贬官或无官的在野文人生活，这种文人大致有为官后遭遇贬谪者、告老或主动退出官场选择归隐者、无缘为官者等类型。

---

① （清）徐松《宋会要辑稿》礼五七之三十至三十二，北京：中华书局，1957 年版，第 2 册，第 1607—1608 页。
② （元）赵道一《历世真仙体道通鉴》卷五十，《道藏》第 5 册，第 388 页。
③ （明）陶宗仪《说郛》卷七一《厚德录》，上海：上海古籍出版社，1988 年版，第 1059 页。
④ 《全宋文》卷六二七，上海辞书出版社，安徽教育出版社，2006 年版，第 29 册，第 307 页。
⑤ （宋）韩淲撰，孙菊园点校《涧泉日记》卷上，上海：上海古籍出版社，1993 年版，第 13 页。
⑥ 周锡保：《中国古代服饰史》，北京：中国戏剧出版社，1984 年版，第 263 页。以下版本同。

## 二、北宋文人士大夫所穿道服的特征

道服作为北宋社会较为流行的服饰，它的外部特征是我们接下来要讨论的内容。道服原为道士专用的服饰，北宋文人士大夫所穿道服与此有渊源关系。因此，我们有必要对道士服饰作一介绍。具体而言，北宋道士举行道教仪式、斋醮活动所穿"法服"与日常生活中所穿"常服"又有较为明显的区别。①

下面我们先看道士法服。北宋道书《玉音法事》卷下记载了宋真宗时《披戴颂》的有关规定，道士所穿法服包括："云履"、"星冠"、"道裙"、"云袖"、"羽服"、"帔"、"朝简"七部分，并用五言六句韵语分别对法服各部分的装饰图案、宗教功能作了简单介绍，引用如下：

> 云履：飞兔步云鸟。登蹑九玄坛。举意游三界，乘风五汉间。愿今一履迹。腾踏谒金颜。星冠：焕烂七星冠，飘飖降自天。受之有科简，宿命应神仙。愿今一顶戴。永保大椿年。道裙：六幅华裙异，天人副羽衣。飞裙凌宝殿，缓带步金墀。愿今一击佩，缥缈赴瑶池。云袖：蒨璨素云袖，上下统裙裳。织自扶桑茧，犹闻月殿香。愿今一被体，游宴玉琼房。羽服：上界神仙服，天宝自然裳。轻盈六铢妙，佩服应三光。愿今一披奉，逍遥不死乡。拜坛（帔）：三级依瑶砌，八卦列方隅。隔秽敷裙帔，除尘护法裾。愿今一升蹑，朝修上帝居。朝简：西台无疵玉，磨琢侍三皇。正体除邪虑，持心启上苍。愿今一秉执，瑶阶礼虚皇。②

北宋道士参加道教活动仪式时必须穿戴领持这些服饰、佩戴，每种服饰部件有不同的象征意味，每条后七字表示侧重。北宋道士贾善翔撰《太上出家传度仪》所载道士服饰也有类似分类，一般包括以上七个部分，并对这些部分富含的宗教象征含义及宗教功用进行了更为周详的阐述。③从这两部道书的记载来看，北宋道士所穿法服主要有两个特点：其一，构造

---

① 陈耀庭《道教礼仪》对道服有专门研究，并把道服分为"法服"与"常服"，举行道教仪式时所穿道服为法服，平时所穿为常服。见陈耀庭《道教礼仪》，北京：宗教文化出版社，2003年版，第239—358页。
② 《道藏》第11册，第145页。
③ （宋）贾善翔：《太上出家传度仪》，《道藏》第32册，第163页。《洞真太上太霄琅书》卷四《法服诀第八》，《道藏》第33册，第664页。

较为复杂，穿戴必须齐整，七个组成部分缺一不可，每个部分有着不同的宗教含义，共同组成了法服的宗教文化特征；其二，质地优良，做工精细，且外表颇为华丽。

北宋道士常服与法服的外部特征有较大差异。北宋道士常服的特点，宋人程大昌《演繁露》卷八有介绍：

> 褐制若裘，今道士所服者是也。裘，即如今之道服也。斜领交裾，与今长背子略同。其异者，背子开胯，裘则缝合两腋也。然今世道士所服又略与裘异，裘之两裾交相掩拥，而道士则两裾直垂也。……《太平御览》有《仙公请问经》，其文曰："太极真人曰：'学道当洁净衣服，备巾褐制度，名曰道之法服也。'"巾者，冠中之巾也；褐者，长裾通冒其外衣也。巾褐皆具乃中道家法服之制。今世衣直掇为道服者，必本诸此也。①

程氏认为，道服与裘相似，大概是指鹤氅模式的毛皮衣服，这种道服大多为道士冬衣。盛行于唐宋的道教上清派规定："凡修上清道经、《大洞真经三十九章》，入室之日，当身冠法服，作鹿皮之巾，不者，葛巾亦可。当披鹿皮之帔，无者，紫青可用，当以紫为表，青为里。"②因此，宋代文人也多以紫裘为道士服装。如程公许《梦李白》："仙姑紫绮裘，飞步白玉京。"道士白玉蟾《六铢》五首其四："我着紫绮裘，俯视蓬莱洲。"程氏还认为，道士常服的主要特点是"斜领"、"两裾直垂"。并指出，巾褐制度源于道士法服。其实，道士常服中出现的冠、巾、绦、履等道服附件应该都与法服相关。③《渑水燕谈录》卷四载：宋初道士陈抟"服华阳巾，草履垂绦"④。陈鹄《西塘集耆旧续闻》卷六载：吕洞宾"系青结巾，黄道服，皂绦，草履，手持棕笠，自题曰知命先生。"⑤程氏还断言："直掇为道服者，必本诸此也。""直掇"有时也称道袍。⑥北宋文人士大夫致仕、隐

---

① （宋）程大昌《演繁露》卷八，《文渊阁四库全书》第852册，第131—132页。
② 《太真玉帝四极明科经》卷五，《道藏》第3册，第443页。
③ 《太平御览》卷六七五载："海空经曰：'真仙道士并戴玄冠，披翠被。'"同卷又载："洞神经曰：'受道之人，皆玄冠草履。'"黄能馥、陈娟绢《中国服饰史》："道衣为道家之法服。……穿道服时，有时用丝绦约束其腰间。"上海：上海人民出版社，2004年版，第263页。
④ （宋）王闢之撰，吕友仁点校《渑水燕谈录》卷四，北京：中华书局，1981年版，第44页。
⑤ （宋）陈鹄撰，郑世刚点校《西塘集耆旧续闻》卷六，上海：上海古籍出版社，1993年版，第46页。
⑥ （明）王世贞《觚不觚录》云："无线导者，则谓之道袍，又曰直掇，此三者燕居之所常用也。"《文渊阁四库全书》第1041册，第439页。

居后常穿直掇，朱彧《萍洲可谈》卷三载："富郑公（弼）致政归西都，尝着布直掇，跨驴出郊。"①林逋《寄太白李山人》诗曰："身上祗衣粗直掇，马前长带古偏提。"苏辙《答孔平仲惠蕉布二绝》其二："更得双蕉缝直掇，都人浑作道人看。"直掇用粗布、蕉布缝制而成，可见道士常服制作材料颇为粗糙简陋。从张择端《清明上河图》中道士所穿常服看，只有道巾、发簪、道裙、道鞋，并且样式和颜色都十分单一、朴素，制作也相对粗糙、便宜。《宣和遗事》中记载的道士所穿常服也只是"青布幅巾"而已。②北宋周渭《赠道士吴崇岳》诗中"楮为冠子布为裳，吞得丹霞寿最长"是当时道士所穿常服的真实写照。

我们再来看北宋文人士大夫所穿的道服。王禹偁《道服》诗首句"楮冠布褐皂纱衣，曾忝西垣寓直人"说明作者所穿道服的质地材料，木制的道冠和粗制毛麻织成的褐衣。黄庭坚甚至用椰壳做道冠："有核如匏可雕琢，道装宜作玉人冠。"（黄庭坚《以椰子小冠送子予》）可见，北宋世俗人士穿的道服与北宋道士常服相同或相似，制作材料与质地方面，用木材、毛麻布粗制而成，而不像法服那样昂贵、优良。道服简单朴素的特点也符合北宋"崇尚淳朴"、"务从简朴"③服饰观。这或许是道服在北宋文人士大夫间流行的原因之一。

北宋文人士大夫道服穿戴灵活多样，简单随意，不像穿戴法服那样齐整、严格。道士法服穿戴时各个部分都要齐备，缺一不可。文人所穿道服则不然，他们往往只穿戴法服中的某些部件。如欧阳修致仕后常穿道服、戴华阳巾，但未见其穿道履。④清人卞永誉《式古堂书画汇考》卷三十三记载北宋李公麟所绘《西园雅集图》中苏轼身穿道服，却头戴乌帽，而非道冠。吕本中《童蒙训》卷下载熙宁年间张芸叟"芒履道服"。他们不仅穿戴道服随意多变，制作道服样式也多种多样。黄庭坚晚年所穿道服被称为"山谷褐"，⑤这种道服直到南宋还有广泛影响。王明清《挥麈后录》卷十一

---

① （宋）朱彧撰，李伟国点校《萍洲可谈》卷三，北京：中华书局，2007年版，第154页。
② 沈从文：《中国古代服饰研究》，上海：上海书店出版社，2002年版，第420页，图165，第421页。
③ 《宋史》卷一五三《舆服五》，第11册，第3579页。
④ （宋）彭乘撰，孔凡礼点校《侯鲭录·墨客挥犀·续墨客挥犀》，北京：中华书局，2002年版，第361—362页。
⑤ 关于"黄山谷着道服"，可参卿希泰《中国道教史》第二卷，成都：四川人民出版社，1992年版，第715页。

云:"明清兄弟儿时,先妣制道服,先人云;'须异于俗人者乃佳。旧见黄太史鲁直所服绝胜。'时在临安,呼匠者教令染之,久之始就,名之曰'山谷褐'。数十年来,则人人学之,几遍国中矣。"[1]可见,相对法服穿戴的严格,文人穿道服的灵活性可能是北宋社会道服流行的又一原因。

北宋文人士大夫所穿道服的颜色与道士法服颜色有一定联系,但其色彩单一,没有图案装饰,不像道士法服那样华丽斑斓。正如吕陶《和周简州寄范蜀公三章》诗所云:"道服岂烦垂宝带,安居何用饰华缨。"北宋文人所穿道服中黄色居多。如王巩《闻见近录》中载寇准曾"晚衣黄道服,簪花走马承受"。李公麟《西园雅集图》中苏轼穿的也是黄道服。尹焞《和靖集》卷七记程颐也穿黄道服。世俗人士着道服以黄色为主,与道教法服的规定一致。道书《洞玄灵宝道学科仪》卷上《制法服品》云:"内外法服,须有条准。……皆以中央黄色为正。若行上法,听着紫。年法小,为下座者,勿着紫。若中衣法衫、筒袖、广袖,并以黄及余浅净九色为之。"[2]由此可见,法服以黄色最为常见。紫色法服则被视为高道大德之象征,一般道士及世俗人士是禁止穿紫色道服的。这一服饰制度方面的禁令到宋初至道元年(995)得以解除:"端拱二年十一月九日诏曰……诸色公子并庶人商贾伎术、不系官伶人只得服皂白衣铁角带,不得服紫。至道元年六月后许庶人服紫,帝以时俗所好,冒法者众,故除其禁。"[3]《宋史》卷一五三亦载:"至道元年,复许庶人服紫。"[4]周锡保《中国古代服饰史》云:"自唐开始赐李泌紫色之后,宋代也有赐林灵素以紫服的。"[5]其实,宋徽宗不仅赐紫道服于道士林灵素,而且自己也着紫道服。《三朝北盟会编》卷八十七引《靖康遗录》云:"上皇(宋徽宗)乘轿子,至寨门下轿,着紫道服,戴逍遥巾,趋而入。"[6]徽宗、李、林等穿道服大概是高道大德的象征。由于禁令的解除,北宋也出现了文人士大夫穿紫色道服的现象。据米芾

---

[1] (宋)王明清:《挥麈录·后录》卷十一,北京:中华书局,1961年版,第216页。
[2] 《道藏》第24册,第767页。
[3] 《宋会要辑稿》舆服四之五,北京:中华书局,1957年版,第2册,第1796页。
[4] 《宋史》卷一五三《舆服五》,第11册,第3574页。
[5] 周锡保:《中国古代服饰史》,北京:中国戏剧出版社,1984年版,第314页。皇帝赐道士紫道服始于李泌,(宋)曾慥《类说》卷三五"道士赐紫"条云:"中宗时道士叶静能加金紫。代宗朝李泌乞遊衡岳,诏给品禄,赠紫道衣,其后道士赐紫自泌始。"上海:上海古籍出版社,1993年版,第611页。
[6] (宋)徐梦莘:《三朝北盟会编》卷八七,上海:上海古籍出版社,2008年版,第647页。

《西园雅集图记》载，苏辙"道帽紫衣"、道士诗人陈景元着"琴尾冠、紫道服"等。①陈规《守城录》卷三载：建炎元年（1127），王申在京城曾"着紫道服"②。沈从文《中国古代服饰研究》引《宣和遗事》指出北宋秀才穿紫色道服。③文人也有穿其它颜色道服的。如陆游《老学庵笔记》卷十记蔡京"作相时，衣青道衣，谓之'太师青'"④。

此外，道服最明显的特征是它宽大的外形。正如叶梦得《石林燕语》卷十所云："近岁衣道服者，以大为美。"⑤司马光《续温公诗话》亦云：处士韩退"好着宽袖鹤氅"。⑥周锡保《中国古代服饰史》第九章"宋代服饰"谈及道服时也指出："褐衣"由"麻布或毛布制作，比短褐长而宽大，为文人隐士及道士所服"，"道衣"为"斜领交裾，衣身宽大，四周用黑布为缘。有的以茶褐色布作成袍则称道袍，为文人或道士所穿"。⑦

综之，北宋文人士大夫所穿道服在质地、制作、穿戴要求、宽大外形等方面与北宋道士所穿常服相似或相同，具有粗糙、朴素、简单灵活的特点。颜色与法服的规定性有一致之处，但其色彩单一，不像法服那样华丽斑斓。文人士大夫穿道服这一社会文化现象是道教世俗化对文人影响在服饰方面的重要表现，这一现象的背后有其深刻的文化意蕴。

## 三、北宋文人士大夫穿道服的文化意蕴

文人士大夫穿道服的社会习气虽然萌芽于隋唐，始于五代，但道服在世俗服饰的文化定位及其蕴含的宗教意义、文化观念至北宋才正式形成。北宋时，穿便宜朴素的道服甚至比穿昂贵华丽的衣服更能被时人认同、称赞。《能改斋漫录》卷十二"柴主与李主角富贵"条⑧载：

仁宗朝，驸马柴公宗庆与驸马李公遵勖连袂。柴主贤而李亦贤，

---

① 《文章辨体汇选》卷五八四，《文渊阁四库全书》第1409册，第195页。
② （宋）陈规：《守城录》卷三，《文渊阁四库全书》第727册，第196页。
③ 沈从文：《中国古代服饰研究》，上海：上海书店出版社，2002年版，第421页。
④ （宋）陆游撰，李剑雄、刘德权点校《老学庵笔记》卷十，北京：中华书局，1979年版，第126页。
⑤ （宋）叶梦得撰，侯忠义点校《石林燕语》卷十，北京：中华书局，1984年版，第150页。
⑥ （宋）司马光：《续温公诗话》，《历代诗话》，北京：中华书局，1981年版，第277页。
⑦ 周锡保：《中国古代服饰史》，北京：中国戏剧出版社，1984年版，第316、317页。
⑧ （宋）吴曾撰：《能改斋漫录》卷十二，上海：上海古籍出版社，1979年版，第359页。

柴主欲与李主角富贵。李先诣柴第，柴之夫妇盛饰以为胜，左右皆草草。次之柴主之过李第，李之夫妇道装而已，左右皆盛饰，徐出二子示曰：予所有者，二子耳。柴颇自愧，士论高之。

可见，文人士大夫所穿道服虽然质地普通，样式朴素，但其中所代表的文化意义及社会认同价值是一般服饰难以企及的。穿道服在世人心目中几乎成为一种时尚，道服甚至作为礼物在文人间互相赠送。王禹偁《谢同年黄法曹送道服》诗云："鲍照贻我羽人衣，下直何妨尽日披。老去自堪将野鹤，客来休更佩金龟。官供谩说青绫被，私便全胜白接䍦。未脱朝簪恋明主，耿怀空作谢君诗。"写时任"法曹"的同年黄氏赠送自己道服后的感想。王禹偁同年冯伉（字仲咸）也曾送道服给友人喻蟾，①王禹偁《和送道服与喻宰》："朝客吟诗送羽衣，应知彭泽久思归。三年官满谁留得，领鹤携琴赋式微。"把道服作为赠送友人的礼物，一方面说明道服在当时文人中颇为流行；另一方面说明道服在文人心目中的重要地位及丰富的文化意蕴。

下面我们从北宋文人士大夫穿道服的宗教象征意义及对文人生活态度、礼仪交往、处世心态的影响等方面探讨这一社会现象的文化意蕴。

### （一）穿道服与宗教信仰

道服具有标识身份、代表道教信仰、超凡脱俗等宗教内含和象征意义。北宋文人士大夫所穿道服，虽然与道士的道服有别，但它毕竟源于道士服饰，因此与道家道教有着或多或少的联系。在文人心目中，它甚至是道教的一个象征物。邹浩《送许羿秀才还旧隐叙》载：河南许德制，"无求于世者也。……躬儒者行，出释子语，间以道士服易其衣冠"。②这说明，在三教融合的宋代，道服对文人来说，是思想中道教成分的象征。因此，一个地方的道教信仰历史及兴盛程度对这个地域道士数量、穿道服人数的多寡也有影响。苏辙《筠州圣寿院法堂记》："高安郡（今江西高安）……昔东晋太宁之间，道士许逊与其徒十有二人散居山中，能以术救民疾苦，民尊

---

① 王禹偁《和与喻丰阳夜话》后注"仲咸与喻令同江左人"，《和回喻令诗集》后注："喻令名蟾，𥊀之裔孙。"《全宋诗》卷六五，第2册，第729、730页。
② （宋）邹浩：《道乡集》卷二七，《文渊阁四库全书》第1121册，第408页。

而化之，至今道士比他州为多，至于妇人孺子亦喜为道士服。"①

具有道教信仰而未出家或居家修炼的文人士大夫日常穿道服无疑带有强烈的宗教意味。而他们常穿道服，正是道教在世俗人世存在的一种形式。《宋史》卷三〇六《谢泌传》："（谢）泌性端直，然好方外之学，疾革，服道士服，端坐死。"②而居家穿道服的悠闲、舒适往往使文人想起道家道教提倡的无为逍遥生活理想。王禹偁《寄献润州赵舍人二首》："闻说秋来自高尚，道装笻竹鹤成双。"穿道服兴奋之余，接着又云："记言彩笔罢摛华，郡阁高闲似道家。"

道教以追求长生为根本，因此文人生日时也穿道服，以增其寿，如韦骧《廷评庆寿口号》：

> 纳庆新春八十年，更逢诞日一开筵。童颜鹤发人间贵，道服乌巾地上仙。玉盏辉辉擎寿酒，金炉苒苒泛香烟。暂停丝管听祈颂，愿见恩书历九迁。③

这首诗是作者为好友李廷评八十大寿所作祝语。在宋代十分稀少的八十高龄，④身穿道服在香烟袅袅的金炉旁饮酒听乐，俨然"地上仙"。在庆寿筵上如此妆扮，也反映了时人通过穿道服来追求长生的心态。作者还有《醉蓬莱·廷平庆寿》（《全宋词》卷三六）一词也表达了"惟愿增高，龟年鹤算，鸿恩紫诏"的祝愿。

关于道士服饰与文人士大夫所穿道服内涵和文化意义上的关联和区别，邵雍《道装吟》⑤组诗有更清楚地说明：

> 道家仪用此衣巾，只拜星辰不拜人。何故尧夫须用拜，安知人不是星辰。

> 道家仪用此巾衣，师外曾闻更拜谁。何故尧夫须用拜，安知人不是吾师。

---

① （宋）苏辙著，曾枣庄、马德富校点《栾城集》卷二三，上海：上海古籍出版社，1987年版，第503页。
② 《宋史》卷三〇六，第29册，第10097页。
③ 《全宋诗》卷七三〇，第13册，第8511页。
④ （宋）吕祖谦《诗律武库》卷四《庆寿门》"本朝高寿"条："本朝大官最享高年者凡三人，曰：太傅张公士逊、枢相张公昇、少师赵公概，皆寿至八十六。又二人次之，曰：陈文惠公尧佐，至八十二；杜祁公衍，至八十一。又一人次之，曰：富文忠公弼，寿至八十，余皆不及焉。"吴文治辑录《宋诗话全编》，南京：江苏古籍出版社，1998年版，第6册，第6379页。
⑤ 《全宋诗》卷三七三，第7册，第4597页。

　　　　安车尘尾道衣装，里闬过从乃是常。闻说洞天多似此，吾乡殊不异仙乡。

　　　　如知道只在人心，造化功夫自可寻。若说衣巾便为道，尧夫何者敢披襟。

　　他指出世俗人士所穿道服虽不像道士服饰具有浓厚的宗教含义，但是，对世俗礼仪的超越则来源于道士拜神时所穿道服的象征意义。虽然道士的道服常常和洞天、仙乡等超越性空间相联系，而普通人的道服则与现实空间有关，然而，穿道服的空间仍"不异仙乡"。最后，作者体悟到道在人心，而非服饰，穿道服只是寻求造化自然的手段而已，说明了道教的世俗化以及文人士大夫穿道服源于道教而又超越道教的社会事实和文化意义。

　　由上可知，北宋文人士大夫穿道服对道服的宗教象征意义进行了选择性吸收，具有模仿道士常服的痕迹与文化动机，这一方面反映道教在北宋社会的盛行，带有明显的世俗化倾向；另一方面反映文人士大夫甚至下层平民寻找精神超越生活方式在服饰文化方面的重大转变。

## （二）穿道服与休闲生活

　　在某种意义上说，服饰是人们思想的象征。在中国古代，朝服的体制和形式自然是儒家思想的直接表达。而道服则与道家道教思想密切相关。穿上道服代表着追求一种与严格等级的官场生活相对的自由适意生活。① 而道家道教思想为文人士大夫提供了与官场儒学相左的生活哲学。北宋文人大多身居官位，平日官务缠身。他们渴望摆脱世俗事务，向往闲适生活。而脱去朝服，换上道服是这一生活状态在服饰方面的重要体现。王禹偁

---

① 当然，北宋文人的闲适生活和出世思想也与佛教有关。随着儒、道、释三教融合，佛教徒可能偶尔也穿道服。但一般情况下，宋代僧侣的衣服称谓有："三衣"或"五衣"、"袈裟"、"方袍"、"僧帽"。参阅周锡保《中国古代服饰史》，第313页。而在北宋诗歌中，僧侣或文人穿的佛教服饰称谓有："（百）衲衣"、"僧衣"、"佛衣"、"僧服"、"方袍"或"袈裟"等。如梅尧臣《吊瑞新和尚》："示化何悲戚，俱焚只衲衣。"晁说之《致仕后寄白莲然公》："僧衣换却朝衣尽，知悔知悲不任。磬韵应怜持课罢，香销当识坐禅深。"王正已《赠廖融》："炉中药熟分僧服，榻上琴闲借我弹。"梅尧臣《省符上人》："佛衣儒谈世已罕，节行又与其徒异。"黄庭坚《又戏题下岩》："往往携家来托宿，裙襦参错佛衣巾。"贺铸《阻风白鹭洲招讷上人》："何日结茅钟阜尾，幅巾相对一方袍。"王禹偁《赠虚己》："梦忆一岩红薜荔，心轻三事紫袈裟。"黄庭坚《代书》："惟思苾刍园，脱冠著袈裟。"黄庭坚《禅句二首》其二："予自钓鱼船上客，偶除须鬓著袈裟。"等等。

《道服》①诗云：

> 楮冠布褐皂纱衣，曾忝西垣寓直人。此际暂披因假日，如今长着见闲身。濯缨未识三湘水，漉酒空经六里春。不为行香着朝服，二车谁信旧词臣。

对于为官的文人而言，平时是要穿朝服的。只有在休假及官僚事务之外的时间"暂披"道服，而一旦谢官致仕，就可"长着"道服。相对于华丽的朝服，简朴的道服恰能安闲度日，是忙碌的为官时期所难以比拟的。甚至很多文人在衙门穿朝服，回家后就立即换上道服。如李至《奉和小园独坐偶赋所怀》："歌舞林亭不外求，朝回多着道衣游。"林逋《南亭》："晚衙初散吏人归，独立南亭着道衣。浅酒小诗聊自乐，此心浑欲外轻肥。"韦骧《再和》："静论国手饶棊路，闲喜官身着道衣。"魏野《上知府赵侍郎二首》之二："公退无余事，逍遥只道装。"

道服与朝服的这种差异使文人士大夫颇喜爱制作、穿着道服。范仲淹《道服赞》并序云：

> 平海书记许兄，制道服，所以清其意而洁其身也。同年范仲淹请为赞云："道家者流，衣裳楚楚，君子服之，逍遥是与。虚白之室，可以居处。华胥之庭，可以步武。岂无青紫？宠为辱主。岂无狐貉？骄为祸府。重此如师，畏彼如虎。旌阳之孙，无忝于祖。"②

"赞"是古代一种专用于称颂的文体，常用四言韵语写成。时任平海书记的许琰新制道服，范仲淹为之赞，均表明北宋文人士大夫对其的钟爱。作者先称赞许氏的道服体面、潇洒，穿上它可以在精神上步入清虚之境。"虚室生白"出自《庄子·人间世》："瞻彼阕者，虚室生白，吉祥止止。"③意思是空虚的心境才能生出纯洁的情感，幸福才能来临。"华胥"典出《列子·黄帝》："黄帝……昼寝而梦，游于华胥氏之国。"④是黄帝梦中的自然无欲之国。接着四句，作者笔锋一转，将官服与道服作比，说明官场的尔虞我诈及道服象征的恬淡无为。"青紫"指绶带的颜色，古代御史青绶，太尉紫绶。"狐貉"指贵族所服衣裳。最后四句卒章显志，希望朋友淡泊名利，乐世安处，这样才能无愧于先祖许逊。"旌阳"指东晋旌阳令许逊，后弃官

---

① 《全宋诗》卷六四，第2册，第725页。
② 曾枣庄、刘琳主编《全宋文》卷三八七，第19册，第7页。
③ 曹础基：《庄子浅注》，北京：中华书局，1982年版，第55页。
④ 严北溟、严捷译注《列子译注》，上海：上海古籍出版社，1986年版，第28页。

学道，于洪州（今江西南昌）西山居家仙去，鸡犬飞升。诗人用此典故，紧扣"许"姓及"道服"之道教，可谓恰到好处！

范仲淹《道服赞》中将道服视为安贫乐道、淡泊名利、闲适自在生活的象征，得到了后人的认同。《范文正集补编》卷三明人戴仁云："文正公为同年友许书记作《道服赞》，言皆至理，书特清劲，至今观之，悚然增敬。所谓'宠为辱主'，'骄为祸府，重此如师，畏彼如虎'，是又美不忘规，益可玩味，乃知异时丞相尧夫《布衾铭》实权舆于此。"① 戴氏认为司马光《布衾铭》一文创作思想源于《道服赞》，有一定道理。王十朋《四友堂记》："乌巾道服，苍颜白发，颓然乎其间者吾之乐也。"② 其中"道服"也有安贫守道，闲适自然之意。

再看王禹偁《书斋》③ 诗：

年年赁宅住闲坊，也作幽斋着道装。守静便为生白室，著书兼是草玄堂。屏山独卧千峰雪，御札时开一炷香。莫笑未归田里去，宦途机巧尽能忘。

这首诗写作者在书斋穿道服读书作诗，悠闲自适的生活情景。诗的颔联也用《庄子·人间世》"虚室生白"典故，接着用汉代扬雄写《太玄经》的"草玄堂"之典，均表达与所穿道服一致的道家思想。作者认为，在这样的空间中，燃上一炉香，尽管没有弃官隐居田野深山，也能忘却仕宦的勾心斗角之烦闷。

由上可知，在文人士大夫的心目中，道服与朝服包含不同的文化含义。透过对两种服饰的比较，我们隐约可见他们渴望摆脱世俗羁绊、追求自由自在生活状态的道家道教文化心态。一般而言，文人为官时思想更倾向儒家，而贬谪、退隐后更倾向道家道教。从服饰文化的象征意义上说，穿着道服更能代表贬谪、归隐退休后的清静淡泊、闲适无为。吕本中《童蒙训》卷下云："崇宁间，张公芸叟既贬复归，闭门自守，不交人物，时时独游山寺，芒鞋道服，跨一羸马，所至从容饮食，一瓯淡面，更无他物。人皆服其清德，后生取法焉。"因为其精神清高，因此有"后生取法"的说法，罗大经《鹤林玉露》卷八就有大量士大夫退隐后穿道服的例子。退隐后穿着道服吟诗会友，闲适逍遥的邵雍在诗《首尾吟》中云："尧夫非是爱吟诗，

---

① 《范文正集补编》卷三，《文渊阁四库全书》第1089册，第841页。
② （宋）王十朋：《梅溪前集》卷十七，《文渊阁四库全书》第1151册，第264—265页。
③ 《全宋诗》卷六六，第2册，第750页。

诗是尧夫服老时。简尺每称林下士，过从或着道家衣。须将贤杰同星汉，直把身心比鹿麋。六十五年无事客，尧夫非是爱吟诗。"苏轼也曾在诗中表达对休官后穿道服的向往，其《钱安道席上令歌者道服》云："乌府先生铁作肝，霜风卷地不知寒。犹嫌白发年前少，故点红灯雪里看。他日卜邻先有约，待君投绂我休官。如今且作华阳服，醉帽侬家七返丹。"而苏轼晚年确有穿道服的经历，其诗《病中游祖塔院》云："紫李黄瓜村路香，乌纱白葛道衣凉。"《东坡志林》卷二："吾在儋耳，一日忽失所在，独道服在耳，盖上宾也。"①吕陶《眉州醴泉寺善庆堂记》亦云："士君子少而从政，老而谢事，去仕途之劳，就林泉之佚。……道衣野服足以资萧散之味，凡尘埃网罗深可厌恶之事，无一毫辄累其怀。"②

文人多在晚年穿道服，也是向往闲适安逸生活的一种表达。还有诗人"自咏"穿道服的自由悠闲生活。如魏野《四十自咏》："闲心虽不动，记性觉潜衰。棋退难饶客，琴生却问儿。手慵农器信，身散道装知。笔砚将何用，天阴改旧诗。"邵雍《自咏》："天下更无双，无知无所长。年颜李文爽，风度贺知章。静坐多茶饮，闲行或道装。傍人休用笑，安乐是吾乡。"

### （三）穿道服与世俗礼仪、处世态度

沈从文在《中国古代服饰研究》中指出："服饰在人类社会中，尤其在中国古代社会，占有十分重要的地位，除了其本身具有诸如御寒、审美等作用外，传统观念还把它看作是'礼仪'的一部分。"③北宋文人为官者居多，对世俗礼仪颇为讲究。由于朝服是他们日常礼仪交往的服饰，同时也是文人作为士大夫的身份标识之一，他们在处理官僚事务、进行社会交往中常穿朝服或礼衣。"千官云拥御楼时，朝服纷纷换礼衣。"④一般而言，在正式的社会交往场合，在官任上的文人是不允许穿道服接见宾客的。

在北宋，在职官员穿道服接见宾客，往往被视为一种失礼行为。王铚《默记》卷下载：

> 蒋希鲁守苏州，时范文正守杭州，极下士。王荆公兄弟时寄居于杭，平甫尚布衣少年也。一日，过苏见希鲁，以道士服见之。平甫内

---

① （宋）苏轼撰，王松龄点校《东坡志林》卷二，北京：中华书局，1981年版，第44页。
② （宋）吕陶：《净德集》卷十四，《文渊阁四库全书》第1098册，第110页。
③ 沈从文：《中国古代服饰研究》，上海：上海书店出版社，2002年版，第365页。
④ 王禹偁：《南郊大礼诗十首》其八，《全宋诗》卷六五，第2册，第727页。

不能平,时时目其衣。希鲁觉之,因曰:"范希文在杭时,着道服以见客。"平甫对曰:"希文不至如此无礼。"①

因为道服在文人士大夫来看,只是一种便装,很不正式,因此穿道服见客带有轻视的态度。所以王安石之弟王安国(字平甫)就认为蒋希鲁、范仲淹二人穿道服见客是一种无礼行为。

即使在任官员接见下属时穿道服也常不被人接受。蔡绦《铁围山丛谈》卷二载:

> 章丞相性豪迈,颇傲物,在相位数以道服接宾客,自八座而下,多不平。独见鲁公(曾布)则否。鲁公时为承旨,一日诣丞相府。故事,宰执出政事堂归第,有宾吏白侍从官在客次,大臣既舍辔即不还家,径从断事所而下以延客。及是章丞相返,不揖客,入舍易道服而后出,鲁公亟索去。于是章丞相作惭灼然而语公曰:"是必以衣服故得罪,然愿少留!"公曰:"某待罪禁林,实天子私人,非公僚佐,藉人微,顾不辱公乎?"遂起,欲行去。章以手掠公,目使留,致恳到。会荐汤而从者以骑至,故公得而拂袠,因卧家,具章白其事,且以辱朝廷而待罪焉。哲庙览公奏,深多公之得体,亟诏释之。因有旨:"宰臣章惇赎铜七斤。"仍命立法,以戒后来。自是,鲁公终章丞相之在相位而不以私见也。噫,前朝侍从臣卓尔风立乃如此,后来罕见之。②

在任官员穿道服接见下属的情况也仅见于章惇、韩琦(接见李稷乃晚辈,与章惇不同)等少数人,"后来罕见之"。而这一行为常受到时人诟病。曾布"具章白其事"的详细内容出现在《续资治通鉴长编》卷四九八"元符元年(1089)八月己丑"条,曾布对哲宗说:

> "……(章惇)接从官,只着道衣,此尤非礼。"上曰:"着甚道衣?"布曰:"隐士帽,紫直掇,系一绦而已。"上又曰:"见蔡京何如?"布曰:"渠既例如此,想亦不为京变,然不曾问,兼只自去年来如此。臣昔作从官,亦曾谒之,相见差迟,问其故,云方着道衣接郭茂恂,以臣来,换衣服。盖是时惟以道衣接郎官辈。"上深哂之曰:"此诚不可。"布曰:"近臣乃人主所体貌,接之不当如此。"上又问:

---

① (宋)王铚:《默记》卷下,北京:中华书局,1981年版,第50页。
② (宋)蔡绦撰,冯惠民、沈锡麟点校《铁围山丛谈》卷二,北京:中华书局,1983年版,第36页。

"卿等如何？"布曰："莫非朝服。从官参，辞谢，必秉笏见之。"①

从"直掇""绦"等道服附件和道教尚紫色的传统来看，章惇所穿"道衣"与前文张商英接见章惇及蒋、范见客时所穿"道士服"大致相同。穿道服有抵抗儒家礼仪之文化含义。邵雍三辞不受官命后，"始为隐者之服，乌帽、绦、褐，见卿相不易也"②，这种行为正是其蔑视权贵，自由出世思想的表现。这在大儒看来是不合礼仪的。材料中曾布就认为章惇"接从官，只着道衣，此尤非礼"，虽然会见曾布时章惇曾将道衣换下，而对官职较低的"郎官辈"才穿道服接见，曾布仍觉章惇不应该这样做。曾布认为"近臣乃人主所体貌"，服饰又是官员官品、身份的象征，因此，接见官员时，应穿"朝服"，"秉笏见之"，而不应当穿道服。

对于仕宦文人来说，穿道服一般发生在官僚事务及相关礼仪之外的时间和空间，否则就是失礼行为。《文献通考·王礼考》载："司马温公必居独乐园而后服之，吕荥阳、朱文公必休致而后服之，然则三君子当居官莅职见用于世之时，亦不敢服此，以取骇于俗观也。盖例以物外高人之野服视之矣，可胜唧哉。"③在休闲时穿道服，则象征着一种悠闲、舒适、自然、超越世俗的生活状态和自由精神。从这个意义上说，道服就成了文人转换社会角色及相关行为方式的重要标志。

相对而言，无仕文人穿道服就不受世俗礼仪的约束，在日常生活中可随时随地穿道服。《宋史》卷四三九："又有马应者，薄有文艺，多服道士衣，自称'先生'。"④《东都事略》卷一一八："（种）放一日晨兴，忽取前后章疏稿焚之，服道士服，召诸生饮与诀，酒数行而卒。"他们甚至在觐见皇帝时也可以穿道服。《宋史》卷四七二载："崇宁初，京党以学行修饬闻诸朝，与泉州布衣吕注皆着道士服，召入谒，累官拜给事中兼侍读。"⑤结合为官文人与无官文人穿道服的不同情景，我们容易得出这样的结论：穿道服是对世俗礼仪、官僚政治的一种超越，是文人在入世与出世间选择生活方式的表征之一。

一些文人在作品中还常将代表儒家入世的朝服和代表道家道教出世的

---

① （宋）李焘：《续资治通鉴长编》卷四九八，北京：中华书局，1985年版，第11856—11857页。
② （宋）李幼武纂集：《宋名臣言行录》外集卷五，《文渊阁四库全书》第449册，第695页。
③ 《文献通考》卷一一一，北京：中华书局，1986年版，第1004页。
④ 《宋史》卷四三九，第37册，第13012页。
⑤ 《宋史》卷四七二，第39册，第13733页。

道服作对比，以突出道服富含的文化象征意义。如王禹偁《病中书事上集贤钱侍郎》五首其一："力疾奉朝谒，归来倦送迎。老为儒术误，瘦爱道装轻。"林逋《送有交师辇下》："滤罗闲佩氎巾轻，秋籁随身指去程。辇下大僚多好事，退朝谁着道衣迎。"这一现象不仅反映在诗中，而且绘画中也有。晁迥《道院集要》卷三载李淑《澶渊晁公别录五事》云："公少时尝闻方士之说。……公尝令画者王端图二像，一朝服者，钱思公为赞；一道服者，南阳杨文公为赞。议者谓：'公邀二君为赞，出处之际，有深意焉。'"①"钱思公"即钱惟演，"杨文公"即杨亿。晁迥之所以令画家王端将朝服、道服作为钱、杨二人之像的服饰，正反映其入世和出世的两种思想，正如议者所云："出处之际，有深意焉。"

绝仕文人日常穿道服，则代表着与儒家入世思想格格不入的出世态度。《涧泉日记》卷上：钱若水去职后，"被道士服，佯狂归嵩山，上大骇，累召之，不起，以终其身。"②显然钱若水归隐嵩山，穿道服是为了表达其无意仕宦的刚正之心。刘攽《内殿崇班康君墓志铭》更加直接地说：康君自云"方衣道士服而讲养生事，以示无仕宦意。"③文人尚且如此，与道释有密切联系的隐士就更把穿道服当作与世无争处世态度的象征。黄裳《寄懒散子》其二云："玉液净生仙况味，天香清惹道衣冠。"智圆《赠林逋处士》："深居猿鸟共忘机，荀孟才华鹤氅衣。"④有隐逸倾向的文人也穿道服。孔平仲诗《走笔》其三："散漫皆书帙，逍遥或道装。墙东虽可隐，林下未能忘。"魏野《赠安邑知县方寺丞》亦云："寻常少往还，门静似居山。书为家传秘，琴因国忌闲。坐衙更鹤氅，行乐到禅关。约我休官后，邻居竹树间。"

综上所述，北宋文人士大夫所穿道服的外部特征及其文化意蕴既源于道士服饰，又发生了变异。他们身穿道服但并不一定学仙修道、皈依道门，穿上它、看到它，就会联想到它所代表的内涵，可以在日常生活中时刻提醒自己内观于身，常使无欲。道家道教的出世哲学通过这一中介传达给文人士大夫，尤其是遭遇贬谪或挫折的文人，他们在作品中借道服来象征出世和超脱思想，表达向往道门、渴望道隐的心态，甚至可以通过它向世人

---

① （宋）晁迥《道院集要》卷三，《文渊阁四库全书》，第1052册，第637页。
② （宋）韩淲撰，孙菊园点校《涧泉日记》卷上，上海：上海古籍出版社，1993年版，第13页。
③ （宋）刘攽《彭城集》卷三七，《文渊阁四库全书》，第1096册，第367页。
④ （清）厉鹗《宋诗纪事》卷九一，上海：上海古籍出版社，1983年版，第2173页。

宣布对儒家思想的偏离，来表达脱离官场的决心。道服作为道教文化的一个组成部分，文人士大夫穿道服的社会文化现象也从一个侧面反映了道教在北宋社会的广泛传播，这也正是道教相对于隋唐来说进一步世俗化的重要表现之一。这种世俗化了的道教反过来又成为文人思想观念、生活方式的一个养料来源。北宋文人常把道服与官服对比，表现出对道服及其蕴含的悠闲、自适、逍遥生活的向往，这是对道服固有宗教含义的借鉴、吸收和改造。这从一个侧面揭示了文人与道教关系的一个重要变化：北宋文人士大夫思想方面儒道融合的特色较隋唐进一步加强；从隋唐的出世追求精神超越到北宋的入世同时寻找悠闲安适的转变。

# 欧阳修的《易》学研究与古文文风转变

程 刚

宋初百年是文化史上重要的一段时期，经学、史学、文学都出现了大的繁荣，其中经学由"汉学"变为"宋学"，气象大异；文学由浮华的骈文转变为平实的古文，文风大转。在这种经学学风与古文文风的转变之中，庆历年间是一个关键节点，刘子健说："经学变古，起于庆历，庆历之起，欧阳为首。"[①] 而在这个时期的学者中，欧阳修又是关键性的人物。《宋史·欧阳修传》云："挽百川之颓波，息千古之邪说，使斯文之正气，可以羽翼大道，扶持人心。"[②] 就是从学风与文风的双重角度肯定了欧阳修的历史地位。

漆侠先生认为欧阳修是把文风的变革与学风的变革关联结合起来了，[③] 确实在欧阳修的经学学风与古文文风之间保持着趋势上的一致性，这种一致性表现在四个方面。首先，欧阳修的怀疑学风是他自由、解放的思想的体现，与他对更加自由的古文文体的选择趋向一致；其次，欧阳修的经学倡导平易学风，反对经学中的怪诞之说，同时他也反对古文创作中的怪诞文风；第三，他反对空疏的学风，提倡切于人事的实用学风，这样的实用精神也体现在他的古文理论与创作中；第四，他提倡简要学风，在经学阐

---

① 刘子健：《欧阳修的治学与从政》，台北：新文丰出版公司，1984年版，第36页。
② 李逸安点校：《欧阳修全集》，北京：中华书局，2001年版，第2656页。
③ 漆侠：《宋学的发展与演变》，石家庄：河北人民出版社，2002年版，第195页。李泽厚也说："欧阳修是开北宋一代风气（文风、学风、思想之风）转变的首领人物。"见于《中国思想史论》上，合肥：安徽文艺出版社，1999年版，第234页。

释中提出"得大兼小"、"得本通末"的方法,这与其倡导的"简而有法"的文风保持着一致性。①

## 一、疑经精神与文体选择

经学有汉、宋之分,宋学学风的转变起于何时,具有什么样的特征?王应麟在《困学纪闻》中说:

> 自汉儒至于庆历间,谈经者守训诂而不凿。《七经小传》出而稍尚新奇矣,至《三经义》行,视汉儒之学若土梗……陆务观曰:唐及国初,学者不敢议孔安国、郑康成,况圣人乎!自庆历后,诸儒发明经旨,非前人所及,然排《系辞》,毁《周礼》,疑《孟子》,讥《书》之《胤征》、《顾命》,黜《诗》之《序》,不难于议经,况传注乎!"②

由此可见,经学史上的汉、宋转变标志之一就是从僵化保守的"疏不破注",转为对经、传注疏的怀疑与突破,而其主要人物就是庆历间的宋初三先生、范仲淹、欧阳修等人,他们从理论与实践上对汉唐注疏发难。朱熹说:"旧来儒者不越注疏而已,至永叔、原父、孙明复诸公,始自出议论。"③而欧阳修的《诗本义》则"始辨毛、郑之失,而断以己意"④。

怀疑是宋学最能体现其创造性的精神特点之一,有了怀疑,宋学才摆脱了汉学的烦琐与附会。面对宋初经学对于汉唐注疏亦步亦趋的现象,欧阳修作为"宋代疑经的第一人"⑤,既在文章中呼吁突破汉唐注疏的限制,更是在具体的经学研究中贯彻怀疑的精神,大胆向前人的经学著作发起质疑、反驳。欧阳修的怀疑主要体现在其《易》学与《诗》学中。四库馆臣说:"自唐以来,说《诗》者莫敢议毛、郑,虽老师宿儒,亦谨守《小序》,至宋而新义益增,旧说几废。推原所始,实发于修。"⑥欧阳修认为《诗小

---

① 曾建林在《宋初经学的转型与欧阳修经学的特点》(《浙江大学学报》,2002年第2期)一文中总结了欧阳修经学的三个特点:以简易方法解读经典;以史实、"人情"证经;围绕人事。惜乎并未展开,对于欧阳修重要的疑经思想,及欧阳修文风与其经学学风关系也未涉及。
② 王应麟:《困学纪闻》,上海:上海古籍出版社,2008年版,第1094页。
③ 《朱子语类》,北京:中华书局,1986版,第2089页。
④ 皮锡瑞:《经学历史》,北京:中华书局,2004年版,第174页。
⑤ 漆侠:《宋学的发展与演变》,石家庄:河北人民出版社,2002年版,第199页。
⑥ 《四库全书总目》(整理本),第190页。《四库全书·诗本义》为"旧说几废",《四库全书总目》(整理本),为"旧说俱废"。

序》"非子夏之作"①，在《诗解统序》中又批评毛传、郑笺"或失于疏略，或失于谬妄"②，欧阳修敢于怀疑序、传、笺，并在具体解经中一定程度上抛开序、传、笺，坚持从《诗经》本身出发来释经。

欧阳修在易学史上对《易传》的怀疑更是石破天惊之论，《系辞传》《文言传》等作为《十翼》的重要组成部分，一直被认为是孔子所作，但欧阳修却对其作者及文献真实性等问题都提出质疑，他说：

> 何独《系辞》焉，《文言》《说卦》而下，皆非圣人之作，而众说淆乱，亦非一人之言也。昔之学《易》者，杂取以资其讲说，而说非一家，是以或同或异，或是或非，其择而不精，至使害经而惑世也。然有附托圣经，其传已久，莫得究其所从来而核其真伪。……若余者可谓不量力矣，邈然远出诸儒之后，而学无师授之传，其勇于敢为而决于不疑者，以圣人之经尚在，可以质也。③

欧阳修认为包括《系辞传》《文言传》等易传非孔子所作，因为经文"简易明白"，孔子的文章"其言愈简，其义愈深"④，所以"余之所以知《系辞》而下非圣人之作者，以其言繁衍丛脞而乖戾"⑤。《易传》存在多处重复，如"三才之道"的论述，有两次重复，《文言》乾之初九、《系辞传》的"乾以易知，坤以简能"等语句有四处重复，"系辞焉而明吉凶"有五处重复。还有自相矛盾处，如八卦的起源就有自相矛盾的三种说法：圣人观象立卦说、河出图洛出书说、揲蓍说。而《易传》中的"子曰"更是荒唐，在《论语》中因为是弟子记载孔子的话，假如《易传》是孔子所著，就肯定不会出现"子曰"的字眼，这些都是欧阳修疑经惑传的线索。欧阳修不仅对《易传》的传文、作者等问题提出质疑，还对《易经》的某些经文真实性提出怀疑，如《需》辞：需于血，出自穴。《艮》辞：艮其限，列其夤。《睽》辞：见豕负涂，载鬼一车。欧阳修认为这些卦爻辞"皆险怪奇绝，非世常言"⑥，值得怀疑。

欧阳修对《易》的怀疑"是易学史上的一件大事"⑦，他"向《易》提

---

① 欧阳修：《毛诗本义》，长春：吉林出版集团有限责任公司，2005年版，第129页。
② 李逸安点校：《欧阳修全集》，北京：中华书局，2001年版，第884页。
③ 同上书，第1119页。
④ 同上书，第1120页。
⑤ 同上书，第1123页。
⑥ 同上书，第947页。
⑦ 朱伯崑：《易学哲学史》，第二卷，北京：昆仑出版社，2005年版，第94页。

出从来没有过的挑战"①，对于深信经传的学者无疑是当头棒喝。好友韩琦对他"终身不言易"，学生苏轼则认为《易传》"不可诬也"，曾巩也认为老师所论"亦可谓过矣"②。司马光在《论风俗札子》中说："新进后生，未知臧否，口传耳剽，翕然成风。至有读《易》未识卦、爻，已谓《十翼》非孔子之言……"③这样的批评似乎也暗有所指，但这些言论也正从反面证明了欧阳修不拘权威、敢于创新的过人之处。

怀疑是宋学一大特征，也是它的一个逻辑起点，有了敢于怀疑的精神才有对注疏、章句之学的摒弃，有了这种摒弃，才有了崇尚义理的宋学兴起。怀疑是对经典权威性的挑战，体现宋人思想的自由解放与创新，也表明他们学术独立意识的觉醒。经学家们自由地思想，产生自由的思想，更需要自由地表达。思想的解放往往伴随着文体的解放，近代的新文化运动与白话文运动即是一例，所以这时期的文人往往会选择一种更加自由的文体。和讲究规则、追求辞藻的骈文相比，古文无疑具有更多的优势。日本学者东英寿说：

> 这种舍弃了过去的旧的解释框架，根据自己的理解自由地对经书进行解释的治学态度，和那种否定过往的陈腐的骈文体、追求自由的具有充分思想表达能力的古文的精神如出一辙。思想往往是以文章作为外衣得到体现的。否定以往的经书注解的思想绝对不可能以追求表现美、重视形式的骈文体作为外衣。④

东英寿所说的精神一致，指的就是不惑传注、大胆怀疑的经学风气，与对更为自由的古文文体的选择，在趋势与指向上的一致。这个一致可以从两个角度来看，从立的一面来说，这种学风与文风的一致之处在"自由"。怀疑是思想自由的体现，同样对于文，古文之于骈文，文体的自由度显然大了很多。对于诗，古体之于近体也具有更大的自由度，所以庆历间古文、古体诗重振，而时文、近体诗则地位下降。⑤从破的一面来看，这

---

① 漆侠：《宋学的发展与演变》，石家庄：河北人民出版社，2002年版，第199页。
② 黄宗羲等：《宋元学案》，北京：中华书局，1986年版，第203页。
③ 《全宋文》第五十五册，上海：上海辞书出版社，合肥：安徽教育出版社，2006年版，第190页。
④ 〔日〕东英寿：《复古与创新——欧阳修散文与古文复兴》，上海：上海古籍出版社，2005年版，第121页。
⑤ 据程杰的统计，西昆派古体占诗歌总量10%左右，到了欧阳修则有43%，参见《北宋诗文革新研究》，呼和浩特：内蒙古教育出版社，2000年版，第376页。

种学风与文风一致对抗的对象是"烦琐"。在经学中，疑经派怀疑和打击的主要是把学者引向名物训诂、章句曲附等烦琐细节，而忽略经旨大义的解经风气。在古文领域排击的则是，忽略文章道的内容，而把文人引向对技巧的研磨学习、辞藻的精心选择、形式的追逐争长等琐碎细节的骈俪文风。晁公武说："庆历以前学者尚文辞，多守章句注疏之学。至敞始异诸儒之说。"① 这段话大都关注刘敞《七经小传》的地位以及宋代疑经思潮的起源问题，而这里的"学者尚文辞，多守章句注疏之学"，正是将经学注疏的琐碎学风与骈文的华丽文风连称，并且给予了批评。疑经派经学家石介在《上范思远书》中推荐士建中，说他的学术"不由注疏之说……为文必本仁义，凡浮碎章句、淫巧文字……曾不肯为。"② 在这里，一方面说他在经学上"不由注疏"，不为"浮碎章句"，一方面说他在文学中不为"淫巧文字"，也是把注疏章句的琐碎学风与骈文的浮华文风并称，看成复兴儒学需要一起击溃的对象。所以他在《怪说》中把杨亿的"穷研极态……淫巧奢丽，浮华纂组"的文风与佛、老异学一起看成"刓镂圣人之经，破碎圣人之言，离析圣人之意，蠹伤圣人之道"③ 的怪学。欧阳修在《诗统解序》也把"章句之书""淫繁之辞""猥细之记"并称，将烦琐细碎的解经风气与骈俪文风作为了一致排斥的对象。

## 二、人情解经与平易文风

欧阳修经学第二个特点，是以"人情"解经，并作为判断经传可靠性的根据与工具。他说的"人情"是什么，台湾学者裴普贤从欧阳修《诗》学的角度出发，认为"人情"指"情理"，欧阳修是"凭这'情理'两字去辨别毛郑的得失……欧公说诗，就是以人情的常理为准则"④。杨新勋认为"人情"是"世俗理性"⑤，可见欧阳修的"人情"与通常的人之情感并不完全相同，简单说是人之常情、事之常理，欧阳修认为六经本就是平常、平易的，所谓"经义固常，简直明白"⑥，所以对它的阐释也需要合于

---

① 晁公武著，孙猛校证：《郡斋读书志校证》，上海：上海古籍出版社，1990年版，第143页。
② 陈植锷点校：《徂徕石先生文集》，北京：中华书局，1984年版，第152页。
③ 同上书，第62页。
④ 裴普贤：《欧阳修〈诗本义〉研究》，台北：东大图书有限公司，1981年版，第99—100页。
⑤ 杨新勋：《宋代疑经研究》，北京：中华书局，2007年版，第70页。
⑥ 欧阳修：《毛诗本义》，长春：吉林出版集团有限责任公司，2005年版，第34页。

"人情","圣人之言,在人情不远"①。欧阳修是要以一种平易、合乎普通情理的学风,抨击不合人情、故作高深、甚至曲解附会的解经风气。在《诗本义》中,他以平易的学风主要批评了几种不合"人情"的经学阐释,如"妄说""怪说""曲说""衍说""臆说""迂说"等等②。

欧阳修在《易童子问》中说:"以常人之情而推圣人可以知之矣。"③也就是说,他要"人情"为疑《易》、解《易》的根据,用平易的学风矫正《易》的神秘主义阐释学风,来抨击各种故作高深的怪论。在易学中他主要反对几种"不近人情"的解《易》方式:(1)以谶纬解《易》。在《诗本义》中欧阳修反对郑玄谶纬解《诗》,他作《论删去九经正义中谶纬札子》,要删除包括《周易正义》在内的《九经正义》中的谶纬成分,因为它"所载既博,所择不精,多引谶纬之书,以相杂乱,怪奇诡僻。所谓非圣之书,异乎正义之名也",所以要"删去谶纬之文,使学者不为怪异之言惑乱"④。(2)以占筮解《易》。荀子的"善为《易》者不占"(《荀子·大略》)体现了儒家的理性主义色彩,欧阳修反对用卜筮解《周易》,在他看来易学史上最重要的文王与孔子都不讲占筮。

> 大衍,《易》之末也,何必尽心焉也。《易》者,文王之作也,其书则六经也,其文则圣人之言也,其事则天地万物、君臣父子夫妇人伦之大端也。大衍,筮占之一法耳,非文王之事也……微孔子,则文王之志没而不见矣。夫六爻之文,占辞也,大衍之数,占法也,自古所用也。文王更其辞而不改其法,故曰大衍非文王之事也……学者专其辞于筮占,犹见非于孔子,况遗其辞而执其占法,欲以见文王作《易》之意,不亦远乎!⑤

文王、孔子重视的是《易》中的人伦之理、治乱吉凶之理而非占筮之辞,占筮只是《易》之末,不必究心。因为六爻是占辞,所以欧阳修论《易》只讨论卦辞,而不及爻辞。《说卦》《杂卦》与孔子不言"怪力乱神"的思想相矛盾,也是"筮人之占书也"⑥,欧阳修也不论这些传文。(3)

---

① 李逸安点校:《欧阳修全集》,北京:中华书局,2001年版,第1015页。
② 参见拙文《欧阳修〈诗本义〉与〈易童子问〉经学阐释比较》,《中南大学学报》,2011年第6期。
③ 李逸安点校:《欧阳修全集》,北京:中华书局,2001年版,第1123页。
④ 同上书,第1707页。
⑤ 同上书,第301页。
⑥ 同上书,第1123页。

以图书解经。宋易的象数派推崇河图洛书，从而别生一支图书学派。图书学派以黄河龙马负图为河图，洛水神龟背上书为洛书，并以此为《易》起源。① 欧阳修明确反对这些说法，其诗云：马图出河龟负畴，自古怪说何悠悠。② 他还分析了"怪说"的成因，他说："自孔子没而衰，接乎战国，秦遂焚书，六经于是中绝。汉兴，盖久而后出，其散乱磨灭既失其传，然后诸儒因得措其异说于其间，如《河图》、《洛书》，怪妄之尤甚者。"③ 因为秦的焚书造成六经散失，汉儒造出很多的伪经惑众，并把这些怪论说成是孔子所作，大家都不敢论辩而牵强附会、"曲为之说"而形成图书学派。以图书解经是把《周易》中所包含的儒家义理、吉凶之理神秘化，欧阳修反对之。（4）以《易传》释《易经》。欧阳修解经取经舍传，以经质传，在他看来"经不待传而通者十七八，因传而惑者十五六"④，传不仅没起到通经的作用，往往惑乱六经。另外"经简而直，传新而奇，简直无悦耳之言，而新奇多可喜之论，是以学者乐闻而易惑也。"⑤ 就是说，做传者往往大行"好奇"之风，以吸引注意，而这些均与欧阳修平易的学风不类，所以他不以"传"解"经"。

欧阳修诗云："圣言简且直，慎勿迂其求。"⑥《春秋》二百年，文约义甚夷……峥嵘众家说，平地生险巇。相沿益迂怪，各斗出新奇……正途趋简易，慎勿事岖崎。"⑦ 在欧阳修看来，谶纬"怪奇诡僻"，图书"怪妄尤甚"，占筮"常怪而隐"，⑧ 传文"传新而奇"，《易》的部分经文"险怪奇绝"。⑨ 而六经本是简直平易，符合人情常理，解经更是"慎勿迂其求""慎勿事岖崎"。他排斥那些高深怪异、不近人情的经解。他反对为了拔高圣人、六经，把圣人以及六经怪异化、神秘化的风气，以及运用妄说、曲说扭曲经义的解经风气。而他所要树立的是一种平易的、以人情相通来说经的方式与学风，把被汉唐经师抬得过高的六经，重新降落到人间。

---

① 参见朱伯崑：《易学哲学史》第二卷，北京：昆仑出版社，2005年版，第10—12页。
② 李逸安点校：《欧阳修全集》，北京：中华书局，2001年版，第86页。
③ 同上书，第615页。
④ 同上书，第311页。
⑤ 同上书，第306页。
⑥ 同上书，第21页。
⑦ 同上书，第65页。
⑧ 同上书，第877页。
⑨ 同上书，第947页。

以人情说经就不仅要排斥汉唐注疏一系列的怪论,还要防止宋学疑经思潮之后出现的另一种不切实际、陈义过高、好奇立异的解经风气。前者反对汉唐经师,是汉、宋门户间的争论,而后者则是门户内的纠正,对象是以石介为代表的宋学内部的一批人。疑经思潮是自由思想的体现与学术个性的张扬,但也出现了从"疑经惑传"到"强经从己"的偏向,使得学风走向故作高深、标新立异、刻意好奇的一面。欧阳修说:"夫人之材行,若不因临事而见,则守常循理,无异众人。苟欲异众,则必为迂僻奇怪以取德行之名,而高谈虚论以求材识之誉。前日庆历之学,其弊是也。"① 欧阳修认为圣人"本于人情,不以立异为高,不逆情以干誉"②,学者也应该要"守常循理,无异众人",而庆历之学恰恰涌动着一股标新立异、求名干誉的不良倾向,"好异以取高"③ 的石介,就是欧阳修说的"庆历之弊"的代表之一。为此他与石介展开了多次交锋,在《与石推官第一书》借批评他"何怪之甚"的书法来批评他的学风和文风,欧阳修认为"君子之于学,是而已,不闻为异也"④,为学只为求是,不为求异,而石介"自许太高,诋时太过……特欲与世异而已"。石介在回信中承认了自己是"有异于众"⑤。所以欧阳修在给石介的第二封信中告诫他"当从常法,不可以为怪"。欧阳修之所以力劝石介改变好奇的学风,还因为石介是太学老师,他的学风、文风会导致"后生之好怪"。欧阳修很坦诚地说:"凡仆之所陈者,非论书之善不善,但患乎近怪自异以惑后生也。"⑥ 欧阳修的忧虑果然成为了现实,在石介标新立异、刻意好奇的学风影响下,在古文创作中形成"太学体"⑦,葛晓音认为"太学体"的形成与石介、孙复、胡瑗等儒学

---

① 李逸安点校:《欧阳修全集》,北京:中华书局,2001年版,第1673页。
② 同上书,第287页。
③ 同上书,第992页。
④ 同上。
⑤ 陈植锷点校:《徂徕石先生文集》,北京:中华书局,1984年版,第175页。
⑥ 李逸安点校:《欧阳修全集》,北京:中华书局,2001年版,第993页。
⑦ 关于"太学体"有很多争论,集中于"体",有人认为指古文文体,如曾枣庄《北宋诗文革新的曲折过程》(《文学评论》,1982年第5期),葛晓音《北宋诗文革新的曲折历程》(《中国社会科学》,1989年第2期),祝尚书《北宋"太学体"新论》(《四川大学学报》,1999年第3期),近来有学者提出,体更多的指的是一种风格,如张兴武《北宋"太学体"文风新论》(《文学评论》,2008年第6期),冯志弘《北宋古文运动的形成》(上海古籍出版社,2009年版,第198页)。无论指的是怪癖的古文,还是包括诗、文、赋各种文体的怪癖的风格,对"太学体"怪癖的认识,大致是一致的。

复古的弊端有关系,王水照认为"太学体"的始作俑者就是石介①,张兴武则认为"庆历之学"的学风,正是"太学体"文风形成的基础。② 他们做人风格、学术风格、文章风格都好奇立异,欧阳修对于宋代古文出现的这种"奇邪谲怪""狂词怪论"③的"太学体"自然很不满,所以他利用嘉祐二年的科举考试,打压了"太学体"的怪奇文风,从而引导平易文风。参与考试的苏轼在《谢欧阳内翰书》中说:"招来雄俊魁伟敦厚朴直之士,罢去浮巧轻媚丛错采绣之文……士大夫不深明天子之心,用意过当,求深者或至于迂,务奇者怪僻而不可读,余风未殄,新弊复作。"④"务奇者怪僻而不可读"当指"太学体",在反对"西昆体"提倡古文时,石介是一员大将,而后他们"用意过当,求深过迂"走向了另一个极端,使得"余风未殄,新弊复作","余风"是西昆体的骈俪,"新弊"是太学体的奇怪。欧阳修对于二者都给予批评,前者是古文与时文之争,后者是古文内部文风之争。在经学中,欧阳修既批评汉学的"怪奇诡僻",也认识到"庆历之弊"的"迂僻奇怪",前者是经学汉、宋之争,而后者则是宋学内部的学风之争。欧阳修对经学学风、古文文风偏激怪癖处,都以"平易"二字加以矫正。当代散文家孙犁说:"欧阳修的文章,常常是从平易近人处出发,从人情入理的具体事物出发,从极平凡的道理出发。及至写到中间,或写到最后,其文章所含蓄的道理,也是惊人不凡的。而留下的印象,比大声喧唱者,更为深刻。"⑤欧阳修利用自己创作的影响、理论的倡导、科举录用等方式,最终实现了这种平易学风与文风的一致转变。

## 三、切于人事与实用文风

宋儒怀疑汉唐注疏对于六经的理解,除了反对其烦琐学风、好奇学风之外,还反对其不切实际的空疏学风。宋儒认为汉唐注疏与现实生活脱节,从而主张经学的"切于人事"以矫正之。欧阳修的经学研究也是如此,他不仅以"合于人情"的学风来矫正好奇求异的学风,同时以"切于人事"

---

① 王水照:《王水照自选集》,上海:上海教育出版社,2000年版,第447页。
② 张兴武:《北宋"太学体"文风新论》,《文学评论》,2008年6期。
③ 苏辙:《祭欧阳少师文》,《欧阳修全集》,第2689页。
④ 孔凡礼点校:《苏轼文集》,北京:中华书局,1986年版,第1423页。
⑤ 孙犁:《书林秋草》,北京:三联书店,1983年版,第158页。

的实用学风来反对空疏学风。① 他说:"六经皆载圣人之道,而《易》著圣人之用。吉凶、得失、动静、进退,《易》之事也。"②《诗》也是"明圣人之用"③。而"研穷六经之旨"的最终目的在于"究切当世之务"。

李鼎祚在《周易集解》中评价王弼易学为"全释人事"④,他的易学改变了汉易(如郑玄)以天象、灾异、谶纬等解释《周易》的倾向,重在发掘其中能够用于"人事"的义理哲学,王弼这一点受到欧阳修的推崇。

  《易》之传注比他经为尤多,然止于王弼。

  《易》之为书无所不备,故为其说者,亦无所不之。盖滞者执于象数以为用,通者流于变化而无穷,语精微者务极于幽深,喜夸诞者不胜其广大,苟非其正,则失而皆入于贼。若其推天地之理以明人事之始终,而不失其正,则王氏超然远出于前人。⑤

欧阳修认为象数学派与喜欢夸诞者,都不是易学的正派,只有王弼易学的"明人事之始终",才是《易》的真精神。欧阳修还替易学史建立了"道统",他说:"文王无孔子,《易》其沦于卜筮乎!《易》无王弼,其沦于异端之说乎!因孔子而求文王之用心,因弼而求孔子之意,因予言而求弼之得失,可也。"⑥从文王到孔子,从孔子到王弼,从王弼到自己,这个"道统"的核心就是"人事"。孔子把《易》从卜筮引向人事,王弼把《易》从象数谶纬引向义理人事,欧阳修则继承王弼衣钵,继续发掘《易》中切于人事处。他在《易童子问》中说:

  童子问曰:"《象》曰'天行健,君子以自强不息',何谓也?"曰:"其传久矣,而世无疑焉,吾独疑之也。盖圣人取象所以明卦也,故曰'天行健'《乾》而嫌其执于象也,则又以人事言之,故曰'君子以自强不息'。六十四卦皆然也。"⑦

---

① 顾永新在《欧阳修学术研究》中将欧阳修经学的人情、人事放在一起来说,其实二者是有不同的,以人情解经,欧阳修指向的是平易的学风,切于人事,欧阳修指向的是实用的学风。
② 李逸安点校:《欧阳修全集》,北京:中华书局,2001年版,第633页。
③ 同上书,第884页。
④ 李道平:《周易集解纂疏》,北京:中华书局,1994年版,第5页。
⑤ 李逸安点校:《欧阳修全集》,北京:中华书局,2001年版,第948、949页。
⑥ 同上书,第303页。
⑦ 同上书,第1107页。

圣人为了说明《乾》卦卦义在《乾·象传》前半句讲天象，但怕人执着于象而不悟，所以又以人事来明易理，人事义理才是圣人真正的目的，《周易》"六十四卦皆言人事"。欧阳修经学"切于人事"的特点有三个表现：重人事轻注疏；重人事轻心性；重人事轻天道。（1）反对汉唐注疏，汉代经师一头扎进六经当中，他们的名物训诂、章句注疏于人事无补，欧阳修反对它的琐碎，也反对它的空疏。（2）反对宋学中高谈心性的风气，在宋学向理学转变的过程中，学人渐有忽略人事现实而高谈心性的习气，欧阳修对此很反感。他在评价李诩的《性诠》说：

> 修患世之学者多言性，故常为说曰：夫性，非学者之所急，而圣人之所罕言也。《易》六十四卦不言性，其言者动静得失吉凶之常理也；《春秋》二百四十二年不言性，其言者善恶是非之实录也；《诗》三百五篇不言性，其言者政教兴衰之美刺也……六经之所载，皆人事之切于世者。①

欧阳修认为圣人不谈心性，六经不言性，《周易》明常理、《春秋》寓善恶、《诗经》言政教、《尚书》言治乱等等，这都是"切于人事"的，到了孟子、荀子、扬雄开始讨论心性，而后的人们"执后儒之偏说，事无用之空言"。他既说"六十四卦皆言人事"，又说"六十四卦不言性"，这就以看出欧阳修易学研究非常明显的现实关怀。（3）欧阳修否定天道决定论，肯定人的主观能动性，他说的人事还有一意，就是和天道相对的人事，他在《易童子问》解《谦》卦时说："圣人急于人事者也。天人之际罕言焉，……然则修吾人事而已，人事修，则与天地鬼神合矣。"②欧阳修在回答《易》之为说一本于天乎？其兼于人事乎？"的问题时，明确地回答："止于人事而已矣，天不与也。"面对不同的天时，我们要做的是"修吾人事"。

欧阳修认为《易》之道就在于"人事"，《易》关注的是"人事"，《易》理可以运用于"人事"，《易》的学习与阐释也无法离开"人事"，他的《易》学研究非常明显体现"切于人事"的风气。首先，从经学的阐释方法看，他以"人事"释《易》。如在解释《明夷》卦的"明入地中，《明夷》。君子以莅众，用晦而明"时欧阳修先以落日的易象来解释，接着以商纣王被周武王打败的史实来深入说明卦意，这和汉易的谶纬、图书、象数解易

---

① 李逸安点校：《欧阳修全集》，北京：中华书局，2001年版，第669页。
② 同上书，第1109页。这一段同时出现在欧阳修的《易或问》和《新五代史·司天考》中。

旨趣大异。再如用汤、武事释《师》卦"贞丈人"意，用文王、箕子事释《困》卦"困极而后亨"的道理等等。其次《易》的阐释目的服务"人事"。欧阳修借解《易》服务其政治思想，比如他在《损》、《益》中借《易》发挥了他"损民而益君，损矣；损君而益民，益矣"的民本思想。在《既济》卦中告诫人要懂得居安思危的道理，以掌握个人进退。这些都体现了他"切于人事"、关怀现实的学风。

欧阳修主张以质实、实用的学风抵制空疏、无用的学风。同样他也倡导实用的文风，认为文章要切于人事、关怀现实、关怀人生。在与张棐的书信中他反对张棐"务高言而鲜事实"的文风，继而说"君子之于学也务为道，为道必求知古，知古明道，而后履之以身，施之于事，而又见于文章而发之，以信后世"。①学经为求道，"道不远人""道不离事"，道也是"切于人事"的，道更重要的是要"施之于事"的，文章只有具备了"切于人事"的道的内容才会"信于后世"。所以文章要"中于时病而不为空言"②"文章无用等画虎"③。欧阳修虽然也主张"文与道俱"，但是他的文道观与朱熹等理学家的文道观差异很大，因为欧阳修主张的道是具有很强实用性的道，而非朱熹他们所说的作为世界本原的抽象性的道。在《答吴充秀才书》，对那些仅仅"职于文"的文士，批评他们"弃百事不关于心"，而"道胜者文不难而至"的命题中的道也指的就是具体百事之中道，是与现实、人事密切相关的。④欧阳修这种求实的文风与求实的学风是一致的。

## 四、得大兼小与简而有法

汉学、宋学最大差异在于宋学对义理之学的特别重视。因为战火、焚书等时代原因，汉儒所面对的主要任务是整理散佚的儒学典籍，他们的工作必然是辑补、校正、训释，这就形成了汉学的训诂、注疏、章句之学。宋儒面对的任务不同，他们要摆脱烦琐的注疏，直接发掘六经的义理要旨。石介鄙视"浮碎章句"，认为"读书不取其语辞，直以根本乎圣人之道"⑤。

---

① 李逸安点校：《欧阳修全集》，北京：中华书局，2001年版，第977页。
② 同上书，第988页。
③ 同上书，第85页。
④ 参见祝尚书《重论欧阳修的文道观》，《四川大学学报》1999年第6期。
⑤ 陈植锷点校：《徂徕石先生文集》，北京：中华书局，1984年版，第152、241页。

苏舜钦说穆修的经学"不事章句，必求道之本原"①，他们认为，经学中最重要的儒家义理，往往湮没在汉学流于形式、烦琐复杂的章句注疏中，所以要抓住六经的大义以重振义理之学，并且利用科举考试的指挥棒来实现学风的转变。范仲淹、欧阳修、王安石都提出了要在科举考试中增加六经义理（大义）内容，减少注疏背诵（墨义）内容。范仲淹在《奏上时务书》中指出科举考试存在"明经者不问大旨"的弊端，欧阳修在《详定贡举条状》中提出对策，"问以大义，则执经者不专于记诵矣"②。王安石对于"徒以记问为能，不责大义"③的现象也表示不满，在他主持下的科举改革主张"每试四场，初本经，次兼经并大义十道。务通义理，不须尽用注疏"④。

在宋代义理经学的大背景之下，欧阳修经学学风也是善于抓住大义，反对烦琐学风，提倡简要学风。欧阳发等在《先公事迹》中说："其于经术，务明其大本而本于性情，其所发明简易明白。"⑤"简易明白"，指的是欧阳修经学研究保持简要、平易的学风⑥，而保持这种简要学风的方法就是"明其大本"，略去细节。这一点在他的《易》学《诗》学中都有所体现，欧阳修认为《诗》中有"本、末"之分，相应采取的阐释方法是"得其本而通其末"⑦。而《易》学则有"大、小"之别，相应采取的阐释方法是"得其大以兼其小"，虽然说法不一致，但都是说明经学的研究有轻重之分，学者应该善于抓住"大、本"。

欧阳修在《易或问》中云：

> 凡卦及《彖》《象》，统言一卦之义，为中人以上而设也。爻为位有得失，而居之者逆顺六位，君子小人之杂居也……卦、《彖》、《象》辞，大义也。大义简而要，故其辞易而明。爻辞，占辞也。占有刚柔进退之理，逆顺失得吉凶之象，而变动之不可常者也，必究人

---

① 《苏舜钦集》，上海：上海古籍出版社，1981年版，第199页。
② 李逸安点校：《欧阳修全集》，北京：中华书局，2001年版，第1594页。
③ 《王文公文集》，上海：上海人民出版社，1974年版，第375页。
④ 李焘：《续资治通鉴长编》，北京：中华书局，1993年版，第5334页。
⑤ 李逸安点校：《欧阳修全集》，北京：中华书局，2001年版，第2626页。
⑥ 欧阳修常把"简易"连用，如前引"诗文虽简易""正途趋简易，慎勿事岖崎"等。"简易"应该包括"简要"与"平易"。二者有联系，也有不同。以人情解经，倡导"平易"，反对的是好奇的学风与文风；提倡"得大兼小"的经学阐释，倡导"简要"，反对的是烦琐的经学阐释学风与繁复的文风。
⑦ 二者异同可参见拙文《欧阳修〈诗本义〉与〈易童子问〉经学阐释比较》，《中南大学学报》，2011年第6期。

物之狀以为言，所以告人之详也。①

大衍，《易》之末也，何必尽心焉也。……大衍，筮占之一法耳，非文王之事也。……得其大者可以兼其小，未有学其小而能至其大者也，知此然后知学《易》矣。……有君子、小人、进退、动静、刚柔之象，而治乱、盛衰、得失、吉凶之理具焉，因假取以寓其言，而名之曰"易"。至其后世，用以占筮。②

从两段话中可以看出，首先，欧阳修认为经义是"简要易明"的，欧阳修在《六经简要说》也说过："妙论精言，不以多为贵。"③ 其次，六经简要，在六经的阐释也要保持简要的学风。具体而言就是要"得其大而兼其小"。第三，欧阳修还论及何者为大，何者为小？这里有两个层次：《易》的组成部分与《易》的阐释流派。从《易》的组成部分看，（1）卦辞远比爻辞大，一方面因卦辞释卦意，而爻辞往往和占筮相连，这是欧阳修所反对的。另一方面卦辞"统言一卦之义"，所以"简而要"，而六爻的爻辞分说六爻之义，难免琐碎。（2）《易经》远比《易传》大，因为他怀疑《彖》、《象》外的很多的传都是汉代经师的比附，背离了圣人所作的六经旨意。（3）在《易传》中《彖传》、《象传》远比其他传大，也因《彖传》、《象传》解释一卦意思时也是"统言一卦之义"，提纲挈领，《彖传》只解卦辞，不及爻辞，《大象传》释卦辞，《小象传》释爻辞。这都不像《说卦》、《序卦》、《杂卦》那样细碎。对于《易经》的阐释流派来说，所谓的"大"学就是义理之学，即"治乱、盛衰、得失、吉凶之理"，而"小"学主要有三类：（1）"《易》之末"的占筮之学；（2）象数之学；（3）欧阳修反对的注疏、训诂、章句之学。他说："章句之学，儒家小之，然其乖离本旨，害于大义，则不可以不正也。"④

明确了主次、大小、本末之分，在具体解经中自然容易把握。如在《易童子问》中：（1）和其他人的易学著作对所有64卦进行阐释不同，只选择了其中的《乾》《坤》等他认为重要的37卦。（2）与他在《易或问》中所说"卦、《彖》、《象》辞，大义也……爻辞，占辞也"的思想一致，欧阳修只解释卦义，不论爻义。（3）他只解释了《十翼》中的《彖》《象》，如对《剥·彖》意义的解释，对《蒙·象》意义的阐释等等，这也是有

---

① 李逸安点校：《欧阳修全集》，北京：中华书局，2001年版，第877页。
② 同上书，第301页。
③ 同上书，第1986页。
④ 欧阳修：《毛诗本义》，长春：吉林出版集团有限责任公司，2005年版，第60页。

大小之别的体现。（4）最重要的，《易童子问》重视揭示《易》中的义理，如：《损》卦的"损君而益民"、《困》卦的"困极而后亨"等等，而对于象数、训诂、占筮几乎不论。简单说，欧阳修的"大"，就是只对《易》的卦辞、《彖》、《象》进行义理学的阐释。

欧阳修在《易经》研究中是"得其大以兼其小"，在《诗经》研究中则主张"得其本而通其末"，反对"逐其末而忘其本"①，此二者在精神上是一致的。在经学中，欧阳修用"得大兼小"、"得本通末"的阐释方法，旨在反对繁琐学风，倡导简要学风。在文学中，他也倡导简要的文风，《宋史》本传就说他"其言简而明"。在宋人笔记中有多次欧阳修学古文于尹洙的记载，在钱惟演的幕府中，钱惟演命谢绛、尹洙与欧阳修同题作文，谢绛仅500字，欧阳修用了500多字，而尹洙止用300多字便"语简事备"，之后欧阳修遂以尹洙为师，学其古文之"简古"。② 尹洙死后，欧阳修在为其撰写墓志铭时赞扬他的古文创作"简而有法"，这个评价同时"可以作为衡量古文的一个标准"③，在尹洙墓志铭创作中，他也贯彻"简而有法"原则。但这样简要地描述尹洙一生，却遭到其家人不满，所以欧阳修又作《论尹洙墓志铭》文加以辩解。欧阳修认为"简而有法"只有孔子的《春秋》可以当之。④ 随后他《与杜诉论祁公墓志书》中对"简而有法"又做了解释，欧阳修说："缘修文字简略，止记大节，期于久远，恐难满孝子意。……然能有意于传久，则须纪大而略小。"⑤要能够使文章传世，对材料的剪裁非常重要，这种剪裁的原则就是"止记大节"、"纪大而略小"。在《再与杜诉论祁公墓志书》中欧阳修仍然强调文章内容需要有所侧重，要记载"大节与人之所难者"而忽略"其他常人所能者"⑥。在经学研究中欧阳修保持简要学风，具体策略是"得大以兼小"、"得本而通末"，在文学中倡导简而有法的创作，具体方法是"纪大而略小"。欧阳修认为六经"其言愈简，其义愈深"，与他批评文学创作中"不考文之轻重，但责言之多

---

① 李逸安点校：《欧阳修全集》，北京：中华书局，2001年版，第892页。
② 参见王水照《欧阳修学古文于尹洙辨》，《王水照自选集》，上海：上海教育出版社，2000年版。
③ 《宋学的发展与演变》，第193页。
④ 李逸安点校：《欧阳修全集》，北京：中华书局，2001年版，第1045页。
⑤ 同上书，第1020页。
⑥ 同上书，第1021页。

少"①的不良倾向都是一致的。

## 参考文献

[1] 刘子健:《欧阳修的治学与从政》,台北:新文丰出版公司,1984年版。

[2] 李逸安点校:《欧阳修全集》,北京:中华书局,2001年版。

[3] 漆侠:《宋学的发展与演变》,石家庄:河北人民出版社,2002年版。

[4] 曾建林:《宋初经学的转型与欧阳修经学的特点》,《浙江大学学报》,2002年第2期。

[5] 王应麟:《困学纪闻》,上海:上海古籍出版社,2008年版。

[6] 黎靖德编:《朱子语类》,北京:中华书局,1986版。

[7] 皮锡瑞:《经学历史》,北京:中华书局,2004年版。

[8] 欧阳修:《毛诗本义》,长春:吉林出版集团有限责任公司影印本,2005年版。

[9] 朱伯崑:《易学哲学史》,北京:昆仑出版社,2005年版。

[10] 黄宗羲等:《宋元学案》,北京:中华书局,1986年版。

[11] 东英寿:《复古与创新——欧阳修散文与古文复兴》,上海:上海古籍出版社,2005年版。

[12] 陈植锷点校:《徂徕石先生文集》,北京:中华书局,1984年版。

[13] 裴普贤:《欧阳修〈诗本义〉研究》,台北:东大图书有限公司,1981年版。

[14] 杨新勋:《宋代疑经研究》,北京:中华书局,2007年版。

[15] 王水照:《王水照自选集》,上海:上海教育出版社,2000年版。

[16] 张兴武:《北宋"太学体"文风新论》,《文学评论》2008年6期。

[17] 孔凡礼点校:《苏轼文集》,北京:中华书局,1986年版。

[18] 顾永新:《欧阳修学术研究》,北京:人民文学出版社,2003年版。

---

① 李逸安点校:《欧阳修全集》,北京:中华书局,2001年版,第1045页。

# 效体·辨体·破体

## ——论元好问的词体革新

### 赵维江

从千年词史的发展看，词体实际上是一个动态的概念，随着创作环境和词体观念的变化，词体形态一直在不断地演化着，这个过程至少到金、元时代还未停止。在宋代，柳永、苏轼、姜夔、辛弃疾皆为词体革新史上的里程碑式词人；金、元之际，元好问再一次为词体变革的历程揭开了新的一幕。词体的新变往往是创作发展的一个重要动因，遗山词能够成为宋词后的又一座艺术高峰，当与其词体变革的努力分不开。遗山词一直是词学研究的一个热点，据统计，近三十年来有关论文达70余篇，但尚未有专论其词体革新之得失者，本文拟就此略陈粗见。

## 一、效体：集两宋之大成

元好问的词体革新的前提是对唐宋以来词体形态的理性认知与接受。正因如此，历来评价元遗山词，无论褒贬，总离不开宋词这一参照系。刘熙载《艺概·词概》指出："金元遗山，诗兼杜、韩、苏、黄之胜，俨有集大成之意。以词而论，疏快之中，自饶深婉，亦可谓集两宋之大成者矣。"陈廷焯从其"沉郁"说出发，批评遗山词说："纵横超逸，既不能为苏、辛；骚雅清虚，复不能为姜、史。"[①] 刘、陈二人的评论代表了对于遗山词看法的两极。以宋词比遗山词，固然与元好问身处两宋之后有关，但更在于遗

---

① 陈廷焯：《白雨斋词话》卷三，词话丛编本。

山词确实在某种程度上集合了宋词两大主要风格流派的特征。陈氏虽然不满遗山词,但实际上也承认了遗山词有着"纵横超逸"和"骚雅清虚"两方面的素质,只是认为成就逊于宋人而已。不过,我们应特别注意的是,遗山词创作上对于宋词(也包括元氏同时代的金词)的容接效法,并非表层的盲目效颦,而是自觉地从体制入手,对前人遗产不带偏见地、广泛地学习践行。

元人王博文对此看得十分清楚,其《天籁集序》云:"(遗山词)掇古诗之精英,备诸家之体制……白枢判寓斋序云'裕之法度最备',诚为确论。"所谓"诸家之体制"乃指以宋词为主体的唐以来词体的各种主要形态,遗山对此体认"最"深,取法"最"宽,故其"法度最备"。在宋金词人中,元氏词体意识的自觉与明确是少有的。他首先对前人"诸体"进行理性的分析与概括,进而有意识地进行仿拟效法,以得其精神,传其体格。在遗山乐府中可看到明确标示名目的仿拟之作有 21 首,所效之"体"有 10 种,兹列如下:

花间体(《江城子》)
闲闲公体(《促拍丑奴儿》)
朱希真体(《鹧鸪天》)
东坡体(《鹧鸪天》《定风波》)
俳体(《朝中措》二阕)
独木桥体(《阮郎归》)
离合体(《浣溪沙》)
杨吏部体(《思仙会》)
宫体(《鹧鸪天》宫体八首)
薄命妾辞(《鹧鸪天》三首)

其中《薄命妾辞》三首拟古乐府诗[①],为效诗体为词的特例。遗山所效之"体"并非一个统一的概念,或指制式与法度,或指题材及意旨,或指总体风格,命体角度不尽相同,但皆为词作的某种存在形态,本文所谓"体"即取这种比较宽泛的意义。就今存文献看,诸体概念多由诗体中移借而来,且为遗山首次使用,如"东坡体""宫体""朱希真体"等。概念是反映对象的本质属性的思维形式,概念的建立是对事物本质特征认识的结果。诸体概念

---

① 《乐府诗集》载有曹植《妾薄命二首》,唐李白、孟郊及宋陈师道、郑清之等皆有作。

的提出，表明元好问对于词体产生以来的各种创作现象经过了一个从感性到理性的认识过程。在此基础上对前人诸体的仿效，无疑保证了词人对已有成果之精华的全面汲取，从而避免了从个人喜好出发的艺术偏见。

自北宋以来，效体已成为学词的一种较普遍做法，但如元好问这样批量地、大范围地创作尚未有先例。实际上，遗山对前人创作的借鉴，并不限于这些效体之作，而是贯穿于他整个创作之中。这一点仅就遗山词的用语造句即可看得很清楚，据赵永源校注《遗山乐府》[①]中383首词统计，化用或直接引用宋词的语句共153处，涉及作者57人。其中最多的是辛弃疾词，共30处；其次是苏轼词，共26处；接着是欧阳修和贺铸词各有8处；秦观词7处；黄庭坚词4处。其余还有柳永、姜夔、周邦彦、晏几道、刘克庄、史达祖等等。从引用的对象看，涉及到宋词两大主体风格，且有一些以婉约著称的词人。

这一事实突出地显示了遗山通观的词体意识及开阔的审美视野。就词学渊源而言，遗山与苏、辛一脉相承，但张炎《词源》讥稼轩词"非雅词"，却认为："元遗山极称稼轩词，及观遗山词，深于用事，精于炼句，有风流蕴藉处，不减周、秦。如《双莲》、《雁丘词》，妙在模写情态，立意高远，初无稼轩豪迈之气。"张氏之论的出发点是张扬他本色骚雅的南宗词学主张，不过他看到遗山词"风流蕴藉"有稼轩不及处[②]，是独具识力的。遗山词中有许多此类歌咏爱情的篇章，如《江梅引》（墙头红杏粉光匀）、《小重山》（酒冷灯青夜不眠）等，其情之深挚缠绵，于宋词中也少有可匹者。特别值得提及的是元好问对于"宫体"的认识与创作。遗山乐府中有《鹧鸪天》"宫体"八首，另有"薄命妾辞"三首也属同类。元好问在《新轩乐府引》中曾专门论到"宫体"问题，他说：

> 唐歌词多宫体，又皆极力为之。自东坡一出，情性之外，不知有文字，真有"一洗万古凡马空"气象，虽时作宫体，亦岂可以宫体概之！

所谓宫体，本为南朝梁简文帝时所形成的一种专写宫廷生活和男女私情的诗歌体式，成为后世艳情诗的代名词。遗山这里移来指词中的艳情之作。人们向来将苏、辛的豪放词风看成是对"艳科"现象的突破，但苏、辛都"时有宫体"。元好问正视这一现象，并不以此定优劣，认为宫体同

---

① 赵永源：《遗山乐府校注》，南京：凤凰出版社，2006年版。
② 稼轩也有此类"风流蕴藉"之作，如《摸鱼儿》（更能消几番风雨）等。

样可以写出真"情性"。一般来说，宫体艳词对于个人内心深处的"幽约怨悱不能自言之情"有其特殊的表现力，元好问正是从表情功能上肯定其价值。《蕙风词话》评遗山的这些拟宫体词说："蕃艳其外，醇至其内，极往复低徊、掩抑零乱之致。而其苦衷之万不得已，大都流露於不自知。此等词宋名家如辛稼轩固尝有之，而犹不能若是其多也。"遗山有意识地利用香艳婉柔的"宫体"来表现其故国离黍之悲与零落栖迟之感，引之入言志轨道，赋之以宏大境界。这已不再是一般的仿拟效法，而是开辟了一条以艳情写大悲的新路子，可谓"宫体"词的"自赎"。如况周颐特别提及的第二首：

  憔悴鸳鸯不自由。镜中鸾舞只堪愁。庭前花是同心树，山下泉分两玉流。金络马，木兰舟。谁家红袖水西楼。春风嗻杀官桥柳，吹尽香绵不放休。

词中出现的鸳鸯、鸾镜、兰舟、红袖、桥柳、香绵等，皆为传统艳词中最常见的意象；所表现的那种离愁别绪，也令人有似曾相识之感。但是透过那红袖招客、春风吹绵一类的软语，不难感受到词人心中那无法"放休"的沉痛与哀愁。诚如况周颐所言，这一类作品"缠绵而婉曲，若有难言之隐，而又不得已於言，可以悲其志而原其心矣"。

元好问的效体之作，特别是对于审美取向上异己之体的仿拟，并非弄才游戏，而是汲取精华以滋补本体的努力，其实质是一种词体异质形态间的涵化。其结果必然促进词人在创作中对于"诸家之体制"的整合与融通。王博文称遗山词"以林下风度消融其膏粉之气"①，正是这个意义上的判断。事实正是如此，遗山开放词体，不拒婉约，但又能自树气骨，潜寓清刚，略无绮罗香泽之态；同样，学苏、辛之豪健，他也能时以清婉之语济之。且看这首《木兰花慢》：

  赋召魂九辩，一尊酒，与谁同。对零落栖迟，兴亡离合，此意何穷。匆匆。百年世事，意功名、多在黑头公。乔木萧萧故国，孤鸿澹澹长空。　　门前花柳又春风。醉眼眩青红。问造物何心，村箫社鼓，奔走儿童。天东。故人好在，莫生平、豪气减元龙。梦到琅琊台上，依然湖海沉雄。

本词当作于作者晚年，写其"零落栖迟，兴亡离合"之慨，然下片则

---

① 王博文：《天籁集序》，见《天籁集》，四印斋所刻词本。

是一幅柳绿花红、箫鼓欢闹的节日场面,其笔触柔婉,色彩明艳,令人错愕。而一语"问造物何心"如一窥天之管,得见深悲大恨之渊薮。最后以梦作结,平静中透露出无限恨意。宏阔之境济以艳丽之景,沉痛之情出以轻柔之笔,在遗山词中是一个很普遍的现象。实际上,元好问对于苏、辛派一些作品"语意拙直,不自缘饰"①的弊病,并不以为然。东坡《沁园春》(孤馆灯青)一词因抒情较直露,而被遗山视为伪作:"鄙俚浅近,叫呼衔鬻,殆市驵之雄醉饱之后发之,虽鲁直家婢仆且羞道,而谓东坡作者,误矣。"元氏说虽不成立,但由此可看出他是将蕴藉婉曲作为了词的基本审美要求。

元好问对前代词体不同制式、风格、技法的兼容和涵化,使他在创作中力求南北通采、广纳众流、兼容并包、取长补短,因而具备了一种"集大成"式的"兼美"品格。《蕙风词话》卷二评刘辰翁《须溪词》说:"风格遒上似稼轩,情辞跌宕似遗山。"此话我们可以理解为:遗山词虽不及稼轩词风遒劲,但"情辞跌宕"则过之。有学者称遗山词"疏宕而不失之粗豪,蕴藉而不流于侧媚""豪放之外济以婉约,刚健之中兼含婀娜"②,当为的评。如果说遗山词"博大""有气象",那么,成就这种境界的一个重要因素就是词人对前人全面而自觉的效法借鉴。

## 二、辨体:宗苏、辛以自树

词论中所谓"辨体"包含了两层含义:一是对于词体自身特性的辨识;二是对于词体内部在制式、法度、题材及其风格、流派等方面形成的具有相对稳定特征的不同类别的辨析。在词体演化的过程中,辨体是一个不可或缺的理性思辨和审美判断的环节,所谓"辨体明性"也。元好问推动词体革新,同样有赖于他的辨体意识和实践。辨体,作为一种艺术审美固然离不开词体自身的美学规范,但这种规范又是某种历史文化的积淀。因此,辨体实质上也是一种文化选择。元好问所处的北方/中州地域文化环境,以及与此有关的身世经历和创作观念,决定了其辨体必然旨归于苏、辛体派;同时也决定了继承苏、辛的遗山词将是一种具有独特意蕴和体性的北

---

① 《新轩乐府引》,载《遗山集》卷三十六,文渊阁四库全书本。
② 周惠泉:《元好问研究》,载《金代文学论》,长春:东北师范大学出版社,1997年版。

宗新品。

苏轼"以诗为词",创立"东坡体",形成了有别于传统婉约词的词体话语系统;金词肇始即尊苏学苏,以蔡松年词为主体的"吴蔡体"即其典范,辛弃疾承嗣蔡氏衣钵,起步中州,传薪江南,词成大家,"稼轩体"震撼南北,遂与东坡并驾成北宗体派之法祖。至金末元初,"以诗为词"已成词人共识,词乐和歌法的大量失传使得作词应歌已非常态,苏、辛言志体词深得青睐和广泛效法,但词者仍面临着一个难以回避的问题,即苏、辛词的词体定位问题,也就是说他们所尊奉追摹的苏、辛词是否为"正体""本色"。苏、辛词在宋代虽然产生了极大的影响,但始终未预主流地位,被视为"非本色"的"别体""别调",即使大力推崇苏、辛的人也多是从道德和社会影响的角度作评判。也有论者为东坡词"不协韵律"辩护,试图否定对苏词"非本色"的指责。但这种辩护意义并不大,因苏、辛作词为抒写怀抱而并非以入乐为务。而在北国金源,情况有所不同,词的传播主渠道、主要受众及文化功能皆发生了很大的变化,"本色"说已失去了立论的前提,因而为苏、辛词"正名"也就成为词坛的顺理成章之事。

尽管在金源词人创作意识中苏、辛始终受到尊崇,但真正从理论上完成这一"正名"使命的是元好问。他作词广效众体,有着宽广的审美包容度,不过这并不意味"诸家之体制"在他的价值判断中不分主次。其实,遗山的诗学观中包含着十分强烈的"正闰(别)"意识。《论诗绝句三十首》第一首开宗明义,即提出"正体"的概念,并要"细论"之:

  汉谣魏什久纷纭,正体无人与细论。谁是诗中疏凿手,暂教泾渭各清浑。

他以"诗中疏凿手"自居,要厘清"体"之正闰。那么,词之"正体"是什么呢?他的回答与宋代词坛主流完全不同,且看《自题乐府引》中一段话:

  "乐府以来,东坡为第一,以后便到辛稼轩。此论亦然。东坡、稼轩即不论,且问遗山得意时自视秦、晁、贺、晏诸人为何如?"予大笑,拊客背云:"那知许事,且唛哈蜊。"客亦笑而去。

他又在《新轩乐府引》中说:

  坡以来,山谷、晁无咎、陈去非、辛幼安诸公,俱以歌词取称,吟永情性,留连光景,清壮顿挫,能起人妙思;亦有语意拙直,不自缘饰,因病成妍者,皆自坡发之。

这两段话反映出遗山十分自觉的体派意识，而且作出了明确的价值判断，实际已经回答了词之"正体"的问题。他极称苏、辛，誉之以第一流；而对于宋代词坛上公认的"本色"典范——"秦、晁、贺、晏诸人"虽未直接评论，但也不难看出其态度。可见，在遗山心目中，苏、辛词绝非"别体"、"别调"，而是词体应有的"本色"。扬苏、辛而抑秦、晏等人的批评在南宋也时有之，但鲜有就词体地位着眼的立论者。在此，元好问颠覆了传统的词体价值序列，意在正本清源，名正言顺地继轨苏、辛体派；同时为金源北宗词派寻根溯源，理清谱系，以认祖归宗，确立正统。在遗山心目中苏、辛派与金源词坛一脉相承，《新轩乐府引》称张胜予词"亦东坡发之"，遗山本人也是以苏、辛的真正传人而期许的，其《论诗绝句三十首》云"苏门果有忠臣在，肯放坡诗百态新"，"苏门忠臣"何在？遗山虽未明言但其自任之意甚明。

元好问为苏、辛词"正名"，实质上也是一种文化认同感和归属感的表现。一般论者将宋词归于"南方"文学，但其中并不乏北方文化的因子，如东坡词里需"关西大汉""东州壮士"演唱的豪放超逸、稼轩词那种"金戈铁马""气吞万里"的悲壮慷慨等，这类作品的产生都与北方的地域文化环境有关。不过，在以南方地域文化环境为主要创作背景的宋代词坛，这种文化因子难以主流化；而金朝立国于北方，词体中的北方/中州文化因子自然得以强化和壮大，因而苏、辛词统便很自然得到普遍的认同与推尊。元好问之所以视苏、辛为正体本色，从根本上说，取决于其文化人格上的"北人"身份和文化观念上自觉的"中州"意识。在中州士人的深层文化心理中，这种体现在为苏、辛体派"正名"上的文化认同感与归属感，还关乎着一个十分微妙的自我身份认同与定位问题。女真人称帝的金王朝，尽管已据有中原及北方的广袤土地，而且积极推动"汉化"，实行"汉法"，重用汉士，毫无疑问已融入到华夏民族发展进程中，但由于南宋汉族政权的存在和董仲舒以来"正闰"说的影响，其皇族的非汉族身份和中原之外的祖籍，使得它仍然面临着"僭伪"的质疑，这对于女真统治者是一个十分敏感的问题，实际上也是整个金朝士阶层的一个心理阴影。金自立国初即实行科举，讨论"德运"，对外以华夏"正统"自居，这显示了金朝文化认同上的自觉与自信，同时也是消除文化心理阴影的努力。这种根深蒂固的"正名"意识已潜化到了金源士阶层的深层文化心理中，直至金亡时仍未能消散。元好问编辑金朝诗词集以存一代文学史料，特以"中州"命名,而且在集后的题诗中一再以"邺下""北人"与"江东""江西"相比照,表现出十分强烈的"中州"意识,大有与南宋文学一比高下且自我认优胜的意味。同样,他们创立本朝词派时必然也要求从体统上确认正宗的地位。金与南宋对于北宋词的继承取向有异,而金词所效法的苏、辛词在两宋词坛上则被视为非"本色"的"别体",无疑,这对于金人深层文化心理中的"正闰"意识而言是难以接受的,于是"辨体"便成了宗承苏、辛过程中必走的一步。这一步为以苏、辛为宗主的北宗词派确立其词坛"正宗"的地位从起点上廓清了道路。

"辨体"在于"明性"。苏、辛既然被奉为词体正则,那么其基本的体性即性能功用也就必须辨明。对此,元好问有着清楚的认识,在他看来,东坡词之所以值得推尊,就是因为其词"情性之外,不知有文字",显然他认为词之基本体性即是"吟咏情性"。在《新轩乐府引》中他对新轩感于"民风国势有可为太息而流涕者"而"愤而吐之之辞",予以充分的肯定;而对于《尊前》《花间》等词集中的"淫言媟语",则讥之"自知是巧,不知是业"。以"吟咏情性"定义词体功用,抓住了苏、辛词体的诗性特质,从根本上沟通了"词"与"诗"共同的体性基础,解决了北宗词体的本质属性问题。就遗山词看,较之于苏、辛,作者对"情性"的表现有其独到的范围和力度,有些方面为苏、辛所不及。这除了他对于词体性质和功用有着更为明确和深刻的体认之外,更在于他有着苏、辛所未有的中州历史文化的体验与感怀。

《蕙风词话》称遗山"以丝竹中年,遭遇国变。卒以抗节不仕,憔悴南冠,二十余稔,神州沉陆之痛,铜驼荆棘之伤,往往寄托于词"。由于词体的特殊性,那种山河破碎、生民涂炭的惨痛历史画面在遗山笔下出现得并不多,但词中怀古伤今、咏叹兴亡的内容所包含的巨大悲慨,毫不逊于其"丧乱诗",其深刻沉重或有过之。例如,遗山乐府中"华屋丘山"一语屡屡出现,如:

《木兰花慢》:怅华屋生存,丘山零落,事往人非。
《满江红》:人到中年原易感,眼看华屋归零落。
《念奴娇》:华屋生存,丘山零落,几换青青发。
《人月圆》:古今几度,生存华屋,零落山丘。
《浪淘沙》:何处挽春还。华屋金盘。

生活在金元易代之际的元好问,目睹了一个王朝从承平到亡国的陵谷沧桑，亲历了从官贵到囚徒的人生两极，太多的死亡、苦难、贫穷、幻灭，时时噬咬着其心灵。所有这些经历都是苏、辛所没有的，甚至连南宋遗民诗人遭遇的灾难也没有他那样深重。遗山秉承苏、辛词的言志传统，不避现实，将中州大地上发生的历史变迁通过其个人的痛切感受写于词中，构成了鲜明的时代特色和地域文化特色。那份厚重的历史感与强烈的现实感，实为苏、辛词所未有。此外，在词境的开拓上，遗山词也有苏、辛所未及之处。特别应指出的是他对中州壮丽雄奇之山川形势的描写，许多著名的北方山脉水系，在其词里都留下了壮美的身姿，其苍崖古木的景象绝异于南宗词里的柳岸斜桥。元好问可谓真正将北方的山水奇观引入到了词中。

不同的意蕴词境，也使遗山词出于苏、辛而又独具风貌。遗山词与苏、辛词同为阳刚壮美之属，不过豪逸豪壮之气略逊之，但其雄浑沉厚则又为苏、辛所不及。遗山作诗尊杜，实际上其词也深受杜诗浸润，故"沉郁顿挫"一语遗山词亦可当之。① 这也是遗山"以诗为词"的结果。且看这首《木兰花慢》：

> 渺漳流东下，流不尽，古今情。记海上三山，云中双阙，当日南城。黄星。几年飞去，澹春阴、平野草青青。冰井犹残石甃，露盘已失金茎。　　风流千古短歌行。慷慨缺壶声。想酾酒临江，赋诗鞍马，词气纵横。飘零。旧家王粲，似南飞、乌鹊月三更。笑杀西园赋客，壮怀无复平生。

全词境界宏阔，寄寓沉痛。身世飘零之感、孤臣孽子之悲渗透于一草一石，若隐若现，百转千回，愈转愈深。《蕙风词话》评词中"平野草青青"一句说："只是幽静芳倩，却有难状之情，令人低徊欲绝。"遗山词的这种沉郁之质无法在宋词中寻到先例，它得之于词人"鼎镬余生，栖迟零落"的特殊经历和山川雄阔、"歌谣跌宕"的中州地域文化环境。况周颐曾将遗山与东坡比较说："以比坡公，得其厚矣，而雄不逮焉者。豪而后能雄，遗山所处不能豪，尤不忍豪。"况氏这里主要就遗山后期之作而言，实际上，即便遗山后期词也并未失其雄杰本色，只是相对前期其厚重感更为突出。与东坡的清雄和稼轩的豪雄相比，遗山词更具有一种沉雄的色彩。《水调歌头·赋三门津》为遗山少作，值得注意的是，词篇顿挫有致，并非

---

① 参见赵永源博士学位论文《元遗山词研究》第四章，见中国学位论文全文数据库http：//edu.wanfangdata.com.cn/cddbn/cddbn.Articles/Y981426/PDF/index.htm。

一味纵言豪呼。况周颐极赏之,指出词中有"坡公之所不可及者,尤能於此等处不露筋骨耳",可见其沉郁之质,于早年已涵养之。遗山这一类词体现了典型的北宗风范,所承载的是生发于北方地域文化的审美理想和词人独有的生活经历及情思。即使那些效仿"宫体"和表现爱情的作品,仍有别于传统的宋调,包含了特色鲜明的中州元素及遗山个性。

## 三、破体:引传奇以为词

从词体革新的意义上讲,遗山词以效体求兼美和宗苏、辛而自树的努力,体现了词人积极进取求变的革新精神,但这主要还是对传统词体形态(包括东坡体、稼轩体)的继承和提升,限于对传统词体内部改善的层面;令人欣喜的是,元好问并未就此止步,他沿着东坡"以诗为词"和稼轩"以文为词"的道路继续开拓,打破传统词体的创作模式——引传奇以为词。这一现象实为唐宋以来词体形式及其观念不断演化的结果,有着深刻的内在动因和历史渊源。元好问这一"破体"之举,是他在集成与改革传统词体词基础上的超越性创新,在词体革新历程上可谓重大突破。

所谓"以传奇为词"是指元好问在词的选材、作法等方面打破常规,不避险怪,述奇志异,有着传奇的某些要素和特色,具有突出的叙事性和故事性,呈现出一种明显的"传奇"特征,这类作品不妨称之为"传奇体"。关于遗山乐府的以词传奇现象,大致可从如下三方面来考察。

(一)述奇事。这一类作品当以写雁丘和双蕖的两首《摸鱼儿》为代表。此外,《江梅引》(墙头红杏粉光匀)一词所咏爱情故事更为哀婉,长达300字的序文详尽地叙述了民间女子阿金与书生独华腴的恋爱悲剧,写得一波三折,凄婉动人,颇类小说。《太常引》(渚者寂寞倚秋烟)写官宦子振之与青楼歌妓阿莲真诚相爱的故事,此事为作者所目睹。遗山乐府中也不乏其他题材的奇事逸闻,如《水调歌头》(云山有宫阙)写作者与友人同访嵩山少姨庙,在残壁间发现古词文的奇遇。又如《摸鱼儿》(笑青山)一词,记作者游览当年韩愈垂钓"遇雷事,见天封题名"的龙母潭,夜里果然"雷雨大作,望潭中火光烛天。明日,旁近言龙起大槐中"。遗山乐府中有些纪梦词,梦境往往被演绎成一个个荒诞不经的故事。如《品令》(西斋向晓)写他梦中唱词之事,情节清晰,令人称奇。

(二)记奇人。人与事难以截然分开,人以事传,事以人明,遗山乐府所记奇事奇人也往往交织在一起，只是在具体描写中有所侧重而已。遗山乐府直接写人的篇目不多，不过除一般寿词外，所纪之人多为特异非常之人。如《水龙吟》（少年射虎名豪）写商州守帅斜列（又作：色埒默）的传奇生平，《满江红》（画戟清香）述战功赫然的武将郝仲纯"风流有文词"的儒雅风度。遗山乐府中也记载了一些下层人物的传奇故事，如前面提到的"大名民家小儿女"和"西州士人家女阿金"等，此外还有一篇为一对乐人夫妇"立传"的《木兰花慢》（要新声陶写）为"风流故家人物"——一对乐工夫妇写真。《续夷坚志》中曾写到许多身怀绝技的僧道，在遗山乐府中也有他们的身影出现，如《满庭芳》（妆镜韶华）即写一可令牡丹花开于寒冬的狂僧李菩萨。

（三）写奇景。雄奇的北方山水、特异的中州物象，相对于宋词所写的小桥流水而言，本身就具有一种陌生感。有时作者还有意地选择一些怪异景象入词，或者以志怪手法写景，从而使许多词篇中的景观物态蒙上了一层奇异色彩。如《水调歌头·赋三门津》所写黄河三门峡壮伟险怪的景象。又如《念奴娇》（钦叔、钦用避兵太华绝顶，有书见招，因为赋此）一词对华山的神奇景象的描写，酷肖东坡，其宏阔境界或有过之。遗山词景物描写的好奇不仅体现在自然景观上，也体现在人文物象上。如《清平乐》（丹书碧字）中写了他亲睹的一件奇物："天坛石室"所藏金华丹经。其"字画如洛神赋，缣素亦不烂坏"。有一首《永遇乐》（玉京岩）似述秦汉故宫风物，写得如真如幻，感慨遥深。

词体以抒情为本，其结构形式也似专为抒情而设，非破体则无以行叙事。故遗山以传奇为词就必须打破词体固有结构，重置话语空间。为此，他对词序进行大力的改造和创造性利用，扩展其篇幅，增强其功能，以安排传奇性内容。不过以词序叙事宋已有之，此后其形式不断演化，遗山之功在于审形因势，将词序进一步扩容升级，成为词体结构中相对独立、完整的叙事部分，并大量运用它传奇述异。词体拙于叙事，主要原因是它限于格律而篇幅逼仄，这点类似于近体诗。词序的运用突破了这一限制。苏轼大量使用词序，他以长篇词序记载了一些富于传奇色彩的人物和故事。至南宋，词有题序已成常例，金词中词序的运用同样十分普遍，如曾为辛弃疾业师的蔡松年，其词序动辄数百言，最长者近六百字。词序扩容和相对独立，使较为完整的叙事成为可能。词序之所以能为传奇体所用，从根本上讲有赖于词体自身传奇性叙事的因子的发育、成熟。作为燕乐歌词的曲子词，除了其基本形式的只曲小唱外，在民间还有"转踏"、"缠达"、"鼓子词"等歌舞、说唱形式。"转踏"又称"调笑转踏"，由一个曲调连续歌唱以表演一个或多个故事，一般在词文前有一段独白和七言诗。诗、词相配，吟唱结合。而鼓子词，词前有序，韵散相间。这类曲词一般采用联章形式，内容多为奇人异闻。传奇体词与这类曲词除了叙事、尚奇等方面的相同点外，其结构也颇类似，只是序文代替了诗歌。这种情况说明，作为抒情诗体的词并未将叙事因素排斥在外，自唐宋以来一直存在着传奇性叙事的传统。这种传奇性叙事的因子在社会文化消费需求的推动下，不断强化和扩张，最终形成以遗山词为典范的传奇体。

  以传奇为词不仅有赖于词序的扩容升级，有时也需要词文的开放变格。稼轩"以文为词"的作法，实际上已为"以传奇为词"打开了通道。因为词文的散体化从理论上也包括对"传奇"文体的借鉴。词体语言和手法的散文化，大大增加了表达的丰富性和灵活性，从而使故事的叙写更具有可操作性。事实上，在稼轩以文为词的篇章里已有许多述奇志异之作，如《摸鱼儿》（问何年）等。遗山的以传奇为词继承了稼轩以文为词的传统并大胆突破，它将"文"的外延由一般的传统古文扩展到小说、俗曲、戏剧等通俗文学形式，其语言、结构及其表现手法由一般的散文化倾向进一步向传奇性叙事凝聚。遗山词的传奇性叙事一般放在词序中，但其词文仍然有一定的叙事性质。如写阿金故事的《梅花引》，词中叙述虽简，但梗概清晰。遗山词语言并不像稼轩词那样有明显的古文之风，其散体化叙事因素主要体现在作品的内在结构上。除了像《水调歌头·赋三门津》这样写景为主的作品外，遗山词很少专以词文传奇叙事，偶尔为之，则风调别致，如写小儿阿仪习字学诗事的《眼儿媚》（阿仪丑笔学雷家）等。

  元好问以传奇为词现象是词体演化的产物，但这种演化不是孤立进行的，它实质上是一种文学／文化现象，有着广泛的背景和深厚的土壤。首先，以传奇为词是遗山在仙道思想基础上形成的好奇尚异审美观的产物。从元好问的相关诗词作品中"不仅可以看出他对道门圣迹之谙熟，而且也可追踪他试图通过仙家胜境之神游而排遣烦恼之心迹"[①]，这一点在专述异闻的《续夷坚志》中业已看得十分清楚。道人法力和仙家胜境在元遗山心目中不仅真实存在，而且心向往之。在这里，奇异成了自由的语符，神怪

---

[①] 詹石窗：《论元好问诗词的仙家情思》，《厦门教育学院学报》，1999年第4期。

成了人性的寄托。由此，神奇怪异被赋予了美好的品质。正是这样的审美理想，引导着元遗山去关注、寻找并传述奇人异事。

其次，遗山以传奇为词现象并非是作者个人兴致所为的产物，而是当时抒情文学内部诸诗体间相互影响以及勃兴的叙事文学与抒情文学相互作用的结果。诗歌作为词之同宗，当时的好奇诗风也势必会影响遗山词的创作。遗山诗多有离奇之事的纪咏，如《水帘记异》、《谷圣灯》等，与《摸鱼儿》（笑青山）和《水调歌头·赋三门津》等词在取材、取法上都十分接近。志怪传奇小说，可以说是词坛传奇体最近的姻亲。遗山本人就著有笔记小说《续夷坚志》，多记荒诞怪异之事。如该书有《贞鸡》一则，写雌鸡"殉情"事，颇似《雁丘词》内容。在《江梅引》序中，作者在讲完故事后特别引用了元稹的小说《莺莺传》中的莺莺诗句，并注出"崔娘书词，事见元相国传奇"，可见这类词与传奇小说的借鉴关系。与笔记小说性质十分接近的"本事"词话，对于词体传奇化的形成也应有着一定的启示作用。这类词话与传奇体的词序皆为散体形式，内容取向上极类似。

再次，从词体观的角度看，遗山词的述奇现象也体现了他以词存史的"词史"观。元好问编《中州集》是他以诗存史的举措，集中一部分为金词总集《中州乐府》，元好问将金词作为与金诗有同样价值的历史文献和文体自身发展资料加以搜集、选编，其目的同样是存史。其体例同于《中州集》，每位作者名下均列小传，多记奇人异事，近似于传奇体词序的功用，受其注重"野史"的史学观影响，这些记载往往呈现出浓重的传奇色彩。值得注意的是，词序中的这类传奇故事多以史传笔法出之，显得信而有征，言之不虚。这一点与魏晋以来的志怪传奇小说如出一辙。如那首写情侣殉情化荷的《摸鱼儿·双蕖怨》故事时地清楚，人物名姓官职皆具，可谓言之凿凿，一派史家"实录"风格。这种史笔为词的作法清楚地表明了以词存史观念对于传奇体形成的推动作用。

按照"本色论"的词学观，"牛鬼蛇神，诗中不忌，词则大忌"。① 陈廷焯大概根据遗山词的离道出格，称其"为别调，非正声也"②。如果我们从词体发展的角度来看待遗山词的传奇特色，便会发现它积极的意义。就遗山词整体而言，虽然取材、造意上"刻意争奇"的倾向普遍存在，但其

---

① 杜文澜：《憩园词话》卷一，词话丛编本。
② 陈廷焯：《白雨斋词话》卷三，词话丛编本。

中典型的传奇体作品数量也只是一小部分，不过，它们却往往是遗山最有代表性和影响力的佳作，如《摸鱼儿·雁丘词》《摸鱼儿·双蕖怨》《水调歌头·赋三门津》等。词中大量奇异人事和景物的描述，拉近了词与自然和社会的距离，大大增强了词体文学的叙事功能，扩大了词的表现范围，提高了词的艺术表现力，同时进一步密切了叙事文学与抒情文学的关系，为二者的有机结合提供了一条富于启发性的思路，客观上促进了后世戏曲、小说中诗文结合形式的形成和成熟。由于故事性和奇异色彩的增强，词的可读性大大提高了。以传奇为奇的作用和意义尚可讨论，但可以肯定的是，已开始边缘化了的词体由此被注入了新的活力。

# 张溍《读书堂杜工部诗文集注解》的特点与贡献

聂巧平

清初学者张溍(1621—1678)晚年家居著有《读书堂杜工部诗集注解》二十卷、《读书堂杜工部文集注解》二卷(以下简称《注解》)。《注解》以明万历年间许自昌校刻本《集千家注杜工部集》(以下简称《千家注》)为底本,增补张溍评解而成书。该书以编年体方式,诗文分列,共计二十二卷。其中诗集注解二十卷,录杜诗一千四百五十三首;文集注解两卷,录文赋二十八篇,凡六十万余言。其注解内容,可清晰地划分为两大部分。其一是"他注",即张溍辑录的诸家旧注,其二则是"己解",即张溍本人的解评。《注解》在注释形式上集"注、解、评"于一体。该注本的独特价值还体现在"通其旨""阐其志""论其艺"的评解方面。关于张溍及其《注解》,已有学者作过初步探讨[①]。本文着眼于其"己解"的特点与独创性以及《注解》对杜诗学史的贡献两个层面作更进一步研究。

一

《注解》为张溍"阅二十四寒暑,五易稿而成"[②]。张溍名其居"读书堂",其《遗笔》六则生动详细地记叙了在读书堂初读杜诗、间隔十五年

---

① 相关的研究论文有两篇:刘文刚:《张溍的杜甫研究》,《杜甫研究学刊》,2009年第4期,第48—56页;王新芳、孙微:《张溍〈读书堂杜工部诗集注解〉考论》,《图书馆杂志》,2010年第5期,第75—80页。
② 宋荦:《读书堂杜工部诗集批注序》,康熙三十七年原刻本附。

再读杜诗，又参照钱谦益、朱鹤龄注再读杜诗等一次次切身研读的经历，以及自感疑难尽豁，赏玩杜诗妙境的全过程①。张溍二十余年如一日静坐书斋，反复吟咏沉潜杜诗，用心地体悟原作，使《注解》呈现出独到的文本细读特征。或从宏观上提纲挈领，揭橥杜诗的根本要义和精神实质；或从细节上对杜诗的言情体物，遣词造句，构思运笔中的虚与实、缓与急等，阐幽显微。

《注解》对杜诗审美之"细"，多有申发，如：

> 顾（指顾宸）评公曾云："晚节渐于诗律细。""细"之一字，公壮年未敢自许。今以让白（指李白）。可见细者乃文字之幽微，无人可道，只堪向白论。不必如旧说置贬。（卷一《春日怀李白》）

> 诗到至处只是一稳字。公云"晚节渐于诗律细"，非细不能稳也。可见"语不惊人死不休"，尚带少年意气。（卷十一《长吟》）

作品在细节处缝合熨帖，呈现自然浑融的境地，才可言稳，才可达诗之至境。而文字之幽微，读者非于细节处咬文嚼字、沉潜琢磨，则难以探得其中奥秘。《注解》频繁使用"细"字来评解杜诗：

> 从琐屑处看他细心体物，正非苟作。（卷十三《催宗文树鸡栅》）

> "转"字从"静"字看出，"稀"字从"寒"字看出，甚细。（卷八《送韩十四江东省觐》）

张溍对作品读得细，体会深，见人所未见，发人所未发。如卷三《大云寺赞公房四首》其二"儿童汲井华，惯捷瓶在手。沾洒不濡地，扫除似无帚"四句，皆为细事、琐事，鲜有注本为之作注。《注解》对原诗所反映的生活深有体会，饶有兴趣地评解曰："细事写得逼真，又不尖巧"；"首四句即今俗用喷筒洒地，蓬帚无尘事，却写得如此大雅，真难"；"排体似此沈刻入细为难"。张溍往往在细读杜诗文本的基础上，赏玩其谋篇、立意、用字之佳处与妙境。如《徐步》（卷七）解曰："古人吟诗命题皆有深意。如杜公《独酌》诗云：'仰蜂粘落絮，行蚁上枯梨'，《徐步》诗云：'芹泥随燕觜，花蕊上蜂须'，正因闲暇，故物情微细，皆能见之。"张溍以为，杜甫命题曰《独酌》《徐步》，实为以题统率全诗。正因是在独酌，正因是在闲处，故作者能在细微处体物，静观物变。

从制题中追寻杜甫的创作情境与行迹，亦体现了《注解》文本细读的

---

① 《先大夫批注杜集卷末遗笔》，康熙三十七年原刻本附。

特征。《注解》多从制题与文本的意脉等细节处品评杜诗。有时，咬住题中一字为立足点展开点评。卷六《白沙渡》与《水会渡》，亦鲜有注本将二诗兼顾起来作比较分析。张溍《注解》深入体会二诗的创作情境和意脉走向，认为前者写昼渡，后者则是夜渡。在分解《白沙渡》写初渡、半渡、已渡之后，评曰："一渡分作三层写，法密心细。"这样的解读，是《注解》让人耳目一新的地方。又如，杜甫自陇右至成都途中有二十四首纪行诗，其中卷六《发秦州》以下十二首、《发同谷县》以下十二首。其解题曰："此与《秦州》皆有'发'字，以暂驻复行耳。"紧扣一"发"字作评。卷九《望牛头寺》《上牛头寺》二诗，则紧扣一"望"字作解；前者解曰："此首俱望中景，宜叙在《上牛头寺》前。"在揣摩诗歌内容的基础上辨析杜诗的先后编次。《注解》深入细致地体会文本的创作情境，以及作者下字与用意之匠心，善于在细微处发现问题，解前人所未解，为"千家注杜"这座大观园贡献了一朵奇葩。

与注重语典和事典的宋代注释学不同，也与清初钱谦益注重诗史互证、朱鹤龄注重典章制度为代表的注释学倾向有所不同，张溍《注解》承袭了宋、元之际刘辰翁评点杜诗重兴象韵味的传统，侧重于对杜诗的别裁与雅趣的品评赏析。如卷一《与李十二白同寻范十隐居》"入门高兴发，侍立小童清"二句，为侧面烘托，《注解》捕捉这一妙用，评曰："'侍立'句，虽写偶然事，著一'清'字，赞其仆，正以赞其主。"这样的解能抓住诗歌的审美特征，丰富原诗的阅读空间，很好地起到作者与读者之间交流的桥梁作用。

较之诸家注本，《注解》的独到之处体现在善于将读者带入原作欣赏的情境中去，用清通简要之笔，向读者传达出杜诗曲折幽微之妙与兴味神韵之趣。如卷十六《醉为马坠诸公携酒相看》诗，其解曰："前半坠马，后半携酒相看，各极其态。读此诗，知公生平一团天趣，可敬可爱。"有时，张溍通过咀嚼杜诗字里行间的含义和意趣，探寻杜诗的兴趣和语言技巧。卷三《彭衙行》"夜深彭衙道，月照白水山"句下，张溍评曰："'白'字下得妙"。细细品味，其妙处盖有二，一则"彭衙""白水"为两地名，天然成对；二则着一"白"字，生动地描画出在夜深人静、天地白茫茫混沌一片的大背景下，杜甫携带一家老少逃难的凄凉情景。此诗中间一段铺陈杜甫携家跋涉在荒山野岭中，幼女、小儿天真烂漫而不懂人事的情态，曰："痴女饥咬我，啼畏猛虎闻。怀中掩其口，反侧声愈嗔。小儿强解事，故索苦李餐。"《注解》于此处评曰："写人所不能写处，真极、朴极，亦趣极，惟杜老能之。"这段评语被清代注本《杜诗镜铨》（卷四）全文引用。一家人困顿至极之时，有幸得到故人孙宰雪中送炭。诗中描写孙宰点起明灯、打开重门、烧汤濯足以及剪纸招魂等细节时，不意插入"众雏烂漫睡，唤起沾盘飧"二句，转而描画稍事安顿的小儿女们立即进入了甜蜜的梦乡，孙宰叫醒他们起来吃饭的乐趣图。《注解》玩味杜诗此处的换笔之妙，有感而发曰："杜每借没要紧事形容独至，视就事言事天渊，此真诗家秘诀。"这既是杜甫的诗家秘诀，也是对杜诗抑扬顿挫风格美的具体诠释。

同样，卷三《北征》也有一处类似的奇妙换笔。安史之乱这一偌大战祸，杜甫以"靡靡逾阡陌，人烟渺萧瑟"两句总括，接下铺叙北征经历。《杜诗详注》（卷五）于此处引周甸评述云："途中所历，有可伤者，有可畏者，有可喜者，有可痛者。"接下来，诗人却突然中断上述让人紧张激昂的场景描写，忙里偷闲，插入对道旁的山果作兴致盎然的细腻描写："青云动高兴，幽事亦可悦。山果多琐细，罗生杂橡栗。或红如丹砂，或黑如点漆。雨露之所濡，甘苦齐结实。"时值战乱，诗人急于归家省亲，是没什么闲情逸致去观赏山水的。不料在铺叙艰辛的北征途中，诗人旁入一番夹叙夹议，不厌其烦地道出种种山果的可喜可悦之处，令读者的神经亦随之舒缓开来。这类文气上的抑扬起伏，文脉上的似断似续之妙，是《注解》最乐于也是最擅长阐发的。如《注解》于此评曰：

每于忙处，借一无要紧事写得极情尽态，反觉意趣无穷。此惟杜老能之。若他家，则正事实事尚铺写不了，何暇及此。此仙凡之别也。

较之张溍恰中肯綮的解析，后来具有汇评性质的《杜诗详注》在此处仅引申涵光之语笼统评曰"混然元化"。类似此种不着边际泛泛而论的评语，是明代《千家注》评点本行世以来杜诗注家惯用的陈词滥调。杜诗的精微，就在这种细节处显现。《注解》的评论，亦在细微处见本领。如同给杜诗注入的一股灵气，让它一下鲜活起来，使读者豁然开朗，领略杜诗的妙趣。又如卷五《夏夜叹》"物情无巨细，自适固其常"句下，《注解》评曰："往往借闲处写出真情景，此与《北征》'或红如丹砂'段略似。"《注解》以回环阐释的方式，提醒读者要深入领悟杜诗文气上张弛有度，整饬中带着散漫的表现手法。而正是这种散漫，给正经板眼的诗文带来了生动和谐趣。张溍的画龙点睛之评，与原诗交相辉映。

张溍对杜诗的沉潜讽咏之功，使《注解》准确捕捉杜甫细腻传神的诗歌表现艺术，让读者领略杜诗的精微之美。同时，《注解》对杜诗兴趣的评解，在详实性和确切性两方面都超越了《千家注》中刘辰翁的评点。鉴于注家良莠不齐，杜诗研究者历来反复讨论杜诗需不需要注释的问题。注本有无必要，有无价值，就在这类细微处显现。

## 二

《注解》本着汉代《诗大序》之说诗传统解读杜诗之本旨。这一源远流长的鉴赏模式，宋、元、明、清杜诗学者莫不沿用。张溍《注解》的独特之处在于广泛地运用对比批评的方法，将杜诗的"体"与"用"融合在比较阐释中。在纵向对比中，诠释杜甫的诗学贡献；在横向比较中，一针见血地指出当代文学发展的偏颇，对当下的文学创作痛下针砭，表现出强烈的时代意识。也就是说，张溍注杜并非拾人牙慧，而是有为而发，有的放矢。通览《注解》，不难领悟张溍评解杜诗的出发点和归宿。

明初高棅编选《唐诗品汇》，于各类诗歌体裁中分别标正宗、大家、名家、羽翼、正变等以示品格之高下和诗体之流变。高棅于五古、七古、五律、七律、五排这五类诗体中，于"大家"一目单列杜甫一人。高棅所谓的"大家"，具有兼善众体、富于变化和无所不可的艺术成就和特点。较之"大家"，"名家"者偏于一格，仅能"各鸣其所长"也。《注解》充分认同《唐诗品汇》对杜甫历史地位的这一定评，结合具体的诗篇，反复诠释杜甫作为"大家"的涵义。如：

《八哀》，或叙其功业，或惜其谗间，或述其忠贞，或讳其污累，或置大节而详琐事，或略勋名而赏文章，或言交情，或辨冤抑，或兼及弟侄，或旁及友人。随人即事，笔法种种，故是大家。（卷十三《八哀诗并序》）

读《六绝》，可以知诗学矣。趋今议古，世世相同，惟大家持论极平，着眼极正。（卷七《戏为六绝句》其一）

在张溍看来，杜甫作为"大家"，具有高超的艺术造诣与卓越的识见，持正的批评态度，兼收并包中又有轻重权衡。张溍认为，与杜甫相较，李白对六朝文学一概贬倒，有失偏颇。（见卷十五《偶题》解）

杜诗展现了作为"大家"极具艺术表现力的"大手笔"，这是《注解》

对杜诗艺术特征的总体把握。如：

> 庄重浑含，如《典》、《谟》、如《雅》、《颂》，是大手笔。（卷一《行次昭陵》）

> 似悲似慰，亦羡亦嘲。流动变化之极，真大手笔。（卷六《寄彭州高三十五使君适虢州岑二十七长史参三十韵》）

> 起句冠冕洒脱，何等气象，是大手笔。（卷二《投赠哥舒开府翰二十韵》）

"意惬关飞动，篇终接混茫"（卷六《寄彭州高三十五使君适虢州岑二十七长史参三十韵》），这是杜甫对高适、岑参诗的高度评价，也是夫子自道。其实杜甫自身又何尝不在追求这种"混茫"的诗歌境界。《注解》诠释了杜诗穷极笔势、迥不由人的篇章结构，奇横恣肆的艺术构思，虚实相生、缓急结合的艺术手法。因此，《注解》拈出"大手笔"三字，可谓道出了杜诗艺术表现力的精髓。

杜甫虽然被尊为诗宗，但他的诗并非首首精品，句句珠玑。后人盲目模仿，易入窠臼。而要跳出少陵诗歌的"窠臼"，须给杜诗以客观的评价。在这一点上，张溍不盲从前人，亦不为尊者讳，对杜诗之赘处、断处均能鲜明地予以揭示：

> 是杜之俚拙处，不必为讳。（卷一《刘九法曹郑瑕丘石门宴集》）

> 如首二语率句，大家每每有之，不可谓佳，亦不得以此过议古人。（卷十八《三绝句》其一）

《注解》对诸如此类杜甫正、负两面的创作经验皆有合理的解读，表明张溍评点的客观性和包容态度。

《注解》既丰富了历代批评家对杜诗的历史地位的评价，又通过对具体篇章的诠释，弘扬杜诗的当代意义。《注解》认为，杜诗真切深厚、义蕴弘深，是《诗经》之后风雅精神的直接继承者，这是一部杜诗的根本。杜诗不仅有强烈的道德意识和社会责任感，更重要的是，杜甫学问之淹博又足以传达其真情厚意。《注解》对杜甫发自真性情的"真诗"多有阐发：

> 文之至者，止见精神，不见语言。此五百字，真恳切当，淋漓沉痛，俱是精神，何处见有语言？（卷二《自京赴奉先县咏怀五百字》）

> 此诗无一字袭汉魏，却逼真汉魏，且有汉魏人不能到处，或疑其太真，试观《焦仲卿妻》长篇，有一语不真否？（卷三《彭衙行》）

> 真到极处，或二句一折，或四句一折，逐次写出，有十数层，句

句从实景实事描来，如见其心，如闻其语，何处有文字可指？却又极旨极厚，非率意可几。此正杜之远过诸家处。（卷三《述怀》）

杜诗反映了诗人丰满的人格形象，是诗人真实生活的写照。在这一点上，就是诗仙李白也未可与之相比。张溍往往将李白与杜甫作对比，如《奉赠韦左丞丈二十二韵》解曰："写尽去住两难心事，不忘君，不负恩。何等忠厚！恐太白即不能作此语。"又张溍《遗笔》曰：

> 余谓《三百篇》后即当接以杜诗，不独六朝不足贵，即汉魏亦体高而义未粹也。太白豪逸处固胜，至于切中人情物理，则视有天渊之别，未可相拟。

《注解》比较评析李、杜二人不同的人格魅力与性情，以为论及艺术成就，则李、杜并肩。然李白所不及杜甫处，在于杜诗温柔敦厚，切中人情物理，代表了正统的诗学价值取向。

《注解》在比较批评中显示了浓厚的当代意识，一方面通过注杜解杜来提倡真性情、真诗，一方面痛斥当代文坛无病呻吟、内容空洞乏味的创作风气。为此，《注解》在具体的评析中往往将杜诗与明清"复古派"的创作习气比较，由此揭示杜诗对当代诗学的借鉴意义。仅《注解》首卷就四次毫不留情地抨击"七子"：

> 望岱只作一首五古便罢。若今人必十首、十二首排去。是知古人为诗皆是乘兴而作，兴尽而止，非属强填。（卷一《望岳》）

> "落景"二句，写幽居秋景甚真。"对古城"，亦在郊外耳。不似今人泛说山林。（卷一《与李十二白同寻范十隐居》）

> 此首意皆前一首所无。若七子，两首诗词意必重。（卷一《李监宅》二首其一）

> 鼓琴检书，看剑赋诗，乐事无不具。风林初月，夜露春星，以及暗水花径，草堂扁舟，天文地理，重迭铺叙一首中，浑然不见痕迹，却一气说下，八句如一句①。若七子，则非堆必套，必不能如此洒脱。（卷一《夜宴左氏庄》）

又曰：

> 为此变调，以见行役不忘君国。以一首观，则若可删。合诸诗观，则不可少。此古人能换笔处，不似时贤千篇一律。（卷六《凤凰台》）

---

① 参《杜诗详注》卷一，此为张溍引用顾宸语。

排律之最长者,后王、李又为一百五十韵,何所底止?可笑。(卷十四《秋日夔府咏怀奉寄郑监审李宾客之芳一百韵》)

曰"今人"、曰"七子"、曰"时贤"、曰"王、李",通指明代以李梦阳、王世贞等为代表的前、后"七子"及其复古派文人,以及在这种复古思潮影响下的文学创作倾向。张溍认为,在诗歌内容上,复古派文人为文造情,本末倒置,偏离诗教传统;在艺术表现上,复古派文人艺术表现力薄弱,导致他们数首诗必情景、词意重复,做不到行文洒脱,以致步入"非堆必套"的藩篱。同样,《注解》对于动辄以杜甫相标榜的文人陋习亦深恶痛绝。如卷十三《贻华阳柳少府》"文章一小技,于道未为尊"二句,往往成为不能文者之口实。张溍针砭曰:"文章一小技,甫盖自谓歉然于柳侯之尊己也。今为名言,由不能文章者,自诡有道,借甫尊己,亦不可不辨。"① 像这类评解,已突破了文学批评领域,转入对社会、对人性进行剖析。

作为注家,最主要的责任是深化读者对原作的理解。张溍《注解》的目的却不仅仅如此。他还试图借此唤醒时人学习杜甫创作精神的主观意识,复兴文学创作的风雅传统,弘扬诗歌之正道。张溍欣赏杜甫"有为而作","乘兴而作,兴尽而止"的创作态度,对明代"七子"以及当代文人的"凭空妄拟"、"千篇一律"、"就事填写"的创作习气痛下针砭,以匡清诗歌发展的这股浊流为己任。读者不难理解张溍作为注家的时代意识及其倾注二十多年精力注解杜诗的良苦用心之所在。

## 三

《注解》在形式上属于札记体。张溍根据自己批注杜诗时的心得体会,因诗作解,没有固定的模式。有的诗仅解主旨,有的则论表现手法,有的则仅谈章法、句法,有的仅仅串讲诗意。解评句式简单,言简意赅。如卷九《寄题江外草堂》"台亭随高下,敞豁当清川"二句对草堂的空间位置和景观布置作了高度的概括式描写,张溍评曰:"妙于布置,十字说尽名园。"洗练醒目。又如《偶题》总评曰:"文章秘诀,诗统源流,前半道尽。"评语简洁,涵盖了这一论诗的批评主旨。有时,张溍就用一个字作解评,干脆利落,如"旷"(卷十五《鸥》之章节附注)、"奇"(卷十五《猿》之章

---

① 此段评语为张溍引用刘辰翁语,见《集千家注杜工部诗集》卷十四。

节附注）、"大"（卷十五《白小》之章节附注）、"率"（卷二《白水明府舅宅喜雨得过字》"吾舅政如此，古人谁复过"二句下解）、"志"（卷一《故武卫将军挽词三首》其一"壮夫思敢决"句下解）等等。

《注解》的解评，注重语言的形式之美，可读性很强。排比和反问是其评解中常用的两种修辞格。张溍喜用史传文体来论杜诗，其解亦多气势浩荡之语。如："忽自叙，忽叙人；忽言景，忽言情；忽述见在，忽及已前；忽纪事，忽立论；过接无痕，照应有法。"（卷十四《秋日夔府咏怀奉寄郑监李宾客一百韵》）以流畅的排比句式解杜。又如："一人深宫里，年年不见春，与铜瓶落井何异？"（卷五《铜瓶》）"此诗语语警拔，妙处在能用虚，能设色。若据实铺写，安能有此奇情？"（卷七《戏作花卿歌》）以令人深醒的反问句式作评。

除了上述对杜诗评解的贡献之外，《注解》还留给后世学者两大话题。首先，《注解》对全部杜文及其所附载的传序碑铭均作了注解。对所录王安石《杜工部诗后集序》评曰："杜诗义蕴弘深，直接《三百》。"对胡宗愈《成都草堂诗碑序》评曰："近日诗家亦无时无地不诗，然不能传写情事，一味凭空妄拟，不乐而笑，无病呻吟，岂有真诗？"评蔡梦弼《杜工部草堂诗笺跋》曰："自宋以来，明明以杜接《三百》，此段称述可谓曲当。"从杜诗学批评史的角度评元稹《唐杜工部墓志铭》曰："古今评杜者无如此文之确。"可见，对杜甫文赋的批评体现了其在诗歌注解中一以贯之的批评立场与观点。

历代杜甫全集的笺注者，大都重诗轻文。朱鹤龄《杜工部诗集辑注》首次对杜甫文赋及其附载的传序碑铭逐一作了注释。朱氏之注吸收了《唐文粹》《文苑英华》《文苑英华辩证》与吕本中所注《三大礼赋》、宋代黄鹤《年谱辨疑》，以及清初钱谦益的笺注成果。其注详于职官制度与地志沿革。张溍《注解》大量地吸收并利用了朱鹤龄注本的成果，如《奉谢口敕放三司推问状》引"朱云"之注字数达三百多字（见《文集》卷二）。《注解》对史实的考证和事典、语典的注释并没有突破朱鹤龄注本对文赋的注释范围。不过，朱氏《辑注》侧重于"注"，张氏《注解》则侧重于"解"与"评"。二者可谓相辅相成。

张溍对文赋的注解多针对杜诗学史上有争议的问题展开，评语简约。张溍认为，杜甫的文赋继承了西汉文章的传统。其对杜文的评价甚高，往往以汉文比之，如：

庄重周悉，虽有骈辞，无伤于体。汉志铭多用对句，正复相同。末记郑驸马以碑见托，有精彩。古人作一文，必著来历，则其不轻见诺可知矣。(《文集》卷二《唐故德仪赠淑妃皇甫氏神道碑》)

此序逼真汉人，宜公每以相如、枚乘自命。(《文集》卷一《封西岳赋并序》)

中铺叙有法，景真语警，即置汉赋内亦可。(《文集》卷一《雕赋》)

古拙曲折，似西京以上文。(《文集》卷一《秋述》)

学者对杜甫的文赋向来褒贬不一，注家通常仅注其诗而略其文。《注解》认为并非杜甫为文拙劣，而是其文名被诗名所掩。其曰："少陵之文，本自过人，反以诗掩。"(《文集》卷二《唐故万年县君京兆杜氏墓志》)然而，对文赋的注解，朱鹤龄不仅是拓荒者，且以其精深的学养和充实的材料为之作注，为张溍的评解廓清了道路。张溍《注解》主要分章节串解杜文大意，往往三言两语，对杜文的艺术特点作点评。平心而论，若撇开朱鹤龄的突出贡献，片面强调《注解》在这方面的历史作用，是有失偏颇的。

其次，对《注解》的历史评价也是一个有争议的话题。清初宋诗派中的重要文人宋荦为《注解》所作序曰："余受而读之，原注能疏瀹《千家》之踳驳，弃瑕而存瑜，评点往往独标新隽，间亦佽助以近代诸名人，可谓粹诸家之长，而擅其胜者。"稍后四库馆臣则一概否定，指责为"多依傍旧文，尚未能独开生面"(《四库全书总目》卷一七四)。对同一注本的评价为什么会存在如此大的分歧呢？

宋荦为人作序的揄扬之语可以置之不论，但四库馆臣对历代杜诗注本的评价都不高也是公认的事实。不过，以"多依傍旧文，尚未能独开生面"之断语为《注解》作定评，虽有失公允，亦语出有因。问题应是出在《注解》所引用的"他注"。

"他注"主要有两个来源，一是摘录明、清人的评注，二是来源于许自昌校本的"原注"。先谈谈《注解》辑录的明、清注家之评注。《注解》特别重视钱谦益的笺注，多有引用。如卷五《洗兵马》云："此诗中藏多少事，讽刺不露，非牧斋解，则终古茫然耳。"又如："起四语若无钱论，便不可解。"钱谦益之外，《注解》对所征引的胡应麟、顾宸、申涵光、朱鹤龄、邵宝以及无名氏等人之注，在兼收并蓄的同时，秉持客观公正的批判态度，或称允，或驳斥，或补充其偏颇之见。如："顾谓指泛常游客言，未是。"(卷一《过宋员外之问旧庄》章节附注)"钱谓此时贼据长安，思明、秀岩重兵方趋太原，公欲得精兵，乘空虚直捣长安，以成收复。然是诗列在《收京》之后，有'东征'、'塞芦子'、'扼两寇'字，当照旧看。钱注杜，每牵强以就己意，何也？"（卷三《塞芦子》章节附注）"朱谓事无遗策，未是。"（卷十五《送殿中杨监赴蜀见相公》章节附注）"邵本谓指高，非。"（卷十七《送高司直寻封阆州》章节附注）"胡本谓公自谓能拔王，将出峡入荆，望与偕往。大非。"（卷八《短歌行赠王郎司直》章节附注）"旧笺谓并指吐蕃陷长安，非。"（卷十五《秋兴八首》其六章节附注）对这类明清学者的旧注，张溍均经过斟酌筛选，批判地吸收，与"已解"自然融为一体。

再论《注解》所引用的"原注"。其"原注"源自元、明两代流传很广的"千家注"本，而非宋代的"千家注"。宋代《千家注》的单行本虽已亡佚，但是，今存完好的元刊本《黄氏补千家注纪年杜工部诗史》，就是在南宋《千家注》本的基础上增补黄氏父子的"补遗"而成书的。读者可据此清楚地获睹宋代《千家注》的本来面目。而明代流传的"千家注"本，可从《集千家注杜工部诗集》得见其面貌。不难发现，明代的"千家注"对宋代的"千家注"进行了大量的删减，并在此基础上增入蔡梦弼、刘辰翁等注评。张溍在辑录"原注"时，对明代《千家注》又做了删减。其中删减最多的两类注释是音训类注释和伪托名家的伪注。如《画鹰》一首，张溍删《千家注》"郑曰：摵，苟勇切"，且对"郑曰：绦，他刀切，编丝绳也。旋，徐钏切，圆辘轳也"此条注释，张溍只选取"绦"、"旋"二字之释意，删除音注部分。《千家注》伪托的名家注，如伪托欧阳修、王安石、沈括、王十朋等，《注解》几乎删去殆尽。上述对明代《千家注》删繁就简后加以整合的注释，《注解》统称为"原注"。下面以《饮中八仙歌》"焦遂五斗方卓然，高谈雄辩惊四筵"（卷一）二句的注解为例来说明：

　　洙曰："按《新唐书》：白自知不为亲近所容，益骜放不修，与焦遂等为酒八仙。"师曰："《唐史拾遗》云：遂与李白号为酒八仙。口吃，对客不出一言；醉后酬结如注射①。时目为酒吃。"（元刊宋代黄希、黄鹤《黄氏补千家注纪年杜工部诗史》卷二）

　　洙曰："按唐史，李白自知不为亲近所容，益骜放不修。与贺知章、李适之、汝阳王琎、崔宗之、苏晋、张旭、焦遂为酒中八仙。"

---

① "结"，参明刊本《千家注》，当作"酢"。

师曰:"《唐史拾遗》云:焦遂口吃,对客不出一言。醉后,酬酢如注射,时目为酒吃。"(明刊《集千家注杜工部诗集》卷一题下注)

原注:"按《唐史》:李白自知不为亲近所容,益骜放不修。与贺知章、李适之、汝阳王琎、崔宗之、苏晋、张旭、焦遂,为酒中八仙。《唐史拾遗》云:焦遂口吃,醉后,酬酢如注射,时目为酒吃。"(张溍《注解》卷一此诗题下注)

上述注文,在宋代郭知达《新刊校定集注杜诗》中仅引用《新唐书》简要注解"酒八仙"[①],其注释归于无名氏之下;宋代托名王十朋《百家注》则将《九家注》此条无名氏之注冠以"洙曰"[②],变成伪王洙注,并且引伪书《唐史拾遗》杜撰焦遂口吃的故事;上所引宋代《千家注》本完全因袭《百家注》,明代《千家注》本则又沿袭宋代的《千家注》,且详细地胪列出"酒八仙"的具体姓名。而张溍的《注解》又一并因袭了明代的《千家注》。可见,四库馆臣批评其依傍"千家注"引用伪注的陋习,是不争的事实。如《三绝句》所引"原注",就伪撰事典及吴璘这一历史人名,曲为之说。此类伪注赫然出现在《注解》中,亦可见张溍对"原注"剪裁上的疏忽。

在钱、朱已开风气之先的情况下,张氏将鱼龙混杂之原注引入自己多年惨淡经营的注本中,在一定程度上影响了该注本的声誉,也影响了后人对该著的评价。如此说来,此注本遭到四库馆臣的痛批也是合情合理的。但是,四库馆臣之所斥毕竟只是针对《注解》的"他注",并未涉及其"己解"。因此,《四库提要》并没有抓住这一注本的根本特点,其评价是有失公允的。

钱谦益《钱注杜诗·略例》无情地痛击《千家注》所引伪注的问题。按理讲,张溍应该很清楚《千家注》本的顽疾之所在,为什么仍然选之作为底本,还大量再征引"原注"呢?仔细推究,张溍的良苦用心似不难理解。

其一,"原注"主要是注典,而张氏的"己解"侧重解意。"原注"与"己解"泾渭分明。合之,则可以将历代杜诗注释的两个方面,即所谓"外注引古"和"内注解意"互为补充,互通有无。

---

① 《新刊校定集注杜诗》卷二,北京:中华书局影宋本,1962年。以下简称《九家注》。
② 《王状元集百家注编年杜陵诗史》卷一,江苏广陵刻印社影宋本,1981年。以下简称《百家注》。

其二，可借助《千家注》本的巨大影响力来传播《注解》。《钱注杜诗·略例》指出："元人及近时之宗刘辰翁，皆奉为律令。"① 刘辰翁评点的《千家注》本在元、明两代的影响力由此可见一斑。张溍《注解》未能免俗的原因，恐怕也是想借《千家注》来传世。

虽然《注解》在"他注"方面无甚突破，亦因此而受到后人诟病。但是，《注解》突出的版本学与文献学价值是难以否认的。

第一，版本学价值。在元、明两代流传甚广之《千家注》，源出南宋中后期流传之《千家注》本。而元、明两代之《千家注》，悉以元代高楚芳《集千家注批点杜工部诗集》为祖本。自南宋末期黄氏父子据以作为"补注"的底本《千家注》，迄清代康熙年间张溍《注解》问世，嬗递近五百年，翻刻不绝。在杜诗刊刻史上，已成一脉相承的完整体系。张溍《注解》据明代《千家注》为底本解杜论杜，在杜诗《千家注》版本系统上具有难以抹杀的贡献。

第二，文献学价值。首先，从其所引"原注"来谈。《注解》汇集了南宋初以赵次公、杜田为主的所谓"百家注"，南宋末黄希、黄鹤父子的考证编年补注与蔡梦弼的会笺，以及宋末元初刘辰翁的评点。除此以外，对明、清诸家的注本如顾、钱、朱等人之注亦加采录。究张溍《注解》之"他注"的来源，涵盖了自 11 世纪下半叶南宋诸类注本迄至 17 世纪清代康熙年间出现的所有重要杜诗注本。真可谓一本在手，各种类型的注释应有尽有。如此说来，将《注解》称之为一部 12 世纪至 17 世纪五百余年的杜诗注释史，亦不为过。一部杜诗注本有如此丰富的含量，亦属少见。

其次，从《注解》在海内外的文献传播角度来看。其一，道光二十四年（1844）苏州范氏后乐堂所刊范辇云《岁寒堂读杜》二十卷，即据张注略作改动而成，可谓杜诗学史上著名的剽窃之作②。咸丰时顾淳庆《杜诗注解节钞》亦此书之节选。其二，清代后期注杜力作《杜诗镜铨》，所收杜甫文赋亦照录张溍的《注解》；此后，杜甫文赋两卷，借《镜铨》广为流传。其三，20 世纪二三十年，德国汉学家埃里温·里特·冯·察赫（Erwin Ritter von Zach）即将张溍《注解》二十卷全部译成德文，陆续刊载于《东

---

① 钱谦益：《钱注杜诗》，北京：中华书局，1958 年，第 16 页。
② 洪业：《〈杜诗引得〉序》，上海：上海古籍出版社，1986 年，第 70 页。

方杂志》《中国学志》等杂志[①]。在张溍注杜的时代,钱谦益的《钱注杜诗》和朱鹤龄的《杜工部诗集辑注》已别开生面,开启了清代杜诗学的兴盛之路。张溍之后,仇兆鳌《杜诗详注》、浦起龙《读杜心解》及杨伦《杜诗镜铨》等优秀的杜诗注本相继问世。在浩如烟海的杜诗注本中,德国人却选张溍《注解》来作译本,可见其对该注本的高度认同感,亦可见《注解》的国际影响力。

总之,《注解》顺承元、明两代以兴象注杜的趋向,以"解"杜为出发点,以宏扬诗道之正统为旨归,其评杜解杜可圈可点,亦能在钱谦益、朱鹤龄之外独树一帜,在杜诗注释史上有无可替代的价值与影响。后世注本如仇兆鳌《杜诗详注》等多有引用。清初著名汉学家阎若璩将唐代杜甫的"浣花草堂"、明代卢世㴶的"杜亭"与清代张溍的"读书堂"喻为鼎足而立的文化遗迹[②],此亦卓有见地。

## 参考文献

[1](北宋)王洙编纂、王琪刊刻:《宋本杜工部集》,《续古逸丛书》第四十七种。

[2]阙名:《门类增广十注杜诗》(残六卷),北京图书馆藏残宋本。

[3](南宋)郭知达:《新刊校定集注杜诗》,辽宁省图书馆藏清刻本。

[4]托名王十朋:《王状元集百家集编年杜工部诗史》,1981年江苏广陵古籍刻印社翻刻刘世珩影宋本。

[5]阙名:《分门集注杜工部诗》,《四部丛刊》影宋本。

---

① 王丽娜:《杜甫诗歌在欧美》,《世纪之交杜甫国际学术研讨会论文集》,香港天马图书有限公司,2002年。
② 《读书堂杜诗注解序》,道光二十一年(1841)重刻本附。

# 早期《申报》文人群体与唱酬之风的形成

花宏艳

《申报》自其创刊之年起便大量刊登旧体诗,从1872年5月2日发表南湖蘅梦庵主的《观西人斗驰马歌》到1890年3月21日刊登《词坛雅鉴》宣告停止刊收一切旧体诗词及零星稿件,近二十年时间里,《申报》刊登的旧体诗数量多达万首。由于总体文学成就不高,这一部分文学作品多受冷落,然而,早期《申报》正是通过大量刊登旧体诗实现了吸引士人关注、凝聚文人群体乃至提高报纸销数的初衷。同时,麇集于上海的失意文人、洋场才子亦凭借报刊这一新兴媒体,诗词应酬、往来唱和,积极在近代都市空间中不断开拓新的交际网络和诗坛风气。

## 一、以洋场才子为主体的文人聚合

所谓早期《申报》文人群体主要指1872年至1890年间,以《申报》为传播平台,进行诗词唱酬的传统文人群体,他们中的多数都是江浙旧籍而寄居上海的失意文人。鲁迅先生曾说:"上海过去的文艺,开始的是《申报》。要讲《申报》,是必须追溯到六十年以前的。但这些事我不知道。我所能记得的,是三十年以前,那时的《申报》,还是用中国竹纸的,单面印,而在那里做文章的,则多是从别处跑来的'才子'。"[①] 这些江浙旧籍

---

[①] 鲁迅:《上海文艺之一瞥》,见《鲁迅全集》(第四卷),北京:人民文学出版社1981年版,第291页。

的洋场才子，正是早期《申报》文人群体的主体。

自太平天国占领江南之后，江浙地区大量的文人士子纷纷涌入上海，直到晚清上海开埠，海上文风愈益鼎盛。正如高邕在《海上墨林·序》中所说："大江南北，书画士无量数，其居乡而高隐者，不可知。其橐笔而游，闻风而趋者，必于上海。"① 虽然地域的迁徙使得他们脱离了以往建立在亲缘和地缘关系上的友朋乡谊，但文人之间诗酒雅集，酬唱往来的生活方式却并没有改变，同时这也是他们建立新的交际网络的重要方式，一时之间，海上诗社蔚然兴盛："沪上虽一逐利之场，熙熙攘攘，皆为利来，然其间不乏骚人迁客、逸士遗民，或海滨高蹈，或泽畔行吟，或同王粲之离家，或似梁鸿之赁庑，或效晏婴之近市。因声气相感而自然集合者……诗社前有盟鸥社、丽则吟社、希社，惜皆未久。继起者有秋声诗社，旋改鸣社，外省之名士加入者亦不少，成立迄今二十年矣。"②

传统文人麇集海上，创作了大量的应酬唱和诗歌。在中国古典诗学史上，这种文人之间同声相求、同声相聚的实用性文字具有沟通文人精神的重要作用，正如李邺嗣所说："凡物之有声，无不相和，而于人则为诗"③。对于19世纪末的海上文人来说，他们的诗词唱酬较之传统文人的诗词唱酬在内容、功能和意义上并没有本质的区别，但是，由于传播平台的改变，晚清文人的诗词唱酬必然带有诸多新变的特征。

传统文人的唱酬和结社往往发生在一些具有相同或相似文学主张的诗人之间，这种建立在私谊关系下的文人唱酬的范围相对来说较为狭窄，唱酬的人数从几人到几十人不等。然而晚清文人的唱酬却几乎完全是凭借不同的报刊媒介的传播平台建立起来的，例如以蒋芷湘为核心的早期《申报》文人群体、以蔡尔康为核心的《字林沪报》文人群体、以王钝根为核心的《自由谈》文人群体以及以李伯元为核心的《游戏报》文人群体等等。这些建立在报刊媒介上的文人唱和群体并没有严格的文学主张，彼此之间甚至多为素未谋面的"神交者"，但是一个固定的报刊杂志却能够将他们团结成一个稳定的诗词唱和群体，在开放的公共领域中进行想象的认同并建构自己的文学场域。

早期《申报》文人群体是怎样聚合在《申报》周围的？他们又是怎样

---

① 杨逸：《海上墨林》，上海：上海古籍出版社1989年版，第5页。
② 胡祥翰：《上海小志》，上海：上海古籍出版社1989年版，第46页。
③ 李邺嗣：《徐霜皋唱和诗序》，《杲堂诗文集》，杭州：浙江古籍出版社1988年版，第415页。

通过彼此之间的诗词唱酬来构建文学交际空间的？本文试图以葛其龙为个案，分析海上文人向《申报》平台的聚集以及这些错综复杂的文学交际网络的建构。

葛其龙，生卒年不详，浙江平湖人，字隐耕，号龙湫旧隐，别署寄庵。自《申报》创刊之年起便发表诗词作品，并主持海上文坛，被誉为"一代文豪也"。① 袁祖志称他："海上为商贾辐辏之区，人物繁庶，甲于他所。然萦情会计者多，从事吟咏者少。提倡有年（按，指葛其龙），乃渐有起而附和者，主持风雅之功在此邦诚可首屈一指。"②

《申报》草创时期，语言通俗易懂、描绘洋场百态的上海竹枝词是最受欢迎的文学稿件，1872年5月18日，《申报》刊登第一首竹枝词——海上逐臭夫的《沪北竹枝词》，6月13日，《申报》上发表了葛其龙的《前洋泾竹枝词》。1872年8月12日《申报》刊登龙湫旧隐《洋场咏物诗四律》，在附录的来书中，葛其龙表明自己寄居海上与友人唱和交谊之情："寄籍申江，忝附艺林，喜交名士。耳闻已久，曾殷访戴之情，面晤无缘，莫遂识荆之愿。虽巴人下里，缪见赏于知音而蝉噪蛙鸣，终有惭于大雅，乃高怀谦抑询厥里，居雅意，殷勤叩其姓氏，用敢自陈鄙陋，藉申仰慕之私，还祈不弃庸愚，更切推敲之助附呈俚曲并请大裁。"③

毫无疑问，葛其龙等人刊登在《申报》的诗词作品，对广大的读者和作者群体来说，带有示范性的作用。1872年7月19日，沪上闲鸥发表《洋泾竹枝词》24首，并自言："仆不善诗词，自惭俚鄙，因见鄙友龙湫旧隐稿，意在动人，语颇警切，效其意为二十四绝，仍俟高明斯正。"④ 1872年春季，葛其龙与沪上23位文人中共同召集了"白桃花吟社"，结为《白桃花吟社唱和诗》，刊于《瀛寰琐纪》第一卷。1872年11月19日《申报》刊登来稿称正是葛其龙的大作引发了自己投稿的热情："龙湫旧隐，余友也。近从《申报》中屡读著作，无不惬心贵当，弥切钦迟。辄欲快聆尘论，并俟与居。乃疏懒性成，遂致如山阴访戴，乘兴而来，往往兴尽而返，歉仄良深。昨阅《瀛寰琐记》，见有白桃花诗社倡和二十四律，愧不获与诸

---

① 孙玉声：《退醒庐笔记》，上海：上海书店出版社1997年版，第17页。
② 袁祖志：《谈瀛阁诗稿》（卷三），见《清代诗文集汇编》（第705册），上海：上海古籍出版社2010年版，第555页。
③ 龙湫旧隐：《附来书并洋场咏物诗四律》，1872年8月12日《申报》。
④ 沪上闲鸥：《洋泾竹枝词》，1872年7月19日《申报》。

君子一堂雅集,藉正是非,爰补成四律,望贵馆削政登入报中,俾龙湫旧隐与诸大吟坛共政之。狗尾继貂,知不免云。"①"俾龙湫旧隐与诸大吟坛共政之"这样的话,常常出现在早期《申报》刊登的旧体诗附录中,可见葛其龙在当时海上文坛地位之卓然。

1872年9月24日,葛其龙在《申报》上发表《地震书感》,此诗虽是吟咏自然现象,但却深有寄托:"过眼曾惊劫火红,那堪变又示苍穹。撼摇鳌柱乾坤动,翻覆莺花世界空。只手何人能底定,当头几辈尚痴聋。歌台舞榭知多少,正在邯郸一梦中。"诗歌末尾附言曰:"此记壬申八月十九日事也。夫天灾示警,既历见于史书。地震凶兆复目睹。夫近事吴头楚尾,每多遇劫之人。隋苑苏台不少遭兵之地。乃干戈乍息,便极欢娱。歌舞方酣,顿忘患难。胭脂金粉胜六代之繁华,酒池肉林穷万钱之奢侈。若申江则尤甚者也。某曾遭粤寇弥历杞忧,爰作此诗以昭炯戒。所愿人心早悟居安无忘危之情。庶几天变可回,作善有降祥之庆矣。"②

随后,《申报》上出现了多首和作,沪上文人纷纷借助媒介平台,表达对龙湫旧隐的仰慕之情并以稿件能够被申报馆收录为幸:"阅贵馆申报,屡读龙湫旧隐大著,清词丽句,以慷以慨,拜服之至,所恨同游海上得吟佳作,未识荆颜,因觉和地震书感一律聊志钦慕,录请贵馆斧政,刊入报中,不识龙湫旧隐见之其肯教我否耶?"③东江散人曰:"屡读龙湫旧隐诸作,清词丽句佩服良深,不揣鄙陋,特和地震书感一律,敢祈贵馆斧削登诸申报以志景仰名流之意。"④

与传统文人在私谊网络下交际不同的是,早期《申报》文人往往依托报刊媒介进行诗词唱和,在这个想象的空间内,他们彼此通过诗词唱和同声相求,建立友谊,事实上,《申报》上频繁唱和的作者之间仅仅是文字之交,如邹弢自言与葛其龙以文字结交,素未谋面:"上海葛隐耕孝廉其龙。神交数年,未曾谋一面。间以诗函相投,颇获切磋助。君为人热心古道,有长者风,时申江甚风雅,而君为祭酒。诗学极服梅村。"⑤

---

① 衣玉文人草:《补和白桃花诗四律次用原韵》,1872年11月19日《申报》。
② 龙湫旧隐:《地震书感》,1872年9月24日《申报》。
③ 泉唐欹岑氏草:《地震书感和龙湫旧隐韵》,1872年9月30日《申报》。
④ 东江散人漫草:《地震书感和龙湫旧隐韵》,1872年10月11日《申报》。
⑤ 邹弢:《三借庐笔谈》(卷六),见《笔记小说大观》(第26册),扬州:江苏广陵古籍刻印社1983年版,第353页。

葛其龙之外，袁祖志、李芋仙、邹弢一大批活跃在早期《申报》中的传统士人都是借助《申报》的媒介平台，广泛地与全国各地的文人应酬唱和，一时间，旧雨新知纷纷在《申报》上此唱彼和，蔚为壮观，其盛况正如李伯元所描述的："二十年前，名流荟萃沪江，时称极盛。征花载酒，结社题诗，先辈风流，令人神往。"①

## 二、以《申报》主笔为核心的文人唱酬

早期《申报》文人群体分为三个部分，一为《申报》主笔和编辑群体，二为与《申报》关系密切的主要作者，三则是早期《申报》主笔与编辑群体，主要有吴子让，江西南丰人，曾国藩幕僚；钱昕伯，浙江吴兴人，秀才；何桂笙，浙江山阴人，秀才；蔡尔康，江苏上海人，秀才；姚赋秋，江苏苏州人，布衣；沈毓桂，江苏震泽人，未有功名；钱明略，未详，似为浙人；沈饱山，浙江山阴人，岁贡生；沈增理，江苏青浦人，秀才；蔡宠九，山东历城人，江南制造局翻译；黄式权，江苏南汇人，秀才；高太痴，江苏苏州人，秀才；朱逢甲，江苏华亭人，秀才；韩邦庆，江苏松江人，秀才。②他们凭借着在申报馆担任主笔的便利，成为《申报》唱和群体的核心，正如邱炜萲在《五百石洞天挥麈》中说："数年前尝闻沪上寓公，有李芋仙，其人与王紫诠、何桂笙、邹翰飞、钱昕伯诸名士先后襄理西人美查所设华文日报，号曰《申报》者。复以其暇日，提倡风雅，发挥文墨坛坫之盛。诗酒之欢，佳话一时，颇云不弱。"③

第二类作者的规模亦相当可观，主要有王韬、葛其龙、袁祖志、邹弢、李芋仙、管斯骏、程仲承、陈曼寿、俞达、江标、黄钧宰、江湄、金免痴、毕以塄、杜晋卿、黄瘦竹、秦肤雨、杨春田、杨伯润、李东沅、杨殿奎、杨耀卿、胡悦彭、王安、陈子美、马相如、张兆熊、张春花、祝听桐、倪耘劬、齐学裘、吴溢、王钊等等。④第三类作者虽然是早期《申报》文人群体中最广泛的部分，但是，由于他们多使用笔名刊登作品，因而难以一一

---

① 李伯元：《南亭笔记》，南京：江苏古籍出版社2000年版，第196—197页。
② 马光仁主编：《上海新闻史（1850—1949）》，上海：复旦大学出版社1996年版，第101—102页。
③ 邱炜萲：《五百石洞天挥麈》，《续修四库全书》（第1708册），上海：上海古籍出版社2002年版，第159页。
④ 方迎九：《新闻性与文学性的消长》，北京大学2002年博士学位论文，第12页。

考证。

从以上名单显示，早期《申报》文人群体多是一些科场失意的江浙文人。他们之所以能够聚集在《申报》周围，并开近代海上唱酬风气之先河，一方面在于申报馆率先为士人刊登诗词作品提供优惠条件，"如有骚人韵士有愿以短什长篇惠教者，如天下各名区竹枝词及长歌纪事之类，概不取值"①；另一方面则在于《申报》主笔、编辑群体的组织、提倡作用。以第一任主笔蒋芷湘为例，他在申报馆的三年时间对早期《申报》文人唱酬之风的形成起了积极的促进作用。

蒋芷湘，字其章，浙江杭州人。曾用蘅梦庵主和小吉罗庵主之名在《申报》发表文学作品，为《申报》第一任主笔，于1872—1875年在申报馆主持笔政。②蒋芷湘虽然掌握了广泛的媒介资源，然而在时人眼里他本人的形象亦不失为一位温文尔雅的君子："蘅梦先生者，窃尝为之倾倒矣。先生南国词人，西泠才子，……乃青鞋布袜，淡若畸人。羽扇罗衫，静如处子。珊珊仙骨，弱不胜衣。脉脉芳情，呐如缄口。……乃是才人本色耳。"③

19世纪70年代末，中国新闻观念尚不成熟，社会认为新闻从业人员尤其是读书人受雇于西人报馆是士风的沦丧。由于史料的缺乏，蒋芷湘任职申报馆三年期间的细节鲜为人知，我们仅能从他发表在《申报》上的一些诗歌感受到他一些不为人所知的苦衷：

宵冷荒鸡一倍酸，铁衾孤拥感无端。文章可许成奇木，身世居然逐粪丸。强欲留欢调凤轸，未妨夜睡仗龙团。归装早入家园梦，玉臂云鬟讵耐寒。

一襟愁话诉谁知，静对冰荷冷不支。眼底未堪容俗物，胸中苦想合时宜。尽除蹴啮驹偏病，纵困樊笼鹤尚饥。可惜临窗呵冻笔，未曾亲制送穷词。④

从这两首诗流露的情绪端倪，我们大致可以体会到，蒋芷湘在申报馆期间过的是一种物质匮乏、情怀抑郁的不如意生活。

---

① 《本馆条例》，见1872年4月30日《申报》。
② 一般认为蒋芷湘于1884年考中进士之后离开《申报》，事实上，蒋芷湘为1877年丁丑科进士，他离开申报馆的时间是在1875年秋，而不是1884年。详见邵志择：《〈申报〉第一任主笔蒋芷湘考略》，《新闻与传播研究》2008年第5期。
③ 顾敬修：《篆香老人赠小吉庵主人序本馆附启》，1873年12月25日《申报》。
④ 蘅梦庵主：《岁暮感怀》，1873年12月25日《申报》。

早期《申报》的旧体诗稿源主要有两种，一为作者投稿，一为主笔约稿。事实上，在人们还未形成阅报习惯，以及并不清楚《申报》征集稿件的体裁选取、风格倾向等问题之前，《申报》主笔的约稿及其自创稿往往带着一种鲜明的示范性和导向性，是早期文学稿件的主要来源。

1872年创刊号的《申报》上刊出"概不取值"的广告后，蒋芷湘随即在第二号上以南湖蘅梦庵主的笔名发表了《申报》第一首诗歌——《观西人斗驰马歌》。同时，他"特勤知搜讨，遍访知交"①，利用广泛的社交网络在江浙文人中访求旧体诗，以保证编辑方针的持续性和连贯性。由于蒋芷湘的不懈努力，《申报》诗歌吸引了越来越多的士人关注，申报馆接受的稿件也日益增多，以至于无法满足士人们一一刊登的需求。于是，1872年11月，《申报》另外开辟文学专刊《瀛寰琐记》，辑录这些《申报》无法容纳的诗词歌赋。

除了稿件的征集编选之外，蒋芷湘任职期间的一项重要工作是拟定题目，在文人之中组织诗酒雅集，并在《申报》上大量刊登这些往来唱和之作，形成了一个以蒋芷湘为核心、以《申报》为平台的文人创作中心。

1872年12月，蒋芷湘在士人中发起消寒雅集，并将蘅梦庵主原作，龙湫旧隐、云来阁主之和作刊登在12月25日的《申报》上：

> 海滨难得订心知，煮酒围炉兴不支。琴剑自怜孤客况，壶觞如行故人期。清游留伴花枝醉，名迹欣从草稿披。（是日席间出诸同人唱酬诗札示客）颇愧不才叨末座，诸君风雅尽吾师。

> 旗鼓向当张一军，狂吟意兴讬初醺。梦中红蝠犹能幻，曲里黄鹢已厌闻。但得神交逾旧雨，自堪眼界拓层云。旅游愧领诸君意，愿作申江结客文。

云来阁主自注"壬申长至日同人作消寒雅集于怡红词馆，漫成二律用索和章"，点明了这次雅集的时间和地点，"颇愧不才叨末座，诸君风雅尽吾师"、"旅游愧领诸君意，愿作申江结客文"则记录了雅集期间文人相互唱和之盛况。云来阁主和作之后，还附录了蒋芷湘的原倡诗歌，点出了雅集发起的缘由以及第一集的题目"分咏红梅四律"：

> 相逢旧雨复新知，酒力难胜强自支。正拟海滨联雅集，漫教湖上话归期。金樽檀板心常恋，玉轴牙签手乱披。才调如君真独步，不当论友合论师。

---

① 《刊行〈瀛寰琐纪〉自叙》，《申报馆书目》。

严申酒令比行军，一盏初倾我已醺。吟社好从今日启，清歌犹忆昨宵闻。旋看东阁飞红雪，（第一集分咏红梅四律）应遣旗亭赌白云。藏得虞山遗集在，围炉重与赏奇文。（蘅梦庵主藏有牧斋外集消寒第二集拟以命题故云）

同时，作者还收录了著名的海上文人龙湫旧隐葛其龙的次韵之作，其中"孰是骚坛主盟者，醉抗健笔张吾军"，正是对蒋芷湘文坛主盟地位的肯定：

人生聚处浑无定，但得相逢醉莫辞。依柱狂吟发清兴，搔头傅粉故多姿。眼前行乐宜如此，身外浮名不自知。十幅蛮笺一尊酒，破窗风雪约他时。

江乡小别三千里，寒意裁添四五分。北辙南辕谁似我，酒豪诗圣属诸君。却逢裙屐联高会，自哂疏狂愧不文。孰是骚坛主盟者，醉抗健笔张吾军。

诗歌之后，云来阁主有一段记录性的文字透露了蒋芷湘与海上文人交游的重要信息："浪迹海上半年矣，秋间旋里两阅月，殊有离群之感。昨甫解装，蘅梦庵主告余曰，自子去后，吾因龙湫旧隐得遍交诸名士，颇盛文讌，余甚羡之，复闻有消寒雅集，不揣寡鄙，愿附末座，因和蘅梦庵主原倡二章，即尘诸吟坛印可。云来阁主和作。"①也就是说，两个月来，蒋芷湘通过龙湫旧隐葛其龙而遍交海上名士，与他们不断地唱和往来，诗酒应酬。

随后的一个月时间内，蒋芷湘又陆续组织了消寒雅集的第二集（1873年1月10日）、第三集（1873年1月13日）和第四集（1873年1月21日）。正是通过这样反复的应酬、唱和，《申报》吸引了一大批稳定而广泛的士人群体的关注，同时蒋芷湘也因其特殊身份而奠定了文坛盟主的地位，被友人称为"龙文延雅誉，牛耳执诗盟"②、"史笔兼词笔，才华媲子京"③。

1875年，顾敬修曾在《申报》上发表文章，赞誉蒋芷湘为："蘅梦庵主乃武林名孝廉，倡雅会于东南，士林望重，建骚坛于沪渎，《申报》纷驰。"④1872—1875年，蒋芷湘在担任《申报》第一任主笔期间，一方面大量刊发洋场竹枝词等旧体诗，吸引读书人的关注；另一方面在文人群体中

---

① 云来阁主：《消寒雅集唱和诗》，1872年12月25日《申报》。
② 鹤槎山农：《喜蘅梦庵主见过即以话别》，1873年4月2日《申报》。
③ 昆池钓徒：《寄怀蘅梦庵主即此鹤槎山农原韵》，1873年4月8日《申报》。
④ 顾敬修：《篆香老人赠小吉庵主人序本馆附启》，见1873年12月25日《申报》。

多次发起诗社活动，并将这些往来唱和之作登诸报刊，从而在海上文人中形成了一种具有公共领域性质的诗词唱和传统。

## 三、海上唱酬与文学交际网络之建立

近代报刊的兴起使文学作品的传播方式产生了深刻的变化。以往文人自行刊刻诗文选集固然可以海内风行，但如今文人之间的文学交流和唱和可以在一个更为直接公开的媒介上进行。与以往文人只是在乡党私谊圈子中进行诗词唱和不同的是，《申报》文人往往借助媒介平台，第一时间将唱和之作刊布出来，使得文人间的诗词唱和具有了某种公共领域的性质。1875年之后，随着《申报》发行量和影响力的扩大，越来越多的文人聚集到这个庞大的文学传播网络中来。

在士人的社会里，举凡游历、科考、赴任、探亲等等个人事件都可以成为交际网络中的核心事件以及文人之间的唱和主题。1880年秋，《申报》文人曾在上海豫园大开菊社："庚辰秋九月，长洲姚芷芳、嘉兴杨南湖伯润、金君免痴于海上豫园大开菊社，南湖首倡二绝句。一时中外诗人和者数百家，柴桑而后，此亦足以自豪亦。"① 黄式权对此次盛会亦有记载："昔年赋秋生在豫园创菊花会，会设四美轩。疏花瘦石，秋意满前。紫艳黄娇，令人作东篱下想。主人惨绿翩翩，诗情淡远，首倡七绝二首，一时和者如苍山旧主、龙湫旧隐、瘦鹤词人、南湖逸史、捫竹词人诸君，流连啸傲，别具风流。自赋秋从军辽沈，此会久不举行。"②

1873年春蒋芷湘返回杭州，便成为《申报》文人第四次消寒雅集的主题，蒋芷湘率先发表了《诸同人约于十四日作消寒第四集兼为公饯，鄙人之举因雨未赴，偶成小诗附柬龙湫旧隐并祈遍示诸吟坛赐和为荷》：

> 预邀近局写羁怀，雨雪从教凤约乖。夜话未留微士榻，晨餐恍学太常斋。浅斟低唱知谁是，蜡屐担簦望客偕，何日消寒期再订，分笺重与斗诗牌。

随后，龙湫旧隐附和作并跋曰"消寒雅集已举三次矣，适蘅梦庵主将返西泠同人拟于十四日举行四集预作江干之饯，以天雨不果。蒙柬句索和

---

① 邹弢：《三借庐笔谈》，见《笔记小说大观》（第26册），扬州：江苏广陵古籍刻印社1983年版，第313页。
② 黄式权：《淞南梦影录》，上海：上海古籍出版社1989年版，第120页。

依韵奉酬录请削正"：

连番文酒惬幽怀，四集如何愿独乖。君梦湖山羁客馆，我吟风雪坐萧斋。人生离合原无定，他日行藏可许偕。且待江天开霁景，重歌艳曲记牙牌。①

1873年1月21日，蒋芷湘又在《申报》上刊登了两首和作——《消寒第四集为诸同人公践鄙人之举，龙湫旧隐口占二律依韵斟酬，希吟坛玉和》：

郑重九楼送别筵，微阴苦酿暮寒天。停云妙许陪文䜩，咏雪才教证墨缘。无那拍浮拼烂醉，不妨击赏斗新篇。诸君泥饮多情甚，为破羁愁一辗然。

相知反恨订交迟，岁暮匆匆又别离。鸿爪且留泥上印，鲈腮犹击梦中思。尊前雅兴输君续，篷底闲愁与我期。未必遽能挥手去，一宵寒雨待潮时。

随后，龙湫旧隐有《蘅梦庵主以归舟感怀诗索和仍用赠别原韵酬二律邮呈》，鹤槎山农有《消寒第四集饯蘅梦庵主回武林，予因疾未赴，即次龙湫旧隐原韵赠行》，香海词人有《壬申岁春，蘅梦庵主旋里，龙湫旧隐赋诗赠行，仆缪夸神交即依原韵遥送文旌并希正和》等唱和之作。同时，蒋芷湘又与龙湫旧隐往来发表了多首别离怀人之作，例如1873年1月21日刊登的《归舟感怀沪上故人即用龙湫旧隐赠别原韵，成诗二章，录请云来阁主和正即乞诸吟坛同和》：

为想团栾饯岁筵，孤舟争耐暮寒天。分笺赌酒怀前约，水析村灯亦夙缘。感旧未忘衢雪路，思亲再谱望云篇。不须追忆琴尊东，枯坐篷窗已惘然。

忽忽打桨总嫌迟，鹅水鸳湖路未难。听水乍惊游枕梦，计程终系故园思。难酹赤鲤来潮愿，已误黄羊祀灶期。多谢诸君齐屈指，霜华正是压篷时。

《申报》文人之间，通过诗歌唱酬所形成的交际网络范围之广已达到令人难以置信的程度。例如，《海上花列传》的作者韩邦庆在乡试屡挫后，旅居上海，与《申报》主笔钱昕伯、何桂笙等交游，胡适在《海上花列传》的序言中说："作者常年旅居沪渎，与《申报》主笔钱昕伯、何桂笙诸人暨

---

① 1873年1月16日《申报》。

沪上诸名士互以诗唱酬，亦尝担任《申报》撰著；顾性落拓不耐拘束，除偶作论说外，若琐碎繁冗之编辑，掉头不屑也。"①虽然韩邦庆不以交际著称，但他的交际网络仍然颇为可观："三五年来，其愿与予为友，而予亦能举其姓名者，又五百余人；其相周旋晋接者，日常数十辈。"②

《申报》上常常刊登文人之间的"怀人诗"，透过这些以组诗形式出现的诗歌可窥见文人之间错落繁复的交际网络。例如，袁祖志曾出访欧洲各国，写下《海外怀人诗》，并刊发于 1883 年 11 月 15 日《申报》，仅这一组诗就涉及到与袁祖志诗酒唱和的友人共 62 人：闽钊、金鸿保、汪兆麒、葛元熙、刘文、朱焯、谢国恩、朱树萱、葛其龙、钱昕伯、金继、何桂笙、邹弢、蔡尔康、李毓林、周河清、张鸿禄、严锡康、高长绅、王承基、李曾裕、陈宝渠、翁秉钧、莫祥芝、傅文彩、吕鸣谦、范小蘅、沈饱山、杨诚之、万剑盟、蔡宠九、黄瘦竹、孙泳甫、朱梦庐、陈衍昌、郭莲生、梁幼兰、管斯骏、张兆熊、闽正帆、吴文佑、孙儒伯、吴兰生、姚少莲、闵鲁孙、刘葆吾、藏道鸣、徐逸生、金尔珍、郑鹤汀、姚敬堂、章肖珊、舒春圃、万基、黄正卿、顾芷升、洪辛之、周召臣、胡榛、陈炳卿、张小琴、皮惠之。

《申报》创刊初期，蒋芷湘、葛其龙、江湄、李东沅等倡领海上诗坛，先后组织了消寒社、白桃花社、聚星吟社、消夏社、玉兰吟社等。以"尊闻阁"同人的名义组织的白桃花吟社的诗作，在申报馆发行的文学杂志《瀛寰琐纪》上得到集中的发表。

滇南香海词人杨稚虹曾高度赞誉申报馆之文学活动："贵馆握江淹之彩笔，携李贺之锦囊，论事则琴座生风，摘词则银台浣露。鸡林贾客愿易名篇，凤诏诗仙争抄杰句，固已播风流之窟，蜚声翰墨之场矣。"③

在"概不取值"的广告吸引下，传统士人风雅唱酬的热情被极大地激发出来，钱昕伯为申报馆辑录文人投稿为《屑玉丛谈》，从稿件的累积可见文人投稿之热情："凡承同人邮稿来者，俱藏诸行箧，日积月累，正如山僧乞米，不自知其囊之盈绌……发箧检取各稿本陈诸案上，盖已裒然盈尺矣。"④人们开始以仰视的态度看待报刊，且抱着感激的态度盼望诗歌能够

---

① 胡适：《海上花列传·序》，见《胡适文存》（第 3 集），合肥：黄山书社 1996 年版，第 353—354 页。
② 韩邦庆：《论交答问》，1889 年 11 月 20 日《申报》。
③ 滇南香海词人：《洋场咏物词四阙调寄沁园春·并附来书》，1872 年 9 月 4 日《申报》。
④ 钱徵：《屑玉丛谈·序》，见钱徵、蔡尔康《屑玉丛谈初集》，台北：文海出版社 2003 年版。

被《申报》采纳:"贵馆申报百事全刊,四方毕达,窃作短吟,描成长恨,万望付诸梨枣,传及关山。倘愿慰重逢,则恩铭五内矣。"①

就文学生产而言,《申报》对文人诗词的大量刊登彻底改变了人们的习惯,使得文人借助报刊发表文学作品成为一种时尚,为近现代报纸副刊的诞生提供了范例与借鉴。虽然那些此唱彼和的诗作流风所及,竟至于格调鄙俗:"此倡彼和,喋喋不休,或描写艳情,或流连景物,互矜风雅,高据词坛,无量数斗方名士,咸以姓名得缀报尾为荣,累牍连篇,阅者生厌,盖诗社之变相也。"②然而,如果将这些文人唱和之作作为社会史和文化史的原始资料,考察转型时期文人群体的历史际遇以及文学生产的时代新变,那么这些旧体诗自有其重要的思想史与文学史价值。

## 参考文献

[1]《最近之五十年》,上海:申报馆1923年版。

[2]《申报》(影印本),上海:上海书店出版社1983年版。

[3]《瀛寰琐记三种》,北京:全国图书馆文献微缩复制中心2013年版。

[4] 孙玉声:《退醒庐笔记》,上海:上海书店出版社1997年版。

[5] 袁祖志:《谈瀛阁诗稿》,《清代诗文集汇编》(第705册),上海:上海古籍出版社2010年版。

[6]《笔记小说大观》(第26册),扬州:江苏广陵古籍刻印社1983年版。

[7] 邹弢:《三借庐笔谈》,钱徵、蔡尔康:《屑玉丛谈初集》,台北:文海出版社2003年版。

[8] 黄式权:《淞南梦影录》,上海:上海古籍出版社1989年版。

---

① 寓沪淑娟女史:《感怀绝句十六首》,1872年12月12日。
② 雷瑨:《申报馆之过去状况》,见《最近之五十年》,上海:申报馆1923年版,第490页。

# 从章太炎到陈寅恪：魏晋六朝之学在 20 世纪上半叶学术研究中的意义

徐国荣

研究魏晋六朝文化者常引宗白华先生的一段话："汉末魏晋六朝是中国政治上最混乱、社会上最苦痛的时代，然而却是精神史上极自由、极解放，最富于智慧、最浓于热情的一个时代。因此也就是最富有艺术精神的一个时代。"① 他将混乱时世与思想解放及艺术精神联系起来，得出一个在逻辑上似乎顺理成章的结论。今日看来，这似乎已是"常识"。殊不知，这样的"常识"实是晚清以来章太炎等学术大师经过披荆斩棘的开拓之功而得来的，既不是理所当然的"常识"，更不是一蹴而就的结论。因为，从历史发展阶段来看，魏晋六朝是乱世，也是衰世，魏晋玄学的外在表现形式——清谈亦常受诟病，故史上时有"清谈误国"之论；其文学在形式上或有"美文"之称，但与其他朝代相比，人们对其总体评价并不高，古有"靡丽""淫艳"之诃，今以"形式主义"相责；甚至因世之衰而连带认为当时之士风与世风均无足观。晚清张之洞曾有《哀六朝》诗曰："古人愿逢舜与尧，今人攘臂学六朝。……神州陆沉六朝始，疆域碎裂羌戎骄；鸠摩神圣天师贵，末运所感儒风浇。"② 如果说，他因"神州陆沉"而痛心于儒学浇漓尚可理解的话，那么，他由六朝之"世"而恨及其"文"则明显是偏见了。钱基博《现代中国文学史》载曰：

> 之洞自负在当日督抚中，恢廓有意量，能汲引天下士；见（章

---

① 宗白华：《论〈世说新语〉和晋人的美》，《艺境》，北京：北京大学出版社，1999 年版，第 119 页。
② 《张之洞诗文集》卷二，上海：上海古籍出版社，2008 年版，第 78 页。

炳麟所为《左氏书故》，谓有大才，可治事。其幕客侯官陈衍又力为言。之洞曰："此君信才士。然文字谲怪。余生平论文最恶六朝；盖南北朝乃兵戈分裂，道丧文敝之世，效之何为？凡文章无根柢，词华而号称六朝，以纤仄拗涩字句，强凑成篇者，必斥之。书法不谙笔势结字，而隶楷杂糅，假托包派者亦然。嗟嗟，此辈诡异险怪，欺世乱俗，习为愁惨之象，举世无宁宇矣！"①

张之洞以"道丧"而断其"文敝"，以"世"论"文"，当然是从当政者角度而论。但他以"诡异险怪"而斥章太炎，不知此正章氏所喜魏晋六朝之象及其学者，亦正以此开派者。或许张之洞始料未及的是，在此新旧文化和新旧学术转型之际，章太炎正是通过对其类似当代的"道丧文敝之世"的系列著述，加上刘师培等人的桴鼓相应，及其弟子鲁迅、周作人等之羽翼，还有后来陈寅恪独具只眼的文化选择，从学问、思想、人格、风俗、文学、史学、哲学等方面，全面颠覆了前人对魏晋六朝之学的总体看法。有论者曾从魏晋玄学研究的角度论述20世纪30年代以前章太炎等人的学术贡献说："晚清一代的学者，象章太炎、刘师培，他们承继着清代汉学家，如朱彝尊《王弼论》、钱大昕《何晏论》的学术观点，从史学研究的角度为魏晋学者辩诬，由于他们同魏晋时期的学人与文士一样身逢'乱世'和'末世'，因此他们对魏晋时期的文人和学士又多了一份同情和理解，他们充满感情、带有革命意识的翻案文章容易引起人们对魏晋六朝之学的广泛关注，不过由于学术视野的局限，他们对魏晋六朝之学在思想、哲学方面的意义和价值并没有深入的阐发。"②事实上，尽管章太炎、刘师培由于时代的局限，没有可能从各个学科全面阐述魏晋六朝之学，但他们在这方面的影响却是巨大的，甚至可以说是决定性的。特别是章太炎，他虽然没有写出魏晋六朝某学科的专门史，但他的一些单篇论文与演讲，包括专著和书信中的一些见解，以扎实的文献功底，颠覆了前人的许多偏见，不但对魏晋六朝之学作出了几乎全面肯定的结论，而且通过其坚忍不拔的意志与人格魅力，影响了他的学生及其周围很多人，又通过其弟子如黄侃、钱玄同、鲁迅、周作人等人的发扬光大，才使得魏晋六朝之学历来偏于负面的评价得到学术界异乎寻常的关注与一致的

---

① 钱基博：《现代中国文学史》，北京：中国人民大学出版社，2004年版，第58页。
② 汤一介、胡仲平：《在西方学术背景下的魏晋玄学研究》，见氏编《魏晋玄学研究》，武汉：湖北教育出版社，2008年版，第8页。

推崇。

　　陈寅恪虽未亲承太炎先生音旨，但他对"不古不今之学"的研究实践，对学术精神的深刻理解，对"自由之思想，独立之精神"的信奉，对中国文化本位的坚守，也正暗合当年章太炎等人处于文化与学术转型之际选择与推崇魏晋六朝之学的路数，此所谓草蛇灰线，无迹而又有迹。章太炎，作为传统学术的集大成者，又是现代学术的引路人，对魏晋六朝之学（包括思想、精神、文章等方面）的推崇与研究别择，不仅具有研究对象和研究方法上的示范性，更有着文化史和学术史上的开创性意义。明白乎此，方能理解为什么现代学术研究在魏晋六朝之学方面的成就，其引领者是章太炎，而不是终生服膺魏晋六朝文章的王闿运和李审言——尽管他们在某些具体领域的成就足为翘楚。陈寅恪前后自然还有不少对魏晋六朝之学研究有成就的学者，如孙德谦之于骈文，容肇祖之于思想，宗白华之于美学，逯钦立之于诗歌文献，汤用彤之于玄学和佛教史，王瑶之于文学，唐长孺之于史学，如此等等，诸公在各自领域成就斐然，但若就魏晋六朝之学对于现代学术研究的资源性意义而言，章氏之外，陈寅恪无疑是代表性人物。陈平原曾从学者人格与气节的角度不无忧虑地说道："古来国人对于学者崇高人格的讲求，晚清以降，不再'理所当然'。在专业化大潮冲击下，立竿见影的知识被推到前台，大而无当的精神被遗落在旷野。从章太炎之表彰五朝士大夫'孝友醇素，隐不以求公车征聘，仕不以名势相援为朋党'，到陈寅恪的强调王国维乃'为此文化所化之人'，故'以一死见其独立自由之意志'，都是感慨士风之堕落。"由此而得出判断："学者的胸襟与情怀，与具体的著述或许关系不大，可切实规定着其学问的规模与气象。"① 联系现代学术研究的实践及其成就，可以说，正是从章太炎到陈寅恪，代表与规定着"学问的规模与气象"，而他们依凭的资源很大程度上正是魏晋六朝之学。也正是由于他们的努力与"发现"，使得魏晋六朝之学在现代学术研究中的被忽视而成为一门"显学"，并以此考量着整个现代学术研究的"规模与气象"，这才有了上述宗白华"常识"式的结论。从以下几方面的论述将会对此看得更加清晰。

---

① 陈平原：《中国现代学术之建立》，北京：北京大学出版社，1998年版，第19—20页。

## 一、魏晋六朝思想之自由与深刻

作为晚清著名的革命家和思想家,章太炎强调"用宗教发起信心,增进国民的道德","用国粹激动种姓,增进爱国的热肠"。①他虽然也有一些爱国保种方面的具体行动,但综其一生,其主要功绩与历史地位正如李泽厚所评:"章太炎在中国近代历史上所起的作用和他在当时社会上所占的地位,很明显是担任了一个思想家、宣传家的角色。……他主要是凭一枝笔进行斗争,在思想领域内起了重要作用。"②通过对古代学术的梳理,他那枝如椽巨笔"发现"了魏晋六朝思想的自由与深刻。

众所周知,魏晋六朝之政权更迭频繁,士人思想解放,流行于其间几百年的玄学思潮在理论的深刻性与思辨性上达到了中国哲学史上新的高度。这种思想的自由与深刻,集中表现在人们对玄理的把握及个人思想的独立自主上。而所谓的"自由与深刻",是个主观性的存在,需要学者的揭示与发抒。章太炎恰逢其时地出现在清末民初这个需要"思想革命"的时代,他所宣传与发抒的魏晋六朝之学首先是其思想的独立自主。但作为古文经学的大师,他不能光凭口号的呼喊,而是通过思想的主要载体——魏晋玄学的理论剖析和价值判断而达到目的。在《五朝学》中,他比较全面地阐说了玄学的学术意义:

> 夫驰说者,不务综终始,苟以玄学为诟。其惟大雅,推见至隐,知风之自。玄学者,固不与艺术文行忤,且翼扶之。……夫经莫穹乎《礼》、《乐》,政莫要乎律令,技莫微乎算术,形莫急乎药石。五朝诸名士皆综之。其言循虚,其艺控实,故可贵也。凡为玄学,必要之以名,格之以分,而六艺方技者,亦要之以名,格之以分。治算审形,度声则然矣。服有衰次,刑有加减。《传》曰:"刑名从商,文名从礼"。故玄学常与礼律相扶。③

他批评前人对玄学没有"务综终始",如果"推见至隐",发掘其深层意义的话,玄学实则涵盖了六艺传统中的经政技形诸端,尤其是礼学。他

---

① 《东京留学生欢迎会演说辞》,《章太炎政论选集》上册,北京:中华书局,1977年版,第272页。
② 李泽厚:《章太炎剖析》,《中国近代思想史论》,北京:人民出版社,1979年版,第384页。
③ 《太炎文录初编·文录卷一》,《章太炎全集》第四集,上海:上海人民出版社,1985年版,第75页。

在其各类论文中常常提及魏晋六朝礼学的发达。而且，魏晋六朝之礼学，非仅在乎形式，更注重的是其内在哲理。所以，在1910年发表的《论教育的根本要自国自内发出来》文中自注说："中国有一件怪事，老子明说：'礼者，忠信之薄'，却是最精于礼，孔子事事都要请教他。魏晋人最佩服老子，几个放荡的人，并且说：'礼岂是为我辈设'，却是行一件事，都要考求典礼。晋朝末年，礼论有八百卷，到刘宋朝何承天，删并成三百卷；梁朝徐勉集五礼，共一千一百七十六卷；可见那时候的礼学，发达到十分。现在《通典》里头，有六十卷的礼，大半是从那边采取来，都是精审不磨，可惜比照原书，只存二十分之一了。那时候人，非但在学问一边讲礼，在行事一边，也都守礼。"①岂论看似随口而成，除了说明他对魏晋六朝礼学的关注与熟稔外，了解鲁迅《魏晋风度及文章与药及酒之关系》一文者，自可看出，鲁迅其中对于阮籍等人对待礼教的说法正与此一脉相承。钱穆1945年撰《魏晋玄学和南渡清谈》，材料的抉择多出于章氏已掘，是否暗合不得而知，而思路则一脉相承。

由于"玄学常与礼律相扶"，有了诸多学问的涵养，加上"名分"思辨的训练，故使得玄学名士思想精微深刻。深刻的思想自是以玄学论文的形式表现出来的，所以章太炎对于魏晋人（特别是玄学名士）的持论情有独钟，在他看来："夫雅而不核，近于诵数，汉人之短也；廉而不节，近于强钳，肆而不制，近于流荡，清而不根，近于草野，唐宋之过也；有其利无其病者，莫若魏晋。然则依放典礼，辨其然非，非涉猎书记所能也。循实责虚，本隐之显，非徒窜句游心于有无同异之间也。效唐宋之持论者，利其齿牙，效汉之持论者，多其记诵，斯已给矣；效魏晋之持论者，上不徒守文，下不可御人以口，必先豫之以学。"②此处之"论"，多指魏晋议礼论政之文，亦即玄学论文之重要组成部分。与前之汉代及后之唐代相比，魏晋之"持论"以学问为根本，所下结论往往令人信服。这里自然有章氏学问家的本色所在，实则也是他对魏晋玄学看法的逻辑延伸。这段话常为论者所引用，而深会其意的是其弟子许寿裳。他在1945年为其师作传时引而申论曰："'必先豫之以学'这句话，最为切要。世人但知道魏、晋崇玄学，尚清谈，而不知道玄学常和礼乐的本原、律令的精义，彼此相扶。玄

---

① 《章太炎政论选集》上册，北京：中华书局，1977年版，第503—504页。
② 《国故论衡》中卷《论式》，《章氏丛书》上册，台北：世界书局，1982年版，第467页。

学者其言虽系抽象，其艺则切于实际，所以是难能可贵。"①

玄学义理的深刻性，以古代六艺为基础，需要深厚学力的支撑。故无论是论学还是评文，章太炎总是强调"学"之重要性。魏晋玄学，在他看来，是"子学"之外在表现形式，所以重在"深达理要"，能够将事理分析得透彻明白，自己观点清晰赅尽。想要达到这样的目的，没有深厚的学养是不可能的。章氏学问通博，文辞宏雅，与人论辨亦可"御人以口"，然皆以"学"为根柢，有学术底蕴，无浮滑之病，所以他以此自矜，亦以此约人。当他的《訄书》流行于世，颇得时誉，或有比之当时名流谭嗣同、黄遵宪者，但他却不愿与之比偶，因为"二子志行，顾亦有可观者，然学术既疏，其文辞又少检格。"②他对当时桐城派末流与林纾的鄙薄，也是认为此辈无真学力。他是古文经学大家，却并不以注经而闻名，当时寥平对此已有微辞曰："章太炎文人，精于小学及子书，不能谓为通经也。"③其实，这是因为时代已不允许他安坐书斋而皓首穷经，需要他以笔宣传、论辨。他曾回顾自己的学术历程说：

> 余少已好文辞，本治小学，故慕退之造词之则。为文奥衍不驯，非为慕古，亦欲使雅言故训，复用于常文耳。……三十四岁以后，欲以清和流美自化。读三国、两晋文辞，以为至美，由是体裁初变。然于汪（中）、李（兆洛）两公，犹嫌其能作常文，至议礼论政则踬焉。仲长统、崔寔之流，诚不可企。吴、魏之文，仪容穆若，气自卷舒，未有辞不逮意，窘于步伐之内者也。而汪、李局促相斯，此与宋世欧阳、王、苏诸家务为曼衍者，适成两极，要皆非中道矣。匪独汪、李，秦汉之高文典册，至玄理则不能言。余既宗师法相，亦兼事魏晋玄文。观乎王弼、阮籍、嵇康、裴頠之辞，必非汪、李所能窥也。尝意百年以往，诸公多谓经史而外，非有学问，其于诸子、佛典，独有采其雅驯，撮其逸事，于名理则深慭焉。平时浏览，宁窥短书杂事，不窥魏、晋玄言也。其文如是，亦应于学术耳。④

---

① 许寿裳：《章太炎传》（原名《章炳麟》），天津：百花文艺出版社，2004年版，第75页。
② 《与邓实书》，《太炎文录初编·文录卷二》，《章太炎全集》第四集，上海：上海人民出版社，1985年版，第170页。
③ 钱基博：《现代中国文学史》，北京：中国人民大学出版社，2004年版，第51页。
④ 《自述学术次第》，《中国现代学术经典·章太炎卷》，石家庄：河北教育出版社，1996年版，第647—648页。

他说自己早年学韩愈文,后"读三国、两晋文辞,以为至美",对一向颇为看重的善学魏晋六朝的汪中与李兆洛之文,觉得也只能运辞作"常文"——至多不过王湘绮式的淳雅典丽之作而已。因重玄理与议政,方悟出汪、李之不足,兼之"宗师法相",谙于佛理,知道"师心遣论"之可贵,故"依自不依他",加上自己的写作实践,更悟以古雅典丽之词论高深义理之不易,故"王阮嵇裴"为不可及。王瑶先生对此解释说:

> 他从实践中感到象汪中、李兆洛那种"选学派"的文体过于局促,而桐城派的效法韩欧又"务为曼衍",对于"议礼论政"的政论内容都不能胜任,只有魏晋文章"未有辞不逮意"的毛病,于是就感到"夫王弼、阮籍、嵇康、裴頠之辞,必非汪、李所能窥也";于是才"中岁所作既少年之体"。……他对当时流行的这两种文派(桐城派和文选派)也同样感到了不满,他对严复文体的批评正是把它当作桐城流裔来处理的;但用什么来代替呢?他只好从历史上去找寻那种适合于议论和表达政见的文体,于是他找到了魏晋文。①

魏晋文之所以成为"适合于议论和表达政见的文体",一方面是形式上的简洁明了,不牵于章句,故而清峻通脱,另一方面是议论精微,层层剖析,抛却浮理,深切著明。带着这样的要求与眼光,章太炎自然地找到了魏晋"议礼论政"之文。这也是刘师培后来在《中国中古文学史》中论述魏晋文学变迁时的看法。而章氏弟子黄侃更深有体会谓其师"持论议礼,尊魏晋之笔;缘情体物,本纵横之家,可谓博文约礼深根宁极者焉"。②在《汉唐玄学论》中,黄侃沿此思路,将汉末魏晋之"文"与"玄理"联系在一起,可为章氏论文作一注释,其曰:

> 东汉言玄理之文,单篇散言,以延笃《仁孝论》最为明白;自余王符、崔实、仲长统、徐干、荀悦诸人所言,仍在治道,旁皇乎儒法之间;论极精微者,不可数觏也。综论东汉诸贤,识虽未远,而持论必辨,指事必切。夫持论辨,则无肤理;指事切,则无游词。肤理、游词去,而后可与言玄理。上观西汉,下视魏、晋,斯时也,诚如潦水已尽,寒潭将清;浮云欲消,白日回耀已。真以玄理著见者,其在魏氏乎!试寻《国志》、《晋书》、《世说新语》,所载诸家论议,大率

---

① 《论鲁迅作品与中国古典文学的历史联系》,《鲁迅作品论集》,北京:人民文学出版社,1984年版,第9页。

② 《中国现代学术经典·章太炎卷》引录,石家庄:河北教育出版社,1996年版,第4页。

> 探本老、庄，时或独甄儒术；其余依傍名、墨，扶弱辅微；谈说纷纭，而纲维可晓；酬酢往复，而持论有方；则当时诸子之所能，后世所难企者也。嵇、阮、王弼诸人，本原老、庄以立论，既异汉世儒生之固，亦与黄、老不同；此道家之一变也。而裴頠《崇有论》，特与道家异撰；然持说坚确，亦有不可磨灭者。又刘劭《人物志》，则名家之余波；鲁胜《墨辩序》，实墨氏之嗣响；九流绝绪，至此一绵，异已！①

他不但推崇玄理之文的"论极精微"，而且将汉末魏晋诸子论文溯源到先秦诸子流派。这也正是章太炎看重魏晋玄文的原因之一。先秦诸子非但论文辨切，且各自思想独立，著书立说，阐明己见，各是其是。所以，章太炎、刘师培等人为了独抒己见，更是为了宣传思想，皆重视发抒先秦诸子学说。本来，诸子学自清代中叶以来已开始复兴，但章、刘等人的诸子学与之不同的是，前者重在考据，后者重在义理，正如刘师培所说："近世巨儒，稍稍治诸子书，大抵甄明诂故，掇拾丛残，乃诸子之考证学，而非诸子之义理学也。"②他们重视诸子之义理，又正当清民时期，一方面自是为了阐明思想，另一方面还是为了保存国粹，以防汹涌而来的欧西浪潮吞噬了"国学"。这也是邓实、黄节等《国粹学报》同人奔走呼号的目的与意义。章、刘作为古文大家，无论在文献考据还是义理分析方面，均非邓实等人可以比拟。章太炎著有《诸子学说略》《庄子解故》《齐物论释》与《国故论衡》卷下等子学专论，强调诸子学之贵在自得，独立而不调和。在他看来，"盖中国学说，其病多在汗漫。春秋以上，学说未兴，汉武以后，定一尊于孔子，虽欲放言高论，犹必以无碍孔氏为宗。强相援引，妄为皮傅，愈调和者愈失其本意，愈附会者愈违其解故。故中国之学，其失不在支离，而在汗漫。……惟周秦诸子，推迹古初，承受师法，各为独立，无援引攀附之事，虽同在一家者，犹且矜己自贵，不相通融。"③"汗漫"者，调和而无主见，貌似折衷，实则皮相，毫无己见，不过人云亦云，左右逢源，四处讨好。此辈之学，既无定见，其为人亦可知矣。故太炎深恶"汗漫"之学，而喜好晚周诸子与魏晋子学。在1906年所撰《箴新党论》中，针对某些"新党"人士的"所操技术"，他指出："汗漫之策论，不可以为成文之法；杂博之记诵，不可以当说经之诂；单篇之文笔，不可

---

① 黄侃：《黄侃论学杂著》，北京：中华书局，1964年版，第483页。
② 《周末学术史总序》，《国粹学报》第四册，扬州：广陵书社，2006年版，第618页。
③ 章太炎：《诸子学略说》，《章太炎政论选集》上册，北京：中华书局，1977年版，第285页。

以承儒墨之流；匿采之华辞，不可以备瞽蒙之颂；淫哇之赋咏，不可以瞻国政之违。既失其末，而又不得其本，视经方陶冶之流，犹尚弗及，亦曰以是哗世取宠而已！"①而造成这种"哗世取宠"的现象，从人格上说是其精神气节的萎缩，从学理上说正是此辈之无真学力。这也是章太炎推崇魏晋玄学和子学的原因。这种从学问出发，恶"汗漫"之论，贵自得之学的路数，其实与晚清名流沈曾植"三关"说有异曲同工之暗合处。章氏深好魏晋玄理，谓其见解深刻而一空依傍，中晚年愈甚，当与其宗师法相有关。盖以文运辞，以辞达意，尤其是以文见理，尤为难处。沈氏亦深耽佛典者也，其"三关"论重在最后之"元嘉关"，谓其难通之处乃在对玄佛之理的参悟，故以谢灵运最为代表，并上溯至东晋支道林。只不过，章、沈二氏，同处一时，同时窥破此理，然一以论文，一以论诗，又目的不同，身份不同，性情各异，所谓"道不同不相为谋"者也，不可能因之而互相阐发。此秘今人或皆未睹。但幸运的是，章氏之学因其弟子而发扬光大。

从先秦诸子学顺流而下，章太炎将其学术指向下达于魏晋诸子及其文章，以"文学复古"为武器，欲与"魏晋诸贤对谈"，看中的非惟魏晋文章之高华古雅，更是由于其"各是其是"的独立自主的学术精神。刘师培虽然后来变节，为士林所不耻，但章氏却一直呵护之，恐怕不仅重其才气，也是由于他们的学术理念与思维方式大体接近。特别是在发扬与光大魏晋六朝之学上，刘氏后来作为纯粹的学术中人也一直没有改变，甚至更为"纯学术化"。而他们不约而同地选择先秦诸子与魏晋六朝之学作为阐释对象，看中其"独立自主"与"不依他人"固然是个中原因，另一层意义还在于：他们所处的时代与周秦诸子以及汉末魏晋诸子的历史境况有着惊人的相似性：王纲解纽，纲常失纪，百家争鸣。这也正是思想自由的历史环境。就像章太炎所说的那样："故学术莫隆于晚周，与其国势之敝若相反。"②学术之"隆"与国势之"敝"正好相反，所以，从章太炎、刘师培到鲁迅，直到陈寅恪，论及魏晋六朝之学时，从传统的"知人论世"思路出发，均是采取"论世"—"知人"—"衡学"的路数。从他们对曹操与嵇康等人的评价可见一斑，亦可见曹操与思想自由解放的密切关系。

曹操生于汉末，当时及后世虽有"汉贼"之恶评，然终有勘乱之功，

---

① 章太炎：《箴新党论》，《章太炎政论选集》上册，北京：中华书局，1977年版，第338页。
② 章太炎：《华国月刊发刊辞》，《章太炎政论选集》下册，北京：中华书局，1977年版，第779页。

百姓得其实惠。故章太炎对于曹操之事功及其品行均有好评。因为自由的思想需要宽松的社会环境，需要打破固有思想的束缚，这就需要一个引领人物的出现。而曹操正是这样的历史人物。由于曹操一直备受误解，因而论及思想自由及其历史功绩时还需一个"正名"的过程。据曹亚伯《谈章太炎先生》记载，太炎先生"有时借曹操事功，发抒政见，谓汉末君臣，淫溺宦官，上无道揆，下无法守，以致诸侯各据一方，鱼肉百姓，汉末人种，仅存千万。若无曹操，人种灭矣。曹操用兵，不事赂敌，兵过秋毫无犯，不入民居。自奉极俭，临终遗嘱，不过皮衣数袭，粗履数双而已。待人甚厚，即陈琳之骂其祖宗，从不咎其既往。读书精博，著作等身。家教尊严，魏文帝、陈思王之才，古今奇绝。尤难能者，不盗汤武革命之名，行救国救民之实，使后世小说家名之为篡位奸雄，实即曹操之最安分处也"。① 从事功、品行、气量、著述、家教等方面给予曹操全面的褒扬，远非翻案可比。究其因，乃是看中曹操在时代风气、思想解放、予民以惠的开创性局面之功。这当然也有其时代色彩——此时正需要曹操式人物的出现，能够安定天下，救民于水火之中。所以，在《检论》卷六《正议》中，章太炎有下列惊世骇俗之论：

> 曹氏有弭乱遏刘之功，司马有克敌兼国之效，其在旧朝，尽殊绩也。晋胙已替，而刘氏存之。直中原幅裂，胡戎陆梁，师不逾时而灭慕容、姚泓二房，功在区夏，曹、马所不能仿佛，其陟位滋无怍矣！宋有昏德，人思易主。齐高帝起而代之，传序不长，宗室遘凶。梁武逼于危难，规在免祸，幸而有成，功烈虽不逮曹、刘，犹可道也。陈氏功视宋武不足，而校魏、晋、齐、梁有余，德极而迁，以履图籍，亦无眚焉。此六代者，上足以匡中国，解倒县，下犹迫迮危亡，而走赴之。猥以淫名自网，君子惜焉，而不欲峭文深讥。②

对于魏晋六朝之"乱"与兴替，章太炎并没有以固有的君臣忠义观论之，对所谓的"禅让"之真伪与否并不在意，而推崇六代开国君主能够"匡中国，解倒县"，所以他们即便有所谓"淫名"，也"不欲峭文深讥"。如此立论，究其实，乃是站在当时"革命家"以及文化——特别是传统的汉族文化传承的立场上，尤其是针对袁世凯欲复辟帝制与制造所谓"禅让"

---

① 曹亚伯：《谈章太炎先生》，《追忆章太炎》，北京：三联书店，2009年版，第55页。
② 《检论》卷六《正议》，《章太炎全集》第三集，上海：上海人民出版社，1984年版，第515页。

舆论而言。其《魏武帝颂》高度评价曹操的历史功绩，称赞说："宣哲惟武，民之司命。禁暴止戈，威谋靡竞。夫其经纬万端，神谟天挺。"①从道德、事功方面全面赞之。这对后来其弟子鲁迅的看法当不无影响。1927年夏，鲁迅作《魏晋风度及文章与药及酒之关系》，对前人关于曹操评价的不实之词，鲁迅说："其实，曹操是一个很有本事的人，至少是一个英雄，我虽不是曹操一党，但无论如何，总是非常佩服他。"关于文章，"在曹操本身，也是一个改造文章的祖师，可惜他的文章传的很少。他胆子很大，文章从通脱得力不少，做文章时又没有顾忌，想写的便写出来"。②这样的结论与判断，如果不能说直接源自章太炎，至少在价值判断与精神气脉上是一致的。就纯粹的学术研究而言，鲁迅钟情于魏晋文学与文化，尤其是嵇康，此为人所共知。之所以如此，不但因为嵇康文章"师心独见"之可贵，更是由于其思想的自由与深刻，析理绵密，往往与旧说反对。兼之嵇康人格精神的伟岸，在当时及整个六朝，都是名士们景仰的对象，可谓"独立之精神，自由之思想"的先驱与古代诠释。也可以说，嵇康正是现代学术研究中推崇精神气节的典型"资源"。

在《检论》卷九《伸桓》中，章太炎替桓温抱不平，尤伸其"宁屈私忿，不使中国毙于异类"之功，表彰其"痛心戎狄，攘除奸凶之志"③，这与其《宋武帝颂》中称赞刘裕使得"疆理四封，百姓大安"④一样，固与当时民族主义相关，亦正与陈寅恪的"中国文化本位论"同一旨趣。陈寅恪论史，喜从社会阶级分析出发，往往从宏观上高度概括，得出令人意想不到的结论。他分析曹操成功的原因说："夫曹孟德者，旷世之枭杰也。其在汉末，欲取刘氏之皇位而代之，则必先摧破其劲敌士大夫阶级精神上之堡垒，即汉代传统之儒家思想，然后可以成功。读史者于曹孟德之使诈使贪，唯议其私人之过失，而不知此实有转移数百年世局之作用，非仅一时一事之关系也。""故孟德（求才）三令，非仅一时求才之旨意，实标明其政策所在，而为一政治社会道德思想上之大变革。"⑤他虽然没有像章太炎那样

---

① 《魏武帝颂》，《太炎文录初编·文录卷二》，《章太炎全集》第四集，第229页。
② 《而已集》，《鲁迅全集》第三卷，北京：人民文学出版社，2005年版，第524、525页。
③ 《章太炎全集》第三集，上海：上海人民出版，1984年版，第614、615页。
④ 《太炎文录初编·文录卷二》，《章太炎全集》第四集，上海：上海人民出版社，1985年版，第230页。
⑤ 陈寅恪：《书世说新语文学类钟会撰四本论始毕条后》，《陈寅恪集·金明馆丛稿初编》，北京：三联书店，2001年版，第49、51页。

直接表彰曹操事功与品行，却从文化转移与思想变革之高度上论述曹操之言行"实有转移数百年世局之作用"。这种高屋建瓴的识见实际上将曹操置于一个大思想家的地位。陈氏与章太炎虽无学术上的师承关系，在思想情感上也并不相近，但作为传统文化的自觉守护者与传承者，当民族文化和传统文化面临绝绪之威胁时，他们成为挺身而出的担当者。所以，在评价历史人物与现象时，可以不议个人一时得失，而重其对历史文化传承之意义。这便是章太炎为什么对六代开国君主"不欲峭文深讥"的主要原因。同样，陈寅恪从"中国文化本位论"立场出发，自觉地维护传统文化，故而对被称为"愦愦"的东晋开国功臣王导评价甚高。针对前人关于《晋书·王导传》"多溢美"的说法，陈寅恪认为"王导之笼络江东士族，统一内部，结合南人北人两种实力，以抵抗外侮，民族因得以独立，文化因得以续延，不谓民族之功臣，似非平情之论"。① 他何以要为王导翻案，周勋初先生对此解释说："隋唐两代的文化，最为光辉灿烂，追踪溯源则又可知，它与汉、魏、西晋的礼乐政刑典章文物有着继承和发展的关系，其间历经曲折，但江左这一阶段，实际上维系了文化一脉，起到了承前启后的作用，而王导其人，正是在维护中国文化这一事业上贡献极为卓著的历史人物，寅恪先生自然要著专文予以表彰了。"而"寅恪先生主张的中国文化本位论，并非提倡那些陈腐的封建礼法，他所看重的，是人的尊严和思想的自由"。② 尽管陈氏此文撰于1956年，但其研究思路是一以贯之的，可以接续章太炎及鲁迅的思想，这在推崇士人之精神气节上尤其如此。而且，从学理上来说，章太炎认为，由于玄学的浸熏，使得玄学名士的个人性情也达到理想的古之得道者的境界，也就是说《五朝学》所说："五朝有玄学，知与恬交相养，而和理出其性。故骄淫息乎上，躁竞弭乎下。"③ "知与恬交相养，而和理出其性"出于《庄子·缮性》篇，其文曰：

> 古之治道者，以恬养知；知生而无以知为也，谓之以知养恬。知与恬交相养，而和理出其性。夫德，和也；道，理也。德无不容，仁

---

① 陈寅恪：《述东晋王导之功业》，《陈寅恪集·金明馆丛稿初编》，北京：三联书店，2001年版，第77页。
② 《陈寅恪先生的"中国文化本位论"》，《周勋初文集·当代学术研究思辨》，南京：江苏古籍出版社，2000年版，第60、67页。
③ 《太炎文录初编·文录卷一》，《章太炎全集》第四集，上海：上海人民出版社，1985年版，第76页。

也；道无不理，义也。义明而物亲，忠也；中纯实而反乎情，乐也；信行容体而顺乎文，礼也。礼乐遍行，则天下乱矣。彼正而蒙已德，德则不冒，冒则物必失其性也。①

恬静关乎性情，真知乃是智慧，两者并不相妨，而是相互滋养，共同促进人之"和理"。应用于魏晋玄学名士这里，自然而然地导出了这样的逻辑推理：玄学名士的思辨与学问之深，与其性情之静与品性之优"交相养"。故而魏晋六朝士人人格精神的独立与敦尚气节似是一种必然，具有学理上的依据。

## 二、魏晋六朝士人之独立精神与敦尚气节

自由的思想来自自由的社会风气，而社会风气是由整个社会阶层——尤其是士人阶层蓄养与引导而成的。面对着魏晋六朝兴衰更替之频繁，特别是儒学衰微的现实，论者往往以某些魏晋名士之放达为口实，进而否定魏晋六朝之社会风俗。但章太炎别具只眼，赞扬魏晋六朝社会风俗之纯良，认为此时士人在人格精神上独立不惧，敦尚气节。在他看来："五朝②之法，信美者有数端：一曰重生命，二曰恤无告，三曰平吏民，四曰抑富人。"③几乎达到纯朴的理想社会之标准。在《五朝学》中，当他认为玄学的涵养使得"骄淫息乎上，躁竞弭乎下"后，对此自注曰：

> 世人谓清谈废事，必忘大节，此实不然。乐广、卫玠，清言之令。然愍、怀之废，故臣冒禁拜辞，为司隶所收缚，广即解遣之。卫玠于永嘉四年，南至江夏，与兄别于梁里涧，语曰：在三之义，人之所重，今日忠臣致身之道，可不勉乎？不得谓忘大节也。又世谓南朝人专务声色，然求之史传，竟无其征。就有一二，又非历朝所无也。……世人以东汉贤于南朝，犹失其实。至乃尊唐而贱江左，直以国势盛衰，驰论民德，是非淆乱，一至是乎？④

---

① 郭庆藩：《庄子集释》，北京：中华书局，1961年版，第548页。
② "五朝"指东晋及宋齐梁陈。之所以不用惯常的"六朝"而用"五朝"，正是从风俗角度出发，认为西晋一段风俗有亏，而"五朝"则士风及世风皆纯良。
③ 《五朝法律索隐》，《太炎文录初编·文录卷一》，《章太炎全集》第四集，上海：上海人民出版社，1985年版，第79页。
④ 《太炎文录初编·文录卷一》，《章太炎全集》第四集，上海：上海人民出版社，1985年版，第76页。

历来有"清谈误国"之论,又多以南朝为衰世,视其时士子为无行。事实上,不但六朝之后有此评价,两晋时期已有此论。西晋时裴頠著《崇有论》,乃是"深患时俗放荡,不尊儒术"①之故,但其本身亦属玄学论文,故尚属正常的学术讨论。东晋时,面对着中原陆沉、偏安东南一隅的事实,已经有人将此罪名加于清谈,又因清谈与玄学及老庄思想相关,故而将亡国之恨归之于玄学与老庄。如王坦之著《废庄论》,针对的是"时俗放荡,不敦儒教"。②范宁将当时儒学沦替的现实归之于王弼、何晏,认为他们的罪行"深于桀纣",且著论曰:"王、何蔑弃典文,不遵礼度,游辞浮说,波荡后生,饰华言以翳实,骋繁文以惑世。……王、何叨海内之浮誉,资膏粱之傲诞,画螭魅以为巧,扇无检以为俗。郑声之乱乐,利口之覆邦,信矣哉!吾固以为一世之祸轻,历代之罪重,自丧之衅小,迷众之愆大也。"③其实,王弼、何晏生活在魏末,是魏晋玄学的开创者,与后世乱离现实自不相关,至于说他们"蔑弃典文",犹为诬词。但王、范所论有所为而,不必深究。后世论清谈误国者,亦大抵如是,不过以风气相及而已,并非在文献上"发现"了玄学名士们气节之亏。故章太炎可以就史实而驳论之。又,世人因唐为盛世,每许其风俗淳厚,但章太炎在比较后,判定说:"终唐之世,文士如韩愈、吕温、柳宗元、刘禹锡、李翱、皇甫湜之伦,皆(王)勃之徒也。其辞章骑耦不与焉,犹言魏晋浮华,古道湮替,唐世振而复之。不悟魏晋老庄形名之学,覃思自得亦多矣。然其沐浴礼化,进退不越,政事堕于上,而民德厚于下,(自注:魏晋两代,惟西晋三四十年中,风俗大弊,然犹不及吴、蜀故虚。东晋则风俗已复矣。)固不以玄言废也。加其说经守师,不敢专恣,下逮梁陈,义疏烦猥,而皆笃守旧常,无叛法故。何者?知名理可以意得,世法人事不可以苟诬也。"④他从魏晋六朝玄学的"覃思自得"到儒学的"说经守师",笃守旧常,直到风俗之美,皆给予正面肯定。如果从文章面世时间的先后次序来说,刘师培最早为魏晋六朝之学翻案,1907年6月、7月,他在《国粹学报》上连续发表《中国美术学变迁论》,强调指出魏晋士人新的审美风貌,认为汉人拘于礼法,"魏晋之士则弗然,放弃礼法,不复以礼自拘,及宅心艺术

---

① 《晋书》卷三十五《裴頠传》,北京:中华书局,1974年版,第1044页。
② 《晋书》卷七十五《王坦之传》,北京:中华书局,1974年版,第1965年页。
③ 《晋书》卷七十五《范宁传》,北京:中华书局,1974年版,第1984—1985页。
④ 《检论》卷四《案唐》,《章太炎全集》第三集,上海:上海人民出版社,1985年版,第451页。

亦率性而为，视为适性怡情之具，且士矜通脱，以劳身为鄙，不以玩物丧志为讥，加以高门贵阀雅善清言，兼矜多艺，然襟怀浩阔，宅心事外，超然有出尘之思，由是见闻而外，别有会心"。① 他所说"美术学"大约相当于今之"美学"，实即从总体风貌上肯定魏晋新风。同年，刘师培又从"自立自强"说起，论证气节、风俗与学术之间紧密相连的关系。当前人每以魏晋六朝之学风为非时，他辨之曰：

> 不知两晋六朝之学，不滞于拘墟，宅心高远，崇尚自然，独标远致，学贵自得，此其证矣。故一时学士大夫，其自视既高，超然有出尘之想，不为浮荣所束，不为尘网所撄，由放旷而为高尚，由厌世而为乐天。朝士既倡其风，民间浸成俗尚，虽曰无益于治国，然学风之善犹有数端，何则？以高隐为贵则躁进之风衰，以相忘为高则猜忌之心泯，以清言相尚则尘俗之念不生，以游览歌咏相矜则贪残之风自革，故托身虽鄙立志则高，被以一言，则魏晋六朝之学不域于卑近者也，魏晋六朝之臣不染于污时者也。故当时之士风，知远害而不知趋利。明杨慎有言，六朝风气，论者以为浮薄，败名检，伤风化，固亦有之然。予核其实，复有不可及者数事：一曰尊严家讳，二曰矜尚门地，三曰慎重婚姻，四曰区别流品，五曰主持清议。盖当时士大夫虽祖尚玄虚，师心放达，而以名节相高、风义自矢者，咸得径行其志。……故虽居偏安之区，当陆沉之后，而人心国势犹有与立，非此数者补救之功哉。杨氏之言如此，则世之以正始遗风为非者，毋亦轻于立言矣。盖魏晋以下名士竞用之时代也，以之振民气则不足，以之矫贪鄙则有余，则当时之风尚又岂后世所可及哉。六朝以降，至于隋唐，而士风一变。自科举途开，士人欲求进身不得不出于科举之一途，故真挚之诚逊于两汉，高尚之风又逊于六朝。②

刘师培认为魏晋玄学虽无救时之用，然在学术上"学贵自得"，又由玄风而成政俗，引领士大夫敦厉气节，不趋利，不屈世，"不域于卑近者也"，自然玄远之心足以矫贪鄙之风。如此激情之论，或者出于刘氏落第后愤激之言，兼之失望于当时现实，故所例举虽出于史实，立论则"将以

---

① 《中国美术学变迁论》，《左盦外集》卷十三，《刘师培全集》第三册，北京：中共中央党校出版社，1997年版，第435页。
② 《论古今学风变迁与政俗之关系》，《左盦外集》卷九，《刘师培全集》第三册，北京：中共中央党校出版社，1997年版，第331页。

有为也"。然其综论魏晋六朝之学，知其世，论其人，考其思，及其文，乃其一以贯之之论，正与章太炎同道。刘氏此时的"革命"热情正高，由学术而论及政俗与社会风俗，故刻意敦崇魏晋六朝士人的精神气节。至于他自己1908年后的变节，可另当别论。章太炎长于刘氏十五岁，《五朝学》正式发表于1910年，虽然对魏晋六朝之学的"发现"并非源于刘氏，但论玄学与风俗的关系确有着惊人的相似。当然，他在《五朝法律索隐》中对五朝之法的颂扬，以及早年对魏晋六朝士人的表彰，也可以看出他对"五朝学"一贯以来的看法，两人相互影响亦未可知。

当此之时，面对着传统观念的顽固，又面临着欧洲列强的逼侵，从"爱国保种"的忧患意识出发，他们的治学当然要与经世致用联系起来。他们研求古代学术，目的当然是"致用"，为当时现实服务，为宣传自己思想，但研求学术的本意为"求是"，绝不可因"致用"而放弃"求是"。刘师培在《清儒得失论》中说："夫求是与致用，其道固异；人生有涯，斯二者固不两立。俗儒不察，辄以内圣外王之学备于一人，斯不察古今之变矣。"① 针砭的正是标榜"求是"而实欲"致用"（求用于当世）的欺世盗名之徒。曲学阿世之徒常借"致用"之名，掩盖"求是"之疏，实则也是关乎气节问题。故章太炎明确地说："仆谓学者将以实事求是，有用与否，固不暇计。……学者在辨名实，知情伪，虽致用不足尚，虽无用不足卑。"② 这段话的背景是针对当时"新党"之士，却常被理解为"求是"与"致用"之间的对立与矛盾。对此，徐一士曾记载太炎弟子姜亮夫与之通信讨论说："所谓'求用'与'求真'，其实并非对立之两事。弟言求用为救民，然未尝言先生'不求真'。惟先生求真之态度，与今世学人异。今之学者为真以求真，而先生则为用以求真。苟以俗设喻，则先生有一副救民之心。而以此心笼照一切学术，世人则只有向往之学术，而不顾其他，此为推心之论。"对于上文中太炎所言"有用与否不暇计"之说，"此特为经生发，为拥护经古文之经生发，为制敌发，所谓摇演谢短之说也"。③ 也就是说，他既要"求是""求真"，也要"致用"，或者说，以"求是"为"致用"。

---

① 《清儒得失论》，《左盦外集》卷九，《刘师培全集》第三册，北京：中共中央党校出版社，1997年版，第339页。
② 《与王鹤鸣书》，《太炎文录初编·文录卷二》，《章太炎全集》第四集，上海：上海人民出版社，1985年版，第151页。
③ 徐一士：《一士类稿》，北京：中华书局，2007年版，第144、145页。

其实，章太炎十分清楚地了解两者之间的界限，曾经说过："学说是学说，功业是功业，不能为立了功业，就说这种学说好，也不能为不立功业，就说这种学说坏。（自注：学说与致用的方术不同，致用的方术，有效就是好，无效就是不好；学说则不然，理论和事实合才算好，理论和事实不合就不好，不必问他有用没用。）"① 但对于学识渊博的章太炎来说，这两者之间是可以统一的，可以其学力使其立论自圆其说，不必因"致用"而妨碍"求是"，更不必因之曲学阿世。他之批评康有为及新党人物亦正以此。故有学者说："章炳麟更多次从方法论上指出，康有为思想上、学术上最大的失误是过分强调经世致用，而无视学术的真正生命力是在求真；过分相信一般通则、固定模式，而脱离客观实际。"② 其实，康有为弟子梁启超对其师也持此见，在《清代学术概论》等论著中已有明论。而对于章太炎来说，他要"致用"，更要"求是"，绝不能曲学阿世，更不会曲学而干禄。这是他始终坚守的人生准则，在《国粹学报祝辞》中亦曾说过："学以求是，不以致用，用以亲民，不以干禄。"③ 所以，当他为魏晋六朝士风及魏晋玄学翻案时，依靠的是固有史实，是寻常文献，是以"求是"方式的论证，而不是言过其实，更不是强词夺理。当然，由于生于晚清，兼之章氏的特殊身份，这使得他在评论近代人物时或有意气之嫌，故陈平原论曰："章氏论人衡文，常以政治立场及气节高下为第一前提，尤其是在提倡种族革命时更是如此。评述时人尚且不能局限于道德判断，更何况情况更为复杂的古人。章氏论学因政治偏见而出现较大误差的，当推其对清代学术思想的评论：就因为当中横着一个章太炎力图推翻的满清王朝。"④ 比如他对魏源与黄宗羲的议论即是如此。他是否"以政治立场及气节高下为第一前提"，问题可以讨论。但如果时间距离较远，个人情感可以更加冷静客观，章氏的立论即使可以商榷，也是可以站得住脚的，至少从学理上可自圆其说。这里，可用他对后汉党锢名士及其气节的评价为例。

后汉党锢名士慷慨激昂，历来对其精神气节评价很高。范晔在《后汉

---

① 章太炎：《论教育的根本要从自国自心发出来》，《章太炎政论选集》上册，北京：中华书局，1977年版，第507页。
② 姜义华：《章炳麟评传》，南京：南京大学出版社，2002年版，第630页。
③ 《太炎文录初编·文录卷二》，《章太炎全集》第四集，上海：上海人民出版社，1985年版，第208页。
④ 陈平原：《中国现代学术之建立》，北京：北京大学出版社，1998年版，第57页。

书》中对他们极力表彰，且出之以激情洋溢的史评，如《后汉书·陈蕃传论》曰："桓、灵之世，若陈蕃之徒，咸能树立风声，抗论昏俗。而驱驰崄厄之中，与刑人腐夫同朝争衡，终取灭亡之祸者，彼非不能絜情志，违埃雾也。愍夫世士以离俗为高，而人伦莫相恤也。以遁世为非义，故屡退而不去；以仁心为己任，虽道远而弥厉。及遭际会，协策窦武，自谓万世一遇也。懔懔乎伊、望之业矣！功虽不终，然其信义足以携持民心。汉世乱而不亡，百余年间，数公之力也。"① 他将东汉后期在风雨飘摇中仍能坚持百余年，归之于党锢名士人格精神的影响与道德力量的支撑。清初顾炎武说："汉自孝武表章六经之后，师儒虽盛，而大义未明。故新莽居摄，颂德献符者遍于天下。光武有鉴于此，故尊崇节义，敦厉名实，所举用者，莫非经明行修之人，而风俗为之一变。至其末造，朝政昏浊，国事日非，而党锢之流，独行之辈，依仁蹈义，舍命不渝，风雨如晦，鸡鸣不已。三代以下风俗之美，无尚于东京者。故范晔之论以为桓、灵之间，君道秕僻，朝纲日陵，国阵屡启，自中智以下靡不审其崩离，而权强之臣，息其窥盗之谋，豪俊之夫，屈于鄙生之议，所以倾而未颓，决而未溃，皆仁人君子心力之为。可谓知言者矣。"② 王夫之和赵翼等论史时亦皆持此见。在古代人物中，章太炎非常推崇顾炎武，其改名绛、别号太炎即表明如此，但从学术角度出发，对上述顾氏观点却不以为然，在《箴新党论》中举了葛洪《抱朴子外篇》中的几个例证，将后汉党锢之士与当时新党人物相比拟，说明此辈"党人"好为危言高论，甚至变乱黑白，混淆视听。即使其中一二孤忠之辈或有忠直之举，但风气所及，易成私党，有沽名钓誉、朋比为奸之嫌，对当时及后来的社会风气影响颇坏。这一点看似与众不同，甚至有标新立异之嫌。但细究起来，章氏的论证亦不为无理。他举了王符《潜夫论》、葛洪《抱朴子》、傅玄《傅子》及干宝《晋纪》等文献中的记载，说明汉末风俗之恶，并且认为此皆与"党人"行为密切相关。事实上这样的文献资料还有不少，东汉中后期以来已有不少论著指斥当时风俗，如刘梁《破群论》、朱穆《崇厚论》《绝交论》、崔骃《达旨》、仲长统《昌言》、蔡邕《正交论》、徐干《中论》等，事实俱在，为何后世论者只取范晔之论呢？章太炎认为，这是由于"诸子非人所时窥，而范氏书日在细胹指爪

---

① 范晔：《后汉书》卷六十六《陈蕃传》，北京：中华书局，1965年版，第2171页。
② 《日知录》卷十三"两汉风俗"条，《日知录校注》，合肥：安徽大学出版社，2007年版，第718页。

之间，近习之地。是以责盈于后，而网漏于前也"。①范晔《后汉书》由于进入正史，为人熟知，且常翻阅，而在他之前的"诸子"之论不是人们可以随时阅读的，容易被忽略，所以导致范氏之评左右了人们的价值判断。

在章氏看来，上述诸子之论在前，也更有史料价值。其实，范晔《后汉书》综合了前代不少史料，对于当时结党风气也给予了批评，散见于诸传之中。今若欲全面推论出章氏的上述判断，史料亦已足够。而顾炎武之论明显也带有个人意气。在肯定党锢诸贤后，顾氏根据明清易代之际的时代特征，将魏晋清谈与"亡天下"联系起来，他说："有亡国，有亡天下。亡国与亡天下奚辨？曰：易姓改号谓之亡国；仁义充塞，而至于率兽食人，人将相食，谓之亡天下。魏晋人之清谈，何以亡天下，是至于所谓杨、墨之言，至于使天下无父无君，而入于禽兽者也……是故知保天下，然后知保其国。保国者，其君其臣，肉食者谋之；保天下者，匹夫之贱，与有责焉耳矣。"②章太炎虽崇其为人，于此却并不苟同。说到底，他对党锢人物的评价始终以精神气节为准的，尤其注意士人言行对社会风习的影响，所以说："后汉可慕，盖在《独行》、《逸民》诸传及夫雅俗孝廉之士而已，其党锢不足矜。然则孝弟通于神明，忠信行于蛮貊，居处齐难，坐起恭敬，道途不争险易之利，冬夏不争阴阳之和，见利不亏其义，见死不更其守，此后汉贤儒所立，著于乡里，本之师法教化者也。"③类似之言亦见其《箴新党论》，其中对新党之士气节操守颇有微辞，再三诟其"竞名死利"，似是意气之论，但联系章氏前后行事及其古文经学大家身份，其实也是有本可探。他说自己当年在诂经精舍受学于高学治先生时，"先生语炳麟：惠、戴以降，朴学之士，炳炳有行列矣，然行义无卓绝可称者，方以程朱，俔也。视两汉诸经师，坚苦忍形，遁世而不闷者，终莫能逮。夫处陵夷之世，刻志典籍，而操行不衰，常为法式，斯所谓易直弸中，君子也。小子志之！炳麟拜受教。"④如此看来，气节操行不仅是他评价古今人物的一个重要标准，也是自己矢志坚守者。同样，《太炎文录初编·文录卷一》中所载

---

① 《五朝学》，《太炎文录初编·文录卷一》，《章太炎全集》第四集，上海：上海人民出版社，1985年版，第74页。
② 《日知录》卷十三"正始"条，第722—723页。
③ 《思乡原下》，《太炎文录初编·文录卷一》，《章太炎全集》第四集，上海：上海人民出版社，1985年版，第133页。
④ 《高先生传》，《太炎文录初编·文录卷二》，《章太炎全集》第四集，上海：上海人民出版社，1985年版，第210页。

《读郭象论嵇绍文》，其中对郭象的表彰，对嵇绍气节的非议，以及对顾炎武之论的辨析，也都是着意于士人的精神气节，但立论却是学术性的"求是"之论。

正是从"求是"出发，他不以时世盛衰而论气节高下，因而可盛推魏晋六朝（尤其是东晋与宋齐梁陈五朝）士人之精神气节。至于他自己在当日立身行事之可议之处，其实并非气节有亏，只因性情过人，又是学人本色，对当时社会形势及恶劣的政治生态判断失误而已。在个人的精神气节上，他是完善的坚守者，又是真理的维护者。一直到晚年，他在文化选择上虽趋于保守，但对坚守气节仍特别强调，认为此正可见出人与禽兽之别，甚至是乱世中的救世之方，故曰："逮今世衰道微，邪说暴行所在蜂起，然则所以拯起之者，亦何高论哉？弟使人与禽兽殊绝耳。入则孝，出则弟，谨而信，泛爱众，而亲仁，行有余力，则以学文，可谓弟子矣。见利思义，见危授命，久要不忘平生之言，可谓成人矣。行己有耻，使于四方，不辱君命，可谓士矣。此三者足以敦薄俗，立懦夫。于今救世之急，未有过于是者也。"① 所以，他的弟子鲁迅与周作人等，虽对他的一时糊涂如参加投壶等事有所非议，却还是在人格上非常尊重他。这倒正可从另一面说明了鲁迅等人传承了他论人论学看重气节的精神气脉。

鲁迅曾在东京师从章太炎，终生执弟子礼甚恭，但对章太炎关于新文化运动的误解却不得不说："太炎先生是革命的先觉，小学的大师，倘谈文献，讲《说文》，当然娓娓可听，但一到攻击现在的白话，便牛头不对马嘴。"② 1926 年，章太炎误信军阀孙传芳等人，参加投壶闹剧，全国舆论哗然，连其处世态度一向平和的弟子周作人也发表《谢本师》一文，表示不理解。文中说自己在"思想和文章"方面都受了章的影响，也始终以章为师，但最后表示"先生现在似乎已将四十余年来所主张的光复大义抛诸脑后了。我想我的师不当这样，这样的也就不是我的师。先生昔日曾作《谢本师》一文，对于俞曲园先生表示脱离，不意我现今亦不得不谢先生，殆非始料所及"。③ 鲁迅当时虽表示沉默，后来还是惋惜而颇有微辞地说："原来拉车前进的好身手，腿肚大，臂膊也粗，这回还是请他拉，拉还是拉，

---

① 《菿汉昌言》卷三，《章氏丛书续编》，《章氏丛书》下册，台北：世界书局，1982 年版，第 1117 页。
② 《名人和名言》，《鲁迅全集》第 6 卷，北京：人民文学出版社，2005 年版，第 362 页。
③ 《谢本师》，《周作人散文》第一集，北京：中国广播电视出版社，1992 年版，第 263 页。

然而是拉车屁股向后，这里只好用古文'呜呼哀哉，尚飨'了。"①尊师固然是名节，然与民族大义相比，前者是小节，后者是大节。所以，周氏兄弟对于太炎先生的一时荒唐之举不能不表示遗憾。这种做法也正符合章太炎一向提倡的"敦厉气节"之精神。但终其一生，章太炎在气节上并无大亏，并且晚年尤为重视个人的精神气节。所以他的学生吴承仕说："他的民族意识，是最敏感最坚固最彻底的；同时他那不屈不挠的节操，经过坐牢三年软禁一年绝食七日种种艰苦，到现在仍旧保持不变。"②鲁迅对此也是心心相印式的理解，在1933年6月给曹聚仁的信中说到："古之师道，实在也太尊，我对此颇为反感。我以为师如荒谬，不妨叛之，但师如非罪而遭冤，却不可乘机下石，以图快敌人之意而自救。太炎先生曾教我小学，后来因为我主张白话，不敢再去见他了，后来他主张投壶，心窃非之，但当国民党要没收他的几间破屋，我实不能向当局作媚笑。以后如相见，仍当执礼甚恭，自以为师弟之道，如此已可矣。"③这不仅是对"师道"和章太炎个人气节的尊崇，也是鲁迅自己坚守精神气节的最好诠释。章太炎死后，鲁迅在《关于太炎先生二三事》中亦作如是观。而最能体现鲁迅对太炎精神气质的继承，则可以他的嵇康情结为典型事例。

众所周知，鲁迅在魏晋士人中最为推崇的是嵇康，其次是孔融。除了文章的因素外，最主要的正是他们的个性与精神气节。这些已为学界共识，兹不赘述。而与章太炎并无师承关系的陈寅恪，对于人——特别是学者的思想自由与精神独立也给予特别的弘扬，刘梦溪先生甚至称其"把'独立之精神，自由之思想'升华到吾民族精神元质的高度"④。1929年，陈寅恪在《清华大学王观堂先生纪念碑铭》中写道："先生之著述，或有时而不章。先生之学说，或有时而可商。惟此独立之精神，自由之思想，历千万祀，与天壤而同久，共三光而永光。"⑤针对王国维自沉的纷纭议论，他从文化之殉的角度给予解释，表彰王氏"独立之精神，自由之思想"。这不仅是坚守现代学术独立的宣言书，更是陈寅恪终生所奉守与践履者，可谓"夫子自道"。

---

① 《趋时和复古》，《鲁迅全集》第5卷，北京：人民文学出版社，2005年版，第536页。
② 《特别再提出章太炎的救亡路线》，《吴承仕文录》，北京：北京师范大学出版社，1981年版，第166页。
③ 《鲁迅全集》第12卷，北京：人民文学出版社，2005年版，第185页。
④ 刘梦溪：《陈寅恪学术思想的精神义谛》，《学术月刊》2007年第6期。
⑤ 《陈寅恪集·金明馆丛稿二编》，北京：三联书店，2001年版，第246页。

据陈氏弟子蒋天枢记载:"清华国学研究院创办时,各位导师教导门人,学行并重。尤其王、陈两先生,于立品尤为谆谆。……先生一生,大节巍然,操持峻洁,自少至老始终如一,有非视衣食若父母者所能喻。甲辰夏师赠枢序文,有'欧阳永叔少学韩昌黎之文,晚撰五代史记,作义儿冯道诸传,贬斥势利,尊崇气节,遂一匡五代之浇漓,返之淳正。故天水一朝之文化,实为我民族遗留之瑰宝'等语。复以'默念平生,固未尝侮食自矜,曲学阿世'者相诏示。先生之情于斯可见。"①1953年在与其学生汪籛的谈话中,他说:"我认为研究学术,最主要的是要具有自由的意志和独立的精神。"并借此解释当年所作王国维碑铭的要义,说明"没有自由思想,没有独立精神,即不能发扬真理,即不能研究学术"。②在其晚年的两部"颂红妆"之作《论再生缘》和《柳如是别传》亦均伸此义,并借题发挥,将思想自由与文章联系在一起,谓"吾国昔日善属文者,常思用古文之法,作骈俪之文。但此种理想能具体实行者,端系乎其人之思想灵活,不为对偶韵律所束缚。六朝及天水一代思想最为自由,故文章亦臻上乘,其骈俪之文遂亦无敌于数千年之间矣"③。"天水一代"即指赵宋。应该说,陈寅恪先生虽涉猎广博,对赵宋文学与文化却并无多少论述,但他不止一次地提及"天水一代"的士风,将"文"与"治道学术"联系在一起,目的还是在于"贬斥势利,尊崇气节"。如果说,因陈寅恪先生对赵宋文化的论述不多,我们无法"推见至隐"的话,那么,联系到他一生对魏晋六朝之学的研究实践来看,或可窥见其巨大学术成就下的文化关怀与良苦用心。

陈寅恪在清华大学任职时,为中文系开设"世说新语研究"课,为史学系开设"魏晋南北朝史专题研究"课,其文集中关于魏晋六朝之学的论文,如《天师道与滨海地域之关系》《陶渊明之思想与清谈之关系》《四声三问》《读哀江南赋》《书世说新语文学类钟会撰四本论始毕条后》《东晋南朝之吴语》等,其绝对数量可能不算太多,但每一篇都分量极重,予人启迪颇多。他往往从人人皆可寻获的文献资料中,得出令人意料之外而又耳目一新的结论。这固然与他的天赋有关,但我们还须注意的是,他之选择研究对象,也是其学术追求和学术思想的一部分。就像他之论韩愈及晚

---

① 蒋天枢:《陈寅恪先生编年事辑》,上海:上海古籍出版社,1997年版,第187—188页。
② 《对科学院的答复》,引自陆键东《陈寅恪的最后20年》,北京:三联书店,1995年版,第111页。
③ 《陈寅恪集·寒柳堂集》,北京:三联书店,2001年版,第72页。

年之论柳如是与陈端生一样，他对魏晋六朝之学的论述，也包含着"贬斥势利，尊崇气节"的意蕴，以及像章太炎那样，以传统文化传承者自居的担当与历史责任感。所以，他论王导的"愦愦"，表彰其保存民族传统文化之功；拈出《哀江南赋》中"今典"之说，实是体会出庾信的深衷巨痛。而对陶渊明"新自然说"的论述，尤可见出陈寅恪对魏晋六朝之学研究中的文化意义与现实关怀。

古今论陶者多矣，或以隐士目之而推其人格；或从文学论之而崇其自然。但陈寅恪却将陶渊明视为我国中古社会史上的大思想家，并指出其别创"新自然说"。在《陶渊明之思想与清谈之关系》一文中，他从玄学清谈的重要命题"名教与自然"关系说起，不承认陶渊明之归命释迦，也不赞成梁启超等人对其是否"耻事二姓"的说法，指出陶渊明实则非常在乎易代之际的出处与名节，概而论曰："渊明之思想为承袭魏晋清谈演变之结果及依据家世信仰道教之自然说而创改之新自然说。惟其为主自然说者，故非名教说，并以自然与名教不相同。但其非名教之意仅限于不与当时政治势力合作，而不似阮籍、刘伶辈之佯狂任诞。……然则就其旧义革新，'孤明先发'而论，实为吾国中古时代之大思想家，岂仅文学品节居古今之第一流，为世所共知者而已哉！"[①]尽管他在文中也举了大量例证，结论可自圆其说，问题也可继续讨论。但在涉及渊明出处名节问题时，陈氏观点非常明确。对此，周勋初先生指出："寅恪先生于此没有花什么笔墨，并不依靠什么考证等手段，而是采取了一种快刀斩乱麻的论证方式，近乎直觉地去把握陶渊明在改朝换代过程中必然会坚持的政治立场。他之所以有此史识，则是出于自身的体验。"所以，"从这篇精见迭出的学术论文中，也可看出他'贬斥势利，尊崇气节'的用意。这样的文章，不但对学术研究有重要的指导意义，而且对'治道学术'确能有所裨益"[②]。如此看来，面对着相似的社会环境，在一个需要"思想"的时代，在一个呼唤"气节"坚守的历史时段，学术研究成就之大小得失，不仅关乎学者个人的秉赋，也与研究对象的选择甚有关联。从章太炎到陈寅恪，他们对魏晋六朝之学的研究选择，既是对古人"了解之同情"，又可谓占得天时地利之便。于是，他们论其思想哲学，推其精神气节，更可直接从魏晋六朝的文章中得其"文心"，味其高华。

---

① 《陈寅恪集·金明馆丛稿初编》，北京：三联书店，2001年版，第228—229页。
② 《陈寅恪先生的"中国文化本位论"》，《周勋初文集·当代学术研究思辨》，北京：北京大学出版社，2013年版，第54、57页。

## 三、魏晋六朝文章之雅丽与自然

就魏晋六朝文学而言，历来研究者和爱好者自是不乏其人，明代还有过崇尚六朝诗的小高潮。清代以来，伴随着学术上的汉宋之争，文学史上也有过骈散之争与桐城派与文选派之争。且不论辛亥革命前后的清民时期，即使到了新文化运动之兴起，骈散之争与桐选之争均消于无形之后，研习魏晋六朝文学且受其影响者仍然很多。钱基博《现代中国文学史》上编"古文学"在"文"类中列有"魏晋文"和"骈文"条目，前者论王闿运、廖平、吴虞、章炳麟、黄侃和苏玄瑛，后者述刘师培、李详、王式通、孙德谦、孙雄、黄孝纾，这些只是举其大概。这其中，除了章太炎与刘师培对后来魏晋六朝文学研究有莫大影响外，王闿运和李详对于魏晋六朝文学不但深有研究，其自身创作亦宗之，取得了很大成绩。王闿运诗宗六朝，其论诗曰："晋人浮靡，用为谈资，故入以玄理。宋、齐游宴，藻绘山川；梁、陈巧思，寓言闺闼，皆知情不可放，言不知肆，婉而多思，寓情于文，虽理不充周，犹可讽诵。"①崇尚六朝诗的"寓情于文"与清雅秀丽。其文骈散兼行，思兼单复，尤为时人所推。他编《八代文粹》，"要以截断众流，归之淳雅。使词无鄙倍，学有本根"。②章太炎在当代文人中，对他还是比较推崇的，认为"并世所见，王闿运能尽雅"。③尽管章氏在《与邓实书》中也不欲与王氏比肩，但以章氏的目光视之，此言实为高评。李详为江苏兴化人，以扬州学派继承者自处，论学为文皆崇其乡贤钱大昕、阮元及汪中，对于魏晋六朝文学尤所青睐，著有《文选学著述五种》《世说新语笺释》《文心雕龙补注》《颜氏家训补注》《陶集说略》及《庾子山哀江南赋集注》等。研究路数多为传统的注释之学，所作骈文以"自然高妙"为宗。这些论著对魏晋六朝文学的具体研究自是很有价值，但他们基本上属于传统的旧式学者，在"规模与气象"上无法与章太炎与刘师培相伦，在影响上更无法比肩。所以，王、李及孙德谦等，从现代学术研究的角度而言，只能从略。

章、刘作为旧学的终结者，又是新学的开创者，其原因固然在于其学问的"规模和气象"及影响力，依凭的资源很大程度上正是对于魏晋六朝

---

① 王闿运：《论诗文体式》，《王志》卷二，《湘绮楼诗文集》第二册，长沙：岳麓书社，2008年版，第46页。
② 王闿运：《八代文粹序》，《湘绮楼诗文集》第一册，长沙：岳麓书社，2008年版，第74页。
③ 章太炎：《与人论文书》，《太炎文录初编·文录卷二》，《章太炎全集》第四集，上海：上海人民出版社，1985年版，第168页。

之学的开拓。但与思想及气节之论有所差别的是，章太炎对于魏晋六朝文学之评是有历史时段之分的。在"文"之观念上持"杂文学"观，亦与刘师培之"纯文学"有别。他所看重的首先是"清和流美"和舒卷自如的魏晋之文，认为"魏晋之文，大体皆埤于汉，独持论仿佛晚周。气体虽异，要其守己有度，伐人有序，和理在中，孚尹旁达，可以为百世师矣"。① 魏晋持论之文之所以与晚周诸子之文相仿佛，在于其"守己有度，伐人有序"，亦即恰当地坚守自我，又能够从容不迫地伐人，以此持论，冲和之理自在其中，从而表现出"孚尹旁达"的气格。论者常常忽略"孚尹旁达"一词的意义。此词源于《礼记·聘义》："孚尹旁达，信也。"郑玄注："孚读为浮，尹读如竹箭之筠。浮筠谓玉采色也。采色旁达，不有隐翳，似信也。"② 章氏此处"孚尹旁达"，指文章文采斐然透明，而无隐翳，即丽而直，与后世论诗境之"蓝田日暖良玉生烟"同一旨趣。就整个魏晋六朝文章而论，章太炎所重的乃是所谓"先梁文学"，所以说："仆以下姿，智小谋大，谓文学之业，穷于天监。简文变古，志在桑中，徐、庾承其流化，平典之风，于兹沫矣。"③ 后来的《与人论文书》中说过同样的话，不过将"平典之风"改为"淡雅之风"。平者，淡也，典者，雅也，"平典"亦即"淡雅"。因而他对《文选》的选文标准并不完全认同。出于论战的需要，章太炎虽褒大先梁文学，却尤重持论之文，特别是两晋文，因为："彼其修辞，安雅则异于唐，持论精审则异于汉，起止自在，无首尾呼应之式，则异于宋以后之制科策论。而气息调利，意度冲远，又无迫笮謇吃之病，斯信美也。"④ 亦即淡雅清丽。如果从艺术角度而言，这样的欣赏实与刘师培、孙德谦的看法区别不大。但若从他对魏晋六朝文章的重新"发现"而言，特别是在精神气质上的影响，鲁迅与周作人分别从不同的角度接受了这个历史重担。就人物而言，鲁迅找到了嵇康，周作人找到了陶渊明和颜之推；就文学的内在发现来说，鲁迅看到了"文的自觉"，周作人看到了"人的文学"；就文学风格及人物性情而论，鲁迅从中获得了"战斗的文章"与"守己有度，伐人有序"的技法，周作人则寻获了平和淡雅的性情归宿。又

---

① 《国故论衡·论式》，《章氏丛书》上册，台北：世界书局，1982年版，第467页。
② 《礼记正义》卷六十三，北京：中华书局，2009年版，《十三经注疏》影印清嘉庆刊本，第3679页。
③ 《国故论衡·论式》，《章氏丛书》上册，台北：世界书局，1982年版，第466页。
④ 《菿汉微言》，《章氏丛书》下册，台北：世界书局，1982年版，第958页。

因为周氏兄弟的巨大影响，使得魏晋六朝文学成了现代学术研究和现代文学中取之不竭的资源。

刘师培对魏晋六朝之学的研究，除了家学之外，主要继承了扬州学派的传统，如阮元、汪中等人。关于"文"的界定，他继承与发展了阮元的纯文学观念，视骈文为文学正宗，故极力推崇《文选》及其序中沉思翰藻之说。又因为与当时桐城派论争的需要，或过甚其词，采取擒贼先擒王的手段，常批评韩愈，至以为"中国文学之弊，皆自唐宋以后始"①。尽管他与章太炎对"文"的概念有宽狭不同之争，但在清末民初的学坛，他们彼此欣赏，共同标榜魏晋六朝之学，既有传统根柢之学为基础，又吸纳西学，所以影响至深。特别是刘师培《中国中古文学史》与《汉魏六朝专家文研究》，前者系统地从材料出发，归纳出中古文学的发展线索与基本理论，可谓"义理考据辞章"之结合，也是中国第一部系统的中古文学断代史；后者是对汉魏六朝文的"悟道"之言，虽似读书札记，却每精彩纷呈。他在这方面的成就，非惟当时已有影响，直到今天，研究中古文学者均沾其概。正是在章、刘的巨大影响下，他们两人共同的高足黄侃亦涉足魏晋六朝文学研究。尽管黄侃主要成就在小学，在此方面的论著如《文心雕龙札记》《文选平点》《汉唐玄学论》《阮步兵咏怀诗注》等，篇幅亦不为大，却每每胜义纷披，润其泽者往往足自名家。对这些研究对象的选择，其实也反映着学者的个人性情。《文选》《文心雕龙》以及玄学，对魏晋六朝之学的重要性不言而喻，即以阮籍《咏怀诗》而言，正由于"嗣宗身仕乱朝，常恐罹谤遇祸，因兹发咏，故每有忧生之嗟。虽志在刺讥，而文多隐避。百代之下，难以情测"。②其中含着巨大的隐痛，近代注释者如黄节等，之所以选择此注也有曲尽其幽的文化关怀之意在。黄侃注此，也有身处乱世的背景，故探索阮籍那苦闷的心灵，以丰富的证据，又加以切身的感受，真可谓对阮籍作"同情之理解"。而《文心雕龙札记》一书，常常折中章、刘二师之说，又自有发展，对汉魏六朝文学及其理论作了精到的剖析，至今仍是治学者重要的参考书，可谓历久弥新③。

---

① 《汉魏六朝专家文研究》，《刘师培中古文学论集》，北京：中国社会科学出版社，1997年版，第138页。
② 《文选》卷二十三《咏怀诗》李善注，上海：上海古籍出版社，1986年版，第1067页。
③ 参见周勋初先生《黄季刚先生〈文心雕龙札记〉的学术渊源》，《周勋初文集·当代学术研究思辨》。

鲁迅《魏晋风度及文章与药及酒之关系》中提及三本参考书，其中即有刘师培《中国中古文学史》，而他对于汉末魏初文章特色"清峻通脱华丽壮大"的概括，很明显来自刘著中"清峻通悦骈词华靡"的说法。但他对嵇康的青睐以及对整个魏晋文章——特别是魏晋论理之文的喜爱，除了个人因素外，更多地源于章太炎。这一点，早在五四时期已得到关注，学界论之已多。日本岛田虔次借林辰《鲁迅事迹考》之言，说到鲁迅从章太炎那里受到的三个影响，除了"不屈不挠的革命精神"与"单纯直率的态度"之外，还有便是"继承了章太炎的文章风格。章太炎文尚魏晋，澹雅有度。而鲁迅早期所作古文，亦极得力于魏晋文。从前刘半农曾赠给他一副联语，是'托尼学说，魏晋文章'。一般友朋都认为很恰当，他自己也不加反对"。而且，"并不仅仅是文章。在对魏晋人物具有深刻的关心这一点上，两者也有其共通之处"。①冯雪峰、侯外庐等学者也早指出这些。王瑶先生对此体会尤深，所以说："首先是章氏那些文章的战斗性的内容吸引了鲁迅，但章氏的这些文章同时又是以'魏晋文章'的笔调和风格著称的，这对鲁迅也同样地发生了影响。这种影响也并不仅只在阅读文章时的无形感染方面，而是在理论上也认为只有'魏晋文章'才最适宜于表达这种革命的议论性质的内容。当时章太炎是这样看法，鲁迅也同样接受了这种看法。"②实际上，王瑶先生本人在魏晋六朝文学研究上的成就与研究思路也得益于鲁迅。观其《文人与酒》《文人与药》《玄学与清谈》等论文题目已可见一斑，在其1984年《中古文学史论》的"重版题记"中，作者坦承："由本书的内容可以看出，作者研究中古文学史的思路和方法，是深深受到鲁迅《魏晋风度及文章与药及酒之关系》一文的影响的。鲁迅对魏晋文学有精湛的研究，长期以来作者确实是以他的文章和言论作为自己的工作指针的。"③事实上，这样的研究思路对于魏晋六朝文学研究的影响一直至今，我们在罗宗强先生《玄学与魏晋士人心态》一书也可见之。

与鲁迅揭示魏晋时期"为艺术而艺术"的文学自觉相对应，周作人提倡"人的文学"，其明线是科学思潮，而暗线实则是魏晋六朝之学。尽管

---

① 〔日〕岛田虔次：《章太炎的事业及其与鲁迅的关系》，章念驰编《章太炎生平与思想研究文选》，杭州：浙江人民出版社，1986年版，第197页。
② 王瑶：《论鲁迅作品与中国古典文学的历史联系》，《鲁迅作品论集》，北京：人民文学出版社，1984年版，第8页。
③ 《中古文学史论》"重版题记"，北京：北京大学出版社，1998年版，第2页。

他在《中国新文学的源流》中以"言志"和"载道"为中国文学之消长线索,将"新文学"溯源至明末小品文与性灵文学。但随着他研究的深入,后来找到了六朝,这里有着更多的个性,更美的文章,以及和雅的性情,尤其是陶渊明和颜之推。这自然与他处世性格和为文风格有关。但之所以如此,也是由于陶、颜具有这方面的资源性意义。陶渊明为人为文的平淡自然,古今共论,周作人爱之自不足怪。但对颜之推的大力表彰,恐怕确实算是"发现"。当然,章太炎曾曰:"若夫行己有耻,博学于文,则可以无大过。隋唐之间,其惟《颜氏家训》也。后嗣游秦,师古元孙,至于真卿,世缵其绪,则王勃《中说》弗能间。"①其论本谓王勃曲学阿世,连带褒扬颜之推及其后世之气节,以作比较。在其他地方当然也偶论颜氏。故论者或谓周作人推崇颜之推及其《颜氏家训》乃受其师影响,亦不为无因。但周作人对颜氏的推崇远远超出章太炎的轻描淡写。他曾于30年代中期在北大开过"六朝散文"课,1932年的《中国新文学的源流》中,他说:"《颜氏家训》本不是文学书,其中的文章却写得很好,尤其是颜之推的思想,其明达不但为两汉人所不及,即使他生在现代,也绝不算落伍人物。对各方面他都具有很真切的了解,没一点固执之处。"②在《夜读抄·〈颜氏家训〉》中说"南北朝人的有些著作我颇喜欢。……其中特别又是《颜氏家训》最为我所珍重,因为这在文章以外还有作者的思想与态度都很可佩服。"③在《风雨谈·关于家训》中也有类似之言。晚年更是觉得颜氏在理性、感情、气象与文词方面都达到了自己想要达到的理想境界。这与他对韩愈的厌恶与崇尚平雅是一致的。或许受此影响,其弟子冯文炳也对"六朝文"极力推崇说:"中国文章,以六朝人文章最不可及。我尝同朋友们戏言,如果要我打赌的话,乃所愿学则学六朝文。我知道这种文章是学不了的,只是表示我爱好六朝文,我确信不疑六朝文的好处。六朝文不可学,六朝文的生命还是不断地生长着,诗有晚唐,词至南宋,俱系六朝文的命脉也。在我们现代的新散文里,还有'六朝文'。……真的六朝文是乱写的,所谓生香真色人难学也。"④所谓"乱写",实指摆脱拘束,自由书写。这"自由",既是文学技巧上的境界,也是作者心灵的空灵。他还把20世

---

① 《检论》卷四《案唐》,《章太炎全集》第三集,上海:上海人民出版社,1984年版,第452页。
② 《中国新文学的源流》,南京:江苏文艺出版社,2007年版,第19页。
③ 《周作人散文》第二集,北京:中国广播电视出版社,1992年版,第578页。
④ 《三竿两竿》,《冯文炳选集》,北京:人民文学出版社,1985年版,第343页。

纪三四十年代现代派诗歌的艺术源头溯至六朝文章，称赞"玲珑多态，繁华足媚"的梁遇春散文与六朝文的精神相通。故论者曰："世纪末回眸，构建现代中国散文的谱系，其中借助于六朝文章而实现传统的创造性转化的，很可能是如此描述：章太炎、刘师培—鲁迅、周作人—俞平伯、废名、聂绀弩—金克木、张中行。"① 此就"散文"发展而言，未尝不可。若要描述现代学术研究史中的魏晋六朝之学，则黄侃与陈寅恪自是无法绕开的人物。就魏晋六朝文学研究而言，陈寅恪文史兼通，其冷静的客观研究与热烈的文化关怀往往杂糅而又并行不悖。如其《陈垣明季滇黔佛教考序》中云："昔晋永嘉之乱，支愍度始欲渡江，与一伧道人为侣。谋曰，用旧义往江东，恐不办得食，便共立心无义。既而此道人不成渡，愍度果讲义积年。后此道人寄语愍度云，心无义那可立，治此计，权救饥耳。无为遂负如来也。忆丁丑之秋，寅恪别先生于燕京，及抵长沙，而金陵瓦解。乃南驰苍梧瘴海，转徙于滇池洱海之区，亦将三岁矣。此三岁中，天下之变无穷。先生讲学著书于东北风尘之际，寅恪入城乞食于西南天地之间，南北相望，幸俱未树新义，以负如来。"② 文中典故出自《世说新语·假谲》篇，本意为讥支愍度立"心无义"之曲学阿世。然而，就纯粹的学术研究而言，事情未必如此，支愍度创"心无义"实有其事，却不一定是为了"负如来"之"救饥"，陈氏有《支愍度学说考》辨之，谓"格义""合本"为晋代僧徒研究佛典的两种方式，"当日此二种似同而实异之方法及学派，支敏度俱足以代表之"。③ 但给陈垣序文中还是使用《世说》原意，乃是表明两人在国难当头之日（1940年），虽南北相望，却均"幸俱未树新义，以负如来"，坚守气节，没有曲学阿世。黄侃等人写诗也曾用过此典。这或许可以解释陈平原教授的一段话："四十年代漂泊西南的学者们，普遍对六朝史事、思想及文章感兴趣，恐怕主要不是因书籍流散或史料缺乏，而是别有幽怀。像陈寅恪那样早就专治此'不古不今之学'者，自然鉴古知今，生出无限感慨；至于受现实刺激而关注六朝者，也随时可能借六朝思想与人物，表达其对于社会现实的关注。"而且，"据范（宁）先生回忆，西南联大研究生宿舍里，同学们'聚在一起时大都谈论魏晋诗文和文人的生活'。南渡的感时伤世、魏晋的流风余韵，配上嵇阮的师心使气，很容易使得感

---

① 陈平原：《中国现代学术之建立》，北京：北京大学出版社，1998年版，第351页。
② 《陈寅恪集·金明馆丛稿二编》，北京：三联书店，2001年版，第273页。
③ 同上书，第185页。

慨遥深的学子们选择'玄学与清谈'"。① 这与20世纪80年代魏晋思想研究的又一次高潮一样，借助于李泽厚"人的觉醒"的揭示以及鲁迅"文学自觉"问题的重新讨论，对于相似的历史环境，需要思想的社会，淡雅清丽的文学形式，个性张扬的时代，传统文化的坚守，突显了魏晋六朝之学在现代学术研究中的资源性意义。

综上所论，自章太炎、刘师培对魏晋六朝之学在思想哲学、社会风俗、士人精神气节以及文学等作了几乎全面的肯定之后，经过鲁迅、黄侃、周作人等人的传承与进一步抉择，加上陈寅恪以此阐释其"自由之思想，独立之精神"，学术界从各个方面关注魏晋六朝之学，或以之关乎世道人心，或从中寻求人格思想，或欣赏其淡雅清丽的文学之美，或青睐其深达理要的玄理之悟。学者各取所需，各有擅场，成就大小可以不一，但造成魏晋六朝之学彬彬大盛的原因，其实还是在于其本身含有丰富而开放的资源：独立自主的思想，百家争鸣的时代，各是其是的精神，多元的文化交融，深刻的理性探索，情的发现，美的追求，如此等等，不一而足。

# 参考文献

[1] 宗白华：《艺境》，北京：北京大学出版社，1999年。

[2] 宠坚编：《张之洞诗文集》，上海：上海古籍出版社，2008年。

[3] 钱基博：《现代中国文学史》，北京：中国人民大学出版社，2004年。

[4] 汤一介、胡仲平编：《魏晋玄学研究》，武汉：湖北教育出版社，2008年。

[5] 陈平原：《中国现代学术之建立》，北京：北京大学出版社，1998年。

[6] 汤志钧编：《章太炎政论选集》，北京：中华书局，1977年。

[7] 李泽厚：《中国近代思想史论》，北京：人民出版社，1979年。

[8] 《章太炎全集》第三集，上海：上海人民出版社，1984年。

[9] 《章太炎全集》第四集，上海：上海人民出版社，1985年。

[10] 《章氏丛书》，台北：世界书局，1982年。

[11] 许寿裳：《章炳麟传》，天津：百花文艺出版社，2004年。

---

① 《重刊〈中古文学史论〉跋》,王瑶《中古文学史论》附,北京:北京大学出版社,1998年版,第444页。

［12］王瑶：《鲁迅作品论集》，北京：人民文学出版社，1984年。

［13］陈平原编：《中国现代学术经典·章太炎卷》，石家庄：河北教育出版社，1996年。

［14］《黄侃论学杂著》，北京：中华书局，1964年。

［15］《国粹学报》，扬州：广陵书社，2006年。

［16］陈平原、杜玲玲编：《追忆章太炎》，北京：三联书店，2009年。

［17］《鲁迅全集》，北京：人民文学出版社，2005年。

［18］《陈寅恪集》，北京：三联书店，2001年。

［19］《周勋初文集》，南京：江苏古籍出版社，2000年。

［20］郭庆藩：《庄子集释》，北京：中华书局，1961年。

［21］房玄龄等：《晋书》，北京：中华书局，1974年。

［22］《刘师培全集》，北京：中共中央党校出版社，1997年。

［23］徐一士：《一士类稿》，北京：中华书局，2007年。

［24］姜义华：《章炳麟评传》，南京：南京大学出版社，2002年。

［25］范晔：《后汉书》，北京：中华书局，1965年。

［26］顾炎武著，陈垣校注：《日知录校注》，合肥：安徽大学出版社，2007年。

［27］《周作人散文》，北京：中国广播电视出版社，1992年。

［28］《吴承仕文录》，北京：北京师范大学出版社，1981年。

［29］蒋天枢：《陈寅恪先生编年事辑》，上海：上海古籍出版社，1997年。

［30］陆键东：《陈寅恪的最后20年》，北京：三联书店，1995年。

［31］王闿运：《湘绮楼诗文集》，长沙：岳麓书社，2008年。

［32］《十三经注疏》，北京：中华书局影印本，2009年。

［33］陈引驰编校：《刘师培中古文学论集》，北京：中国社会科学出版社，1997年。

［34］萧统编，李善注：《文选》，上海：上海古籍出版社，1986年。

［35］章念驰编：《章太炎生平与思想研究文选》，南京：江苏人民出版社，1986年。

［36］王瑶：《中古文学史论》，北京：北京大学出版社，1998年。

［37］周作人：《中国新文学的源流》，南京：江苏文艺出版社，2007年。

［38］《冯文炳选集》，北京：人民文学出版社，1985年。

# 20世纪以来《中国文学史》中的明代七子派研究述评

史小军　杨亚蒙

明代七子派及其文学复古运动在明代文坛影响达百年之久，明清诗学的发展和演变都与它息息相关。但是，学界对明代七子派的认识和评价经历了从误解到了解再到同情性理解的漫长而曲折的过程。《中国文学史》是我们学习和了解中国文学最重要的途径之一，诸多的《中国文学史》著述对七子派的评介同样漫长而曲折。本文通过梳理七子派的整体及成员个体的评价问题、七子派的复古与模拟、格调与性情及与其他文学流派的关系问题等，以期全面了解学界关于明代七子派文学复古运动研究的历史进程，并从案例的角度为客观公正的《中国文学史》撰写提供有益的借鉴和视角。

## 一、明代七子派文学复古运动的整体评价及其文学史地位问题

纵观百年来的《中国文学史》，大致可以看出，著者们对待七子派及其文学复古运动的评价渐趋公允，经历了从一味否定到辩证认识的曲折过程。

关于七子派的整体评价问题，早在1914年王梦曾和林传甲分别主编的两本《中国文学史》中都有论及。王梦曾用"李梦阳倡言复古，以与茶陵抗，信阳何景明和之，规摹秦汉，使天下无读盛唐以后书。为文务钩章棘句，至不可句读。与康海、王九思、徐祯卿、王廷相、边贡号弘治七子，风靡一世"[①]简单概括了七子派文学复古内容及影响。林传甲认为

---

① 王梦曾:《中国文学史》，北京：商务印书馆1914年版，第73页。

以李梦阳为代表的前后七子派"亦染帖括拟古之习气。官名、地名咸用古称。晦盲否塞，几欲句句加注"，这也终于"芜秽不治，自甘为退化之野蛮"。①

20世纪初至40年代，我们所能看到的《中国文学史》大致有30多种，编著者有林传甲、曾毅、顾实、胡怀琛、钱基博和羊达之等人。在七子派文学复古运动这一问题上，这些文学史基本上都认为前七子的复古运动使当时的文坛"始生一大变""风靡一世"，但其结果并不尽如人意。如曾毅就在其《中国文学史》中说，自弘治七子出，"明之文运至是，始生一大变。汉魏之声，由此高论于后世而与韩欧争长，文学界俨成二大潮流之观"②，当时的学界对于七子派文学复古内容方面的整体评价不是很高，张振镛、谭正璧、胡云翼等人所编的《中国文学史》更是一笔带过。论者要么只是对七子派的文学复古运动作一简单的描述，如容肇祖在其《中国文学史》中说，前七子"以盛唐为号召。至嘉靖，又有李攀龙等后七子，皆扬复古之波者。……李梦阳、何景明倡言复古，规模秦汉，使学者无读唐以后书，非是则诋为宋学。弘治七子，声震一时。……李攀龙、王世贞出，复宗何李抨击王唐，嘉靖七子，复又风靡一时"③；要么虽然在一定程度上认可了七子复古运动所产生的历史必然性，但对运动的结果基本上持否定态度，如胡怀琛就认为"李梦阳、何景明等七人更倡言复古，谈文必学秦汉，谈诗必学盛唐，其他一切唾弃。却不知这种复古的运动是根本不对的"④。施慎之在其《中国文学史讲话》中说："诗文到前后七子，衰靡已极。……明中叶以后的文坛，给前后七子闹得乌烟瘴气。归有光虽巍然独树，也没法挽回狂澜。"⑤杨荫深在其《中国文学史》中说明七子"高唱着复古文必秦汉，力排韩欧。然其实名为复古，确实模拟剽窃，只可说是拟古。文学原是前进的，若说新酒装在旧瓶，原已十分不妥，如果再将新酒化为旧酒去装在旧瓶里，则更是不成像样的东西，使今人之文，亦如古之艰深钩棘，甚至于不可句读，岂非笑话"⑥。张雪蕾虽然认为"李王七子，

---

① 林传甲：《中国文学史》，上海：上海科学书局1914年版，第41页。
② 曾毅：《中国文学史》，上海：泰东图书局1915年版，第259页。
③ 容肇祖：《中国文学史大纲》，[出版地不详]：朴社1935年版，第310—311页。
④ 胡怀琛：《中国文学史概要》，北京：商务印书馆1931年版，第142页。
⑤ 施慎之：《中国文学史讲话》，台北：世界书局1941年版，第157页。
⑥ 杨荫深：《中国文学史大纲》，北京：商务印书馆1947年版，第393页。

其文学虽无足称",但其"高节亮行,以与权阉逆党抗,浊世混流,实为难能,窃以文章之事,由当时气运使然。其不能超越古人之范围者,情也。抑其节行,则可以风世矣"①!虽然我们可以认为这是作者从一个方面对七子的个性品行有所肯定,但对他们所倡导的文学复古主张和创作,却没有多少肯定之语,对于嘉靖七子,只用一句"中以王李谢吴四子才气较富健,犹有牢络一世之概,故颇可观,余更不足言也"②进行了很简单的概述。

此一时期的文学史著作对前七子的肯定往往多于后七子,如羊达之说:"七子之作,大都钩章棘句,剽窃秦汉皮毛,而终未得其神韵,其中惟何景明主张创造,不主张模仿,是犹不失为有个性之作家。后七子一派作家,大都嚣张有余,而才力不足;但能耸人耳闻,而无若何成就。"③再如施慎之曾言,前七子的诗文"以虚骄而鸣高,其实极无足观",后七子"高倡文自西京,诗至天宝以下都没有价值,于是虚骄的复古更胜,学古只得其貌,流于剽窃之途"。④

难能可贵的是,不少学者已经认为李东阳是七子派文学复古运动的先驱和引领者。如曾毅就在其《中国文学史》说:"是时复古之气运愈熟,李何七子接踵而起,譬之东阳者陈涉也,七子者刘项以下之豪杰也。"⑤羊达之也认为:"何李之复古,在诗一方面实得力于李东阳之倡导,……其为七子复古运动之前导。其倡始之功,'如唐之有燕许,陈涉之启汉高'。"⑥

20世纪50年代至70年代,据笔者统计,大致有十多种文学史著作。相较于此前的文学史著作,这一时期中国文学史的编写内容相对全面,在涉及明七子及其复古运动时,除了欧阳溥存袭用《明史·文苑传》"一切吐弃、操斛谈艺之士翕然宗之。明之诗文于斯一变"⑦的说法简单概括外,其他的如北京大学中文系、复旦大学中文系古典文学组、游国恩等集体编著和易君左、冯明之、胡云翼等个人编著的《中国文学史》,都用较大的篇

---

① 张雪蕾:《中国文学史表解》,长沙:商务印书馆1938年版,第190页。
② 同上。
③ 羊达之:《中国文学史提要》,台北:正中书局1937年版,第114页。
④ 施慎之:《中国文学史讲话》,台北:世界书局1941年版,第157页。
⑤ 顾实:《中国文学史大纲》,北京:商务印书馆1926年版,第278页。
⑥ 羊达之:《中国文学史提要》,台北:正中书局1937年版,第113页。
⑦ 欧阳溥存:《中国文学史纲》,台北:学生书局1976年版,第192—193页。

幅进行了论述。他们都有谈及七子派形成的背景因素，概括来大概有："明代中叶，统治阶级日益腐败，社会矛盾愈益尖锐，内外危机更为严重"①，明七子一方面想通过复古来反对当时的政治，一方面又想通过复古来整顿文坛；"台阁余烬，仍据文坛"②，旧体文学面临着空前的危机③，为反对台阁体的空洞无物，七子派此时正"特地提出复古的主张，以号召天下"④；"宋、元文的流弊在庸俗空虚，不得不变而求高古博奥"⑤，以李东阳为代表的茶陵诗派"文体之萎弱"⑥，同时"以李东阳为首的'茶陵派'出现在前后七子之前，诗歌力主宗法杜甫，拟有古乐府百首，可以说是已开前后七子创作趋向的先河"⑦；"明代文人名目的繁多，书不胜书"⑧，不读书或不知读什么书的陋习日益严重。

除了上述对七子派文学复古运动产生的时代背景的描述以外，更多的文学史著作则更加注重对复古内容的阐述。囿于文学史写作者所处的时代环境，这一时期的中国文学史编著者对七子派的文学复古运动也大都持否定态度，同时认为他们的复古运动也有一定的矛盾性，只是在某些方面具有进步意义。如北京大学中文系编著的《中国文学史》这样说：

> 从总的方面看，他们（前后七子）的文学主张是一致的。他们的理论集中于诗歌方面，对散文谈得很少。他们以为有一种千古不变的"心"，而文学也就是这个"心"所繁衍出来生于天地间的东西，它也是不变的。这样的唯心主义的理论自然不能了解文学的时代性和现实性。在诗歌主张上虽然也因袭了古人的"诗发乎情"的说法，却作了歪曲的表述。⑨

---

① 北京大学中文系文学专门化1955级：《中国文学史》，北京：人民文学出版社1959年版，第186页。
② 李鼎彝：《中国文学史》，台北：传记文学出版社1978年版，第258页。
③ 复旦大学中文系古典文学组：《中国文学史》，北京：中华书局1959年版，第222页。
④ 冯明之：《中国文学史提纲》，香港：上海书局1960年版，第117页。
⑤ 易君左：《中国文学史》，香港：自由出版社1959年版，第375页。
⑥ 李鼎彝：《中国文学史》，台北：传记文学出版社1978年版，第258页。
⑦ 中国科学院文学研究所、中国文学史编写组：《中国文学史》，北京：人民文学出版社1962年版，第754页。
⑧ 丁平：《中国文学史》，香港：新文化事业供应公司1974年版，第269页。
⑨ 北京大学中文系文学专门化1955级：《中国文学史》，北京：人民文学出版社1959年版，第188页。

他用当时盛行的"唯物"与"唯心"这一哲学标准来评判前后七子的文学复古运动,所得结论自然难以客观。而中国科学院文学研究所编写的《中国文学史》认为明七子的诗文创作大都"苍白空虚",缺少真情实感,但对他们反抗权贵、揭露黑暗现实的作品给予了充分肯定:

> 前后七子的成就不高,集子中大部分作品都比较一般化。形式上的古色古香并不能掩盖内容的苍白空虚。以他们的诗歌而论,除了模仿古乐府外,多是唱酬赠答及送别怀人之作,反映的生活面狭窄。作者缺乏真切的生活感受,处处显出是在为写诗而写诗。但也有一部分作品是可取的。他们虽然处于封建统治的上层,和当时的宦官和豪门还是有着矛盾,在政治上受过迫害,作过斗争。有关这方面的作品较有感慨,对现实的黑暗有所揭露,如李梦阳的《玄明宫行》《秋夜叹》,何景明的《玄明宫行》,王世贞的《锦衣志》及乐府《袁江流铃山冈》等。①

游国恩、王起、萧涤非等人编著的《中国文学史》初版于 1964 年,此后,几经修订,作为主流的大学教材广泛使用了三十多年,影响了几代学人。这本教材对明七子的评价也是否定多于肯定:

> 在文学上,他们(李何)"倡言文必秦汉,诗必盛唐",反对"台阁体",一时起了很大的影响。他们使人知道,在"台阁体"和八股文之外,还有传统的、优秀的古代文学,提倡读古书,增长知识学问,开阔心胸眼界,对打击"台阁体""啴缓冗沓,千篇一律"的文风,扫除八股文的恶劣影响,起了一定的积极作用。但是他们抛弃了唐宋以来文学发展的既成传统,走上了盲目尊古的道路。他们的创作一味以模拟剽窃为能,成为毫无灵魂的假古董。后来何景明认为模拟古人"法同则语不必同",并批评李梦阳的诗说:"公为诗不推类极变,开其未发,泯其拟议之迹,以成神圣之功,徒叙其已陈,修饰成文,稍离旧本,便自杌陧,如小儿倚物能行,独趋颠仆,虽由此即曹刘,即阮陆,即李杜,且何以益于道也"(《大复集·与李空同论诗书》)。李梦阳也表示悔悟说:"余之诗非真也,王子(叔武)所谓文人学子韵言耳,出之情寡而工之词多者也"(《李梦阳诗集·自序》)。可见他们

---

① 中国科学院文学研究所,中国文学史编写组:《中国文学史》,北京人民文学出版社 1962 年版,第 755—756 页。

自己也不得不承认，这是一条错误的道路。……以李攀龙、王世贞为代表的"后七子"（于嘉靖、万历年间）再一次发起复古运动，重复着"前七子"的错误道路。①

教材虽然指出七子派的复古"对打击'台阁体''啴缓冗沓，千篇一律'的文风、扫除八股文的恶劣影响起了一定的积极作用"，但仍认为复古模拟是一条错误的道路，后七子的重张复古大旗则是"重复着'前七子'的错误道路"。

上述三部集体编著的文学史教材在当时影响巨大，除此以外，个人编著的文学史教材当以刘大杰的《中国文学发展史》为代表，对七子派及其文学复古运动的评价相对比较全面、客观，对七子派复古运动的得失和成员创作都有具体的论述。他认为"李何辈想挽救当日文坛的浅陋，倡言复古，提出文必秦汉、诗必盛唐的口号，一新人士耳目"，只是理论过于褊狭，"如果不加以具体分析，只说盛唐以下无诗，这就完全否定了文学发展的历史关系，而造成贵古贱今的盲目观念。秦、汉之文，盛唐之诗，确实是很优秀的，如果不求其内容，而只言其格调，并没有把握它们的实质"②，最后他们的复古并没有取得预想的效果。在后七子李攀龙那里，"模拟过甚，句重字复，痕迹宛然"③；王世贞"虽以格调为主，但对于格调，他有他自己的看法。'才生思，思生调，调生格。思即才之用，调即思之境，格即调之界。'（《艺苑卮言》）他把才思和格调紧密地结合起来，从才思的基础上去探讨格调的精神实质，比起那些专从形式摹拟上来谈格调，深入了一步，在这些地方，已突破了李梦阳、李攀龙的论点"④，与前七子中何景明的思想较为接近。

此外，华仲麟在他所著的《中国文学史论》中认为："复古派虽属自封，但在那种陈陈相因、啴缓冗沓、读书人不知有书籍的风气下，他们能矫台阁之空虚，振八股之固陋，诚不为无功。然其弊在违反文学进化原理，演变公例，否定了个人的心灵活动和文学的时代精神，使有明一代，无由产生特立独行的作家，不可能追踪唐宋者，李何七子实应得矫

---

① 游国恩、王起、萧涤非：《中国文学史》，北京：人民文学出版社1996年版，第158—159页。
② 刘大杰：《中国文学发展史》，上海：上海古籍出版社1982年版，第900—901页。
③ 同上书，第906页。
④ 同上书，第908页。

枉过正之咎。"① 易君左则提到"李攀龙说做文章做到西汉以下，做诗做到天宝以下，简直是污了笔墨"②。冯明之在其所著的文学史中说："在当时正是通俗文风靡一时，他们的主张，即使在正统的文坛上，也受到强烈的反对。"③

　　这一阶段的《中国文学史》往往从"文学发展观"和"文学创作观"两个方面来探讨七子派复古运动的主要内容。虽然他们对七子派文学复古运动的追求目标有一定程度的认可，但认为"复古派根本没有在文学的内容上提出什么新的主张，它只是在文学形式上刻意模仿，使其古色古香。这次的复古运动很难说是什么革新运动，它并没有起推动文学向前发展的作用。它的社会影响也是不好的，可以说它和八股文异曲同工，同样束缚人的思想，使人脱离现实"④。

　　总的来说，在极"左"思想的影响之下，人们往往认为复古就是倒退的代名词，看不到文学复古运动所具有的革新性质。事实上，以复古求解放是中外文化史上的普遍现象，欧洲文艺复兴运动莫不如此。因此，这一时期的文学史教材中对七子派文学复古运动否定多于肯定的评价就在所难免了。

　　20世纪80年代至90年代，伴随着改革开放的进一步深入，人们的思想观念也逐渐放开，呈现出百花齐放、百家争鸣的态势，而此时，《中国文学史》的编撰也映现出一片繁荣的景象，版本之多达二十余种。这其中，有一些文学史作者对明七子仍然持否定态度，认为七子派的文学复古运动没有什么积极意义，甚至是一种倒退。如赵聪就曾在他所编著的《中国文学史》中提到："以后经过前七子的李梦阳、何景明等和后七子李攀龙、王世贞等，提倡'文崇秦汉、诗必盛唐'的拟古主义，把文坛搅得乌烟瘴气，当然不会产生比较可观的作品。"⑤ 吴复生首先将整个明代诗文的复古放在一起进行论述，包括复古原因、复古主张、复古人物以及此期复古的意义。但整体上其态度是否定的，他认为"明代的复古，则为阻碍进化的逆

---

① 华仲麟：《中国文学史论》，台北：开明书店1965年版，第375页。
② 易君左：《中国文学史》，香港：自由出版社1959年版，第374页。
③ 冯明之：《中国文学史提纲》，香港：上海书局1960年版，第118页。
④ 中国科学院文学研究所，中国文学史编写组：《中国文学史》，北京人民文学出版社1962年版，第756页。
⑤ 赵聪：《中国文学史纲》，香港：友联出版社1980年版，第135页。

流。两派互争的无谓,已经浪费了进化的精力与时间。互争的主题,也是五十步与百步的反潮流",它以唐宋为宗,"时代虽较秦汉为近,但仍然是缺乏前瞻的主题;其所致力模拟的结果,也只是略有可观。后期的强烈倾轧,益使文坛一如政坛,而入主出奴的心态,更严重地影响了明代诗文的生机。顾炎武所指出'有明一代之著述,无非窃盗',虽然是出于沉痛而偏激,但非常接近于事实"。① 马重奇也是将七子派文学复古运动与唐宋时期的文学复古运动进行对比研究,认为前后七子最大的弊病,"在于抛弃了唐宋以来文学发展的优秀传统,走上了盲目尊古的道路"②。其实刘人杰也看到了前后七子文学复古方面弊病,只是他的论述有些绝对和偏激,他认为:"前后七子的复古理论有两点主要内容。一是他们的文学发展观。他们极力推崇先秦两汉散文、汉魏古诗和盛唐的近体诗,认为这都是绝对完美的,以后的诗文则一代不如一代,有种种的缺点。但是他们却从这些现象得出了文学愈来愈不行的结论,这实际上是一种谬误的'文学退化论'的观点。另一是他们的创作观。这是与文学发展观相联系的。既然文学愈古愈好,那么'学不的古,苦心无益'(李梦阳《答周子书》),在他们看来最好的办法是把那些绝对完美的东西当作范本,从篇章结构到句法、词汇都进行摹拟,摹拟得愈古愈好,用不着自己来创造又一种独特的风格,一切唯古人是尚。"③

尽管还有上述否定的声音,但对七子派的研究在这个时期毕竟进入了一个拨乱反正的时代。不少学者真正看到了前后七子的文学复古对当时中国文坛的积极意义和他们在文学复古理论上的创新点。如章培恒、骆玉明、姜书阁、王成骥、陈玉刚、王文生、黄钧、黄清泉、李修生、张俊、秋芙等人在自己的文学史著作中积极吸收学术界最新的研究成果,并没有继续对七子的复古持一味否定的态度,而是相对客观全面。任何事物都有其好与坏、正与反、前与后、里与表、外与内、先进与落后等多方面,因此分析和判断一个事物也应该从事物的两面性甚至多面性去评判,对待文学中的问题需如此,对待明代七子派文学复古运动也应如此。姜书阁在认为"他们远离人民和现实,不能向秦汉文、盛唐之诗学其现实主义的思想内容,而只在形式技巧上摹拟,便走上了形式主义的道路,与

---

① 吴复生:《中国文学史纲》,台北:文史哲出版社1994年版,第277—278页。
② 马重奇:《中国文学史述要》,香港:导师出版社1996年版,第98页。
③ 刘人杰:《中国文学史》,北京:中国对外翻译出版公司1999年版,第2509—2525页。

唐、宋两次古文运动的复古都显有本质不同，所以他们的声势越大，影响就越坏；即使其在创作上的成就，也远远不能与唐、宋人相比"，但另一方面他还说"不能把他们的创作一笔抹杀，更不应把这些人完全等量齐观"。①王成骥虽然从文学发展观和创作观两个方面来说明七子派复古理论的缺陷和不足之处，但仍然看到了他们在反对台阁体、八股文的恶劣影响方面所起到的积极作用，而且"统治阶级中某些较有见识之士便希望有一种比'台阁体'更有威望能招徕人心的文体来代替它，而前后七子的文学复古运动正是在客观上适应着这一要求而产生和发展的"②。和王成骥一样，刘人杰虽然也认为七子派将文学复古引向了另一种形式主义，但在对扫除台阁和八股文风具有一定进步意义，而且他们在创作上也有不少具有现实意义的作品。郭杰和秋芙的《中国文学史》评价相对客观，虽然"他们由复古进而一味地摹古拟古，甚至主张像小学生临摹字帖一样去模仿古人的创作，致使他们的创作走入了褊狭的歧途，并直接影响到后七子的创作，使文学缺乏创造性"，但是"在文学观念上，前七子以复古为口号，倡导'文必秦汉，诗必盛唐'，将秦汉的散文、汉魏的古诗、盛唐的近体诗作为文学创作的最高楷模，他们复古是为了反对台阁体，用优秀的文学传统来拯救文风的浮陋。他们掀起的复古运动对明代文学的发展起了很大的推动作用，具有一定的积极意义"；"从明代文学思潮的发展进程看，前七子复古以求真，对情的追求，具有反理学、反台阁、恢复古典审美理想的作用，对明代中后期的文学发展起了很大的推动作用，对他们的作用不应一概抹杀，而应历史地客观地对待"③，他们看到了七子派重视诗歌情感特征的进步意义，对前后七子之间的差别看得相对清晰，"王世贞等后七子的复古主张，在很大程度上承接李梦阳等前七子的文学思想，但与前七子相比，他们似乎对文学作品形上要求更加讲究、更加具体化"④。

这一时期较早以客观的态度对七子派文学复古运动进行拨乱反正论述的是章培恒和骆玉明先生主编的《中国文学史》，他们认为："明中期的文学复古运动的现实出发点是十分明确的。即使'复古'的口号本身反映着

---

① 姜书阁：《中国文学史纲要》，西宁：青海人民出版社1984年版，第610页。
② 王成骥：《中国文学史名词解释》，北京：中国展望出版社1983年版，第8页。
③ 郭杰、秋芙：《中国文学史话》，长春：吉林人民出版社1998年版，第159—163页。
④ 同上书，第263页。

中国文化传统中的守旧心理，包含了严重的弊病，它在当时所要达到的目的，却是为了摆脱程朱理学、官方政治对文学的约束，而追求文学的独立性，追求文学中自然的、真实的情感表现"，前七子"在文学方面矫枉过正的偏激态度，同样也反映了对于整个社会文化状态的强烈不满"①。如其对于李梦阳文学思想的认识，"李梦阳在文学方面最为推崇的对象，却是民间的真情流露、天然活泼的歌谣"②，但如果把此与"他的'复古'理论对立地看待，甚至认为这是他'承认错误'的表示，则完全不合事实。因为'复古'的理论本身亦包含对真情实感的重视，而且，李梦阳的诗也确有些受民歌影响的地方"③。当然，章培恒先生也认为"虽然李梦阳所说的'以我之情，述今之事，尺寸古今，罔袭其辞'（《驳何氏论文书》），表明他并不主张僵板地模拟古人，所谓'尺寸古法'的要求实际上仍然造成很大的负作用"④，而非又落入全面肯定的泥潭。同时，章培恒先生还对"后七子"的文学史地位做了相当客观的评价，一方面，"后七子"的文学复古运动具有积极的意义，"他们对于反击'唐宋派'的文学倒退动向、维护文学的独立地位、强调文学的艺术特征起了极大的作用"；另一方面，他们"文学复古运动固有的弊病"也"显得更加突出"，"虽然他们也提出过很好的意见，如王世贞说过'有真我而后有真诗'（《邹黄州鹧鸪集序》），李攀龙要求'拟议成变，日新富有'（王世贞《李于鳞先生传》），但他们太强调效法古人，对于创作的法则又规定得太具体、细密，必然会对个性、情感的自由表现和艺术的创新，造成严重的束缚。随着时代的发展，后七子也很快受到了严厉的批判"⑤。

吴志达先生著述的《明清文学史》在当时也非常值得重视：

> 前后七子作为以复古求革新的文学流派，在改变台阁体啴缓冗沓、歌功颂德的文风方面，是有不可磨灭的历史功绩的。由于理论上有片面性、绝对化的错误，导致创作上的拟古之风，限制了他们取得更大的成就。但是把他们的理论简单地概括为"文必秦汉，诗必盛唐"，把他们的创作一概视为假古董，也是有很大片面性的，实际情

---

① 章培恒、骆玉明：《中国文学史》，上海：复旦大学出版社1997年版，第236页。
② 同上。
③ 同上书，第237页。
④ 同上书，第238页。
⑤ 同上书，第253页。

况比一个简单的口号要复杂得多,他们理论的某些部分有不少合理的因素,他们的创作,除了那些食古不化之作以外,也有一些很有价值的作品。①

七子派的复古有其"不可磨灭的历史功绩",也创作了不少有价值的作品,"把他们的创作一概视为假古董,也是有很大片面性",这样的结论可谓掷地有声。

进入21世纪,明代七子派及其文学复古运动的研究已经取得了较多成就,七子派基本上获得了较多的正面评价,对于七子派复古的文学史地位和影响,这一时期的文学史表现出相当客观的姿态,赵义山、李修生主编的《中国分体文学史》曾认为:

> 从总的情况看,前后七子从唐诗学到了重情主气的一面,所作富于情韵,蔚然气象,在相当程度上纠补了宋、元以来诗歌创作中平庸纤巧之偏弊。然而"视古修辞,宁失诸理"(李攀龙《沧溟集·送王元美序》)的理论偏颇,限制了他们的创作成就。只承认盛唐,而否定元和以下诗歌,从而使明诗的风格比较单调。有的作品在风格乃至意象上,虽逼近盛唐,然而,却使人感到似曾相识。初读若"高华杰起",但终不耐读,"人但见黄金、紫气、青山、万里,则以于麟体"(《诗薮》续编卷二),其实多半因袭唐人。因其摹拟多创辟少,明诗总体上不能新开气象。②

"重情主气"的思想在一定程度上纠正了"宋、元以来诗歌创作中平庸纤巧"的弊病,只是其"视古修辞,宁失诸理"的理论和刻意拟古的创作方式限制了其成就,容易引人非议和批评。

袁行霈主编的《中国文学史》初版于1999年,作为"面向21世纪课程教材",吸取了20世纪文学研究的最新成果,对明七子及其文学复古运动的论述更加全面到位,现摘录部分内容于下:

> 从前后七子文学活动的积极意义上看,首先它们在复古的旗帜下,为文学寻求了一席独立存在的地位。其次,在重视文学独立地位的基础上,前后七子增强了对文学本质的理解,也正是在这一点上,他们对旧的文学价值观念和创作实践发起了一定的冲击。如后七子提

---

① 吴志达:《明清文学史》,武汉:武汉大学出版社1991年版,第472页。
② 赵义山、李修生:《中国分体文学史》,上海:上海古籍出版社2001年版,第165页。

出重"辞"而轻"理"的主张，虽有过多地注重文学形式的一面，却在某种程度上反映了他们以重形式的手段来摆脱文学受道德说教束缚的要求。而前七子则明确地将复古的目的与文学表现作家真情实感、刻画真实人生的追求联系起来。特别是李梦阳贬斥"文其人无美恶皆欲合道"的"今之文"，赞赏"文其人如其人"的"古之文"，而且把民间"真诗"的文学地位放置在文人学子作品之上，甚至欣赏被道学家斥之为"淫靡之音"的市井时调，进而将文学求真写实风格的衰退归结为宋儒理学风气侵害的结果，提出"宋无诗"："宋儒兴而古之文废矣"，这些都多多少少体现了对文学自身价值的一种新的理解，以及敢于同传统文学观念发生离异的勇气，赋予了文学复古活动以深刻性和挑战性。

前后七子复古活动的弊端也是明显的，他们在复古过程中寻求消除文学旧误区的办法，却又陷入了文学新的误区——在拟古的圈子中徘徊，一个显而易见的特征便是他们的文学主张与创作实践存在着距离，求真写实的观念并未在他们的作品中充分体现出来，为数不少而缺乏真情实感的模拟之作影响了他们的创作水准。

前后七子发起的文学复古思潮，在当时的文学领域产生过不小的震动，同时也给后世文坛带来了直接与间接、正面与负面的种种影响。比如活动于清康熙至乾隆年间的诗人沈德潜，曾标榜前后七子的复古业绩，指出："弘、正之间，献吉（李梦阳）、仲默（何景明），力追雅音，庭实（边贡）、昌谷（徐祯卿），左右醒靡，古风未坠。……于鳞（李攀龙）、元美（王世贞），益以茂秦（谢榛），接因曼哲。"（《明诗别裁集序》）他论诗主张从前后七子的文学论点中吸取内容，重新举起复古旗帜，以为"诗不学古，谓之野体"（《说诗晬语》），并且着眼格调，直接继承了前后七子复古的衣钵。[①]

这段文字是迄今为止笔者所看到的《中国文学史》教材和论著中的对七子派文学史地位及与晚明文学新思潮的关系的最系统、最全面、最公正的论述，也是在《中国文学史》教材中最早对七子派进行正本清源、拨乱反正的研究工作，符合本教材所宣称的"守正出新"的要求。如果我们知道这段文字出自于郑利华教授之手，就一点也不会感到奇怪，因

---

① 袁行霈：《中国文学史》，北京：高等教育出版社2008年版，第94—96页。

为郑教授是20世纪80年代中期率先倡导在明七子研究问题上进行拨乱反正工作的章培恒先生的高足，深入的研究提高了文学史教材编写的水准。

当然，这一时期的《中国文学史》一般都看到了七子派复古主张的积极意义，七子派推崇的"文必先秦两汉，诗必汉魏盛唐"虽然有点偏激，但他们让当时的士子们知道在台阁体、八股文之外还有先秦两汉散文和盛唐诗歌等更高的文学范式，这在一定程度上解放了人们的思想、开阔了人们的眼界，对当时的文坛和思想界具有引领和启迪的作用。同时，这一时期的文学史家们对七子派复古运动的失误和弊端也有清醒的认识，针对七子派"近诗以盛唐为尚，宋人似苍老而实疏卤，元人似秀峻而实浅俗"（《与李空同论诗书》）、"文必西汉，诗必盛唐，大历以后书勿读"（《明史·王世贞传》）等观点，王文生认为这种偏激的文学主张是七子派复古的重大失误，"他们相信一切都是古代的好，以至形成了一种'物不古不灵，不古不名，文不古不行，诗不古不成'的社会空气"[①]。

这种绝对的形式主义的文学观和只是从形式上进行拟古、仿古的创作方式受到很多文学史编写者的质疑，浦江清认为他们这是"以形式主义态度对待古典遗产；无原则地复古，以摹拟代替创造"[②]。钱念孙认为"他们盲目复古，以形式上的模拟来代替文学遗产的合理继承，又陷入了袭古成风、万口一喙的泥淖，同样把文学发展引入了歧途"[③]。袁行霈主编的《中国文学史》认为："他们在复古过程中寻求消除文学旧误区的办法，却又陷入了文学新的误区——在拟古的圈子中徘徊，一个显而易见的特征便是他们的文学主张与创作实践存在着距离，求真写实的观念并未在他们的作品中充分体现出来，为数不少而缺乏真情实感的模拟之作影响了他们的创作水准。"[④]

当然，七子派复古运动的内容也不是一无是处，李、何等人在主张重模拟的同时也主张重情、主张"真诗乃在民间"。此方面的内容，庆振轩、宁稼雨、张峰屹、秋芙、袁行霈和龚鹏程等人在其所编写的《中国文学史》中都给予了肯定，这一点在下文我们即将论述到的"七子派复古运动中的

---

① 王文生：《中国文学史》，武汉：武汉大学出版社2009年版，第429—431页。
② 浦江清：《中国文学史讲义》，天津：天津古籍出版社2009年版，第106页。
③ 钱念孙：《中国文学史演义》，安徽：安徽教育出版社2004年版，第595页。
④ 袁行霈：《中国文学史》，北京：高等教育出版社2008年版，第95—96页。

模拟与'真诗乃在民间'问题"中得到印证。

然而，新世纪以来仍有部分学者以保守僵化的态度来看待明七子派的文学复古运动，如石观海主编的《中国文学简史》就在其对明代文学发展的概述中如是说：

> 明代开国之后，先是以李东阳为代表的茶陵派主张诗宗杜甫，接着以李梦阳、何景明为首的"后七子"主张"文必秦汉、诗必盛唐"，后来的以李攀龙、王世贞为首的"后七子"继续鼓吹"文自西京，诗自天宝而下，俱无足观"(《明史·李攀龙传》)、"文必西汉，诗必盛唐，大历以后书勿读"(《明史·王世贞传》)，这就使得明代文坛长期笼罩在一种复古拟古的风气里，导致诗、词、文的创作在人云亦云、亦步亦趋的模拟中大都失去了自己的个性和活力。①

不难发现，这段话与20世纪四五十年代文学史教材中的论述如出一辙，丝毫没有吸收新世纪以来明七子研究的新成果。

倒是新近出版的由美国汉学家孙康宜、宇文所安主编的《剑桥中国文学史》对七子派的复古运动给予了充分的肯定。他们强调"复古派的目的是建立一种新的诗歌观念。……主张取法古人回到抒情诗的'本'，学习盛唐，特别是学习杜甫"②；"现代人一般认为复古派的理想典范是秦汉文，但是复古派文人对此的意见并不一致。……就诗歌而言，复古派同样不像现代学者所设想的那样总是追摹盛唐，他们的典范也包括《诗经》和两汉魏晋时代的古诗。复古派就与台阁体诗有很大不同，后者从来没有把《诗经》作为典范。复古派相信将诗与声律，特别是与吟唱艺术相联系，才能完满地传达感情。因此追溯诗的源头《诗经》就很重要，因为《诗经》中诗和音乐是一体的。明代复古派的观点使我们想到了西方抒情诗，它将音乐视为诗歌内在的成分。从这方面看，我们就比较容易理解'法'、'格调'这些概念的完整意思了"③。

上述观点从根本上对七子派的复古主张、诗学取向及诗歌格调论的合理性给予了较高程度的认可，新人耳目。此外，《剑桥中国文学史》还认为"复古派希望为全社会培养一种文化责任感，这就使得他们在文学作品

---

① 石观海：《中国文学简史》，广州：暨南大学出版社2014年版，第375页。
② 孙康宜、宇文所安著，刘倩译：《剑桥中国文学史：下卷》，北京：生活·读书·新知三联书店2013年版，第48页。
③ 同上书，第48—49页。

中更多地批判官方政策"①,对七子派的社会担当与创作关系进行了有深度的解释。

## 二、七子派文学复古运动中的模拟现象及"真诗乃在民间"问题

20世纪40至70年代,对于前后七子的模拟问题,各文学史的撰写或编辑者的观点似乎都大同小异,在他们的笔下,七子的复古实为模拟剽窃,没有半点新意。如张雪蕾在其《中国文学史表解》中说:"(嘉靖)七子之诗,不出模拟剽剥,试披其全集,久自生倦。比于前七子,又不相及。"②"明代一大部分的作家,他们的作品只是靠着摹仿古人的作品而泯灭了自己的灵性","承孔孟余业,尊韩柳文章"的新的一派和主张"文必秦汉,诗必盛唐""不读唐以后书"和"古之法亡于韩"的旧的一派"互相攻击,其实充其量也不过是大家摹仿的方式不同,同是脱不出这个仿的圈子"。③在此基础上,胡云翼又作了更深一步的探讨,他认为李梦阳"把唐宋的文章全部抹煞,而以秦汉为归依"的"绝对复古的论调尤其极端偏激"。模拟没有错,但"明代的后起文人,多迷惑于李何复古之说而从之,互相结纳,互相标榜",所造成的模拟极端化则不值得肯定和提倡。④

北京大学中文系编著的《中国文学史》认为:"文章既然是千古不变的'心'的表现,从文方面说则秦汉散文是其顶峰,诗就以盛唐为最高。后代的人作诗写文章,只要学习古人就行了,这就是所谓:'取发乎上'的实质。这种道理当然只能把人引向用摹拟来代替创造,实质上成为公开的剽窃与抄袭古人。他们的作品,不过都是'古人'的'影子',都是些赝古董"。⑤"前后七子掀起的复古主义文学运动的高潮虽然冲垮了'台阁体'对文坛的统治,但并未能把'台阁体'彻底地反掉,反而把文学引到更加脱离现实的道路上去了。在他们这种句剽字窃和生吞活剥的摹拟下,古典

---

① 孙康宜、宇文所安著,刘倩译:《剑桥中国文学史:下卷》,北京:生活·读书·新知三联书店2013年版,第50页。
② 张雪蕾:《中国文学史表解》,长沙:商务印书馆1938年版,第190页。
③ 郑作民:《中国文学史纲要》,上海:合众书店1934年版,第210页。
④ 胡云翼:《新著中国文学史》,上海:北新书局1947年版,第235—236页。
⑤ 北京大学中文系文学专门化1955级:《中国文学史》,北京:人民文学出版社1959年版,第189页。

诗歌和散文的艺术生命,几乎到了被扼杀的地步。这种恶劣的影响,远远超过其反'台阁体'和冲击八股文的积极作用。因此,他们就不能不引起人们愈来愈多的不满和抨击。"①

中国科学院文学研究所集体编著的《中国文学史》如是说:"在复古理论指导下,便产生了一大批'假古董',上面抹着铜绿,散放霉气。好多作品都是佶屈聱牙,不堪卒读。前后七子的诗总给人以'似曾相识'的印象,不但缺乏新意,情境和古人雷同,而且句法及词汇常常袭自古人成文。如果把他们写诗和临摹字帖相比的话,那么不仅可以看出某些诗类似临某家的帖,还可以看到有些诗简直就像'集汉碑'或'集魏碑'一样。……后七子中拟古的程度也不一样,李攀龙就比王世贞更严重些。在模拟的方式上他们的意见也有出入。谢榛就看出当时诗人生硬摹拟杜甫所产生的弊病:'处富有而言穷愁,遇承平而言干戈,不老曰老,无病曰病。'(《诗家直说》)这种现象当然是可笑的。他和王世贞都主张多方取法,不必拘于一家。他们反对摹拟,而是主张'摹拟之妙'。但他们的作品往往不能达到这点,却正是'痕迹宛露'。只有王世贞晚年放弃复古主张,诗风渐趋平淡自然。"②游国恩等先生主编的《中国文学史》认为七子派的创作"一味以模拟剽窃为能,成为毫无灵魂的假古董"③。

20世纪80年代以来的文学史在七子派的总体评价方面有了较大程度的推进,但在七子派的模拟问题上与以往相较并没有多大改变。黄钧、黄清泉在《中国文学史》中说:"他们并不重视学习汉盛唐文学的思想内容和现实主义精神,而是舍本逐末,仅仅满足于模仿形式技巧,字摹句拟,生吞活剥,甚至把剽窃当成创作。"④刘人杰在《中国文学史》中说:"在他们(七子)看来最好的办法是把那些绝对完美的东西当作范本,从篇章结构到句法、词汇都进行摹拟,摹拟得愈古愈好,用不着自己来创造有一种独特的风格,一切唯古人是尚。"⑤朱光宝在《中国文学史教程》中如是说:"他们认为最好的办法是把那些绝对完善的东西当作范本,如同写字临帖一样,从

---

① 北京大学中文系文学专门化1955级:《中国文学史》,北京:人民文学出版社1959年版,第190页。
② 中国科学院文学研究所、中国文学史编写组:《中国文学史》,北京:人民文学出版社1962年版,第756—757页。
③ 游国恩、王起、萧涤非:《中国文学史》,北京:人民文学出版社1996年版,第158页。
④ 黄钧、黄清泉:《中国文学史》,武汉:华中师范大学出版社1989年版,第205页。
⑤ 刘人杰:《中国文学史》,北京:中国对外翻译出版公司1999年版,第1509—1510页。

篇章结构到句法、词汇都一一模拟，模拟得愈像愈好，用不着自己另外创造一种独特的风格……可见他们的模拟完全是从形式上着眼。甚至为了形式上的肖似古人，即使损伤作品所表达的思想内容也在所不惜。"① 王国璎在《中国文学史新讲》中也提到："'卓然以复古自命'的李梦阳，率先倡言'文必秦汉，诗必盛唐，非是者弗道'，不但'尊古'且主张'拟古'。在文章撰写方面，主要推崇先秦两汉之文。并强调为文当习古人作文之法。……后七子继续阐扬前七子的复古、拟古主张，一概否定秦汉以后文。……正由于诸子相互结社宣传，彼此标榜推崇，遂将文学复古、拟古的呼应与实践推向了高峰。……当然，在复古、拟古声浪中，文坛上难免会出现一些追随风潮者，只顾模拟，而无新意，甚至泥古不化之作，遂颇受后世论者的批评。"② 钱念孙的《中国文学史演义》也讲到七子派中虽然模拟程度不同，但常常都是"直接照搬古人，几乎成了古人诗文的'临摹本'"，如后七子中的"李攀龙持论褊狭，模仿古人亦步亦趋，不愿越雷池半步；而王世贞和谢榛等，则持论比较通达，主张多方取法，讲究模拟之妙"。③

上述文学史都看到了七子派模拟的弊端，但大多未曾看到模拟只是七子派学习经典诗文的手段而并非目的。从创作方法方面来说，既然将汉魏盛唐诗、先秦两汉文作为诗文的最高典范来学习，那么从篇章结构到句法、词汇进行摹拟创作成为学习和创新的必由之路，这正如书法学习中的临帖的功能一样。当然，七子派成员过度以模拟代替创作的行为就值得反思了。

在评价七子派的诗文主张和创作实践时，模拟与格调往往如影随形，通过对模拟之法的强化和具体化来实现他们对诗文"格高调逸"的追求，七子派也因此被称为格调派。其实，在讲格调的同时，他们还强调诗文中的情感，如李梦阳在《潜虬山人记》中提出："夫诗有七难：格古、调逸、气舒、句浑、音圆、思冲、情以发之。七者备而后诗昌也"④。但20世纪以来的相当多的文学史都只着眼于七子派复古形式上的模拟，而忽视了其对真情的关注和重视，如袁世硕先生主编的《中国文学史》甚至认为"复古派的文学主张有片面性，李攀龙编选《古今诗删》，于唐以后直接以明，根本无视宋元诗文的客观存在；创作上揣摩格调，模拟剽窃之风泛滥，限

---

① 朱光宝：《中国文学史教程》，成都：四川大学出版社2005年版，第440页。
② 王国璎：《中国文学史新讲》，台北：联经出版事业股份有限公司2006年版，第692—693页。
③ 钱念孙：《中国文学史演义》，安徽：安徽教育出版社2004年版，第591—592页。
④ （明）李梦阳：《空同集》，上海：上海古籍出版社1991年版，第446页。

制了文学抒情本质的发挥"①。

但是,对于李梦阳的"真诗乃在民间"一说,诸多的文学史均给予了充分的肯定,如郭杰、秋芙所编的《中国文学史话》中认为"前七子的复古是为了求真,反对虚饰的文风,所以他们特别强调诗歌的情感特征……从明代文学思潮的发展进程看,前七子复古以求真,对情的追求,具有反理学、反台阁、恢复古典审美理想的作用,对明代中后期的文学发展起了很大的推动作用,对他们的作用不应一概抹杀,而应历史地客观地对待"②;庆振轩也认为"他(李梦阳)作诗重视'调',讲究'法',强调文学的审美特征和艺术技巧,倡导'真诗说',这对于促进文学的独立,使其与'道统'脱离,发挥了重要作用"③;宁稼雨、张峰屹编著的《中国文学通识》更是对李梦阳重情之说给予了明确的肯定,说:"他(李梦阳)批评宋人做诗重理不重情,文人学子之诗情寡而辞多,指出'真诗乃在民间',而所谓'真者,音之发而情之原也'(《诗集自序》)。这是一种主情尚文的诗歌创作主张,很值得肯定"④。

此外,王文生主编的《中国文学史》就从李梦阳晚年的悔悟来探讨这一问题:"前七子领袖李梦阳晚年所作的《诗集自序》中,就检讨自己的诗作'真',说这些作品只是文人学子的'韵言','出之情寡而工之词多'。就是说,自己的诗作虽词藻工整但缺乏真实的感情,不是真诗。后七子领袖王世贞晚年也作过自我批评。"⑤李修生先生的文学史认为"他(李梦阳)主张艺术创作要重视才情,注意发挥艺术想象,使创作具有独特的艺术风格。他还强调诗歌创作应是作者真情的抒发,肯定民歌的情真。这与李梦阳晚年所写《诗集自序》中,认为人民群众中存在着'真诗'的观点也是一致的"⑥。

袁行霈主编的《中国文学史》则通过对以李梦阳为首的七子派复古主张中对文学本质的新的理解中看到了其中的闪光点,即"在贬斥文学'主理'现象的同时,李梦阳提出文学应重视真情表现的主情论调,他将民

---

① 袁世硕、张可礼:《中国文学史》,北京:中国人民大学出版社2006年版,第615页。
② 郭杰、秋芙:《中国文学史话》,长春:吉林人民出版社1998年版,第263—273页。
③ 庆振轩:《中国文学史发展纲要》,兰州:兰州大学出版社2007年版,第308页。
④ 宁稼雨、张峰屹:《中国文学通识》,郑州:河南人民出版社2003年版,第18页。
⑤ 王文生:《中国文学史》,武汉:武汉大学出版社2009年版,第431页。
⑥ 李修生:《中国文学史纲要》,北京:北京大学出版社1990年版,第96页。

间创作与文人学子作品进行对比，以为'真诗乃在民间'，而所谓'真者，音之发而情之原也'，文人学子之作'出于情寡而工于词多'(《诗集自序》)。他与何景明甚至还赞赏《锁南枝》这样在市井传唱的民间时调，说学诗者'若似得传唱《锁南枝》，则诗文无以加矣'。这些都在强调文学自身价值的基础上，对传统的文学观念与创作大胆提出怀疑，具有某种挑战性。而所谓'真诗在民间'之说，也反映了以李梦阳为代表的前七子文学观念由雅向俗转变的一种特征，散发出浓烈的庶民化气息"①。

龚鹏程在其《中国文学史》中对李梦阳诗学主张的格调与法度、理与情的关系及"真诗乃在民间"一说的本质作了深刻的揭示：

> 李梦阳反对诗本于理，故要从格调上来恢复古之诗道。但格调不过是技巧或形式上的事，诗还有本质的东西。因为理的对立面乃是情，是以诸君也要由情来说诗。……在分裂的格局中，诗欲与乐合，文士作诗欲与民间歌曲合，则是特殊趋势。但这种合只是表面的，李、何诸人无论如何说腔调、说要向民间歌谣学习，其格调都仍只是从文字上体会而得，以实字求高腔就是明显的例子。……前后七子诚然看来颇具古典主义气味，讲究模范，诗文写作和风格都强调规则，有要严格遵守的准绳，尊崇古代文体上的权威。然而，他们其实与西方古典主义南辕北辙，却是近人不知道的。……前后七子之理论核心并不是法而是才与情。……所以用古典主义来拟想他们并不恰当，他们更不是形式主义的。西方的形式主义，理论的内核是理性精神。这批复古论法的文人以才情为倡，恰与相反，岂可混为一谈？②

龚先生敏锐地看到了前后七子格调理论重情的特质，他们看似"颇具古典主义气味"，但与西方的古典主义、形式主义绝无二致。

《剑桥中国文学史》同样对李梦阳的"今真诗乃在民间"给予了肯定，认为"复古派对通俗歌谣展现了特别的兴趣，因为他们坚信这些作品表达了真正的情感。……在另一个场合，李梦阳和他的友人何景明赞赏通俗歌谣采用了'锁南枝'的曲调，指出如果诗人学这样的调子，将大有益于诗

---

① 袁行霈：《中国文学史》，北京：高等教育出版社2008年版，第87页。
② 龚鹏程：《中国文学史》，北京：世界图书出版公司北京公司2009年版，第198—201、211—218页。

文质量的提高"。① 作为域外汉学家，这样的观点可谓与时俱进。

## 三、关于七子派主要成员的评价问题

20世纪以来的文学史在对七子派及其文学复古运动进行整体评价的同时，也对七子派的部分成员进行了简单的对比论述，以前七子中的李梦阳、何景明和后七子中的王世贞、李攀龙、谢榛等人为代表。在比较李梦阳与何景明的创作观念和创作风格时，大部分文学史对何景明的评价较高，如钱基博认为：

> 两人为诗文，初相得甚欢；名成之后，互相诋諆。梦阳主摹仿，而景明主创造，各树坚垒不相下。两人交游，亦遂分左右袒。景明之才，本逊梦阳，而其文章闲雅稳称，不如梦阳之奇绝博奥，而亦无梦阳张脉偾兴之敝。然天下语诗文，必何李并称。②

> 梦阳主摹仿，景明则主创造。然景明不知梦阳之才大，梦阳亦逊景明之气清。梦阳诗以雄丽胜，景明诗以秀朗胜；同是宪章少陵，而所造各异。名成之后，互相诋諆。何诮李遥髀振铎，李诮何抟沙弄泥。何病李之杀直，李病何之缓散。两君皆负才傲物，而何稍和易，以是人多附之。亳州薛蕙诗云："俊逸终怜何大复，粗豪不解李空同。"自此诗出，而抑李申何者日渐多矣。③

李、何两人同属一个流派，同是宗古，但他们也有各自的风格特色，"其才全不同，均学杜甫，而所得各异"④，"何重在风神意态的效法，李重在气象格调的临摹；因而作品风格也不同：何主情，李重气骨；何主变化，李重拟议"⑤。童行白认为李梦阳的诗"在于雄浑"，而何景明诗"以秀朗胜"。"在文学上，（何景明）与李梦阳共同致力于文学复古，'文称左、迁，赋尚屈、宋，诗古体尊汉魏，近律法李、杜'（《皇明名臣言行录》）。但是在如何学古的问题上，何景明与李梦阳有很大的区别"⑥，而且这一阶段

---

① 孙康宜、宇文所安著，刘倩译：《剑桥中国文学史：下卷》，北京：生活·读书·新知三联书店2013年版，第50页。
② 钱基博：《中国文学史》，上海：上海古籍出版社2012年版，第793页。
③ 同上书，第833页。
④ 顾实：《中国文学史大纲》，北京：商务印书馆1926年版，第282页。
⑤ 吴志达：《明清文学史》，武汉：武汉大学出版社1991年版，第163页。
⑥ 袁世硕、张可礼：《中国文学史》，北京：中国人民大学出版社2006年版，第617页。

的大部分文学史都认为"梦阳主模拟，景明主创造"，两人"各树坚垒不相下，两人交游，亦遂分左右袒"①。虽然何景明的才逊于李梦阳，但其诗文则更胜一筹，顾实认为李梦阳"有才而主模仿，刻画过甚"②，中国科学院文学研究所编著的《中国文学史》认为"就诗歌来看，何景明比李梦阳写得较为清新可读。何景明在前七子中年纪最小，小李梦阳十几岁，他敢于提出自己的意见，确有一股锐气"③。羊达之认为"其（李梦阳）之诗文颇古雅刚劲，一洗萎靡肤廓之病，惟时或失之粗浮、剽窃。何景明诗以清远为趣，俊逸为宗，较李梦阳之粗浮剽窃者，实觉高胜一筹"④。赵景深认为"李梦阳的散文故作聱牙，以艰深文其浅陋，致为后世钱谦益、陈文述等讥为剽窃，食古不化，完全做了一部留声机器。何景明词采秀逸，不尽为模仿"；"李梦阳的诗被薛蕙评为'粗豪不解李空同'，其实与刘基、李东阳等并无二致。……李东阳如可谓为工于起句的谢朓，李梦阳便可说是善写边塞的王昌龄了。但他别的诗模拟剽窃，颇为后人所讥。何景明的诗被薛蕙评为'俊逸终怜何大复'，可见他虽与李梦阳同派，气韵实是不同的"等。⑤

上述论断可谓众口一词，都认为李梦阳主摹拟，何景明主变化，何比李更通达。其实，李、何二人虽有论争，但在复古主张上并无根本性差异，大致李着眼复古的过程而何着眼复古的结果，仅此而已。对此，章培恒和骆玉明先生力排众议，在其主编的《中国文学史》中做了较为细致的说明：

> 何景明曾与李梦阳就文学复古的问题发生争论，彼此书信往复，各执己见。大致说来，在提倡复古的基本立场上，他与李氏并无歧异，有些言论同样很偏激，如《杂言十首》，所谓"秦无经，汉无骚，唐无赋，宋无诗"。不过何景明不像李梦阳那样主张"尺寸古法"，而提出"舍筏登岸"（《与李空同论诗书》）之说，强调学古为手段，目的在于独创。这种分歧的产生，盖与二人美学趣尚不同有关。何景明

---

① 曾毅：《中国文学史》，上海：泰东图书局1915年版，第260页。
② 顾实：《中国文学史大纲》，北京：商务印书馆1926年版，第282页。
③ 中国科学院文学研究所、中国文学史编写组：《中国文学史》，北京人民文学出版社1962年版，第756—757页。
④ 羊达之：《中国文学史提要》，台北：正中书局1937年版，第113页。
⑤ 赵景深：《中国文学史新编》，台北：华正书局1947年版，第291页。

的创作风貌更多地趋向于俊逸秀丽一路，所以一味拘守"古法"，追仿古人的"格调"，是他不能接受的。①

后七子以王世贞、李攀龙为首，"王世贞的文学主张，与李攀龙大体一致。谓'文必秦汉，诗必盛唐'。又谓'西京之文实，东京之文弱，六朝之文游，唐之文庸，宋之文陋，元无文'。其持论之偏有如此者，故归有光指为'庸妄'"②。但王世贞之文学主张也尽非归有光所说，他的文学思想在后来是逐渐有些变化的，如"他认为诗是'心之精神发而声者也'，还将作者的才思与作品的格调联系起来，说'才生思，思生调，调生格'。他还认为'代不能废人，人不能废篇'，所以对宋元以后作品也不能一概否定"③。

李攀龙"为诗务以声调胜，所拟古乐府或更古数字为己作，生吞活剥，腼焉不顾。又临摹太过，七律为人所推，高华矜贵、脱去凡庸、心慕手追在王维李颀，然句重字复，气断续而神偏离，亦非绝品。文则聱牙戟口，读者不能终篇"④。

在后七子中，虽然后世以李、王为首领，但谢榛实为理论倡导者，可与李、王相抗衡："谢榛要求熟读、玩味而得到前人之'神气'、'声调'、'精华'，对于'古法'不像李、王那么偏执"⑤，其论诗曰"取李、杜十四家最佳者，熟读之以会神气，歌咏之以求声调，玩味之以裒精华，得此三要，则浩乎浑沦，不必绘调仙而画少陵也"⑥。曾毅也认为，"惟世之论者目何、李、王、李为一途，其实不然。空同沿袭左史。袭世者断续伤气，袭左者方板伤格……榛诗近体字斟句炼、气逸调高，七子中成为独步。古体虽非所长，亦自存本色"⑦，王梦曾认为"王、李继起，历下以矜贵称，太仓以雄阔著，可与抗行者，惟谢茂秦，然后尽摹效，不无沿袭雷同"⑧，"他（谢榛）在理论上提出'文随世变'、'有意于古，而终非古也'，比李攀

---

① 章培恒、骆玉明：《中国文学史》，上海：复旦大学出版社1997年版，第240页。
② 刘人杰：《中国文学史》，北京：中国对外翻译出版公司1999年版，第2544—2547页。
③ 李修生：《中国文学史纲要》，北京：北京大学出版社1990年版，第103页。
④ 曾毅：《中国文学史》，上海：泰东图书局1915年版，第266—267页。
⑤ 章培恒、骆玉明：《中国文学史》，上海：复旦大学出版社1997年版，第254—257页。
⑥ （明）谢榛：《四溟诗话》，北京：中华书局1985年版，第1页。
⑦ 曾毅：《中国文学史》，上海：泰东图书局1915年版，第266—267页。
⑧ 王梦曾：《中国文学史》，北京：商务印书馆1914年版，第76页。

龙更有新意"①。赵景深也认为"李攀龙散文聱牙戟口,使读者不能终篇","谢榛的诗淡远色古,怀抱极和,为汪端所称,以为有类昌谷"②。童行白用沈德潜一句"五言近体,字斟句炼、气逸调高,七子中故当推独步"的评价表达出了自己的观点,后七子中"得与李王相比者,为谢榛"。③

此外,七子派成员宗臣的散文《报刘一丈书》及康海的《中山狼传》、王九思的《杜甫游春》杂剧得到了诸多文学史的一致认可和好评,被收录到各种文学作品选中,其他成员及其作品大都付之阙如了。

## 四、关于七子派与明代其他文学流派的关系与演进问题

明代文坛一个显著的特点就是流派纷呈,更替频繁,其中以七子派及其文学复古运动影响最大。茶陵派开启前七子,前七子反对台阁体,唐宋派反拨前七子,后七子重张前七子复古大旗,公安派以前后七子为靶的,竟陵派以公安派为修正对象,陈子龙等复社人士又以七子复古主张相号召,好不热闹。纵观百年来的文学史著述,对此都有这样那样的阐述,或详或略,或深或浅,眼光不同,评判各异。

曾毅认为:"文学承嘉靖之流风,虽属萎靡不振,而其间公安一派,变以清、真,竟陵一派又易以幽峭,较李王派之肤廓粗厉似已进步,然一失之僻涩炎炎燎火,亦允不阳其愈于李王者,无几文章固果与国运为盛衰乎。然其辞辟之意气,亦不容泯没也。"④华仲麐则表示:"明季浪漫主义的新文学思想理论之产生所形成的改革运动,一则是复古主义的强烈刺激,再则是儒禅混合的哲学思想的启示,因而形成一种反复古尚自由的浪漫精神、新理论,晚明文坛的特有成果,即由此诞生,这一种自觉运动的谨慎魄力,实远及于四百年后的'五四运动'。"⑤

在七子派与唐宋派的关系上,游编文学史认为唐宋派"继承南宋以来推尊韩柳欧曾王苏古文的既成传统"⑥,唐宋的主要代表人物,如王慎中、

---

① 李修生:《中国文学史纲要》,北京:北京大学出版社1990年版,第104页。
② 赵景深:《中国文学史新编》,台北:华正书局1947年版,第285页。
③ 童行白:《中国文学史纲》,上海:大东书局1933年版,第232—233页。
④ 曾毅:《中国文学史》,上海:泰东图书局1915年版,第273页。
⑤ 华仲麐:《中国文学史论》,台北:开明书店1965年版,第376页。
⑥ 游国恩、王起、萧涤非:《中国文学史》,北京:人民文学出版社1996年版,第161页。

唐顺之等人在早期都是趋附七子派的复古文学思想的,"后来因看出七子的诗文的流弊,尤其是散文,故作佶屈聱牙,以艰深文饰其浅陋,就抛弃了以前的看法,提出了自己的'文从字顺'的主张"①。"唐宋派这些人对复古文风之弊深恶痛绝,因此批评十分尖锐,具有深刻的揭露意义。……在提出正面主张的时候,唐宋派也暴露出自己的弱点。他们是站在道学家的立场来看问题。……这样的主张就是道学家文论的翻版,并不是什么新东西。用这种陈腐的武器自然很难打倒复古派。"②在谈及唐宋派的代表人物王慎中、唐顺之等人之时,游编文学史作了如下简明的论述:

  二十八岁以后,(王慎中)始悟高谈秦汉、鄙薄唐宋的非是,认为"学问文章如宋诸名公,皆已原本六经,轶绝两汉"(《与汪直斋书》);"学六经史汉最得旨趣根源者,莫如韩欧曾苏诸名家"(《寄道原弟书九》)。这就和李王等盲目尊古、不读唐以后书的偏颇狭隘的论调不同。他似乎看到秦汉文和唐宋文之间的继承发展关系。……他要求文章能"道其中之所欲言"即表达作者内心的思想感情,这就和以抄袭模拟为能的拟古主义者有根本的区别。③

  (唐顺之)要求文章要有独特的思想见解,不要落入俗套。这和李、王等的拟古主义是不相容的。他所说的"洗涤心源"或"心地超然"等等,意味着摆脱束缚,力求思想感情的自然流露。④

袁世硕和张可礼等编写的《中国文学史》认为他们是"把'心学'融入散文的艺术精神,继承唐宋古文传统,开创了在明清散文史上具有承上启下作用的散文流派"⑤。华仲麟在其编写的文学史中认为唐宋派"有情有采,有风有骨,不违时代,不废个性的浅易主张,实开启后期明代性灵文学的仅有成就,而一时李何复古的高张气势也为之顿挫无光"⑥,虽然这种观点有些夸大其词,但我们还是可以看到唐宋派所取得的积极作用的。在对唐宋派文学史地位的评价问题上,本文作者认为吴志达先生的

---

① 北京大学中文系文学专门化1955级:《中国文学史》,北京:人民文学出版社1959年版,第191页。
② 中国科学院文学研究所、中国文学史编写组:《中国文学史》,北京:人民文学出版社1962年版,第759页。
③ 游国恩、王起、萧涤非:《中国文学史》,北京:人民文学出版社1996年版,第162页。
④ 同上书,第162—163页。
⑤ 袁世硕、张可礼:《中国文学史》,北京:中国人民大学出版社2006年版,第622页。
⑥ 华仲麟:《中国文学史论》,台北:开明书店1965年版,第375页。

评述是相当到位的,他认为"由于他们(唐宋派)在当时文坛上地位不高,号召力不大;同时,又因为他们的所谓革新,实际上是复古派中的改良派,对于复古之风,起了一定的遏制和矫偏的作用,并未进行彻底的革新","从文学史的发展进程可以看出:前后七子以复古冲垮台阁体的统治地位,是一大进步,面貌焕然一新;在前后七子把诗文创作引向魔道之时,唐宋派变'文必秦汉'为文宗欧、曾,虽未能脱尽拟古,仍然取得显著进步"。①

章培恒和骆玉明等人编撰的文学史对于唐宋派与七子派的评价与上述论断大不相同,认为"唐、王的文学理论的核心,乃从维护道学的立场出发,重弹宋儒以来'文道合一'论的老调,即所谓'文与道非二也'(唐顺之《答廖东雩提学》)。他们讥訾'近时文人说秦说汉说班说马'(唐顺之《与陈两湖》),并非如有些研究者所肯定的,目的是纠正李何以来文学复古的流弊,使文学发展更趋完善,而是根本上认为文学本身是有害于道的东西"②。"'唐宋派'形成以后,虽然声势上谈不上盛大,但还是有相当的影响。王世懋曾说:'嘉靖时,海内稍驰于晋江(王慎中)、毗陵(唐顺之)之文,而诗或为台阁也者,学或为理窟也者。(李)于麟始以其学力振之,诸君子坚意倡和,迈往横厉,齿利气强,意不能无傲睨。'(《贺天目徐大夫子与转左方伯序》)这段话颇能说明由唐宋派造成的文学倒退现象,以及李攀龙、王世贞等人的'后七子'重振复古运动的背景和攻击目标"③,此段论述从七子派的反对道学与唐宋派的维护道学这一比较的角度出发论及唐宋派与七子派的复古原因和目的,从而一反唐宋派优于七子派的老调重弹,新人耳目。

在公安派对七子派复古运动的反拨方面,1959年北京大学中文系集体编写的文学史就七子派文学复古运动的文学主张进行了细致的分析,他们认为:"公安派领导的反复古主义的斗争,是封建主义内部的文学改良运动。这个运动是受了资本主义经济萌芽的发展以及进步哲学的影响而引起的。这个运动之所以是进步的,表现在两个方面:一、文学主张的进步性;二、他们的创作所表现出来的进步倾向",从文学主张上看,"公安派反对摹拟,不拘格套,提出了'独抒性灵'的口号,要求作品有创作性和真实

---

① 吴志达:《明清文学史》,武汉:武汉大学出版社1991年版,第486—487页。
② 章培恒、骆玉明:《中国文学史》,上海:复旦大学出版社1997年版,第248页。
③ 同上书,第252页。

性，重视通俗文学"，"这些主张是建立在他们进步的思想和文学发展观上的，直接与复古主义的主张相对立"："复古主义把文学看作静止的现象"，而公安派则"把文学和时代密切地联系了起来"；"复古主义者无视于文学的内容，而专讲求形式"，而公安派则认为"文章必须有真知灼见，才能传世"。①中国科学院文学研究所和中国文学史编写组编写的《中国文学史》在此问题上也持大致相同的观点，兹不赘述。从文学发展的角度来看，游编文学史肯定了公安派"认为文学是随着时代的变化而变化的，有各个不同的时代，即有各种不同的文学。因此反对贵古贱今，反对摹拟古人"。②他们"主张'信腕信口，皆成律度'，打倒摹仿，提倡抒写性灵"。③他们"以李贽个性解放和离经叛道的异端思想为核心，标举'独抒性灵，不拘格套'的旗帜，对复古派的死守格调、字模句拟之风起到了横扫荡涤的作用"，他们也认为"文章凭自己的'性灵'，就会具有不相同的'真面目'，自然可以从模拟中走出来，并具有反对假道学的意义"④。

当然，在充分肯定公安派反对七子派文学复古的意义的同时，著者们也注意到了其弊病和缺陷。游编文学史就认为，"'公安派'的理论对打破拟古主义的陈腐格局是有力量的。他们的创作成就主要在散文。打破传统古文的陈腐定局，自然地流露个性，语言不事雕琢，流利洁净，是他们作品的特点。但他们以为'心灵无涯，搜之愈出'，而忽视社会实践对作家的决定意义，这就把创作的源头认错了。他们写来写去，只是几处风景名胜，题材狭窄，思想贫弱。他们的作品虽有革新意义，成就不大。'公安派'对清代文学如郑燮的散文，袁枚的诗和诗论，均有一定的影响"⑤。吴志达先生则从两个方面对公安派的是非功过进行了论述："公安派为了矫正蹈袭之风，强调'信腕信口'、自然质朴，无疑是正确的；但其末流，却把自然变成俚俗肤浅，'境无不收，情无不写，未免冲口而发，不复检括'，因而招致非议"⑥，刘大杰先生一方面指出"袁宏道所领导的文学理论，在当时具有形式主义的内容，而其倾向，是晚明资本主义萌芽期新兴思想在

---

① 北京大学中文系文学专门化1955级：《中国文学史》，北京：人民文学出版社1959年版，第201—203页。
② 游国恩、王起、萧涤非：《中国文学史》，北京：人民文学出版社1996年版，第169页。
③ 赵景深：《中国文学史新编》，台北：华正书局1947年版，第281页。
④ 李修生：《中国文学史纲要》，北京：北京大学出版社1990年版，第107页。
⑤ 游国恩、王起、萧涤非：《中国文学史》，北京：人民文学出版社1996年版，第171页。
⑥ 吴志达：《明清文学史》，武汉：武汉大学出版社1991年版，第504页。

文学上的反映，表现了浪漫主义在文学思想上的斗争精神。特别是把从来为人轻视的小说、戏曲、民歌一类作品，给予文学上的新评价，这在中国文学批评史上是应该重视的"[1]，另一方面，他也认为公安派的文学理论"并没有深入到文学的思想内容，而只是从抽象的概念上去反对拟古，去强调人的性灵，未能在创作实践中表现出更好的成绩，因而破坏性大，理论意义超过了创作成就。结果是作品内容较为贫乏，风格流于轻俏，而在生活态度上也容易给人一种消沉的影响"[2]；袁行霈先生主编的文学史认为"以袁宏道为代表的公安派以'性灵说'为文学主张的内核，以直写胸臆为抒情特征，以清新轻逸为艺术风格，他们反对七子派的模拟复古，但最终也走向了另一种极端，造成浅率化的流弊"[3]。在章培恒、骆玉明等人看来，"文学终究是一种艺术创造，对于艺术性的推究是不可缺少的。就此而言，前后七子重视'格调'、'法度'，主张向古人学习，也是合情合理的。公安派为了强调'独抒性灵'，打破模拟的风气，有些观点虽有矫枉过正的意义，但其偏激的一面，不可避免地包含着隐患。特别是讲究形式的诗歌，容易因此而流于率易"[4]。

在七子派与公安派的关系问题上，绝大多数的文学史都将前者视为后者的对立面，二者水火不容。但袁编文学史则吸收了学界研究的新成果，指出二者其实有相通相似之处：

> 从另一方面来看，前后七子一些文学变革的主张在某种意义上也开启了后世文学新精神。晚明时期公安派代表人物袁宏道在《答李子髯》一诗中写道："草昧推何李，闻知与见知。机轴虽不异，尔雅良足师"，对李梦阳、何景明的文学活动加以肯定。同时他曾经颇有见地地赞赏民间所传唱的《擘破玉》、《打草竿》之类作品为"多真声"。这一论调显然与李梦阳"真诗在民间"的说法神理相通，或者可以说是李梦阳"真诗"说的某种延续。又如王世贞"有真我而后有真诗"的看法，似乎可以从公安派直插脑脂的"性灵说"中找到它的影子。这些从一个方面显示出前后七子与晚明文人文学主张上某些内在的联系。[5]

---

[1] 刘大杰：《中国文学发展史》，上海：上海古籍出版社1982年版，第931页。
[2] 同上。
[3] 袁行霈：《中国文学史》，北京：高等教育出版社2008年版，第223页。
[4] 章培恒、骆玉明：《中国文学史》，上海：复旦大学出版社1997年版，第287页。
[5] 袁行霈：《中国文学史》，北京：高等教育出版社2008年版，第94—96页。

在七子派与竟陵派的区别与联系上，诸多文学史都认可竟陵派不喜模仿也不喜浅俗的特点，对他们片面追求幽深孤峭的做法也有批评。如容肇祖的《中国文学史大纲》认为竟陵派的文章"也不喜欢摹仿，而做得是很多奇僻的语句，有些是很难看得懂的"①。从文学发展的角度看，竟陵派是在反复古的道路上对公安派文学理论的修正和发展，"至于公安所倡言反拟古、反传统、'独抒性灵，不拘格套'这些主要方面，钟、谭并无异议"②，即他们的"文学主张和理论同公安派有相同的一面，就是他们也提倡独抒性灵和不拘格套，反对前后七子的复古主张，但又存在一些根本分歧"③，他们认为公安派的诗文作品过于浅率，"因此强调学习古人的精神，来矫正公安之弊。正由于竟陵派强调学习古人的精神，要在古人诗中追求'幽情单绪'和'孤行静寄'，因而不得不玩索于一字一句之间，极力地追求'别趣理奇'"④，在此游国恩等人编写的文学史也是如是说，"'竟陵派'也主张独抒'性灵'，但更多的却是乞灵于古人。他们选《诗归》，目的就在于'引古人之精神以接后人之心目，使其心目有所止焉，如是而已矣'。他们认为古人之精神不是'滞者、熟者、木者、陋者'，而是'幽情单绪'，'孤行'，'孤诣'"⑤。只是，他们最终也走向了另外一种极端，"他们认为'物有孤而奇'，并对'造语森秀，思路崎岖'的作品加以称赞，只要孤、奇、僻、怪就是好的"，"流弊比公安派更大"⑥，他们"把诗文创作引向一条更为狭窄的小路。他们脱离现实生活内容，追求一种'幽深孤峭'的艺术风格，形式主义倾向更为显明"⑦，他们与公安派一样，"对复古主义思潮的斗争有着重要的意义，但他们只强调'性灵'，没有解决文学反映现实的源泉问题"⑧。虽然"竟陵派并未真正找准文学发展的路子"，但他们"提倡学古要学古人的精神，以开导今人心窍，积储文学底蕴，这与单纯在形式上蹈袭古风的做法有着很大的区别，客观上对纠正明中期复古派

---

① 容肇祖:《中国文学史大纲》，[出版地不详]:朴社1935年版，第312页。
② 刘大杰:《中国文学发展史》，上海:上海古籍出版社1982年版，第932页。
③ 北京大学中文系文学专门化1955级:《中国文学史》，北京:人民文学出版社1959年版，第206页。
④ 同上书，第207页。
⑤ 游国恩、王起、萧涤非:《中国文学史》，北京:人民文学出版社1996年版，第171—172页。
⑥ 北京大学中文系文学专门化1955级:《中国文学史》，北京:人民文学出版社1959年版，第207页。
⑦ 游国恩、王起、萧涤非:《中国文学史》，北京:人民文学出版社1996年版，第172页。
⑧ 孙静、周先慎:《简明中国文学史》，北京:北京大学出版社2001年版，第458页。

拟古流弊起着一定的积极作用。再者他们也较为敏锐地看到了公安派末流俚俗肤浅的创作弊病，企图另辟蹊径，绝出流俗，也不能不说具有一定的胆识"。①

总而言之，七子派在明代诗文流派的承传演变过程中举足轻重，诸多文学史家往往注意到了唐宋派、公安派、竟陵派对其反拨而没有看到他们之间的联系及一定程度的相似性。这种现象直到21世纪的教材中依然存在，如石观海主编的《中国文学简史》在论及公安派时认为，"在与复古拟古文学思潮相对抗的唐宋派、公安派、竟陵派各派之中，势力最强、影响最大的是以'三袁'为首的公安派。公安派立足于发展的文学观，反对复古，反对模拟，主张'独抒性灵，不拘格套'。他们不仅有理论，而且还有实践自己理论的创作成果，笔下不乏内容充实、寄意遥深之作"②。将七子派的复古思潮与唐宋派、公安派及竟陵派相对立，反映出编者对明代诗文流派之间的相互关系缺乏足够的认识。唐宋派、竟陵派与七子派一样都是以复古相榜，唐宋派自不待言，竟陵派既欲纠七子派师古之弊，也欲纠公安派师心之偏，既重"性灵"，也重学养，主张发抒古人之真精神，更何况七子派重情、重视民间文学的主张可谓公安派的开路先锋。

## 五、结语

中国文学史的编写有多种模式，有通史，有断代史，还有分体文学史。就用途而言也不一样，有服务于教学或一般读者的文学史教材，也有新见迭出的研究论著。无论哪种形式的文学史，都反映出编者对文学发展历史中具体问题的认识水平。笔者认为，"文学史著作既是对已往文学发展历史的客观叙述，又体现着编撰者个人的学术素养和研究状况，同时也具有鲜明的'当下'色彩和时代印记。文学史研究没有穷尽，一个阶段有一个阶段的研究水平。因此，文学史著作不可能臻至完美或达到永恒"③。

通过梳理20世纪以来百余种文学史著作对明代七子派研究问题的论述，我们起码产生了三点认识：其一，明代七子派是中国古代文学史上影

---

① 袁行霈：《中国文学史》，北京：高等教育出版社2008年版，第228页。
② 石观海：《中国文学简史》，广州：暨南大学出版社2014年版，第379页。
③ 徐国荣：《古代文学研究的当代审视——99广东省古代文学博士研讨会述要》，《学术研究》，2000年第1期，第123—127页。

响最大的文学流派，谈及明代文坛，没有哪本文学史著作会将其遗漏，作为文学史研究对象的明代七子派还有许多问题需要研究；其二，明代七子派因涉及文学复古运动而与哲学观念、社会思潮等密切相关，各个时期的文学史对七子派的评述也反映出当时的社会思想和文化观念，梳理各个时期的文学史论著对七子派的接受也因此成为另一部"文学史"；其三，近二十年来明代七子派研究的成果并没有及时反映在国内学者所撰写的一般的文学史著作中，就学术观点的新颖和深入程度而言，文学史著作与学术论著还是有很大的差距，集体编写的文学史的质量一般来说要远远高于个人编写。因此，我们呼唤更多更有权威的研究者参与的高水平的文学史著作的不断涌现。

# 第二辑

# 文艺学与古代文学研究

# 进士文化与唐诗的兴寄

邓乔彬

"兴"是《诗经》"六义"之一,《诗·周南·关雎·序》云:"故诗有六义焉。一曰风,二曰赋,三曰比,四曰兴,五曰雅,六曰颂。"后世认为"六义"包括文体和手法,以"兴"与赋、比同为诗的表现手法。先秦时代诗、骚继盛,特定的体现在"兴"的功用及艺术手法上,汉代虽有乐府诗"感于哀乐"的相继,但此后正如陈子昂《与东方左史虬修竹篇序》所说:"汉、魏风骨,晋、宋莫传","齐梁间诗,彩丽竞繁,而兴寄都绝"。诗歌至唐,才风雅再作,于风骨、兴寄尤见发扬,而这,又与进士文化的生成、发展、兴盛大有关系。本文拟就后者作一专论。

## 一、"兴""比兴""兴寄"

"兴"的本义是"起",《诗·大雅·大明》有"维予侯兴"句,毛传云:"兴,起也。"比照《说文》所说:"兴,起也。"二者完全相同。而《诗·卫风·氓》则云:"夙兴夜寐,靡有朝矣。"郑玄笺:"早起夜卧"[①],此"兴"即其本义。而后人据《诗经》理解"兴"义,也主要是"发端"即"起"之本义。至于孔子所说的"小子何莫学夫《诗》?《诗》可以兴,可以观,可以群,可以怨。迩之事父,远之事君,多识于鸟兽草木之名"(《论语·阳货》),汉人包咸努力体会其原意以解释"兴",曰:"起也,言修身当先学诗"[②],他从《诗》的美感和教育作用立论,基本符合孔子的原

---

① 孔颖达等《毛诗正义》卷三,《十三经注疏》,北京:中华书局1979年版,第325页。
② 何晏集解、邢昺疏《论语注疏》卷十七,《十三经注疏》,第2487页。

意，因为从上引孔子的话来看，确实是先言修身，再言事父事君的，而包咸对"兴"的理解，也同样是其本义之"起"。

"兴"固然以"起"为本义，却又不止于此，其另一要义为"喻"。且看在传统的经学以外，汉人对此是如何理解的。《淮南子·泰族训》云：

> 《关雎》兴于鸟，而君子美之，为其雌雄之不乖居也；《鹿鸣》兴于兽，君子大之，取其见食而相呼也。①

王逸《离骚经序》云：《离骚》之文，依《诗》取兴，引类譬喻，故善鸟香草，以配忠贞；恶禽臭物，以比谗佞……②

以上二例，都显然是将"兴"理解为"喻"。可见，在汉人心目中，"兴"除了解决"起头难"之外，还应关注喻体与喻义的关系，要揭示"兴"的喻义。

先秦时期，对于《诗》多持实用态度，无论是官学、私学的教诗、引诗，外交场合的赋诗言志，多是借《诗》句加以引申以表己意，却不顾作诗人之原意；再则是断章取义，多取首章之义，且常是引申义而不顾原意。这就成为了"毛诗独标兴"的源头。汉代解《诗》的主流在经学。据统计，毛诗一百十六篇为兴辞，其中约三分之一有所阐述，如《关雎》在明确标示"兴也"之后，对于关雎之"有别"作了推衍性的阐释：从夫妇之"有别"，进而到父子亲、君臣敬，最终而化成天下。可见此类是揭示其中喻意并提升其高度。而另一类约三分之二则独标"兴"而不作阐述，因为此类"兴"主要是起发端作用，合于"兴"的本义。东汉时期，经学家多治毛诗，郑玄注《周礼》"六诗"，本于政教精神，从"治道"角度作了如此解释：

> 风言贤圣治道之遗化也。赋之言铺，直铺陈今之政教善恶。比见今之失，不敢斥言，取比类以言之。兴见今之美，嫌于媚谀，取善事以喻劝之。雅，正也，言今之正者以为后世法。颂之言诵也，容也，诵今之德，广以美之。郑司农云……比者，比方于物也。兴者，托事于物。③

而郑玄为毛诗作笺，将一百十六个"兴"全部落实其义，多立足于

---

① 汉高诱注、清庄逵吉校《淮南子》卷二十，《二十二子》，上海：上海古籍出版社 1985 年版，第 1302 页。
② 转引自《先秦两汉文论选》，北京：人民文学出版社 1996 年版，第 614 页。
③ 《周礼注疏》卷二十三，《十三经注疏》，第 796 页。

"喻劝",虽也揭出"兴"之"喻"义,却又使"兴"之本义不彰。

因汉代对于"兴"多关注"喻"而忽于"起",故在经历了文学的"自觉"后,刘勰对"兴"义的缠夹力作厘清。在他看来,作为艺术手法,"比"的基本意义在于"取象"的以物比物;"兴"的基本意义则在于"发端"兼"取义"的借物寓意。《文心雕龙·比兴》云:

> 《诗》文宏奥,包韫六义;毛公述《传》,独标"兴体",岂不以"风"通而"赋"同,"比"显而"兴"隐哉?故比者,附也;兴者,起也。附理者切类以指事,起情者依微以拟议。起情故兴体以立,附理故比例以生。比则畜愤以斥言,兴则环譬以记讽。盖随时之义不一,故诗人之志有二也。①

> 夫比之为义,取类不常:或喻于声,或方于貌,或拟于心,或譬于事。②

综以上所言,"切类指事"和"依微拟议",通过取类来比义以喻,则比与兴可合而言之了。因而,刘勰又将比兴作为一个完整的概念,并说:

> 诗人比兴,触物圆览。物虽胡越,合则肝胆。拟容取心,断辞必敢。③

诚如黄侃《文心雕龙札记》所说,此处是"题云比兴,实侧注论比,盖以兴义罕用,故难得而繁称"④。但仍然为"兴"重申"起"之本义,且指出了"比"显而"兴"隐的特点。但是,在重返"兴"之本义同时,刘勰又显然是受到了汉人美刺说的影响,因而其所释的兴义,进而又与比义对照,指出比之"附理者切类以指事",兴之"起情者依微以拟议",在艺术表现的不同以外,还有"比则畜愤以斥言,兴则环譬以记讽"之别,而这后面岂无郑玄所说"比见今之失,不敢斥言,取比类以言之;兴见今之美,嫌于媚谀,取善事以喻劝之"的影子?

且先不论比兴并称及其后的美刺说影响,我们可以接过刘勰所论,就"兴"的"起情"之由,从创作动力论的角度看古代文论家对此是如何理解、表述的。兹举陆机、刘勰、钟嵘三人所论为例。

"兴"之"起",有得之于自然与人生之别。得之于自然者,如陆机

---

① 刘勰著、范文澜注《文心雕龙注》,北京:人民文学出版社1958年版,第601页。
② 同上书,第602页。
③ 同上书,第603页。
④ 同上。

《文赋》"遵四时而叹逝，瞻万物而思纷；悲落叶于劲秋，喜柔条于芳春"之说。《文心雕龙·物色》更有详尽论说：

> 春秋代序，阴阳惨舒，物色之动，心亦摇焉。盖阳气萌而玄驹步，阴律凝而丹鸟羞，微虫犹或入感，四时之动物深矣。若夫珪璋挺其惠心，英华秀其清气，物色相召，人谁获安？是以献岁发春，悦豫之情畅；滔滔孟夏，郁陶之心凝；天高气清，阴沉之志远；霰雪无垠，矜肃之虑深。岁有其物，物有其容；情以物迁，辞以情发。一叶且或迎意，虫声有足引心。况清风与明月同夜，白日与春林共朝哉！
>
> 是以诗人感物，联类不穷。流连万象之际，沉吟视听之区；写气图貌，既随物以宛转；属采附声，亦与心而徘徊……①

以上即古人遵时瞻物、物色相召而情迁，"兴"出于大自然的经典论述。钟嵘《诗品序》在承认"气之动物，物之感人，故摇荡性情，形诸舞咏"，"若乃春风春鸟，秋月秋蝉，夏云暑雨，冬月祁寒，斯四时之感诸诗者"的前提下，更进一步指出社会性原因所造成的诗歌情感抒发：

> 嘉会寄诗以亲，离群托诗以怨。至于楚臣去境，汉妾辞宫，或骨横朔野，或魂逐飞蓬；或负戈外戍，杀气雄边；塞客衣单，孀闺泪尽；又士有解佩出朝，一去忘返；女有扬蛾入宠，再盼倾国：凡斯种种，感荡心灵，非陈诗何以展其义？非长歌何以骋其情？故曰："《诗》可以群，可以怨。"②

虽所说重点在"群"与"怨"，然而二者又岂非因之于"凡斯种种，感荡心灵"，遂能"感"而"发"之，"兴"而出之！

由自然而人生、社会，诗歌遂有难以直言之情需要抒发，于是在艺术表现上也就有"兴寄"的产生。所谓兴寄，最简单的说法，就是起兴而有寄托。早在郑司农，已有"兴者，托事于物"之说，突出了"兴"之托意，郑玄注《周礼》"六诗"又重复了司农之见。而钟嵘所说的"嘉会寄诗以亲，离群托诗以怨"，上下句的第三字，正恰巧构成了"寄托"一词。其实，刘勰在释"兴"之时，已经论及"托谕"：

> 观夫兴之托谕，婉而成章，称名也小，取类也大。③

《文心雕龙·比兴》篇最后赞词的"拟容取心"四字，就是以通过描

---

① 刘勰著、范文澜注《文心雕龙注》，北京：人民文学出版社1958年版，第693页。
② 钟嵘著、曹旭集注《诗品集注》，上海：上海古籍出版社1994年版，第47页。
③ 刘勰著、范文澜注《文心雕龙注》，北京：人民文学出版社1958年版，第601页。

摹、拟取物象，来表达所摄取的事理、情志。这样一来，"比兴"就与"寄托"紧密结合，且几成同义词了。

如果说陆机、刘勰、钟嵘是重在探讨诗人因"感"而"动"、遂为之"兴"的原因，是创作的动力论，那么孔颖达、朱熹则重在从创作论探讨"兴"之所为用。

孔颖达《毛诗正义》卷一认为"赋、比、兴是《诗》之所用，风、雅、颂是《诗》之成形。用彼三事，成此三事，是故同称为义"。"所用"应是作诗的方法，"成形"应是所作诗的种类。他在疏《诗·周南·关雎序》时，又引郑司农所说的"兴者，托事于物"，进而解释道："则兴者，起也，取譬引类，起发己心，诗文举诸草木鸟兽以见意者，皆兴辞也。"① 既能隐在"草木鸟兽"中见出以此为寄托之意，又是对"兴"之为"用"的兼及艺术手法的简要阐释。朱熹云："兴者，先言他物以引起所咏之词也。"是仅言"兴"的"引起"之用，实为本义的回归；而他的《楚辞集注》卷一《离骚》所云："比，则香草恶物之类也；兴，则托物兴词，初不取义，如《九歌》沅芷澧兰以兴'思公子而未敢言'之属也。"虽"初不取义"，但毕竟还是"托物兴词"，终又归于"托"。以孔颖达和朱熹为代表，所说都是对作诗方法的说明。

由于我国长期受政教型文化的影响，从作诗的角度言，"拟容取心"的比兴，多属于通过"拟"、"取"而借物言志的寄托，因而人们多对此着眼于与政教（家国）、怀抱（个人）相关的"志"。如谢章铤说："香草美人，《离骚》半多寄托。朝云暮雨，宋玉最善微言。识曲得真，是在逆志。因噎废食，宁复知音？"② 近人吴梅更明言道："所谓寄托者，盖借物言志，以抒其忠爱绸缪之旨。三百篇之比兴，《离骚》之香草美人，皆此意也。"③

值得注意的是，以上这样理解"寄托"，还不能说是完整的。这在于刘勰自己在论比兴时，就未能讲明兴义，以致后人在由比兴而论寄托时，也带上了这种先天性的缺陷。黄侃《文心雕龙札记》极敏锐地看到、论到这点：

> 题云比兴，实侧注论比，盖以兴义罕用，故难得而繁称。原夫兴之为用，触物以起情，节取以托意，故有物同而感异者，亦有事异而

---

① 《毛诗正义》卷一，《十三经注疏》，第271页。
② 谢章铤：《赌棋山庄词话》卷四，《词话丛编》，北京：中华书局1986年版，第3367页。
③ 吴梅：《词学通论》，上海：上海古籍出版社2006年版，第3页。

情同者，循省六诗，可摧举也。①

黄氏举《诗经》诸例，以明"物同而感异"与"事异而情同"，其实都是分析其政治喻托。但黄氏前论兴之为用，从"触物以起情，节取以托意"两端而言，后又以"取义差在毫厘，会情在乎幽隐"以应之。这样，在借物言志之外，又作了"起情"、"会情"的重要补充，这就不仅是对"寄托"的完整阐释，更是兼及"起情"与"托意"的"兴寄"。

## 二、唐代进士文化与诗歌的兴寄

如果说，任何时代都会有大自然所引发的起兴，那么却不是任何时代都能因社会、政治而使诗歌具有特定"兴"义的，钟嵘所列举者，是激起情感之"兴"而造就出诗"可以怨"的诸般原因，而除了"起"的本义外，如果说"兴"的其他主要义项如作、举、发动、兴起、兴盛，尚近于中性，那么喜悦、兴会、兴致等，以及后来以"兴"为核心所构之词，如兴起、兴味、兴会、兴隆、兴趣、兴高采烈等，则多偏在近于"怨"的反义一侧。而这些多非"楚臣去境，汉妾辞宫"所致。因此，诗歌之"兴"确实有待于政治相对清明、社会相对安宁的时代。唐朝就是这样的时代，在这样的时代确实常有"嘉会寄诗以亲"。但与此同时，唐朝也有因边塞战争所造成的"骨横朔野，或魂逐飞蓬；或负戈外戍，杀气雄边；塞客衣单，孀闺泪尽"。也有朝廷内的"士有解佩出朝，一去忘返；女有扬娥入宠，再盼倾国"。因此，所"兴"者仍多"离群托诗以怨"。无论是"寄诗以亲"还是"托诗以怨"，又都与唐代的进士文化相关。对此，我们不妨对先唐诗歌略作追述。

历史上常是楚、汉并称，但《文心雕龙·比兴》却比较了楚汉"比兴"之消长：

> 楚襄信谗，而三闾忠烈，依诗制骚，讽兼比兴。炎汉虽盛，而辞人夸毗，诗刺道丧，故兴义销亡。于是赋颂先鸣，故比体云构，纷纭杂遝，信旧章矣。②

后世之所以肯定《古诗十九首》，实多从比兴寄托着眼，而不是其相

---

① 刘勰著、范文澜注《文心雕龙注》，北京：人民文学出版社1958年版，第603页。
② 同上书，第602页。

思离别、及时行乐的主题。至于汉代以后,则如本文开头所引陈子昂所说:"汉、魏风骨,晋、宋莫传","齐梁间诗,彩丽竞繁,而兴寄都绝"。那么,为什么"兴寄"能尤见于唐诗,且与进士文化密切相关呢?我们不妨从唐代实行进士制的进步性说起。

魏晋行九品中正制,原意在于更好地选择人才,但推行至久,却如尚书仆射刘毅上疏晋武帝所说,是"高下任意"、"爱恶随心","上品无寒门,下品无士族",造成了坏结果。而对于唐代的进士制,虽不乏恶评,但其在历史上的进步性却是应该肯定的。正如史学家柳诒徵所说,唐代的科举,"世多病其法之不善,然九品中正之弊,致成贵族政治。矫之以科举,而平民于贵族乃得均享政权,是亦未始无关于国家社会之进化也"。[①] 钱穆所论更详:"九品中正制,本想替当时用人定出一客观标准,还是不失此项制度所应有的传统精神的。但后来却变成拥护门第,把觅取人才的标准,无形中限制在门第的小范围内,这便大错了。唐代针对此弊,改成自由竞选,所谓'怀牒自列',即不需地方长官察举,更不需中央九品中正评定,把进仕之门扩大打开,经由各人各自到地方政府报名,参加中央之考试。这制度,大体说来,较以前是进步的。""汉代的选举,是由封建贵族中开放政权的一条路。唐代的公开竞选,是由门第特殊阶级中开放政权的一条路。唐代开放的范围,较诸汉代更广大,更自由。所以就此点论,我们可以说唐代的政治又进步了。"[②]

对于推行科举且尤重进士科,史学家陈寅恪有独到的看法,他认为进士制始于隋,盛于唐初贞观、永徽之际,但起根本变化的是武则天时期。武则天在主持中央政权后,破坏府兵制,又"大崇文章之选,破格用人,于是进士之科为全国干进者竞趋之鹄的。当时山东、江左人民之中,有虽工于为文,但以不预关中团体之故,致遭屏抑者,亦因此政治变革之际会,得以上升朝列,而西魏、北周、杨隋及唐初将相旧家之政权尊位遂不得不为此新兴阶级所攘夺替代。故武周之代李唐,不仅为政治之变迁,实亦社会之革命。"[③] 此说不仅坐实了柳诒徵所说的"矫之以科举,而平民于贵族乃得均享政权",更具体论证了柳氏所说的"是亦未始无关于国家社会之进化"。武则天正式在皇帝位虽仅十五年,但实际上掌握政权达半个世纪

---

① 柳诒徵:《中国文化史》,上海:东方出版中心 1996 年版,第 448 页。
② 钱穆:《中国历代政治得失》,北京:三联书店 2001 年版,第 54—55、57 页。
③ 陈寅恪:《隋唐政治史述论稿》,上海:上海古籍出版社 1997 年版,第 18 页。

之久，在这半个世纪中，她巩固和发展了科举制，据徐松《登科记考》，此期间的进士有一千多人，远非贞观年间的二百零五人可比，而制科之开，史称"贡士殿试自此始"，对庶族人士更是一条升官的捷径。此外，还召集文词之士"修书"，使之能参议朝政，以至有"北门学士"之称。

"虽工于为文"却出身平民者，本来是"但以不预关中团体之故，致遭屏抑"，却"亦因此政治变革之际会，得以上升朝列"，进士制带来的机会，自然会使得文士诗人为之感发，而感发却正是"兴"的本义"起"的进一步发展。因外界事物而有"感"，"感"出于心而"发"于外，如果说挚虞《文章流别论》以"有感之辞"释"兴"①，还是仅侧重于主观一端，那么贾岛《二南秘旨》所说的"兴者，情也。谓外感于物，内动于情，情不可遏，故曰兴"，②则是兼顾主客两端了。宋代的论家廓清了汉儒笼罩在《诗经》研究上的经学、政教迷雾，朱熹对于"兴"的解释既有《诗集传》所云"兴者，先言他物以引起所咏之词也"，又有《四书集注》的"感发志意"一说③，若谓前说是从"用"释"兴"，此处则更近于"兴"的本义之延伸。

唐代实行科举，尤重进士科，又行诗赋取士，使得诗人在"兴"的本义上最见体现，即"起也"和"感发"，遂使"寄"有了"兴"的基础。高宗与武则天时代，"初唐四杰"的诗歌都透出强烈的用世之心，岂非因科举之行、进士文化的生成有关？卢照邻"不息恶木枝，不饮盗泉水。常思稻梁遇，愿栖梧桐树"，有"追能借风便，一举凌苍苍"（《赠益府群官》）之志，其"人生贵贱无终始，倏忽须臾难久恃，谁家能驻西山日，谁家能堰东流水"（《行路难》），固有人生无常之感，却已经与左思《咏史》的感慨"地势使之然，由来非一朝"显为不同。"朱门无复张公子，灞亭谁畏李将军"，这虽是"相顾百龄皆有待，居然万化咸应改"（骆宾王《帝京篇》）的变迁，但又为何不是初唐时期人们的自信呢？王勃《夏日诸公见寻访诗序》有不甘"憔悴于圣明之代"一语，所透出的正是强烈的用世之心，"四杰"虽多不遇、不达之叹，但并不妨碍他们"拾青紫于俯仰，取公卿于朝夕"（王勃《上绛州上官司马书》）的志向。此后的陈子昂，"貌寝寡援，然

---

① 挚虞：《文章流别论》，严可均辑本《全上古三代秦汉三国六朝文·全晋文》卷七七，北京：商务印书馆1999年版，第819页。
② 贾岛：《二南秘旨·兴论》，曹溶辑、陶越增删《学海类编》，扬州：江苏广陵古籍刻印社1994年版，第5册第36页。
③ 朱熹：《四书章句集注》，北京：中华书局1983年版，第178页。

言王霸大略，君臣之际，甚慷慨焉"。"子昂有天下大名，而不以矜人；刚果强毅，而未尝忤物；好施轻财，而不求报……"① 因此，虽其《登幽州台歌》感慨不见古人、不见来者，但可见出一种伟大的孤独感和宇宙意识。至于盛唐时期，唐玄宗虽崇儒，但他本人却极有文艺才能、极富文艺气质，因此对文艺人才也礼遇有加，且体现在科举之中。开元年间，科举制度中可谓进士科独尊，如《通典》卷一五《选举典》《历代制》下所说："开元以后，四海晏清，士无贤不肖，耻不以文章达"，虽"五尺童子，耻不言文墨焉"。天宝十三载（754年），唐玄宗下令在制举考试考时务策之外，又加试诗赋，这就更从制度上保证了文艺的被重视。盛唐诗人生活在这一时代，自会被召唤而"感发志意"。试看张说的"笔涌江山气，文骄云雨神"（《过庾信宅》），李泌的"天覆吾，地载吾，天地生吾有意无？不然绝粒生天衢，不然鸣珂游帝都；焉能不贵复不去，空作昂藏一丈夫？"（《长歌行》）李颀的"腹中贮书一万卷，不肯低头在草莽"（《送陈章甫》），杜甫的"自谓颇挺出，立登要路津"（《奉赠韦左丞丈二十二韵》），都可见盛唐诗人因进士文化"兴"而"感发"的"志意"。岑参的"十五隐于嵩阳，二十献书阙下，尝自谓曰：云霄坐致，青紫俯拾"（《感旧赋》）是很有代表性的。

"感发志意"可以是直抒，如上面所举数例，也可以是曲喻，而唐人所作的直抒者也多，但由于种种原因，又难于或不宜直抒，故多取曲喻以寄的方式。"兴"本来即有"譬喻"之义。对于《论语·阳货》所记孔子"诗，可以兴"一语的解释，何晏集解即引孔安国曰："兴，引譬连类。"譬喻是艺术手法，喻义则是作者另有寄托。李峤的咏物诗《剑》有云："我有昆吾剑，求趋天子庭"，"倚天持报国，画地取雄名"。岂非以剑自喻而表其"志意"？同样，戎昱的《赋得铁马鞭》亦然："成器虽因匠，怀刚本自天。为怜持寸节，长拟静三边。未入英髦用，空存铁石坚。希君剖腹取，还解抱龙泉。"它们都合于前引黄侃所说的"触物以起情，节取以托意，故有物同而感异者，亦有事异而情同者"，都是外因于触物而内起情，思之而节取、托意而作，此即"兴寄"。

进士文化与唐诗的兴寄究竟有何关系呢？

---

① 卢藏用：《陈氏别传》，转引自韩理洲《陈子昂研究》，上海：上海古籍出版社1988年版，第279—281页。

第一，行科举而首重进士，且进士科又较长时期实行诗赋取士，能展示所长，固然是诗人"感发志意"、"起"而有作的主因，但是由于"诗言志"传统的影响，以意逆志的解诗方法，入之于进士文化中颇为重要的参政意识，使得所作诗歌取径于兴寄者为多。

"诗言志"是古老的传统，"言"而故可观之以知其"志"。"观"可以是直观，但更多的是"称诗谕志"，因"兴"而观。春秋时期用于外交场合、上层宴享的称诗、赋诗、陈诗等，主要是"兴"之连类之想而曲"观"；私学教育中，孔子也注意对学生的"观"，以了解他们的志趣、想法，因材施教地加以培养。唐代进士文化的逐渐生成与成熟，举子、进士成为官员的预备队，为诗歌之长于连类之想，以之观政、议政，提供了生长的沃土。所以，从这一角度而言，曲喻而寄托，所起作用颇如前引郑玄注《周礼》"六诗"所说的"比见今之失，不敢斥言，取比类以言之。兴见今之美，嫌于媚谀，取善事以喻劝之"，而不是"直铺陈今之政教善恶"，因为"比者，比方于物也。兴者，托事于物"，较之于直陈来，毕竟给理解诗意提供了以意逆志的较为广阔的空间。试举一例：宋之问求为北门学士而武则天未许，宋作《明河篇》以见意。诗云："明河可望不可亲，愿得乘槎一问津。更将织女支机石，还访成都卖卜人。"这一作诗相投之举，兴寄而非直陈，对于表达未得其位的不满，因较为委婉，当然能为最高统治者所理解、接受，而武则天既有诗才，又能以意逆志正确理解诗之托意，虽宋之问终未得其位，这一兴寄诗却是收到了双向互动的效果。

第二，举子的行卷、温卷使得干谒诗大兴，创作水平的提升主要就表现在兴寄之上。

走出了九品中正制的阴影，唐代士人被科举焕发出极大的从政热情，大有先秦诸子时代那种"士而怀居，不足以为士矣"（《论语·宪问》），"如欲平治天下，当今之世，舍我其谁"（《孟子·公孙丑下》）的雄心和气概。因唐代不似宋代科举之试卷糊名，为求得到擢第，士子们多有行卷、温卷之举，干谒诗甚为兴盛。如白居易的名作《赋得古原草送别》是进京应举时向顾况行卷之作，而顾况在读得此诗前后对白居易名字的不同调侃，即可知此诗产生的效果。若谓此首尚不属兴寄，那么孟浩然的《临洞庭湖赠张丞相》则是兴寄之作："八月湖水平，涵虚混太清。气蒸云梦泽，波撼岳阳城。欲济无舟楫，端居耻圣明。坐观垂钓者，徒有羡鱼情。"此诗大概作于长安应举前后，是投赠时任丞相张九龄的。此诗即景生情，又因景设喻，

"欲济无舟楫",可见求取援引之心,"坐观垂钓者,徒有羡鱼情"更申足并道出己意。干谒诗要写得不露寒乞,含蓄而耐得品味,既不应自贬身份,又不要过于颂扬对方,不亢不卑斯为最好,此诗即如此,其艺术水平之高,与"兴寄"大有关系。又如朱庆馀的《近试上张水部》:"洞房昨夜停红烛,待晓堂前拜舅姑。妆罢低声问夫婿,画眉深浅入时无?"由诗意可知,朱庆馀本已行卷于张籍,得到赏识,但临近科考,仍觉忐忑,故呈诗以上,新嫁娘、夫婿与舅姑分比自己、张籍与考官。张籍作《酬朱庆馀》:"越女新妆出镜心,自知明艳更沉吟。齐纨未足时人贵,一曲菱歌敌万金。"仍是借事为喻,以作酬答,意在告知朱庆馀:因你的文才出众,不必为考试担心,前景一片光明。赠诗与酬答都是兴寄之作,言在此而意在彼,艺术性很高。

第三,从诗人的角度而言,特殊的政治环境和特定的场合,使他们难以直陈、直抒的方式作诗,而是选择了兴寄。至于理想与现实的失衡,则更是变直为曲的主要原因,喻托成为兴寄的艺术来由。

兹举李义府、张九龄与吴武陵同为咏鸟诗三例以明之。李义府得唐太宗召见,"试令咏乌",李诗以"上林如许树,不借一枝栖"作试探,太宗竟然答以"吾将全树借汝,岂惟一枝!"① 因为这是皇帝召见且命题令咏诗的特殊场合,而李义府又深知太宗的求才之心,故正好借题生义,曲喻以达,表自己的意愿。张九龄为相,"每见帝无不极言得失",而李林甫则"闻帝意,阴欲中之",恰因"时欲加朔方节度使牛仙客实封,九龄因称其不可,甚不叶帝旨。他日林甫请见,屡陈九龄颇怀诽谤。于时方秋,帝命高力士持白羽扇以赐,将寄意焉。九龄惶恐,因作赋以献"。同时又作《咏燕》一诗:"海燕何微眇,乘春亦暂来。岂知泥滓贱?只见玉堂开。绣户时双入,华轩日几回。无心与物竞,鹰隼莫相猜。"李林甫"览之,知其必退,恚怒稍解"。② 张九龄因直谏,不作逢迎,失去唐玄宗的信任,被赐白羽扇而寓秋扇弃捐,张九龄知帝意,为免侧面受敌,故又作兴寄之诗,表"无心与物竞,鹰隼莫相猜"之意,以宽政敌之心。而据《本事诗》载:"吴武陵虽有才华,而强悍激讦,为人所畏。尝为容州部内刺史,赃罪

---

① 见《隋唐嘉话》卷中,《唐五代笔记小说大观》,上海:上海古籍出版社2000年版,第100页。
② 见《明皇杂录》卷下,《唐五代笔记小说大观》,上海:上海古籍出版社2000年版,第961页,此处引诗不同。

狼藉，敕令广州幕吏鞫之。吏少年科第，殊不假贷，持之甚急。武陵不胜其愤，题诗路左佛堂曰：'雀儿来逐飓风高，下视鹰鹯意气豪。自谓能生千里翼，黄昏依旧入蓬蒿。'"① 鹰雀之喻自是兴寄，以之表达愤懑确是较好的方法。

若谓上述三例皆与为官相关而不是进士文化的直接体现，那么不妨再举与进士试直接相关的咏物诗例。晚唐高蟾出身寒素，屡举不第，先后为下第作诗，皆以花卉相喻，如《下第后上永崇高侍郎》："天上碧桃和露种，日边红杏倚云栽。芙蓉生在秋江上，不向春风怨未开。"《诗法易简录》评为"时命自安，绝无怨尤，唐人下第诗以此为最"。据说，因此诗合于温柔敦厚之旨，"盖守寒素之分，无躁竞之心，公卿间许之"②，后得擢第。文场的屡战屡败，得此一诗而擢第，效果可见，亦令文士可叹，这是后话了。相反，贾岛的终身未第，竟然与其兴寄诗的过于怨愤有关："贾岛于兴化里凿池种竹，起台榭。时方下第，或谓执政恶之，故不在选。怨愤尤极，遂于庭内题诗曰：'破却千家作一池，不栽桃李种蔷薇。蔷薇花落秋风后，荆棘满庭君始知。'由是人皆恶侮慢不逊，故卒不得第，抱憾而终。"③ 以上二诗，可证进士文化虽令士人"感发志意"，却因理想与现实的失衡，使之为诗亦变直为曲，喻托成为兴寄的主要艺术表达途径。

第四，从制度而言，与唐代的谏诤制以及进士释褐后多担任拾遗补阙之类低级谏官有关，从而在继承汉代以《诗经》为谏书的传统同时，取曲谏而非直谏，导致兴寄诗的较多应用与发展。

较之于唐代之重视边功而武人跋扈，宋代行右文政策而文人甚得优待，但是，宋人洪迈对于唐代的宽松却非常叹慕。其《容斋续笔》卷二《唐诗无避讳》一则云："唐人歌诗，其于先世及当时事，直辞咏寄，略无避隐。至宫禁嬖昵，非外间所应知者，皆反复极言，而上之人亦不以为罪。如白乐天《长恨歌》讽谏诸章，元微之《连昌宫词》，始末皆为明皇而发。杜子美尤多，如《兵车行》、前后《出塞》、《新安吏》、《潼关吏》……此下

---

① 见《本事诗·怨愤》，《唐五代笔记小说大观》，上海：上海古籍出版社2000年版，第1249页。
② 见《北梦琐言》卷七，《唐五代笔记小说大观》，上海：上海古籍出版社2000年版，第1869页。
③ 见《本事诗·怨愤》，《唐五代笔记小说大观》，上海：上海古籍出版社2000年版，第1248页。

如张祜赋《连昌宫》……李义山《华清宫》……今人之诗不敢尔也。"① 其实，唐人作诗之所以能"略无避隐"，与唐代的谏议制度有关，正是这一制度使得诗人发扬了汉代以《诗经》为谏书的传统；而因诗人在登进士第后，释褐授官多为拾遗、补阙一类低级谏官，担起谏诤之责，将以诗代谏发挥到了极致。唐代著名诗人中，陈子昂、张九龄、王维、郎士元、司空曙、白居易、元稹、李绅、郑谷等，登第后都曾任拾遗，非进士出身的高适、杜甫也曾任此职；而张说、卢象、王维、岑参、严维、李绅、杜牧、郑谷、吴融等，则曾任补阙。其中有的后来升为谏议大夫、给事中、左右散骑常侍等品级较高的谏官。据《唐六典》，拾遗之命名是因于"言国家有遗事，拾而论之"，而补阙则是"言国家有过阙而补正之"，因进谏而及于诗歌，是自然的延伸，使得诗人常以人民的代言人自居。元稹《和李校书新题乐府十二首》的序，就明确提出了诗歌的"议""谤"作用："余友李公垂贶予《乐府新题》十二首，雅有所谓，不虚为文。余取其病时之尤急者，列而和之，盖十二而已。昔三代之盛也，士议而庶人谤。又曰：世理则词直，世忌则词隐。余遭理世而君盛圣，故直其词以示后，使夫后之人，谓今日为不忌之时焉。"② 当然，诗兼有直陈和讽谕，后者虽有直言其事者，但既为讽谕，也常以曲言出之，更体现了郑玄所说的"取比类以言之"，"取善事以喻劝之"。

除了以上与进士文化相关的四个原因，兴寄本身就是诗歌艺术成熟的标志。诗歌艺术发展的结果，必然由直陈而曲达，由浅表而深层，由实而虚，由显而隐，对此可不论。

### 三、兴寄与比体诗

黄侃所说的"触物以起情，节取以托意"，两句实分别表达了"兴"与"寄"，而读者的接受，则在于引譬连类之想。如李白《寻鲁城北范居士失道落苍耳中见范置酒摘苍耳作》有句："雁度秋色远，日静无云时。客心不自得，浩漫将何之？忽忆范野人，闲园养幽姿。茫然起逸兴，但恐行来迟。"诗中既叙作诗缘起，更见茫然之逸兴是诗兴所"兴"之由。而严

---

① 见洪迈《容斋随笔》，上海：上海古籍出版社1978年版，第236—237页。
② 冀勤点校《元稹集》卷三十，北京：中华书局1982年版。

羽却因诗中的迷路落于苍耳中，而有"失足处，政是得意处"（《李太白诗醇》）的理解，这就是引譬连类之想所致。"譬"与"类"不仅是物，也应是人，再举李白诗一例：如《夜泊牛渚怀古》，因袁宏得谢尚赏识，而想及自己，"余亦能高咏，斯人不可闻"，自叹不遇，"兴"而有寄，颇耐读者思索。

唐代进士文化对于促进诗歌兴寄艺术的发展，起了很大的作用。"兴"从很早的时候，就具有从形象感发到义理启示的意义，唐代因行科举而尤重进士，使得士人在弃儒业而攻诗赋的同时，又追求提高诗歌的艺术表现力，力求将形象感发与义理启示高度统一，将唐诗兴寄的表现水平提到了新的高度，用朱自清《诗言志辩》所说，即在四种"比体诗"上都有很大发展。如陈子昂《蓟丘览古》是"咏史"的以古比今，其二《燕昭王》："南登碣石坂，遥望黄金台。丘陵尽乔木，昭王安在哉。霸图怅已矣，驱马复归来。"其三《乐生》："王道已沦昧，战国竞贪兵。乐生何感激，仗义下齐城。雄图竟中夭，遗叹寄阿衡。"皆因其在武攸宜军中不见用而作，借古言今是为了寄托壮志难酬之意，都关合自身遭遇。唐末章碣《东都望幸》是"艳情"地以男女比君（主）臣："懒修珠翠上高台，眉月连娟恨不开。纵使东巡也无益，君王自领美人来。"写作之缘由是：高湘回长安时途经连江，邵安石进呈诗文，得赏识，随同到长安，高湘以礼部侍郎主持进士试，邵安石得擢第，章碣此诗以望幸的宫女自比，怨而有刺。另一与进士考试直接相关的著名例子，是秦韬玉的《贫女》："蓬门未识绮罗香，拟托良媒益自伤。谁爱风流高格调，共怜时世俭梳妆。敢将十指夸偏巧，不把双眉斗画长。苦恨年年压金线，为他人作嫁衣裳。"唐末因诗人颇多屡试不第者，因此多有以诗曲喻以达意者，较之中唐朱庆馀等人所作，其伤时未遇而托贫女以自况，更见沉痛，世人之所以传诵，是因为确能引起不少失意者的共鸣。卢照邻《曲池荷》是"咏物"的以物比人："浮香绕曲岸，圆影覆华池。常恐秋风早，飘零君不知。"可见其怀才不遇之思，秋风零落之感，令人想起《离骚》的"恐美人之迟暮"。至于上节所引的宋之问求北门学士未许而作的《明河》，则是"游仙"的以仙比俗。

相较而言，"兴寄"的比体诗中，以仙比俗及以男女比君（主）臣较少，常见的"比体"是以物比人。卢照邻《赠益府群官》有云："一鸟自北燕，飞来向西蜀。单栖剑门上，独舞岷山足。昂藏多古貌，哀怨有新曲。群凤从之游，问之何所欲？"显然是以一鸟自喻，以群凤喻群官，并设为问答之词，自写其志意，抒发孤寂之情，为自己的高洁而自伤。可见，虽然科举打开了仕进之门，但诗中以"一鸟"与"群凤"相对照，自状"单栖"、"独舞"，则可见不入俗流的诗人，实在是难以如此诗结尾所说"谁能借风便，一举凌苍苍"的。贾岛的《病蝉》："病蝉飞不得，向我掌中行。拆翼犹能薄，酸吟尚极清。露华凝在腹，尘点误侵睛。黄雀并鸢鸟，俱怀害尔情。"《瀛奎律髓》以之是"托物寄情，喻寒士之不遇"，甚当。《唐诗纪事》云："岛久不第，吟《病蝉》之句，以刺公卿。或奏岛与平曾等为'十恶'，逐之。"① "久不第"而以诗讽刺公卿，更道出了写作之缘由与科考的关系。郑谷的《十日菊》："节去蜂愁蝶不知，晓庭还绕折残枝。自缘今日人心别，未必秋香一日衰。"咏物而当有感触、寄托，《唐人绝句精华》认为："此讥世态炎凉也。'富贵他人合，贫贱亲戚离'，非'人心别'而何？"② 所说在理。唐末的崔涂虽在光启四年（888）登进士第，却漂泊穷年，非但感慨"在处有芳草，满城无故人。怀才皆得路，失计自伤春"（《蜀城春》），所作《孤雁》更以之自喻，表现了微官的播迁之苦与孤独冷落："几行归去尽，片影独何之。暮雨相呼失，寒塘独下迟。渚云低暗度，关月冷遥随。未必逢矰缴，孤飞自可疑。"

　　以物比人的修辞基础是比喻，喻体可以是同一事物，但喻义却不同，这既取决于时代，又与作者个人的境遇相关，还离不开特定的语境。试以同一的咏马而言，诗人所作的托意就有不同。杨炯《紫骝马》有云："发迹来南海，长鸣向北州。匈奴今未灭，画地取封侯。"呈现出初唐人对建功立业的向往，有一种蓬勃向上的精神。而李贺《马诗二十三首》，多为有寄意之作，论者以为"俱是借题抒意，或美或讥、或悲或惜，大抵于所闻见之中各有所比，言马而意初不在马矣。"（《李长吉歌诗汇解》）其一："龙脊贴连钱，银蹄白踏烟。无人织锦韂，谁为铸金鞭？"是"言良马而未为人所识者也"（《李长吉歌诗汇解》）；其四："此马非凡马，房星本是星。向前敲瘦骨，犹自带铜声"是"自喻王孙本天潢也"（《李长吉诗集批注》）；其五："大漠沙如雪，燕山月似钩。何当金络脑，快走踏清秋"是"边氛未净，奇才未伸。壮士于此，不禁雄心跃跃"（《昌谷集注》）；其十五："不从桓公猎，何能伏虎威。一朝沟陇出，看取拂云飞"是"用管子告桓公驳马

---

① 以上见陈伯海主编《唐诗汇评》，杭州：浙江教育出版社1995年版，第2595—2596页。
② 同上书，第2847页。

事，以尽马之才"（《李长吉诗集批注》）；更有人具体认为："如宪宗时刘辟反，诏高崇文讨之，诸将皆不服。后上专委以事权，卒平祸乱，震慑东川。是知马必由桓公而显名，崇文必由宪宗以著绩"（《昌谷集注》）；其二十三："武帝爱神仙，烧金得紫烟。厩中皆肉马，不解上青天。""此言有才不遇，国士之不幸；不得真才，亦国之不幸也。"（《李长吉诗集批注》）亦有"似为宪宗好神仙、信方士之说而作"（《李长吉歌诗汇解》）一说。① 总体皆以马为喻，呈现的是有才不遇、人所未识的感慨，与杨炯一诗的寓意有别，这既可见时代的差异，更可从李贺本人的境遇上来思考，他因避父名讳而不能参加进士考试、难以进入正常的仕途，难怪会作此二十三首马诗以寄寓悲愤、感念时局。

对于兴寄，还有一个问题值得辨析："有意"与"无意"，及相关的"入"与"出"，而决定性的因素则是"情"而非"志"。

由进士而登上仕途，是众多诗人的愿望，但仕途并非一帆风顺，理想与现实之间常有很大的差距。如陈子昂是一位"以格致为实学，以践履为实地，文与行俱一"的人物②，王夫之曾感慨："陈子昂以诗名于唐，非但文士之选，使得明君以尽其才，驾马周而颉颃姚崇，以为大臣可矣。"③ 他虽登第，并得武则天赏识，但在赞同改革弊政同时，又因反对兴冤狱、用佞臣和穷兵黩武，与上意相违而不得重用，甚而被诬入狱，后随军征契丹，与武攸宜冲突而被降职，最终挂冠归里。因屡遭挫折，难有作为，无怪乎其《感遇》会有"岁华尽摇落，芳意竟何成"，"但恨红芳歇，凋伤感所思"之叹。即使是张九龄，在武后时期登进士第，踏上仕途，玄宗时为著名贤相，但不久即遭李林甫中伤、排挤，被罢相遭贬，不久病卒。张九龄的《庭梅咏》："芳意何能早？孤荣亦自危。更怜花蒂弱，不受岁寒移。朝雪那相妒，阴风已屡吹。馨香虽尚尔，飘荡复谁知！"分明就是自我形象与精神写照。其《感遇》十二首，在以物比人上，尤见佳处，陈沆《诗比兴笺》对此论述甚当，不赘。

白居易尤在初入仕途时，多有托物言志之作。正如《养一斋诗话》所指出："……如《古剑》诗：'可使寸寸折，不能绕指柔。'《孤桐》诗：'四面无附枝，中心有通理。'《京兆府新栽莲》诗：'托根非其所，不如遭弃

---

① 以上见陈伯海主编《唐诗汇评》，第 1958—1961 页。
② 杨澄：《陈伯玉文集后序》，四部丛刊影印明弘治本。
③ 《读通鉴论》卷二十一，转引自韩理洲《陈子昂研究》第 363 页。

捐。'《赠元稹》诗:'无波古井水,有节秋竹竿。'……《答友问》诗:'置铁在烘炉,铁消易如雪。良玉同其中,三日烧不热。君疑才与德,咏此知优劣。'《感鹤》诗:'鹤有不群者,飞飞在野田。饥不啄腐鼠,渴不饮盗泉。一兴嗜欲念,遂为赠缴牵。委质小池内,争食群鸡前。不惟怀稻粱,兼亦竞腥膻。不惟恋主人,兼亦狎乌鸢。物心不可知,天性有时迁。一饱尚如此,况乘大夫轩!'综而观之,心甚淡,节甚峻,识甚远,信有道者之言。诗可以兴,此类是也。"①而白居易本人在《有木诗八首》的序中,在表现出鉴古知今的意识同时,也借草木明志:"余尝读《汉书》列传,见佞顺媕婀,图身忘国如张禹辈者。见惑上蛊下,交乱君亲如江充辈者。见暴狠跋扈,壅君树党如梁冀辈者。见色仁行违,先德后贼如王莽辈者……因引风人、骚人之兴,赋《有木》八章,不独讽前人,亦儆后代耳。"②《韵语阳秋》云:"……其六章托弱柳、樱桃、枳橘、杜梨、野葛、水柽以讽在位者,至第七章则曰:'有木名凌霄……'专又以讽附丽权势者。其八章则曰:'有木名丹桂,四时香馥馥……',盖乐天自谓也。乐天素善李绅而不入德裕之党,素善牛僧孺、杨虞卿而不入宗闵之党,素善刘禹锡而不入伾、文之党,中立不倚,峻节凛然。于八木之中,而自比于桂,殆未为过也。"③

显然,白居易以物比人的兴寄诗,是有意为之、表达志意之作;而陈子昂、张九龄虽也是以物比人的兴寄之作,却是以抒情为主,是感情的自然流露。笔者以为,从艺术性及感人程度而言,后者要高于、强于前者。清人周济所说的"非寄托不入,专寄托不出",就看到"情"作为创作内驱力的作用:

> 赋情独深,逐境必寤,酝酿日久,冥发妄中,虽铺叙平淡,摹绩浅近,而万感横集,五中无主。④

况周颐《词学讲义》在论及"意内言外"时,就"无寄托出"作进一步发挥:

---

① 潘德舆:《养一斋诗话》卷十,郭绍虞编选、富寿荪校点《清诗话续编》,上海:上海古籍出版社1983年版,第2165—2166页。
② 白居易著、朱金城笺注《白居易集笺注》卷二,上海:上海古籍出版社1988年版,第127—128页。
③ 葛立方:《韵语阳秋》卷十六,何文焕辑《历代诗话》,北京:中华书局1981年版,第614页。
④ 周济:《宋四家词选目录序论》,《介存斋论词杂著·复堂词话·蒿庵论词》,北京:人民文学出版社1959年版,第12页。

所贵乎寄托者，触发乎弗克自已，流露于不自知，吾为是词而所寄托者出焉，非因寄托而为是词也。①

况氏的"触发乎弗克自已"，其实即周氏"赋情独深"之注脚，"流露于不自知"亦与"逐境必寤"近。二氏所论，道出了情的作用，情深则能储兴而成，触物而作，虽有托意而非强为，造就"能出"之境。对于以上两类诗歌，持此标准衡量，高下自明。

以古比今也是比体诗的大端。此类诗既有与进士文化关系较为紧密者，又有与之关系较疏远者。前者如骆宾王虽感叹"汲黯薪逾积，孙弘阁未开。谁惜长沙傅，独负洛阳才"（《帝京篇》），是借古人而言今，但在怀才不遇中并未泯灭其入世建功精神。高适《咏史》："尚有绨袍赠，应怜范叔寒。不知天下士，犹作布衣看。"即使仕至高位者亦因非进士出身而自卑，何况高适青年时既未走科举之路，又"尝落魄"，"当时必有轻之者"是进士文化氛围中的必然现象。李贺《咏怀二首》其一："长卿怀茂陵，绿草垂石井。弹琴看文君，春风吹鬓影。梁王与武帝，弃之如断梗。惟留一简书，金泥泰山顶。"论者以之是以司马相如自况，因为司马相如当年非由通经而仕，李贺亦不能通过参加进士试登上仕途，以古比今而关合自己，这一自况实出于自然与必然。张祜走访杜牧之前，先寄《江上旅泊呈杜员外》一诗："牛渚南来沙岸长，远吟佳句望池阳。野人未必非毛遂，太尉还须是孟尝。"作者自比毛遂，恭维刺史杜牧像孟尝君，希望能得到殷勤相待，虽干谒而未自作贬损。张祜出生在清河张氏望族，家世显赫，却性情狷介，终生未仕，故此诗虽与科举无直接关系，但因杜牧却是少年登第，又是浪漫诗人，与张祜性情相似，此诗又显然受到当时行卷风气的影响，故仍与进士文化相关。晚唐诗人温庭筠才高而未第，《围炉诗话》卷一论其七律《过陈琳墓》，以之为以古比今之佳作，是"意有望于君相也"。并发知人论世之见："飞卿于邂逅无聊中，语言开罪于宣宗，又为令狐绹所嫉，遂被远贬。陈琳为袁绍作檄，辱及曹操之祖先，可谓酷毒矣。操能赦而用之，视宣宗何如哉？又不可将曹操比宣宗，故托之陈琳，以便于措词，亦未必真过其墓也……怨而不怒，深得风人之意。"②罗隐屡试而不第，其《题

---

① 况周颐：《词学讲义》，况周颐著、孙克强辑考《蕙风词话·广蕙风词话》，郑州：中州古籍出版社2003年版，第153页。
② 吴乔：《围炉诗话》卷一，郭绍虞编选、富寿荪校点《清诗话续编》，上海：上海古籍出版社1983年版，第500页。

新榜》云："黄土原边狡兔肥，犬如流电马如飞。灞陵老将无功业，犹忆当时夜猎归。"据《唐摭言》所说，罗隐在光化中犹佐两浙幕，同院沈嵩得新榜，封示罗隐，罗作此诗，以李广自拟，当然是以古比今。

以上诸例多为诗人借史而自叹命运，故与进士文化相关，而另一类则是作于或登进士第后得以为官之时，或无关身份、却出于对国运、朝政的关切而作，此类以古比今之作，多与现实政治相关。如陈子昂《感遇》其四："乐羊为魏将，食子殉军功。骨肉且相薄，他人安得忠？吾闻中山相，乃属放麑翁。孤兽犹不忍，况以奉君终。"此诗所咏是战国历史，所比者则是现实：魏将乐羊受命攻中山，其子在该国，被杀，烹为肉羹，以送乐羊，乐羊为示忠于魏，忍痛而食，魏文侯赏其军功，却疑其残忍，不予重用；中山君打猎获小鹿，令侍卫秦西巴带回，秦见母鹿悲鸣相从，心中不忍而放小鹿，中山君以其善良可嘉，任之为太傅以教王子。诗人之吟咏此段历史，是因武则天夺取政权，大行杀戮李唐宗室、太子、皇孙，文武大臣上行下效，以示效忠。其写作宗旨正如陈沆所说：因朝中"是皆有食子之忠，无放麑之情"，故作以"刺武后宠用酷吏淫刑以逞也"。① 李白《古风》其五十三："战国何纷纷，兵戈乱浮云。赵倚两虎斗，晋为六卿分，奸臣欲窃位，树党自相群。果然田成子，一旦杀齐君。"笺者以为："此即《远别离》篇'权归臣兮鼠变虎'之意。内倚权相，外宠骄将，卒之国忠、禄山两虎相斗，遂致渔阳之祸。"② 其《战城南》所用是古题乐府，但确如陈沆《诗比兴笺》所说，是"陈古刺今"之作。杜甫《述古》的第二首，谓"农人望岁稔，相率除蓬蒿。所务谷为本，邪赢无乃劳？舜举十六相，身尊道何高。秦时任商鞅，法令如牛毛"。是因当时军旅费用支出极大，第五琦、刘晏、元载，皆以宰相领度支盐铁使，榷税四出，民不堪其困，诗人为之申固本务农之旨，以商鞅令多扰民的历史以警之。《述古》第三首："汉光得天下，祚永固有开。岂惟高祖圣，功自萧曹来。经纶中兴业，何代无长才？吾慕寇、邓勋，济时信良哉！耿、贾亦宗臣，羽翼共徘徊。休运终四百，图画在云台。"则从萧何、曹参写起，而重在光武中兴功臣寇恂、邓禹、耿弇、贾復。因现实中郭子仪、李光弼功高被忌，肃宗使之受制于宦官鱼朝恩，故浦起龙指出"首提汉光，意在收京诸将"，"结到'休运'，仍应'祚

---

① 陈沆：《诗比兴笺》，上海：上海古籍出版社1981年版，第103页。
② 同上书，第132—133页。

永'"，"讽切时事，俱关治要"。①因此，赞光武以讽肃宗，当是此诗之托意。韩翃《汉宫曲二首》，其一云："骏马绣障泥，红尘扑四蹄。归时何太晚，日照杏花西。"是借汉代韩嫣、董贤兰等诸侯游冶，出入宫掖，以刺时事。其七绝《寒食》后二句："日暮汉宫传蜡烛，轻烟散入五侯家。"沈德潜《唐诗别裁集》以为"或指王氏五侯，或指宦官灭梁冀之五侯"，其以汉刺时之旨正如吴乔《围炉诗话》卷一所说："唐之亡国由于宦官握兵，实代宗授之以柄。此诗在德宗建中初，只'五侯'二字见意，唐诗之通于《春秋》者也。"②戎昱的《咏史》更是借汉言唐的咏史佳作："汉家青史上，计拙是和亲。社稷依明主，安危托妇人。岂能将玉貌，便拟静胡尘！地下千年骨，谁为辅佐臣？"《云溪友议》云：唐宪宗之时，北狄频犯边境，大臣多惧其强悍，提议行和亲以求息兵，宪宗以此诗示朝臣，罢和戎之论，并以之"足称诗人之兴咏"。③

以古比今的兴寄诗，固然以上述关怀国运、朝政者居多，但有些作品则更重在讽咏中兼及自己或同道的命运。如李白《夜泊牛渚怀古》，因袁宏得谢尚赏识，而想及自己，"余亦能高咏，斯人不可闻"，自叹不遇，兴而有寄。刘禹锡《经檀道济故垒》："万里长城坏，荒营野草秋。秣陵多士女，犹唱白符鸠。"诗中将檀道济被枉杀拟作长城之坏，借秣陵士女至今犹唱《白符鸠》，表达了三百年来人民的伤痛、怀念，这段历史能令人想起王叔文被宪宗赐死一事，作者是王叔文改革的支持者，作为"八司马"之一，其命运与王氏密切相关，诗外的感慨亦可知。李商隐是咏史诗的大家，此处难以详论其作，仅举二例。其《哭刘司户蕡》前四句："路有论冤谪，言皆在中兴。空闻迁贾谊，不待相弘孙。"据清程梦星《李义山诗集笺注》所云："刘蕡应直言极谏，对策指斥宦官，事在太和二年。时文宗初即位，承父兄之弊，恭俭儒雅，政事修饬，当时号为清明，此所以曰'言皆在中兴'也。无如一遭远谪，遂卒贬所，竟不待朝廷之悟而复用。考之于古，汉公孙弘初以贤良对策，亦尝罢斥，既而再征，则擢用至相，苟蕡不死，未必不然，此所以曰'不待相弘孙'也。"④因刘蕡终如贾谊之迁而未

---

① 浦起龙：《读杜心解》，北京：中华书局1961年版，第107页。
② 郭绍虞编选、富寿荪校点：《清诗话续编》，上海：上海古籍出版社1983年版，第498页。
③ 见《云溪友议》卷下《和戎讽》，《唐五代笔记小说大观》，上海：上海古籍出版社2000年版，第1301页。
④ 刘学锴、余恕诚：《李商隐诗歌集解》，北京：中华书局1988年版，第961页。

得公孙之相，李商隐也难施展自己的抱负，宜其哭而难掩怨恨。其《漫成五章》，清冯浩《玉谿生诗集笺注》逐篇分析，以为首二两章为令狐父子而言，第三首以孙权比王茂元，以王羲之自比，"愁愤固无如何矣"。王茂元将材，而为卫国公李德裕所用，"故四五两章则大白卫国任将运筹之勋，而恨谗口之无良。以卫国之相业，石雄之战功，尚遭排斥，更何有于他人哉！"五诗既应是借历史而对牛李党争作是非判断，又在这"一生吃紧之篇章"①中流露了甚多的哀怨。

总之，历经数代之后，唐诗因进士文化而兴盛，尤可诠释汉代郑司农所说的"兴者，托事于物"，为陈子昂批判齐梁诗歌"兴寄都绝"提供了出色的答卷。

## 参考文献

［1］《十三经注疏》，北京：中华书局，1979年版。

［2］《二十二子》，上海：上海古籍出版社，1985年版。

［3］刘勰著，范文澜注：《文心雕龙注》，北京：人民文学出版社，1958年版。

［4］钟嵘著，曹旭集注：《诗品集注》，上海：上海古籍出版社，1994年版。

［5］谢章铤：《赌棋山庄词话》，《词话丛编》本，北京：中华书局，1986年版。

［6］吴梅：《词学通论》，上海：上海古籍出版社，2006年版。

［7］柳诒徵：《中国文化史》，上海：东方出版中心，1996年版。

［8］钱穆：《中国历代政治得失》，北京：三联书店，2001年版。

［9］陈寅恪：《隋唐政治史述论稿》，上海：上海古籍出版社，1997年版。

［10］《唐五代笔记小说大观》，上海：上海古籍出版社，2000年版。

［11］洪迈：《容斋随笔》，上海：上海古籍出版社，1978年版。

［12］冀勤点校：《元稹集》，北京：中华书局，1982年版。

［13］陈伯海主编：《唐诗汇评》，杭州：浙江教育出版社，1995年版。

---

① 刘学锴、余恕诚：《李商隐诗歌集解》，北京：中华书局1988年版，第923—924页。

［14］郭绍虞编选，富寿荪校点:《清诗话续编》，上海：上海古籍出版社，1983年版。

［15］白居易著，朱金城笺注:《白居易集笺注》，上海：上海古籍出版社，1988年版。

［16］葛立方:《韵语阳秋》，何文焕辑《历代诗话》本，北京：中华书局，1981年版。

［17］周济:《宋四家词选目录序论》，北京：人民文学出版社，1959年版。

［18］况周颐著，孙克强辑考:《蕙风词话·广蕙风词话》，郑州：中州古籍出版社，2003年版。

［19］陈沆:《诗比兴笺》，上海：上海古籍出版社，1981年版。

［20］浦起龙:《读杜心解》，北京：中华书局，1961年版。

［21］刘学锴、余恕诚:《李商隐诗歌集解》，北京：中华书局，1988年版。

# 从实时评价到历时接受

——论贾似道在诗歌中的形象嬗变

张春晓

宋季权臣贾似道字师宪,号秋壑,台州人。生于嘉定六年(1213)八月八日,卒于德祐元年(1275)九月十九日。淳祐年间相继为京湖制置使、两淮制置大使,景定初以援鄂之功入朝为少傅右丞相,自此柄握南宋理、度宗朝宋季国政近十五年。贾似道雅好书画,藏书丰富,金石刻多南渡前拓本,撰有《促织经》,和门客廖莹中编刻书籍、翻印碑帖,质量尤高。德祐元年鲁港兵败遭到贬窜,行至漳州木棉庵被监押官郑虎臣扼杀。

自被列入《宋史·奸臣传》,贾似道的研究价值长期被成见遮蔽。肖崇林、廖寅《"福华编":南宋末年贾似道执政时代述论》[①]较为全面地探讨了贾似道与宋季史实,然而作为历史评述并未涉及文学和社会活动。偶有文人研究连带到贾似道及其关系,如明见《刘克庄贺贾之作新论》[②]。本文则把贾似道作为研究主体,将其放在纵向的接受领域,从实时评价到历时接受的角度探讨其在诗歌中的形象嬗变,从而揭示影响文学表达的内外因素。

## 一、赞美与谀词:投献之作中的贾似道

贾似道自淳祐五年(1245)起历任京湖制置使、两淮制置使近十五年,在军事和财政上都颇有建树。他自江陵易阃两淮方三十余岁,时人有饯词

---

① 肖崇林、廖寅:《"福华编":南宋末年贾似道执政时代述论》,《宋史研究论丛》第十四辑。
② 明见:《刘克庄贺贾之作新论》,《文学遗产》2003年第5期。

赞云:"握虎符、持玉节、佩金鱼。三十正当方面,此事世间无。寄语东淮父老,夺我诗书元帅,于汝抑安乎,早早归廊庙,天下尽欢娱。"贾似道开阃筑扬州宝祐城期间,自筹粮草经费,番更将士,民不知役,赏罚必信,半年告成,盛元梓赞其"亦当时之豪杰也"①。贾似道重儒好文,士人多与之唱和从游,张榘推崇他"经济妙,谁知得。都总是,诗书力"②,吴文英形容其文会"日费诗筒"③。淳祐十年(1250),翁孟寅曾往维扬游谒,席间作《摸鱼儿》词曰:

> 卷西风、方肥塞草,带钩何事东去。月明万里关河梦,吴楚几番风雨。江上路,二十载、头颅凋落今如许。凉生弄麈。叹江左夷吾,隆中诸葛,谈笑已尘土。　　寒汀外,还见来时鸥鹭,重来应是春暮。轻裘岘首陪登眺,马上落花飞絮。拚醉舞,谁解道、断肠贺老江南句。沙津少驻。举目送飞鸿,幅巾老子,楼上正凝伫。④

翁词是典型的谒诗风格。上阕抚今追昔,将其功业和盘道出。下阕感旧忆往,忆及"轻裘岘首陪登眺,马上落花飞絮。拚醉舞"的江南从游之乐,随即直指当下。末句形容贾似道为"福巾老子",既以"福巾"装束突出贾似道的儒雅,与上阕"带钩"儒帅互补,又出以"老子"之比,推崇其逍遥洒脱之态。词中形象对贾似道自我期许的暗合,正是翁孟寅获得"席间饮器凡数十万,悉以赠之"的原因。

开庆元年(1259)九月忽必烈渡江围鄂,贾似道受命援鄂,蒙军北归,举国视为活国之力。刘克庄《淮捷》诗云:"扫地南来蜂出窠,裔夷谋夏欲如何。传闻挞览毙一矢,惊走单于骑六骡。匹马只轮番部曲,寸天尺地汉山河。晋公幕府多名士,不欠寒儒作凯歌。"又有《凯歌十首呈贾枢使》⑤,盛赞贾似道军事将帅之才。当时一向不攀附权贵的士人都写了相当溢美之辞。王柏曾受聘主丽泽、上蔡等书院,清誉颇著,却有一

---

① 与上钱词同出盛如梓:《庶斋老学丛谈》卷四,《中华野史》第6册,济南:泰山出版社2000年版,第758页。
② 张榘:《满江红·寿壑相》,唐圭璋辑:《全宋词》,北京:中华书局1965年版,第2686页。
③ 吴文英:《木兰花慢·寿秋壑》,唐圭璋辑:《全宋词》,北京:中华书局1965年版,第2929页。
④ 周密:《浩然斋雅谈》卷下,沈阳:辽宁教育出版社2000年,第39页。
⑤ 刘克庄:《淮捷》、《凯歌十首呈贾枢使》,《全宋诗》58册卷三〇六二,北京:北京大学出版社1998年版,第36522—36523页。

首《寿秋壑》①，以致清代四库馆臣说："集中第一卷有《寿秋壑》诗，极称其援鄂之功，谀颂备至。是亦白璧之瑕。"②王柏贺寿诗主要分为三个段落，描述江汉之功十二句，归位之赞四句，贺寿切题四句，内容权重一目了然，各种赞誉未离国家根本，仍是贾似道江汉之功的激荡余韵。

入相之前，贾似道是文治武功不凡的阃帅，入禀朝廷之初调整人事，征用清流，抑制小人，即如姚勉所称善"大丞相正位钧轴以来，首奖恬退而抑奔竞，古潜之赵为秘书，卢陵之欧阳为史馆，长沙之陈为掌故，皆天下所谓恬退士也"③。则其用人之道令士人们耳目一新，为之雀跃。其时贾似道误国形迹未显，尚且胸怀抱负意欲作为，其爱才重儒足以让位沉下僚的知识分子看到希望所在，寄予殷切真诚的政治理想，姚勉位沉下僚"漫浪一第，侵寻七年"，以《贺丞相贾秋壑》一入贾似道之门，接连得授校书、太子舍人，则其词《沁园春·寿贾丞相》④上片极言贾似道援鄂之功、活国之力，下片盛赞其子孝母慈、国家栋梁，溢美并非全然虚辞。

景定五年（1264）彗星出柳，交章论行公田不便，贾似道受到前所未有的政治冲击。咸淳元年（1265）度宗登基，贾似道以扶立之功备受荣宠，亦从急功近利一改为放任江湖，以半闲自命，号称云水道人，纵情浮华声色。时人词曰："天上谪星班，青牛初度关。幻出蓬莱新院宇，花外竹，竹边山。　轩冕倘来问，人生闲最难。算真闲不到人间，一半神仙先占取，留一半与公闲。"⑤《齐东野语》记"每岁八月八日生辰，四方善颂者以数千计。悉俾翘馆眷考，以第甲乙，一时传颂，为之纸贵，然皆谄词呓语耳。"周密称"偶得首选者数阕，戏书于此"⑥，则为陈合《宝鼎现》、廖莹中《木兰花慢》、陆景思《甘洲》、奚㠋然《齐天乐》、赵从橐《陂塘柳》、郭居安《声声慢》六首。六首贺寿词首选在文字结构上各有特色，共同点是对

---

① 王柏：《寿秋壑》，《全宋诗》60册卷三一六六，北京：北京大学出版社1998年版，第38002页。
② 永瑢等撰：《四库全书总目》卷一六四《鲁斋集提要》，北京：中华书局1965年版，第1409页。
③ 姚勉：《雪坡集》卷二十九《上丞相贾秋壑书》，《文津阁四库全书》第395册，北京：商务印书馆2005年，第552页。
④ 姚勉：《沁园春·寿贾丞相》，唐圭璋辑：《全宋词》，北京：中华书局1965年版，第3095页。
⑤ 刘一清：《钱塘遗事》卷五"半闲亭"，《中华野史》第5册，济南：泰山出版社2000年版，第3147页。
⑥ 周密：《齐东野语》卷十二"贾相寿词"，北京：中华书局1983年版，第219—221页。

贾似道精神世界的准确迎合。江上之功、治国之力、优游神仙三者不可偏废，最后一点犹为要著，力求表现其风雅情怀、求闲之意和神仙般的生活境界，与贾似道自诩半闲相互呼应。

贾似道的政治生涯主要分为三个阶段：一是作为地方阃帅施展军事经济上的才华，表现出重儒爱才的风度，赢得世人赞誉；二是从景定入相之初被朝野寄寓厚望，直至行公田、发行关子等一系列敛财之政触动了大地主阶层的利益，加剧民生之苦，毁誉参半；三是从咸淳年间纵情声色到德祐元年势败，一面谀词汩汩，一面讽喻抨击。随着贾似道地位不断显达，谒客行吟与寿词投献的诣谀之意日渐夸饰虚泛，景定以前或仍有信奉，咸淳以后则全然失之真诚。这些作品中投射的正是贾似道形象的自我塑造，即功成名就而心在闲适。贾似道当道之际固然有大量逢迎之作，太平之声四溢的同时，随着贾似道的各项举措，民间受其疾苦者亦有不少讽喻诗词，它们代表了民间的声音，体现出集体意识下的政治评价。经过历史积淀，后世咏史怀古诗中的贾似道形象则被赋予更多的反思与成见，带有不可磨灭的时代印记。

## 二、讽喻与抨击：时事诗文中的贾似道

民间诗文责贾似道专权者，往往借诸谐音和比拟的艺术手法。如《佩韦斋辑闻》记咸淳末贾似道禁天下妇人不得以珠翠为饰，行在悉以琉璃代之，于是有"满头多带假，无处不琉璃"①的讽贾民谣，"假"谓贾，"琉璃"谓流离。《东南纪闻》亦云："贾似道当国，京师亦有童谣云，'满头青，都是假。这回来，不是耍。'盖时京妆竞尚假玉，以假为贾，喻似道之专权。而丙子之事非复庚申之役矣。"②童谣以"贾"姓谐音"假"，将时人的妆饰特征和贾氏当政相比拟。类似之作还有陈藏一《雪词》，以雪之霎时漫天漫地比喻贾似道一时权势只手遮天，讽刺贾似道纵然权势日炽，很快便会如雪消融殆尽，随水而去，并不能真正的长久。词云：

　　没巴没鼻，霎时间、做出漫天漫地。不论高低并上下，平白都教一例。鼓动滕神，招邀巽二，一恁张威势。识他不破，只今道是祥

---

① 俞德邻：《佩韦斋辑闻》卷三，《丛书集成初编》323 册据读画斋丛书本排印，北京：中华书局 1985 年，第 25 页。
② 佚名：《东南纪闻》卷一，《中华野史》第 6 册，济南：泰山出版社 2000 年版，第 588 页。

瑞。　却向鹅鸭池边，三更半夜，误了吴元济。东郭先生都不管，关上门儿稳睡，一夜东风，三竿暖日，万事随流水。东皇笑道，山河原是我底。①

更多民间讽喻针对贾似道的具体施政方针进行评述及讽刺，其中以行公田和推排田亩非议最大。所谓推排田亩是在行公田之后，政府根据契书查勘私田买卖来历并进行严格丈量的措施。有人作《沁园春》题于道间，上片写推排田亩的苛责琐碎造成民生疾苦，下片指责当政者在国势衰颓、干戈未息的情形下实施如此扰民之策，实是舍本逐末。词云：

道过江南，泥墙粉壁，右具在前。述某州某县，某乡某里，住何人地，佃何人田。气象萧条，生灵憔悴，经界从来未必然。惟何甚，为官为己，不把人怜。　思量，几许山川，况土地分张又百年。正西蜀巉岩，云迷鸟道。两淮清野，日警狼烟。宰相弄权，奸人罔上，谁念干戈未息肩。掌大地，何须经界，万取千焉。②

又有《嘲贾似道》诗云：

三分天下二分亡，犹把山川寸寸量。

纵使一丘添一亩，也应不似旧封疆。

此诗源自《古杭杂记》，纪事云："理宗朝，尝欲行推回田亩之令，有言而未果。至贾似道当国，卒行之。有人作诗云云。《佩韦斋辑闻》云：'弃淮弃蜀弃荆襄，却把江南寸寸量。量得亩头多一尺，尺头能有几多长？'与此小异。"③两首讽喻诗词都直指推排田亩之斤斤计较得失利益，全然不顾国家根本早已动摇。

对于贾似道的科举措施，士子们抱怨烦琐的士籍制度，讽喻词的矛头同时指向首倡此说、附势专权的陈伯大。《钱塘遗事》记太学生萧某词云：

士籍令行，伯仲分明，逐一排连。问子孙何习，父兄何业。明经

---

① 《钱塘遗事》又称其名为《念奴娇》，《钱塘遗事》和《庶斋老学丛谈》卷三均作陈藏一（陈郁）作《雪词》讥贾秋壑，独《草木子》云作者为文及翁。叶子奇撰，吴东昆校点：《草木子》卷四"谈薮篇"，上海：上海古籍出版社2012年版，第55页。文字亦略有出入，现引文依刘一清：《钱塘遗事》卷四"雪词"，《中华野史》第5册，济南：泰山出版社2000年版，第3144页。

② 刘一清：《钱塘遗事》卷五"推排田亩"，《中华野史》第5册，济南：泰山出版社2000年版，第3146页。此词《全宋词》未收，《古杭杂记》有录。李东有：《古杭杂记》，《中华野史》第6册据古今说海本整理，济南：泰山出版社2000年版，第578页。

③ 厉鹗：《宋诗纪事》卷九十六《嘲贾似道》，上海：上海古籍出版社2013年版，第2318页。

词赋，右具如前。最是中间，娶妻某氏。试问于妻何与？马乡保举，那当著押，开口论钱。　祖宗立法于先，又何必更张万万千。算行关改会，限田放籴，生民凋瘵膏血俱瘝。只有士心，仅存一脉，今又艰难最可怜。谁作俑？陈坚伯大，附势专权。①

《宋诗纪事》收有《讥贾平章》诗：

　　戎马掀天动地来，襄阳城下哭声哀。

　　平章束手全无策，却把科场恼秀才。

其下纪事云："《西湖志馀》：御史陈伯大奏立士籍，似道毅然行之。凡应举及免举人，州县给籍一通，亲书年貌世系，及所肄业于籍首，执以赴举，过省参对笔迹异同，以防伪监滥。时人有诗讥之云云。"②与讽喻推排田亩政策相类，诗词中同样不满国家管理士籍之琐碎，在襄阳被围、国事悬于一线的紧迫局势下，以贾似道为首的统治者却一味盘剥苛刻百姓和士子，这才是最招致人们不平而鸣的地方。贾似道当国时民间产生的诸多讽喻作品大多直指苛政，不满土地政策、科举政策及其专权，基本对事不对人，针砭时弊，流露出深切的无奈情绪，辅以民间的智慧和幽默，具有苦中作乐、调笑皆文的特征，仍无詈骂之怨恨。

相对而言，同僚士子所作则明确指向人物，具体到指摘贾似道生活为官等细节，如高斯得、释文珦对贾似道的要君、沉溺女色等行径十分抵牾。释文珦《闻似道入相因赋诗》即言："盛德方为贵，虚名底用高。异时游荡子，今日拟萧曹。红粉催身朽，清霜入鬓牢。势穷人事改，槐棘等蓬蒿。"③贾似道景定年间甫一入相，释文珦已经对他"异时浪荡子"的人品表示质疑。高斯得与贾似道同朝为官，亲历亲闻其所作所为，屡以诗歌进行抨击。《四库全书总目》认为高斯得诗歌艺术虽有欠奉，然部分内容甚至可补史阙："如《西湖竞渡》《三丽人行》诸首，俱拾《奸臣传》之所遗。"④

---

① 刘一清：《钱塘遗事》卷六"系籍秀才"，《中华野史》第5册，济南：泰山出版社2000年版，第3148页。

② 厉鹗：《宋诗纪事》卷九十六《讥贾平章》，上海：上海古籍出版社2013年版，第2319页。

③ 释文珦：《闻似道入相因赋诗》，《全宋诗》63册卷三三二二，北京：北京大学出版社1998年版，第39601页。

④ 永瑢等撰：《四库全书总目》卷一六四《耻堂存稿提要》，北京：中华书局1965年版，第1404页。

《要君》①诗夹叙夹议,将贾似道辞官事件原委、各方反应一一述来,对其言行不加隐恶。高斯得不仅对其邀誉要君之举十分愤慨,斥为"圣人戒要君,春秋罪同弑",对他沉迷女色、占用湖光山色的公共资源亦极不满。《西湖竞渡游人有蹂践之厄》《三丽人行有序》即将视角探入贾似道游冶西湖、纵情声色的日常生活。游人蹂践之厄本非贾似道作恶,实为其竞渡悬赏过高,从而引起西湖游人踩踏事件。诗中透露出的消息却是:此时谏官御史皆出贾似道门下,无人敢于讥弹贾似道之过,使事无法上闻,就连高斯得写罢此诗亦悻悻然道:"溪翁聊尔作歌谣,谨勿传抄取颛刵。"②《三丽人行有序》揭露了贾似道的生活无度,前有序云"杜子美作《丽人行》,讥丞相杨国忠也。国忠,贵妃之兄。近事有相似者,以苏公有《续丽人行》,故作《三丽人行》"。序言直接表明高斯得此诗的创作意图在于承接杜甫《丽人行》的讥刺之旨,诗中写贾似道与丽人彻夜游湖,极尽奢华和铺张。末尾笔锋一转,"大书明榜令湖曲,苏堤扫迹无蹄轮"③,讽刺贾似道将西湖天下景一揽为私家享用,才是将其权倾朝野的灼人气焰落于笔端的实在之处。

贾似道势败后,或有私怨者如方回,在诗中尽情詈骂,其《忆我二首各三十韵》第二首写道:"万古木绵庵,不愧赵韩王。草茂复古殿,雨淋集贤堂。"《奉寄同年宗兄桐江府判七言五首》之三道:"不识南康真刺史,可怜德祐假平章。木绵老鬼死遗臭,万古秋崖姓字香"。《六月十二日侍郎桥感事》末句云"木绵鬼秽声,不与骨俱销"④。文珦诗《过贾似道葛岭旧居》"极词诋斥,若有馀愤"⑤:

　　顺逆人兽心,成败翻覆手。鬼神不相容,子孙岂能守。昔者过此门,歌钟会群丑。今者过此门,阒然已丰茸。羞死满院花,鞭残数株柳。空室走鼯鼩,荒池长蝌蚪。转眼即凄凉,况复百年后。积衅多自

---

① 高斯得:《要君》,《全宋诗》61册卷三二二九,北京:北京大学出版社1998年版,第38557页。
② 高斯得:《西湖竞渡游人有蹂践之厄》,《全宋诗》61册卷三二三〇,北京:北京大学出版社1998年版,第38569页。
③ 高斯得:《三丽人行有序》,《全宋诗》61册卷三二三〇,北京:北京大学出版社1998年版,第38570页。
④ 分见方回:《桐江续集》卷五《忆我二首各三十韵》、卷二十《寄同年宗兄桐江府判去言五首》、卷二十七《六月十二日侍郎桥感事》,《文津阁四库全书》398册,北京:商务印书馆2005年版,分见第562、622、659页。
⑤ 永瑢等撰:《四库全书总目》卷一六四《潜山集提要》,北京:中华书局1965年版,第1406页。

戕，盛德斯可久。富贵如浮埃，于身竟何有。为谢高明人，非义慎勿取。①
同卷《纪事》诗写在贾似道二月鲁港溃兵不久，序更明言："似道，涉之不肖子也。少为博徒，游荡无度，凭附椒房之宠，谬叨阃寄。以败为胜，上罔朝廷，躐跻鼎席，斫丧国脉，纳侮北邻，兵连祸结，三宫隐忧，虽葅醢不足以谢天下。而位亢志骄，阴谋篡逆，言泄于夏金吾，金吾欲诛之，惧而宵遁。虽圣恩宽大，不即夷灭，使其微有人心，当是愧死，遂赋诗以纪其实云。"② 诗中数罪并发，乃至《四库全书总目》证其所言与 "宋史所载夏贵请死守淮南，似道奔还扬州之事不甚相符"③。文珦又有《题逆贾》，从贾似道当道到败亡，笔下指斥毫不容情。

总体来说，相比民间文学更多对事不对人的泛泛而论，高斯得、方回、释文珦的指摘明确对人，文风尖锐，常有扼腕叹息之怨，恨意深刻，不若民间讽喻的圆通豁达。究其原因，一是动机不同：士子们借重作品以抒发憎恶、揭露恶行，而民间不过借以表达无奈或不满的情绪，并无抗言的实质和改变状态的意愿。二是心态不同：民间百姓知乎天命，习于被动接受；而士子们多怀国家天下之任，心怀怨艾，希望裨益当世，心态更其迫切，而流于笔端的怨气则更深重。三是审美距离不同：民间百姓对于朝廷命官有遥不可及之感，人与国遂混为一体，故讥弹主要对事；而士子们亦是统治阶级的一部分，清楚其中利益沟壑，忠君之意使得他们将人事两分，所以作品抨击主要对人，且出语尖锐。

### 三、反思与规避：易代诗文中的贾似道

曾经出入宫廷的琴师汪元量，曾经与贾似道同朝为官并为其提拔的文天祥，在宋亡后则以更开阔的视野和更其深沉的情怀，反思宋亡的内外因由。他们回首宋季政治，不免将贾似道种种国策与国家败亡的命运相绾合，从而生出兴亡之叹。汪元量《越州歌》二十首，其中有道："师相平章误我朝，千秋万古恨难销。萧墙祸起非今日，不赏军功在断桥。"《鲁港败北》

---

① 释文珦：《过贾似道葛岭旧居》，《全宋诗》63 册卷三三一七，北京：北京大学出版社 1998 年版，第 39540 页。
② 释文珦：《纪事》，《全宋诗》63 册卷三三一七，北京：北京大学出版社 1998 年版，第 39539 页。
③ 永瑢等撰：《四库全书总目》卷一六四《潜山集提要》，北京：中华书局 1965 年版，第 1406 页。

云:"夜半挝金鼓,南边事已休。三军坑鲁港,一舸走扬州。星殒天应泣,江喧地欲流。欺孤生异志,回首愧巢由。"①汪元量诗中抉取了贾似道的典型事件,亦即宋亡过程的重要节点:誓师出兵、扬州兵败、木棉庵身死。诗中不无怨艾之情,所谓"师相平章误我朝",却是落在特尤沉痛的亡国之痛上,即"千秋万古恨难销",非方回和文珦局于一己之痛可比。

文天祥在集杜诗原序中说:"是编作于前年,不自意流落余生,至今不得死也。斯文固存,天将谁属?呜呼!非千载心不足以语此。壬午正月元日文天祥书。"短短数语,将改朝换代的沉痛感慨尽抒笔下。《文信公集杜诗》二百诗陈述鲁港兵败、临安沦陷、崖山海战等战事因果,评判贾似道、陈宜中、张世杰等所作所为的是是非非,对宋季走向亡国进行历史梳理和反思。他首问贾似道亡国之罪,《社稷第一》云:"三百年宗庙社稷,为贾似道一人所破坏。哀哉。"《误国权臣第三》云:"似道丧邦之政,不一而足,其羁縻使开边衅,则兵连祸结之始也。哀哉。"《鲁港之遁第十四》再叹:"己未鄂渚之战,何勇也,鲁港之遁,何衰也。人心已去,国事瓦解。当是时,豪杰拔起,首祸之权奸无救祸之理。哀哉。"②汪元量《越州歌》二十首、文天祥《集杜诗》二百首皆感恨不已,往事历历,追述分明,贾似道如何兵败如山、难统众兵、终于势败而被贬南方,所谓"只论平章行不法",汪元量对束手无策、避重就轻言事的宋廷何尝没有非议?文天祥对陈宜中、张世杰等人的失策何尝没有指摘?对于宋末元初的遗民来说,南宋新亡之痛难以抹煞,此下数十年,痛定思痛之后的反思在作品中显得客观而带有更广泛深刻意味上的问责。

贾似道败亡后,时人大多将其与贾似道之前迫害过的人物命运对比,构成反讽的模式。吴潜遭贾似道迫害被贬循州,十五年后命运的车轮流转,曾经不可一世的贾似道亦被贬循州。世人对于如此惊人的轮回感慨不已,《东南纪闻》道:

　　因记似道贬时,有人题壁:"去年秋、今年秋,湖上人家乐复愁。西湖依旧流。　吴循州、贾循州,十五年间一转头。人生放下休。"

---

① 汪元量撰,胡才甫校注:《汪元量集校注》卷二《越州歌》、卷一《鲁港败北》,杭州:浙江古籍出版社2012年版,第11、127页。
② 文天祥《集杜诗》二百首《社稷第一》、《误国权臣第三》、《鲁港之遁第十四》,《全宋诗》68册卷三六〇〇,北京:北京大学出版社1998年版,分见第43080、43083页。

比之雷州寇司户之句，劝儆尤多。①

清人徐釚评析："时贾客赵介如守漳，致祭辞云：'呜呼！履斋死粤，死于宗申；先生死闽，死于虎臣。'只十八字，而哀激之悃，无往不复之意，悉寓其中，可与是词并垂。"②徐釚将这两首作品相提并论赞美的原因在于"劝儆尤多"、"哀激之悃，无往不复之意，悉寓其中"。词中并无犀利的指摘，意旨敦厚婉转，而内蕴丰富的深沉感慨更能激发其时及后世人们的兴衰之感。国破家亡的新痛渐渐沉淀，遗民诗词中用以参比的方向发生了转变，多以贾似道曾经的荣衰象征国家的兴亡，盛极一时的葛岭集芳园成为凭吊故国、感慨兴亡的伤心处，借此抒发沦亡之情，感怀多于感愤。汤仲友初名益，以字行，更字端夫。吴郡人，学诗于周弼，晚号西楼，有《壮游诗集》。周密称"近世以诗吊之者甚众，吴人汤益一诗，颇为人所称"，诗云：

> 檀板歌残陌上花，过墙荆棘刺檐牙。指挥已失铁如意，赐予宁存玉辟邪。败屋春归无主燕，废池雨产在官蛙。木棉庵外尤愁绝，月黑夜深闻鬼车。③

《山房随笔》亦收此诗，文字小异，并录和之者云："荣华富贵等浮花，膂力难为国爪牙。汉世只知光拥立，唐朝谁识杞奸邪。绮罗化作春风蝶，弦管翻成夜雨蛙。纵有清漳人百死，碧天难挽紫云车。"④汤仲友之诗之所以能在吊贾氏园池的众多诗作中脱颖而出，独为人所称道，相较《山房随笔》所录自潘诘以下五首及和韵汤诗之作多前陈旧事、问责似道，末尾曲终奏雅，以景语写情语，汤诗则更加含蓄而不去触动隐情，不记事但写物，以物是人非之情打动人心，世之所以爱重如此幽约隐讳的叙述方式和审美倾向，约略见出世情端倪。

贾似道及其所作所为给宋末遗民留下不可磨灭的伤痛，在其当道之时，人们讥讽和谴责他的暴政，势败之后，他成为"误国误民还自误"的替罪者。一度有文珦的詈骂，方回的恨声，亦有汪元量和文天祥特尤沉痛的反思。随着时间流逝和新朝的确立，南宋君主的灵骨被扼于镇南塔，更多的

---

① 佚名：《东南纪闻》卷一，《中华野史》第6册，济南：泰山出版社2000年版，第588页。
② 徐釚：《词苑丛谈》卷七"纪事二"，上海：上海古籍出版社1981年版，第406页。
③ 周密：《齐东野语》卷十九"贾氏园池"，北京：中华书局1983年版，第356页。
④ 蒋正子：《山房随笔》，《中华野史》第6册辽夏金元卷，据知不足斋丛书本整理，济南：泰山出版社2000年版，第597页。

无可奈何替代了遗民们亡国的悲愤,至今最易触及的仍是西湖边的断墙衰草。曾经草木葱茏、集天下之秀的集芳园唯剩断垣残壁,曾经骄横不可一世的师相贾似道丧命于木棉庵。贾似道是宋季最后的象征,他的误国之罪,他所代表的盛极一时的两宋繁华,都更大程度上激起凭吊故国之哀思,感怀沧海桑田之世事变迁,忧戚之情满满,意气之争不再。李彭老字商隐,号筼房,淳祐中曾任沿江制置司属官,宋亡后时与周密等人相与唱和,其有一绝咏贾氏园池云:"瑶房锦榭曲相通,能几番春事已空。惆怅旧时吹笛处,隔窗风雨剥青红。"[1] 诗中对贾似道误国事迹绝口不提,唯忆旧时鼎盛,徒增今昔盛衰之感。周密在追忆极尽奢华的贾氏园池之后,于众多作品中仅收汤仲友之诗和李彭老绝句,颇可见出其时宋遗民规避丧国之痛的内心深衷和怀念故国繁华落尽的审美尺度。

## 四、翻案与成见:明清诗文中的贾似道

明初文人对贾似道事迹往往有翻案之意,对宋亡赋予新的思考。瞿佑字宗吉,钱塘人,其《宋故宫叹》[2] 从整个南宋的失势吟咏起,渡江南来一味偏安,所谓"累世内禅讳言兵,中兴之功罪难赎",开启边衅的韩侂胄被函首求和,岳飞唯有抱恨而死。诗人将南宋灭亡的根源直指国家策略的苟且偷安,认为误国岂止贾似道一人。同样是元末明初文人张以宁所写的一段诗题更能说明时人对贾似道的抱屈之意,文云:

> 二十七日晚到万安县,县令冯仲文来问劳。翌日,登岸观故宋贾相秋壑所居故址。左城隍祠,右社稷坛,中为龙溪书院,其后二乔木郁然。云贾相生于此,书院旧甚盛,田多于邑学,今归之官。独旧屋前后二间,中存先圣燕居像,左四公木主。徘徊久之。当宋季年,君臣将相,皆非气运方兴者敌。襄樊无策可救,江左人材眇然,无可为者。譬之奕者,不胜其偶,无局不败。是时有识者为崔菊坡、叶西麓,无已则为文山、李肯斋可也。而痴顽已甚,贪冒富贵,国亡家丧,为千载骂笑。而刻舟求剑者,乃区区议其琐琐之陈迹。悲夫!因赋二绝,如罪其羁留信使之类,皆欲加之罪之辞也。

---

[1] 周密:《齐东野语》卷十九"贾氏园池",北京:中华书局1983年版,第357页。
[2] (明)田汝成:《西湖游览志馀》卷六"板荡凄凉",上海:上海古籍出版社1998年版,第91页。

木绵庵畔瘴云愁，犹恋湖山一壑秋。从道黄粱俱一梦，几人解上五湖舟。

颓垣葛岭草烟中，富贵薰天一霎空。惟有西江精舍旧，至今犹是素王宫。①

张以宁因登岸观贾似道故居，看到贾氏旧宅乔木郁然，诗人徘徊于似道木主，闻听当年田多于邑学，细思宋末政治军事，认为南宋必败于元朝，所谓"譬之奕者，不胜其偶，无局不败"，贾似道不明智的地方在于贪享富贵，留恋其位，从而招致千载误国骂名。诗中所感慨者，正是为官与归隐这个文人千载以来的出处之难，以及物是人非的今昔之感。诗题中特别为贾似道误国之罪辩诬，指出"如罪其羁留信使之类，皆欲加之罪之辞也"。

元末明初正逢东风换世，人们经历了巨大变迁，颇有身不由己、随波逐流的感同身受，能够体会个人于乱世之能力微末。时过境迁，宋遗民之痛早已不复，明代开国之初文人们更觉胸襟开阔，往往能站在历史的高度客观地看待前代兴亡，一针见血地指出宋亡本是时代的悲剧，而非个人误国。及至明代中期以下宦官当道，从英宗朝王振到宪宗朝汪直，再到武宗朝刘谨，明人对宦官奸臣之祸有切肤之痛，不免再继以贾似道故事类比时事，暗加针砭。明中期，郑虎臣木绵庵扼杀贾似道成为最富戏剧性、耳熟能详的故事，它们落于诗中成为尽情浇却块垒的抒写，明人对贾似道典故的吟咏遂重新回归史传奸臣之论，并结合时事重加抨击，如李东阳《木绵庵》诗云：

多宝阁中欢不足，木绵庵前新鬼哭。裂肤拉胁安足论，天下苍生已无肉。君王不诛监押诛，父仇国愤一时摅。监押死，死不灭，元城使者空呕血。②

游朴《木绵庵》诗云：

凄凄木绵庵，贾相此裂腹。矫矫郑虎臣，手代天行戮。戮死颇快人，所恨死不速。元凶仅就诛，宋社亦已屋。苍生尚含愤，未得食其肉。一夫恣胸臆，九有被荼毒。生窃片时欢，死作千世辱。寄语当路

---

① （明）张以宁：《翠屏集》卷二，厦门：鹭江出版社2012年版，第106页。
② 李东阳：《怀麓堂集》卷二《木绵庵》，《文津阁四库全书》417册，北京：商务印书馆2005年版，第515页。

儿，此是前车覆。①

二诗感愤之意呼之若出，借贾似道之典痛陈时事，尤其游朴诗末句"寄语当路儿，此是前车覆"指向明确，实为借古讽今。明清以下始有以"蟋蟀宰相"出于诗中讽刺贾似道者，"蟋蟀宰相"成为贾似道的标签和小说戏曲的脸谱化影响不无关系。《古今小说》第二十二卷有《木棉庵郑虎臣报冤》，通篇本于笔记史传中贾似道的生平事迹，以小说笔法连缀成文，细节无不毕肖，使游冶少年"恣意旷荡，呼卢六博，斗鸡走马"的印象深入人心，而明末盛演一时的传奇《红梅记》更加深化了贾似道人物形象的荒淫无度。遂有沈德潜《西湖嬉春词》云："葛坞旧为师相宅，半闲堂外断人行。蟋蟀斗馀军务了，不应更说救樊城。"②清人张士楷《过木绵庵》诗云："景定咸淳事已非，湖山灯火夜深辉。但闻蟋蟀三秋斗，谁问襄樊六载围。北使倒持苏武节，西河真阻季孙归。如何一死偿宗社，监押犹烦宝剑挥。"③

综上，贾似道在诗歌中的形象嬗变，从极具主体自我引导意味到进入真正的评价与接受系统，从时事讽喻到易代之际的反思寄意，再到明清的咏史怀古，诗歌中对其针砭的态度和指摘的具体内容随世事而变迁，体现出当世及异代在对贾似道这一历史人物及其所代表的历史现象进行实时评价和历时接受的过程中，社会动态因素及世人心态对其诗歌表达所实施的影响力。

# 参考文献

[1] 永瑢等撰：《四库全书总目》，北京：中华书局 1965 年版。

[2]（清）郝玉麟：《福建通志》卷七十七"艺文"，《文津阁四库全书》178 册，北京：商务印书馆 2005 年版。

[3]（宋）周密：《浩然斋雅谈》，沈阳：辽宁教育出版社 2000 年版。

[4]（宋）周密：《齐东野语》，北京：中华书局 1983 年版。

---

① 游朴：《木绵庵》，朱彝尊编：《明诗综》卷五十二，北京：中华书局 2007 年版，第 2645 页。
② 沈德潜：《西湖嬉春词》，梁诗正等辑：《西湖志纂》卷十二，《文津阁四库全书》194 册，北京：商务印书馆 2005 年版，第 817 页。
③ 张士楷：《过木绵庵》，郝玉麟：《福建通志》卷七十七"艺文"，《文津阁四库全书》178 册，北京：商务印书馆 2005 年版，第 1123 页。

［5］（宋）俞德邻：《佩韦斋辑闻》，《丛书集成初编》323册，据读画斋丛书本排印，北京：中华书局1985年版。

［6］（元）刘一清：《钱塘遗事》，《中华野史》第5册，济南：泰山出版社2000年版。

［7］（元）盛如梓：《庶斋老学丛谈》，《中华野史》第6册，济南：泰山出版社2000年版。

［8］（元）佚名：《东南纪闻》，《中华野史》第6册，济南：泰山出版社2000年版。

［9］（明）叶子奇撰，吴东昆校点：《草木子》，上海：上海古籍出版社2012年版。

［10］（明）田汝成：《西湖游览志馀》，上海：上海古籍出版社1998年版。

［11］唐圭璋辑：《全宋词》，北京：中华书局1965年版。

［12］《全宋诗》，北京：北京大学出版社1998年版。

［13］（宋）姚勉：《雪坡集》，《文津阁四库全书》第395册，北京：商务印书馆2005年。

［14］（宋）汪元量撰，胡才甫校注：《汪元量集校注》，杭州：浙江古籍出版社2012年版。

［15］（元）方回：《桐江续集》，《文津阁四库全书》398册，北京：商务印书馆2005年版。

［16］（明）张以宁：《翠屏集》，厦门：鹭江出版社2012年版。

［17］（明）李东阳：《怀麓堂集》，《文津阁四库全书》417册，北京：商务印书馆2005年版。

［18］（清）朱彝尊编：《明诗综》，北京：中华书局2007年版。

［19］（清）厉鹗：《宋诗纪事》，上海：上海古籍出版社2013年版。

［20］（清）徐釚：《词苑丛谈》，上海：上海古籍出版社1981年版。

# 论竟陵派对诗歌情理的辨识与批评*

## 曾 肖

### 一、以情理评诗的传统与发展

情与理是诗歌表现出来的情感与思想，是诗歌艺术的重要内容。情即感情、性情、情志、情怀等，是指诗歌的情感意蕴；理即玄理、佛理、理致、理趣，是指诗歌的议论说理。人们的感情、志意通过诗歌来表达。"诗言志"说最早见于《尚书·尧典》："诗音志，歌永言。"认为诗歌是诗人思想、怀抱的表现。《毛诗序》曰："诗者，志之所之也，在心为志，发言为诗，情动于中而形于言，言之不足，故嗟叹之，嗟叹之不足，故咏歌之，咏歌之不足，不知手之舞之足之蹈之也。"揭示出诗歌与情志之间的关系，这时的情志是统一的。

至魏晋南北朝，陆机提出"缘情"论，诗歌的"情"突显出来，情与志分开；玄学的兴起与佛学的传播，玄言诗盛行于世，诗歌追求玄理、佛理，情与理出现对立。唐人发挥诗歌的抒情性特征，宋人则讲究才学议论为诗，宋代理学家更是明确反对诗歌的情感，力主诗歌的"理"。"唐诗多以丰神情韵擅长，宋诗多以筋骨思理见胜。"[①]

至明代，前后七子追踪汉唐，宗尚唐调，以情言诗，但不排斥理。李梦阳一方面重视诗歌的真性情，如《梅月先生诗序》云："故天下无不根之

---

\* ［基金项目］"中央高校基本科研业务费专项资金资助（暨南跨越计划《〈事林广记〉与宋金元明社会研究》，编号：15JNKY005）"。
① 钱锺书：《谈艺录》，北京：中华书局，1984年版，第2页。

萌，君子无不根之情，忧乐潜之中而后感触应之外，故遇者因乎情，诗者形乎遇。"①指出君子之情是有感而发，诗歌的写作是发乎情。另一方面，李梦阳遵奉传统的儒家诗教，如《送杨希颜诗序》云："夫歌以永言，言以阐义，因义抒情，古之道也。"②重申"发乎情止乎礼义"的诗歌传统。复古文学思潮的"情"仍然属于传统道理规范之内，受到"理"与"礼"的束缚。但复古派对于诗歌抒情性特征的强调，以及对诗歌专主"理语"的不满，为性灵文学思潮的发展提供了理论基础与契机。李梦阳在《缶音序》中说："宋人主理作理语，于是薄风云月露，一切铲去不为。又作诗话教人，人不复知诗矣。诗何尝无理，若专作理语，何不作文而诗为邪？"③指出宋诗主理有违诗歌的本质特征。他认为，诗歌可以有理，但应该以抒情为主。

明中期以后心学的流行，促发了以"性情"为核心的性灵文学思潮兴起。李贽的"童心"说直接推动了文学主情论的发展，徐渭、袁宏道、汤显祖等人高举"本色""性灵"的旗帜，文坛上出现了一股与复古思潮相抗衡的性灵文学思潮。这股思潮的代表人物极力宣扬作品的"真性情"，认为情感是一种纯天然的喜怒哀乐、嗜好情欲的表现，情感的宣泄是完全真实、不加修饰的，从而贬低诗文中的理，情理对立。如袁宏道在《叙陈正甫会心集》一文中指出："迨夫年渐长，官渐高，品渐大，有身如梏，有心如棘，毛孔骨节，俱为闻见知识所缚，入理愈深，然其去趣愈远矣。"④汤显祖以"情"为教，追求一个"有情之天下"，反对以礼法抑情，以理格情。这种对情欲的张扬使文学作品出现俗化的倾向。

竟陵派所处的明末时期，明王朝的政局日益腐败，国家危机四伏，内忧外患。以"兴复古学，务为有用"为口号的复社、几社等社团逐渐活跃，复古思潮卷土重来，性灵文学思潮的影响力开始减弱，"主情"论的内容发生改变，钟惺、谭元春对个人性情的认识摆脱了袁宏道、汤显祖等人追求一己之情欲，逐渐倾向于符合传统伦理政教观念的忠孝节义的情志，强调"理"的重要性和情理的统一。重情尚理是古典美学的一大特点，雷士俊在《与孙豹人》中云："大抵钟谭论说古人，情理入骨，亦是千

---

① 李梦阳：《空同集》卷五十一，上海：上海古籍出版社，1991年版。
② 李梦阳：《空同集》卷五十二，上海：上海古籍出版社，1991年版。
③ 同上。
④ 袁宏道撰，钱伯城笺校：《袁宏道笺校》卷十，上海：上海古籍出版社，1981年版，第463页。

年仅见。"① 高度赞扬了钟谭以情理论诗的批评特点。竟陵诗学强调"为情造文"，也注重"情理并至"，要求情与理的有机统一。二人的诗文创作描写人情物理，出于真情，包含思理。友人沈春泽在《刻隐秀轩集序》中肯定了钟惺的创作"本之经，参之子，辅之史、集，根理道，源性情"②。清人李慈铭在评价《谭友夏合集》时，以批评的口吻曰："今日阅其全集，总其大凡，诗则格囿卑寒，意邻浅直，故为不了之语，每涉鬼趣之言，而情性所婢，时有名理，山水所发，亦见清思。"③ 既指出谭元春诗歌风格卑寒、意蕴浅显的缺点，亦肯定其诗含情入理、情景结合的特点。

## 二、竟陵派对深情至理的偏好

钟惺、谭元春二人在选评《诗归》明显流露了他们对情理的认识与个人喜好。其一，钟谭崇尚诗文的"深情""至情"，欣赏情感的真挚与深沉。强调真情是性灵说的主核，以情感的真与浓为标准来衡量、品评诗歌，正是性灵文学思潮在文学批评活动方面的具体表现。情感的浓烈与丰富，可使诗歌的意旨丰厚，表现出委婉多姿、含蕴无穷的风格特色。《诗归》中，"深情""情深""至情""情至"等字眼俯拾可见。

评曹植《妾薄命》："任意交属所欢。"钟云："情至之语。"

评杜甫《病马》，谭云："真深情，真厚道。"

评韦应物《赠李儋》，钟云："情深近古。"

评李咸用《访友人不遇》："出门无至友，动即到君家。"钟云："孤衷深情，见此十字。"④

以上数例来看，钟谭二人赞赏的是人与人之间真挚而深厚的情感，主要是男女之情与朋友之情，亦包括了人与动植物之间的感情；同时，钟谭亦强调传情方式的巧妙与曲折，浓厚的情意却往往借用极少极精练的文字来传达，多用婉转的手法来抒情。

钟谭二人一方面强调传统的忠孝之情，另一方面，在时代思潮的影响

---

① 周亮工：《藏弆集》，《尺牍新钞二集》卷十五，上海：贝叶山房，1936（民国二十五）年初版，第290页。
② 钟惺著，李先耕、崔重庆标校：《隐秀轩集》附录一，上海：上海古籍出版社，1992年版，第601页。
③ 李慈铭：《越缦堂读书记》，上海：上海书店出版社，2000年版，第970页。
④ 本文所引钟惺、谭元春的《诗归》评语均出自《四库全书存目丛书》本。

下，对男女之情十分赞赏。综观《诗归》关涉"情"这方面的评语，钟谭二人对于男女之间的情感尤为关注，称赏曹植、鲍照、汤惠休、简文帝等人描写艳情的诗篇以及写情为主的南朝乐府民歌。性灵文学思潮的"主情"论所挟带的通俗文化气息，渗透进文人士大夫的艺术创作与艺术观念。公安三袁的诗文作品中不乏一些直接描述与颂扬耳目口欲声色之好的文字，表现出世俗化的倾向，如袁宏道一段著名的议论："然真乐有五，不可不知。目极世间之色，耳极世间之声，身极世间之鲜，口极世间之谭，一快活也。堂前列鼎，堂后度曲，宾客满席，男女交舄，烛气熏天，珠翠委地，金钱不足，继以田土，二快活也。箧中藏万卷书，书皆珍异。宅畔置一馆，馆中约真正同心友十余人，人中立一识见极高，如司马迁、罗贯中、关汉卿者为主，分曹部署，各成一书，远文唐、宋酸儒之陋，近完一代未竟之篇，三快活也。千金买一舟，舟中置鼓吹一部，妓妾数人，游闲数人，泛家浮宅，不知老之将至，四快活也。然人生受用至此，不及十年，家资田地荡尽矣。然后一身狼狈，朝不谋夕，托钵歌妓之院，分餐孤老之盘，往来乡亲，恬不知耻，五快活也。士有此一者，生可无愧，死可不朽矣。若只幽闲无事，挨排度日，此最世间不紧要人，不可为训。"①与《梅客生》一信中，袁宏道自述："既不妨饮酒，又不妨好色，又不妨参禅。"②竟陵派的诗文作品较少涉及这方面的内容，但在他们的诗学观念中，却深深地烙下了对男女艳情的认可与喜好的痕迹。如评《紫骝马歌辞》，谭云："枕郎左臂，随郎转侧，摩拊郎须，看郎颜色，千情万态，聪明温存，可径作风流中经史注疏矣。"钟云："此等行径，亦非老女不办作如此面孔。"两人以赞赏的口吻来品评，肯定了诗中描述的聪明温柔的女性形象与多情体贴的行为举止。评《地驱乐歌》，钟云："说老女情状好笑，然犹妙在真情不讳，世上多有隐忍羞涩而其中不可知不可言者。"评《孟珠》："愿得无人处，回身与郎抱。"谭云："太妖矣，然既已有情，何必讳其妖。"钟云："妙在不故作羞态。"均肯定了真情流露，不必掩藏，不怕直率。

钟谭对艳情诗的评价标准定得比较宽松，赞赏那些发自内心的真情厚意。在钟惺批点《诗经》的评语中，显示了他对诗旨的把握能够摆脱伦理教化的视角、更多地从人的本性出发的批评特点。他批驳了朱熹从伦理道

---

① 袁宏道:《龚惟长先生》,《袁宏道集笺校》卷五,上海：上海古籍出版社,1981年版,第205页。
② 袁宏道:《袁宏道集笺校》卷十一,上海：上海古籍出版社,1981年版,第485页。

德的角度来定为"淫诗"的某些诗篇,如《郑风·子衿》,钟惺则认为是"相思"之作,真性情的描绘。在《诗归》中,钟惺同样体现出其品评情诗的特色,如评《折杨柳歌辞》,钟惺说道:"此辞若出自女儿,则不可训,妇人有此语,入三百篇犹当为正风。"肯定该诗表达出来的真情与风格。再如评萧悫《春庭晚望》,钟云:"情深妙语,即真正填词,犹当收之。况止以其相近而轻弃乎?"指出该诗的婉约风格。在评《陇西行》一诗中,钟惺指出"淫人"与"好色"自是两种不同的类别,认为"男女几于狎矣,而不及乱,真所谓好色而不淫"。极具大胆意识的是对男色的赏评,如张翰的《周小史》,钟惺指出此诗:"有怜惜语,无狎昵语。咏美男宜如此,一入狎昵,便浅。""由容止看出性情,是《卫风》'手如柔荑'章法。"钟谭认为,艳诗须"深",只有造语写情都深微有致,方为好的艳诗,如评鲍照《代夜坐吟》,钟惺指出:"艳诗不深不艳。"谭元春则说:"深微造极,士女皆无遁情,予将取为艳诗之宗。"

  钟谭二人所认可的艳情具有"贞""正""深"的特点。他们认为,"艳"更多的是指情感的热烈与奔放,无妨于用情的专一、深厚,如评魏明帝《种瓜篇》,谭元春指出:"亦是艳情,词气端烈,无隋炀帝、陈后主之习。"评汤惠休的《怨诗行》时,钟惺指出此诗"妍而深,幽而动",符合"艳情三昧";评《陌上桑》,钟惺认为诗歌"妙在贞静之情,即以风流艳词发之,艳亦何妨于正也";评梁德裕的《感遇》诗,钟惺云:"非独情深,亦自贞正。"评张籍《白纻歌》,钟云:"情深而正。"都是强调了情感的贞洁与纯正。钟谭认为,能保持心境虚静的人,心中没有对外部世界的名利权势过多的追求,对人与人之间的情感就更加重视、珍惜,本身所拥有的情感也会更加丰富、淳厚,钟惺有语云:"静者自然情深。"评谢朓的《夜听妓》二首,谭元春指出:"上歌艳在亲昵,下歌艳在幽静。"周围环境的幽静更凸显出宴席上歌妓动听的琴声与宾客欢乐的笑声,快乐却不喧闹,脉脉的情意在客与妓的互动中悄悄传送,温馨的夜色愈加醉人,"对妓之妙,如对幽人"(钟惺语)。

  其二,钟谭推崇"深理""至理""妙理""别理"等。理在诗和文的地位并不一样,文以理为主,诗以情为主。文章的理是立言之本,可以直接通过议论来阐明,陆机《文赋》指出:"理扶质以立干。"刘勰《文心雕龙》则曰:"故情者,文之经;辞者,理之纬。经正而后纬成,理定而后辞畅,此立文之本源也。"诗歌的理应该通过具体的事物或形象来传达,而不是直接运用概念、堆砌理语，否则会影响诗歌特有的韵味。针对宋人过多采用理语入诗的不良现象，严羽提出"诗有别趣，非关理也"的说法；紧接着，严羽又说："而非多读书穷理，则不能极其至。"指出作诗者必须多读书、穷事理，才能写出至高境界的诗歌，从而强调了明理对诗歌创作的重要性。理包括了事理、玄理与禅理等多种类型，主要是指宇宙、社会、人生的哲理。哲理入诗并非诉诸言述，而是通过形象来显现，读者在阅读过程中，通过形象来感知、联想，品味到深刻的道理，获得一种咀嚼不尽、意蕴无穷的审美感受。恰是钱锺书所言："理之在诗，如水中盐、蜜中花，体匿性存，无痕有味，现相无相，立说无说。所谓冥合圆显者也。"①这样的诗歌是富于理趣的诗歌，"若夫理趣，则理寓物中，物包理内，物秉理成，理因物显。赋物以明理，非取譬于近，乃举例以概也。或则目击道存，惟我有心，物如能印，内外胥融、心物两契；举物即写心，非罕譬而喻，乃妙合而凝也"②。钱先生指出物与理结合的诗歌，可以达到一种"内外胥融、心物两契、妙合而凝"的状态，是道家的心物为一、高度融合的审美境界。

竟陵派改变了公安派"性灵"说的内涵，在重视"情"的基础上，重新标举"理"在诗歌中的地位。钟谭推崇诗歌富于"深理""至理""妙理"与"别理"，追求诗歌的理蕴深长，理意丰富，理致奇妙，理趣盎然，能够让人从中获得许多体悟。举例如下：

> 评杜甫《太子张舍人遗织成褥段》，钟云："小小题，许多感慨，许大关系。诗不关理？杜诗入理独妙。"
>
> 评元稹《解愁》："无乃天地意，使之行小惩。"谭云："至理，偶然拈出。"
>
> 评宋昱《樟亭观涛》，钟云："一段深奇，出自至理，浅人看不得。"

杜诗善于入理，借太子宾客赠送翠织作褥段一事，联系到藩镇僭侈无度、逆天道而犯王制招致殃祸，从一小物而引发出天道王制，实属大议论，大道理。其他如"精理""至理""深理""妙理""别理"等，都是指一种难以明言、难以捉摸、深奇精妙之理，是一种难以言说的独特的趣味与事理。在钟谭看来，这样的"理"只有心力深厚、思维超群、趣味脱俗的人才能领悟，因此，时常出现"浅人不知、俗人难道"之类的评语。

---

① 钱锺书：《谈艺录》，北京：中华书局，1984年版，第231页。
② 同上书，第232页。

钟谭以具体诗例反驳了严羽"诗不关理"的观点。哲理入诗与文体风格之间有直接联系，不同的理是诗歌风格的独特性所在，如钟惺评陈琳的《饮马长城窟行》指出："全是长短歌行，然径入唐人集中不得，中有妙理。"该诗中，有的诗句的语言风格酷似唐诗，如"往谓长城吏，慎莫稽留太原卒"，钟惺云："老杜歌行似此。"陈琳此诗与杜甫的新乐府诗比较，杜诗的现实感强，陈诗则更富于人生哲理，透露出诗人对生死命运与人生价值的思考。诗人生命意识所显示的"妙理"，是陈诗有别于唐代乐府诗的特点。钟谭的理包括了事理及人生道理，如评李白《月下独酌》其二："天地既爱酒，爱酒不愧天。"钟云："'不愧天'三字，用理语作嘲戏，妙。"李诗层层推想，从天地爱酒推理出爱酒乃顺应天意的逻辑，堪称一绝。同时钟谭的理也包括了道家、玄佛的哲理，如评王昌龄《缑氏尉沈兴宗置酒南谿留赠》："齐物意已会，息肩理犹未。"谭云："未能息肩，着一理字，妙，凛然有在三之想，可见诗中何尝不涉理。"诗人妙用佛教、禅宗的义理入诗。但钟谭反对直接用理语入诗，评储光羲《牧童词》，钟云："闻道之言，有道气，无理语。"他们赞赏的说理方式是借物言理、无理而妙。

评李贺《苦昼短》，钟云："放言无理，胸中却有故。"

评孟郊《独愁》："常恐百虫鸣，使我芳草歇。"谭云："'芳草'之上，著一'我'字，无理而有至情。"

评顾在镕《宿麻平驿》："犬为孤村吠，猿因冷木号。"钟云："为字，因字，妙在无理。"

诗人通过想象、拟人、通感等表现手法，造成一种"无理而妙"的写法，带给人新奇感与趣味性，有利于激发读者的想象力，增加诗歌的理趣，产生特殊的审美效应，幻妙神奇的艺术效果。李贺诗是"无理而妙"的典型例子。李诗用富于感染力的语言抒发主体情感，用通感的方法来形成知觉变异与艺术变形，用夸张、想象、虚构等手段来描写虚幻缥缈的人物形象与神仙世界，如"唯见月寒日煖，来煎人寿。食熊则肥，食蛙则瘦"，"谁是任公子，云中骑碧驴。刘彻茂陵多滞骨，嬴政梓棺费鲍鱼"等诗句，以揭示诗人对时光飞逝的苦恼、焦虑与幻灭感。钟惺指出该诗"放言无理"，语言的夸诞放荡，有悖常理，却是心中有情，胸中有故。无理之妙，妙在达难显之情。诗人对生命无力挽留的忧虑与对死亡的畏惧，容易产生一种有悖于常理的情感状态，一种幻想与现实混淆的虚幻迷妄的心理状态。这种写法看似无理，实则达情，能使作品增强表现力，达到一种幻妙的美学境界。唯其"无理",愈见情深,确实很"妙"。孟郊诗"我"与"芳草"本无关系,诗人赋予两者的从属关系,使"芳草"具有人的生命与性情,"无理而有至情"。顾在镕诗,钟惺直接提出了"无理而妙"的说法,诗人把自己的情感投射到无意识的"犬"和"猿"身上,犬吠与猿号是因为感受到所处环境的孤寂寒冷,拟人的方法使诗歌似乎不合常理,却传达了更为深厚的情感,给读者一种陌生而奇妙的阅读快感。钟谭阅读诗歌细致入微,能够品味出诗歌至细至曲至妙的理蕴与理趣,"理外之理","别理别趣"。

## 三、竟陵派对情景理关系的阐释与实践

情与景、情与理的关系是诗论的重要论题。诗歌写景主要是以抒情为目的,情寓景中,景藏情里,情景相生,当是好诗。钟谭推崇情与景有机结合的好诗,评语中注意揭示出诗歌的情景关系。如以下诗例:

评《满歌行》:"天晓月移。"钟云:"四字难堪。古人境语,即是情语。"

评刘希夷《江南曲》,钟云:"数诗写景处多,然妙在情,而不在景。"

评张说《代书寄吉十一》:"口衔离别字,远寄当归草。"钟云:"景中字字是情。"

评卢纶《送吉中孚校书归楚州旧山》其一,钟云:"只写景到极像处,情便难堪。"其二,谭云:"别情说向幽景上去,情更深。"

钟惺提出"境语即情语"的观点,指出日月转换的自然景观寓含着诗人对时光流逝的感慨与无奈,这是写景以抒情的方式;刘希夷作数首《江南曲》,写景、抒情的方式巧妙,情景交织在一起;张说诗写景亦是抒情;卢纶诗则显示了较为复杂的情景关系。诗歌的情景关系包括了触景生情、缘情写景、景中含情、情景相生等。周振甫的《诗词例话》解说"情景相生"一则,第四段引用了钟惺、谭元春评万楚两首诗的例子来说明"缘情写景",谭元春评万楚《题情人药栏》:"此诗骂草,后诗托花,可谓有情痴矣,不痴不可为情。"钟惺评万楚《河上逢落花》:"此与前诗同法(指《题情人药栏》),'正见'相向着'芳草'上,'应见'为道着'落花'上。怒语'芳草',温语'落花',皆用无情为有情,无可奈何之词。"谭元春、钟惺语皆抓住诗人的情感来分析,认为诗人骂草托花,把花草看成

有性有情之物，主体情感移用到自然界的景物中，"用拟人化的手法，化无情为有情，感情的色彩就更强烈了"①。杜甫的咏物诗、写景诗，更是缘情写景的典型，钟惺在评杜甫《法镜寺》时曰："老杜蜀中诗，非惟山川阴霁，云日朝昏，写得刻骨。即细草败叶，破屋圮垣，皆具性情，千载之下，身历如见。"

竟陵诗学在高度重视诗歌情感抒发的同时，钟谭又十分强调理的作用。他们认识到抒情与说理之间对立统一的关系，诗歌过度抒发情感时，离不开理的制衡。以艳情诗为例，艳诗主要是抒发绵绵情意，但情中不能没有理，如钟惺评韩偓的《无题》："纤极害诗，即情艳亦自有妙理，不专以纤取艳也。必如此而后可以纤，纤亦不易言矣。取此一首，见诗不废纤。"艳情诗以纤取艳，亦自有妙理在内，如诗句："推诚鄙效颦。"钟云："'推诚'二字，理语入艳诗，恰妙。"艳诗用理语入诗，恰是情理的矛盾统一。再如评《方回山经引相冡书》，钟云："语太尽情，然有至理。"指出诗歌以抒情为主，但抒情中亦表现了哲理，隐约包含了以理节情的观点。情与理在诗中存在着相互依存、相互制约的关系，两者既矛盾对立，在一定条件下又相互转化。诗人的抒情出于主观情感的感性发挥，如果缺乏理性的制约，难免会陷入逻辑混乱的局面。在抒情的同时，加入理性的思考，以理遣情，以理节情，情理得到谐调与贯通，融情思与哲理为一体，则使诗歌出现情理并茂的效果。如评谢庄的《北宅秘园》："绿池翻素景，秋怀响寒音。"这两句诗以拟人的方法来写秋景，景中含情，所谓"幽人幽事，全副性情脱出"（谭元春语）；其中"秋怀响寒音"一句，用了拟人、通感的表现方法，给人一种新奇的艺术感受，钟惺评为"幻而有理"。这两句诗可称景理的结合。绿池、素景等意象中融汇了诗人的主观情思与理性思索。

诗歌的议论说理与抒情相结合，做到理中含情，情理交融，诗之情就更感人，诗之理也更深刻。钟谭推崇情理并至、情理结合的好诗，讲究情与理的有机和谐统一。试看：

评《玄冥》，钟云："此首情理尤奥。"

评庐山诸道人《游石门诗》："众情奔悦。"钟云："'奔悦'二字，奇情深理。"

评刘希夷《捣衣篇》，钟云："此诗密理深情，远胜《公子行》

---

① 周振甫：《诗词例话》，北京：中国青年出版社，1962年版，第132页。

等篇。"

　　评张九龄《同綦母学士月夜闻雁》，钟云："深情妙理，触物为言。"

　　评李白《幽涧泉》，谭云："长短句，吞吐中，有妙理别情，惟太白为之，最易最宜。"

　　从以上例子来看，钟谭赞赏的诗歌是"深情"与"深理"的结合，"奥""奇""深""妙""别""密"等词语，是形容情或理的深奥、深沉、奇妙、独特等特点，即具有委婉曲折、紧密深致的特点，这样的情与理需要作者的心力与思虑来表达，也需要读者细致集中的冥心静悟来探索。在山林、幽谷、佛寺等幽静宁谧的环境，在夜晚、秋季等沉寂凄清的时候，人们更容易体悟到自然景物所蕴含的深情至理。所举诗歌，大多数可以归属于此类型。如《玄冥》诗描绘了"蛰虫盖藏，草木零落"的秋冬景象；刘希夷诗描绘秋夜闺人思念游子的情景，如"秋天瑟瑟夜漫漫，夜白风清玉露溥。燕山游子衣裳薄，秦地佳人闺阁寒"等；张九龄诗则用拟人的手法写了秋天南飞途中遇险而落单的孤雁，"避缴归南浦，离群叫北林。联翩俱不定，怜尔越乡心"。道人的《游石门诗》与李白《幽涧泉》，都是描写幽静清雅的自然景色，前诗先写春日山林美景，然后以"奔悦"二字来形容众人浓厚的游兴与喜悦之情，笔法巧妙；后诗先写秋天幽涧的萧瑟景色，再写"我"弹奏素琴，使失志之客伤心泪流，"吾但写声发情于妙指，殊不知此曲之古今"，钟惺品评这两句诗曰："妙达乐理乐情，在此一语。"通过凄清的乐音，揭示出士人千古同一的怀才不遇的失落感。

　　竟陵诗学体现出古代诗歌注重抒情与情理并重的审美传统，它对情景关系、情理关系的探索，以及对"无理而妙""无理而有情"的讨论，都对王夫之、沈德潜、叶燮等人的诗学理论不无影响。钟惺、谭元春偏好曲折深沉的情理，显示出其独特的审美意识和较好的审美能力。

# 第三辑

# 古代小说及传播研究

# 先秦的"小说家"与楚国的"小说"*

高华平

小说是当代主要的文学体裁之一,它包括长篇小说、中篇小说、短篇小说、小小说(微型小说)等;小说家则是以创作小说为职业者(或者说是擅长小说创作的作家)。但这只是今天人们的观点,并非是古已有之的定义。在中国的先秦时期,小说概念还刚刚产生,小说家的名称则尚无人正式提出。所以,那时的小说和小说家如何,便成为后代研究中国先秦学术史特别是中国早期文学史时,人们必须首先解决的问题。而学术界研究中国小说及小说历史者,亦必人人自论先秦小说概念、作品及小说家开始——尽管这些探索因研究资料的匮乏,结论往往陈陈相因、多凭空推测之辞。

## 一、先秦的"小说"和"小说家"

中国的小说概念,最早出现于《庄子·外物篇》。其言曰:
> 夫揭竿累,趣灌渎,守鲵鲋,其于得大鱼难矣。饰小说以干县令,其于大达亦远矣。

对于《庄子·外物篇》的这段话,唐以前司马彪、崔譔、向秀《庄子注》的佚文以及郭象的《庄子注》,都未见任何注解;直到唐代成玄英的《庄子疏》,才见到古人第一次对《庄子》"饰小说以干县令"云云的注解。成玄英曰:
> 干,求也。县,高也。无修饰小行,矜持言说,以求高名令[闻]者,必不能大通于至道。字作"县"(字)[者],古"悬"字多不著"心"。

---

\* 本文系作者承担的国家社科基金项目——"楚国诸子学研究"(批准号:11BZX049)的阶段性成果。

成玄英的《疏》将"饰小说以干县令"解释成"修饰小行，矜持言说，以求高名令〔闻〕者"，将"小说"解释成"小行"和"言说"两件事情，似乎是不够准确的。因为刘歆的《七略》和班固的《汉书·艺文志》中已将"小说家"作为先秦"九流十家"之一，而他们对"小说家"的界定也只是说："街谈巷语，道听途说者之所造也"——只涉及"谈说"而未涉及"小行"；而后人亦认为"沈诸梁为叶县尹，穆王召县子而问"，则"县令"不当作"高名令〔闻〕"解，当即是县官，"作县令解，方与灌溉之喻相符"。① 所以，我们认为，"小说"只能是一个偏正结构的名词，指的就是后世作为一种语言文学之体的"小说"，而不可能是"小行"和"言说"两件事情。

　　"小说"即是后世的作为一种语言文学之体的"小说"，那么先秦时的"小说"和"小说家"是怎样的呢？要弄清这两个问题，我们有必要从分析"小"和"说"两个文字或概念开始。"小"这个字，《说文解字·小部》曰："小，物之微也。"历代字书、词书更有微小、低微、短暂、狭隘、年幼、轻视等众多训解。但概括起来说："小"乃是一个与"大"相对的概念，从词性上说它是一个形容词，是从形式（面积、体积、形制等）和价值两方面对人或事物的一种评判。而"小说"则是一个偏正结构的名词（或词组），其中的"小"是修饰和限定"说"的，是对"说"的一种分类——实际上暗示着还有一种与之相对的"大说"。② 如果说从形式上讲，"小说"是指一种体制短小之"说"的话③；那么，从价值评判的角度来讲，"小说"则就是一种价值比"大说"要小得多的"说"了。

　　"小说"虽然在形式和内容上都是与"大说"相对的一个概念，但现在问题在于，我们在现有文献中却只能看到"说"和"小说"这两个概念，并不能发现"大说"这个概念。这是什么原因呢？看来，我们有必要对中国先秦时期的"说"的来龙去脉有更细致和更深入的探讨。

　　学者们对先秦"说"概念的探讨，一般也是从文字学的研究开始的。有学者曾说，从字源学上看，"说"字是由"兑"字孳乳而来，"它的基本义项为愉悦、开解、言说三义"。仅从春秋战国时期先秦诸子们对"说"的使用情况来看，"在'说'的基本义——言说上，前期多用比较单纯的言说义，

---

① （清）刘方苞撰、方勇点校：《南华雪心编》（下），北京：中华书局2010年版，第679页。
② 李致忠：《四部分类的应用及其类表的调整》，《国学研究》第十卷，北京：北京大学出版社2002年版。
③ 东汉桓谭的《新论》曰"小说家，合丛残小语，近取譬喻"云云。似正与此同。

而后期则多用为辩说义和学说义,这不仅反映出言论作为社会手段和知识形态的迅猛发展,而且反映出各种言论之间的交流和碰撞"。而从词性上来看,则"说"的以上词(字)义又可分为动词和名词两种性质。当"说"——愉悦、开解、言说作为一种行为及其过程时,它是一个动词;"当'说'和某一类知识和言论方式联系在一起时","说"也就"是一种言论方式",或是一种"被记录下来"的"特定的言论方式",即"一种文体类型"①——这时,它就是一个名词。如《韩非子·外储说右上》曰:"师旷之对,晏子之说,皆合势之易也,而道行之难,是与兽逐走也,未知除患。患之可除,在子夏之说《春秋》也。"《吕氏春秋·重言》曰:"成公贾之谳也,贤于太宰嚭之说也。太宰嚭之说,听乎夫差,而吴国为墟;成公贾之谳也,喻乎荆王,而荆国以霸。"这两例中的"晏子之说"和"太宰嚭之说",显然都是指"一种言论方式"或"一种文体类型"。因此,先秦诸子书中很多以"说"名篇之文,其篇名的"说"字,实际上都是该文属于"说体文"的标志。如《墨子》一书中的《经说上》《经说下》,《韩非子》一书中《说林上》《说林下》等。

但是,我们认为,这种以先秦诸子文章篇名的"说"即是"一种文体类型"的看法,似乎尚有将问题简单化之嫌。因为先秦诸子文中有一些以"说"字名篇的作品,其中的"说"字就有不是表示文体的,其内容有的也不是一篇完整的言论或言说,而是在讲如何游说人主或向人主进言这种事情。如《吕氏春秋·顺说》《韩非子·说难》二篇篇名中的"说"字,理解为"一种言论方式"或"一种文体类型",就是不够确切的。这说明,作为名词使用也只是"说"的众多词性(名词、动词、形容词等)中的一种,即使是就仅作为名词使用的"说"来看,其表示"一种文体类型",也只是其众多名词性义项中的一项。如《周易·系辞上》:"原始反终,故知死生之说"中的"说",就是一个名词性的"说",但词义为道理、学说。《墨子·小取》:"论求群言之比,以名举实,以辞抒意,以说出故。"其中的"说"也一个名词,但它是古代墨家逻辑学的专有名词,特指推理。《周礼·春官·大祝》:"(大祝)掌六祈以同鬼神示:一曰类,二曰造,三曰禬,四曰禜,五曰攻,六曰说。"郑注:"皆祭名也。"可见,这里的"说"是一个专有名词,指周代大祝所掌的一种祭祀。这就说明,我们在分析作

---

① 王齐洲:《说体文的产生及其对中国传统小说观念的影响》,《稗官与才人——中国古代小说考论》,第103页,长沙:岳麓书社2010年版。

为名词"说"的"文体类型"义项时,必须首先把它和"说"的其他众多名词性义项区别开来;我们在分析由"说"所分化出来的"小说""大说"概念时,也必须首先把它限定在作为"一种言论方式"或"一种文体类型"的范围之内,这样才有可能厘清它的内涵和特点。

而根据我们以往的研究,先秦时期作为"一种文体类型"的"说",其实是相对于"经"出现的一个概念,是解说"经"的"一种文体类型"①。这种解说"经"的"说",一般被称为"经说",有时又称为"经解"、"经传"等,也就是人们所谓的"大说"。因为先秦的"经"并不止儒家的"六经"(《易》《诗》《书》《礼》《乐》《春秋》),其他诸子学派都有自己的"经",所以他们把自己的"经说"、"经解"、"经传"也都视为"大说",只有那些不入"流"的"说",才被他们称为"小说",造作这些"小说"的一派则被称为"小说家"。先秦时期南方墨者就把自己所诵的墨家先贤之言称为"墨经",而把他们自己的解说文称为"经说"。现存《墨子》一书中既有《经上》《经下》,又有《经说上》《经说下》,就是明证。《韩非子》一书中的《内储说》《外储说》等篇,一篇中既有"经",也有"说",且皆用"说在某"以标明之。而这种"大说"性质的"经说",在《韩非子》一书中又有"解"、"喻"等名称(如《韩非子》中解说《老子》的著作名《解老》《喻老》等)。在《管子》一书中,前有《牧民》《形势》《立政·九败》《版法》《明法》诸篇,后则有《牧民解》《形势解》《立政九败解》《版法解》《明法解》诸多以"解"名篇的解说文。今本《吕氏春秋》一书各篇中虽不见以"某某说"或"某某解"名篇者,一篇中也不见标有"经"、"说"之例,但该书《应同》《听言》《谨听》《务本》《谕大》诸篇篇末都有"解在某"的文字,说明当初这些篇章应是前为"经",而后则如《韩非子》之《内外储说》一样,是有与之相应的解经文字存在的;而且这些"经说"也应该是以"解"名篇的。另外,如《管子·心术上》,一篇之中,前半叙全篇大旨,后半则对前半逐字逐句加以解说,虽篇中无"经"、"说"或"解"字样,但此篇显然是由"经"和"说"或"解"组成的长文。1972 年长沙马王堆汉墓出土的帛书中也出现过前半叙述大旨,后半虽"解说"前文、但并无"解""说"字样——两部分组成的《五行》

---

① 高华平:《中国先秦小说的原生态及其真实性问题》,《天津社会科学》2007 年第 4 期。后收入《先秦的文献、文学与文化——高华平自选集》,武汉:华中师范大学出版社 2012 年版。

篇（而1993年在湖北荆门战国楚简《五行篇》中，则只有前半"经"文，而无后半"解"或"说"的部分），也说明当时一篇中可以同时有"经"和"说"（或"解"），却不用"说"或"解"以标明之。

因此，从某种意义上讲，在先秦诸子的时代，除不入流的"小说家"之外，所有诸子的著作实际应只有两大类的文体：一类是"经"，一类是解经的名之曰"说"、"解"、"传"等的解说文。而根据儒家的观点，儒学的历史就是一部"（著）述经"和"解经"的历史：孔子删定"六经"，"孔子之前，不得有经"；孔子删定"六经"之后，后儒的著作皆具"经说"的性质："得谓之传，或谓之记，弟子辗转相授谓之说。"① 以孔门之《礼》学为例："古人以《仪礼》为经，《记》则所以解之。故《仪礼》有《士冠礼》，《礼记》则有《冠义》；《仪礼》有《士昏礼》，《礼记》则有《昏义》；《仪礼》有《乡饮酒礼》，《礼记》则有《乡饮酒义》；《仪礼》有《乡射礼》，《礼记》则有《射义》；《仪礼》有《燕礼》，《礼记》则有《燕义》；《仪礼》有《聘礼》，《礼记》则有《聘义》；《仪礼》有《丧服》，《礼记》则有《丧服小记》。记之大用，在于解经，此其明证矣。"②

先秦这种为解"经"而作的"说"、"解"、"传"、"记"等文章，尽管它们有的被称为"说"、有的被称为"解"、有的则被称为"记"等等，但因为它们解"经"的性质，所以它们实际都应该被称为"经说"、"经解"、"经传"等等，也就是所谓"大说"。只要我们看看历史上那些解"经"的著作，它们的"说"、"解"、"传"、"记"之前有时被直接冠以"大"字，被称为"大传"、"大义"之类，我们就不难明白这一点。如《周易·系辞传》，在司马谈的《论六家之要指》中就被称为《易大传》，《汉书·艺文志》中的《尚书传》，在《隋书·经籍志》中则被著录为《尚书大传》三卷"，即是其例。以此例彼，诸子书中那些解各家之"经"的"说"、"解"、"传"、"记"等，不论它们前面是否曾被冠以"经"、"大"等字，被称为"经说"、"经解"、"经传"、"经记"或"大说"、"大解"、"大传"、"大记"之类，是没有问题的。至于那种不与"经"相联系的不入流的"说"，则只能是"小说"。"小说家"则是先秦时期热衷于造作"小说"的一个诸子学派。《汉书·艺文志》曰：

---

① 皮锡瑞：《经学历史》，北京：中华书局1959年版，第19、67页。
② 张舜徽：《汉书艺文志通释》，武汉：华中师范大学出版社2004年版，第211页。

> 小说家者流，盖出于稗官。街谈巷语，道听途说者之所造也。孔子曰"虽小道，必有可观焉。致远恐泥，是以君子弗为也。"然亦弗灭也，闾里小知之所及，亦使缀而不忘。如或一言可采，此亦刍荛狂夫之议也。

《汉书·艺文志》的这段"序"文，有几点值得注意：一是它说"小说家"出于"稗官"，这是说"小说家"和其他诸子学派一样都"出于王官"。这实际是很牵强的。二是它说"小说"是"街谈巷语，道听途说者之所造也"。这是说"小说"的创作主体不是那些以道自任的先秦诸子（士人、知识分子），而是那些民间的民众、百姓，都是些不入流的人物。三是说"小说"或"小说家"之所以被定义为"小"，主要是因为这些"说"的价值"小"，乃属于"小道"和"小知（智）"。四，这一点常常被人们忽视，这实际是在说明"小说"在形式上的特点——属于口头创作和篇幅体制短小的特点。因为"小说"既是"街谈巷语，道听途说者之所造也"，那自然是属于口头创作，而且是"丛残小语"。不可能如朝廷文书或诸子解"经"的高头讲章那样，前者是要"书之竹帛"或"琢之盘盂，镂之金石"（《墨子·明鬼下》）的；后者也当如王充在《论衡·量知篇》所云："截竹为简，破以为牒，加笔墨之迹，乃成文字，大者为经，小者为传记。"是想要藏之名山，传之永久的。

至此，我们可以将先秦时期"小说"的内涵和特点概括为：从价值评判的角度来看，"小说"是相对于"大说"而言的一个概念，它是不解说"经义"的"小道"和"小知（智）"；从形式上看，它与官方文书或诸子"经说"、"经解"、"经传"、"经记"等不同，它是既不"书之竹帛"或"琢之盘盂，镂之金石"，也不"加笔墨之迹"，而"成文字"的。它属于民间口头创作的、篇制短小的"说"。

## 二、楚国学者在中国古代小说理论上的贡献

中国先秦时期的《庄子》一书已出现了小说概念，其他先秦诸子的著作中也或多或少地涉及中国早期小说的内容和形式方面的某些基本特点。但如果我们从文化地理的角度来看这些问题，则会发现，不论是先秦小说概念的提出，还是对小说概念之内涵和形式特点的自觉探讨，实际都与楚国有着很大的关系。甚至可以说，中国先秦时期有关小说概念和关于小说性质特点的最初研究，差不多都是楚国学者（更具体地说，是战国时期的

楚国学者）的理论贡献。

我们已经指出，先秦时期的小说概念最早出现于《庄子·外物篇》的"饰小说以干县令"，而《庄子》一书属庄子学派的丛书，因此可以说，道家的庄子及其学派，无疑就是中国最早提出小说概念的学者。但也许有人会说，《史记·老子韩非列传》称庄子为"蒙人"，刘向《别录》云"宋之蒙人也"，班固的《汉书·艺文志》则曰："宋人。"那么即使《庄子·外物篇》首先提出了小说概念，是否可以归为楚国学者的理论贡献恐怕也存疑问。

我以为，是可以把《庄子·外物篇》提出小说概念视为楚国学者的理论贡献的。因为根据我的研究，在庄周时代，庄子的籍里"宋之蒙（城）"不仅可能已为楚国所有，宋国似早已近乎楚国的附庸，而且宋国和楚国还具有文化上深厚的血缘关系，都属于南方文化的代表。所以说，《庄子·外物篇》首先提出小说概念，归为楚国学者的理论贡献，这应该是可以成立的。你只要看看《左传》和《史记》里记载的楚昭王和宋景公面对灾异时宁可自己承受也不愿移于臣民的一致表现，你就不难发现他们在思维方式上是何等相似。故孔子所谓"南人有言：人而无恒，不可以作巫医"，或"人而无恒，不可以卜筮也"。虽历来被人解为"楚人"或"南国之人"，但在新近出土的郭店楚简《缁衣》中却被引作："宋人有言曰：'人而亡恒，不可以卜筮也。'"似乎自古"宋人"就是和楚人一样被视为"南人"的，他们也的确有着相同或相似的思想文化传统。① 因此，我们也可以说，中国先秦时期的小说概念，最早是楚国道家学者（或者说有楚国文化背景的道家学者）提出来的，是楚国学者在中国古代小说理论史上的一个重要贡献。

当然，我们也必须承认，尽管《庄子·外物篇》首先提出了小说概念，但该书并未对小说概念做过哪怕一句说明，就连汉魏时期注《庄子》的学者也没有对小说概念做过任何注解。这就会使我们对当时楚国学者何以能最早提出小说概念产生疑惑。

现有先秦文献提到小说的材料本来就极少，关于楚国学者讨论小说的材料就更难稽考了。但任何一种思想观念或概念、术语的出现，都绝对不会是凭空产生的，也不会是某个人突发奇想提出来的，它有其一定的生长土壤，它一定是在适当的环境中经过长久的酝酿、发育才形成的。小说概念在楚国的提出，同样也应该是这样的。经过对先秦诸子的相关著作研究

---

① 高华平：《由詹何看先秦道家思想的发展》，《哲学研究》2013 年第 9 期。

之后，我们发现在庄子时代，墨家学派经惠施、宋钘等人的交流，使楚国原有的墨学发生了分化，形成了南方"相里勤之弟子，五侯之徒"与"苦获、已齿、邓陵子之属"相对的"别墨"①。现存《墨子》一书中的《经上》《经下》《经说上》《经说下》《大取》《小取》六篇，学术界向来都认为是楚国"别墨"的著作。而就在这六篇"别墨"们"以坚白同异之辩相訾，以觭偶不仵之辞相应"的辩论中，"别墨"们还曾第一次对知识获得的过程、知识的具体来源及其种类做过相当细致的分析。《墨子·经上》把知识的获得分为三个步骤（或者说三个条件）：

知，材也。

知，接也。

恕，明也。

这里所谓的"知，材也"，是指人获得知识所必须具备的才能或生理基础，即《经下》所谓"惟以五路知"中的"五路"（即"五官"），故《经说上》云："知材，知也者，所以知也，而必知，若明。"② "知，接也"，是指人获得知识的第二个步骤，是要用人的天生的"材"与外物相"接"，即所谓"知，知也者，以其知过物而能貌之，若见"。获得知识的第三步，是所谓"恕，明也"。"恕"，应该是"别墨"们自己新造的一个字，它表示一个人要真正使感官获得的感觉经验变成知识，还必须经过人的理性思维活动，对人的感觉经验进行分析加工，故他们就依据孟子所谓"心之官则思"的原则，在"知"下加上一个"心"字偏旁，以标示出作为人的认识活动的这种特征。

这就是"别墨"们对人类获取知识过程的分析。不过，"别墨"们的知识论并不止于此，他们还对上述获得知识的每个步骤和细节都有更进一步的论证。如他们又就逻辑方面，对"吾人知识之来源"作出过分析③。《墨子·经上》曰：

知：传授之，闻也；方不㢈，说也；身观焉，亲也。

又说：

闻：或告之，传也；身亲观，亲也。

"别墨"是墨学中以逻辑分析见长的一派，故他们在这里既把"吾人知识之来源"分为"闻"、"说"、"亲"三种，对之作了条分缕析；还对作为

---

① 高华平：《"三墨"学说与楚国墨学》，《文史哲》2013 年第 5 期。
② 此句胡适、冯友兰均改为"不必知，若明"。
③ 冯友兰：《中国哲学史》（上），重庆：重庆出版社 2009 年版，第 213 页。

"吾人知识之来源"的"闻"、"说"、"亲"三者的具体内涵，做了更明确的逻辑界定。不仅对作为"吾人知识之来源"的"闻"、"说"、"亲"三者的具体内涵做了更明确的逻辑界定，还特别对"闻"做了更进一步的说明。他们认为，"闻"实际上又有两种形态：一种是一般的"听闻"或"听说"，社会上都这么"传"，我就听到了，并没有人正式来告诉我；另一种则是比较正式或正规的告知，"别墨"们把它称为"传"。《墨子·经说上》说："传授之，闻也。"又曰："或告之，传也。"这说明，"闻"，本来就包含了"传"，而"传"则是"或告之"的"闻"。

"别墨"们对"闻"的这一细分，从文字学的角度来看，也是很有道理的。"闻"中所包含的"传"，繁体写作"傳"，《说文解字·人部》曰："傳，遽也。从人，專声。"而从甲骨文以来，"傳"字的字形就一直从"車"，与车马之交通有关。《礼记·玉藻》："凡自称……士曰傳遽之臣。"郑注："傳遽，以车马给使者也。"《尔雅·释言》曰："驲、遽，傳也。"郭璞注："皆傳车驿之名。"可见，"或告之，傳也"的"传"，当是官方使人正式告知的"闻"，与一般无意中听到某种消息的"闻"是不一样的。《文心雕龙·论说》曰："说者说语，传者转师。"范文澜引《释名·释书契》曰："传，转也，转移所在，执以为信也。"又说："转师，谓听受师说，转之后生也。"说的虽是"传"的引申义，但仍可看出"传"的正式传达的意思。

从另一方面来看，任何形式的"闻"都是接受他人传递来的信息，都是被动的，都有一个语音信息的来源。所以，后世汉语里除有"传闻"一词以外，还有"听闻"一语。而如果从这一角度来说，则"听闻"又可写作"听说"。这既是对"闻"的获取渠道和方式的分类，同时也可以说是对"说"的渠道和方式的一种分类。而在《墨子·经上》对"说"做了"说，所以明也（孙诒让《墨子间诂》卷十曰：'《经说上》无说。《说文·言部》云："说，说怿也。一曰谈说。"谓谈说所以明其意义。毕云："解说。"'）"的解说之后，《经说上》又补充曰："方不廦，说也（毕沅注：'非方土所阻，是人所说也。'）。"即可说是对"说"再作了进一步的分类：一类是使人明了某种重要意义的"解说"，另一类则可以是"非方土所阻"的"人所说也"。结合我们上文先秦诸子著作本分"经说"（"大说"）和"非经说"（即"小说"，《荀子》名之曰"俗说"）、以及《墨子》一书分"闻"为带有官方性质的正式的"传闻"和一般不明来源的"听闻"的情况来看，"别墨"们这里对"说"的分析，实际也就是把当时的"说"分成了"解说"某种重要"意义"的

"说"（即"经说"或"大说"）和那种"非方土所阻"的在民间口耳相传的"说"（即"小说"）两种。而《庄子·外物篇》的所谓"小说"概念，应该是在这样的理论背景下提出的。而通过逻辑分析的形式对先秦的"说"加以分类区别，则可以说既是先秦"小说"概念提出的基础，也可以说是楚国学者在中国小说理论史上所做出的重要理论贡献。

## 三、楚国"小说"的特点和成就

从根本上讲，任何理论都必来自实践，都是实践经验的总结。

先秦时期中国小说的概念是由楚人首先提出、并给予了最早的逻辑分析和理论探讨的，这无疑应该是当时楚国小说十分兴盛、流传极广的见证。因为，只有在当时楚国小说创作极其兴盛、小说流传十分广泛的背景和前提下，那种关于小说的概念和理论探索才有形成的可能。否则，那就是无源之水和无本之木。

但是，正如我们在上文归纳的那样，先秦小说乃属于非官方的民间口耳相传的"说"，它是不"琢之盘盂，镂之金石"或"书于竹帛"的，即不是以"书面文学"而只是以"口头文学"的形式而存在的。所以，这就给后世的研究者造成了很大的困难，使我们无法获得充分的原始材料来开展我们的研究。

不过，尽管先秦时期没有现代的录音技术、小说又在"道听途说，德之弃也"之列，但在当时仍是有一些不为偏见所囿的人士，记录下了一些他们认为"必有可观焉"的"小说"的。《汉书·艺文志》本刘向《别录》和刘歆《七略》而来，在其《诸子略》中即著录有"小说家"十五家"千三百八十篇"，而属于先秦时期的小说则有九家二百五十七篇①。但这九家二百五十七篇著作今天全已亡佚②，根本无法据以讨论当时小说之特点。

---

① 张舜徽曰："今计家数篇数，实为十五家，千三百九十篇。"《汉书艺文志通释》，武汉：华中师范大学出版社2004年版，第344页。

② 按：《汉志》道家类著作有《鬻子》一卷，小说家有《鬻子说》十九篇，后世有以《鬻子》一卷 当《鬻子说》十九篇者，清人严可均曰：《隋志》道家《鬻子》一卷，《旧唐志》改入小说家。隋唐人所见，皆道家残本，其小说家本，梁时已佚失，刘昫别移道家本当之，非也。"又《汉志》所著录"小说"，班固常谓"其语浅薄"、"非古语"，因而断定其为"依托"，殊谬也。因为小说本乡野小人所传，只能以当时通俗口语相传，绝不可能"雅言"，故不能据以其断其伪。

即使其中有少数著作有后人辑本，如马国翰《玉函山房辑佚书》有宋钘之《宋子》辑本、鲁迅《古小说钩沉》辑有《青史子》三条佚文等等，但这些著作不仅前人多认为其"不当侪于小说也"，即使那些辑佚者本人也认为这些著作同经解、传、记一样，"不知当初何以侪于小说"①。所以，我们仍是难以据之而确知先秦小说的原貌的。

　　当然，这并不是说《汉书·艺文志》著录的这些小说对我们的研究没有任何价值。依据《汉书·艺文志》的这些著录，我们仍然可以获得一些有用的信息：一是小说家之"小说"，因其为"街谈巷语，道听途说"，故属于"说"，这样的"说"是可以在书名或篇名中标出的，如《汉志》之《伊尹说》二十七篇"、"《鬻子说》十九篇"、"《黄帝说》四十篇"等。而且，这些小说与我们上文提到的《韩非子》书中的《说林》《内外储说》一样，都只名"说"，而不名"小说"。换言之，先秦时期的小说是可以被标名为"说"的，那些篇名（或书名）中有"说"字的著作，比那些篇名（或书名）中没有标明"说"字的著作，是更能肯定其属于小说的。二是在《汉书·艺文志》著录的九家二百五十七篇"小说家"著作中，"《鬻子说》十九篇"中的鬻子，是楚人的先祖鬻熊，有关其逸事传闻的"《鬻子说》十九篇"，自然应该属于楚人的小说了。在《汉志》可以确定为先秦小说的三部以"说"名篇的先秦作品中，楚人的小说就占了其中的三分之一，这可见楚人小说在先秦的分量。（另外，《汉志》"小说家"中还有《宋子》十八篇"。宋子，即宋钘。《孟子·告子下》曰："宋牼将之楚，孟子遇于石丘。"则宋子尝游楚，而"《宋子》十八篇"或许其中也有关于他游楚的故事亦未可知。②）由此可知，先秦小说概念首先出现于楚文化圈内、并由楚人最早进行了较深入的逻辑分析与理论探讨，那就是不足为怪的了。

　　根据我的长期研究，《汉志》著录的那些小说虽然都已经亡佚，我们难

---

① 鲁迅：《中国小说的历史变迁》，《鲁迅全集》第9卷，北京：人民文学出版社1982年版，第304页。
② 按：笔者曾撰《先秦的名家及楚国的名辩思潮》一文，认为宋钘学说对楚国学术的影响，最明显的莫过于两方面：一是如《庄子》所言，宋钘学说中道家成份对庄子产生了很大的影响；另一方面"是其对楚国墨家思想的影响"。拙文待刊。另，《隋志·子部》小说家《燕丹子》一卷"下原注："梁有《青史子》一卷。又有《宋玉子》一卷，《录》一卷。楚大夫宋玉撰。"如果此《宋玉子》不是"《宋子》"之误的话，那么此《宋玉子》或真属宋玉之书，如近人罗焌所言，乃因为"宋（玉）赋实类诸优，梁录之入小说家，亦甚当也。"（罗焌《诸子学述》，上海：华东师范大学出版社2008年版，第47页）

以据《汉志》著录的小说而确知先秦小说的原貌，但在先秦某些不为官方偏见所囿的士人学者那里，却也在无意中记录了一些他们认为"必有可观焉"的小说。如《韩非子》一书中《说林》上下、《内外储说》中的那些"说"，就是我们今天所能看到的中国先秦小说的原生态。至少可以说，是我们今天能够确认的原生态的中国先秦小说。

之所以认为《韩非子》一书中的"说"，乃是我们今天能够确认的原生态的中国先秦小说，我在《中国先秦小说的原生态及其真实性问题》一文中曾较详细地说明过我的理由①，这里不拟重复，读者可以参阅。这里主要就《韩非子·说林》（上、下）和《内外储说》中所引关于楚国之"说"（小说、故事传说）举例分析，以窥先秦小说及楚国小说之特点。《韩非子·说林上》载：

> 子胥出走，边侯得之。子胥曰："上索我者，以我有美珠也；今我已亡之矣，我且曰子取之。"侯因释之。

子胥，即伍子胥，《史记》卷六十六有列传，先秦典籍，如屈原的《九章》、署名吕不韦的《吕氏春秋·异宝》等亦及之。屈原《九章·涉江》曰："伍子逢殃兮，比干菹醢。与前世而皆然兮，吾又何怨乎今之人！"《九章·惜往日》曰："吴信谗而弗味兮，子胥忧而后死。"对伍子胥忠而被害、建功亡身的遭遇寄予了深切的同情。《吕氏春秋·异宝》和《史记·伍子胥列传》都对其逃亡吴国时被渔父所救的情节有详细的记载，但均不见《韩非子·说林上》这则伍子胥诳言"上索我者，以我有美珠也"一事。因此似可以说，《韩非子·说林上》的这则"说"，应不出于先秦的官方记载。因为以常理推之，即使守关的"边侯"真的遇到了逃亡的伍子胥，伍子胥诳言"上索我者，以我有美珠也"，他害怕将伍子胥解送至京后会有被子胥诬陷之事发生，也是绝对不会将此事张扬出去、以至于传到史官那里而被记入史籍的。如果那样，就等于公开承认自己放跑了国家通缉的逃犯，其后果是可想而知的。所以，我们可以说，《韩非子·说林上》中的这则伍子胥边关脱险的故事（"说"），绝不可能来自于官方的史料，而只可能来自于民间。而从现有文献来看，我认为这则"说"出现的背景，可能与战国纵横家出入各诸侯国的诡异情形有关。《战国策·燕策三》载：

---

① 高华平：《中国先秦小说的原生态及其真实性问题》，《天津社会科学》2007 年第 4 期。后收入《先秦的文献、文学与文化——高华平自选集》，武汉：华中师范大学出版社 2012 年版。

张丑为质于燕，燕王欲杀之，走，且出境，境吏得丑。丑曰："燕王所为将杀我者，人有言我有宝珠也，王欲得之。今我已亡之矣，而燕王不我信。今子且致我，我且言子之夺我珠而吞之，燕王必当杀子，刳子腹及子之肠矣。夫欲得之君，不可说以利。吾要且死，子肠且寸绝。"境吏恐而赦之。

《战国策·燕策三》此处所载张丑骗境吏过关的故事，与《韩非子·说林上》所载伍子胥诳"边侯"过关之"说"，几乎如出一辙①。如果说《战国策》乃"战国纵横家书"，应该是"出于行人之官"的话，那么《韩非子·说林上》的这则"说"，则只能出自楚国某位既如屈原那样景仰伍子胥、同时也接触到《战国策》这类"行人之官"文书的民间人士的口头杜撰。而因为《说林上》中伍子胥过关的故事属于民间人士的口头编造，所以它远比《战国策·燕策三》编得简短，全没有《战国策》这类"书面文学"那种对事情将要产生的后果的详细推论——"燕王必当杀子，刳子腹及子之肠矣。夫欲得之君，不可说以利。吾要且死，子肠且寸绝"——这又更符合"口头文学"口耳相传的特征与要求。据笔者初步统计，《韩非子·说林》（上、下）和《内外储说》中，这类有关楚国的"说"共有23则，但这类"说"绝大多数都不见于其他先秦典籍、特别是带有官方史籍性质的典籍，如《左传》《国语》《战国策》等。而对于那些官方史籍原有记载的故事（"说"），《韩非子·说林》（上、下）和《内外储说》则多以"一曰"标明之。《韩非子·内储说下六微》载：

楚成王以商臣为太子，既而又欲置公子职。商臣作乱，遂攻杀成王。

一曰：楚成王（以）商臣为太子，既欲置公子职。商臣闻之，未察也，乃为其傅潘崇曰："奈何察之也？"潘崇曰："飨江芈（一作"半"）而勿敬也。"太子听之，江芈（一作"半"）曰："呼，役夫！宜君之欲废女而立职也。"商臣曰："信矣。"潘崇曰："能事之乎？"曰：

---

① 吴师道云："《韩非子》记子胥语楚边侯，同此。"已指出此点。参见《战国策笺证》下册，第1774页。按：《战国策·燕策三》中"张丑为质于燕"这则故事，应该也是"小说"，是载于战国策士游说之辞中的"小说"。《韩非子·说难》把战国纵横家的说辞也称为"说"，但在纵横家和韩非看来，这种"说"应该是"大说"，和《说林》（上、下）篇中的"说"是不同的。故可以说，《战国策》中的"说"也有两种：一种是纵横策士们长篇大论的"说"（"大说"），另一种则是藏于长篇大论中的"说"之中的"小说"。如《燕策三》中的这篇"说"、《燕策二》中"鹬蚌相争，渔翁得利"《楚策一》中的"狐假虎威"等故事，就是这类"小说"。

"不能。"曰:"能为诸侯乎?"曰:"不能。""能举大事乎?"曰:"能。"于是乃起宿营之甲而攻成王。成王请食熊膰而死,不许,遂自杀。

《韩非子·内储说下六微》中所载的这两则商臣杀成王的故事("说"),前一则十分简单,只有故事梗概,完全省略了事情的经过与细节。这与民间"道听途说"的传播方式十分吻合——往往都是三言两语,而对事情的经过则语焉不详。后一则故事("说"),把事情的前因后果及细节都叙述得十分详细,与《左传》文公六年对此事的记载基本相同:

> 初,楚子以商臣为太子,访诸令尹子上。子上曰:"君之未齿也,而又多爱,黜乃乱也。楚国之举,恒在少者。且是人也,蜂目而豺声,忍人也,不可立也。"弗听。既又欲立王子职,而黜太子商臣。商臣闻而未察,告其师潘崇曰:"若之何察之?"潘崇曰:"享江芈(一作"半")而勿敬也。"从之,江芈(一作"半")曰:"呼,役夫!宜君王之欲废女而立职也。"告潘崇曰:"信矣。"潘崇曰:"能事诸乎?"曰:"不能。"曰:"能行乎?"曰:"不能。""能行大事乎?"曰:"能。"冬十月,以宫甲围成王。王请食熊膰而死,弗听。丁未,王缢。谥之曰灵,不瞑。曰成,乃瞑。

按照传统的说法,《左传》乃"受经于仲尼"的鲁史官左丘明"躬览载籍,必广记而备言之"(杜预:《春秋序》)的史书,故我们可以说,《韩非子·内储说下六微》中的"一曰"所载关于楚成王欲废太子而被逼自杀之事,显然应该来源于《左传》这类官方史书的记载,所以它记事才不厌其烦、慢条斯理地把事情的每一个具体细节都记载得十分详尽。而前一则内容相同的故事,因为没有以官方的文书为依据,只在民间的人士中口耳相传,属于"街谈巷语,道听途说者之所造也",所以它在形式上也就明显带有"合丛残小语,近取譬论"的特点。

我们刚刚说过,根据我们的初步统计,《韩非子·说林》(上、下)和《内外储说》中关于楚国的小说共有23则。但很显然,这并不是先秦时期楚国小说的全部。因为中国先秦的小说本是民间人士口耳相传的"道听途说",无书面文本保存;加之后代向以不入流的"德之弃也"视之,所以保存下来的数量就很少了。但还是有些作品很幸运地被保存下来了。这种保存主要的方式,在先秦时期,是由韩非子这类不为主流价值观所囿的士人们记录下来的;到汉代以后,则是由刘向这类矢志于文献整理的学者有意识地加以整理和保存的。

《汉书·艺文志》"儒家类"著作著录有"《刘向所序》六十七篇"，班固原注："《新序》《说苑》《世说》《列女传》、颂图也。"班固《汉书·刘向传》则说："（刘）向采传记，著《新序》《说苑》凡五十篇。序次《列女传》凡八篇，著《疾谗》《摘要》《救危》及《世颂》凡八篇。"根据班固的这两处记载，"《刘向所序》"的这些著作中，既有刘氏"采传记""序次"而成的《新序》《说苑》《列女传》之类的作品，也有采摘"民间书"或从民间"道听途说"而来的《世说》《世颂》之类的作品。从资料来源来看，前者应属于官方文书的"传记"之类，后者则与之不同，乃属于世俗民间所流传的"说"、"颂"之类，故名之曰《世说》《世颂》也。从刘向的《世说》乃采取民间世俗之"说"（《荀子》名之曰"俗说"）而成的著作这一点而言，《刘向所序》中的《世说》，应该就是刘向所收集整理的一部小说集。而且，这其中自然也应该有不少属于楚国的小说作品。

令人遗憾的是，根据历代确切的文献记载来看，《刘向所序》中的《世说》一书，似乎早已亡佚，人们并不能确切地知道其中的具体内容。但据近代向宗鲁撰《说苑校正》一书时考证，则似乎《世说》又并未亡佚。向氏"谓《世说》即《说苑》"，《汉志》"《刘向所序》六十七篇"下班固原注其实只有"《世说》"而无"《说苑》"二字；"原注《说苑》二字，浅人加之"。向氏进一步考证说：

> 考《御览》三十五引《世说》（汤之时大旱七年云云），不见义庆书而见《说苑·君道篇》。《书钞》百四十一引《世本》（载雍门伏事，"伏"乃"狄"之伪），其文与《世本》不类，"《世本》"乃"《世说》"之伪，今见《说苑·立节篇》。（《御览》五百八十二引《世说》王大将军事，标题亦误作《世本》，正与此同例。）此所引皆中垒《世说》也。《初学记》十七引刘义庆《说苑》（人饷魏武云云），今见《世说·捷悟篇》。又卷十九引刘义庆《说苑》（郑玄家奴婢皆读书云云），今见《世说·文学篇》。黎刊《太平寰宇记》一百十八引刘义庆《说苑》（晋羊祜领荆州云云），今略见《世说·排调篇》。此所引皆临川《说苑》也。是则临川之《说苑》即《世说》，而中垒之《世说》即《说苑》审矣。①

---

① 向宗鲁：《〈说苑〉叙例》，《说苑校证》，（汉）刘向撰，向宗鲁校证，北京：中华书局1987年版，第1页。

向氏之说诚为合乎逻辑的推论。但问题是，由于现在并无题名刘向的《世说》一书传世，甚至后世的传本《说苑》，北宋《崇文总目》已云："今存者五卷，余皆亡。"今本乃曾巩整理该书时"从士大夫间得之者十有五篇，与旧为二十篇"，这才合成了旧志所谓"刘向《说苑》二十篇"之数。仅据类书所引《世说》《说苑》时有将二书书名互伪之例，似尚难以断定后世《说苑》即是《世说》，今书题名"《说苑》"二字属"浅人加之"也。

我们认为，由向氏所举类书中《世说》《说苑》二书互伪之例来看，尽管很难说传世本《说苑》即是《世说》之伪名，但当年曾巩从民间士大夫间得到的《说苑》十五篇中，是否有《世说》的内容掺杂其间，这是很难断定的；否则，类书引《说苑》时应该不会平白无故地将它称之为《世说》的。据刘向的《说苑序奏》说，他序《说苑》时，除了"采传记"及"臣向书"、"中书书"之外，还采集了"民间书"，是在除去了与《新序》的重复之后，将"其余者浅薄，不中义理"者"别集为一书"的结果——此书"号为《说苑》"。① 这也就是说，即使《说苑》一书主要不是民间"道听途说"的"说"，其中也是不乏"浅薄"的民间故事——小说的。所以我认为，如果我们能把《说苑》一书中那些"说"加以仔细研究，把那些与《左传》《国语》《战国策》等官方"传记"中的相同部分除开，剩下的那些"浅薄"、"简短"的"丛残小语"，应该就是小说了。它们即使不是出自《世说》，也应该是和《世说》性质相同的作品。而据笔者初步统计，在今本《说苑》的二十篇"说"中，与楚国有关的"说"约有44则。在这约44则有关的"说"中，相当一部分与《左传》《国语》《战国策》《吕氏春秋》《史记》等先秦或汉初的著作的记载大致相同——应该说，这是由于刘向"采入"了这些"传记"的内容；但有一些属他书未见的内容，则应是刘向采自"民间书"或"道听途说"的"浅薄语"，属于所谓小说之列。《说苑·至公》载：

楚文王伐邓，使王子革、子灵共捃菜。二子出采，见老丈人载畚，乞焉，不与；博而夺之。王闻之，令皆拘二子，将杀之。大夫辞曰"取畚信有罪，然杀之非其罪也，君若何杀之？"言卒，丈人造军而言曰："邓为无道，故伐之，今君公子之搏而夺吾畚，无道甚于邓。"

---

① 刘向：《说苑序奏》，《说苑校证》，（汉）刘向撰，向宗鲁校证，北京：中华书局1987年版，第1页。

呼天而号。君闻之，群臣恐。君见之，曰："讨有罪而横夺，非所以禁暴也；恃力虐老，非所以教幼也；爱子弃法，非所以保国也；私二子，灭三行，非所以从政也。丈人舍之也，谢之军门之外耳。"

楚文王伐郑，使王子革、子露居。二子出游，老人戴畚从而乞食焉，不与，搏而夺之畚。

《说苑》此篇所载楚文王及其二子事，前一则故事情节详细而完整，后一则简单而似残篇，正同小说。对于这种情况，向宗鲁校正曰："案，《御览》九百七十六引此文，全同今本。而《类聚》十八、《御览》三百八十三引文全异，或旧有二本，或旧有二条（如下文"《韩非子》一曰之法"之例）。"向氏此处以《说苑》同篇两录《韩非子·外储说右上》"荆庄王有茅门外之法"故事例之，不管他是否要以此说明《说苑》所载此事不同应有不同来源，但这客观上却是在表明，这两条楚文王及其二王子的故事中，至少得有一条来自"民间书"，属于小说的性质。故《说苑·至公》同时采入《韩非子·外储说右上》中的两段文字，更清楚地显示了其与《韩非子》中"说"相同的小说性质：

楚庄王有茅门者法曰："群臣大夫、诸公子入朝，马蹄蹂霤者，斩其輈而戮其御。"太子入朝，马蹄蹂霤，廷理斩其輈而戮其御。太子大怒，入为王泣曰："为我诛廷理。"王曰："法者，所以敬宗庙、尊社稷。故能立法从令，尊敬社稷者，社稷之臣也。安可以加诛？夫犯法废令，不尊社稷，是臣弃君，下陵上也。臣弃君则主威失，下陵上则上位危。社稷不守，吾何以遗子？"太子乃还走避舍，再拜请死。

楚庄王之时，太子车立于茅门之内，少师庆逐之。太子怒，入谒王曰："少师庆逐臣之车。"王曰："舍之。老君在前而不踰，少君在后而豫，是国之宝臣也。"

《说苑·至公》此处所记两段"楚王有茅门者"的文字，前一段与《韩非子·外储说右上》中的"荆庄王有茅门之法"，仅有个别文字的差异。如：《说苑》中的"马蹄蹂霤"，《韩非子》作"马蹄践霤"；《说苑》中的"臣弃君则主威失"，《韩非子》作"臣乘君则主失威"，等等。这说明二者应该是采自同一"传记"。但《说苑·至公》的第二段文字，则与《韩非子·外储说右上》中的"一曰"差异很大：不仅《外储说右上》"一曰"中的"楚王"在《至公篇》变成了"楚庄王"，而且《外储说右上》"一曰：楚国之法"，也和太子犯法的原因一同被省略了——太子泣诉于楚王及楚王处理事情的过程都被大大简省——这无疑更能显示这一条属"传闻异辞"的"道听途说者之所造也"的性质，说明这个故事乃属"丛残小语"——小说。

在我们统计的《说苑》所记有关楚国的约44则"说"中，到底有多少可以确切地肯定属于楚国的小说，由于可资比较的文献的缺乏，我们很难作明确的回答。但我们相信，即使是那些属于刘向"采传说"，依官方文书而编著的"说"，刘向也可能根据"民间书"或"道听途说"的传闻进行过修改，或至少在官方的"传记"之外，同时也有一种民间传说的可能。从这个意义上讲，《说苑》中的那些"说"未始不可当成小说看待。从刘向《说苑》中那些有关楚国的"说"以及我们在上文曾提到的《韩非子》中的那些有关楚国的"说"，我们才多少可以推知先秦楚国小说的一些基本特点和成就。而因为讨论先秦楚国小说的特点和成就，必先从《韩非子·说林》（上、下）和《内外储说》及刘向《说苑》二十篇中，确定出哪些"说"属于先秦楚国的小说。而我们确定《韩非子》和《说苑》中的哪些"说"是楚国的小说，最基本的一条依据，就是看这些"说"是否说的是先秦楚国的人和事。如果是，我们就认为它是先秦楚国的小说；反之，则不认为它是先秦楚国的小说。而如果按对小说的内容和形式的两分法来判断的话，我们判定《韩非子》和《说苑》中的"说"是否属于先秦楚国的"说"的依据，其实主要乃在于这些"说"的内容方面。换言之，我们这里所说的先秦楚国小说的特点和成就，主要乃是这些楚国小说在内容方面的特点和成就。据此，我们认为先秦楚国小说应具有如下几个方面基本的特点和成就。

（一）先秦楚国小说所说的人和事，乃是发生于楚王或楚国有重要影响的王子、令尹和其他官吏身上的事。

先秦楚国小说在内容上的一个显著特点，就是这些小说中的事情往往是发生于楚国历史上的楚王和太子、令尹、将军身上，特别是楚国历史上具有重要影响的人物，如楚庄王、昭王和孙叔敖、令尹子文、伍子胥等。如在上文我们举例的《韩非子·说林》（上、下）和《内外储说》中与楚国有关的33则"说"中，就有10则发生于"荆（楚）王"身上，这还不算标明发生于楚成王、楚厉王、荆庄王的故事各1则。在《说苑》约44则有关楚国的小说中，标明故事主角为楚庄王的有13则，楚昭王6则，楚文王3则，楚恭（共）王2则，（还有3则标明为"楚王"），另外的故事主角则为楚将军子囊、楚令尹子文、孙叔敖、伍子胥等,就是不见一个庶民百姓。这种情况和上古的神话传说往往将人类早期的各种发明归功于帝王或部落首领的情形是相同的。因为只有借助于那些著名的王侯和将相,人们才能比较容易记住这些小说,也才能唤起人们对这个小说的兴趣。

（二）先秦楚国小说的题材十分广泛,除了关于楚国政治、军事等重大题材之外,还有一些有关先秦诸子百家的小说,这些小说为我们研究先秦诸子的学术思想,特别是这些诸子思想在楚国的传播,提供了重要的参考资料。如《说苑·至公》记"楚昭王召孔子,将使执政,而封以书社七百",结果因子西进谗而"遂止"。与《史记·孔子世家》的记载大同小异,这既说明司马迁著《史记》时,有可能采用了楚国小说的材料,也为我们深入考察当初孔子及其学说传入楚国的境遇提供了宝贵的资料。《韩非子·解老篇》记"詹何坐,弟子侍,牛鸣于门外"云云,这是小说文献中完整地记载战国中期楚国道家学派人物詹何的一处材料,对研究战国中期楚国道家的思想演变具有重要价值。《说苑·善说》中"庄周贫者,往贷于魏文侯";同篇《指武篇》的"吴起为苑守,行县适息",则透露了法家吴起和道家庄周其人及其思想传播的信息。可以说,先秦诸子及其思想,很多都可在先秦楚国小说中找到其流传痕迹,而且每个学派都可能曾根据自己的立场对这些小说进行过改造。《说苑·至公》载:

> 楚共（恭）王出猎,而遗其弓。左右请求之。共王曰:"止,楚人遗弓,楚人得之,又何求焉!"仲尼闻之曰:"惜乎其不大!亦曰人遗弓人得之而已,何必楚也。"仲尼所谓大公也。

《说苑》一书原在《汉志·诸子略》儒家类中的"《刘向所序》六十七篇"之中,因此刘向所记载的这则小说,显然是来自儒家流传的"说",故它与儒家的《孔子家语》《孔丛子》等书一样,都不约而同地称赞孔子"所谓大公也"。但这则小说在名家《公孙龙子·迹府》篇和杂家的《吕氏春秋·贵公》篇中却另有记载。《公孙龙子·迹府》篇曰:"龙闻楚王张繁弱之弓,载忘归之矢,以射蛟兕于云梦之圃,而丧其弓。左右请求之。王曰:'止,楚王遗弓,楚人得之,又何求乎'!仲尼闻之曰:'楚王仁义而未遂也!'亦曰'人亡弓人得之'而已,何必楚。"这里对楚王的弓、矢、圃都有明确的界定,而且也没有对"仲尼大公也"的称赞,正反映了名家的特点。《吕氏春秋·贵公》篇载:"荆人有遗弓者而不肯索,曰:'荆人遗之,荆人得之,又何索焉!'孔子闻之曰:'去其荆而可矣!'老聃闻之曰:

'去其人而可矣！'故老聃则至公矣。"这里不仅把楚共（恭）改为了"楚人"，而且在孔子之外又增加了老聃，把老聃置于孔子之上——实则以老子来贬抑孔子——说明这则小说应该是出于道家的改造。可以说，由先秦楚国小说似可以看出先秦诸子学在楚国传播和交流的思想史样态。

（三）反映了先秦楚国民间的价值观念，对研究先秦社会心态具有重要的意义。先秦小说属于民间人士"街谈巷语，道听途说者之所造也"，所以尽管有些小说可能属于流落民间的士人转述"传记"的产物，但就在这种转述或改编中已经明显带上了民间的色彩，反映了民间的价值观。例如，我们在上文提到的《韩非子·外储说右上》和《说苑·至公篇》中都有的"楚庄王有茅门之法"处罚太子的故事，《至公篇》中都记载的"楚文伐邓"（一作"楚王伐郑"）中杀夺老人载畚的王子革和王子灵（一作"子露"）的故事。在这些小说中，我们看到楚国民间的法制观不仅有"王子犯法与庶民同罪"的法律公正观念，而且还有要对王子、贵戚犯法加重惩罚的要求。《至公篇》中楚文王处罚二王子时，大夫辞曰："取畚信有罪，然杀之非其罪也。"但那位夺载畚的老人却不依不饶，"呼天而号"曰："邓为无道，故伐之。今君公之子搏而夺吾畚，无道甚于邓。"直到楚文王杀二王子这才罢休。又例如，《韩非子·外储说左下》载"孙叔敖相楚，栈车牝马，粝饼菜羹，枯鱼之膳"云云。《说苑·敬慎》载："孙叔敖为令尹，一国吏民皆来贺；有一老父，衣粗衣，冠白冠，后来吊，曰：'位已高而意益下，官益大而心益小，禄已厚而慎不敢取。守此三者，足以治楚矣'。"从这些例子来看，在先秦楚国的民间的确普遍有一种抱朴守素和戒满的心态，老庄道家柔弱守后的哲学思想产生于南方楚国的文化区域，这绝不是偶然的。

以上是我们对先秦楚国小说特点和成就的简略分析。由以上的分析可知，中国先秦小说观念的形成和"小说家"的出现，与楚国特有的学术文化背景有着极为密切的关系。无论是先秦小说概念的提出，还是先秦学术界对小说观念最初的理论探讨，最早实际都出现于楚文化圈之内。《韩非子》和《说苑》二书中有关楚人的"说"，是现存可知的先秦楚国小说，它们在中国古代的小说史和学术思想史上都具有重要的价值与意义。

# 明清通俗小说识语研究

程国赋

与小说序跋、凡例等一样，识语也是明清通俗小说的一种特定的文体形式。所谓识语，一般是为了读者阅读的需要，在小说的卷首或卷末简明扼要地介绍小说的创作缘由、题材来源、版本流传、创作主旨、编辑或刊刻特色等等。作为依附于小说文本而存在的原始文献，识语对于我们研究通俗小说作家、作品、时代背景、版本流传等具有较高的史料价值，与此同时，小说识语体现出比较浓郁的广告宣传色彩，值得我们加以归纳、总结。通过识语这一特定视角进行考察，有助于我们认识通俗小说的创作主旨，了解读者阶层与通俗小说创作、传播之间的内在联系。

从目前学术界的研究状况来看，关于通俗小说识语的研究未受到应有的重视，据笔者检索可知，对此进行专门研究的论文只有1篇，即陈大康先生刊载于《明清小说研究》1991年第2期的《漫谈小说"识语"》一文。陈文通过举例的形式介绍16则小说识语的广告意义，其中提到明末夏履先所刊《禅真逸史》凡例，并非识语，所以，实际列举15则小说识语。陈文虽取名"漫谈"，论述亦较简略，然而在小说识语的研究方面具有开拓的意义。本文在对明清时期通俗小说识语进行整体观照的基础上，试图从文献整理和理论阐述两方面就这一特定的小说文体加以总结与探讨。①

---

① 这里需要指出几个问题：第一，本文界定的通俗小说概念主要是指故事性强、适合于普通读者阅读水平和阅读需要的小说；语言通俗，以白话小说为主，包括少量以浅近文言写成的小说。第二，本文界定的明清时期是自1368年即明洪武元年到1911年即清宣统三年，包括晚清时期，不过，晚清翻译小说的译者识语，如《鲁宾孙漂流记》《毒蛇圈》等译者识语，不作为本文研究对象。第三，1912年，梦笔生将《续金瓶梅》删改后，改题《金屋梦》，于1915年在《莺花杂志》创刊号连载，系民国时期作品，虽有识语，亦不属本文研究范围，故未列入，特作说明。

## 一、明清通俗小说识语的文献统计及整体特征

关于明清通俗小说识语的文献统计，陈大康《漫谈小说"识语"》一文曾列出15篇进行介绍。笔者经过统计可知，在明清通俗小说作品之中，共有识语50篇（其中三台馆万历刊《列国前编十二朝》卷首、书末各有识语，算作2篇），现列表如下：①

| 小说名称 | 作　者 | 成书时间 | 刊刻者、抄写者及其时间 | 备　注 |
|---|---|---|---|---|
| 《三国志通俗演义》十二卷 | 罗贯中 | 元末明初 | 金陵周曰校万卷楼万历十九年（1591）刊 | 全名《新刊校正出像古本大字音释三国志传通俗演义》。卷首有识语 |
| 《批评三国志传》二十卷二百四十则 | 罗贯中编次、余象乌批评 | 万历年间 | 建阳余象斗双峰堂万历二十年（1592）刊 | 全名《新刻按鉴全像批评三国志传》。卷首有《三国辨》 |
| 《忠义水浒志传评林》二十五卷一〇二回 | 题罗贯中编辑、余象斗评 | 万历年间 | 建阳余象斗双峰堂万历二十二年（1594）刊 | 全名《京本增补校正全像忠义水浒志传评林》。卷首有《水浒辨》 |
| 《万锦情林》六卷 | 余象斗编 | 万历年间 | 建阳余象斗双峰堂万历二十六年（1598）刊 | 卷首有识语 |
| 《新刊八仙出处东游记》二卷五十六回 | 吴元泰撰、凌云龙校 | 万历时期 | 建阳余象斗三台馆万历刊 | 又名《全像东游记上洞八仙传》。卷首有余象斗《八仙传引》 |
| 《铁树记》二卷十五回 | 邓志谟 | 万历时期 | 建阳余氏萃庆堂万历三十一年（1603）刊 | 全称《新镌晋代许旌阳得道擒蛟铁树记》。书末有识语 |
| 《咒枣记》二卷十四回 | 邓志谟 | 万历时期 | 建阳余氏萃庆堂万历三十一年（1603）刊 | 全称《锲五代萨真人得道咒枣记》。书末有识语 |
| 《飞剑记》二卷十三回 | 邓志谟 | 万历时期 | 建阳余氏萃庆堂万历三十一年（1603）刊 | 全称《锲唐代吕纯阳得道飞剑记》。书末有识语 |
| 《列国志传》八卷 | 余邵鱼编 | 万历年间 | 建阳余象斗万历三十四年（1606）三台馆重刊 | 全称《新刊京本春秋五霸七雄全像列国志传》。卷首有识语 |

---

① 本表主要按附有识语的通俗小说刊刻或抄写的时间先后次序排列，并非依据小说成书时间先后而排列；另外，下文涉及小说篇目，凡未注明出处者，皆以本表所注版本为准，不再一一注明。

续表

| 小说名称 | 作 者 | 成书时间 | 刊刻者、抄写者及其时间 | 备 注 |
|---|---|---|---|---|
| 《春秋列国志传批评》十二卷 | 余邵鱼撰、陈继儒评 | 万历年间 | 苏州龚绍山万历四十三年（1615）刊 | 卷首有识语 |
| 《隋唐两朝志传》十二卷一百二十二回 | 罗贯中撰、杨升庵批评 | （不详） | 苏州龚绍山万历四十七年（1619）刊 | 一名《隋唐志传》。卷末有识语 |
| 《列国前编十二朝》四卷五十四节 | 余象斗编 | 万历后期 | 建阳余象斗三台馆万历后期刊 | 全称《新刻按鉴通俗演义列国前编十二朝》。卷首、书末各有识语 |
| 《封神演义》二十卷一百回 | 许仲琳编 | （不详） | 苏州舒载阳明末刊 | 卷首有识语 |
| 《古今小说》四十卷四十篇 | 冯梦龙编 | 明末 | 吴县天许斋泰昌、天启初刊 | 一名《全像古今小说》。卷首有识语 |
| 《喻世明言》二十四卷二十四篇 | 冯梦龙编 | 明末 | 吴县衍庆堂天启刊 | 卷首有识语 |
| 《警世通言》四十卷四十篇 | 冯梦龙编 | 明末 | 金陵兼善堂天启四年（1624）刊 | 卷首有署名"金陵兼善堂"所撰识语 |
| 《醒世恒言》四十卷四十篇 | 冯梦龙编 | 明末 | 吴县衍庆堂天启七年（1627）刊 | 卷首有识语 |
| 《新列国志》一百〇八回 | 冯梦龙 | 明末 | 吴县叶敬池崇祯年间刊 | 卷首有识语 |
| 《新平妖传》四十回 | 罗贯中著、冯梦龙增补 | 明末 | 苏州陈氏嘉会堂崇祯刊 | 全名《墨憨斋批点北宋三遂平妖传》。卷首有识语 |
| 《二刻英雄谱》二十卷 | 罗贯中、施耐庵编辑 | 元末明初 | 建阳熊飞雄飞馆崇祯刊 | 全称《精镌合刻三国水浒全传》。卷首有识语 |
| 《拍案惊奇》四十卷四十篇 | 凌濛初编 | 崇祯戊辰（1628） | 苏州安少云尚友堂崇祯元年（1628）刊 | 卷首有识语 |
| 《警世阴阳梦》十卷四十回 | 长安道人国清编次 | 崇祯元年（1628） | 崇祯元年（1628）刊 | 卷首有识语 |
| 《盘古至唐虞传》二卷七则 | 佚名撰、题钟惺编辑、冯梦龙鉴定 | 明末 | 建阳余季岳崇祯刊 | 一名《盘古志传》，全称《按鉴演义帝王御世盘古至唐虞传》。书末有识语 |

续表

| 小说名称 | 作 者 | 成书时间 | 刊刻者、抄写者及其时间 | 备 注 |
|---|---|---|---|---|
| 《禅真逸史》八卷四十回 | 清溪道人（方汝浩） | 明末 | 明末杭州夏履先刊 | 全名《新镌批评出像通俗奇侠禅真逸史》。卷首有识语 |
| 《风流悟》八回 | 坐花散人编辑 | 明末清初 | 清代合义堂刊 | 卷首有识语 |
| 《樵史通俗演义》八卷四十回 | 江左樵子编辑 | 清初（顺治八年之后） | 清初（顺治八年之后）写刻本 | 一名《樵史》、《樵史演义》。卷首有识语 |
| 《续金瓶梅》六十四回 | 丁耀亢 | 顺治十七年（1660） | 顺治十七年（1660）原刊 | 封面题《续编金瓶梅后集》。卷首有识语 |
| 《醒风流奇传》二十回 | 鹤市道人编次 | 清初 | 清初刊 | 一名《醒风流》。卷首有识语 |
| 《十二笑》十二回（残存六回） | 题墨憨斋主人新编 | 清初 | 清初刊 | 全称《墨憨斋主人新编十二笑》。卷首有署名"郢雪"所撰识语 |
| 《凤凰池》十六回 | 烟霞散人编 | 顺治末至康熙、雍正年间 | 顺治末至康熙、雍正年间耕书屋刊 | 全称《新编凤凰池续四才子书》，即《平山冷燕》之续作。卷首有识语 |
| 《春灯闹》十二回 | 烟水散人述 | 清初 | 清代紫宙轩刊 | 卷首有识语 |
| 《赛花铃》十六回 | 白云道人编次，烟水散人较阅 | 清初 | 康熙元年（1662）刊 | 卷首有识语 |
| 《水浒后传》八卷四十回 | 陈忱 | 康熙初年 | 康熙甲辰即三年（1664）刊 | 卷首有识语 |
| 《梁武帝西来演义》十卷四十回 | 天花藏主人新编 | 清初 | 康熙癸丑（1673）永庆堂余郁生刊 | 一名《梁武帝传》、《梁武帝演义》。卷首有署名"绍裕堂主人"所撰识语 |
| 《快士编》十六卷 | 五色石主人（疑即徐述夔） | 雍正初年 | 清雍正年间写刻本 | 卷首有识语 |
| 《廿一史通俗衍义》二十六卷四十四回 | 吕抚 | 雍正年间 | 清正气堂活字本 | 卷首有识语 |

续表

| 小说名称 | 作者 | 成书时间 | 刊刻者、抄写者及其时间 | 备注 |
|---|---|---|---|---|
| 《新世鸿勋》二十二回 | 蓬蒿子编次 | 顺治八年（1651） | 疑庆云楼乾隆年间刊 | 卷首有识语 |
| 《歧路灯》一百〇八回 | 李海观 | 乾隆年间 | 乾隆四十五年（1780）传钞本 | 卷首有题识 |
| 《红楼梦》一百二十回 | 曹雪芹 | 乾隆年间 | 约乾隆、嘉庆之际东观阁本 | 卷首有东观主人识语 |
| 《绮楼重梦》四十八回 | 兰皋居士（疑即王兰沚） | 疑为嘉庆二年（1797） | 嘉庆十年（1805）瑞凝堂刊 | 此书接续《红楼梦》一百二十回之后而作。卷首有识语 |
| 《荡寇志》七十回附结子一回 | 俞万春 | 道光六年（1826）到二十七年（1847） | 咸丰三年（1853）刊 | 一名《结水浒传》。卷首有俞万春之子俞龙光于咸丰元年所撰识语 |
| 《儒林外史》五十六回 | 吴敬梓 | 约乾隆年间 | 清道光、同治年间潘氏钞本 | 卷首有潘祖荫所撰识语 |
| 《荡寇志》七十回附结子一回 | 俞万春 | 道光六年到道光二十七年 | 玉屏山馆同治十年（1871）刊 | 卷首有作者俞万春之侄俞烺所撰识语 |
| 《儒林外史》五十六回 | 吴敬梓 | 约乾隆年间 | 光绪七年（1881）申报馆第二次排印本 | 卷首有署名天目山樵于光绪丙子（1876）所撰识语 |
| 《儒林外史》五十六回 | 吴敬梓 | 约乾隆年间 | 光绪年间从好斋辑校本 | 有清代华约渔所撰题记 |
| 《今古奇观》四十卷 | 姑苏抱瓮老人辑 | 明末 | 光绪十六年（1890）善成堂刊 | 卷首有慎思草堂主人所撰识语 |
| 《小五义》一百二十四回 | 佚名 | （不详） | 光绪十六年（1890）文光楼原刊 | 全名《忠烈小五义传》。卷首有识语 |
| 《海上花列传》六十四回 | 花也怜侬（即韩邦庆） | 清末 | 初刊于光绪十八年（1892）《海上奇书》杂志，光绪二十年出版单行本 | 又名《花国春秋》、《青楼宝鉴》、《海上青楼奇缘》等。卷首有署名花也怜侬题识 |
| 《海上尘天影》六十章 | 司香旧尉（邹弢） | 光绪二十年（1894）始作 | 光绪三十年（1904）石印本 | 又名《断肠碑》。卷首有简短识语 |

总的来看，明清时期通俗小说识语体现以下一些特征：第一，识语绝大多数出现于小说卷首的封面，也有个别置于书末，如建阳余氏萃庆堂万历三十一年所刊《咒枣记》《铁树记》《飞剑记》、余季岳崇祯所刊《盘古至唐虞传》等，余象斗三台馆万历刊《列国前编十二朝》卷首、书末则各有识语；第二，识语主要附着于刊本，少数抄本如乾隆四十五年传钞本《歧路灯》，清道光、同治年间潘氏钞本《儒林外史》亦有识语；第三，小说识语文字简短，一般几十字，多则一百余字，以散体文撰成，清代耕书屋刊《凤凰池》以七律诗的形式撰写识语，别具一格；第四，编写识语者一般为小说的刊刻者。据现存文献考察，最早出现识语的通俗小说为金陵万卷楼万历十九年所刊《三国志通俗演义》，此书识语即为书坊主周曰校所撰；金陵兼善堂天启四年刊《警世通言》卷首有署名"金陵兼善堂"所撰识语；吴县叶敬池崇祯年间刊《新列国志》识语题"金阊叶敬池梓行"，可知为书坊主所为；嘉会堂所刊《新平妖传》识语称"本坊"，表明为书坊自撰。建阳书坊主余象斗在小说刊刻过程中经常运用识语的形式进行宣传，余氏小说刊本至少有6篇识语，即：万历二十年双峰堂刊《批评三国志传》、双峰堂万历二十二年刊《忠义水浒传评林》、双峰堂万历二十六年刊《万锦情林》、三台馆万历刊《新刊八仙出处东游记》、万历三十四年三台馆重刊《列国志传》、三台馆万历后期刊《列国前编十二朝》皆附有识语，这些识语基本上都是余氏个人所撰。在明清通俗小说刊刻、传播历史上，可以说余象斗是撰写小说识语最多的书坊主，其小说识语结尾常用"买者须认双峰堂为记"的字样招揽读者；也有个别小说刊本的识语并非书坊主所撰，如，余氏萃庆堂万历三十一年刊《铁树记》《咒枣记》《飞剑记》，其书末识语为小说作者邓志谟所撰；玉屏山馆同治十年刊《荡寇志》，邀请小说作者俞万春之侄俞煐撰写《重刻荡寇志识语》，康熙癸丑永庆堂余郁生刊《梁武帝西来演义》，卷首则附有署名"绍裕堂主人"所撰识语。

## 二、明清通俗小说识语的史料价值

作为附着于小说文本的原始文献，识语的史料价值不容忽视。对此，笔者试从版本流传、小说作者、创作或刊刻时间、书名、稿件来源、小说评点等方面加以阐述。

古代小说版本纷繁复杂，识语作为原始文献成为我们研究小说版本演变的重要途径。苏州陈氏嘉会堂崇祯刊《新平妖传》识语云："旧刻罗贯中《三遂平妖传》二十卷，原起不明，非全书也。"从这则识语可知，罗贯中《三遂平妖传》原为二十卷，经过墨憨斋（冯梦龙）重新编纂以后，才成为四十回本。《红楼梦》东观阁本是在程甲本基础上，参照程乙本、脂批本加工修改而成的版本，其识语云："《红楼梦》一书，向来只有抄本，仅八十卷。近因程氏搜辑刊印，始成完璧。但原刻系用活字摆成，勘对较难。书中颠倒错落，几不成文；且所印不多，则所行不广。爰细加釐定，订讹正舛，寿诸梨枣，庶几公诸海内，且无鲁鱼亥豕之误，亦阅者之快事也。"这里也为我们揭示出《红楼梦》版本的演变过程。由于种种原因，很多小说版本散佚不存，正如陈寅恪先生所言："吾人今日可依据之材料，仅为当时所遗存最小之一部。"① 在这种情况下，识语记载就为我们提供不少小说版本的线索，例如，《三国志演义》版本众多，明代余象斗双峰堂本《批评三国志传》卷首所附《三国辨》即云："坊间所梓《三国》何止数十家矣，全像者止刘、郑、熊、黄四姓。"由此可知，仅明代《三国》刊本就达"数十家"，其中刘、郑、熊、黄四姓书坊即爱日堂、宗文堂、种德堂、仁和堂等所刊《三国志演义》为全像。因原刊本多不存于世，所以《三国辨》所记具有一定的史料价值。与此相似的是，余象斗双峰堂万历二十二年刊刻《忠义水浒传评林》卷首《水浒辨》亦提供了关于《水浒传》版本的重要史料。

在确定小说作者，考证作者生平、思想、著述诸方面，识语也有很好的参考价值。俞龙光为咸丰三年《荡寇志》原刊本所作识语云："龙光谨按：道光辛卯、壬辰间，粤东瑶民之变，先君随先大父任，负羽从戎。缘先君子素娴弓马，有命中技，遂以功获议叙。已而归越，以岐黄术遨游于西湖间。岁壬寅，暎夷犯顺，有献策军门，备陈战守器械，见赏于刘玉坡抚军。晚归玄门，兼修净业。己酉春王正月，无疾而逝。著有《骑射论》、《火器考》、《戚南塘纪郊新书释》、《医学辨症》、《净土事相》，皆属稿而未锓。而尤有卷帙繁重者，则《荡寇志》是。"因为俞龙光是《荡寇志》作者俞万春之子，所以他所言俞万春的生平、著述切实可信，成为我们研究《荡寇志》及其作者俞万春的第一手材料。有些识语还有助于我们认识小说作者的思想倾向，萃庆堂万历三十一年所刊《铁树记》书末识语云："子性

---

① 陈寅恪：《金明馆丛稿二编》，北京：生活·读书·新知三联书店2001年版，第279页。

颇嗜真君之道，因考寻遗迹，搜检残编，汇成此书，与同志者共之，使□（按：原字模糊不清）仙凡有路而吾人可以与好道之心云。"同为萃庆堂所刊的《飞剑记》书末识语云："予素慕真仙之雅，爰拾其遗事，为一部《飞剑记》，以阐扬万□（按：原字模糊）云云。"以上两篇识语体现出小说作者邓志谟"性颇嗜真君之道"、"素慕真仙之雅"的思想状况，这对我们分析、理解他创作的《铁树记》《咒枣记》《飞剑记》等道教小说提供有益的借鉴与参考。

通过识语可以考证部分小说创作或刊刻时间。吴县叶敬池刊《新列国志》，不过未知具体刊刻时间，其识语云："墨憨斋向纂《新平妖传》及《明言》、《通言》、《恒言》诸刻，脍炙人口，今复订补二书。本坊恳请先镌《列国》，次当及《两汉》，与凡刻迥别，识者辨之。"透过这则由叶敬池所撰识语不难看出，《新列国志》之刊在"三言"之后，而"三言"中最后一部《醒世恒言》由叶敬池于天启七年（1627）刊刻，那么可以推知《新平妖传》应该是在明末天启七年之后，当在崇祯年间刊刻。另如，俞龙光为咸丰三年《荡寇志》原刊本所作识语云："《荡寇志》所以结《水浒传》者也，感兆于嘉庆之丙寅，草创于道光之丙戌，迄丁未，寒暑凡二十易，始竟其绪，未遑修饰而殁。"由此可知此书创作于道光六年（1826）到二十七年（1847）。

识语还为我们指出小说书名演变的重要信息。嘉庆十年瑞凝堂刊《绮楼重梦》识语云："是书原名《红楼续梦》，因坊间有《续红楼梦》及《后红楼梦》二书，故易其帧曰《绮楼重梦》。"俞煁为同治十年刊本《荡寇志》所作识语云："谨按：是书之作，始于道光中叶。尔时无所谓寇焉，名之曰《荡寇志》者，盖思之深，虑之远尔。迨至咸丰元年，始付剞劂氏。时值寇焰方张，古月老人乃更其名曰《结水浒》，行之于世，历有年所。但迩来区宇荡平，既除既治，所谓寇者，则又自有而之无矣，故仍其名而曰《荡寇志》者，匪特昭其实，亦徵伯氏之先知灼见已在数十年之前也。"俞煁是《荡寇志》作者俞万春之侄，其言应当可信。

通过识语往往可以考察小说稿件的来源。虽然有些识语在这方面不免有夸大其辞的成分（详见下文第三部分有关论述），不过总的来看，关于稿源的信息是值得我们予以关注的。明清时期稿件来源的一个重要渠道就是购买稿件，例如：

舒载阳明末刊《封神演义》识语云："余不惜重赀购求锓行，以供海内奇赏。"

吴县天许斋泰昌、天启初刊《古今小说》识语云："本斋购得古今名人演义一百二十种，先以三分之一为初刻云。"

吴县衍庆堂天启七年刊《醒世恒言》识语云："本坊重价购求古今通俗演义一百二十种，初刻为《喻世明言》，二刻为《警世通言》，海内均奉为邺架玩奇矣。"

尚友堂崇祯刊《拍案惊奇》识语云："本坊购求，不啻供璧。"

嘉会堂崇祯所刊《新平妖传》识语称："旧刻罗贯中《三遂平妖传》二十卷……墨憨斋主人曾于长安复购得数回，残缺难读，乃手自编纂，共四十卷，首尾成文，始称完璧，题曰《新平妖传》。"

明清时期小说出版业相当发达，市场需求旺盛，购买小说稿件的形式正是在这种特定的形式下应运而生的，① 通过识语记载可以考察当时通俗小说的稿源渠道。

关于小说评点的形成时间，陈大康《明代小说史》认为：熊大木《大宋演义中兴英烈传》以评点本的形式刊刻行世，"中国通俗小说评点的历史即是由此而开始。"② 笔者认为，这一说法尚待商榷。从熊氏现存小说文本进行考察，他采取的基本上都是注释，评点的成分极少，还难以称得上是现代意义上的小说评点，真正的小说评点应该是从金陵周曰校万卷楼万历十九年所刊《三国志通俗演义》开始的，此书识语明确提到："俾句读有圈点。"这是关于通俗小说评点的最早材料，值得我们予以重视。

## 三、通俗小说识语的广告意义

小说识语一般印在封面或扉页等较为醒目的位置上，所以具有很好的广告宣传作用。对作品内容而言，具有"导读"的功能；对书籍销售而言，具有"导购"的作用。笔者经过归纳之后认为，明清通俗小说识语的广告意义主要体现在以下几个方面：

第一，强调稿源的独特性，或者表明编撰者的独特身份。明末夏履先

---

① 除购买稿件以外，明清时期小说的稿件来源渠道尚有征稿、组织编写、书坊主自编等，可参见拙文《明代坊刊小说稿源研究》，载《文学评论》2007年第3期。
② 参见陈大康《明代小说史》第三编《嘉靖、隆庆朝的小说创作》第八章《通俗小说创作的重新起步》，上海：上海文艺出版社2000年版，第266页。

所刊《禅真逸史》的识语云："此南北朝秘笈，爽阁主人而得之，精梓以公海内。"此本原系"秘笈"，他坊所无，自然十分珍贵。苏州舒载阳《封神演义》识语也指出：小说稿件来源于钟惺"家藏秘册"，十分难得。署名长安道人国清编次、崇祯元年刊《警世阴阳梦》的封面识语称："魏监微时，极与道人莫逆，权倖之日，不听道人提诲，瞥眼六年受用，转头万事皆空，是云阳梦。"这篇识语透露的信息表明作者与魏忠贤曾经关系密切，所以作者所记真切可信，不同于一般的小说家言。

第二，强调本坊小说题材内容新奇独特，结构精巧，或者强调本坊刊本编辑水平之高，刊印质量之精。清代耕书屋刊《凤凰池》识语云："才子从来不易生，河洲淑女岂多闻。事奇巧幻真无迹，离合悲欢实骇人。词香句丽堪填翰，胆智奇谋亦异新。是编迥别非他比，阅过重观不厌心。"虽然同属才子佳人小说，但此书识语强调本坊小说与其他同类作品之不同，在题材内容、人物塑造、情节设置、语言文字、小说结局诸方面皆显示出独特之处："迥别非他比"，相信读者"阅过重观不厌心"。清初刊《十二笑》识语云："兹刻尤发奇藏，知音幸同珍赏。意味深长，勿仅以笑谈资玩也。"亦突出本坊所刊小说之"奇"。康熙元年刊《赛花铃》识语也将自家书坊小说称为"小说中之翘楚"，自我吹嘘。

小说的编辑水平、刊刻质量是刊刻者在识语中进行广告宣传的重要内容之一。万历二十二年余象斗双峰堂所刊《忠义水浒传评林》的识语称，余氏考虑到旧本《水浒》错漏很多，所以"改正增评，有不便览者芟之，有漏者删之，内有失韵诗词，欲削去恐观者言其省陋，皆记上层。前后廿余卷，一画一句，并无差错。士子买者可认双峰堂为记"。明末夏履先所刊《禅真逸史》的识语云："刀笔既工，雠勘更密，文犀夜光，世所共赏。嗣此续刻种种奇书，皆脍炙人口。"为了突出自家招牌，吸引读者，书坊常常借名公以宣传，万历四十三年龚绍山刻《春秋列国志传》，其识语以"名公"陈继儒以号召："本坊新镌《春秋列国志传批评》，皆出自陈眉公手阅。删繁补缺，而正讹谬。精工绘像，灿烂之观，是刻与京阁旧板不同，有玉石之分，□□之□（原缺三字）。下顾君子幸鉴焉。"建阳余季岳崇祯刊《盘古至唐虞传》卷末识语云："是集出自钟、冯二先生著辑，自盘古以迄我朝。"清初刊《十二笑》识语云："墨憨著述行世多种，为稗史之开山，实新言之宗匠。名传邺下，纸贵洛阳。"分别借著名文学家钟惺、冯梦龙之名作为招牌，意在扩大小说销售渠道。

明清时期书坊主在强调本坊刊本质量精美的同时，往往贬低其他书坊，金陵周曰校万卷楼万历十九年《三国志通俗演义识语》指出："是书也，刻已数种，悉皆伪舛，茫昧鱼鲁，观者莫辨，予深憾焉。辄购求古本，敦请名士按鉴参考，再三雠校。"通过与《三国志通俗演义》其他刊本的比较，突出本坊无论在稿件来源、名家参与、编校质量诸方面均高人一筹。明代余象斗在刊刻《三国志通俗演义》《水浒传》时也采用如此做法，双峰堂刊《批评三国志传》卷首《三国辨》云："坊间所梓《三国》何止数十家矣，全像者止刘、郑、熊、黄四姓。宗文堂人物丑陋，字亦差讹，久不行矣。种德堂其书板欠陋，字亦不好。仁和堂纸板虽新，内则人名、诗词去其一分。惟爱日堂者，其板虽无差讹，士子观之乐然。今板已朦，不便观览矣。本堂以诸名公批评、圈点、校正无差，人物、字画各无省陋，以便海内士子览之，下顾者可认双峰堂为记。"双峰堂万历二十二年刊《忠义水浒传评林》卷首《水浒辨》对他坊所刊极表不满："《水浒》一书，坊间梓者纷纷，偏像者十余副，全像者止一家。前像板字中差讹，其板蒙旧，惟三槐堂一副，省诗去词，不便观诵。今双峰堂余子，改正增评。……一画一句，并无差错。士子买者可认双峰堂为记。"明清时期书坊主这种贬低他坊、抬高自己的做法让我们在一定程度上感受到当时小说出版业之间竞争激烈的局面。

第三，为本坊已刊小说作宣传。三台馆万历后期所刊《列国前编十二朝》的结尾即卷四《武王兴兵会诸侯伐纣》一节云："至武王伐纣而有天下，《列国传》上载得明妙可观，四方君子买《列国》一览，尽识此传，乃自盘古氏起传三皇五帝至纣王丧国止矣。"《列国志传》为余邵鱼所撰，万历三十四年余象斗三台馆重刊，余象斗就在自己所编《列国前编十二朝》的结尾，以识语形式为自家书坊先行刊刻的《列国志传》一书做广告宣传，试图扩大《列国志传》的影响与销路。

第四，保护版权。明清时期小说刊刻中版权意识相当淡薄，书坊在小说刊刻过程中，侵犯版权现象比较严重，明末夏履先刊印《禅真逸史》的识语对盗版侵权现象提出言辞激烈的警告："倘有棍徒滥翻射利，虽远必治，断不假贷，具眼者当自鉴之。"斥责盗版有名的事例莫过于余象斗在其三台馆刊《八仙出处东游记》中所撰识语："不佞斗自刊《华光》等传，皆出予心胸之编集，其劳鞅掌矣！其费弘巨矣！乃多为射利者刊，甚诸传照本堂样式，践人辙迹而逐人尘后也。今本坊亦有自立者固多，而亦有逐利之无耻，与异方之浪棍，迁徙之逃奴，专欲翻人已成之刻者，袭人唾馀，得无垂首而汗颜，无耻之甚乎！故说。三台山人仰止余象斗言。"余氏《华光天王传》刊刻以后，盗版者明目张胆地翻刻，不仅照抄内容，甚至连印刷样式都原样抄袭，怪不得余象斗大发雷霆、口出恶言了。光绪三十年石印本《海上尘天影》识语云："书经存案，翻印必究。"同样通过小说识语对侵权者提出警告。

## 四、识语与通俗小说创作主旨

小说识语的篇幅虽然短小，不过几十个字，多则一百余字，然而，在有限的篇幅之间蕴涵着作者较为丰富的创作主旨。对此，笔者试从以下四个方面加以阐述。

首先，小说编刊者借助识语阐发讽世、劝戒之意，这在明末以来三言二拍及其选本《今古奇观》的识语之中得到集中体现，试列数例如下：

吴县衍庆堂天启刊《喻世明言》识语云："题曰《喻世明言》，取其明白显易，可以开口（按：原字缺）人心，相劝于善，未必非世道之一助也。"

金陵兼善堂刊《警世通言》的识语云："自昔博洽鸿儒，兼采稗官野史，而通俗演义一种，尤便于下里之耳目；奈射利者专取淫词，大伤雅道，本坊耻之。兹刻出自平平阁主人手授，非警世劝俗之语，不敢滥入，庶几木铎老人之遗意，或亦士君子所不弃也。"

吴县衍庆堂天启七年刊《醒世恒言》识语云："兹三刻为《醒世恒言》，种种典实，事事奇观。总取木铎醒世之意，并前刻共成完璧云。"

崇祯时尚友堂刊《拍案惊奇》识语云："原欲作规箴之善物，矢不为风雅之罪人。"

光绪十六年善成堂刊《今古奇观》卷首所附慎思草堂主人识语云："抱瓮老人所选《今古奇观》四十种……彰善瘅恶，悉寓针砭，诚非寻常小说败俗伤风者可以同日语也。"

以上识语在不同程度上强调小说的劝戒主旨，突出小说与现实、社会之间的密切联系，希望小说之创作、刊刻有助于社会教化，对"专取淫词，大伤雅道"的行为予以摈斥。除三言二拍及其选本的识语以外，崇祯元年刊《警世阴阳梦》亦借魏忠贤阴间受惩的经历，宣扬劝戒主旨，其封面识语称："及至（魏忠贤）既服天刑，大彰公道，道人复梦游阴府，见此一党权奸，杻械锁枷，遍历诸般地狱，锉烧舂磨，惨逾百倍人间，是云阴梦。演说以警世人，以学至人无梦。"清代庆云楼刊《新世鸿勋》叙述明末李自成起义、清兵入关之事，其识语云："是刻详载逆闯寇乱之因由，恭纪大清荡平之始末，虽大端百出，而铺序有伦，虽小说一家而劝惩有警，其于世道人心不无少补，海内识者幸请鉴诸。庆云楼藏板。"意在借此戒寇乱之事。

其次，以小说补史。把小说创作看成补史之工具，这种说法影响较大者始于唐代刘知几的《史通·杂述》。明清时期，补史说相当盛行，在小说识语中亦可窥其一斑。苏州舒载阳万历末所刊《封神演义》识语云："此书……真可羽翼经传，为商周一代信史，非徒宝悦琛瑰而已，识者鉴之。"小说的价值在于"羽翼经传"，成为经、史之补充。识语作者以"信史"的标准衡量小说的成败优劣，这种创作主旨在清初写刻本《樵史通俗演义》识语中也有体现，识语云："深山樵子见大海渔人而傲之曰：见闻吾较广，笔墨吾较赊也。明衰于逆珰之乱，坏于流寇之乱，两乱而国祚随之，当有操董狐之笔，成左孔之书者，然真则存之，赝则删之，汇所传书，采而成帙，樵自言樵聊附于史。古云：野史补正史之阙，则樵子事哉。"识语作者有感于明末的"逆珰之乱"与"流寇之乱"，在继承传统的"野史补正史之阙"的小说观念的基础上，借《樵史通俗演义》之编刊折射时事，以补正史记载之不足。

第三，以小说作为消遣、娱乐之工具，抒发个人情怀。清代合义堂刊《风流悟》识语云："是集也……聊作新谭，摇扇比窗，拥炉南阁，可使闷怀忍畅，亦令倦睫顿开，敢云艺苑之罕珍，庶几墨林之幽赏，识者辨之。"清雍正年间写刻本《快士传》识语云："古今妙文所传，写恨者居多。太史公曰：《诗》三百篇，大抵皆圣贤发愤之所为作也，然但观写恨之文，而不举文之快者以宕漾而开发之，则恨□（按：原字模糊不清）中结何以得解必也，运扫愁之思，挥得意之笔，翻恨事为快事，转恨人为快人，然后□□（按：原字模糊不清）破涕为欢。"在这里，小说没有承担社会教化的重负，也不是补史之工具，而是让读者在烦恼、疲劳的状态下得以放松、消遣，是文人抒发个人情怀、自娱自乐的工具。清代紫宙轩刊《春灯闹》识语云："从来正史取义，小说取情。文必雅驯，事必绮丽。使观者如入金谷园中，但觉腻紫娇红，纷纷夺目而有丽人在焉，呼之欲出。且又洞房乐事,俱从灵腕描来;锦帐春风,尽属情恨想就。方足以供闲窗娱览,而较之近时诸刻,不大径庭者哉。故《桃花影》一编,久已脍炙人口,兹后以《春灯闹》续梓,识者鉴诸。"小说以娱乐读者为己任,以写情为目的,这与"正史取义"显著不同,美中不足的是,《春灯闹》在创作主旨上走向极端,以情色招揽读者。

最后,宣扬因果报应。有些小说识语明确指出,小说创作的主旨在于宣扬因果报应,例如,顺治十七年原刊《续金瓶梅》是托言为皇帝颁行《太上感应篇》作注解而作,识语云,此书"接(《金瓶梅》)末卷之报应,指来世之轮回,即色谈空,溯因说果,以亵言代正论,翻旧本作新书,冷水浇背,现阴阳之律章,热火消冰,即理学之谐语。名曰公案,可代金针"。康熙癸丑永庆堂余郁生刊《梁武帝西来演义》识语云:"本堂《梁武帝传》一书,绘梓流通,据史立言。我得我失,不出因缘果报,引经作传,西来西去,无非救度慈悲,英雄打破机关,便能立地成佛,达士跳过爱河,即可豁然悟道。识者自能鉴之。"

## 五、识语与通俗小说读者阶层

在中国古代小说研究领域,有关小说读者阶层的研究一直较为薄弱,其主要原因之一就在于小说读者资料相当匮乏,在有限的资料之中,识语是我们研究中国古代小说的一个重要窗口。下面笔者结合明清通俗小说识语记载,从通俗小说读者群的构成、读者需求对小说体制的推动、插图与评点的设置、小说刊刻形态等方面,对通俗小说读者阶层及其与小说创作、传播之间的关系加以阐述。

由识语可知,明清通俗小说读者面相当广泛,既有士子,也有下层民众。金陵周曰校万卷楼万历十九年刊《三国志通俗演义》识语指出:"是书也,……俾句读有圈点,难字有音注,地里有释义,典故有考证,缺略有增补,节目有全像,如牖之启明,标之示准。此编此传,士君子抚养心目俱融,自无留难,诚与诸刻大不侔矣。"从这段文字可以看出,为"难字"作音注,为"地里"作"释义",为"典故"作"考证",说明万卷楼刊刻《三国志通俗演义》是为广大读者阶层阅读考虑的,尤其是适应识字不多、文化水平不高的下层民众阅读需要;与此同时,作者又提到:"此编此传,士君子抚养心目俱融,自无留难。"适应"士君子"的阅读需求,也是万卷楼刊刻小说的原因之一。在明清通俗小说识语中，我们常常看到"士子"或"士君子"诸词，如：明代余象斗双峰堂刊《批评三国志传》卷首《三国辨》亦提到："士子观之乐然……以便海内士子览之。"双峰堂万历刊《万锦情林》的封面识语云："更有汇集诗词歌赋诸家小说甚多，难以全录于票上，海内士子买者一展而知之。"从"士子"或"士君子"的称谓以及《万锦情林》"汇集诗词歌赋诸家小说"的编撰体例可以看出，士子阶层是明清时期通俗小说读者群体的重要组成部分。

读者群体的阅读需要在一定程度上促进了通俗小说体制的发展，我们从明清时期演义体发展及演进的轨迹不难看出读者因素所起的作用。余象斗三台馆刊本《列国前编十二朝》卷首识语云："斯集为人民不识天开地辟、三皇五帝、夏商诸事迹，皆附相讹传，固不佞搜采各书，如前诸传式，按鉴演义，自天开地辟起，至商王宠妲己止，将天道星象，草木禽兽，并天下民用之物，婚配饮食药石等出处始制，今皆寔考，所不至于附相讹传，以便观览云。"兼善堂刊《警世通言》识语云："自昔博洽鸿儒，兼采稗官野史，而通俗演义一种，尤便于下里之耳目。"吴县叶敬池崇祯年间刊《新列国志》识语云："正史之外厥有演义，以供俗览。"为了适应那些"不识天开地辟、三皇五帝、夏商诸事迹，皆附相讹传"的下层民众阅读需求，作者在杂采众书的基础上，按鉴演义，以便读者"观览"。演义体依史创作、真伪相参、语言通俗，"尤便于下里之耳目"。为了适应读者阅读需要，明清时期的书坊及书坊主做了大量工作，在演义体演进过程中功不可没，建阳余季岳在其崇祯所刊《盘古至唐虞传》书末识语中指出："是集出自钟（惺）、冯（梦龙）二先生著辑，自盘古以迄我朝，悉遵鉴史通纪，为之演义，一代编为一传，以通俗谕人，总名之曰《帝王御世志传》，不比世之纪传小说无补世道人心者也。四方君子以是传而置之座右，诚古今来一大帐簿也哉。书林余季岳谨识。"书坊主余季岳有个庞大的小说刊刻计划，那就是把自盘古以至明朝的历史"悉遵鉴史通纪，为之演义，一代编为一传"，将历代正史通俗化。余季岳在万历、崇祯时期刊刻《有夏志传》《有商志传》《盘古至唐虞传》，正是其刊刻计划的一部分，遗憾的是余氏计划未能全部实现。在演义体发展、演进过程中，书坊主的作用还体现在另外一个方面，那就是对小说韵文的删改，比如，余象斗双峰堂刊《水浒志传评林》卷首《水浒辨》云："《水浒》一书……惟三槐堂一副，省诗去词，不便观诵。今双峰堂余子，改正增评，有不便览者芟之，有漏者删之，内有失韵诗词,欲削去,恐观者言其省漏,皆记上层。"余象斗在刊刻《水浒志传评林》时,对《水浒传》原作的诗词加以修改、删除,使之更加符合读者的阅读习惯和阅读水平。

插图与评点的形式同样也是为读者阶层考虑。万历三十四年余象斗三台馆所刊《列国志传》的识语指出:"《列国》一书,乃先族叔翁余邵鱼按鉴演义纂集。惟板一付,重刊数次,其板蒙旧。象斗校正重刻,全像批断,以便海内君子一览。买者须认双峰堂为记。"余象斗说明重刻《列国志传》的原因是"其板蒙旧",他在重刊之际,加以"全像批断",也就是增加了插图与评点,其目的也是"以便海内君子一览"。雄飞馆主人在《英雄谱》卷首的识语中声称:"回各为图,括画家之妙染;图各为论,搜翰苑之大乘。较雠精工,楮墨致洁。诚耳目之奇玩,军国之秘宝也。识者珍之! 雄飞馆主人识。"光绪十六年善成堂刊本《今古奇观》卷首所附慎思草堂主人《今古奇观》识语云:"《今古奇观》……惜坊间原版,漫漶模糊,加以鲁鱼亥豕,博览君子,寓目为难。爰特不惜工资,逐加校核,印以铅版。后倩名手,重绘图像,虽篇幅仍前,而较诸旧刻,不啻霄壤,阅者鉴之。"这两则识语均强调插图质量之高以及"名手"参与绘制插图的情况,以吸引读者注意。

通俗小说的刊刻形态在一定程度上也受到读者因素的影响。建阳雄飞馆崇祯时刊《英雄谱》识语声称:"《三国》《水浒》二传,智勇忠义,迭出不穷,而两刻不合,购者恨之。本馆上下其驷,判合其圭。"由此可见,《英雄谱》采取上下两栏刊刻的形式,将《三国》《水浒》合刊,也是为了弥补读者因"两刻不合"而产生的遗憾。

综上所述,本文关注小说识语这一特定而又未受学界重视的文体,对明清通俗小说识语加以搜集、整理,在文献统计的基础上,探讨小说识语的史料价值,分析明清通俗小说识语的广告意义,并通过识语记载考察通俗小说的创作主旨、读者阶层与通俗小说创作、传播之间的内在关系,试图以此就教于方家。

# "郑和下西洋"与明代小说《三宝太监西洋记通俗演义》*

## ——文学与史学的相关研究成果综述

蔡亚平

明永乐三年（1405）至宣德八年（1433），郑和七次奉旨出使西洋，"所历凡三十余国，所取无名宝物不可胜计，而中国耗费亦不赀……故俗传'三宝太监下西洋'为明初盛事云"[1]。"郑和下西洋"是中国和世界航海史上的重要事件，它拓宽了中国与印度洋诸国之间政治、经济和文化交流的大门，同时也丰富了中华海洋文化内涵。海洋文化对中国古代小说有着各种渗透和深刻影响，海洋神话传奇、远洋探险交通、民间海神信仰等都在小说中有所反映。郑和出使西洋一百六十余年后，明代出现了一部以"下西洋"为主题的长篇小说：

> 书叙永乐中太监郑和、王景宏服外夷三十九国，咸使朝贡事。……其第一至七回为碧峰长老下生，出家及降魔之事；第八至十四回为碧峰与张天师斗法之事；第十五回以下则郑和挂印，招兵西征，天师及碧峰助之，斩除妖孽，诸国入贡，郑和建祠之事也。[2]

该小说现存最早版本为万历二十五年（1597）刊本，题《新刻全像三

---

\* 本文系广东省哲学社会科学规划项目"海洋文化与明清小说的关系研究"（编号：GD12XZW11）、广东省高等学校优秀青年教师培养计划资助项目"从区域角度考察海洋文化与中国古代小说"（编号：YQ2015022）阶段性成果。

[1]（清）夏燮：《明通鉴》卷二十，北京：中华书局，1959年版，第846页。
[2] 鲁迅：《中国小说史略》，上海：上海古籍出版社，1998年版，第119—120页。

宝太监西洋记通俗演义》(下文简称《西洋记》),二十卷一百回。作者罗懋登。"20世纪80年代以来,随着郑和研究热潮的掀起,以郑和下西洋为题材的小说《西洋记》也愈来愈受到重视。"① 因此,本文将回顾文学与史学等领域的相关研究,对这部小说的研究成果进行述评。

## 一、小说类型及其文史内涵

近代学者于19世纪已关注《西洋记》在文学史方面的意义,而历史学家也逐渐注意到这部小说对于郑和研究的价值,并在20世纪80年代开始将这一研究推向高潮。

清末俞樾较早关注这部小说并为之誉扬:"其书视太公封神、玄奘取经尤为荒诞,而笔意恣肆,则似过之。……读其序云'今者东事倥偬,何如西戎,即叙当事者,尚兴抚髀之思乎?'然则此书之作,盖以嘉靖以后,倭患方殷,故作此书,寓思古伤今之意,抒忧时感事之忱。三复其文,可为长太息矣。"②

俞樾所论包含两层含义:其一,该小说内容玄幻,与《封神演义》《西游记》等神魔小说类似,且其文笔纵肆,似尤胜之;其二,小说是作者感伤时事之作,内涵深刻,易于引发读者共鸣。对于第一层含义,鲁迅指出这部小说的艺术水平距《西游记》《封神演义》远甚:"所述战事,杂窃《西游记》《封神传》,而文词不工,更增枝蔓",③翻检文本可知,此为确论。而第二层含义,俞樾关于小说作者因时事触发而在书中有所寄托的观点,则为鲁迅、赵景深等学者一致认同。④例如鲁迅曾指出作者的创作动机是"嘉靖以后,东南方面,倭患猖獗,民间伤今之弱,于是便感昔之盛,做了这一部书"⑤。

鲁迅在《中国小说史略》中将《西洋记》与《西游记》《封神演义》同

---

① 朱鉴秋:《〈西洋记〉研究综述》,时平主编:《中国航海文化论坛》(第一辑),北京:海洋出版社,2011年版,第234页。
② (清)俞樾:《春在堂随笔》卷七,南京:江苏古籍出版社,2000年版,第100—101页。
③ 鲁迅:《中国小说史略》,上海:上海古籍出版社,1998年版,第120页。
④ 见鲁迅:《中国小说的历史的变迁》第五讲《明小说之两大主潮》,《鲁迅著作全编》第3卷,北京:中国社会科学出版社,1999年版,第1044—1047页;赵景深:《三宝太监西洋记》,陆树仑、竺少华校注:《三宝太监西洋记通俗演义》,上海:上海古籍出版社,1985年版,附录三,第1298—1328页。
⑤ 鲁迅:《中国小说的历史的变迁》第五讲《明小说之两大主潮》,《鲁迅著作全编》第3卷,第1045页。

列于"明之神魔小说",并于《中国小说的历史的变迁》中重述:"在这书中,虽然所说的是国与国之战,但中国近于神,而外夷却居于魔的地位,所以仍然是神魔小说之流。"①之后学术界多依从这一观点,称其为"神魔小说"。

由于《西洋记》内容驳杂,且在情节布局、语言水平等方面比较平庸,鲁迅、赵景深、郑振铎等都曾对这部小说的艺术技巧有所批评,因而它在文学史上被看作二三流小说。就艺术价值而言,直到近年的研究仍认为其"即便在神魔小说的领域里,也远不如《三遂平妖传》与《封神演义》那样引人注目,更不用说《西游记》了"②。

向达对《西洋记》文学价值的判断同鲁迅等人的观点基本一致,认为它的艺术水平远不及《西游记》。但他又是最先发现这部小说对于郑和研究的价值的史学家之一。早在1929年,向达就曾发表专论,提及中国士大夫鄙薄小说的传统,并指出《西洋记》之存世对于郑和下西洋研究的意义。向达强调,这部小说在创作中依据了明代的《瀛涯胜览》等原始资料,因而可用其校正今本相关史料之失。③

向达的专文发表后,只有少数学者如包遵彭曾在20世纪中期对《西洋记》的历史价值作过断断续续的有限研究。直到20世纪80年代以来,在郑和研究的热潮之中,庄为玑等史学家才开始对该小说给予更多重视。④德国汉学家普塔克与中国学者时平联合主编了论文集《〈三宝太监西洋记通俗演义〉之研究》(第一辑、第二辑)。⑤史学界对《西洋记》的重新关注与重视不仅带动了文学史领域对这一小说更为集中和深入的探讨,而且促使有关研究逐渐反思其"神魔小说"的内涵及其文史价值。

不同于其它神魔小说,《西洋记》以不太久远的明初历史事件作为创作

---

① 鲁迅:《中国小说的历史的变迁》第五讲《明小说之两大主潮》,《鲁迅著作全编》第3卷,第1045页。
② 李平:《平凡中见光彩——重读〈三宝太监西洋记通俗演义〉》,《上海大学学报》1985年第2期,第116页。
③ 向达:《关于三宝太监下西洋的几种资料》之三《论罗懋登著〈三宝太监西洋记通俗演义〉》,原载《小说月报》,1929年1月10日号,见陆树仑、竺少华校注:《三宝太监西洋记通俗演义》,附录二,第1292—1296页。
④ 参见朱鉴秋主编:《百年郑和研究资料索引:1904—2003》,上海:上海书店出版社2005年版,第196页。
⑤ 时平、〔德〕普塔克编:《〈三宝太监西洋记通俗演义〉之研究》(第一辑),Wiesbaden:Harrassowitz Verlag,2011年版;时平、〔德〕普塔克编:《〈三宝太监西洋记通俗演义〉之研究》(第二辑),Wiesbaden:Harrassowitz Verlag,2013年版。

主题，其神魔化比较困难。作者为何将历史神魔化，以及如何处理现实和虚幻之间的关系成为研究者所关注的焦点之一。李平于20世纪80年代发表的关于《西洋记》的文学研究论文与史学家的有关研究相呼应，指出小说中的主要人物及部分事件可与历史文献相互印证，就其尊重现实的程度而言远胜一般神魔小说。① 黄慧珍近年发表的两篇系列论文，探讨了《西洋记》与明代宗教及文化历史之间的关系，指出该小说是在当时儒、释、道"三教合一"的宗教文化历史背景的影响下，借助幻想传奇创作出的神魔小说。② 刘红林在其两篇论文中也特别关注了《西洋记》处理现实和神魔的关系问题。他认为，在罗懋登所处的明末衰世，将历史神魔化"是一种解释，也是一种安慰"。其神魔化的手法与小说作者在明朝国势日衰、外患频仍的情况下的"天朝心态"及其所掌握史料的不足也有关系。与《三国演义》《封神演义》和《西游记》相较，《西洋记》是"一部跨历史和神话两个类别的小说"，因而应名之为"神魔化的历史演义"。③ 可以看出，自鲁迅将其列为"神魔小说"之后，近年来的文、史学界对《西洋记》的文学意义与历史内涵给予了更多重视。

## 二、小说材料和史料价值

《西洋记》虽以郑和下西洋这一史实敷衍而成，但小说成书时距郑和时期已一百六十余年，关于此事件可查的资料并不丰富。而《西洋记》洋洋洒洒一百回，它的材料内容和来源颇值得探究，其史料价值对于目前资料严重匮乏的郑和下西洋研究更需引起重视。

民国时期对《西洋记》小说材料来源进行关注的先驱性研究成果是向达和赵景深的相关论文。

向达将《西洋记》小说与郑和下西洋参与者马欢所作的《瀛涯胜览》

---

① 李平：《平凡中见光彩——重读〈三宝太监西洋记通俗演义〉》，第116—118页。
② 黄慧珍：《明代宗教文化与〈三宝太监西洋记通俗演义〉神魔化关系初探》，时平、〔德〕普塔克编：《〈三宝太监西洋记通俗演义〉之研究》（第一辑），第105—118页；及其《明代宗教文化与〈西洋记〉神魔化关系再揆》，时平、〔德〕普塔克编：《〈三宝太监西洋记通俗演义〉之研究》（第二辑），第91—106页。
③ 刘红林：《〈三宝太监西洋记通俗演义〉神魔化浅谈》，《明清小说研究》2005年第3期，第209—213页；及其《神魔化的历史演义》，《明清小说研究》2007年第3期，第255—260页。

进行比较，认为"《西洋记》一书大半根据《瀛涯胜览》演述而成"，因而具有一定史料价值，甚至小说中相关内容"可用来校正今本《瀛涯》之失"。向达也谈到《西洋记》的情节和滑稽描述对《西游记》的承袭。①近来陈晓发表的论文引申这一说法，指出《西游记》对《西洋记》的创作具有深远影响，"在小说语言文本上，表现为两者故事源起架构、小说文本结构、人物塑造、故事情节和叙事方式上的互文"。②关于小说的材料来源，赵景深的相关研究则在向达结论的基础上，提出新的观点。他强调，《西洋记》所据除《瀛涯胜览》外，还有另一位郑和随员费信所著的《星槎胜览》。为证明这一观点，他不惮其烦地选取近三十处小说中的段落与两书比勘。针对《西洋记》对《西游记》情节的承袭，赵景深虽举出更多例证，补充了向达之论，但强调其"引用《西游记》之处虽是不少，提到《三国演义》之处却更多"。他的论文也指出《西洋记》中的材料还包括"里巷传说"，并梳理其源流。③在另一篇文章中，赵景深将《西洋记》与明代学者黄省曾所著《西洋朝贡典录》两相对照，得出小说未曾引用此书的结论。④此外，冯汉镛曾发表论文援引向达的观点，并指出《西洋记》的材料来源有轶事、传说、杂剧、史料等，其取材"比起当时其他说部，涉猎就要广泛得多"⑤。这些研究梳理了《西洋记》与明代史料、神话、民间传说之间的联系，令文学研究专家注意到它在"文词不工"之外的意义。

在向达之后的史学家中，郑一钧是对《西洋记》的史料价值给予最多重视的学者之一。1982年，他在北京图书馆柏林寺分馆点校此书时，从馆藏万历刻本《西洋记》后附录的文献中发现了《非幻庵香火圣像记》这篇重要的历史文献，由此证明郑和在第七次下西洋归国途中，于宣德八年（1433）逝世于今印度南部的古里，从而解决了相关研究中一个悬而未决的关键问题。⑥郑鹤声和郑一钧父子合作编纂的《郑和下西洋资料汇编（增

---

① 向达：《论罗懋登著〈三宝太监西洋记通俗演义〉》，陆树仑、竺少华校注：《三宝太监西洋记通俗演义》，附录二，1294—1297页。
② 陈晓：《世德堂本〈西游记〉与〈西洋记〉"语——图"互文研究》，《明清小说研究》2013年第3期，第106页。
③ 赵景深：《三宝太监西洋记》，原载《小说闲话》，北京：北新书局，1937年，见陆树仑、竺少华校注：《三宝太监西洋记通俗演义》，附录三，第1299—1324页。
④ 赵景深：《〈西洋记〉和〈西洋朝贡〉》，原载《小说论丛》，上海：日新出版社，1947年，见陆树仑、竺少华校注：《三宝太监西洋记通俗演义》，附录四，第1329—1333页。
⑤ 冯汉镛：《〈西洋记〉发微》，《明清小说研究》1998年第1期，第126—127页。
⑥ 郑一钧：《论郑和下西洋》，北京：海洋出版社，1985年版，第335—341页。

编本)》,也于多处收录了《西洋记》中的资料。在郑一钧就郑和下西洋研究发表的相关专著中,还引用了《西洋记》中关于郑和船队的描写,以补充历史资料在这方面的不足。①

特别值得注意的是,大陆学者唐志拔与台湾学者苏阳明曾先后撰文,认为史学界长期激烈争论的关于郑和巨型宝船尺度的记载,很可能是后人在辑录《瀛涯胜览》时加进去的,并且苏阳明认为这一记载是据《西洋记》中的描述加入。②这种观点虽为大部分学者所拒绝接纳,但迄今并未受到严格彻底的检验。此外,苏阳明进而提出史学家从马欢《瀛涯胜览》中广泛引用的《纪行诗》也可能来自于《西洋记》,这种推测似乎至今还未引起史学界主流学派的任何注意和反驳。③无论上述说法是否可能被证实或证伪,它们都表明《西洋记》中的资料已受到史学界的高度重视,其价值也远远超过了文学研究范围。

## 三、小说作者与版本研究

关于《西洋记》作者与版本的研究工作开展得较迟,但在近来的文、史学界都受到了重视,并取得丰硕成果,其中史学家所作的贡献尤其重大。

清末俞樾谈到《西洋记》的作者为罗懋登,④学术界对此并无争议。关于罗懋登的籍贯,清代学者黄文旸以罗懋登在明传奇《香山记》序中署"二南里人",断定其为陕西人。⑤但这只是一种猜测,今查陕西地方志,不见有名为"二南里"的地方。1929年,向达在《论罗懋登著〈三宝太监西洋记通俗演义〉》一文中将《西洋记》引入郑和下西洋的历史研究,但他承认并不清楚罗懋登的籍贯与生平,"二南里不知道究竟是什么地方"。从该小说"所用的俗语如'不作兴'、'小娃娃'之类,都是现今南京一带

---

① 郑一钧:《论郑和下西洋》,北京:海洋出版社,1985年版,第92、175、181、214页。
② 唐志拔:《关于郑和宝船尺度出自〈瀛涯胜览〉的论点质疑》,《船史研究》1997年第11—12期,见万明:《明钞本〈瀛涯胜览〉与郑和宝船尺度》,载万明:《明代中外关系史论稿》,北京:中国社会科学出版社2011年版,第398页;苏阳明:《历史与小说的错综交织——解开"郑和宝船之谜"》,《船史研究》,2002年第17期,第139—147页。
③ 苏阳明:《谁是"记行诗"的作者——马欢或罗懋登?》,《暨大学报》,2002年第1期,第1—17页。
④ (清)俞樾:《春在堂随笔》卷七,南京:江苏古籍出版社,2000年版,第100页。
⑤ (清)黄文旸:《曲海总目提要》卷十八,北京:人民文学出版社,1959年,第856页。

流行的言语",向达推测小说作者大概是明朝时南京人,或长期流寓于该地。① 赵景深就此提出质疑,指出《西洋记》中不仅包含南京一带方言,还出现了太湖系语言"终生"(意云"畜生")等词语。②

值得注意的是,郑闰据《罗氏重修族谱》和《豫章堂罗氏大成宗谱》等文献推断,罗懋登祖籍应为江西南城县南源村,他自署"二南里人"乃以其故里"二南"为号。③ 此文以作者发现于南源村的罗氏相关谱牒资料、方志等为主要依据进行论证,结论比较合理,是有关研究的重要突破。而周运中就此指出,罗懋登在《罗氏宗谱》中没有任何突出事迹可循,因此他的具体行迹仍需进一步查考。周运中对《西洋记》与南京的关系进行阐发,认为这一研究视角是考察罗懋登生平的重要突破口。他引述《西洋记》中对明代南京城卫所、建筑、地理情况等的细致描写,说明罗懋登对当地的熟悉及其与该地的密切关系。④

关于《西洋记》的版本,鲁迅在《中国小说史略》中云其"一百回",题"二南里人编次","前有万历丁酉(1597)菊秋之吉罗懋登叙,罗即撰人"。⑤ 向达在其文中谈到《西洋记》万历刊本中的插图"颇为古雅,不是俗手所绘",而清末的三种翻刻本"以申报馆本为最老,次为商务本,又次为中原本",其中后两种"附有绣像,粗俗不堪"。⑥ 鲁迅和向达均未提及清咸丰年间的文德堂刊本。

孙楷第《中国通俗小说书目》著录《西洋记》如下:

> 三宝太监西洋记通俗演义二十卷一百回
> 存 明万历间精刊本。大型,插图。
> 步月楼本别题"映旭斋藏板",系覆万历本。
> 咸丰己未(九年)厦门文德堂覆明本。中型。书二十卷,一百二十

---

① 向达:《论罗懋登著〈三宝太监西洋记通俗演义〉》,见陆树仑、竺少华校注:《三宝太监西洋记通俗演义》,附录二,第1293页。
② 赵景深:《三宝太监西洋记》,陆树仑、竺少华校注:《三宝太监西洋记通俗演义》,附录三,第1298页。
③ 郑闰:《〈西洋记〉作者罗懋登考略》,载时平、〔德〕普塔克编:《三宝太监西洋记通俗演义之研究》(第一辑),第18—21页。
④ 周运中:《罗懋登〈西洋记〉与南京》,载时平、〔德〕普塔克编:《三宝太监西洋记通俗演义之研究》(第二辑),第16—19页。
⑤ 鲁迅:《中国小说史略》,上海:上海古籍出版社,1998年版,第119页。
⑥ 向达:《论罗懋登著〈三宝太监西洋记通俗演义〉》,陆树仑、竺少华校注:《三宝太监西洋记通俗演义》,附录二,第1293页。

回。题《三宝开港西洋记》。半叶十三行，行二十六字。写刻。【北京大学图书馆】

  申报馆排印本，不精。

  商务印书馆排印本。

  明罗懋登撰。题"二南里人著"，"闲闲道人编辑"。……①

  李春香的研究指出，此处著录有误，只有清咸丰年间文德堂一百二十回本《三宝开港西洋记》才题有"闲闲道人编辑"字样。这个版本与万历年间原刻本及清步月楼覆刻本相差甚远。并且称《明清小说资料选编》、上海古籍出版社1985年版《西洋记》校点本"前言"、《中国通俗小说总目提要》等书的相关著录均有错误：其一，将《三宝开港西洋记》误作《三宝太监西洋记通俗演义》的别名，实际上前者为一百二十回本，后者为一百回本，它们的内容有明显不同；其二，编者署名错误，其实只有一百二十回本中才署有"闲闲道人编辑"；其三，对相关版本之行款题署的著录有误。她将文德堂一百二十回本与万历年间一百回本与进行比较，在其文中强调："《三宝开港西洋记》的编辑者闲闲道人，按照原书的故事框架，调整回目，删减部分内容，使之更适合读者的口味。这个删改本与一百回本从回次的编排、到文字的使用；从内容的繁简到刻工的精劣，均有很大的差异"。② 此文基本厘清了以往权威书目对一百回本和一百二十回本的混淆。

  庄为玑也曾撰文对《西洋记》"明刻本"、"清刻本"、"申报馆的清铅印本"、清末民初版本以及民国时代版本进行过研究，并将《西洋记》肯定为"所有有关郑和的书中资料价值最强的古籍"。③ 日本学者山根幸夫则对日本各图书馆收藏的《西洋记》版本进行考索。④ 邹振环不仅梳理了《西洋记》现存各版本，而且指出这部小说在明末清初和清代末期的两次刊刻高潮都与当时的海事危机有关，"《西洋记》的两次重刊，在海防危机中重构了民众的'郑和记忆'，为我们提供了丰富的历史认识，正是该小说历

---

① 孙楷第：《中国通俗小说书目》，北京：国立北平图书馆1933年初版；北京：人民文学出版社1982年再版，第67页。
② 李春香：《〈西洋记〉版本的文化学研究》，《明清小说研究》1998年第4期，第255页。
③ 庄为玑：《论明版〈三宝太监西洋记通俗演义〉》，《海交史研究》1985年第1期。
④ 〔日〕山根幸夫：《对日本现存〈三宝太监西洋记〉版本的考证》，张乃丽译，《郑和研究》1996年第2期。

史价值之所在"。① 上述成果实际上突破了对《西洋记》版本的研究,更多地揭示出该书不同版本的史料价值和历史背景。

## 四、小说人物虚实的研究

由于题材选择的原因,《西洋记》里的人物不可避免地与历史有着各种联系。因此,该小说中的人物塑造和历史原型引起了文学和史学家的共同兴趣。

俞樾、向达等学者曾谈到,《西洋记》的主要人物除郑和之外,金碧峰在史上也实有其人。实际上,《西洋记》中的不少人物在前人文献中都有迹可循,李平指出:"作为统帅和使臣的郑和与王尚书,均见于《明史》。"他并认同俞樾、向达之论,据《客座新闻》与《图书集成》中的相关资料强调"国师金碧峰与徒弟非幻"都是现实中的人物。另外,小说人物张三丰、马欢也实有其人。②

冯汉镛在引用向达对金碧峰"真有其人"的推测时,还特别注意到小说对金碧峰面貌的描写、他在小说中的"国师"称号和明初"帝师"名号的相符、他在小说中"水西洋"的活动与明初帝师从"旱西洋"到来的对应等处,从而认为金碧峰"系指永乐派人到西藏迎来'佛子'哈立麻的替身"。③

廖可斌在论述《西洋记》的主角问题时指出:该书"虽以郑和命名,但实际上最重要的人物是金碧峰,他相当于《西游记》中的孙悟空,而郑和则近似于唐僧"。他并依据明代宋濂《寂照圆明大禅师碧峰金公设利塔牌》所载金碧峰生平及其他相关史料,在其文中对小说中金碧峰及其徒弟非幻的人物原型进行了考证,资料丰富,论证严谨。另外,他还认为"《西洋记》乃是现存中国古典长篇小说中确实可信的最早主要由作家个人创作的作品之一"。④

刘红林同样强调,"小说主人公并非郑和,而是佛界长老金碧峰"。他认为,罗懋登在选取主人公时舍弃真实的郑和而另行塑造金碧峰,并将其"塑造成集忠诚、仁爱、慈悲、智慧、无坚不摧为一身的正面形象",是因

---

① 邹振环:《〈西洋记〉的刊刻与明清海防危机中的"郑和记忆"》,《安徽大学学报》2011年第3期,第20页。
② 李平:《平凡中见光彩——重读〈三宝太监西洋记通俗演义〉》,第117页。
③ 冯汉镛:《〈西洋记〉发微》,《明清小说研究》1998年第1期,第127—128页。
④ 廖可斌:《〈三宝太监西洋记通俗演义〉主人公金碧峰本事考》,《文献》1996年第1期,第24、42页。

为他一方面从维护封建正统的角度去渲染永乐时代的强大，另一方面又对社会现实不满，对太监不满，因而不愿去塑造太监的高大形象。① 从这种人物的虚构回到历史现实，时觉非据《金陵梵刹志》等史籍进行分析，认为历史上的金碧峰并未随郑和出使西洋，故"因其辅佐郑和七下西洋功绩卓著而为之建寺之说，应属无稽之谈"。②

当然，在研究《西洋记》中人物的塑造及其与现实之间的联系时，郑和这一角色也比较引人注目。周茹燕曾对小说文本进行仔细解读，从军事、外交、宗教等层面分析了小说中的郑和这一文学形象。③ 她还运用类似的研究方法，对小说中王尚书的形象进行了解读。④

就目前成果来看，学术界对《西洋记》人物虚实的研究多集中于金碧峰（碧峰长老）这一角色，对其关注度远超其他重要人物如郑和等。因而，从历史的角度审视《西洋记》，该小说的主角设定，以及小说与历史人物之间的关系问题还值得更深入探讨。

## 五、语言学视角下的研究

如上所述，较早关注《西洋记》的语言的学者是向达和赵景深，但真正从语言学角度对《西洋记》的词语进行细致研究的工作近年来才受到学者注意，并为关于郑和下西洋的海洋文化和历史研究提供了新视角。

集中于《西洋记》中的词语研究，王艳芳、王开生、王飞华等先后发表了论文，这些论文分别关注小说中"么"、"来"、"着、个、则个、些"等语气词在汉语中的来源与发展，并分析它们在该小说里的具体用法和含义。⑤ 王祖霞、罗国强与程志兵等学者则诠释了《西洋记》中一些意义难

---

① 刘红林：《〈三宝太监西洋记通俗演义〉主角谈》，《明清小说研究》2006年第3期，第166—168页。
② 时觉非：《〈三宝太监西洋记通俗演义〉人物辨析》，《郑和研究》1993第4期，第20页。
③ 周茹燕：《〈西洋记〉中的郑和形象》，载时平、〔德〕普塔克编：《〈三宝太监西洋记通俗演义〉之研究》（第一辑），第71—92页。
④ 周茹燕：《〈西洋记〉中的王景弘形象》，载时平、〔德〕普塔克编：《〈三宝太监西洋记通俗演义〉之研究》（第二辑），第73—90页。
⑤ 王艳芳、王开生：《〈三宝太监西洋记通俗演义〉中的语气词"么"》，《青岛科技大学学报》2003年第1期，第95—98页；王飞华：《〈三宝太监西洋记通俗演义〉中的语气词"来"》，《广西民族大学学报》2006年第12期，第118—120页；王飞华：《〈西洋记〉中语的语气词"着、个、则个、些"》，《宁波教育学院学报》2007年第4期，第35—39页。

明或易生误解的俗语和方言（例如江淮方言），并补正了有关辞书中的遗漏与误释之处。①

从《西洋记》中的词语运用转向句法和语法探讨，赵秀文发表了关于其中"被"字句的研究论文，对小说中的"被"字句进行了句法分类与分析，得出如下结论：《西洋记》中"被"字句的使用范围较窄，在小说中只表示"不幸"或"不愉快"的感情色彩；应用数量较多，是小说中有形式标志的五类被动句中使用频次最多的一种句式；使用形式多样化。在另外两篇论文中，她则从语法研究的"语义"和"语用"层面来探讨了《西洋记》中"被"字句的相关特征。②

《西洋记》的语言学研究也显示了这一学科与史学的交叉，例如翟占国对《西洋记》中的海洋类词汇进行研究，指出该小说对于深入认识古代海洋知识具有较高价值。他将小说中使用的海洋类词汇，如表示船只的"宝船"、表示海洋地点的"海沿"、表示海洋工作人员的"舵工"等，进行了仔细统计与释义。③

以上成果表明，《西洋记》不仅对于近代汉语研究，包括词汇与语法分析等方面具有一定的应用价值，而且可以丰富以郑和下西洋为中心的海洋文化研究。

## 六、海洋文化与文史研究

中国海洋文化内涵丰富，包括海上神话、远洋交通、民间海神信仰等，与古代小说的创作与流传有着各种联系。《西洋记》以"郑和下西洋"为主要历史背景，是这种海洋文化的典型表现，值得文学、史学和其他多种领域的学者进行合作研究。

---

① 王祖霞：《〈西洋记〉词语拾零》，《淮北煤炭师范学院学报》2004年第4期，第88—90页；罗国强：《〈西洋记〉词语拾零》，《河池学院学报》2012年第6期，第52—54页；程志兵：《〈西洋记〉词语考释》，《合肥师范学院学报》2011年第4期，第25—28页。
② 赵秀文：《〈西洋记〉"被"字句研究》，《湖北第二师范学院学报》2008年第5期，第20—22页；赵秀文：《〈西洋记〉"被"字句的语义分析》，《湖北第二师范学院学报》2009年第4期，第20—22页；赵秀文：《〈西洋记〉"被"字句的语用分析》，《湖北第二师范学院学报》2011年第10期，第26—29页。
③ 翟占国：《明清小说中的海洋类词汇研究——以〈三宝太监西洋记〉为例》，《现代语文》（语言研究版）2012年第5期，第19—21页。

从海洋文化角度出发，唐琰将《西洋记》与清代小说《镜花缘》的海洋观念进行比较，着重探讨了两部小说"对外部世界的探求"和"对待海外贸易及华侨的态度"，指出"二者都把目光投向广阔的海外"。而《西洋记》则更集中体现了作者"认同海外探险、渴望了解异域和异物的思想"。① 廖凯军联系小说所处的历史文化语境，分析了其中对海外异国的描写及其反映出的诸如明代作为"圣人之邦"的优越感等文化情结。② 陈美霞则发现《西洋记》具有明显的海洋情结，表现于其"叙事目的的寄寓性"。该小说对水战的描写是明代抗击海上倭寇的一个缩影："在郑和航海下西洋这一海洋大事的影响下，抒写明人心中的海洋情结在明代主流文化面前愈显珍贵"。③

由于《西洋记》艺术性地再现了郑和下西洋的壮举，并书写了这一历史事件所代表的海洋文化，因而受到文学、史学、语言学等多种学科学者的关注。除上述已刊发的论文和著作外，还有数篇博士、硕士学位论文也从不同角度对《西洋记》作出了多方面探讨。④

郑和下西洋所代表的海洋文化，不仅影响了明代小说《西洋记》的产生与传播，也催生了其他相关文艺作品，如明代杂剧《奉天命三保下西洋》等。⑤ 从海洋文化角度研究郑和下西洋与《西洋记》及其他文艺作品之间关系的工作，已受到文学、史学等学科专家越来越多的重视。⑥ 张祝平在

---

① 唐琰：《海洋迷思——〈三宝太监西洋记通俗演义〉与〈镜花缘〉海洋观念的比较研究》，《明清小说研究》2006 年第 1 期，第 171—175 页。
② 廖凯军：《〈三宝太监西洋记〉中的异域现象》，《安徽文学》2008 年第 12 期，第 219—220 页。
③ 陈美霞：《论明代神魔小说中海洋情结的叙事特征》，《内江师范学院学报》2010 年第 3 期，第 24—25 页。
④ 据笔者检索，以《西洋记》为研究对象的学位论文，主要有博士论文 1 篇：张火庆：《三宝太监下西洋记研究》，台湾东吴大学中国文学研究所，1992 年。硕士论文 8 篇：王飞华《〈三宝太监西洋记通俗演义〉中的语气词研究》，四川师范大学，2002 年；欧阳文《〈西洋记〉的形式研究》，江西师范大学，2005 年；蒋丽娟：《〈三宝太监西洋记通俗演义〉研究》，苏州大学，2008 年；英娜：《〈西洋记〉的文学书写与文化意蕴》，陕西理工学院，2008 年；刘香玉：《〈西洋记〉研究》，首都师范大学，2009 年；张丽：《〈三宝太监西洋记通俗演义〉程度副词研究》，四川师范大学，2009 年；毛睿：《"郑和下西洋"俗文学综合研究》，南京师范大学，2010 年；邓珊：《〈三宝太监西洋记通俗演义〉称谓词研究》，浙江财经大学，2014 年。
⑤ 万明：《明内府杂剧〈奉天命三保下西洋〉探析》，载万明：《明代中外关系史论稿》，北京：中国社会科学出版社 2011 年版，第 399—417 页。
⑥ 例如，张祝平：《郑和下西洋与明代海洋文学》，《南通大学学报》2008 年第 3 期，第 40—44 页；赵君尧：《郑和下西洋与明代海洋文学刍论》，《职大学报》2008 年第 3 期，第 55—61 页，等文。

其文中指出："郑和下西洋……对中外交往产生了深远的影响，对明代海洋文学产生了重要的影响，而且对后代的海洋文学的发展也产生了重要的影响，清代彭鹤龄著有《三保太监下西洋》的小说、李汝珍的《镜花缘》、观书人的《海游记》、吕熊的《女仙外史》等都受其影响。"[1]

自鲁迅于1923年在《中国小说史略》中提出"神魔小说"概念至今，学术界对此类小说的研究已历经90余年。但作为神魔小说的代表作，《西游记》几乎吸引了研究者的全部视点，其他作品包括《西洋记》则被无意中冷落。据冯汝常《明清神魔小说研究八十年》统计，1978年至1997年，研究《西游记》的论文有420篇，研究《西洋记》的论文仅有2篇。[2] 此统计所依据的是中国人民大学中文系光盘所收论文，可能对相关会议论文、辑刊中的论文等有所遗漏。但不难看出，从民国时期鲁迅、向达、赵景深等学者探讨《西洋记》起，此部具有一定研究价值的小说长期以来并未得到相应重视。

这一结果的形成，除因《西洋记》本身艺术水平所限，也与中国海洋文化被长期忽略有很大关系。直至20世纪80年代，中外交流日益密切，中国逐渐重视对海洋文化的研究。特别从90年代中期开始，学术界陆续出版了一系列著作，对中国海洋文化进行了经济、政治、军事、艺术等方面的研究。[3] 同时，中国与世界各地的郑和研究也蓬勃开展，中外学者对郑和下西洋的探讨持续升温。在此背景下，《西洋记》作为与历史事件郑和下西洋密切相关的小说，受到前所未有的关注。因此，本文所述《西洋记》研究成果，建国以来多集中于20世纪90年代中期至今。由此可见，就某种意义而言，《西洋记》的价值实际上已超越了它作为文学作品的价值，或者说它的价值从来都不仅在于其艺术技巧层面。

---

[1] 张祝平：《郑和下西洋与明代海洋文学》，《南通大学学报》2008年第3期，第44页。
[2] 冯汝常：《明清神魔小说研究十八年》，《闽江学院学报》2004年第1期，第20页。
[3] 例如，宋正海：《东方蓝色文化》，广州：广东教育出版社，1995年；曲金良主编：《中国海洋文化研究》（系列辑刊），北京：文化艺术出版社、海洋出版社，1999、2000、2002、2005、2008年；李明春：《海洋龙脉》，北京：海洋出版社2007年，等著作。

# 红学索隐体系化的理路

## ——从《妙复轩评石头记》到《石头记微言》的承转

### 王进驹　张玉洁

　　一般认为民国初年王梦阮、沈瓶庵的《红楼梦索隐》是红学史上最早出现的系统的索隐派专著，其次是蔡元培的《石头记索隐》。此二书在具体观点上或有差异，但研究方法和基本立论则是相同的：用比附推测的方法探寻在红楼人物故事背后隐藏的真人实事，这些人和事都关涉到清初满汉关系的历史，小说写作的意旨在于悼明反清。其实最早的系统的红学索隐派著作[①]应是光绪后期孙渠甫的《石头记微言》，尽管限于当时环境，它在表述上采用了曲折隐晦的方式，还不像王、蔡二书那样公开直白，但所体现的研究方法之性质是一样的。按当代红学史学者的看法，索隐红学的研究方法渊源于中国经学的阐释传统，这大体不错。但经学的阐释传统如何变成了红楼梦索隐的方法？这当中应该有一个转换的过程。从小说批评的实践来看，早期红学评论中的一些论著已表现出索隐的倾向，其一表现为猜测《红楼梦》是写某某人的"家事"，如张侯家事说、明珠家事说、和珅家事说等；其二表现为将《红楼梦》看成对儒家经典的演绎，代表为张新之《妙复轩评石头记》。前者与索隐红学的联系人们容易看到，谈论的也较

---

① 本文所说"系统的索隐派著作"指具有如下特点的著作：1. 产生于清末民初种族观念滋长兴盛之际；2. 内容上追索红楼故事所隐寓的清初历史和人物，说明作品主旨在于悼明反清；3. 方法上以比附猜测为主，但有一定的理论指导，形成了较完整的阐释体系。在此之前出现的关于《红楼梦》是写某某家事之类传闻、杂评虽也属于《红楼梦》索隐的范畴，但与清末民初作为专著出现、直接以"微言""索隐"等为名，构成红学流派、产生很大影响的红学著作相比存在较大差异，故一般都以"早期索隐"称之，本文沿用这一说法。

多，而后者与索隐红学的联系似乎不那么明显，注意的人甚少。但从批评方法的角度和学理性来说，张新之的阐释才真正是把经学传统运用于《红楼梦》批评的代表，它对《石头记微言》和索隐红学产生了重要的影响。无论从梳理红学史的角度，还是从总结古代小说批评理论方法的角度来说，探讨这两者之间的关系都有其必要性。由于这两部著作的篇幅都很大，内容庞杂繁冗，本文仅就它们在批评方法上的关联性作考察，其他方面从略。

## 一、《妙复轩评石头记》对索隐红学构成影响的批评方法

张新之对《红楼梦》的评点历时二十年才完成，字数达三十万言。他的总看法是：《红楼梦》是一部演性理即《大学》《中庸》和《周易》之道的书，其形式是"窃众书"以"奇传"敷衍之。他除了在《读法》中对此作纲领性阐述之外，在具体的评点和回评中也时时处处针对书中所写人事和情节细节进行发挥。这样的观点对理解《红楼梦》的思想内涵不能说都无价值，但其大方向和基本结论应该讲是偏离了《红楼梦》文本实际的，学界在这方面形成了基本共识，此不多说。张新之对《红楼梦》极为喜爱和熟悉，在艺术上所作的评点分析有不少合理之处，能发人所未发，因这一方面也不是本文题旨所在，故略而不论，以下主要探讨其批评方法对索隐红学构成影响的主要特征。

### （一）关于书的"面子"与"底里"关系的批评方法

张新之认为："描摹世故人情，难矣，而于这里头隐藏一部后天《周易》，手挥五弦，目送飞鸿。他小说有之否？写底里正义，《西游记》优为之，而面子非僧即魔，犹易能也；写面子，状声口，肖情形，《水浒》能之，而无底里可顾。挟势利，绘淫荡，《金瓶》能之，亦无底里可顾。此书后来居上。"① 此段评语中，张新之将《红楼梦》与此前的几部名著进行比较，说明其为何优于各书：《西游记》是有"底里正义"即真正意蕴的，但它以僧魔作为表面故事，写起来不及《红楼梦》要描摹世故人情那么困难。

---

① 张新之：《妙复轩评石头记》，原评点本为光绪七年卧云山馆刊妙复轩评《绣像石头记红楼梦》，此据冯其庸纂校《八家评批红楼梦》，北京：文化艺术出版社1991年版，第166页。

《水浒传》和《金瓶梅》这两部小说从其所写的人物故事看均能反映人情世态，描摹生动真切，然而却都没有"底里"，只有"面子"即表层的故事。但《红楼梦》跟它们就不一样了，不但能将"面子"上的世故人情描摹得真切如生，而且在故事之中隐藏着一部用人情世态演绎出来的《周易》。

张新之把《红楼梦》分成面子与底里，前者与后者的关系通过"演"去体现。在张评中"演"有两层意思，一层是面子对底里的"演义"，即推演、阐发，如："一部《红楼》'谈情'有何大恨……作者固自演《大学》《中庸》。"① "书中隐义，无非《易》理。在刘姥姥用暗演，在史湘云用明演。"② "读此回上半演《大学》，下半演《中庸》。"③ "以小说而演天地元音，圣人真理。"④ 一层是面子本身的"演"，即演述、铺叙，而这种"演"又要以底里为根据，如："见盛衰一瞬，此正是传奇中所搬演故事。"⑤ "将演《元宵归省》，先演《才选元春》，所谓复其见天地之心乎？"⑥ "书固借《易》道演姻缘也。"⑦ "一部大哭书，全借《易》道演出。"⑧ 前者是对义理的阐发，后者是对人物事象的演述、铺叙，在演故事的过程中贯串着义理。

张新之在评点中常常揭示面子对底里的演绎关系，有的是就某回某段内容进行评论，更多的是针对书中的具体人物、情节、细节、物品、诗词、言语等作点评，指出这些面子所隐演的底里蕴涵，或就两者关系的契合而称赏道妙。前者如："此回底中有底，面上有面。扇却热毒底矣，而有一部《大学》《中庸》在；金麒麟，金玉因缘，借麟为兽头以骂宝钗底矣，而有《毛诗》《周易》一部在。"⑨ "此回乃作者重新提掇之书，通篇《易》道……是末不宜认，当寻其根；面不宜观，当究其底。故下半曰'寻根究底'。"⑩ "面妙底尤妙，可以意会。"⑪ "此段忽离忽合，有顺有逆，神奸

---

① 张新之：《妙复轩评石头记》，原评点本为光绪七年卧云山馆刊妙复轩评《绣像石头记红楼梦》，此据冯其庸纂校《八家评批红楼梦》，北京：文化艺术出版社1991年版，第135页。
② 同上书，第748页。
③ 同上书，第754页。
④ 同上书，第1549页。
⑤ 同上书，第343页。
⑥ 同上书，第349页。
⑦ 同上书，第1026页。
⑧ 同上书，第2396页。
⑨ 同上书，第755页。
⑩ 同上书，第957页。
⑪ 同上书，第2464页。

毕照,是文字能品,而底里句句是《易》,则神品矣。"① "此回合下回为一大段,乃自揭全书底里之处。"② 后者如:③ "红楼梦面子是淫书,作者直认不讳。"④ "神情口吻,妙不可言,而底面悉臻其至,是为绝艺。"⑤ "而赦之为赦,底面都到。"⑥ "'赤条条来去无牵挂'是书面,守礼以死是书底。"⑦ "到此出'干净'二字,乃一部大书畅发底里处也。"⑧ "(宝玉)'丢了'二字,如悬崖坠石,百廿回全底全面总括于此。"⑨

张新之关于面子与底里关系的批评方法在小说批评史上是有其来源的,那就是清初以来诸家《西游记》评论中关于"证道""真诠""原旨"的研究方法,特别是张书绅关于"借此传奇,实寓《春秋》之大义"、"《西游记》是把《大学》诚意正心、克己明德之要竭力备细,写了一尽……不过借取经一事,以寓其意耳"⑩等评论更为张新之所直接取法。但张新之在以之批评《红楼梦》时,比起张书绅来更为全面、系统和深入,因此又为后来的《红楼梦》索隐评论家所承继。

## (二)关于"影"与"形"关系的批评方法

张新之在《读法》中论述《红楼梦》人物故事与儒学经典的具体关系时,认为书中所写人物事件繁多,但都是围绕着宝黛钗的婚恋故事和以刘姥姥为象征的"易"道进行演绎的,抓住书中的核心人物和寓意性人物就可以举一反三,破解全书了。

但张新之又指出《红楼梦》虽以宝黛钗为主,却不能只写这三人:"袭人是宝钗影子,晴雯是黛玉影子。……尚有影中之影,请俟后评。盖作者

---

① 张新之:《妙复轩评石头记》,原评点本为光绪七年卧云山馆刊妙复轩评《绣像石头记红楼梦》,此据冯其庸纂校《八家评批红楼梦》,北京:文化艺术出版社1991年版,第2465页。
② 同上书,第2852页。
③ 此类评点很多,限于篇幅,只列少量,并省去评语所针对的正文。
④ 张新之:《妙复轩评石头记》,原评点本为光绪七年卧云山馆刊妙复轩评《绣像石头记红楼梦》,此据冯其庸纂校《八家评批红楼梦》,北京:文化艺术出版社1991年版,第129页。
⑤ 同上书,第962页。
⑥ 同上书,第1849页。
⑦ 同上书,第2398页。
⑧ 同上书,第2434页。
⑨ 同上书,第2943页。
⑩ 张书绅:《新说西游记总批》,载刘荫柏《西游记研究资料》,上海:上海古籍出版社1990年版,第573—574页。

帏灯匣剑,不过写宝黛钗而已。若止从本人实写,则是书数回可了,成鬼帐簿矣。"① "盖是书写情、写淫、写意淫,钗黛并为之主,于本人必不能处处实写,故必多设影身以写之。"② 因此必须让宝黛钗与众多人物联系起来,构成诸般关系,在"面子"上展开"世故人情"的故事,又要紧紧扣着"底里"即《易》道,故事中的人物也要围绕着代表"阴阳"的宝黛钗活动,他们的性情、言语、行事、结局也都在以各种形式不同程度上喻指、暗示、预兆着宝黛钗其人其事及其关系。这些人物与宝黛钗之间就构成了一种"影"与"形"的关系,即"借影说形","以影定形","借影定形"。

关于《红楼梦》中人物之间的"影子"关系,此前已有一些评论家指出。较早的是涂瀛,他关于"袭为钗影,晴为黛影"的著名观点影响很大,不过限于人物的衬映比照意义上使用,不牵涉作书旨意和书外之人事,这是文学意义上的批评③。谈及的对象主要是宝钗、黛玉以及与宝玉、黛玉有相似关系的人物,人数较少,范围不大。而且除了对袭为钗影、晴为黛影有所论说外,其余只是简单提出谁与谁为宝黛之影而不作说明④。涂瀛之后也有其他人提到"影子"者,但大体沿袭涂瀛说法稍作变化。而到了张新之则将《红楼梦》的"影子"批评发展到一个新的阶段。

首先,张新之把"影"看作《红楼梦》写作上的总体特征之一,前所未有地突出了"影"在小说创作中的作用和地位。他在《读法》中说:"舍形取影,乃作大主意。故凡写书中人,都从影处着笔。"⑤ 在五十四回贾母批评才子佳人小说"还说是佳人,编得连影儿也没有了"之后,张新之借此发挥道:"此语最为吃紧。凡这些套子,因没有影儿,所以数回便尽。既没影儿,所以千头一面,陈腐可厌。今此书没人不是影儿,又没人没有影儿,且一影二影至三四五影之多,于是因影生形,因形生事,因事生书,

---

① 张新之:《妙复轩评石头记》,原评点本为光绪七年卧云山馆刊妙复轩评《绣像石头记红楼梦》,此据冯其庸纂校《八家评批红楼梦》,北京:文化艺术出版社1991年版,第210页。
② 同上书,第555页。
③ 有的研究者评论涂瀛的影子说时认为:"这种影子说已经与索隐派的影射说非常接近。"(陈维昭:《红学通史》,上海:上海人民出版社2004年版,第54页)按:这个判断是错误的。索隐派的影射说是指向于书外的人物事件,而涂瀛的影子说仅就书内人物而言,两者的区别明显。
④ 见涂瀛《红楼梦问答》,冯其庸纂校《八家评批红楼梦》据道光养馀精舍本整理本,北京:文化艺术出版社1991年版。
⑤ 张新之:《妙复轩评石头记》,原评点本为光绪七年卧云山馆刊妙复轩评《绣像石头记红楼梦》,此据冯其庸纂校《八家评批红楼梦》,北京:文化艺术出版社1991年版,第74页。

遂浩浩荡荡至一百二十回而无一闲文，无一旧套，是悉影之为用也。请告看官，无他谬巧。"①另在其他多处批道"全书皆影，屡见前评。"②"全书处处是影儿可见"③"全书都用影儿"④"皆影儿之说"⑤"书中用度，无非是影"⑥。

相比于涂瀛等评点家，张新之极大地扩展了"影"在《红楼梦》批评中的运用，有关"影"的话语表现形态丰富，指涉范围广泛，指称功能大为增加。与"影"直接相关的词语就有：影、影儿、影子、影身、影本、影传、影戏、虚影、实影、幻影、移影、近影、影中影、影外影、影之影、一人三影、一人二影、双影、合影、立影、设影、作影、绘影、运影、影照、影射、一形一影、有形有影、因影生形、以影定形、借影定形、借影说形、敛影归形、以影报影等三十多种，另外按"影"的思路去解说而没有出现"影"字的话语还有不少。

张新之论《红楼梦》之"影"以宝黛钗三人为中心展开，围绕他们故事的许多人物都被纳入与"影"相连的网络中，数量众多，范围很广，身份差别很大，"影"的关系也十分繁杂。主要的"影"与被"影"的人物如下。1.黛玉有6个影身：晴雯、湘云、小红、四儿、五儿、尤三姐。2.宝钗有11个影子：袭人、湘云、麝月、金钏、金莺、龄官、春燕、香菱、尤二姐、晴雯嫂子、夏金桂。3.宝玉有7个影子：甄宝玉、湘云、玉官、贾芸、芳官、柳湘莲、潘又安。4.湘云同为宝玉、黛玉、宝钗三人之影。5.芳官同为宝玉、黛玉二人之影。6.尤三姐影黛玉，又影探春。7.尤二姐影宝钗，又影迎春。这些关于红楼人物之间"影"关系的说法多为张新之独创，像一人有多影、多人影一人、一人为多人之影，女可影男同时又可影女，影中有影、影外有影等方法均为后来索隐派所袭用。

其次，把"影"与《红楼梦》的主旨联系起来，以"影"作为《红楼梦》"演"《四书》、"演"《易》道的手段，故在解释"影"的具体运用时，常常是主观臆断、牵强附会。

张新之认为全书演金玉、木石姻缘，是为了阐明圣人抑阴扶阳、化恶

---

① 张新之：《妙复轩评石头记》，原评点本为光绪七年卧云山馆刊妙复轩评《绣像石头记红楼梦》，此据冯其庸纂校《八家评批红楼梦》，北京：文化艺术出版社1991年版，第1311页。
② 同上书，第1869页。
③ 同上书，第2672页。
④ 同上书，第2945页。
⑤ 同上书，第2982页。
⑥ 同上书，第904页。

为善的义理，写宝钗谋占宝玉而阴杀黛玉是从道德上谴责宝钗、同情黛玉；同时又通过隐寓的人物情节来写宝玉、黛玉对宝钗、凤姐进行报复，这种变相的"诛杀"伸张了正义，亦体现出抑阴扶阳之意旨。在宝黛对宝钗进行报复过程中，常常不是直接写宝钗本人遭受贬抑，而是以别的人物作为宝钗的影子、替身来代受惩处。金钏、尤二姐、晴雯嫂子、夏金桂等便属于这样的一些"影子"；同时宝黛的报复也不是由他们本人来施行，而由他们的影子或替身实施，如贾芸、小红、柳湘莲、尤三姐等。

较早代宝钗受惩的影子是金钏。第七回金钏出现时，张批曰："金钏为'金'字作贯串也，即宝钗之影身。"① 三十回写金钏被王夫人打骂，张批道："打骂金钏是乃打骂宝钗，故一路都写成盛暑光景。热毒方张，必须抑制。"② 至三十二回写了金钏跳井而死，回评曰："下半回金钏本传，又仍是宝钗文字，见其自坎自陷，甘含耻辱……是作者已死宝钗，于此骂之踢之，不蔽辜也。"③ 张新之认为在其后的故事里，作者又把尤二姐、晴雯嫂子、夏金桂等人作为宝钗的影子、替身来进行惩处。尤二姐是宝钗的影身，她嫁与贾琏导致后来被凤姐骗入府中害死，这是作者有意安排让宝玉、黛玉报复宝钗的一个事例，尤三姐是黛玉的影身，她明知后果而不说，就是为了达到杀宝钗影身即尤二姐之目的。张批多次点明"二姐为金为钗，三姐为玉为黛，从此看入，势如破竹"④。七十七回宝玉被晴雯嫂子缠戏，张新之认为这是借影子来骂宝钗："本书造一宝钗，为古今惩阴恶立传，尤二姐以金杀之犹不蔽辜，乃又借晴雯嫂以骂之，骂之甚于杀之也。"⑤ 沿着这一思路，张新之还进一步把金桂作为宝钗影子，阐释抑阴扶阳的报施之说："立尤二姐案以杀钗是顺用，立夏金桂案以杀钗是逆用，同一杀也。"⑥ 一百三回夏金桂误喝毒汤而死，张评云："热毒大作，夏金桂死乃钗死也。"⑦

在张新之看来，《红楼梦》作者是不断地通过宝钗的影子受辱乃至身死来贬抑诛杀之，以彰显为宝黛报复、扶阳抑阴的大旨。这种观点在其评点

---

① 张新之：《妙复轩评石头记》，原评点本为光绪七年卧云山馆刊妙复轩评《绣像石头记红楼梦》，此据冯其庸纂校《八家评批红楼梦》，北京：文化艺术出版社1991年版，第169页。
② 同上书，第715页。
③ 同上书，第776页。
④ 同上书，第1618页。
⑤ 同上书，第1902页。
⑥ 同上书，第1954页。
⑦ 同上书，第2541页。

中不断地出现,提醒读者识认,这段话可以作为张新之的概括见解:

> 书中之宝钗,或就本身,或就影身,骂之打之,踢之死之,犹不足蔽辜。……书中黛玉,或就本身,或就影身,撮之合之,挽之生之,终无可如何,则必同归渺茫而后快。①

总体而言,张新之立足于"面子"与"底里"、"形"与"影"关系的批评方法对《红楼梦》所作的解读无疑是一种穿凿附会之说,但他的方法以其关于《红楼梦》演《易》道的理论作为基础,因而显得比较系统,能贯串到许多人物故事中去,体现出《红楼梦》批评中的理论建构意图,这是有别于其他评点家的显著特色。这种系统的、有理论的穿凿附会研究方法对后来的索隐派学者很有吸引力,乃至于成为他们创立新说的重要参照。

## 二、《石头记微言》对《妙复轩评石头记》的承接和转换

《石头记微言》是在《妙复轩评石头记》之后将《红楼梦》分为"书面"和"书底",并作为"影书"看待,使用"影"话语之多达到登峰造极的一部评红著作,它也是系统的索隐红学的第一部专著——最为晦涩难读的索隐著作。此书只有稿本,作者去世后稿存友人怀琴处,怀琴于1914年在《香艳杂志》第1期上以《孙渠甫红楼梦解提要》(约2500字)加以披露。吴克歧《忏玉楼丛书提要》著录孙渠甫《红楼梦解提要》一卷,言:"原题怀琴著,从吴兴王均卿文濡《香艳杂志》第一期中录出",②可知吴未见原书。一粟《红楼梦书录》著录《石头记微言》,为郑振铎藏稿本,又在《红楼梦卷》中节录了《石头记微言》的《释真》《释影》《读法》三篇文字。北京图书馆出版社于1996年影印出版了齐如山"高阳齐百舍斋"所藏《石头记微言》(下简称《微言》)钞本,此书才以全貌呈现于世人面前。但迄今尚未见有对《微言》一书(及《孙渠甫红楼梦解提要》)作专门论述者,偶有少数文章、著作提及,所据均为一粟《红楼梦卷》节录之文字,而不是根据原书具体的评点进行论析,所以也就不能对《微言》作为一部

---

① 张新之:《妙复轩评石头记》,原评点本为光绪七年卧云山馆刊妙复轩评《绣像石头记红楼梦》,此据冯其庸纂校《八家评批红楼梦》,北京:文化艺术出版社1991年版,第2657页。
② 吴克歧:《忏玉楼丛书提要》,北京:北京图书馆出版社2002年版,第190页。

专著的思想和方法予以整体观照①。

《微言》前有作为总论性质的三篇文字:《释真》《释影》和《读法》。《释真》主要说明《石头记》的真与假,书面与书底、底中底的含义和关系,并举数例说明书中的"真际"。《释影》指出《石头记》为"影书",举例说明"影"与"形"的关系,以及所隐寓的"微言"和"真际",概括出书中的"四总影"。在此篇后有《附录 石头记正文影字句》(一粟《红楼梦卷》未录),共摘列出《红楼梦》全书共92处有"影"的文字。《读法》主要指出"教人搜寻真际之法",即"其底里真实之事,皆寓于边僻之处,须看其不要紧处方能及之"。

《微言》在总论文字后,将程高本《红楼梦》一百二十回逐回进行评点,但不是附于原书全文,而是摘取原书之语句或概括情节内容以"○"表示,接着进行解读,用"△"表示,回后有概括性评论。《微言》共约二十万言,在索隐派论著中亦称得上一部大书了。

## (一)关于"书面"、"书底"的批评方法

《微言·释真》认为《红楼梦》一书分为书面、书底和底中底三层,书

---

① 就笔者所见,现代学者较早论及而能把握《石头记微言》要领的是余英时,他指出:"而孙渠甫的《石头记微言》尤开索隐派之先河。他认为'宝天王'、'宝皇帝'之称涵有深意,又注意到'真真国女子'及'小骚达子'之称呼。更有趣的是他说宝玉有二义:一为天子,一为传国玺;而钗黛之争即是争天下。(均见同上书,第265—268页。引者按:指一粟编《红楼梦卷》)孙氏的说法,有些在今天还有人沿用。"(《近代红学的发展与红学革命》,见《红楼梦的两个世界》,上海:上海社会科学院出版社2002年版,第9页。)余英时是在文中一个注释中提到《石头记微言》的,可谓眼光独具,惜未展开。

其他对《石头记微言》有较为具体的引述和评论的是李庆信和陈维昭。李庆信在谈传统"影子"说时,引述《石头记微言》的部分文字,说明"有的人则滥用'影子'说,在《红楼梦》里到处捕风捉影,索隐探微,有时竟至达到信口开河、胡言乱语的程度。"(《跨时代的超越——红楼梦叙事艺术新论》,成都:巴蜀书社,1995年版,第345—346页)

陈维昭《红学通史》第一编第二章《价值关怀与文艺学批评》第二节"影子说"在介绍涂瀛的影子说时,引用了《石头记微言》的两段文字,将其当成涂瀛的言论,从而错把涂瀛的"影子"说视为索隐派。而在后面评论《石头记微言》的《释影》中"影"与"形"关系时说:"这个'真形'不是指形迹、现象、外表、表层,而是指真面目,指本质,指原形。这个'形影说'旨在从本质上揭示影子关系的内在联系。"(《红学通史》,上海:上海人民出版社2004年版,第55页。)按:《石头记微言》所说的"真形"指的就是"真实之事",即实有的历史人物和事迹,无关什么"本质",陈著所言显为臆断。造成以上两个错误的原因,一是没有认真辨别引文出处和作者,二是没有阅读作为完整著作的《石头记微言》,对一粟《红楼梦卷》节录的文字并未弄清楚其真正意思便作主观推论。

面即书中所写的宝黛钗故事，书底是这些小说人物故事所寄寓的真人真事，底中底则是作者通过小说人物故事隐寓真人真事的意图，即作书之宗旨。这一说法，正是承接了张新之的评论而加以变化发展。张新之将《红楼梦》分成"面子"与"底里"两层，即面子是宝、黛、钗的婚姻故事，底里是故事的寓意"一部后天《周易》"。孙渠甫则将书分为三层：书面、书底、书之底中底。"书面"是婚姻故事，与张说同；书之底中底是书之寓意，与张说的"底里"相近，但这寓意不是像张新之说的经典"义理"，而是一种指涉历史与现实的"叛逆妄言"，即一种带着强烈情绪的思想意图；在书面与底中底中间有一层"书底"，此层则是张新之所无，属于书面故事所隐含的"真实事迹"，即实有的历史人物和事件，也即《微言》所说的"真际"。《微言》用一个比喻说明三者的关系，在104回"怎么一个不死就搁下一个空棺材当死了人呢？"句下评曰："此二句实有奥义焉。此书实有三层，第一层是假中之假，即是书面是也，若以第一层而论乃果是空棺材矣；第二层是假中之真，即是书底是也，若以第二层而论则不得为空棺材矣；第三层是真中假，即是书之底中底也，乃亦是空棺材矣，作者主意其主脑实在第三层之真中假，不在第二层之假中真也，故必以空棺材欺人。余之发明此书，皆在第二层之假中真，不在第三层之真中假也，故必不以空棺材视之耳，但作者立意之主非惟有为亦且狂妄，阅者切勿效尤，当寻其假中之真，不必求其真中之假焉可耳。"①

那么《微言》所说的真实之事即"书底""假中真""真际""真迹"是什么呢？根据《微言》全书的评点，可勾勒其轮廓：宝玉隐指皇帝，黛玉本是原配中宫，宝钗原为某王已倖宫人，宝玉遇钗后被钗引诱，以钗为妃子。宝玉与黛玉有子，宝钗生妒，狐媚惑主，诬陷黛玉，致黛玉冤屈而死。宝钗居正位专权，宝玉被逼出走，宫中祸乱起。黛子赖湘云抚育成人，定乱登位，宝钗忧愤自经。黛子圣明仁德，天下大治，功业巍巍。

《微言》既说《红楼梦》所叙为真人实事，本应指出其姓名，是哪朝哪位皇帝，哪位皇后皇妃，但整个《微言》均无明白写出。据怀琴《孙渠甫红楼梦解提要》（下简称《提要》）说，时为光绪季年，"于朱氏觉罗氏之事，仍不敢显言"，②故以"微言"二字括之，因怀琴向作者"面质"而得

---

① 孙渠甫：《石头记微言》，北京：北京图书馆出版社影印齐如山"高阳齐百舍斋"藏钞本，1996年版，第633—634页。

② 怀琴：《孙渠甫红楼梦解提要》，载《香艳杂志》，1914年第1期。

以"略知"其意。从《提要》所述能明确指出的小说人物情节与历史人物事件相对应的关系是：1. 宝玉作为人，隐指世祖章皇帝，即福临，又是瀛国公（宋德佑帝降元后之封号，传其为元顺帝之生父）的影子，而瀛国公又暗寓庄烈帝（崇祯帝）；作为物，指代土地和神器：以大观园代指大明江山，以玉玺比皇帝之宝。2. 侯孝康，指孝康章皇后（顺治帝之妃，玄烨生母，皇后）。3. 仁清庵、皇上圣德仁明，指圣祖仁皇帝（康熙帝）。4. 贾政指皇父摄政王（多尔衮）。5. 写黛玉等人皆与"红"相关，林四娘等人姓名皆有"木"字，见"喜红喜木"之意，亦即喜"朱"之意，因"朱，赤心木也"。6. 写宝钗等人与"金"、"白色"相关，"金性寒而色白也"，见"恶金恶白"之意，亦即恶女真、满洲，清于五德亦属金色，尚白也。7. 钗黛竞婚，明清争国也，钗胜黛，金克木也，清灭明也。8. 贾珠指朱氏，贾环、李纨、李宫裁意指庄烈帝投缳。9. 贾兰为明帝之裔孙。10. 何三、夏金桂，指吴三桂；西平王、平西王，熙凤之谓；北静王、南安王，指靖南王。

以上说法在《微言》中是否都可看出？根据笔者的阅读理解，《提要》所指出的《石头记》人物情节隐寓的历史人物和事件，有部分在《微言》原书评论中可看到较明显的提示，有部分感觉到隐隐约约的暗示，还有一些是难以看出其寓指关系的。

较为明显的例子是宝玉，作为人喻指清顺治帝福临，作为物喻指传国玉玺、皇帝之宝。《微言·释真》篇说："书中清福、万福、万寿、临敬殿、临庄门，临门不讳，坐纛旗儿，宝天王、宝皇帝，此宝玉之可显者也。"① 具体评点中常在有"福"、"临"等字样处注云："真际"，"中有万福、万寿、皇帝万岁之义，作者真迹亦明示人矣"，"福字更有真迹"。又以书中多次引用舜来借喻宝玉为帝王。还点出宝玉甲申年六岁登位，十九年出走，皆提示其为顺治帝。但《提要》说宝玉隐指顺治帝还是假象，实为瀛国公之影，又进一步说瀛国公是庄烈帝之影，"处处托王于世祖，处处托王于瀛国，即处处托王于朱氏也"②。这样的意思却难以在《微言》的评点中找到依据。

关于大观园代指大明江山、天下；钗黛竞婚，喻明清争国；"喜红喜

---

① 孙渠甫：《石头记微言》，北京：北京图书馆出版社影印齐如山"高阳齐百舍斋"藏钞本，1996年版，第1页。
② 怀琴：《孙渠甫红楼梦解提要》，载《香艳杂志》，1914年第1期。

木"为"喜朱","恶金恶白"为恶女真满洲等说法在《微言》中有所提示，但未明指，是作为书的"底中底"即著书者的"妄想"、立意主旨来讲的，而没有说明事实依据。如：

○本是从北转角下来一段活水△大观园来源起自北方的指可见矣。①

大观园即是天下之影。②

○你到底把园子交了才好△大观园即天下，交园子是交天下矣。黛子受禅而有天下，宝钗遣归失权交还黛子，是黛终得天下，钗终无天下，正是交换园子之义。③

○贾母便拣了一朵大红的簪了鬓上△大红即绛珠，绛珠之子得位终局显然可见。④

○咱们抢红△影夺黛子⑤

○大红袄儿△影绛珠之朱⑥

○大红裤子△影黛之子⑦

○出在瀆海铁网山上△言瀆海中来也。钗，胡人，故云瀆海。⑧

○谁知有个真真国女子才十五岁△此影钗，钗进荣府亦是十五岁。⑨

○仔细肚子里面筋作怪△面筋，灭金也，影将制钗之金。⑩

还常常在涉及"清"字的语句下，点出"真迹"、"真际"字样，在"真真国"等语句下点出"微言"、"微旨"字样，据此可推测《微言》认为这些地方寓含着"满清""女真"的意思。

《提要》关于《红楼梦》中人物暗指摄政王、吴三桂、平西王、靖南王的说法在《微言》中看不出来。还有《提要》说贾兰"兰为国香，有

---

① 孙渠甫：《石头记微言》，北京：北京图书馆出版社影印齐如山"高阳齐百舍斋"藏钞本，1996年版，第99页。
② 同上书，第230页。
③ 同上书，第647页。
④ 同上书，第220页。
⑤ 同上书，第395—396页。
⑥ 同上书，第407页。
⑦ 同上书，第486页。
⑧ 同上书，第82页。
⑨ 同上书，第316页。
⑩ 同上书，第499—500页。

国之应,此瀛国顺帝之梦想也"①,意为《红楼梦》作者写贾兰是明遗民们把复国之梦寄托在贾兰身上,把贾兰当作明帝的裔孙,从清人手上取回江山,这一层意思在《微言》中也看不出来,而且《提要》又没有指出贾兰具体喻指谁,反而是《微言》明确地指点贾兰是影宝黛之子贾桂:

> 兰即桂,桂即兰,乃宝黛之子也。②
> 书中有荣府又有兰桂齐芳之说,实乃兰即桂也③
> 当中原逐鹿之秋,得全鹿者惟贾兰,故此影之。④
> 贾兰射鹿一节为此书宗旨,此书推重绛珠,兰为绛珠之子,能得全鹿惟贾兰,后文贾兰之中即得鹿之义,在此处预为写影。⑤

《微言》认为贾桂(其影子为贾兰)接受宝玉(顺治)之禅位,从而天下大治,河清海宴,功业隆盛,说这是"真际实事"。在有关贾桂或黛子的点评里,多次点出其禅位在"寅年","钟四下已交寅时,正是黛子登极之年","考黛子,登位是八岁"等,这虽未明言他是谁,但还是能让人联想到继顺治之位的康熙,因玄烨是八岁登位,此年正是壬寅年,康熙确是英明有为之君主,开创了"盛世"的局面。

### (二)关于"影"与"形"关系的批评方法

《微言》在《释影》篇开首即言"《石头记》一书,影书也"⑥。孙渠甫承续了张新之的思路和观点,也把"影"看作《石头记》写作上的总体特征,并与其"书面"、"书底"说相联系。张新之的"面子"、"底里"是就全书总体而言作两分法,而"影"与"形"的关系则主要是就书中人物情节之间的隐寓关系而言,简单地讲就是宝黛钗之"形"与其他人物之"影"的关系,是限于书内人物,不涉书外,属于"面子"内部关系而非"面子"与"底里"之间的关系。孙渠甫的"书面"、"书底"、"书之底中底"将全书作三分法,其"影"与"形"的关系则与"书面"、"书底"的关系相

---

① 怀琴:《孙渠甫红楼梦解提要》,载《香艳杂志》,1914 年第 1 期。
② 孙渠甫:《石头记微言》,北京:北京图书馆出版社影印齐如山"高阳齐百舍斋"藏钞本,1996 年版,第 740 页。
③ 同上书,第 15 页。
④ 同上书,第 146—147 页。
⑤ 同上书,第 149 页。
⑥ 同上书,第 2 页。

对应，而跟"书之底中底"无关。"书面是影，是借端托意，所谓贾雨村是也。书底是形，是真实事迹，所谓甄士隐是也。"①他说的"影"是书中人物、名物、情节，这与张新之有相同之处，而他说的"形"则是书外之历史人物和事迹，这与张新之所谓"形"主要指书中的宝黛钗几位中心人物不同。出于禁忌的原因，《微言》所要注出的"形"，其实也是用暗示的方法来表示，并不直接说出所指真实人物和历史事实："南面而坐，北面而朝，象忧亦忧，象喜亦喜，此影也，而贾政、王夫人、宝玉、贾环四人之真形可见矣。潇湘馆甥、湘妃多泪，此影也，而黛玉之真形可见矣。武氏镜室、杨妃梨香、宝钗蘅芜，此影也，而宝钗之真形可见矣。娥皇女英以比黛玉湘云，此影也，而湘云之真形可见矣。寿阳公主、同昌公主，此影也，而探春之真形可见矣。书面有贾兰，书底有贾桂。薛蟠有龙下蛋之说，宝玉得麟于张道爷，湘云拾麟于草际，黛玉有母蝗虫之言，即是《麟趾》《螽斯》之证，此影也，而贾兰之真形可见矣。此数者皆可望影知形，实藏真际者也。"②如宝玉作为"影"所暗指的"形"仍只称为"宝玉"，此处主要用"舜"去比拟其身份，在具体评点中则用"宝天皇、宝皇帝"暗指其为皇帝，在"福"、"临"等词语后注"真际"，用甲申登位、十九岁出走等作暗示，但却未直接指明宝玉就是顺治帝福临。其他如钗黛等的"影"与"形"的关系亦以类似方法提示。《微言》的诠释方法和话语本身就是一种"微言"，还需要人们去做"索隐"，这跟后来王梦阮和蔡元培的"索隐"在表述上还有不同。

《微言》作者云"余所注者，惟书底真实之事略而言之"，故着眼于书中人物与书外的历史人物之间的"影"与"形"关系，这在《红楼梦》评论的"影"话语中是一种新的取向；不过另一方面《微言》也仍然以很大的精力去揭示书中人物之间的"影"关系，即在书面这一层里"影"与"影"之间的关系。因为除了宝黛钗等几位人物直接隐寓"书底真实之事"，是为"形之正影"外，"馀者或副影，或旁影，或合影，或分影，或影一事，或影数事，或影外之影，或以人影物，或以物影人"③，都是通过对"正影"再作"影"，间接地去喻示"真际"。在书中人物的"影"关

---

① 孙渠甫：《石头记微言》，北京：北京图书馆出版社影印齐如山"高阳齐百舍斋"藏钞本，1996年版，第1页。
② 同上书，第2页。
③ 同上。

系的指认方面,《微言》比较全面地承接了太平闲人的观点并在具体的解释中运用。如湘云一人影宝、黛、钗三人,宝、黛、钗均一人有多影,金钏、尤二姐、晴雯嫂子、夏金桂等均为宝钗影子,以示报施等都直接来自于太平闲人。同时对"影"的范围有更大的扩展,方法更为多样,并对《石头记》书中人物之间的"影"关系,进一步做了体系化的归纳。《释影》篇关于"四总影"的说法集中地体现出孙渠甫以"影"来解释《红楼梦》人物关系的思路:贾政一房包括贾政、王夫人、贾环、贾兰、探春及宝黛钗等人是直接隐藏真实事迹的"形之正影",是第一"总影",而"总影"之二、之三、之四则是分别以贾赦房、贾珍房、薛蟠房去"影"贾政一房相应的各辈诸人,这样的层层叠"影"也是为了达到喻示"真形"的最后目的。

四"总影"之外,"更有远影之总者""远影之分者""近影""反影""对面影"等,"不可枚举",这有如《提要》所说的"以影写影,积压重重。或数十人影一人,或一人影六七人"[①]。把"影"关系推及全书几乎所有人物,难怪要把《红楼梦》称为一部"影书"了。

在《石头记微言》之前,有关《红楼梦》的"影"话语评论都是指向于书内人物故事的,张新之的评红著作是这一方向的集大成者。孙渠甫一方面直承张新之的"影"话语形态,对《红楼梦》人物故事内部的"影"关系网加以扩张,进一步体系化和复杂化,另一方面又接受红学早期索隐传闻的影响而创发新说,将其与"影"话语结合,把"影"话语的终极对象转向于书外的历史人物和事实,将"影"的小说批评推向一个新的阶段。

《微言》的"书面"、"书底"和"影"话语的建构与运用是服务于作者阐发红楼梦"微言"、"真际"之目的,由于所谓"微言"、"真际"是出于孙渠甫的主观臆想和牵强附会,并不具有客观事实的依据,因此其"书面"、"书底"和"影"话语从学理上讲缺乏可靠性、可信性。而《微言》在说明"书面"与"书底"、"影"与"真际"的关系时所使用的表述方式十分曲折隐晦,既无法使人明确"书面"和"影"的终指对象,又难以理清"书面"与"书底"及"底中底"、"影"与"影"、"影"与"形"之间异常复杂曲折的关系,其批评话语遮蔽了它所想表达的意图,为人们的阅读制造了很大的障碍,所以从写作的角度来看它也是不可取的。尽管如

---

① 怀琴:《孙渠甫红楼梦解提要》,载《香艳杂志》,1914年第1期。

此，产生于辛亥革命前十数年的此书在红学史上作为第一部系统的索隐派专著，其地位仍然不可忽视，它所使用的从书面人物故事探求书底的历史事实和底中底之微言大义的方法，将"影子"批评终指对象指向于书外的历史人物事件的方法，以及把《红楼梦》内容的性质认定为隐寓清初历史和悼明反清的基本思路都与后来影响巨大的《红楼梦索隐》和《石头记索隐》相一致，在此意义上可以说《微言》正式开启了系统的索隐红学的进程。

## 第四辑

# 文献学与古代文学研究

# 周邦彦晚年事迹二考*

马 莎

周邦彦是词史上地位极高的大家，然而各类宋代笔记及《宋史》本传中关于其生平事迹的记载颇显淆乱，虽屡经前贤时彦为之钩沉索隐，却仍然聚讼纷纷，而尤致争议的，当属他晚年与蔡京党人交往的两桩公案，由此直接影响到了对其人格高下的判断。正如王国维所言："廓而清之，亦后人之责"①，故笔者不揣鄙陋，欲就此略陈管见，以求教于方家。

## 一、周邦彦献诗蔡京考

周邦彦为蔡京献诗贺寿的记载，最早当见于宋代的《西清诗话》。是书题"无为子"撰，相传为蔡京之子蔡絛使门客所作，今已不传，而此事却多经各类笔记、诗话、词话辗转相引，其中有直录其文者，也有加以发挥者。如《苕溪渔隐丛话》曰："《西清诗话》云：'周邦彦美成上家公生日诗云'化行禹贡山川外，人在周公礼乐中'，时称警策。"②又如《挥麈余话》云："（周邦彦）其后流落不偶，浮沉州县三十余年。蔡元长用事，美成献生日诗，略云：'化行禹贡山川内，人在周公礼乐中。'元长大喜，即以秘书少监召。"③后者抵牾之处早有王国维《清真先生遗事》（以下简称《遗事》）详为辨析，可知将此事与周邦彦的仕履挂钩当属附会；但对这两

---

\* 本文为《广州大典》与广州历史文化研究资助专项《梁麦诸家与岭南近代词学传承》（项目编号：2015GZY11）阶段性研究成果。
① 见王国维《清真先生遗事》，《王国维文集》，北京：中国文史出版社1997年版，第124页。
② （宋）胡仔：《苕溪渔隐丛话》前集卷二五，北京：人民文学出版社1962年版，第173页。
③ （宋）王明清：《挥麈余话》卷一，《挥麈录》，上海：上海书店出版社2001年8月版，第229页。

句贺诗是否出自周邦彦手笔，则尚无否定性材料面世。于是，在后世论者笔下，这便成了周邦彦研究中难以回避的一个话题，并在献诗的时间和性质这两点上出现了全然不同的各种判断。

关于献诗的时间，《遗事》认为"必作于崇宁、大观制作礼乐之后"①，盖因徽宗崇宁四年八月置大晟府，大观元年正月置议礼局，而蔡京主其事，贺诗始能比之为周公制礼作乐；薛瑞生《清真事迹新证》一文则认为："至政和六年（1116）礼乐大备，此年正月十七日又恰为蔡京七十生日，自当为大庆之时"，故此，"邦彦献蔡京《生日》诗必在政和六年正月京七十岁生日时无疑"，其文又据此推断周邦彦拜秘书监、进徽猷阁待制均在政和七年，是媚事京党的结果，则"《余话》所云当为实情而非偶合"②。而关于献诗的性质，一方认为无伤大雅，不必过于深究，如刘扬忠《周邦彦传论》认为："此二句寿词内容空泛，可移作对任何权相的颂语"，周邦彦献诗的行为"不过是例行礼仪。这最多可以说是他未能免俗，但绝不是什么有损大德的劣迹"③。《遗事》则肯定其诗当有实指，却也将之归为"盖文人脱略，于权势无所趋避"④；另一方则认为这两句诗无疑为周邦彦生平一大污点，是其操行卑下的铁证，如夏承焘《瞿髯论词绝句》讥之云："崇宁礼乐比伊周，江水难湔七字羞。归魄梵村应有愧，钱塘长绕月轮流。"⑤而孙虹《周邦彦词新论》一文更直斥周邦彦"用颂天子之辞贡谀蔡京，是有过于潘岳远拜路尘、清流为之齿冷的行为"⑥。总结上述争论，不难发现，诸家所言相悖的原因在于对其诗的理解有异，而对其诗理解的争议又集中于下句"人在周公礼乐中"，上句"化行禹贡山川外"却并未引起足够的重视，但笔者以为，这恰是解决这一长久纷争的突破口。

首先应该承认的是，尽管诗词以周公、伊尹等称颂丞相本是常例，但此诗却"非同寻常"，否则，群臣为蔡京寿诞献诗者当不计其数，这两句诗如何独能脱颖而出，被作为称颂蔡京功绩的一条旁证而见载于《西清诗

---

① 《王国维文集》，北京：中国文史出版社，1997年版，第104页。
② 薛瑞生：《清真事迹新证》一文见载于孙虹《清真集校注》，北京：中华书局2002年版，第62页。
③ 刘扬忠：《周邦彦传论》，西安：陕西人民出版社1991年版，第41页。
④ 《王国维文集》，北京：中国文史出版社，1997年版，第122页。
⑤ 夏承焘：《瞿髯论词绝句》，北京：中华书局1979年3月版，第18页。
⑥ 孙虹：《周邦彦词新论》，《江南大学学报》2003年4月号，此文也是《清真集校注·前言》的主要部分。

话》,并得"警策"之誉呢?《挥麈余话》又为何取之附会,且以"元长大喜"、周邦彦升官为献诗之后的合理结果?而其后众多转述此二句者不乏如炬法眼,又如何看不出这两句泛泛之辞并无予以瞩目的价值?那么,在下句确有所指的前提下,再从写作技巧的层面上来看,若上句仅为应景虚文,不仅不见得如何高明,也与周邦彦其他传世之作中"下字运意,皆有法度"①的笔力手腕大不相侔。其实,若能对"禹贡"二字的含义作一番考察,便不难发现其间奥妙:《禹贡》为《尚书·夏书》篇名,乃周秦之际的地志之书,也是后世地理专著之滥觞,记叙了大禹"别九州,随山浚川,任土作贡"②的功业。后世或以"禹贡"代指九州,以其尽属大禹所定贡赋之地也,如杜甫《诸将五首》之"沧海未全归禹贡,蓟门何处尽尧封",黄庭坚《次韵章禹直魏道辅赠答之诗》之"誓开河源地,画作禹贡州"等皆是其例。所谓"化行禹贡山川内",有一种可能是称颂蔡京为相,教化大行于禹贡九州之内;而另外一层可能性极大的含义,则不妨从"任土作贡"方面去推求:孔安国注此四字曰:"任其土地所有,定其贡赋之差",又注"禹贡"为"禹制九州贡法",正义云:"贡赋之法其来久矣,治水之后更复改新,言此篇贡法是禹所制,非禹始为贡也。"③蔡京为相后,于崇宁三年(1104)进言复行熙宁变法时的方田均税法④,继续王安石在元丰时期没有完成的清丈土地、均定赋税工作,此句当是喻指其事。倘若这一可能性能够成立,则献诗的时间线索亦寓乎其中:单以下句内容原之,此诗献于大观制礼开始后的任何一年皆有可能;而参以对上句"禹贡"之喻的考虑,则不妨进一步推为大观三年(1109)——蔡京为相期间曾三罢三复,第二次复相是大观元年(1107)正月,至三年六月被罢,而复相同月即设议礼局于尚书省;崇宁三年复行的方田均税法于五年蔡京初次罢相之后即废行,至蔡京二次为相时期方得再次推行,旋又随着蔡京的下台而告终,"大观二年复诏行之,四年罢其税赋"⑤。是以,唯有大观三年正月做寿时蔡京在相位,而又制礼、作乐、行赋法三事并备;则两句献诗能尽述蔡

---

① (宋)沈义父:《乐府指迷》,唐圭璋《词话丛编》,北京:中华书局1996版,第277页。
② (汉)孔安国传,(唐)孔颖达疏《尚书正义》卷六《禹贡第一》,北京:北京大学出版社1999年版,第132页。
③ 《尚书正义》卷六《禹贡第一》,第132—133页。
④ 见(元)脱脱等《宋史》,卷174《食货上》、卷472本传,北京:中华书局1985年版。
⑤ 《宋史》卷174《食货上》。

京深为重视并引以为豪的"政绩",且又浑成典丽,是无怪乎"时称警策"而"元长大喜"了。

至于薛文的推测,固有一定道理,但仍有疏忽之处:事实上,笼统地说政和六年礼乐大备并不准确。大晟乐实分雅乐与宴乐两类,崇宁四年(1105)八月时,新的雅乐便已修成,并首次于崇祯殿演奏,徽宗赐新乐名《大晟》;大观四年(1110)八月,徽宗亲撰《大晟乐记》,令大中大夫刘昺修编《乐书》,并设立大晟府,可以说,"荐之郊庙"的雅乐,也即大晟乐中最为重要的部分此时已然完备。① 同年二月,议礼局编成《大观新编礼书·吉礼》及《祭服制度》;政和三年(1113)正月,议礼局所修五礼仪注以《政和五礼新仪》为名,四月,议礼局罢局,制作礼乐的具体工作至此告一段落。② 而"施于宴飨"的宴乐,于政和三年(1113)五月诏行天下。越三年,因雅乐部分已有乐书,独宴乐未有记述,复于政和六年(1116)诏刘昺修撰《宴乐新书》;十月,群臣以新律作颂诗,"荐之郊庙,以告功成"。然而,这也不能算是整个大晟乐修订的彻底结束:宣和元年(1119)四月,蔡攸提举大晟府,还对大晟乐做了部分改动。③ 可以说,在整个制礼作乐的过程中,政和六年的里程碑意义未必能及政和三年礼乐同成之际;更为关键的是,蔡京生日既是正月十七日,即便以刘昺乐书修成、十月郊礼庆功作为"礼乐大备"的标志性事件,周邦彦也不可能未卜先知联系两事写成颂辞。那么,在将献诗时间系于政和六年的基础上,进一步将媚京求官视为周邦彦献诗的动机,并将拜秘书监、进徽猷阁待制坐实为献诗的结果,自然也就难称允当了。

而若将周邦彦献诗的时间系于大观三年,则关于献诗性质的疑虑便也可迎刃而解:大观元年议礼局置局时,周邦彦即兼为检讨,大观四年更因修礼有功得展两官④。则大观三年时,周邦彦身为蔡京治下机构的僚属,随众献诗亦在情理之中,即如罗忼烈《周邦彦三题》一文所言,"不过是明哲保身之道"⑤;其诗所用拟比确属谀颂,却也不算空穴来风,更没有超出一般献颂祝寿诗的分寸。以"文人脱略"一语带过,固属为尊者讳;以"有

---

① 《宋史》卷129《乐志四》,第3001—3012页。
② (清)徐松辑《宋会要辑稿·职官》5之22,北京:中华书局1957年版,第3131—3132页。
③ 《宋史》卷129《乐志四》,第3017—3019,3023—3025页。
④ 《宋会要辑稿·职官》5之22,大观四十二月二十八日诏,第3131页。
⑤ 罗忼烈:《周邦彦三题》,《文学评论》1993年第1期。

过于潘岳远拜路尘、清流为之齿冷"视之，亦未免责其过深——更何况，无论从哪种角度理解，这两句诗都找不出"颂天子之辞"的痕迹，即使如笔者所言，上句是以推行方田均税法比作大禹制贡，则大禹定九州贡赋是尧帝时事①，此处也断无将蔡京比天子的可能。

## 二、刘昺举周邦彦自代考

周邦彦尝为刘昺祖父作《埋铭》，作为回报，刘昺除户部尚书时荐周邦彦以自代。此事经过始见宋庄绰《鸡肋编》卷中：

> 周邦彦待制尝为刘昺之祖作《埋铭》，以白金数十斤为润笔，不受。刘无以报之，因除户部尚书，荐以自代。后刘缘坐王寀妖言事得罪，美成亦落职，罢知顺昌府，宫祠。周笑谓人曰："世有门生累举主者多矣，独邦彦乃为举主所累，亦异事也。"②

王国维在《遗事》中分析这条记载，重点在辨明其后果，认为周邦彦并未因此受到牵连，亦非如《鸡肋编》所言罢知顺昌府，奉祠：

> 案《挥麈后录》三云："王、刘既诛窜，适郑达夫与蔡元长交恶，郑知蔡之尝荐二人也。忽降旨：'应刘昺所荐并令吏部具姓名以闻，当议降黜。'宰执既对，左丞薛昂进曰：'刘昺，臣尝荐之矣，今昺所荐尚当坐，而臣荐昺，何以逃罪？'京即进曰（中略），上笑而止，由是不直达夫。即再降旨：'刘昺所荐并不问。'"则先生此时但外转，并未落职，亦未奉祠。季裕所记，但一时之言，故王铚记先生晚年事犹云"以待制、提举南京鸿庆宫"也。③

《遗事·尚论》进一步更推断清真出知真定、改顺昌当在重和元年。不过，对刘昺举荐周邦彦自代一事本身，王国维则语焉不详，仅在《遗事·年表四》中略叙曰："刘昺迁户部尚书，荐先生自代，不用。"④

今之论者争议不定的则是其事本身的性质：在一些学者眼中，此事是清真为人正直不屈的一大证据，如刘扬忠《周邦彦传论》即认为刘昺荐代

---

① 《尚书正义》卷六《禹贡第一》，孔安国注："此尧时事，而在《夏书》之首，禹之王以是功。"又见《史记》卷2《夏本纪》。
② （宋）庄绰：《鸡肋编》，北京：中华书局1983年版，第70页。
③ 《王国维文集》，北京：中国文史出版社，1997年版，第105页。
④ 同上书，第126—129页。

而不用,是因周邦彦不肯同流合污,而"不被蔡京集团接受"①。而在另一些学者看来,其事却是周邦彦攀附京党的一大罪状,如薛瑞生《清真事迹新证》以为作埋铭的时间当在刘昺兄弟降官后共同葬祖之时,即大观三年三四月间,并分析道:"视邦彦为清流,当无此不义之举;视邦彦为贪财,却又不受'白金数十斤'。其时京党遍布朝野,倾覆之迹未显,邦彦此举岂其政治赌注欤?"②由此又推测刘昺举清真自代,乃是"当有援引邦彦入朝之深层政治谋虑。不然,以昺之贪且佞,何以有此之举?且昺深知即使邦彦代己为户部尚书,京仍有美官让昺可作"。③

对同一事件的理解何以会出现如此针锋相对的意见?正因诸位论者并未探明"举官自代"这一行为的本质。其实,所谓"举官自代"乃是一种例行公事,是宋代官员选任制度中具有重要作用的荐举保任法之一,其实际意义只在于向朝廷推举贤能,而并非真正建议由被举者代己除官。作为一项行之已久的荐举机制,举官自代之法在唐朝已经成熟,《唐会要》所载建中元年正月敕文对举主身份、荐举时限、可举员数和被举者的任使等相关内容都有着详细规定:

> 建中元年正月五日敕文:常参官及节度、观察、防御、军使、城使、都知兵马使、诸州刺史、少尹、赤令、畿令,并七品以上清望官,及大理司直评事,授讫三日内,于四方馆上表,让一人以自代。其外官与长吏勾当,附驿闻奏。其表付中书门下,每官阙即以见举多者量而授之。④

北宋真宗咸平四年二月,依秘书丞陈彭年上言,枢密直学士冯拯、陈尧叟等详议复用唐制,《宋会要辑稿·职官》(以下简称《宋会要》)载:

> 两省、台官、尚书省六品以上、诸司四品以上授讫,具表举一人自代,于閤门通下,方得入谢。在外者授讫三日内具表附驿以闻,仍报御史台。其表并付中书门下籍名,每阙官,即取举多者以名进拟。所举之人若任用后显有器能、明著绩用,其举主特与旌酬;不如举状者,即依法科罪。如其表不到,委閤门、御史台纠督以闻。⑤

---

① 刘杨忠:《周邦彦传论》,西安:陕西人民出版社1991年版,第18页。
② 孙虹:《清真集校注》,北京:中华书局2002年版,第57页。
③ 同上书,第59页。
④ (宋)王溥:《唐会要》卷二六《举人自代》,北京:中华书局1955年版,第490页。
⑤ 《宋会要·职官》60之17"自代",北京:中华书局1957年影印版,第3741页。

将此条记载与《唐会要》所载赦文对比，可以发现宋初施行的举官自代法，根据宋代官品制度的不同而对举主身份有所调整，此外更重要的是补充了意在约束举主的连坐法，以保证荐举的公正性。依照规定，假如被举者的实际表现与举主所进举状中的描述不符，甚或有作奸犯科的行为，则举主要依法连坐。如崇宁五年（1106），工部尚书钱遹遭攻讦被罢，除显谟阁待制、知秀州，不久再次落职，其缘由便是曾荐元祐党人冯澥自代①。周邦彦所云"世有门生累举主者多矣"，正为此而发。然不论唐宋，具进举状都是这一制度中不可或缺的程序，并有例行格式规定，以"臣实不如，举以自代"或"举以代臣，实允公议"之类结尾。故而在唐宋文集中，此类举官自代状可谓俯拾皆是，可以作为其法规范施行的明证。如王安石《举吕公著自代状》云：

> 具某官吕公著，冲深而能谋，宽博而有制。其器可以大受，而退然似不能言。故众人知之，有所不尽。如蒙选用，得试其才，必有绩效，不孤圣世。臣实不如，今举自代。②

又如苏轼《举黄庭坚自代状》云：

> 蒙恩除臣翰林学士，伏见某官黄某，孝友之行，追配古人；瑰玮之文，妙绝当世。举以自代，实允公议。③

不过，真宗之后，举官自代之法曾一度罢废，神宗时经臣僚上言恢复，徽宗朝又几度下诏，对被举者的身份及任用问题重新做了规定。《宋会要》载：

> 徽宗崇宁二年三月二日，臣僚上言："爵位相先，儒生之常也。从官初除三日内举自代者，恐英俊沉于下僚耳。若名已闻于朝廷，位将逼于侍从，何以荐为？乞诏：荐自代者，勿以左右史、国子祭酒、大卿监以上人。"从之。
>
> 政和元年三月十九日，臣僚言："臣伏观朝廷虑有英俊之士沉于下僚，谓禁近之臣可以取信，故于除授之初，俾举官一员自代，著于甲令，行之久矣，曾未闻录一人而用之。臣欲乞今后应举自代者，令三省类聚，将上取旨，出自睿断，稍加甄别，取其尤者，特赐进擢。"

---

① 《宋会要·职官》60之17，第3741页。
② 《临川文集》卷四〇《奏状》，《文渊阁四库全书》本。
③ 《东坡七集·东坡续集》卷九，《宋集珍本丛刊》第23册，北京：线装书局2004年影印本，第17页。

从之。①

两段文字的含义非常明白。正因举官自代这一惯例的意义本来只在于使被举官员得到一定关注，防止"英俊沉于下僚"，所以崇宁二年臣僚建议：今后举代时不必推荐那些原已名声较大、官职较高的人，以免侵占下层人才声闻于朝的可贵机会。又因在真宗咸平四年（1101）恢复自代法之初，曾规定"每阙官，即取举多者以名进拟"，也即如果被举的次数多便应有机会得到实际职务；但后来实际施行时，却并没有人因为被举官自代而得到任用，即所谓"未闻录一人而用之"，故政和元年（1111）臣僚建议：应当在这些被举自代的官员中选拔突出人才，给予真正的超擢机会。所谓"令三省类聚"的程序，即如邓小南《宋代文官选任制度诸层面》所述："这些被举出'自代'的官员，原则上由吏部依类汇聚，年终具状申中书省。在他们到京时，分别由都堂及吏部对其进行审察，决定任使。"②

值得注意的是，在举官自代制度中，实际执行与规定不一的情形并不限于被举者的任使问题。尽管举官自代法只规定了举主单方面的连坐之责，但刘昺一案却并未依法处理。《宋会要》载政和八年八月七日诏云：

> 举官法责其谨举，非其人，则坐之以罪，理所当然。若举者有罪而坐被举之人，审而思之，事属倒置，非法之意。前降举自代责降指挥，可更不施行。已离任者，别与一般差遣。
>
> 先因刘昺任户部尚书及翰林学士日数举自代之人，其后昺坐罪恶逆，而所举官尽皆及责，至是乃降此诏。③

由此可知，与王国维先生的判断相反，周邦彦等人因被刘昺荐举自代而受牵连一事当属确实，而后，此种处理方式引起了相关检讨，以致特予降诏纠正。不过，这也并非如《挥麈后录》所载乃是左丞薛昂以自身荐昺比拟进谏的结果，而是因为这确实违背了荐举连坐法的宗旨。究其实，作为宋代荐举保任制中严守的基本原则之一，连坐法的根本目的是"责其谨举"，即对举主起到约束作用，令其不得徇情舞弊，而能真正履行向朝廷推举贤能的使命。因此，这一法规自宋初确立以来便只追究举主单方面的责任，即所谓"择举主于未用之先，责举主于已用之后"，故被视为"择

---

① 《宋会要·职官》60 之 17，第 3741 页。
② 邓小南：《宋代文官选任制度诸层面》，石家庄：河北教育出版社 1993 年版，第 143 页。
③ 《宋会要·职官》60 之 17，第 3741 页。

举主之法"①。而要求被举者为举主的品行负责,则显然无论于情于理均"事属倒置,非法之意"了。

明白了举官自代的性质,便不难对这桩公案做出较为合理的分析:倘若不是认定但凡新党上下所为必属倒行逆施之举,则无论据《鸡肋编》原本的记载,还是以人之常情揆之,刘昺荐周邦彦自代都只是出于感激之情而加以回报,并无所谓"深层政治谋虑"。就当时情况而言,周邦彦正外任知州,借由举官自代这一例行义务令其有可能再获朝廷关注,正是一桩有惠于人、不损于己的顺水人情。再从周邦彦的角度来看,倘若确有攀附之心,则既然"其时京党遍布朝野",何必独押注于一个前途未卜的降官?再者,若埋铭果然作于大观三年三、四月间,则蔡京于大观三年六月罢相,而大观二年王安中等人弹劾刘昺之举即为此前驱②,何来大观三年三、四月间仍"倾覆之迹未显"之说?周邦彦当时在朝任卫尉卿兼议礼局检讨,对朝野上下政治风向如此明显的转变又岂能毫无所觉,而一径趋附呢?

要理解周邦彦此举,仍当从"常理"二字着手:刘昺其人擅长文学、颇富才情,任大晟府大司乐,主乐事、撰乐书;周邦彦自大观元年议礼局设置之初即入为检讨官,而刘昺便是议礼局的直接负责人,两人同局修礼三年有余。大观三年三、四月间,刘昺落职已近半年,当他托请昔日属下周邦彦为其祖撰《埋铭》时,或许是因为顾念昔日同袍之泽,或许是因为才人相惜,也或许是因为一贯固守的为人原则,总之,周邦彦没有因其失势落魄而避之不及,却慨然允之,且不受润笔,显然不应视之为"不义之举"。同理,既然举官自代本来就是一种形式,周邦彦不可能真的由此当上户部尚书,则其本人是否愿与京党同流合污也就无从谈起了。

## 三、结语

对周邦彦晚年这两桩事迹的考辨至此已然结束,笔者以为,后世论者在两事上出现的严重分歧,究其实,不外乎是忠奸之辨:对于以文名世的人物,研究者常希望能在评价其作品的同时,对于其人格加以明确定性,

---

① (宋)章如愚:《山堂考索·续集》卷三八,《官制门·荐举》,北京:中华书局1992年影印版,第1140页。
② 《宋史》卷472《蔡攸传》:"帝将去京,先逐其党刘昺、刘焕等,使御史中丞王安中劾之。"北京:中华书局1985年版,第13730页。

作出非忠即奸的判断，对李清照改嫁与否、刘克庄献诗贾似道等论题的纠缠即是其例。而周邦彦的忠奸之辨，又关系到复杂的新旧党争，概而述之，在周邦彦与新旧党争关系的判断上，以如何看待献诗与作埋铭二事为典型，存在两种截然相反的态度：主张其品格高洁者，或以为他与新旧两党均无所涉，或认定他至少对前后新党的态度有着鲜明差异，对京党是坚决不合作的，故而对于这两桩难以解释的公案，往往采取避而不谈或含糊其辞的态度；主张其为人卑劣者，则断定他因贪慕功名而攀附京党，极尽钻营之能事，分析此二事时则不惜深文罗致，试图发明题外之旨。

同样，两种态度的分歧也无可避免地导致了评价其作品时的对立：在前者眼中，清真词句句托旨深遥，如《黄鹂绕碧树》（双阙笼嘉气）、《蝶恋花》（咏柳五首）等，矛头直指徽宗君臣①；相反，在后者看来，清真早期词作"没有任何政治色彩"，后期作品则因为"灵魂需要自救"，而在作品中"成功塑造了一个近乎完美的自我"，以至于"把自己高目标置到了不适当的地步"，相当于"潘岳式的自我创造"②。而如《瑞龙吟》（章台路）、《玉楼春》（玉奁收起新妆了）等可以判断写作背景且明显有所寓指的作品，更是出现了两种针锋相对的解读：前者认为其词以香草美人的传统技巧寄托政治感慨；后者虽也同意其中"有明显的政治指代，表现的完全是与当朝权贵不合作的倔强姿态"，却仍然认定这是"作者创作作品时的人格分裂"，仅仅"表现了人类潜意识中隐然求善的愿望"③。这种种现象，不能不说是强辨忠奸这一思维定势的产物。

在此不妨重温一下钱穆先生的一段话："现在大家都知道蔡京是个坏人了，在当时连司马温公也认定他是好人。我们专凭此一制度之变动与争执，可见要评定一制度之是非得失利害分量，在当时是并不容易的。而人物之贤奸则更难辨。"④不苛求古人是知人论世的应有之意，笔者以为，仅凭一二事迹便以二元对立的方式来断言人品，无疑有失慎重，而在此基础上探寻其作品的政治内涵，更不免差谬了。对于周邦彦生平事迹及作品两方面的研究而言，放弃强辨忠奸的尝试，正视其寻常词人的形象，或许才

---

① 罗忼烈：《拥护新法的北宋词人周邦彦》（下）一文对清真词的政治内涵颇有阐释，见《抖擞》1975 年第 12 期。
② 见孙虹：《周邦彦词新论》，《江南大学学报》2003 年 4 月号。
③ 同上。
④ 钱穆：《中国历代政治得失》，北京：三联书店 2006 年版，第 83 页。

能够真正消除偏颇，而有益于存真。

## 参考文献

［1］（唐）孔颖达疏:《尚书正义》，北京：北京大学出版社1999年版。

［2］（宋）胡仔:《苕溪渔隐丛话》，北京：人民文学出版社1962年版。

［3］（宋）王明清:《挥麈余话》，上海：上海书店出版社2001年版。

［4］（宋）庄绰:《鸡肋编》，北京：中华书局1983年版。

［5］（元）脱脱等:《宋史》，北京：中华书局1985年版。

［6］（清）徐松:《宋会要辑稿》，北京：中华书局1957年影印版。

［7］夏承焘:《瞿髯论词绝句》，北京：中华书局1979年版。

［8］刘扬忠:《周邦彦传论》，西安：陕西人民出版社1991年版。

［9］邓小南:《宋代文官选任制度诸层面》，石家庄：河北教育出版社1993年版。

［10］王国维:《王国维文集》，北京：中国文史出版社1997年版。

［11］孙虹:《清真集校注》，北京：中华书局2002年版。

# 晚明作家五考

陆勇强

明代末年，文学创作十分活跃，作家辈出，群星灿烂。但其中有一部分作家，后人对他们的生平知之甚少，而当今一些著述的相关记载，又语焉不详。笔者近年来寻检别集、笔记、地方志等，陆续获得一些史料，现谨对许如兰、汤传楹、戴重、钱枋、邹之麟五位作家的生平及著述，略作考证如次，以见教于方家及广大读者。

## 一、许如兰

今人庄一拂先生的《古典戏曲存目汇考》（上海古籍出版社 1982 年版）卷十一《下编传奇三·清代作品（上）》载有许如兰所著的《香雪庵》，但是作者的字号、里居、生平，均付阙如。其实，许如兰的生平事迹略可考见。《雍正合肥县志》卷十四《人物一·乡贤》载有许如兰的小传：

> 许如兰，字湘畹。丙辰进士。知光州，迁工部郎，不附阉宦。出知绍兴府，有惠政，举卓异。备兵密云，转山西蒲州道。旋奉命抚蓟，以病归。再出，巡抚广西，折悍藩，平剧贼，进副都御史。生平慕苏长公为人，守越时，梦长公授片石曰天然砚。偶掘地得之，与梦符。所著《奏议》十卷、《香雪庵诗文》十二卷、《天然砚谱》一卷。祀乡贤。①

"梦砚而得砚"一事，曾引起文人的兴趣，同时的陈继儒（1558—1639）著有《许方谷天然砚铭》，中云："会稽太守，夜梦坡仙。旦日镬土，

---

① 《雍正合肥县志》卷十四《人物一·乡贤》，《稀见中国地方志汇刊》影印雍正刊本，北京：中国书店出版社 1992 年版，第 20 册第 151 页。

有石出焉。洗而视之，不雕不琢，丘壑天然。覆而视之，不言不笑，须眉宛然。"①其后，清初作家施闰章（1619—1683）获知此事，因作《思砚斋记》：

> 君子之论人也，生视其所好；其事亲也，殁视其所不忘。尚书户部郎中许君生洲，负颖力学，尝为翰林院庶吉士，肆力于文辞。余见其《思砚斋诗》，异而问之，则喟然曰："先大父中丞公，天启间守绍兴，梦东坡先生手授一砚。翌日，使童子种竹卧龙山麓，掘地果得砚。玉质金声，背有东坡小像。先中丞摩挲拂试，宝之数十年，不离寝处。明末兵乱失去，时先中丞既殁，家大人追念手泽，为之出涕，颜所居曰'思砚斋'。君为我记之。"②

"许生洲"即许孙荃。许孙荃（1640—1688），字友荪，一字生洲，康熙九年（1670）进士，改庶吉士，授刑部云南司主事，迁四川司员外郎，官至户部山东司郎中，督学陕西，以亲老乞归。生平事迹详见李因笃《续刻受祺堂文集》卷四《陕西通省督学前太史泚水许使君墓志铭》。"先大父"即先祖父，许如兰官至都察院副都御史，故有"中丞"之称。

《乾隆绍兴府志》中亦有许如兰的小传，较为详细地记载了他在光州、绍兴两地的政绩：

> 许如兰，号芳谷，庐州合肥人。万历丙辰进士，初知光州，疏豁奇冤陈尚宝等七人，治狱称神。入为工部郎，多平反，时誉大起。简守绍兴，始下车，周咨民隐，清课额，崇学校，省刑出滞。不数月间，士民兴颂。时上虞有皂李湖，为一方水利，岁溉民田若干亩，乃其远于湖而黠者辄思引水他注，讼不已。乃为勘断立石，濒湖者利赖无穷，尝立祠尸祝之。升陕西督粮参政，后为贵州左布政使。③

《浙江通志》中的传记侧重记述许如兰在水利建设方面的事迹：

> 许如兰，庐州合肥人，以工部郎简守绍兴。三江自汤守建闸，久渐圮。捐俸修筑，一还旧例。海塘关系三县田禾，区画永为疏通之

---

① （明）陈继儒：《许方谷天然砚铭》，《白石樵真稿》卷十五，上海：上海杂志公司1935年版，第266页。
② （清）施闰章：《思砚斋记》，《施闰章文集》卷十二，《施闰章集》标点整理本，合肥：黄山书社1992年版，第1册第245页。
③ 《乾隆绍兴府志》卷四十三《人物志·名宦》，《中国地方志集成·浙江府县志辑》影印乾隆五十七年刊本，上海：上海书店出版社2011年版，第40册第4—5页。

法，越民赖之。以卓异擢密云兵备道。①

　　许如兰出任广西巡抚的时间，地方志也有明确的记载："许如兰，合肥人，进士。崇正三年，由顺天巡抚改任。"②据以上的记述，不仅许如兰的字号、籍贯、科第、仕历及著述名目均明矣，而且可知许如兰殁于明末兵乱之前。《古典戏曲存目汇考》将其编入清人之列，不甚确切。

　　另外，《香雪庵》是否为戏曲作品，也极为可疑。许如兰小传中提及的"《香雪庵诗文》"一作"《香雪斋诗文》"。清中期著名学者杭世骏（1696—1772）在校补黄虞稷所撰的《千顷堂书目》时，在集部的别集类有如下的著录：

　　　　许如兰，《香雪斋诗文》十二卷。字□□，合肥人。巡抚广西，都御史。③

　　据此，《香雪庵》或许是诗文集的名称。乾隆四十年（1775）六月，时任安徽巡抚的宗锡将《香雪庵集》列入应毁书目而查禁，《禁书总目》中的《外省移咨应毁各种书目》《应缴违碍书籍各种名目》均载其名，一作"《香雪庵集》"，另一作"《香雪庵》"。其劫后幸存的本子，近代著名版本目录学家孙殿起先生（1894—1958）曾获睹："《香雪斋诗文集》十二卷，明合肥许如兰撰，无刻书年月，约天启间刊，乾隆间重刊。"④这一记载，不仅书名、卷数、作者姓名与杭世骏的著录相同，而且有刻版的年代。然而孙先生见过的这个本子，近年出版的《四库禁毁书丛刊》（北京出版社2000年版）、《四库禁毁书丛刊补编》（北京出版社2005年版）均未见收录，不知尚存人间否？

　　《古典戏曲存目汇考》将"《香雪庵》"编入传奇类，依据的是王国维先生所著的《曲录》。检《曲录》卷五《传奇部下》，王先生在著录清代传奇之末，附录了《鸳鸯绦》《五色石》《广爱书》《喜逢春》《徧行堂杂剧》《十种传奇》六种曲目，再作附注曰：

　　　　右六种见《禁书总目》。此外，尚有《太白剑》，明姚康撰；《桃

---

① 《康熙浙江通志》卷二十七《名宦》，《中国地方志集成·省志辑》影印康熙二十三年刊本，南京：凤凰出版社2010年版，第1册第696页。
② 《雍正广西通志》卷五十三《秩官·明·巡抚》，《中国地方志集成·省志辑》影印雍正十一年刊本，南京：凤凰出版社2010年版，第2册第258页。
③ （清）黄虞稷：《千顷堂书目》卷二十六，上海：上海古籍出版社1990年版，第649页。
④ 孙殿起：《清代禁书知见录》，北京：商务印书馆1957年版，第119页。

笑迹》，明宫抚辰撰；《三清石》，郭良镛撰；《楚天长》，张万年撰；《香雪庵》，许如兰撰；此五种亦似传奇名目。第书既奉禁，故附录其目于末。①

"亦似"云云，显系推测、存疑之辞。王先生据《禁书总目》著录时，因未能获见《香雪庵集》等书，故落笔审慎。这五种书，据现存文献，可确定为戏曲作品的只有《太白剑》一种，孙殿起先生的《贩书偶记》将此书列入"南北曲之属"："《太白剑》二卷，桐城姚康撰，光绪间刊木活字本。"②知为曲本无疑。其他四种，《楚天长》《清代禁书知见录》《贩书偶记》及《续编》等书目未载，情况不明；《桃笑迹》《三清石》，军机处查禁二书的理由是："查《桃笑迹》，系明桃源知县官抚辰撰，所纪皆其为令时案牍之文。中有悖犯字句，应请销毁。""查《存菊草》《三清石》，系郭良镛撰，乃其所作诗篇。语多狂诞，应请销毁。"③据此，可知《桃笑迹》《三清石》均非剧作。《香雪庵》一书经孙殿起先生目验后，并未断为戏曲作品，如坐实为传奇，或有未妥。

## 二、汤传楹

《全明词》（第5册，北京：中华书局2004年版）小传云："字子翰，更字卿谋，吴县人。约明崇祯年间在世。诸生，工词曲。早夭。有《湘中草》。"

按，此小传略有瑕疵，尤侗《西堂杂组二集》卷六《汤卿谋小传》云：

　　吾友汤传楹，字子辅，更字卿谋，吴县人也，盖为诸生云。明嘉靖中有双梧先生珍者，以诗名，君其裔也。曾祖聘尹，吏科给事中。祖一龙，永明知县。父本沛，刑部主事，以文学世其家。君生而美风姿，眉目如画，笑靥嗎然，肌肤冰雪，芳兰竟体。每出道，旁人争目之曰："此翩翩者佳公子也。"妇丁氏，少君一岁，才色双丽，伉俪比肩，若青鸟翡翠之婉娈矣。所居馆娃里，老屋数间，自题荒荒斋。图史参错，花木扶疏，君匡坐其中，晏如也。堂舍久圮，蓬蒿满径，门无阍者，恒昼掩。惟予辈二三子至，辄叩门，君闻即启扉延入，握手

---

① 王国维：《曲录》卷五，《王国维全集》本，杭州：浙江教育出版社2009年版，第2册第261页。
② 孙殿起：《贩书偶记》卷二十，上海：上海古籍出版社1982年版，第560页。
③ （清）姚觐元：《清代禁毁书目·补遗一》，北京：商务印书馆1957年版，第191、256页。

捉麈，清谈而已。其他俗客，罕有闯其座者。……

体素清羸多病，妇亦如之，药烟半床，惆怅相怜惜也。其感怀遣兴，一寄之诗。诗顾奇奥，喜作惊人句，大类长吉，时发秾艳，仿西昆香奁体。其古今文，纵横排荡，若决江河。每伸纸，衮衮不能休。既再试秋闱，不遇，郁邑不自得。甲申三月闻国变，益悲愤发疾，强起哭临三日，遂卒，年二十五矣。①

据此，可知汤传楹字子辅，而不是"字子翰"。《西堂杂组一集》卷三《哭汤卿谋文》又载：

崇祯十七年三月十九日，贼陷京师，皇帝崩。越两月，哀诏下，吾友汤子卿谋哭临三日。归而病，以六月六日酉时卒。其明日，侗闻讣往哭之。②

据此，可知汤传楹卒于崇祯十七年（1644）六月，年仅25岁，计之，当生于明泰昌元年（1620）。

汤传楹高才不第、英年早逝之事曾被同乡尤侗谱入传奇，阆峰氏《〈钧天乐〉题词》云："《钧天乐》一书，展成不得志而作，又伤卿谋之早亡。书中沈子虚即展成自谓，因以杨墨卿为卿谋写照。"③

汤传楹所著的《湘中草》初为十二卷，后由尤侗删订为六卷，《西堂杂组三集》卷五《湘中草跋》云：

亡友汤卿谋所著《湘中草》十二卷，岁在乙酉，刻之中山氏者。尔时哀切故人，多爱不忍。数年披阅，辄加删订，裁为六卷。予门人徐立斋祭酒，实卿谋子婿，从京邸寓赀重锓，俾藏于家。④

清人平步青在《霞外捃屑》卷六"湘中草"条也说：

《湘中草》六卷，长洲汤传楹卿谋纂，附《西堂全集》后。卿谋逸才早世，原本十余万言，此为西堂删薙所刻。诗奇奥学昌谷，间为温、李秾丽体。文则俳伤破法，乃世俗所谓才子之文。西堂叙谓纵横

---

① （清）尤侗：《汤卿谋小传》，《西堂杂组二集》卷六，《续修四库全书》影印康熙刻本，上海：上海古籍出版社2002年版，集部第1406册第346页。
② （清）尤侗：《哭汤卿谋文》，《西堂杂组一集》卷三，《续修四库全书》影印康熙刻本，上海：上海古籍出版社2002年版，集部第1406册第221页。
③ （清）阆峰氏：《〈钧天乐〉题词》，《中国古典戏曲序跋汇编》卷十二，济南：齐鲁书社1989年版，第1464页。
④ （清）尤侗：《湘中草跋》，《西堂杂组三集》卷五，《续修四库全书》影印康熙刻本，上海：上海古籍出版社2002年版，集部第1406册第442页。

若决江河，实不脱天、崇时习气。①

《湘中草》曾被清廷列入《抽毁书目》，云："前明古吴汤传楹选，内《桂枝香》词，'叹紫塞风尘、秋来又起'等句违碍。"②此书现存清康熙二十四年（1685）刻本，上海图书馆等有藏。据《民国吴县志·艺文考一》，汤传楹还著有《宾病秋笺》一卷，然已佚。汤传楹的其他著述还有《游吴山记》一卷、《游虎丘记》一卷、《虎丘往还记》一卷、《闲余笔话》一卷，均存，有《小方壶斋舆地丛钞》本。

## 三、戴重

《全明词》（第 6 册）作者小传只云戴重"字敬父，和州人"，未涉及其生平及著述。《光绪直隶和州志》卷二十《人物志·忠节》云：

> 戴重，字敬夫。性至孝，喜谈王伯大略。能诗，善属文，下笔数千言立就。年十四，为诸生。崇祯甲申拔贡生，廷试第一。马士英当国，以重应制语直切时政，深衔之，将中以罪。中允赵士春争之，乃寝。初得湖州推官，士英索其澄泥砚，不与，乃改廉州，未任。会国变，遂与王元震裂缯结太湖义旅为一军，吴江吴易、宜兴卢象观相椅为首尾，攻复湖州，磔降者，三失而三复之。转战三月，被流矢洞胸，潜居僧寺，作绝命词十五首，绝粒而死。友人私谥曰文节先生。③

据此，可知戴重为明崇祯十七年（1644）拔贡，曾授湖州推官，改廉州，未赴任。明亡后，起兵抗清，负伤后潜回故里，绝食而死。同书卷三十九《杂类志·摭记》又载：

> 戴文节重，字敬夫。父淳，诸生，能诗文。节为诸生时，注籍复社，砥行修名，彬彬儒者。诗学杜少陵，未尝作唐以后语。磊落孤愤，若鹤警高松，龙吟潭水，盖感时讽俗为多，以视《西台恸哭》，异世同揆。著《和阳开天记》、《九九书》、《历阳名僧传》、《河村诗文集》若干卷。④

---

① （清）平步青：《霞外攟屑》卷六，上海：上海古籍出版社 1982 年版，第 327 页。
② （清）姚觐元：《清代禁毁书目·补遗一》，北京：商务印书馆 1957 年版，第 332 页。
③ 《光绪直隶和州志》卷二十《人物志·忠节》，《中国地方志集成·安徽省府县志辑》影印光绪二十七年刊本，南京：凤凰出版社 2010 年版，第 7 册第 392—393 页。
④ 《光绪直隶和州志》卷三十九《杂类志·摭记》，《中国地方志集成·安徽省府县志辑》影印光绪二十七年刊本，南京：凤凰出版社 2010 年版，第 7 册第 597 页。

戴氏的著述、诗书画的成就以及临死前的情景，刘城的《推官戴公传》有更为细致的叙述：

> 少苏，……子本孝、移孝扶公间关归和州。创复剧，……时居马鞍山寺，偶语子移孝曰："吾从负创以来，究知大道，今试示尔以死期，尔默识以俟可也。"病方革，创始大溃，遂绝粒不复食，命本孝、移孝等曰："尔兄弟只宜固贫力学，或习医卜以隐，万万不可学举子业。其守我将死之言！"……且曰："我死，第殓以常服，此我自吴兴以来血肉淋漓，庶以上觐先帝于九京耳。"及期，端坐正衣冠而殁，年仅四十有五，葬鹰阿山。……于文章好韩非子，诗宗杜甫，篆则李阳冰，草书出颜鲁公，楷法绘画，自成一家。象纬术数、本草稗官，莫不殚究。……所著《河村文集》八卷……《诗稿》十卷、《师陶》一卷、《诗余》一卷、《韩文编年》五十卷、《陶诗考异》五卷、《历阳开天记》一卷、《族谱》十卷、《年历》一卷。①

上述记载所列举的戴氏著述，大部分已散佚不存。《河村集》今存两种，但均为四卷本。一是民国十三年刻本《河村诗文集》，藏湖南图书馆，笔者未见。柯愈春称"此当收拾残存之本，非其原貌"②。马祖毅先生亦云此本"只保存了古近体诗五十六首"③。二是清钞本，藏中国科学院图书馆。笔者所见为《四库禁毁书丛刊》影印本。此本有文无诗，卷首有张自烈的序、刘城的《推官戴公传》。张序说：

> 《河村集》，予友戴敬夫先生遗稿，其子务旂、无忝辑次授予为镂版行世者也。生平诗古文颇富，存轶各半，其存者感时讽俗为多。风雨晨夕，偶一览诵，辄流涕、视西台号恸、铁函斑剥，盖异世同揆，孰谓今人远逊古人哉！④

这段记载告诉我们，《河村集》由戴重之子戴本孝（字务旂，别号鹰阿山樵）、戴移孝（字无忝，别号碧落山人）编订，交张自烈刻印行世。这个集子，著名明遗民作家方以智曾应邀作序，序见《浮山文集后编》卷二，云：

---

① （清）刘城：《推官戴公传》，《河村集》卷首，《四库禁毁书丛刊》影印清钞本，北京：北京出版社 2000 年版，集部第 11 册第 4 页。
② 柯愈春：《清人诗文集总目提要》卷三，北京：北京出版社 2001 年版，上册第 35 页。
③ 马祖毅：《皖诗玉屑》，合肥：黄山书社 1985 年版，第 42 页。
④ （清）张自烈：《河村集序》，《河村集》卷首，《四库禁毁书丛刊》影印清钞本，北京：北京出版社 2000 年版，集部第 11 册第 2 页。

刘存周编《河村集》，芑山梓之，属余弁之。余不忍读，且以坠甗，三反甘一，死灰忽忽，终天绝地！①

"芑山"即张自烈。张自烈（1564—1650），字尔公，号芑山，江西宜春人。复社成员之一。博物洽闻，然未获科名。明亡后，隐居庐山，当道者屡次征聘，均不就，以著述自娱。晚年主讲白鹿洞书院。有《性理精义》《正字通》《芑山文集》等著作行世。生平事迹详见《同治袁州府志》卷八《人物一·理学》。张自烈生前屡欲为抗清不仕的亡友如吴应箕（字次尾，号楼山）、刘城（字伯宗，号存宗）、戴重等刊印遗集，"楼山、峄峒集，予亟思表章，既为文泣告次尾、存宗墓次，拟授梓，愧未观成。《河村》篇帙稀简，务旃、无悆二子复废产佐予弗逮，以故遍布同志"②。张自烈刻印的这个本子，清初遗民诗人方文曾见过，他有一首《读戴敬夫河村集》诗：

我友河村殁数年，时时梦见似生前。只愁遗稿乱兵失，稍喜承家二子贤。闻道祝生归有句，知为张老刻成编。春宵借去寒窗读，月落鸡鸣尚未眠。③

诗作于"乙未"，即顺治十二年（1665），《河村集》或刻于顺治年间。诗中所说的"二子"，指戴本孝、戴移孝，二人自父去世之后，绝意仕进，以布衣终老；"张老"即张自烈。

《河村集》虽有刊本行世，但其内容"感时讽俗为多"，"视西台号恸、铁函斑剥，盖异世同揆"④，触犯清廷的禁讳，乾隆年间即遭禁毁。乾隆四十二年（1777）安徽巡抚闵鹗元，乾隆四十六年（1781）浙江巡抚陈辉祖均将此书列入禁毁书目，追查收缴，版片不存。据《推官戴公传》的记载，戴重的文集原有八卷、诗十卷、诗余一卷，故目前所见到的《河村集》，均非全帙，集外的作品可掇拾者不少。如戴重的词作现存6首，一首见蒋景祁编纂的《瑶华集》（题为《念奴娇·咏梅，用东坡韵》），另外五首见清人陈廷桂所编辑的《历阳诗囿》。民国刻本《河村诗文集》只收

---

① （清）方以智：《河村集序》，《浮山文集后编》卷二，《清史资料》第六辑，北京：中华书局1985年版，第42页。
② （清）张自烈：《河村集序》，《河村集》卷首，《四库禁毁书丛刊》影印清钞本，北京：北京出版社2000年版，集部第11册第2页。
③ （清）方文：《读戴敬夫河村集》，《嵞山集》卷九，《清人别集丛刊》影印康熙刻本，上海：上海古籍出版社1979年版，第433页。
④ （清）张自烈：《河村集序》，《河村集》卷首，《四库禁毁书丛刊》影印清钞本，北京：北京出版社2000年版，集部第11册第2页。

了《乳燕飞·题石门店壁》一首，而《历阳诗囷》"收录的这一首还附有小序：'夕酣，偕逆旅老人陟石门山，遂醉。老人谈黄县令苛政。既就店，不寐作'"。"其它四首词，均是调寄《沁园春》。"①《全明词》只据《瑶华集》收录了一首，其余5首词均失收。

## 四、钱栴

《全明词》（第4册）作者小传云："钱旃，字彦林，嘉善人。明崇祯六年（1633）中顺天乡试，以荐除职方主事，进郎中。平生与陈子龙交最深，坐事死于市。有《白门集》。"

按，此小传似可完善。第一，"旃"一作"栴"。《光绪嘉善县志》卷二十《人物志·忠义》载：

钱栴，字彦林。崇祯六年举于乡。性好客，筑两别业，郭以内名彷村，郭以外名半村，金石书画，充牣其中。客之蹑屩结辔来者，皆餍饫过望而去，故名重于时。与张太史溥、陈给事子龙结社往来。时事既棘，乃屏去声伎，集古兵法刻《城守要略》一书。给事特疏荐其知兵，授职方郎中。国破，与婿夏完淳同死。②

《嘉禾征献录》卷一亦载："钱士升，字抑之，号御冷，嘉善人。……子格，次栐。格后更名栻，字去非。……（钱）士晋，字康侯，号昭自。万历庚子举人，癸丑进士，授刑部福建司主事。……子栴，次棻，字仲芳。"③可见，钱栴之弟钱棻，从兄弟钱格、钱栐的名皆从"木"。

第二，"坐事死于市"一语系套用朱彝尊《明诗综》的描述，其辞闪烁。钱栴乃因吴胜兆反清复明案被捕遇害，朱彝尊惧触犯新朝之大忌，落笔时不免小心翼翼。吴胜兆，辽东人，曾经在明军中任指挥，降清后跟随豫王多铎的大军南下。顺治二年（1645）七月，任苏松常镇提督。顺治三年（1646），因纵兵抢掠受罚俸六个月的处分，心甚怏怏；后又受江宁巡抚土国宝的排挤，更加不满，在抗清人士的鼓动下，遂决定反清复明。然

---

① 马祖毅：《皖诗玉屑》，合肥：黄山书社1985年版，第44页。
② 《光绪嘉善县志》卷二十《人物志·忠义》，《中国方志丛书》影印光绪十八年刊本，台北：成文出版社1970年版，《华中地方》第59号，第391页。
③ （清）盛枫：《嘉禾征献录》卷一，《续修四库全书》影印清钞本，上海：上海古籍出版社2002年版，第544册第373—374页。

而吴胜兆"为人浅而疏,未败之先,踪迹已露,忌者已潜备之"①。起义很快失败。清廷在苏州、松江、太仓一带大肆搜捕抗清人士,株连甚广。复社巨子陈子龙被指控为主谋,被捕后跳水自尽。杨廷枢、侯岐曾、徐尔谷、吴鸿、谢尧文、殷之辂、钦浩、顾咸正及其子顾天逵、顾天遴等,均先后被捕入狱,财产籍没充饷。

钱栴以涉嫌藏匿陈子龙被捕,不久即被处决,《石匮书后集》卷三十四《钱栴传》载:

> 弘光登极,授栴兵部武选司郎中。栴为世族,能务名广交,亦多智略,倾动一时。乙酉,鲁藩监国越中,栴欲赴不果。丁亥四月,清镇将吴胜兆反清,清迹同谋,索给事中陈子龙急。或云子龙常入栴室,并逮栴,赴南京。讯者曰:"吾闻栴渠魁,栴不死,吾辈度不免。"于是必杀栴。九月十九日,同四十三人俱就刑。妻闻难,置酒邀姊姒话别,引身赴水死。子默亦自窜。②

文中提及的"丁亥"即顺治四年(1647)。同时遇害的还有钱栴之女婿夏完淳,《皇明四朝成仁录》载:

> (钱栴)尝与吴易合谋,并藏子龙,坐罪论死。临讯,不屈,顾谓完淳曰:"子少年,何为亦求死?"完淳笑曰:"宁为袁粲,不作褚渊。丈人何相视之轻耶?遂同日死。敌籍其家。③

夏完淳,原名复,字存古,松江华亭(今上海市松江区)人,夏允彝之子。早慧,七岁能诗文,十四岁时即追随父亲起兵抗清。被捕时,洪承畴因其年幼,欲为开脱,完淳痛骂不止,慷慨赴死,时年方十七,"与妇翁白首同归,尤世所难也"④。

第三,钱栴在晚明时的事迹也可补充,他是晚明结社活动中的重要人物,为应社的发起者之一,《静志居诗话》卷二十一"钱栴"条引俞汝言语云:

> 彦林贵公子,性好结客,复社未举之先,吴有应社,彦林实倡

---

① 佚名:《研堂见闻杂录》,北京:北京古籍出版社2002年版,第295页。
② (明)张岱:《石匮书后集》卷三十四《钱栴传》,影印南京图书馆藏张氏稿本、清抄本,上海:上海古籍出版社2008年版,第3册第607页。
③ (清)屈大均:《皇明四朝成仁录》卷七,《屈大均全集》本,北京:人民文学出版社1996年版,第3册第740页。
④ (清)朱彝尊著、姚祖恩编、黄君坦点校:《静志居诗话》卷二十一,北京:人民文学出版社1990年版,下册第649页。

之。平生与卧子交最深，卒同其祸。①

应社成立后，钱栴尝与社友分工评骘五经文字，"张溥天如、朱隗云子主《易》，杨彝子常、顾梦麟麟士主《诗》，周铨简臣、周钟介生主《春秋》，张采受先、王启荣惠常主《礼记》，而（杨廷枢）先生与嘉善钱栴彦林主《书》"②。

应社后发展为广应社，钱栴在其中起了重要的作用：

> 诗流结社，自宋、元以来，代有之。迨明庆、历间，白门再会，称极盛矣。至于文社，始天启甲子，合吴郡金沙檇李仅十有一人，张溥天如……钱栴彦林，分主五经文字之选，而效奔走以襄厥事者，嘉兴府学生孙淳孟朴也。是曰应社。当其始，取友尚隘，而来之、彦林谋推大之，讫于四海，于是有广应社。贵池刘城伯宗、吴应箕次尾、泾县万应隆道吉、芜湖沈士柱崑铜、宣城沈寿民眉生，咸来会。声气之孚，先自应社始也。③

崇祯二年（1629），复社成立，应社并入其中，且成为复社的主干，钱栴遂成为复社魁目之一。

第四，钱栴的著述，据《光绪嘉善县志》的记载，有《白门集》一卷、《彷村诗》四卷、《城守要略》（应为"《城守筹略》"——笔者按）。《白门集》《彷村诗》今均未见，或已佚。《城守筹略》今存崇祯十七年（1644）刊本，传本极罕见，北京图书馆藏有全本，沪上著名藏书家黄裳仅收得残本，佚去末二卷，然不以残卷弃之，珍重装池。《来燕榭书跋》云：

> 城守筹略五卷，存卷一至三。署"武水钱栴半村氏辑"。崇祯甲申刻，九行、廿二字。白口，单栏。前有甲申夏日半村氏钱栴题序，云"儿子默当为令，因付之梓，使其遍告同事地方者"。次目录。卷一先事预防，卷二闻警设备，卷三临敌固守，卷四凭城决战，卷五制器御敌。④

黄裳又指出：钱栴"和陈子龙是同社好友。后来由子龙荐举，在南明弘光朝出任职方郎中，曾受命视察江浙城守。这书大约就是他实地考察并

---

① （清）朱彝尊著、姚祖恩编、黄君坦点校：《静志居诗话》卷二十一，北京：人民文学出版社1990年版，下册第649页。
② 同上书，下册第641页。
③ 同上书，下册第649页。
④ 黄裳：《来燕榭书跋》，上海：上海古籍出版社1999年版，第217页。

进行研究后写出的总结"。"全书五卷，分别讨论五个方面的问题。内容是很丰富的，没有什么空话，件件都是确实可行的。我们可以从中看出中国封建社会发展到晚明这个历史阶段时军事哲学、军事科学的概貌。"①

## 五、邹之麟

《女侠传》一卷，《中国文言小说总目提要》（齐鲁书社1996年版）称"书中所采多为历代女子侠举之出众者，多脍炙人口"。但称该书作者邹之麟"事迹无考"。按，邹之麟为明末清初人，工文章，兼善书画。《乾隆武进县志》卷十《人物志·文学》有其传：

> 邹之麟，字臣虎，万历庚戌进士，官工部主事。博学负才名，书画为时所重。购者虽尺幅，易必数缣。文章尤工小品。年八十余卒。自名逸麟，又名昧庵老人。②

《国朝画征录》卷上亦载其传：

> 邹之麟，字臣虎，号衣白。万历庚戌进士，授工部主事，未几归职。福王起为尚宝丞，迁都宪。南都破，还里，自号逸老，又自号昧庵。善山水，樵法黄子久。观其勾勒点拂，纵横恣肆，胸中殆亦有魂礧欤？而用笔自圆劲古秀。徐州万年少，尝介任城僧郢子求臣虎画，上题一偈云："画画者寄者谁，一为居士两为僧。江山笔墨浑闲事，何日同参最上乘。"又跋云："海内如文道人，不可不为之画；传此画者，又不可少郢子。"其自矜重如此。③

邹之麟曾临摹元代著名画家黄公望的《富春山居图》。《富春山居图》由吴洪裕收藏后，邹之麟曾为作题跋，并为此画的收藏处题额，清代诗人陈维崧著有《感旧绝句·吴孝廉问卿》诗，诗末有注，云：

> 孝廉讳洪裕，余姑丈也。祖达可，父正志，皆万历间名公卿。孝廉甫成童，即登乙卯贤书，貂蝉荣戴，甲于吾邑。家蓄法书名画，下及酒鎗茗椀，陆离班驳，无非唐宋时物。城中别墅曰云起楼，极亭台

---

① 黄裳：《跋〈城守筹略〉》，《翠墨集》，合肥：安徽教育出版社2006年版，第15—16页。
② 《乾隆武进县志》卷十《人物志·文学》，《稀见中国地方志汇刊》影印乾隆刊本，北京：中国书店出版社1992年版，第12册第614页。
③ （清）张庚：《国朝画征录》卷上，《续修四库全书》影印乾隆四年刊本，上海：上海古籍出版社2002年版，子部第1067册第109页。

池沼之胜。面水架一小轩，藏元人黄子久《富春图》于内，邹臣虎先生颜曰富春轩。①

邹之麟与如皋冒起宗父子交善，冒起宗逝世后，邹之麟曾请陈维崧代写《中宪大夫嵩少冒公墓志铭》，此墓志铭见陈维崧《迦陵散体文集》卷五：

> 甲午冬某月某日，如皋中宪大夫嵩少冒公卒于家。其子襄以讣闻于某某，旋为位哭。越岁乙未，襄复渡江千里，涕泣拜，且言曰："先大夫之弃蓼孤，一载矣。惟兹遗命，将以某年月日葬先大夫于祖茔之昭。墓门片石，冀所以不朽先人者，惟在先生也。愿先生赐之志而系以铭，襄幸甚，先大夫亦幸甚。"某老矣，生平与公子游甚欢，又辱公知最久，虽不文，其何敢辞。②

《嘉庆如皋县志》卷二十《艺文一》载此《墓志铭》的节文，署名为"邹之麟"。冒起宗（1590—1654），字宗起，号嵩少，江苏如皋人。崇祯元年（1628）进士，历官行人、南京吏部考功司郎中、宝庆副使等，十五年（1642）乞归。崇祯十七年（1644）春，任山东按察使副使，督理七省漕粮。明亡后归隐，不复出仕。著有《万里吟》《拙存堂逸稿》等。生平事迹详见《嘉庆如皋县志》卷十六《列传一》。冒襄（1611—1694），字辟疆，号巢民。复社的重要成员之一，明季时与方以智、陈贞慧、侯方域诸人，批评时政，裁量公卿，名满天下，有"四公子"之目。入清后，尝秘密参加抗清复明运动，并大力庇护抗清志士的亲属。清廷屡次征召，皆不就，隐逸以终。著有《朴巢诗集》《朴巢文集》《影梅庵忆语》等。生平事迹详见《清史稿》卷五〇一《遗逸二》。

---

① （清）陈维崧：《感旧绝句·吴孝廉问卿》，《湖海楼诗集》卷四，《陈维崧集》标点整理本，上海：上海古籍出版社 2010 年版，中册第 741—742 页。
② （清）陈维崧：《中宪大夫嵩少冒公墓志铭》，《陈迦陵散体文集》卷五，《陈维崧集》标点整理本，上海：上海古籍出版社 2010 年版，上册第 124 页。

# 从文献典籍看岭南黄大仙演进过程

罗立群

黄大仙信仰起源于浙江金华,明代中晚期传入岭南,与岭南地区的社会民情、文化环境产生了良好的亲缘互动,成为岭南地区最具影响力的宗教民俗信仰之一。宗教民俗信仰是相对于主流宗教而言,它没有组织形式,没有系统的教义教理,主要在下层民众中传播,且与当地的民间风土人情结合紧密,其信仰"重心在宗教而不在哲学,其对教义的理解,往往与高僧高道有很大的差异"①。学界对岭南黄大仙信仰的研究已经取得了一定的成果,对岭南黄大仙信仰的文献整理、起源探寻、兴盛原因的分析和旅游资源的开发等方面作了十分有益的探讨,为进一步研究打下了良好的基础。但也存在着某些欠缺,如对黄大仙信仰文献典籍的考辨及其传布、演进过程的探讨,对岭南黄大仙信仰地域性特征的研讨,对岭南黄大仙信仰世俗化及现代化转型的分析等方面,都有着明显的缺陷。本文试图以黄大仙文献典籍为依据,对岭南黄大仙信仰的传播、演进过程进行较为深入的研究。

## 一、《神仙传》、皇初平、黄初平

关于黄大仙的典籍记载,已有学者进行过专门的研究,并将这些固态化、稳定化的文献资料与文人的诗歌、民间的传说、宫观建筑以及自然与人文景观相互印证,表现出一定的深度和广度。但是仔细研读文献典籍,还有些许疑问没有解决,需要认真研究。

黄大仙的文献记载最早见于晋代葛洪《神仙传》,其文如下:

---

① 牟钟鉴、张践:《中国宗教通史》(下),北京:社会科学文献出版社,2003年,第1222页。

皇初平者，丹溪人也。年十五，而家使牧羊。有道士见其良谨，使将至金华山石室中。四十余年，忽然不复念家。其兄初起，入山索初平，历年不能得见。后在市中，有道士善卜，乃问之曰："吾有弟名初平，因令牧羊，失之今四十余年，不知死生所在。愿道君为占之。"道士曰："金华山中有一牧羊儿，姓皇名初平，是卿弟非疑也。"初起闻之惊喜，即随道士去寻求弟，果得相见，兄弟悲喜。因问弟曰："羊皆何在？"初平曰："近在山东。"初起往视之，不见羊，但见白石无数。还谓初平曰："山东无羊也。"初平曰："羊在耳，但兄自不见之。"初平便乃俱往看之，乃叱曰："羊起！"于是白石俱变为羊，数万头。初起曰："弟独得神通如此，吾可学否？"初平曰："唯好道，便得耳。"初起便弃妻子，留就初平。共服松脂茯苓。至五千日，能坐在立亡，行于日中无影，而有童子之色。后乃俱还乡里，亲族死亡略尽，乃复还去。临去，以方授南伯逢。易姓为赤，初平改字为赤松子，初起改字为鲁班。其后传服此药而得仙者数十人焉。①

葛洪《神仙传》今见于各家丛书，《四库全书》《广汉魏丛书》《增订汉魏丛书》《说郛》《重编说郛》《龙威秘书》《说库》《艺苑捃华》《五朝小说》均有辑录，《太平广记》"神仙类"也有引录。此外，《云笈七签》《历世真仙体道通鉴》《道藏精华录》等道教典籍也有收录。现存葛洪《神仙传》主要版本大多刊刻于明代。《四库全书》本，乃明末毛晋所刊，记录八十四位神仙；而《广汉魏丛书》本，则记录九十二位，后又刊于《增订汉魏丛书》《龙威秘书》《说库》，均有自序。这两种本子差异较大。《云笈七签》卷一〇九节录二十一人，全在《四库全书》本中，次序大体吻合，文字也很接近。《说郛》卷四三摘录本（只摘名号梗概，有自序）也收录八十四人，见于《四库全书》本者八十一人，缺三人，另多出《四库全书》本三人，次序大体一致，可以认定《四库全书》收录的《神仙传》是较早的版本。②《广汉魏丛书》本则据《太平广记》《历世真仙体道通鉴》等辑录而成，颇有伪滥，杂凑之嫌。又有《艺苑捃华》本，五卷，二十九人，即《汉魏》本前五卷。《道藏精华录》本乃取《汉

---

① 《文津阁四库全书》子部、道家类，第353册，北京：商务印书馆，2005年，第85页。
② 《四库全书总目提要》认为，今存《神仙传》是晋代原书。学界对此观点有异议，如邱鹤亭《列仙传注译 神仙传注译》认为："该书原帙恐已无传，故《道藏》未收。"李剑国《唐前志怪小说辑释》认为，《神仙传》宋代以后已失本书原貌，增益伪作颇多。

魏》本，又增若士、华子期二人，共九十四位神仙。《五朝小说·魏晋小说》杂传家、《重编说郛》卷五八收一卷本，乃删节自《说郛》本，收录七十九人，有序。宋代《绀珠集》卷二摘录三十五条，凡三十一人，《类说》卷三摘录四十五条，凡四十一人，多有录自其他仙传者。大约《神仙传》一书，自宋代以后已为后人窜乱增益。以上诸本所载可信者凡九十九传。然据唐梁肃《神仙传论》（《文苑英华》卷七三九）云，《神仙传》凡一百九十人，五代天台道士王松年《仙苑编珠序》云一百一十七人。元赵道一《历世真仙体道通鉴序》云千有余人，此乃道士故为大言，不可信。《神仙传》佚文多见诸书，唐王悬河《三洞珠囊》、《仙苑编珠》、《太平御览》、宋道士陈葆光《三洞羣仙录》等书均辑录《神仙传》，其中多有佚文。①

大仙是"皇初平"，还是"黄初平"？以往的研究对此缺乏深入地考察，而古文献的记载也不一致。《广汉魏丛书》本卷二、《说郛》卷四三《神仙传》、《初学记》卷二九、《蒙求注》卷中、《施注苏诗》卷一四《和子由送将官梁左藏仲通》注引《神仙传》均作"黄初平"。而《云笈七签》卷一〇九《神仙传》、《艺文类聚》卷九四、《仙苑编珠》卷上、《太平广记》卷七、《太平御览》卷六七四又卷九〇二、《事类赋注》卷七、胡仔《苕溪渔隐丛话》后集卷三〇、任渊《山谷内集诗注》卷一〇《戏答俞清老道人寒夜三首》之三注、史容《山谷外集诗注》卷七《汴岸置酒赠黄十七》注、李刘《四六标准》卷二〇《代回成都黄待制》注、卷四〇《代回婺州赵守》注、邓名世《古今姓氏书辩证》卷一五、王应麟《姓氏急就篇》卷上等引《神仙传》及元赵道一《历世真仙体道通鉴》卷五都写作"皇初平"，《四库全书》本也写作"皇初平"。

香港黄兆汉先生认为，早期"皇初平"与"黄初平"是并用的。他在《黄大仙考略》中指出："据隋代虞世南《北堂书钞》所引的《神仙传》是作'黄'的。"又称宋人著作《太平寰宇记》也写作"黄初平"。②但从文献记载来看，唐宋书大多写作"皇初平"，称作"黄初平"的很少。宋代倪守约撰《赤松山志》，对大仙的身世进行了较详细的描述，指出大仙的事迹"神仙传记之所录，经典碑铭之所载，父老之

---

① 《神仙传》辑录情况，参考李剑国《唐前志怪小说辑释》（修订本），上海：上海古籍出版社，2011年。
② 黄兆汉：《黄大仙考略》，台北：台湾学生书局，1995年，第97页。

所传，风月之所咏，观乎此，则不待旁搜而后知之也。"① 倪守约通过神仙传记、经典碑铭、民间传说和诗词传诵四个方面的考察，最终"采樶源流，举其宏纲，撮其机要，定为一编"，将民间传说的神仙过渡成民俗信仰中的历史真实人物②。关于大仙的姓氏，倪守约《赤松山志》考证如下：

> 丹溪皇氏，婺之隐姓也③。皇氏显于东晋，上祖皆隐德不仕。明帝太宁三年（公元 325 年）四月八日皇氏生长子，讳初起，是为大皇君。成帝咸和三年（公元 328 年）八月十三日生次子，讳初平，是为小皇君。④

倪氏的记载明确标示出大仙姓"皇"，并将神仙传说与地方景观紧密相连，记录了大仙的出生地、师承。作为地理方志的史料文献，《赤松山志》具有明显的地域特征，并成为后世方志系统相关记录的沿袭蓝本。"丹溪"是传说中神仙居住处，无从考证。元代赵道一编著《历代真仙体道通鉴》云："皇初平，丹溪人，一云兰溪人。"⑤ 将皇初平籍贯改定金华兰溪。此后，康熙年间《金华府志》、雍正年间《浙江通志》均依此记录。自晋至宋，"二皇君"声名远播，身价倍增，供奉其神像的赤松观"香火绵滋，道士常盈百，敬奉之心，未有涯也"⑥，其"宫殿、亭宇、廊庑、碑碣、诰敕、御墨及名公巨卿题跋，为江南道观之冠"⑦。宋代最盛，皇帝两次敕封二皇君，多次召见、赏赐赤松观主持。宋代以后，金华二皇君信仰之风逐渐衰微。

---

① （宋）倪守约：《金华赤松山志序》，《四库提要著录丛书》"史部"（第 249 册），北京：北京出版社，2012 年，第 500 页。
② 同上。
③ 作者按：皇姓没有列入百家姓前一百位。皇氏源出有二，其一，据《风俗通义》载："三皇之后，因氏焉。"其二，据《左传类纂》云："出自子姓宋戴公之子充石，字皇父，其子孙以王父字为皇父氏，或去父称皇氏。"又《姓考》载："春秋时郑公族有皇氏。"
④ （宋）倪守约：《赤松山志》，《四库提要著录丛书》"史部"（第 249 册），北京：北京出版社，2012 年，第 501 页。
⑤ （元）赵道一：《历代真仙体道通鉴》卷五，顾延龙主编：《续修四库全书》1294 册 "子部·宗教类"，上海：上海古籍出版社，2002 年，第 274 页。
⑥ （宋）倪守约：《赤松山志》，《四库提要著录丛书》"史部"（第 249 册），北京：北京出版社，2012 年，第 501 页。
⑦ （清）邓钟玉：《金华县志》卷五，光绪二十年修，台湾：成文出版社有限公司，第 236 页。

## 二、皇初平、黄野人、黄大仙

在金华皇初平信仰传入岭南之前，岭南早已存在大量的黄姓大仙的传说，其中罗浮山黄野人的传说最具有影响力。唐代著名文人李翱在岭南做官期间，记录了罗浮山王野人的神奇传说："王野人名体静，盖同州人，始游罗浮山观。原未有室居，缝纸为裳，取竹架树，覆以草，独止其下。豺豹熊象，过而驯之，弗害也。"① 到了宋代，罗浮山野人的传说依然盛行，但已从"王野人"变成了"黄野人"。郭之美在《罗浮山记》的序中云："访诸山僧，得唐元和中黄野人所集异事二十条。"② 这里所说的"唐元和中黄野人"应该就是李翱记载的"王体静野人"。粤语方言"王""黄"同音，不易区别，口耳相传，难免以讹传讹。苏轼在《寄邓道士》一诗的引言中写道："罗浮山有野人，相传葛稚川之隶也。"③ 葛稚川即葛洪，晋代著名的道教理论家、炼丹家和医学家。他先后两次来到岭南，隐居罗浮山炼丹、采药、修道，对岭南道教的发展产生了重要的影响，如今，在罗浮山上还留下了多处葛洪炼丹制药的遗迹。与葛洪攀上了师徒关系，借助葛仙师的影响力，黄野人的传说在岭南流传更加广泛。嘉靖年间《惠州府志》描述了黄野人跟随葛洪炼丹修道，最终修成地行仙。清康熙年间《罗浮山志》记载宋代罗浮山葛仙祠中塑有黄野人像："（冲虚观）宋时改观云堂，惟祠洞宾。其右曰葛仙祠……正座塑葛洪，旁右黄野人侍立"。④ 宋代以后，各种记录罗浮山黄野人传说的野史笔记纷纷问世，如蔡絛《西清诗话》、张端义《贵耳集》、胡应麟《少室山房笔丛》、陈梿《罗浮志》、范端昂《粤中见闻》、陈伯陶《罗浮志补》、宋广业《罗浮山志会编》、王建章《历代神仙史》等均有相关记载，而屈大均的《广东新语》对黄野人的各种传说搜集得最为详备：

> 黄野人，相传葛洪弟子。洪仙去，留丹柱石间，野人服之，居罗浮为地行仙。往往与人相遇，或为黄冠，或儒者，或为溪翁山妇；或

---

① （清）陈奕禧：《乾隆博罗县志》卷十二，上海：上海书店出版社，2003年，第543页。
② （宋）郭之美：《罗浮山记》序，《罗浮山志会编》（故宫珍本丛刊第263册史部地理类山水），故宫博物院编，海南出版社，2001年，第73页。
③ 《苏东坡全集》（3），珠海：珠海出版社，1996年，第1790页。
④ 康熙年间《罗浮山志》，《罗浮山志会编》（故宫珍本丛刊第263册史部地理类山水），故宫博物院编，海口：海南出版社，2001年，第70页。

牛，或犬，或鸟，或大胡蝶。凡山中所有物，皆能见之。苏子瞻常游罗浮，见一田妪负儿，嘲其黑乳，妪答歌多言子瞻隐事。子瞻大惊，欲就语，妪忽不见。子瞻尝云，罗浮有一野人，相传为葛稚川之隶。有道士邓守安者，尝见其足迹长二尺许。大均尝至罗浮，一人云：有僧于黄龙洞遇一老者，意其为黄野人也，拜求丹药，老者指虎粪示之。僧见虎粪犹煖，有气蒸然，且杂兽毛，腥秽不敢尝。俄而虎粪渐渐灭仅余一弹丸许。一樵者至取吞之，异香满口，后得寿百有余岁……有一伛偻者遇之，令于道上俯拾一石以进，及起则腰膂自如。又有樵者患脚疮不愈，一老人隔溪唤之使前，手削木皮敷之，其疮即愈……山中仙灵颇众，人稀得见，惟黄野人数数与人遇。其事见山志，不可枚举。大率每年九月六日至九日，黄野人必出，以是日候之，然往往见之不识云。①

从典籍文献来分析，金华皇初平与罗浮山黄野人应该分属不同的传说体系，金华皇初平传说注重的是自然景观与民俗风物，如金华观前的白羊石、二仙桥、二仙井，以及九峰银毫茶、黄大仙菜等。而罗浮山黄野人传说更强调务实致用的人文关怀，如医病除疾的疗效和求难问疑的灵验等。很明显，这种差异与岭南地域重实利、讲实惠的务实型文化特征有关。②

明代中晚期，金华小皇君的仙道传说流入岭南地区，因为岭南存在多种地方性的黄大仙传说，除了罗浮山黄野人之外，还有新会流传的黄归南、黄云元的传说，东莞流传的黄润福的传说等，所以金华皇初平的传说进入岭南以后，与这些岭南地域的黄姓大仙传说互相交合、双向攀附，最终成为一个信仰整体——岭南黄大仙信仰。对于岭南本土的源自地方传说的黄姓大仙故事，在它们流传的过程中，广大信众很自然地将其纳入岭南黄大仙信仰的主流之中。如罗浮山中建有赤松黄大仙祠，祠名冠以"赤松"二字，说明这里供奉的黄大仙，不仅仅只是罗浮山中的黄野人大仙，也被认为是金华皇初平大仙，在信众的眼里，二者已经融为一体。又如清代林星

---

① （清）屈大均：《广东新语》卷二十八，北京：中华书局，1985年，第729—730页。
② 关于罗浮山黄野人传说的流传情况，阎江《岭南黄大仙考辨——以罗浮山野人传说为中心》一文（《宗教学研究》2007年第1期）论述较为详细。按：金华皇初平与罗浮山黄野人，岭南宗教界人士普遍认为是同一个人，但从文献记载分析，金华皇初平的故事在葛洪《神仙传》中已有记录，说明其人其事在葛洪之前便在民间流传，而罗浮山黄野人依托为葛洪弟子，其传说当在金华皇初平之后。

章主修的《新会县志》记载,"叱石岩……石多如羊,旧呼羊石坑。明大司寇黄公辅取黄初平叱石成羊之义易今名。"① 很明显,新会境内的"叱石岩"是从金华皇初平叱石成羊的传说演化而来,而新会流传的黄归南、黄云元等黄姓大仙的影响正逐渐淡化,并汇入岭南黄大仙信仰整体。清光绪丁酉年(1897),岭南第一个黄大仙道坛——普济坛创立,供奉的是金华黄初平大仙,随后相继创立的普庆坛、普化坛,供奉的都是金华黄初平大仙,而香港黄大仙祠内有一篇《赤松黄大仙师自述》碑文曰:"予初乃牧羊之孩,牧羊于浙江金华府城北之金华山。"证明香港黄大仙祠供奉的也是金华黄初平。可见,进入岭南的金华皇初平传说,已经融入岭南民俗信仰,被岭南社会接受,岭南黄大仙信仰的主体尊神是金华皇初平大仙。

另一方面,传入岭南的金华皇初平大仙,在融入岭南民俗信仰的过程中,也吸收了岭南本土的黄姓大仙的传说故事,且经过岭南信众的附会、改造,被塑造成一位岭南区域的显神,表现出十分鲜明的岭南文化特征。首先,对于大仙的姓氏,"皇初平"改定为"黄初平"。明代以前的典籍文献虽也有写作"黄初平",但绝大多数都作"皇初平",宋代倪守约《赤松山志》还为"皇"姓找出依据。皇初平事迹自明代传入岭南后,一是"皇""黄"同音,民间流传不易区别;二是岭南本土有许多"黄大仙",在相互叠合、双向攀附的流传过程中,"黄初平"更易为岭南信众所接受。明代以后的文献典籍大多记载为"黄初平"。明代徐道《历代神仙演义》这样记述:"(皇)初平归淮阴黄石山,改名黄石公。"② 似乎"皇"改姓"黄",与黄石山地名有关,还将黄大仙与另一位神仙黄石公扯上了关系,这当然只是一种传说。其次,与金华皇初平相比,岭南黄大仙贴上了"医神"的标签,这主要得益于罗浮山黄野人的传说。罗浮山是岭南道教圣地,物产瑰奇,丹砂草木遍布山野,为道教炼丹采药提供了物质保障。明许迥《书罗浮图》写道:"是山在晋时有抱朴子、黄野人者,因采药居之,相传仙去,故言是山必归二人焉。"③ 民间传说中黄野人以各种面貌出没山间,施药治病,救济百姓。初入岭南的金华皇初平要在此地扎根,就必须

---

① (清)林星章修,黄培芳等纂:《新会县志》卷二十八,道光二十一年刊本,台湾:成文出版社印行,第38页。
② (明)徐道:《历代神仙演义》,沈阳:辽宁古籍出版社,1995年,第306页。
③ (明)许迥:《书罗浮图》,转引自陈晨博士学位论文《岭南黄大仙信仰研究》,2010年,第160页。

充分利用本土黄大仙的优势，亲缘互动，迅速与黄野人信仰叠合在一起，以"医神"形象普济世人。再次，传入岭南的金华皇初平信仰在岭南文化的背景与传统中，顺应、迎合岭南信众的信仰要求，凸显了"有求必应"的信仰特征。金华皇初平信仰表现的主要内容是地域风物和地方民俗，有着鲜明的地方文化特征，进入岭南之后，其信仰核心随着社会环境、文化心理发生变化。岭南社会重商、务实，岭南文化开放、多元，岭南民风古朴率真、崇信巫鬼，又善于兼容、变通。在这样的文化环境与生活习俗里，从金华飞越群山、漂洋过海进入岭南的皇初平就演变成为医神、财神乃至"有求必应"的全能神。

综上所述，岭南本土早就有黄大仙信仰，金华皇初平传说自明代传入岭南后，顺应岭南的社会环境与文化习俗，与地方性的神仙传说交融互动，充分利用岭南本土的"黄大仙"符号，不但姓氏最终改定，且有着鲜明的岭南文化特征。我们从中不难看到宗教改造、信众附会、攀附和地域文化影响而形成的岭南黄大仙信仰的演进过程。

# 日本明治以降《史记》研究著述概要*

张玉春

中日两国一衣带水，文化交流源远流长，自隋唐时期，中国文化就已东传日本，作为文化载体的汉籍为日本朝野所接受，并得到持续传播。据相关史料，《史记》在日本飞鸟时代（公元6世纪—701年）末期就已传入日本①，至今已有1360余年。1360余年间，无论宫廷抑或民间，研读《史记》的风气绵延不绝。当然，不同时代，不同阶层，接受《史记》重点、方法亦各有所异。日本明治时期掀起的"明治维新"运动，使日本教育界、思想界发生了深刻转机，西学风靡，传统汉学受到冲击，作为汉学经典的《史记》，已不如前代那样受社会重视。但是，从另一个角度看，明治以后，日本的平民教育广泛普及，汉文仍为日本国语教育的重要内容，《史记》的传播也走向更广阔的领域，在一定程度上扩大了《史记》的受众面。本文仅对明治以后出版的《史记》研究著作予以概述，②为日后深入研究《史记》接受传播的状况奠定基础。本文所录书名、作者、出版社等，均为原文，是为方便读者之检索查询；所录凡例、序文、目录、内容简介、作者介绍等，或可窥其治《史记》之方法，察其接受《史记》之观点，较与中国学界之异同，均为笔者据相关资料译写，是为方便读者之理解。

---

\* 本文为国家社科基金项目："日本接受传播《史记》研究"（项目批准号：12BZW024）阶段性成果。
① 日本文孝德天皇大化二年（646）8月，设立大学寮。大学寮开设明经、明法、史学传记、算道四科。《史记》便是"史学纪传"科的学习内容。
② 文中收入个别著作虽撰写或刊于明治以前，但在明治时期刊印或重印，故亦列入本文范畴。

## 太史公助字法

淇園（1734—1807）論定，令木龍 岡彦良編校。浪華、柳原喜兵衛1760 年刊。2 卷。又，題簽书名《史记虚字法》。书名页印"文政改元孟秋日新调二册合卷"，天头墨书释语、训解。卷前有岡彦良所撰《史记助字法序》、令木龍撰《助字法题言十则》。

《助字法题言十则》：

一　世间助字解不下十书，而其最脍炙者，文家必用训译示蒙之类，大半妄凿，绝亡可取矣。吾辈近侍淇园先生，请提妙诠语皆简约，精到毫厘。先生又教龙等每字援《左传》、《史记》数十条，触类引申，兼发其用则笔授之间，三寸竹管殆如漆室之炬矣。及兹成帙，学流乞賸，锲氏恳刊，不能拒绝就广布。嗟乎！此宝筏已泛矣，问津后辈何难入海。

一　《左氏》、《国语》俱有出入，司马、班椽互见异同，世人遂以谓古人用字无有定律，殊不知彼犹授瑑之屈乖，自不得不然也。其矩度何尝差铢分。故是编命题云法，亦揭其三尺也。

一　此书原稿，左、马混收。虑沉麝同器其香俱乱，更立部分出，各为一帙，兼及释义。详略递书。始非云岐趣也，熟参者自融其旨耳。

一　编内所录，务求文理连贯。然斡旋匠心胚于通篇，兹册限幅余澜有遗览者，须兼按本篇上下文义势。

一　之、以、而字等类，其用之尤繁，仅按一册，可摘千数。此篇旁取于众卷而胪之，庶参本书者省披翻之劳。

一　《日者》、《龟策》等诸传，前贤评论，与夺相半，第附骥已久，今难槩绌，故其稍奇特復从採摘。览者幸勿诮玉石不辨。

一　左、马文字好杀助字，在、之、而、于、於等字尤多是法。盖昔人所谓不用之用者，不可以不知也。略亦采集，出各字后，以备一案。

一　字异义近者，各并成一部，每部首列其目。每标一字，白书别之，以便检查。其字法之同异，亦次第编列，不使相杂。各条主字加圈，其语意稍难者，特于条下见释义。

一　各条于其下注明出处。《左传》曰"其公几年"，《史记》曰"其纪传几板"，以便参考。《史记》版次照"评林"、"延宝"本，聊亦录于所有也。参于佗本者，无所用之。"评林"诸刻板第略等，或可资伐柯，姑存录贻同好。

一　赋、骚、铭、赞之类所用助字典雅精湛，自为一样，与散文所用不可混错，另有成书，嗣谋登梓。

宝历十年庚辰孟秋

平安　令木龙识

### 史記觿

岡白駒（1692—1767）著。10卷，首1卷。5册：第一册，卷首。卷1-2；第二册，卷3-4；第三册，卷5-6，第四册，卷7-8；第五册，卷9-10。有"松田藏书"印记。京都 錢屋三郎兵衛 錢屋庄兵衛 林九兵衛 林權兵衛 1756年刊。

### 史記律書補註 史記歷書補註

松永國華（1738—1804）著。京都 风月庄卫门安永八年（1779）刊。封面背面刻有：书名《史記历书 律书補註》、"书肆风月堂梓"。刊记："安永八巳亥歲九月吉日"。四周单边，有界，9行，行19字，单鱼尾，朱墨填写。

### 史記天官書圖解

西村遠里（　—1787）著。书写地不明。楮田逢原1810年写。关于日汉古书资料记述对象，每书目记录作成手抄本，书名封面的责任表示的《日本古典籍総合目录》："文化七年八月，楮田逢原版书"。彩色插图，日语题签的书名：天文圖鮮補註，有笔彩印记："细井"。

### 扁鵲伝正解

中茎謙著。附：陰陽論。文正六年（1823）刊。

### 大史公律歷天官三書管窺

豬飼彦博著，野田知彰校津。3卷。有造館弘化二年（1845）序，卷上《律書》，卷中《歷書》，卷下《天官書》。刻有"津藩有造館藏版"。左右双边，有界。9行20字，注文双行，内匡郭 19.3×13.4cm，白口单魚尾。印记有"觀生廬"、"浦井藏本"。

### 扁鵲伝正解

### 《史記》律曆書解

池永淵著，眞砂惠校。2卷。大阪秋田屋太右衛門嘉永三年（1850）出版。版心下部有印有"聚星堂"三字，印記有"茂松清泉館記"、"魯齊圖書"。

### 評論註解史記啓弁

堤天介編。东京　松林堂明治十二年（1879）出版。3册（上74頁，中84頁，下79頁）

### 校字训点《史记评林》

大本50册，明治十二年（1879）三月刊。（八尾版）边栏上增设一栏，摘录中井履轩的《史记雕题》相关文字。

### 标注史記読本

广部鸟道（　—1881）标注。福井　広济堂明治十四年（1881）刊。日本语。20册。卷前载《标注史记读本序》：

古之立言以传不朽者，率皆出乎忧愁幽思。无聊不平之余，寄之于笔墨，以泄其愤郁，讬之乎简策，以抒其胸臆。已成，藏诸名山。其英灵精魄，光耀陆离，与山岳争其高厚，与江河并其深渊。圣贤而下，莫不皆然。夫文王拘于羑里，而后又有《周易》之演；仲尼厄于陈菜，而后有《春秋》之述；屈原之《离骚》，成而放废；丘明之《国语》，出乎失明。其可以传万世而存于不朽者，一靡弗出乎忧愁幽思，无聊不平之余。而出乎最忧愁、最不平，不可抑遏之余以存于不朽者，予先屈指于龙门司马氏《史记》也。抑马迁以口语罹惨祸，幽囚蚕室，忧愁悲愤，不自禁，乃欲立言以传不朽。上自轩辕，下至炎汉，凡礼乐行政之要，天经地纬之秘，与夫兵谋金谷、歌舞战斗之事，蒐罗博采，弗遗余力。以渊博深邃之才学，奋纵横奇变之笔舌，以著一部创意之史。虽其书草创未就而殁，然亦足以追配《周易》、《春秋》、《离骚》、《国语》诸书，与山岳江河争其高深。宜乎家诵户读，珍袭弗舍，以为传家宝玉也。但坊间所梓行，各家评论，醇醨混淆，自非明眼者不能甄别焉。是以后学之士，往往有望洋之慨也。越前鸟道广部君，倾日为塾子，就钟氏正文，校雠亥豕，删定同异，标记其最痛快而纯明者于栏外，以为读史之津梁。其继前脩而裨乎后学之功，诚不为细小也。抑予不敏不自揆，从事皇朝史谱学，纯慵力叙事文，雅以迁史篇为标准。故自八书、十表、十二本纪，以至于三十世家、七十列传，昕夕讲习。其字法句法，苟可取则者，手亲抄写一本，以助长文气，发挥见识。白首矻矻，十年如一日，颇有所通晓焉。因忆昔者赖山阳之著《日本外史》，每旦静坐，先朗诵《项羽纪》，讫而后下笔。故精神爽快，意到笔随，若有神助者。以山阳氏之才之学之识之优，尸祝迁史，有如斯者。其笔墨纵横，议论痛快。方今《外史》与迁史并驱齐驰，愈出愈行，何足怪哉！吁嗟山阳氏，怀有为之才，无一所用，发脱大邦仕籍，巉居川观，优游于京华最胜之地。其忧愁幽思，无聊不平之气，寄之笔墨，以泄其愤郁。亦犹马迁于《史记》，与山岳江河争其高深，以传不朽者，何足怪哉。后之景慕山阳氏风采者，每旦发兴，以健读斯书。读至《项羽纪》，俯仰感怆，追想往昔，亦足以助长文气，发挥识见邪。乃者剞劂竣工，謁序于予，乃书所感，以翘望后之才俊，如山阳氏其人者，由此书而倍出云尔。

明治十三年庚辰五月中浣 后学菊纯识于京都左界坊小寓

## 校订训点《史记评林》

藤沢南岳校。小本 50 册，明治十四年（1881）五月刊。校语写在边栏外，并且摘录森田节斋的《太史公叙赞蠡测》的相关内容。

## 啓蒙史記列伝

太田秀敬和解。10 册。玉海堂、青梅堂合梓，明治十四年（1881）十二月出版。

## 增补评点《史记评林》

石川英辑补。中本 25 册，明治十五年（1882）二月刊。在（凤文馆版）评林中增补归震川、方望溪二家评语，标注"补字"，以示与原评林内容相区别。

## 史記講議

田中従吾軒著。5 册。巌々堂明治十六年（1883）二月出版。日本语。

### 史記冰解

大槻東陽著。大槻登和明治十六年（1883）刊。

卷首有敬宇中村正直"題詞"：

"少嗜史公书，甘之如珍馐。中年迷渺茫，旧学不可收。及将正初路，白发已满头。嘉君守素业，铅椠不暂休。今又著此书，疑义力讲求。使我距跃百，龙门志再搜。世俗希速成，滔滔逐末流。愿言溯本源，不辞炳烛幽。明治十六年一月。"其后为大槻東陽书"《史记》冰解自序"。

### 評註歷代古文鈔

竹添進一郎（1842—1917）编。16册。东京 奎文堂明治十七年至十八年（1884—1885）出版。卷1《左傳鈔》，卷2《左傳鈔》，卷3《左傳鈔》，卷4《史記鈔》，卷5《史記鈔》。《史記鈔》卷1前载《史记鈔序》：

龙门《史记》为传记之体，厥后作者代相祖述，无能立异，真为史家开法门者矣。至其序事，辩而不华，质而不俚，前追"左史"，后轶"班书"，蔚宗承祚而下无能为之役。刘向、扬雄皆称其有良史之才，谓之实录。独孟坚讥其疏略抵牾，是非颇谬于圣人。然及纂《汉书》，多仍迁旧文，则其质心推眼亦可知也。呜呼，此书也，已为千古之良史，亦为千古之至文，后生未学復何庸赘一辞。盖子长以超逸之才遭值奇祸，发愤著书以抒其悒郁抑塞之概。其《自序》謂："十岁诵古文，二十而南游江淮，北涉汶泗。上会稽、探禹穴"，是知非徒服习者勤抑，亦藉于名山大川以发磊落之气而助汹涌之势也欤。

### 史記伝抄纂評

山本廉辑。三卷。东京 吉冈商店明治二十年（1887）刊。

### 史記列伝　絵入通俗

永阪潜编。今古堂明治二十二年（1889）出版。卷前载永阪潜（或斋）撰《自序》：

唐虞邈矣，三代逝矣，《诗》、《书》可以徵已。至春秋之世，《左氏》载之，于战国以降之事，则斯书详之。而至秦汉之际，最丁宁焉。盖迁先后其世而出，目视耳听而记之，其明确详著固当矣。而其行文之妙，于左氏相伯仲。而彼则据经制义，此则就事立论，纵横自如，恣笔力之所到而止。故余常曰："左氏之文，简严明肃，有君子之风；司马氏之文，雄健激发，有名将之风。"盖迁身罹刑祸，以愤愤之心行之，宜矣。其感慨悲壮，俯仰呜咽，能使人喜人悲也。但迁之学，杂博无统纪，其进黄老而绌儒者，罪之大者。然汉初之时，承燔书之余，圣学不明以董之醇，不能无小疵，况其下者乎，岂特迁矣哉。纵令其有罪，其遗文争光日月，千载之下赫赫不灭。则虽志屈当代，辞伸后世，于迁可莫憾焉。去冬，书贾今古堂泷川氏欲国字译其《列传》，以投时好也。诸乞于余。余也，才劣学浅，加旃彼之文，一字收其余韵，而我之文则不然。况以浅劣之才，译千古之大手笔乎？欲辞数四。不敢辞者，余少小嗜斯书，诵读弗置。今老矣，及观之，恍如隔世，不一二记。追想往时，弗能无感。所不敢辞者，为此也。乃属稿至今春三月之终而全卒业也。世之观斯书者，从其委而穷其源，得司马氏之骨髓，予有望矣。适徵序，乃辩数言于卷端以与之。

明治二十二年夏四月　或齐潜撰

## 史記列伝講義

村山拙轩著　东京　博学館明治二十五年（1892）出版。卷前载省轩龟谷行"《史记讲义》序"：

二十二史甚浩瀚矣，而独推司马子长以为巨擘。盖子长负迈世之才，闻见闳博，而又秦汉间奇伟魁垒之士辈出，有若管、晏、孙、吴、信陵、平原、项籍、韩、彭等，以供其模写，故其文神龙腾海，天马行空，变化离合，不可方物。然其书有钩章棘句，不易解者。于是唐司马贞《索隐》，张守节《正义》，宋裴骃《集解》为之出焉。吾友村山君拙轩，学究二酉，文彩斐然，平素好说子长之史。遂著《讲义》。徵序于余，余受而读之。依据司马、张、裴，旁採撫明清诸家，字梳句栉，莫不明晰，可谓后学津梁矣。吾在乡也，年成童，就塾师受《史记》。日夜讽诵不措，于是心窍开通，文机顿发，得能读无傍训之书。当时意气粗豪，谬自许天下无不复可读之书。忆吾昧爽挟册上塾，门扉未启，霜气凛冽，寒风劈面。昔日就学之苦，有如此者。今此书一出，寒乡僻邑之士，不復就师而章句瞭然，如视掌纹。子长之奇，亦不可得而窥矣。自此后世之士，皆将言"天下无復不可读之书"。呜呼，岂不愉快哉！

明治二十五年十月　省轩龟谷行　撰。

### 史記列伝講義

司馬遷撰，鼇頭解釋，岡三慶解，西荘太郎校。东京 九同馆明治二十五年（1892）出版。卷前载冈道明卿"《史记列传讲义》序"：

迁何人也？汝何人也？彼独步乎千载，汝枯木朽邪？盖时擣吾耳之声也，吾之闻斯言也。惊奋莫不诵古文，此是谁声也。屈指以算焉，距今三十许年前，西游三之备，而严事先师森田夫子也。以二世通家，殊辱其爱如子。晨暮受业，古文而莫不闻其妙要。而其长在《史记》，故尤力于兹矣。东归后，雨日对窗，独坐倚梧，四寂方廖。眼睹恍乎其容，耳听朗乎其声，却疑侍夫子，岂唯向之数言有时起于耳底而已哉。因将奉师命以造一书，撰录《史记》，而被以评疏，名曰《龙门小品》。未尝观之于大方。去年居母丧也。一日细婢清书架，抽出《史记》，吾看而心动。以谓昔者战国，英杰之丧亲也，骤行军以伐敌，命曰"吊军"，则吾亦不可不为"吊著"也。乃振笔敢造《史记讲义》。间者，九同馆乞公之于世，则诺焉。呜呼森门者，多士济济矣。则维新之乱，弟子四散，无知所在。闻多就官。而高缘者，内则佳嫔便嬖称其富，外则穷阎细人聚观焉，而羡仰其芬华。吾独为迁男子，爱自由作为文章之外，一事无成焉矣。及其印刷成，乃冠以斯言。

明治二十五年六月　东京　冈道明卿

### 絵入通俗《史記》本紀　世家

永阪潜（或斋）编。今古堂明治二十五年（1893）出版。

卷首有若林彪"通俗《史記》本紀 世家序"：

司马迁以千古之大手笔，著《史记》一百三十卷。其用笔也，或苍老奇健，或婉雅悽怆，或豪宕奔放，或幽邃闲古，如山之峯巉者有焉；如水至弥漫者有焉；欺春花之裊娜者有焉；拟秋月之雅澹者有焉。其他似溪水之潺湲者，若天籁之奏曲者悉备。一字一句，遗其余波，收其余韵，至宛转曲折，姿态横生之妙致，则天下罕匹矣。后人之欲模仿之者，固不免续貂之嘲也。永阪或斋翁者，水城之儒士也。少小好读斯书，遂穷其蕴奥。盖水城自古以史学名于天下，安积、青山、会泽、藤田诸老，以燃犀史眼，前后振铎于后进晚生，故以水城之士迄今长史学者甚多。余之所识，如野口珂北、友部銕轩诸人是也。余虽未及知翁，翁亦盖其一也。翁向以国字译其《列传》，以供于初学读史者之便，大行乎世。夫《传》与《本纪》、《世家》，于斯书为双翼。既有国字《列传》，岂可无《本纪》、《世家》乎哉。书肆今古堂主瀧川氏将请翁译《本纪》、《世家》，以布于世，于是乎双翼完成。若夫以翁之学之才，译千古之大手笔，可谓韪矣。谁復容续貂之嘲耶。鸣呼！司马迁千载之下得知己者，非耶！今也活刷告竣，洛阳纸价自是贵矣。及徵言，卒尔言之，以充责云。

龙年林钟念三日于东京筑地画美人楼东窗之下。

篁洲　若林彪拜识。

### 史記列伝講義

城井寿章著。3册（上492页，中536页，下710页）。《支那文学全書》丛书第22-24编。东京 博文館明治二十六年（1893）出版。

### 史記列伝講義

内藤耻叟校阅 太田才次郎讲述。5卷。东京 開新堂明治二十六年（1893）出版。

### 史記読本　校註

池田蘆洲（1864—1934）注。5册。东京 益友社明治二十七年（1894）出版。

卷首载《例言》：

一　凌以栋评校，主论事；吴齐贤论文，主评文。夫《史记》起轩辕讫汉武，述上下千余年之事。其事与文并千古奇观也。二氏之文著可已焉乎。今此编于二者不概及者，著各有所主也。取此舍彼固不可，用彼置此亦未见其可也。读者谅焉。

一　表与纪、传、世家相为表里，而人以其不便诵读，置而不观。刘子玄之高论犹有表之说，洵可慨也。余尝对照诸纪、传、世家，其不合者一一辨疏之。表是而纪、传、世家非者有焉，纪、传、世家得而表失者有焉。不独是也，若聂政之事，于传赞其义，至表则书曰盗。若此之类，不一而足。若废表，何由见史公权度？此编欲颇录其说，独憾纸幅太窄，无从雕题绣脚，故今一仍旧贯。

一　在史中，若律、历、天官、医方、龟策，皆为专门之术，固非余辈儒生所尽辨，且术至后世加精，若欲穷之，世自有专书，何必于此。是此编所以于诸术独训解其文义，不及其术也。

一　考群史经籍志、艺文志所载，古来注《史记》者不下十数家，而存于今者寥寥，司马、裴、张三家耳。故今之读《史记》者，不得不据之。然其说时不免有谬误。此编初欲备举三家注，别录诸儒异说以驳证之，以其涉浩瀚而止。今于三家注，独择其醇者录之云。

一　我邦俗间所翻雕《史记》，多用湖本，今亦据之，而以《索隐》本及嘉靖、万历三本校之。三本字句互有出入。其有足湖本之讹者疏之句下。其称旧本者，指湖本也；其称明本者，指嘉靖、万历二本者也；其称诸本者，并指三本也。

一　年月差误，累见叠出，指不堪偻。今不暇复辨，因独订其大者，不及细者。好事之士取各篇相照，自当辨其误，亦攻史之一端也。

一　下注之例，必于其初出者。如毕万封于魏一段，《晋世家》并载之，则于《晋世家》注之是也。唯汉武封禅，纪与书并载之，而不注之于纪而注之于书者，书非史公之旧业。

一　凡引三家注所载汉魏已下诸儒之说，固宜云：裴骃曰某云、司马贞曰某云、张守节曰某云。而今直云某曰者，主简也。又，凡引禹域人，必备举姓名，唯《汉书注》有臣瓒，失其姓，今单书瓒；颜籀字师古，以字行，故书字。唯此二者为殊例。至引我邦先辈，则每卷首出列举其姓与号，已下略姓。其无号者书名。

一　凡首句不书某曰者，俱系生平所闻及管窥其至。若厕于前人诸说，间辨其是非，必书"胤案"二字以别之。

一　本纪、世家引《典》、《谟》、《禹贡》、《微子》、洪范》、《金縢》等诸篇，及《孔子世家》、《弟子列传》引《论语》，今多仍汉儒旧解，不甚间新义。盖虽引在史书，仍是经矣。亦致谨也。

一　地理之学，读史者第一紧要，然亦非卒卒可毕者。今独注"某为地名"、"某为山名"、"某为水名"、"某为泽名"耳。余一从略。他日将著《史记》地理考一书，以补其阙。

一　本文有衍字衍文，围字之上下；讹误倒错，则施细线于字之右旁以标之。

一　此刻非余意也。余少小嗜读《史记》，苟有前辈异说足证其讹脱，并订旧注之误谬，辄录之。顷者，益友社主人来见，请公之世。余云：是聊以资于讲说耳，初无意出以问世也。主人不听，交游亦怂诿之。即嵌其说于各句下，且刺取近所获张孟彪、俞荫甫二氏之说补之。校雠一过以授之，命曰"《史记》读本"者，亦从其请也。

明治二十六年元节　大阪池田芦洲识于东京侨居。

### 史記列伝

司馬遷著，冢田淳五郎点注。8册。东京 金刺芳流堂明治二十七年（1897）出版。卷前载《题言》：

今时之就学者，终《十八史略》、《文章轨范》，次读《史记列传》，自为一定序次，犹往日儒家之于经籍也。然《传》中文义有不易解者，读者颇病之。如《索隐》、《正义》，赅博考究，欲通览之则不得不旷日弥久。且望之初学，势或不可顷者。余因书肆之请注正文，上栏以所尝闻者。其所注之辞，平易简短。一阅之下句粗通，意义略解，务便于初学之生徒耳。若夫欲窥奥义妙旨，则《索隐》、《正义》、其他解释之书世多有，就彼而求之，可也。然则此注，蛇足之讥固所不辞，亦庶几有少补于世之少年云尔。

明治廿七年七月　点注者

### 史記読本校訂

安藤定格编。20册。东京 博文馆明治二十七年（1894）出版。卷前载《史记读本序》及《凡例》。

《史记读本序》：

汉土人论史，必先揭《左传》、《史记》二书。二书之于史乘，犹《诗》、《书》之于经籍，盖为千古之标准矣。学者致力，俱无轩轾。为之评注者，代有其人。本邦学者，多悉心《左传》，而至《史记》，则落落晨星。如论文及锺本，虽上术唯依其旧，不便初学。初学所仰者，独凌氏《评林》。《评林》有三板，率丛杂芜荟，训点卤莽，未有致力焉者也。岂以《左传》少卷数，而《史记》则为大部欤？钧为至重之书而惮于大部，亦陋矣。余尝论之《左传》如富贵家园池，一石一木皆名品，位置不苟，风致高尚，华丽眩目。然太液而已，未央而已，虽大矣，局面不过数十里。《史记》则高岳大江，其残山剩水固多焉，而奔放千里，气象雄豪，万怪竞动，浩浩苍苍，不见涯涘。汉土诸名家，至风神气格，则专称《史记》，洵有故也。虽然，此非作者有高下也。《史记》载二千四百一十三年之迹，固非《左传》二百四十二年行事之所及。且《左传》说《经》，不得不拘《经》。《史记》则二千余年之事，包罗镕铸，唯我意所向。是其势犹鲁郑卫之于晋秦楚，虽有孔子、蘧伯玉、公孙侨，其奈大国何径宜乎。历代本史皆倣之也。且夫学文者，仿《左传》犹《法言》之于《论语》，虽巧而径蹊可厌，如中井竹山《逸史》其一也。《史记》则学之，能及则为《汉书》、《五代史》；不及，亦不失为历代史乘，如赖山阳《外史》，亦其一也。然则史体外，为文章模范者，盖亦在乎《史记》矣。然而付之卤莽，岂其可乎哉！余前年与友人安藤秋里语及此，俱慨之。今秋里逝矣。余多累坎坷，奔走乎衣食，不得其间，以为憾也。顷者，秋里令子蛉洲取《评林》本，删订为《读本》，可谓善缵先志也。司马迁述其父谈言曰："愍学者之不达其意"，秋里之于《史记》，其叹亦然。又曰：直所从言之异路，有省不省耳。蛉洲《读本》之于《评林》本，亦其云尔乎。

### 朗庐阪谷素撰

《凡例》：

一　凌稚隆《史记评林》行于我邦久矣，其评注无虑数百种，非无裨益。然博而要寡，塗塗相附，使读者趋彼舍此，认左作右，遂不得窥龙门之阃奥。锺伯敬有慨于斯，尽删之。特于栏外施一二音义，是亦失于太简。未见有烦简得中而便诵读者。余常以为憾焉。尝讲习之际，窃不自揣，荟萃众说，采择其极简明妥当者，约其要，补其意，题曰《史记读本》。间者，犹兴社主人来请上梓，即校正付之。庶几乎使读者免迷歧之叹。

一　篇名次第，一依太史公《自序》。以故，如司马贞所补《三皇本纪》，斥而不载。

一　《孝景》、《孝武》本纪，《汉兴以来将相名臣年表》，《礼》、《乐》、《律》书，《三王世家》，《傅靳蒯成》、《日者》、《龟策》列传以上十篇，班固所谓"有录无书"者，而如《孝武纪》，实为时忌亡失，不可復见，其他九篇见在者，古人或以为太史公草具而未成者，或以为褚少孙所补，今不敢问其说之当否，姑存以充一百三十卷之原数。

一　十《表》，特揭其叙论，而略其表者，让之《评林》本，为初学者省烦。其有表无叙者固不载。

一　此著特以便诵读为主，非敢供考证。故务从简捷。注间皆不标名氏以识别之。览者幸勿以剽窃搀入罪之。

一　凌本注间，必揭水路、山脉及郡邑之所在。然诸说纷纷，无所措信，况山河形势，岁变月迁，郡邑亦随沿革，在今日无由知其所在。不知，亦于我邦人不为有害。故今特标示地名、水名或山名等字，不敢揭其所在。

一　两处重出，如《孝武纪》于《封禅书》之类，注一处不注各处，而本文则仍其旧。

一　句读，一依锺本参酌之。而如傍训，务从其雅训者。

蛉洲小史安藤定格识

## 史記列伝読本　標註

深井鑑一郎编。4册。东京　诚之堂 明治二十七年（1894）出版。

凡例：

一　秦汉以上之书，而邦人之嗜读者，曰论孟，曰瞽史，曰迁史。而鲁论与瞽史文辞稍高，读者难焉。故方今教科之书，多取《孟子》与迁《史》。今辑此书，其意亦在欲充中等教育上之教科也。

一　《史记》之书，上至轩辕，下迨汉武，十二本纪、十表、八书、三十世家、七十列传，凡一百三十篇。文辞雄健，事实精覈，宜矣。后人之嗜读而不知倦也。然卷帙浩瀚，非积岁月之久则不能竟之，故今之读者，专采列传。况今之生徒，升以阶级，划以岁月，则不能独从于本书亦明矣。故余采择亦从之。但《项羽本纪》为迁《史》之压卷，而古人皆取范，今首出之者，供一时并观之便耳，读者勿疑之。

一　文字艰涩与字音难解者，注之上栏。其注皆取于古人，不敢交私见。唯其间往往有施取舍者，获尤于识者极多矣。然教科之书，亦有不得不然者，读者幸谅之。

一　近来汉文邦读制法颇杂乱，曰送假字，曰动词，曰句读，曰时，不误其用法者殆鲜矣。故今参国语以正训读者，非敢衒异也。，欲使读法之紊乱渐改，以归于正也。

一　文中有施训读者，有不施者，有全省训点者，则渐次，欲使生徒陶镕学力，贯习之久，获鱼忘荃也。

明治二十五年十一月　辑者识

### 文法詳解　史記抄伝講義

汉　司马迁著，日本　山本憲（1852—1928）讲。大阪　吉冈宝文軒明治二十八年（1895）8月刊。卷前载山本宪序：

吴使赵咨聘于魏，魏主问咨曰："吴王颇知学胡？"曰："吴王使贤任能，志存经略，虽有余闲，博览书史，不效书生寻章摘句。"英雄之读书自有异于寻常人者矣。诸葛亮、陶潜亦称"不求多解"，雇此读书之法耳。呜呼！欲为天下大事业，何暇龌蹉于一字一句之间耶。近世书生读汉籍者，往往拘泥于字句之间，问其大义则懵然。大才豪杰之所以不出欤？予此书为字句之解，殆亦似追世潮者。故书读书之法，以弁卷端。

明治二十八年五月下浣山本宪梅崖氏自叙

### 史記鈔

秋山四郎编。东京　金港堂书籍株式会社明治二十九年（1896）出版。2册（上48页，下50页）23cm。卷前载《史记钞引》：

汉司马迁紬石室金匮之书作《史记》百三十篇。上始轩辕，下讫天汉，为十二本纪、八表、十书、三十世家、七十列传，而十篇缺，有录无书。是书夙传于我国，学者爱焉。然卷帙浩繁，非专攻汉学者则不可毕读。因今选择适初学讲读者十篇，厘为二卷，以充中等教育课本。初学熟读有得，其所裨益盖不鲜浅矣。明治二十九年二月　秋山四郎书

目录
卷上
　　平原君列传
　　信陵君列传
　　廉颇蔺相如列传
　　项羽本纪
　　萧相国世家
卷下
　　留侯世家
　　陈丞相世家
　　淮阴侯列传
　　张耳陈余列传
　　滑稽列传

**中等教科　史記鈔**

太田保一郎编。东京　八尾書店　明治三十一年（1898）十一月出版刊。

**中学漢文　史記伝鈔**

平井参编。2册。興文社明治三十五年（1902）刊。日本語。卷前载"例言五则"：

一　此书素为充于中学校生徒。第四年级及第五年级汉文教科书编之，是其所以冠"中学汉文"也。

一　世多抄录《史记列传》，以充于教科书者。然其书概从原本次序，故文义深远难晓者出前，平易易解者反在后。若夫为一部史传读之，固可也。然至课之于生徒，则不可不更之。故今更其次序，亦是自易入难之意也。

一　此书第一卷，拟课第四年级，第二卷则第五年级。人或病纸数少焉。然始课生徒，以一页若一页半，后渐进则更课二页若三页。且课此书之外，更据文部省所定中学校教授细目，而课"唐诗选"类，则何必病纸数少焉乎哉。

一　此书专取文义明晰、语意平正而有裨补于风教者。故事涉悖逆，语流卑猥者，其事虽快，其文虽妙，一切不取焉。若夫《孙吴传》省吴子，《郦陆传》省朱建，亦皆此意也。

一　栏外所揭，不必皆属于予创见，而今一一不书其氏名者，洵厌其烦也。

明治三十五年九月中澣　编者识

**史記鈔解　项羽**

秋山四郎著。东京　金港堂書籍株式会社明治四十四年（1911）5月出版。日本语。

**史記論文抄**

風間儀太郎编。卷上（列伝之部）。新潟　文港堂1904年出版。
目次
　　平原君

信陵君

范蠡　蔡泽

廉颇　蔺相如

张耳　陈余

淮阴侯

李将军

张释之　冯唐

货殖

### 和譯史記列傳

司马迁著，田岡嶺雲译。东京　玄黄社 1911 年出版。在首页及卷末的书目中，题《和訳漢文叢書》第 5，6。

### 十表　八書

桂湖村讲述，早稻田大學出版部编。东京　早稻田大學出版部　1919 年 9 月出版。

### 世家

菊池晚香讲述，早稻田大學出版部编。东京　早稻田大學出版部 1919 年 12 月出版。内容：上：从吳太伯世家第一至鄭世家第十二；下：从趙世家第十三至三王世家第三十。

### 容安軒旧書四種

神田信暢编，内藤虎次郎解说。京都　神田喜左衛門大正 1919 年刊。内容：尚書残 1 卷，（（漢）弘安国傳）；史記残 1 卷，（（漢）司馬遷撰；世说新書残 1 卷，（南朝宋）劉義慶撰·（梁）劉孝標注；王子安集残 1 卷，（（唐）王勃撰。

原本藏神田喜左衛門氏

### 史記國字解

早稻田大學出版部编。東京早稻田大學出版部大正八－九年（1919.6-1920）出版。

### 史記紀伝評釈

黒本植撰。昭和4年（1929）写本，自筆。封面另书:《史記貨殖伝評訳》。

### 《史記》文粹

簡野道明（1865—1938）编。东京　明治書院昭和四年（1929）12月出版。记述:第16版，1941年6月发行。

### 史記會注考證

瀧川龜太郎著。东京　東方文化學院東京研究所1932.3—1934.6刊。10册

### 史記孝景本紀

旧鈔本。司馬遷著，京都帝國大學文學部編，昭和十年（1935）十一月出版。卷頭書名:孝景本紀　延久5年鈔本《史記》卷十一孝景本紀複製附:解説:那波利貞。卷子本。

### 舊鈔本《史記孝景本紀》第十一解説

那波利貞著。京都　弘文堂書房1936年10月刊。又:京都帝國大學文學部創立30周年記念出版，《支那學》第八卷第三號第四號抽印合册，昭和十一年（1936）十月刊。

### 《史記》編述年代考

山下楳溪著。东京　六盟館1940年7月出版。附:《論語》編纂年代考。

### 史記列傳

司馬遷著，加藤繁（1880—1946）、公田連太郎（1874—1963）译注。东京　冨山房1940年10月出版。

### 《史記・平準書》・《漢書・食貨志》

加藤繁（1880—1946）译注。东京　岩波書店1942年9月出版。版

权页题目:《史記平準書·漢書食貨志》

### 現代語譯史記

司馬遷著，小竹文夫，小竹武夫译。弘文堂 1956—1957 年出版。本紀列伝篇 1，列伝篇 2，列伝篇 3，列伝篇 4，世家篇 1，世家篇 2，書·表。

### 史記會注考證校補

水澤利忠著。東京史記會注考證校補刊行會 1957.3—1970.10 刊。

### 司馬遷：史記の世界

武田泰淳（1912—1976）著。附：司馬遷年譜對照表。東京 文藝春秋新社 1959 年 2 月出版。

### 史記桃源抄の研究

亀井孝 水沢利忠著。东京 日本学術振興会 1965 年 1 月—1973 年 5 月出版。

### 史記列伝

司馬遷著，小川環樹译。东京 筑摩書房 1970 年 4 月出版。封面利页标题:《史記·漢書》

### 史記

司馬遷著，小竹文夫 小竹武夫译。底本:《史記》1（筑摩世界文学大系 6）·《史記》2（筑摩世界文学大系 7），筑摩書房 1971 年 7 月刊。
内容简介
《史記》可以称为中国古典中的古典。此为全译本。"世家"是爵禄世袭的门第，类似诸侯。描写了在激烈动荡时代"世家"的盛衰和兴亡。

### 史記抄

桃源瑞仙（1430—1489）著。大阪 清文堂 1971 年 7 月出版。底本:内阁文库本、京都大学清家文库本。收入冈见正雄、大塚光信编《抄物資料集成》第 1 卷。

### 《史記》補注

池田四郎次郎著。东京 明德出版社 1972 出版。上编：本紀·世家；下编：列传。

### 史記列傳

司馬遷著，重野安繹（1827—1910）校訂，增補版。东京 冨山房 1973 年出版。（漢文大系 冨山房編輯部編輯）。

### 司馬遷と史記

エドゥアール・シャヴァンヌ著，岩村忍（1905—1988）译。东京 新潮社 1974 年出版。

### 司馬遷

貝塚茂樹（1904—1987）編集。东京 中央公論社 1978 年 10 月出版。附《史記》関係年表·年譜：第 539-547 页。

### 史記世家

司馬遷著，小川環樹译。东京 岩波書店 1980 年 5 月—1991 年出版。

### 補史記藝文志

原富男（1898—1983）著。东京 春秋社 1980 年 9 月出版。

### 史記解題；史記研究書目解題

稿本，池田四郎次郎原著。东京 長年堂 1981.11 私家版、限定版、增補版。

### 《史記》の人物評語

安積由紀子编。福岡 櫂歌書房 1985 年出版。日本语。人物別一覽表，第 1-37 页。

### 《史記·扁鵲倉公列伝》訳注

司馬遷著，森田傳一郎（1911- ）译。东京 雄山閣 1986 年 2 月出版。

## 霸者の条件

司馬遷著，市川宏（1937— ）杉本達夫（1937— ）译。东京 德間書店 1987 年 11 月出版（第 2 版）。

内容简介

传说中的雾气中混沌的大地带来秩序的理想的帝王们，继承其伟业，也残忍地支配亡国子孙。历经太古的殷周，到春秋末期蓬勃的世界。

目录

1. 圣王传说的时代

文明的曙光—黄帝的登场；有序的世界——尧的治世；教化扩张——舜的时代；建设的神圣的事业——禹的贡献；变革的宣言。

2. 周的兴衰

兴起，灭亡——殷周的交替；仪式的效用——周王朝成立；相遇的意义——兵法的始祖与周王朝；辅佐事件——周公的摄政；灭亡的图像——周王朝的衰退。

3. 春秋五霸

霸者产生的土壤——齐桓公；治理者的器量——秦缪公；道义吗？算计吗？——宋襄公；骊姬之祸——晋献公；流亡的公子—晋文公；鼎的轻重——楚庄王；昏君的末路——楚的灵王。

4. 吴越的对抗

阖闾和伍子胥；勾践和夫差。

## 乱世の群像

司馬遷著，奥平卓（1928— ）、久米旺生（1935— ）译。东京 德間書店 1987 年 11 月出版（第 2 版）。

内容简介

秦、楚、燕、齐、赵、韩、魏，战国七强展开生存游戏。摧毁体制改革意志的君主和凭借三寸不烂之舌赌上性命的说客们，贯彻了适者生存的冷酷法则。

目录

1. 体制改变

魏的崛起——文侯和西门豹，李克，吴起

秦的改革——孝公和商鞅

合纵连横——苏秦

合纵连横——張儀

胡服骑射——武灵王

试行错误——王噌，昭王，楽毅

2. 食客的时代

鸡鸣狗盗——孟尝君和食客

刎颈之交——廉頗和藺相如

在秦无王——范雎

长平之战——白起和赵括

彻底推销自己的男人——平原和食客

公子的友情——信陵君

3. 装点灭亡的人们

火牛计——田单、王建

怯懦将军——李牧

女子的奸计——春申君和李姬

壮士不还——荆軻

## 逆転の力学

司馬遷著，和田武司（1933-　）、山谷弘之译。东京　德間書店 1988.2 出版。

内容简介

项羽和刘邦死斗 5 年，带领 56 万大军的刘邦为什么打败了 3 万大军的项羽军？百战百胜的项羽为何败而死了？汉王朝成立后，创业的功臣们为什么被肃清了？

目次

1. 项羽和刘邦

高祖刘邦的成长

项羽的成长

刘邦项羽的争夺前奏

鸿门宴

2. 楚汉的决战

崩溃的根源——诸王诸侯背叛

对决的轨迹——汉东征与楚的反击

战局的扩大——韩信的活跃

垓下之战——项羽的末日

3. 悲喜的结局

功成名就后的悲剧的实力者——韩信

4. 幕下的群像

辅佐者——萧何

参谋长——張良

智谋之士——陈平

直言之士——周昌

## 権力の構造

司馬遷著，大石智良、丹羽隼兵译。东京　德間書店1988年3月出版（第2版）。

内容简介

吕后凄惨至极的复仇剧和贪婪的权力欲。但是，天下呈现久违的稳定，经济活动也活跃起来。于是，汉武帝在汉朝创业以来60年的积累基础上，确立以儒教道德为支配核心，并且要扩大到不同的族裔群体。

目录

1. 女强人君临天下

吕后传记——吕后和惠帝

专权之后——吕氏和刘氏

幕后——張良，陳平，周勃，陸賈

2. 重建的道路

新时代的功臣——袁盎和晁错

酷吏登场——郅都、宁成，周阳由

吴、楚七国之乱——吴王刘濞、胶西王

3. 大帝的治世

光与影——汉武帝初期

学问是个装饰——公孙弘和汲黯

经济、法律、道德——东郭咸阳、孔仅、卜式

顶梁柱——張汤

法令强化的结局——王温舒，杜周
太平花开——桑弘羊
4. 汉世界的扩大
朔北骑马的民——匈奴传
名将军列传——衛青，霍去病，李广
汗血马追求——张骞和丝绸之路

## 独裁の虚実

司马迁著，丸山松幸（1934- ）守屋洋（1932- ）译。东京 德間書店 1988 年 1 月出版（第 2 版）。

内容简介

从始皇帝出生，到秦帝国的灭亡，激烈动荡 50 余年……。13 岁即王位，秦王政的青春是灰暗的。自己的出生之谜，加上母亲太后无尽的淫行……。20 岁后，仅仅 10 年期间，吞并韩、赵、魏、楚、燕、齐六国，统一天下，自称始皇帝……。秦帝国的成立和灭亡是中国古代史的一大转机。描绘了人类始皇帝的一生。

目录

1. 皇帝之路
出生的秘密——秦始皇和吕布韋"父亲"的纷争
培育绝对君主的因素——李斯，韩非，王翦
2. 绝对者的光与影
新的支配的形状——皇帝和帝国
超越人间的群体——方士和封禅
3. 绝对者的死亡与继承
死亡的到来；遗体上聚集的野心——赵高和李斯
阴谋的漩涡中——蒙恬和扶蘇
4. 崩溃的过程
彷徨的二代皇帝——胡亥
功臣的没落，走向灭亡
走向灭亡——子婴的悲剧
5. 反叛者们
叛逆的原点——陈胜，吴广

罪人出身——黥布

强盗的大哥——彭越

生活在恩情之中——欒布

虚弱的贵公子——魏豹

在乱世中散落的友情——張耳和陳餘

## 《史記》小事典

久米旺生　丹羽隼兵　竹内良雄编。东京　德間書店 1988 年 11 月刊。附:《史記》主要世系表。

内容简介

130 卷的全貌，简洁明了的各卷概要。收录 280 余项杰出的故事名言，著名的 550 余名人物的小传，收录相关年表，相关地图。特别是附有插入的另外印刷的《五帝本纪》等 27 世系表。

目录

1.《史记》概要

2.《史记》故事名言

3.《史记》人物小百科词典

## 史記を語る

宫崎市定（1901—1995）著，吉川忠夫解说。东京　岩波書店 1979 年 5 月出版。底本:《宫崎市定全集》第 5、24 卷（岩波書店 1991 年，1994 年出版。）

内容简介

司马迁著的中国第一部正史《史记》，生动地描绘了古代中国的社会和人物，在日本也很受欢迎。此书作者为中国史研究创下了显著的业绩，带来巨大的成就。作者以 60 年的《史记》研究为基础，创作了阐释《史记》的形成和结构的全貌的名著，是通往《史记》世界的合适的入门书。书中还收录了《〈史记〉中的女性》。

目录

1.《史记》读法——《史记》是怎么读的？

2. 正史的鼻祖——纪传体的创始

3. 本纪——中国的辩证法

4. 世家——政权割据的势力关系

5. 年表——历史到底追溯到哪里？

6. 列传——古代市民社会的人们

附录：作者《史记》相关论文一览；《史记》略年表；《史记》中的女性

## 史記漢書の再検討と古代社会の地域的研究

間瀬収芳编。松山　愛媛大学1994年刊。

## 司馬遷《史記》 歷史紀行

村山孚（1920-　）著。东京　尚文社ジャパン1995年3月出版。

## 世家

司馬遷著，小竹文夫　小竹武夫译。东京　筑摩書房1995年出版。

## 書　表

司馬遷著，小竹文夫　小竹武夫译。东京　筑摩書房1995年11月出版。注记：底本:《史记》1（筑摩世界文学大系6）·《史记》2（筑摩世界文学大系7），筑摩書房1971年7月刊。

内容简介

《史记》可以称为中国古典中的古典，全文译出。奠定了文化史的基础，收录礼·乐·律·历·天官·封禅·河渠·平准八书和表（年表等）的叙论。

## 新編史記東周年表：中國古代紀年の研究序章

平勢隆郎编著。东京　東京大学出版会1995年11月出版。书名又为：史記東周年表：中国古代纪年研究序说新编。

## 司馬遷論攷

新田幸治（1933-　）著。东京　雄山阁2000年1月出版。

内容简介

论考了司马迁研究带来新的视点的时代分期。揭示了将《史记》作为材料，司马迁的思索的各种情况。

目录
第 1 章 《史记》的各种情况
第 2 章 关于"本纪"
第 3 章 "世家"的问题
第 4 章 "列传"的周边
第 5 章 "列传"的各种情况

## 司馬遷の旅：『史記』の古跡をたどる

藤田勝久久（1950－　）著。东京　中央公論新社 2003 年 11 月出版。
内容简介
司马迁至少七次在中国大陆进行了广泛的旅行。20 岁时，第一次的旅程，追溯了长江流域的史迹，在曲阜学习了孔子的礼，给他的人生带来了很大的影响。司马迁访问了哪里，见识了什么？然后如何运用经历叙述了《史记》？作者将司马迁的旅行路线作为自己勘查的目的，探访了那些史迹。两千年后，我们也追寻司马迁去旅行。

目次
第 1 章　旅行之前——陕西
第 2 章　长江之旅——湖北、湖南
第 3 章　江南和江淮旅行——江苏、浙江
第 4 章　山东之旅——山东、河南
第 5 章　北边的旅程——河北、山西、内蒙古
第 6 章　西南之旅——四川、云南
第 7 章　旅行和《史记》的叙述
余论　汉代的旅行的情况

## 司馬遷流「イスラーム史記」

三浦康之著。东京　エイチアンドアイ 2003 年 12 月出版。
内容简介
伊斯兰教的历史与社会和文化，差距很大的国家和民族，对内容进行认真的了解。在我国和中国的传承方面，要仔细对照中国和日本的史书。因此，断定司马迁的《史记》的历史叙述类型、其结构的基本宗旨，帮助日本人理解的解释赋予时代的每个段落。

目录

本纪——穆罕默德正统教皇四代；其他

表

书——古兰经（启示录）；伊斯兰教（圣法）；其他

世家——（布义德王朝———代；塞尔柱王朝——七代；其他

列传——苏菲教圣人；卡拉姆神学家；其他

## 人生を変える「史記」の読み方 ： 司馬遷の不屈の志に学ぶ

水野実著。附：司馬遷年譜。东京　中経出版 2003 年 7 月出版。

内容简介

愤怒、怨恨，德，侠，交友，君臣，因果律，帝王学……《史记》描绘了人类所有身姿。为知道人类最好的古典，品味《史记》的世界。

目录

第 1 章　《史记》如何把握人类的行为

愤怒的行动学；怨恨的行动学；其他

第 2 章　《史记》如何把握人际关系

交友论：刎颈之交；管鲍之交

君臣关系论：君主理想的状态；臣下理想的状态；其他

第 3 章　《史记》如何把握命运、人生

天道论；人生论；其他

第 4 章　《史记》如何把握帝王

帝王学是什么；项羽的反面帝王学；其他

第 5 章　司马迁的事迹

司马迁的出生年份、出生地；父亲司马谈；其他

著者简历

水野实，防卫大学人间文化学科教授。专业领域是东洋哲学。1948 年生于东京都。早稻田大学文学部毕业，修了早稻田大学东洋哲学科大学院博士后期课程。平成八年为止兼任早稻田大学讲师。现兼任鹤见大学讲师。

## 《史记》雕题

中井履軒著。(复刻版) 大阪大学怀德堂文库复刻刊行会监修, 大阪

懐徳堂・友の会 1991.3-1993.3. 出版。

此书是怀德堂第五代学生中井履軒（1732—1817）编撰的《史记》注解书。履軒有《七経雕题》等著述，但是，其中《史记雕题》是履軒最倾注心血的著作。这次再版使用的底本是履軒亲笔写的原件。目前，大阪大学怀德堂文库收藏。大阪怀德堂友会1991年3月—1993年3月出版，二十三卷。此书虽具有考据性质，但是不如清代考据学家罗列博引旁搜博采的证据，而是直抒己见，论断，故其解释简要明了，一改纷繁冗长之弊端，但同时不能不说陷入武断之嫌，读者应慎重对待。

目次：

十二本紀

十表

八書

三十世家

### 史記正義の研究

水澤利忠（1918-　）编。东京　汲古書院1994年2月出版。
目录
南化本《史記》与《史記正義》的研究
《史記正義》語彙索引
《史記正義》佚存訂補

### 《史記》と司馬遷

伊藤德男（1913-　）著。东京　山川出版社1996.12出版。日本语。
目次
1　《史记》的构成到正史《史记》
《史记》述作过程
关于《史记》述作的疑问、探讨解决的门路
2　年表的秘密
十表的编制的意图
《汉兴以来将相名臣年表》（表十）的构成
看《表》十，一字的分量
其他

3 司马迁的生涯
出仕以前
作为郎中出仕
谈卒,迁为太史令。
成为中书令,得到尊宠。

### 史記戦国史料の研究

藤田勝久（1950-　）著。东京　東京大学出版会 1997 年 11 月出版。日本语。

### 《史記》二二〇〇年の虚実：年代矛盾の謎と隠された正統観

平勢隆郎（1954-　）著。东京　講談社 2000 年 1 月出版。日本语。
内容简介
中国历代学者也有 2000 年以上没解开的《史记》中的大量的年代矛盾,全部解开古代正统的封条,继续发掘揭示被埋没的虚像和实像。
目录
第 1 章　项羽、刘邦的"虚"和"实"
"唯一"的日历和"唯一"的正统
義帝杀害与汉统一天下的年代
"越"正统的天下观
其他
第 2 章　秦始皇的"虚"和"实"
秦统一天下的道路
被埋没的仪式
不改元的秦始皇
其他
第 3 章　新的春秋战国时代像
两个称元法和复数的日历的阐明
亡佚的《竹书纪年》的复原
封君纪年的发现
其他
终章　恢复司马迁的年代整理

## 《史記》の構成と太史公の声

伊藤德男（1913－　）著。东京　山川出版社 2001 年 9 月出版。日本语。

## 《史記》の事典

青木五郎（1938－　）中村嘉弘（1936－　）编著。东京　大修館書店 2002 年 7 月出版。日本语。《司馬遷年譜》，第 48—49 页。《史記》文献目录，第 50—55 页。

内容简介

明君·昏君；勇将·智将；谋臣·叛臣；说客·刺客。
《史记》世界的色彩，个性丰富的人物形象，行动和言语。

目录

1. 司马迁与《史记》
2. 名场面　五十选
3. 人物　百选
4. 故事·名言
5. 人物小辞典
6.《史记》年表

著者简历

青木五郎，1938 年出生。京都教育大学名誉教授。东京教育大学大学院博士课程（中国古典学）到期退学。

中村嘉弘，1936 年出生。国学院大学名誉教授。东京教育大学大学院博士课程（中国古典学）到期退学。

## 《史記》の人間学

雜喉潤（1929－　）著。东京　講談社 2005 年 2 月出版。日本语。

内容简介：

秦始皇，刘邦、太公望，孔子等人总体出现。体会不朽的人间戏剧。

目录：

第 1 章　贯穿《史记》的一泓红色的线
第 2 章　天下人的才干
第 3 章　项羽和刘邦

第 4 章　功臣・谋臣・幸臣
第 5 章　春秋战国的功臣
第 6 章　天道是邪、非邪
第 7 章　放浪的公子・君子
终章　司马迁和《太史公自序》
著者简历
杂喉润：1929 年神户市出生。名古屋艺术大学短期大学部名誉教授。京都大学文学部毕业后，任职朝日新闻社，任学芸部长、音乐担当编辑委员等职，同时，活跃于中国采访组。退休后，从事中国文学研究，并作为音乐记者执笔等。

## 《史記》における中国古代王朝史の特質

高橋庸一郎（1942- ）著。东京　勉誠出版 2005 年 3 月出版。日本语。
标题：《史记》反映的中国古代王朝史的特质。附：中国古代王朝简易年表，第 288—289 页；战国中山国简史年表，第 325—327 页。

## 《史記》の「正統」

平勢隆郎（1954- ）著。东京　講談社 2007 年 12 月出版。日本语。原标题《史记》二〇〇〇年的虚实，2000 年出版的《〈史记〉二〇〇〇年的虚实》的一部分修改的文章。

内容简介

多达一千处年代矛盾。搞错了王侯，被隐藏了的"史实"；司马迁等人在编写过程中到底发生了什么？《史记》本身的"虚像"是怎样建造的？庞大的年代矛盾的谜全都阐明，中国古代的帝・王・宰相的"正统观"，明确的划时代论考。春秋战国时代的"常识"被重画。

目录
第 1 章　项羽、刘邦的"虚"和"实"
"唯一"的日历和"唯一"的正统
義帝杀害与汉统一天下的年代
"越"正统的天下观
《史记》的"形"和汉的正统
被掩盖的"越"的正统

第 2 章　秦始皇的"虚"和"实"

秦统一天下的道路

被埋没的仪式

不改元的秦始皇

文字、货币统一了吗

第 3 章　新的春秋战国时代像

两个称元法和复数的日历的阐明

亡佚的《竹书纪年》的复原

封君纪年的发现

被误的苏秦像

第 4 章　《史记》怎么读

《史记》年代整理工作的场所

大众的书——《史记》

《史记》的材料和"大众"

读《史记》的"实"

著者简历

平勢隆郎，茨城县人，1954 年出生。东京大学文学部毕业。修了同大学大学院人文科学研究科修士课程。专业是东洋史。现任东京大学教授（东洋文化研究所）。

## 《史記》と《漢書》——中国文化のバロメーター

大木康著。东京　岩波書店 2008 年 11 月出版。日本語。

内容简介

在对后世的影响非常大这一点，任何著作都不能与《史记》和《汉书》相比。但是，哪一个被看做更优秀的历史书？从不同的时间变化、文体、儒教的距离，以及作者的生活方式等角度对比两书，各自的时代的人们如何读，如何评价？读书探史，反映那个时代的情况和历史观，也折射出文学观。本书中，历史家的使命被描述，《史记》列传开头的《伯夷列传》、《汉书》的古怪的历史人物排行榜"古现在人表"等，根据原著司马迁和班固解读的思考的同时，读者会漫游在《史记》和《汉书》的二○○○年的旅途。

目次

第1部

书籍的旅程——《史记》和《汉书》的二〇〇〇年

作为正史的《史记》《汉书》

《史记》和《汉书》的不同

司马迁的生涯

班固的生涯

《史记》和《汉书》的读书史——《汉书》的时代

中唐时期的《史记》文艺复兴

印刷时代的《史记》和《汉书》

《史记评林》和《汉书评林》

结语——东西两个"横纲"的《史记》和《汉书》

第2部

作品的世界——文字阅读背后的东西

历史家表白——《史记》

读《伯夷列传》

刘邦的"逃跑了","跳"？

《汉书·古今人表》

著者略历

大木康：1959年生，横滨出身。1986年，东京大学大学院人文科学研究科博士课程（中国语中国文学专修课程）取得学分退学。文学博士。现任东京大学东洋文化研究所教授，中国文学专业。

## 史記関係書等解題集

《文教大学越谷図書館所蔵史記関係書等解題集》编集委員会编集。埼玉　文教大学"日本中国学会第61回大会準備会"2009年10月出版。

## 現代語訳史記

司馬遷著，大木康译·解说。东京　筑摩書房2011年2月出版。

内容简介

司马迁的《史记》是史书的古典巨著，同时，她描绘了栩栩如生的人类的存在方式，也是文学巨著。本书以"职业"为主题，进行现代语翻译，从帝王、英雄，到战略家、小丑、暗杀者。对权力的距离不同，发挥各自的个性、用自己的力量，在历史留名的人物们的魅力，到现代也不会褪色。译文传达适当的导读和真切的感触，作为认识《史记》世界的入门。

目录

一、权力者——帝王

理想的圣天子——尧、舜

讨伐王而成为王——的汤王

其他

二、以权力为目标——英雄们

复仇就是一切——伍子胥

我们的"舌"是最强的武器——苏秦和張儀

其他

三、维持权力的力量——家臣们

维护国家的威信——蔺相如

高祖刘邦的智囊——張良

其他

四、权力的外围——小丑·名人·文学者

笑的力量——淳于髡

沉溺于酒和女人的名人——信陵君

其他

五、反抗权力者——刺客叛乱者

执着的刺客——豫让·荆軻

毁灭大帝国的最初的一击——陈胜

## 史記戦国列伝の研究

藤田勝久著。东京　汲古書院2011年3月出版。附：国略年表。日本语。

## 史記列伝抄

司馬遷著，宮崎市定译，礪波護编。东京　国書刊行会2011年3月出版。此为宫崎市定的遗稿，新译的司马迁的《史記列传》第1—18篇，及《宫崎市定全集》（岩波書店1991—1993年刊）中收录的相关论文。

内容简介

收录新译的司马迁的《史记列传》第 1—18 列传篇。作者运用了独特的历史观,撰写了新颖明晰的译文。同时收录未曾发表的《史记考证》,卷末刊载了与《史记》相关的七篇论文。

目次
伯夷列伝第一
管晏列伝第二
老子韓非列伝第三
司馬穰苴列伝第四
孫子呉起列伝第五
伍子胥列伝第六
仲尼弟子列伝第七
商君列伝第八
蘇秦列伝第九
張儀列伝第十
其他
著者简历

宮崎市定(1901—1995),长野县出生。京都大学东洋史科毕业。东洋史学者。1944—1965 年任京都大学教授。在中国史、亚洲史的体系化方面作出划时代的业绩。

### 読み継がれる史記　司馬遷の伝記文学

谷口匡(1963- )著。东京　塙書房 2012 年 9 月出版。

内容简介

西汉司马迁的《史记》,作为史学名著,从传记文学的视点重新把握:《史记》所具有的文学性和主题;在中国古典中的定位;对《源氏物语》、《日本外史》等日本文学的影响;语言和表现具有的趣味;《史记》研究的历史等,从多方面阅读,逼近《史记》的魅力。

目录
1. 传记文学
作为传记文学的《史记》
《史记》的主题

2.《史记》和中国文学
笔的传记——《毛颖传》
其他
3.《史记》和日本文学
《源氏物语》和《史记》本纪
《日本外史》和《史记世家》
4.《史记》的语言
《史记》中相遇的语言
《史记》的谚语
其他
5. 追逐《史记》的日本人
日本残存的《史记》古抄本和批注
创作《史记》文本定本的泷川龟太郎
其他
著者简历
谷口匡，1963 年鸟取县出生。1990 年筑波大学大学院博士课程文艺、语言研究科（各国文学专业）到期退学。历任筑波大学助手，下关市立大学助教授等职务，现任京都教育大学教育学部教授。

## 舊鈔本《史記孝景本紀》第十一解説

那波利貞（1890—1970）著。出版地不明。

## 史記講義

鹽谷温讲述。早稻田大學出版部出版。

## 史記講義

松平康國述。早稻田大學第二十回文學科講義錄，早稻田大學出版部出版。
目次
項羽本纪
钜鹿之战　鸿门之会　垓下之战
伯夷传

商君列传

乐毅列传

### 史記節解

重野葆光著。7 册，书写地不明。写本有"小山氏藏書記"印記。

### 史記　第九卷（呂后本紀九）

司馬遷撰，大江家国書写会点，山田孝雄解。东京　古典保存会出版。備考：原本：毛利元昭氏藏

### 史記抄

桃源瑞仙著。清家文庫藏。册数 20。重要文化財。内容：史記源流、史記事實、本紀抄、吳太伯世家抄、列伝抄

### 白雪楼史記読本

山路機谷済集評。一般貴重書，写（和）本，自筆稿本。卷 1—10，卷号欠 3 卷；卷 16—17，卷号欠 7 卷；卷 28—59，卷号欠 8 卷；卷 69、卷号欠 60 卷。

### 扁鵲倉公伝

多紀元胤抄出。另題：史記扁倉伝。写本。附：扁鵲倉公伝彙考、影宋本扁鵲倉公伝攷異、扁鵲伝備参

### 扁鵲倉公伝攷

海保漁村（元備）著。写本。